BASTEI
LÜBBE
TASCHENBUCH

Über die Autorin:

P. E. Jones ist das Pseudonym einer deutschen SF-Autorin. Sie wurde 1964 geboren, lebt und arbeitet in der Pfalz. Seit ihrer Kindheit faszinieren sie vor allem Science-Fiction- und Fantasy-Stoffe. Sie ist ein begeisterter Trekkie und besucht die verschiedensten Universen regelmäßig in Rollenspielen.

P. E. Jones

SPACE TROOPERS

Roman

BASTEI LÜBBE
TASCHENBUCH

BASTEI LÜBBE TASCHENBUCH
Band 20 819

Dieser Titel ist auch als Hörbuch und E-Book erschienen

MIX
Papier aus verantwortungsvollen Quellen
FSC www.fsc.org
FSC® C083411

Vollständige Taschenbuchausgabe der bei Lübbe Digital erschienenen E-Book-Serie

Lektorat: Dr. Arno Hoven
Titelillustration: © Arndt Drechsler, Regensburg
Umschlaggestaltung: Arndt Drechsler
Satz: Urban SatzKonzept, Düsseldorf
Gesetzt aus der Garamond
Druck und Verarbeitung: CPI books GmbH, Leck – Germany
Printed in Germany
ISBN 978-3-404-20819-7

5 4 3 2 1

SPACE TROOPERS

Folge 1

HELL'S KITCHEN

Prolog

Zuerst war es nur ein Punkt im Weltall. Ein neuer Stern, der sich zu den anderen gesellte. Doch dann erkannte die Station im Orbit um die Kolonie Kassiopeia 1.3, dass es sich um ein Schiff handelte. Ein großes Schiff. Ein unbekanntes Schiff.

Noch während der Senat der Kolonie überlegte, wie er reagieren sollte, explodierte die Station der Space Troopers. Ein einziger Schuss des fremden Schiffes hatte genügt, um all jene zu töten, die den Schutz der Kolonie gewährleisten sollten. Der Blick auf das Schiff der Angreifer war das Letzte, was die Station ins All sandte. Danach zogen ihre Bruchstücke wie Sternschnuppen eine gleißende Bahn am Himmel des Planeten. Als glühendes Metall fielen sie zu Boden und schlugen Schneisen der Verwüstung.

Die herabstürzenden Trümmer waren kaum zu unterscheiden von den Geschossen, die kurz darauf die Kolonie zerpflügten, sie zerstörten – und den Menschen den Tod brachten. Bälle aus Glut regneten hernieder, wurden zu albtraumartigen Wesen, gegen die jede Waffe der Kolonisten versagte. Sie hinterließen ein Chaos aus zerborstenen Gebäuden, verbrannten Körperteilen und schmutzigroten Blutlachen.

Die fremden Eroberer kannten weder Gnade noch Erbarmen. Alles was blieb, waren Furcht und Entsetzen und Schreie, die als letzter Hilferuf an die Erde gesandt wurden.

1. Kapitel

Es gab wenig, was John Flanagan aus der Fassung bringen konnte. Doch die Schreie – die letzten Lebenszeichen der Kolonisten im Kassiopeia-Sektor – jagten ihm einen eiskalten Schauer über den Rücken. Noch nie hatte er Menschen so schreien hören. Namenloses Entsetzen lag darin, kreatürliche Angst und die Gewissheit, dass in den nächsten Augenblicken das eigene Leben auf eine furchtbare Weise enden würde. Sie dauerten nicht lange, diese verzweifelten Schreie; doch die Stille, die ihnen folgte, war umso schrecklicher.

John hörte sie in allen Sendern. Jede Reklame- und Nachrichtentafel der Stadt übertrug sie. Wie ein ständig wiederkehrendes Echo hallten sie an diesem Tag durch die Straßenschluchten. Als wollten sie ihn verfolgen. Natürlich war das Unsinn, aber vielleicht lag der Grund für dieses Gefühl schlicht darin, dass es genügend Leute gab, die ein Motiv hatten, ihn zu verfolgen. Weil er ihnen etwas schuldete, ihnen auf die Füße getreten war, sie verraten hatte – oder einfach nur deshalb, weil er ihnen im Weg war.

Trotzdem blieb er stehen, als er die Todesschreie erneut vernahm. Damit niemand ihn erkannte, zog er sich den dreckigen Parka etwas enger um die Schultern. Sein Blick glitt zur anderen Straßenseite und fiel auf die Bilder, die dort auf einer Videotafel gezeigt wurden.

Über dem allgegenwärtigen Laufband mit den aktuellen Ozon- und Abgaswerten, die wie gewöhnlich rot leuchteten, war ein Ausschnitt des Weltraums zu sehen. Wie John dem eingeblendeten Schriftzug entnehmen konnte, handelte es sich um den Kassiopeia-Sektor mit der Kolonie auf dem dritten Planeten sowie einer Raumstation der Space Troopers. Unwillkürlich blinzelte John, um etwas Ungewöhnliches in dem Bild zu finden, das mit den Schreien zu tun hatte, die er schon so oft hatte hören müssen.

Da! Zwischen den Sternen war plötzlich ein blaues Blinken zu sehen!

John rieb sich die Augen. Im nächsten Moment wurde aus dem Blinken ein Blitz, der sich zur Raumstation hinbewegte. Dann zeigte die Nachrichtentafel wieder den Sprecher von News Today.

Was redete der Idiot da? Atmosphärische Störungen? Das war ein Schiff gewesen. Ein Schiff, das aus dem Nirgendwo aufgetaucht war und so plötzlich auf die Raumstation gefeuert hatte, dass die Space Troopers nicht einmal reagieren konnten. War die Regierung wirklich so blöde, oder wollten die alle Welt für dumm verkaufen? Falsche Frage. Weshalb wollte die Regierung alle Welt für dumm verkaufen?

Die Antwort auf diese Frage konnte John sich denken. Es war immer das Gleiche: Die da oben hatten mal wieder irgendwas verbockt und wollten es vor der Öffentlichkeit geheim halten.

Erneut gellten die Schreie aus den Lautsprechern der Nachrichtentafel. John schüttelte sich. Was auch immer dort geschehen war und dazu geführt hatte, dass es keine Verbindung zur Kolonie mehr gab – es musste schrecklich gewesen sein.

Eine vertraute Gestalt auf der anderen Straßenseite veranlasste John, sich die Kapuze seines Parkas tiefer ins Gesicht zu ziehen und die Atemmaske ein wenig höher zu schieben, damit er nicht erkannt wurde. Langsam ging er weiter und spähte zu dem Mann hinüber, ohne den Kopf zu wenden. Es war eindeutig Said.

Zufällig war der Kerl garantiert nicht hier. Entweder wollte Said alte Schulden eintreiben oder, schlimmer noch, ihn zu Aziz schleppen, damit er Rechenschaft darüber ablegte, weshalb er nach dem letzten Deal das Geld nicht abgeliefert hatte. Dass der Deal geplatzt war, weil plötzlich Bullen aufgekreuzt waren, würde Aziz sicherlich nicht als Entschuldigung gelten lassen. Wahrscheinlicher war, dass es Saids Boss dazu animierte, ihm das geschuldete Geld samt Zinsen und Zinseszinsen aus dem Leib zu prügeln.

Zeit, zu verschwinden. Wieder einmal.

Es dunkelte bereits. Frierend drückte John sich gegen die Hauswand der kleinen Gasse. Sein Magen knurrte, und durch die Atemmaske drang der Geruch von Müll, Dreck und Pisse. Der Gestank kam von einigen Müllcontainern, die nur wenige Meter entfernt standen. Der Abfall in ihnen quoll über, und auch um die Behälter herum lag der Unrat. Ein gewohntes Bild, da die Müllabfuhr schon seit Jahren hoffnungslos überlastet war.

Das zerfallene Haus, in dem er die letzten paar Wochen übernachtet hatte, war einem Schild mit der Aufschrift »Hier entsteht ein neues Einkaufszentrum für Sie« und einem Bagger gewichen. Missmutig starrte er auf den Schutthaufen, der den Platz markierte, wo sich gestern noch sein Bett befunden hatte. Oder, genauer gesagt, die Matratze, auf der er geschlafen hatte.

Ein Geräusch ließ ihn zusammenzucken. Alarmiert schaute er sich um und erspähte in der Gasse den Schatten eines Menschen, der in einem Hauseingang verschwand. Hatte Said, die Ratte, ihn etwa doch entdeckt und war ihm gefolgt?

Automatisch duckte John sich hinter die Müllcontainer und taxierte rasch alle möglichen Fluchtwege. Rechts war die Straße leer – bis auf den Unrat, ein paar Mülltonnen und einige abgestellte Gleiter, die wegen der aktuellen Abgaswerte derzeit nicht benutzt werden durften. Links war eine Kneipe. Nein, irgendein erleuchtetes Geschäft, was auch immer, vor dem sich tatsächlich ein paar Leute drängten. Ihm gegenüber waren die Baustelle, ein Bagger, Schutt und weitere verlassene Gebäude, die in den nächsten Tagen wohl ebenfalls dem Bagger weichen würden.

Waren das Schritte? Erneut spähte er in die Gasse hinein. Jetzt sah er sie: zwei Männer, die sich im Schatten der Mauern seinem Versteck näherten.

Eng an die Wand gepresst kroch John nach rechts um die Häuserecke. Die wenigen Mülltonnen und Gleiter als Deckung nutzend, rannte er die Straße entlang. Nach wenigen Sekunden wechselte er im Schutz eines langsam vorbeifahrenden Lastengleiters die Straßenseite, hechtete hinter einen Schutthaufen und lugte vorsichtig über dessen Rand.

Ein Mann stand am Ende der Gasse und sah sich suchend um. Ein zweiter gesellte sich zu ihm. Nach einem kurzen Wortwechsel zeigte der erste nach rechts und dann nach links. Sie teilten sich auf. Und taten damit genau das, was John sich erhofft hatte.

Vorsichtig schob er sich zurück. Mit nur einem Gegner wurde er locker fertig.

Saids Helfer hatte er in kürzester Zeit ausschalten können. Said selbst war nicht wieder aufgetaucht.

Johns Magen schmerzte inzwischen vor Hunger. Zudem

hatte Regen eingesetzt, was nicht dazu beitrug, seine Laune zu heben. Der leichte Schwefelgeruch, der durch die Atemmaske drang, sagte ihm, dass der Niederschlag zu allem Überfluss sauer war. Keine gute Idee, weiter hier im Freien durch die Schutthalden zu kriechen.

Johns Blick fiel auf ein verfallenes Gebäude. Im Innern der Ruine war es kalt und klamm. Der Regen schlug durch die halb zerfallene Wand der gegenüberliegenden Seite. In das Plätschern mischten sich plötzlich leise Stimmen.

Alarmiert drückte John sich tiefer in die Schatten und lauschte angestrengt. Doch das war nicht Said. Die gehetzte Stimme gehörte einer Frau.

»Hören Sie! Ich weiß nicht, was ich tun soll! Die bringen mich um. Die haben Richard umgebracht. Ich –«

»Beruhigen Sie sich!«, fiel ihr eine männliche Stimme ins Wort. »Ich bin nicht alleine hier. Und sobald wir die Sache auf Sendung gebracht haben, kann Ihnen nichts mehr geschehen. Haben Sie die Beweise mitgebracht?«

Ein Rascheln. »Nicht alles. Ein paar Aufzeichnungen und ...« Schritte ertönten. »Oh mein Gott!«

»Ich bin's nur, Clarice. Da draußen bewegt sich etwas. Wir sollten gehen. Schnell!«

»Zach? Wieso ...«

»Komm schon! Und Sie sollten auch verschwinden, Mister.«

John hörte Schritte, die rasch näher kamen. Instinktiv drückte er sich hinter einen Haufen aus Schutt. Doch die Schritte passierten sein Versteck und entfernten sich in die Richtung, aus der auch die Stimmen kamen. Wenig später wurden die Schritte überdeckt von dem Prasseln von Steinen. Ein Geröllhaufen geriet ins Rutschen. Die Frau schrie auf – der Rest ging unter in dem Peitschen von Schüssen.

Die sich anschließende Stille war ohrenbetäubend.

»Sind sie tot?«

»Keine Ahnung.« Das war Saids Stimme. John hätte sie aus tausenden wiedererkannt.

»Dann schau nach!« Der herrische Tonfall klang ebenfalls vertraut: Aziz.

Leise wie ein Schatten kroch John aus seinem Versteck, huschte zur halb zerbrochenen Wand und lugte vorsichtig über den Mauerrest. Er konnte mindestens fünf oder sechs Männer erkennen, die im prasselnden Regen über die Schutthalden kletterten.

Leise trat John von der Maueröffnung zurück. Der Eingang, den er benutzt hatte, war von den Männern deutlich einsehbar. Vielleicht konnte er im Nachbarraum, der durch eine Türöffnung in der Wand gekennzeichnet wurde, einen besseren Weg nach draußen finden.

Doch ein Blick sagte ihm, dass der andere Raum nicht mehr existierte, er war nur noch ein stumpfer Zahn in einem ruinierten Gebiss. Hier gab es kaum Deckung für ihn.

Noch während er durch die Türöffnung schielte, hörte er hinter sich näher kommende Schritte. Mit einem stummen Fluch warf sich John in den Dreck. Hastig robbte er ein Stück weit über Steine, sprang auf und hechtete hinter einen Haufen in Deckung. Er landete auf einem Körper.

An seinen Fingern spürte er klebrige Feuchtigkeit. Im schummrigen Licht der Straßenlaternen entdeckte er das Blut an seiner Hand.

Ein Keuchen.

Der Kerl lebte noch.

Voller Panik presste John dem Mann die Hand auf den Mund. Die blutigen Finger des anderen drängten etwas in seine Hände. Es fühlte sich wie eine Mappe aus Leder an. Ohne zu wissen, weshalb, griff John danach und steckte sie unter das Kapuzenshirt, das er unter dem Parka trug.

Im nächsten Moment waren die Schritte nur noch wenige Meter von ihm entfernt. Entschlossen sprang er auf, rammte dem Verfolger seine Faust in den Magen und floh in die Nacht.

John rannte, bis seine Muskeln protestierten. Der saure Regen brannte in seinen Augen. Wenn er nicht bald einen Unterschlupf fand, drohte er zu erblinden. Auch seine Lunge würde Schäden davontragen, wenn er sich zu lange im Regen aufhielt. Die billige Atemmaske konnte den giftigen Dämpfen des Regens nicht auf Dauer standhalten. Er spürte schon ein Kratzen im Hals. Sich darüber aufzuregen lohnte nicht. Niemand wurde hier auf der Straße alt. Aber zum blinden Abschaum zu gehören, der durch die Gosse kroch, war die Hölle. Da zog er es vor, tot zu sein.

Ein Schuss krachte hinter ihm. Sirenengeheul antwortete.

Halb blind rannte John weiter. Ein heller Fleck zog ihn an, lenkte ihn. Er lief darauf zu, denn wo es Licht gab, waren Leute. Und seine Verfolger würden ihn bestimmt nicht vor Augenzeugen erschießen wollen.

Das Sirenengeheul kam näher. Licht blendete John. In vollem Lauf prallte er mit einem Mann zusammen.

»Pass doch auf, du Idiot!«, brüllte der andere.

Johns Faust war schon unterwegs und landete in der Nierengegend seines Gegenübers.

»Da!«, rief jemand.

Ein Stoß mit dem Ellbogen, ein hochgerissenes Knie und eine saubere Gerade verschafften John den Platz, der erforderlich war, um sich innerhalb eines Augenblicks durch die Menschenmenge vor dem erleuchteten Gebäude zu drängen. Er wollte schon weiterlaufen, als er zwei SWAT-Leute entdeckte, die auf ihn zugingen. Auf dem Absatz drehte John sich um und stürzte in die einzige Fluchtrichtung, die ihm geblieben war – hinein in das erleuchtete Gebäude.

Es war, als würde das Licht seine Augen verbrennen. Wie durch einen Schleier sah er zwei Schreibtische, an denen jeweils eine Person in Uniform saß. An der Wand dahinter hing die Flagge der Vereinten Nationen, und vor den Tischen drängte sich ein Menschenpulk. Als Letztes entdeckte er die Tür mit der Aufschrift »WC«. Er stürmte hindurch, ohne sich umzudrehen.

Erst in dem kleinen, engen Korridor dahinter erlaubte er sich, Atem zu schöpfen. Seine Augen brannten, als hätte er Säure hineinbekommen. Vage konnte er am Ende des Korridors eine Tür ausmachen, die vermutlich ein Hinterausgang war. Davor befand sich im Gang eine weitere Tür, auf der das bekannte »Herren«-Symbol prangte. Fluchend stieß er sie auf und taumelte in die Toilette.

Die Augen fest zusammengekniffen, tastete er sich zum Waschbecken, hielt seine Hände unter den Hahn und kostete das Wasser. Erst als er sauberes Wasser schmeckte, erlaubte er sich, erleichtert durchzuatmen. Mit beiden Händen schöpfte er Wasser in Gesicht und Augen, bis das Brennen endlich nachließ.

Das Gesicht, das ihn aus dem Spiegel über dem Waschbecken anstarrte, war hohlwangig und schmutzig. Die hellen graublauen Augen waren gerötet. Er zog die Nase hoch, strich mit den nassen Fingern die widerspenstigen, rotblonden Haare aus seinem Gesicht und wischte sich den Dreck von Kinn und Wangen.

Als er sich die Hände an seinem Kapuzenshirt abtrocknete,

spürte er die Mappe, die er eingesteckt hatte. Einen Herzschlag lang zögerte er, ehe er sie herauszog und öffnete. Papiere. Eine Menge Papiere. Voller Blut. Wer schrieb so viel Zeug? Eine ID-Karte – von einem Zacharias McClusky. Hieß so der Tote, der ihm die Mappe zugesteckt hatte? Und ein Datenchip. Waren die Leute dafür getötet worden?

Und wenn schon. Er hatte nichts damit zu tun. Gar nichts. Sein Blick fiel auf den Mülleimer. John zögerte.

Verdammt! Wurde er jetzt etwa sentimental? Wenn Aziz die Frau und die beiden Männer dafür hatte töten lassen, würde er auch jeden anderen umbringen, der die Mappe an sich nahm. Andererseits: Wenn Aziz dafür tötete, mussten die Sachen etwas wert sein.

Doch zumindest die Mappe musste weg; sie war zu auffällig. Entschlossen klaubte er das blutgetränkte Papier zusammen, schob es zurück unter sein Shirt, steckte die ID-Karte in seinen Parka und den Chip in seine Socke. Die Mappe warf er durchs Fenster. Gerade rechtzeitig, bevor die Tür aufging und ein Kerl in der Uniform der Space Troopers hereinkam.

»Also, wenn du dich noch melden willst, solltest du dich beeilen«, sagte der Mann und marschierte zum Urinal.

Melden? Das war der Witz des Jahrhunderts.

Er war ausgerechnet in einem Rekrutierungsbüro der Armee gelandet.

Ohne dem Uniformierten eine Antwort zu geben, stieß John die Toilettentür auf und strebte dem Hinterausgang zu. Schon beim Näherkommen sah er das Blaulicht eines Polizeifahrzeugs durch die Ritzen der Tür. Verdammt! Abrupt blieb er stehen.

»Kalte Füße bekommen, was?« Der Kerl in Uniform grinste. »Wärst nicht der Erste.«

John biss die Zähne aufeinander und stopfte die Hände in die Taschen seines Parkas, damit der Soldat nicht sah, wie er die Fäuste ballte. Ohne den anderen eines Wortes zu würdigen, stapfte er auf ihn zu, rempelte den um einen halben Kopf größeren Mann gezielt mit der Schulter an und stieß die Tür zum Rekrutierungsbüro auf.

Eine Schar von jungen Männern schaute ihn an, als warteten sie nur auf ihn.

John wagte einen Blick nach draußen, wo die blauen Lichter diverser Einsatzfahrzeuge durch die vom Regen blinden Scheiben blinkten. Die klobigen Umrisse eines Truppentransporters stachen dazwischen hervor.

»Letzte Chance, Hasenfuß. Wir schließen jetzt.« Der Vorzeigesoldat mit dem Grinsen war direkt hinter ihm in das Rekrutierungsbüro getreten.

Die jungen Männer machten dem Mann respektvoll Platz, damit er zu dem freien Schreibtisch gehen konnte, an dem laut Namensschild Lieutenant Gallagher arbeitete. Aber Gallagher setzte sich nicht auf seinen Stuhl, sondern griff nur nach dem Schreibpad, das dort lag, und sah auf. John glaubte Geringschätzung in seinem Blick zu erkennen. Am anderen Schreibtisch hatte eine Rothaarige, deren perfekte Rundungen durch die Uniform sogar noch unterstrichen wurden, ihre Sachen bereits in eine Aktentasche gepackt und sah den Lieutenant fragend an.

Hinter ihnen an der Wand flackerte neben der Flagge ein Hologramm, das einen Trooper im Einsatz zeigte. Dreckig, das Gewehr im Anschlag. Unter dem Bild des Soldaten stand ein kurzer Text. *Einschreibebedingungen*, buchstabierte John mit einiger Mühe. *Alter: mindestens 21 Jahre. Schulabschluss.*

Keine Vorstrafen. Fast hätte er gelacht. Er konnte maximal eine der Bedingungen erfüllen.

Seine Finger stießen auf die ID-Karte in der Tasche seines Parkas.

Eine der schattenhaften Gestalten im blauen Licht vor dem Rekrutierungsbüro kam auf die Tür zu.

Wortlos legte John dem Offizier die ID-Karte auf den Schreibtisch. Ein Lächeln breitete sich auf dem Gesicht des Mannes aus, als er danach griff.

In diesem Augenblick ging die Tür auf. Der faulige Schwefelgeruch des Regens schlug ins Zimmer. »Seid ihr bald fertig?« Der Mann des SWAT-Teams klang missmutig. »Wir haben hier in der Nähe eine Schießerei mit 'ner Menge Toter.«

»Ein Letzter noch.«

Mit einem gereizten Brummen verließ der Polizist das Gebäude.

»Ihre Blutprobe.«

John blinzelte.

Gallagher bot ihm ein kleines Messer an.

Erst jetzt bemerkte John das kleine Gerät von der Größe einer Männerhand, das auf dem Tisch lag. Ein DNA-Sequenzierer. Fast hätte er geflucht.

Grinsend griff John nach dem Messer und stach sich damit in die Zeigefingerkuppe seiner linken Hand. Als habe der Schmerz ihn erschreckt, ließ er es im nächsten Augenblick fallen. Mit einem »'tschuldigung!« bückte er sich, sodass niemand sehen konnte, wie er von dem blutgetränkten Papier unter seinem Shirt einen kleinen Fetzen abriss. Mit dem Messer in der Hand erhob er sich wieder und warf es auf den Schreibtisch. Die Ablenkung nutzte er, um den blutigen Papierfetzen, den er zwischen den Fingern versteckt hielt, auf das Eingabefeld des DNA-Sequenzierers zu pressen.

Ein Piepen kam aus dem Gerät.

Als Dank schenkte ihm die Rothaarige ein Lächeln.

»Herzlich willkommen bei den Space Troopers, Zacharias McClusky«, sagte der Lieutenant.

2. Kapitel

»Mirek. Mirek Kowalski.« Der junge Mann, der neben John im Truppentransporter saß, bot ihm die Hand an.

Er war groß, schlank, mit dunklen Haaren, freundlich blickenden braunen Augen und besaß ein gewinnendes Lächeln. Außerdem war der Typ viel zu sauber und adrett gekleidet, um in diesen dunklen, muffigen Stahlkasten zu passen.

John reagierte nicht auf die ausgestreckte Hand, sondern starrte auf die Stahlwand ihnen gegenüber. Weder wollte er Konversation betreiben, noch brauchte er Freunde – und auf keinen Fall hatte er vor, lange zu bleiben.

Wo würde der Truppentransporter sie hinbringen? Der nächste Stützpunkt lag in einer anderen Stadt. Das war ein Flug von mehreren Stunden – wahrscheinlich die ganze Nacht hindurch.

Johns Magen zog sich allein bei dem Gedanken vor Hunger schmerzhaft zusammen.

»Hier.« Die Hand, die John so demonstrativ ignoriert hatte, hielt ihm einen Schokoriegel vor die Nase.

Kurz zögerte er. Zugreifen hieß eingestehen, dass er schwach war. Der Augenblick verstrich.

Mirek zuckte mit den Schultern, riss die Hülle des Riegels auf und biss hinein. Innerhalb weniger Augenblicke hatte er die Schokolade gegessen.

Allein der Anblick genügte, um John körperliche Schmerzen zu verursachen. Dennoch schaffte er es, genauso stoisch wie zuvor die Wand gegenüber zu fixieren.

»Glaubt ihr, die schiffen uns heute noch ein?« Der Sprecher war Asiate und so nervös wie eine Jungfrau vor dem ersten Mal.

John stutzte. Einschiffen? Wenn das stimmte, war der Raumhafen die letzte Gelegenheit, um sich abzusetzen.

Ohne eine Antwort abzuwarten, kramte der Asiate ein Pad aus der Tasche. Musik ertönte, wurde aber nach wenigen Augenblicken von der Stimme eines Nachrichtensprechers unterbrochen.

»Hey, da kommt etwas über die Schießerei in den Nachrichten!«, rief der Asiate und sprang auf.

»Setz dich und halt die Klappe«, knurrte der große Blonde mit dem Stiernacken. Mit einem Schlag zwischen die Schulterblätter wollte er den Asiaten zurück auf seinen Platz stoßen. Doch durch ein Schlingern des Transporters verlor er das Gleichgewicht, prallte mit dem Bein gegen Johns Oberschenkel und kippte mit dem Oberkörper zur Seite.

Instinktiv riss John den Ellbogen hoch, und ließ den Blonden mit der Nase dagegen krachen. Blut spritzte. Der Blonde heulte auf und wollte sich auf John stürzen. Im nächsten Augenblick fiel er jedoch der Länge nach auf den Bauch, weil John ihm die Beine weggetreten hatte. Als er keuchend vor Wut den Kopf hob, sah John ihn nur an.

»Okay, lasst es gut sein«, mischte Mirek sich in den Streit ein.

Langsam und mit den rollenden Augen eines wütenden Stiers setzte der Blonde sich wieder hin.

Der Asiate warf John einen verblüfften Blick zu. »Danke.«

Wortlos schnappte John sich dessen Pad und stellte den Ton lauter. Er bekam gerade noch das Ende des Beitrags über die Schießerei mit, in dem von einem Bandenkrieg gesprochen wurde. Das war lächerlich. Wem wollten sie das erzählen?

»Hey!«, beschwerte sich der Asiate und versuchte halbherzig, das Pad wieder an sich zu nehmen.

Ohne große Mühe wischte John seine Finger beiseite, während der Nachrichtensprecher die Namen der Opfer vorlas. Clarice Sheldon. Frau von Richard Sheldon. Beide waren Mitglieder des Erkundungsteams gewesen, das vor einigen Jahren den Kassiopeia-Sektor kartografiert hatte. Noch ein Toter. Ein Reporter des *Claredon?* Sowie drei nicht näher genannte Bandenmitglieder. Kein Wort über John Flanagan oder Zacharias McClusky.

Als der Nachrichtensprecher das Thema wechselte, gab John das Pad zurück. Bevor der Asiate auf einen Musikkanal wechselte, konnte John noch hören, dass die Regierung ein Kriegsschiff in den Kassiopeia-Sektor geschickt hatte, um dort nach dem Rechten zu sehen.

Der Truppentransporter hielt bereits nach einer knappen Stunde. Also waren sie im Raumhafen, schlussfolgerte John.

Die Schiebetür öffnete sich mit einem Zischen. »Alles aussteigen«, verkündete eine Stimme.

Während die anderen Insassen noch nach ihren Taschen griffen, drängte John sich vor und sprang neben dem grauhaarigen Uniformierten, der die Tür geöffnet hatte, vom Transporter herunter.

»Hierbleiben«, sagte der Mann. »Wir wechseln in Kürze auf die *Washington*. Also halten Sie sich bereit.«

Eine große, kahle Halle breitete sich vor John aus. Verschiedene Gruppen von jungen Männern und auch Frauen hielten sich darin auf, die meisten in Uniform, einige wenige in Zivil.

»Da kommt neues Frischfleisch!«, rief einer der Uniformierten lachend und zeigte auf John und die anderen, die hinter ihm aus dem Transporter kletterten.

»Hey!« John baute sich vor Gallagher auf.

Der Lieutenant stand jetzt neben dem Uniformierten, der die Tür geöffnet hatte. Dieser war älter als Gallagher und hatte fast ständig ein kleines, schiefes Lächeln im Gesicht.

»Ich muss mal«, verkündete John.

»Sir!«

John unterdrückte ein Seufzen. »Ich muss mal, Sir.«

»Da drüben.« Gallagher deutete quer durch die Halle auf eine Tür. »Und beeilen Sie sich!«

Und ob er sich beeilen würde! Doch als er sich umdrehte, stellte sich der Grauhaarige vor ihn hin und hielt ihn am Oberarm fest.

Reflexartig schüttelte John die Hand ab.

»Sie haben etwas vergessen, Rekrut.«

»Wüsste nicht, was.«

»Sir.«

John biss die Zähne zusammen. »Ja, Sir.«

Der Grauhaarige lächelte, gab den Weg jedoch nicht frei. »Ich warte, Rekrut.«

Was denn noch? »Ja, Sir?«

»Danke, Sir?«

»Danke, Sir«, knurrte John.

Der Grauhaarige versperrte ihm immer noch den Weg. »Ja, Sir. Danke, Sir.« Wieder das Lächeln, das anscheinend signalisieren sollte, dass er es nur gut mit den Rekruten meinte.

John atmete tief durch. In wenigen Minuten würde er den Kerl los sein. Sofern er es schaffte, sich zusammenzureißen. »Ja, Sir. Danke, Sir.«

John wartete gar nicht erst ab, dass der Mann beiseitetrat,

sondern umrundete ihn und joggte mit geballten Fäusten auf die Tür zu.

»Frischfleisch auf vier Uhr!«, johlte einer der Uniformierten.

»Na, hast du die Hosen voll?«, fragte ein anderer.

»Hosenscheißer!«

Pfiffe ertönten, mischten sich mit Gelächter, während die Gruppen, auf die John zulief, ihm Platz machten und quasi Spalier bildeten.

Seine Fäuste waren so fest geballt, dass sich die Fingernägel schmerzhaft in sein Fleisch gruben. Die Tür zum Korridor hinter sich zuschlagen zu können, glich einer Befreiung. Mit einem zornigen Schrei trat John dagegen. Der Nächste, der ihn auslachte, würde seine Faust zu spüren bekommen.

Nein, zu gefährlich; er musste sich darauf konzentrieren, hier irgendwie rauszukommen. Bevor er mit diesen verdammten Kommissköpfen auf einem verdammten Kriegsschiff zu einem wildfremden Planeten verfrachtet wurde.

Ein Blatt Papier rutschte aus seinem Shirt, flatterte auf den Boden. Weitere folgten. Mit einem Fluch klaubte er sie auf. Sein Blick fiel auf einen Namen. Sheldon. Langsam folgten seine Finger den Buchstaben. Das Wort war lang. Ex... Explota... Nein, Explorationsteam. Explorationsteam Kass... Kassiop... Kassiopeia-System. Das stand oben auf jeder Seite. Was bedeutete das überhaupt – »Exploration«? Wie er den Seitenzahlen entnehmen konnte, waren die Blätter nicht mehr in der richtigen Reihenfolge. Keine Chance, auf die Schnelle den Anfang zu finden.

John fluchte noch einmal. Sein Blick fiel auf ein fett gedrucktes Wort, das ihm genauso fremd war wie die Seitenüberschrift. Ex... Exter... Extratestr... Extraterrestrische Be...drohung. Was war das für ein Mist? Er musste dieses

Zeug loswerden. Die Toilette schien dafür eine gute Option. Andererseits konnte man nie wissen. Möglicherweise waren diese Papiere sehr wichtig und für ihn pures Gold wert.

Die Schließfächer gegenüber der Tür zu den Toiletten sprangen ihm ins Auge. Dass er kein Geld bei sich hatte, um sie ordnungsgemäß nutzen zu können, war unerheblich. Er öffnete das erste Schließfach und legte die Papiere hinein, dann zögerte er einen Augenblick, bevor er auch den Chip aus seiner Socke hineinlegte und die Tür zudrückte. Er musste nur wenige Sekunden mit seinem Stück Draht im Schloss herumstochern, bis er das leise Klicken hörte und den Schlüssel abziehen konnte.

In diesem Augenblick wurde die Tür zur Halle aufgestoßen. »Mitkommen«, rief Gallagher, »es geht los!«

Reflexartig ging John seine Fluchtmöglichkeiten durch. Hinter Gallagher befand sich die Halle mit den Soldaten. Würde ein verdammt harter Spurt werden zwischen all den Kommissköpfen hindurch. Am anderen Ende des Korridors befand sich nur eine kahle Mauer. Blieb nur die Tür zur Toilette hinter ihm. Wenn er Glück hatte, gab es dort Fenster, durch die er fliehen konnte.

John drehte sich auf dem Absatz um und warf sich gegen die Toilettentür. Krachend sprang sie auf und schlug gegen die Wand. Ein kurzer Blick genügte, und John wurde klar, dass er leider Pech hatte. Keine Fenster!

In der Tür machte John kehrt, wo Gallagher auf ihn traf. Er nutzte all seine Frustration, um dem Offizier seine Faust in den Magen zu hämmern, und rannte an ihm vorbei in den Korridor. Ohne sich noch einmal nach Gallagher umzuschauen, stürmte John auf die Tür zur Halle zu und preschte hindurch.

Pfiffe empfingen ihn.

Verdutzt schaute John sich um. Die Gruppen hatten sich umsortiert. Die Leute standen nun in langen Schlangen vor den Türen, die zum Landefeld führten. Die Türen in die Freiheit waren am anderen Ende der Halle. Hinter all den Wartenden, die ihn allesamt anzustarren schienen.

»Das Frischfleisch hat sich in die Hosen gemacht!«, rief einer höhnisch. Finger zeigten auf ihn.

John spurtete los – ein Rempler hier, ein Fausthieb dort.

»Haltet ihn!«, brüllte eine Stimme hinter ihm.

Mehrere Soldaten rannten auf ihn zu und stürzten sich auf ihn. Plötzlich war ihm alles egal. Die Welt war rot. Und er schlug blindlings um sich. Jetzt hatte er nur noch eines im Sinn: seine Haut so teuer wie möglich zu verkaufen. So viele wie möglich zu Boden zu schicken, bevor sie ihn niederringen konnten. Blut wollte er auf den Gesichtern der anderen sehen, wenn er schon sein eigenes an den Lippen schmecken musste.

Er lag erst still, als seine Wange auf den kalten Steinboden gedrückt wurde und das Gewicht auf seinem Rücken so erdrückend war, dass er kaum noch Luft bekam.

»Hören Sie mich, Rekrut?« Die Stimme war schneidend scharf.

Ein paar Sekunden lang keuchte John atemlos, dann fletschte er die Zähne.

»Hören Sie mich, Rekrut?« Stahlharte Finger umklammerten seinen Nacken.

»Ja … Sir«, knurrte John.

»Aufstehen!« Die Hände ließen ihn los.

Er rang immer noch nach Atem, als er sich langsam aufrichtete.

Ein Pulk von Uniformierten umringte ihn. Einige von ihnen hatten blutige Gesichter, stellte John nicht ohne Genugtuung fest. Ihm gegenüber stand breitbeinig der grauhaarige Soldat. Gallagher neben ihm hielt die Hand unter seine blutende Nase.

John spuckte Blut, wischte Haare und Schweiß aus seinem Gesicht und hob den Kopf, die Beine ebenso weit auseinandergestellt wie sein Gegenüber.

Das Schweigen zog sich in die Länge.

»War das ein Versuch zu desertieren, Rekrut?«

Johns Kiefermuskeln verkrampften sich, so fest biss er die Zähne aufeinander. Wie hatte Gallagher ihn in dem Rekrutierungsbüro genannt? Hasenfuß. Er hatte das Grinsen noch deutlich vor Augen. »Ich habe keine Angst ... Sir.«

»Sie haben einen Offizier geschlagen, Rekrut.«

John warf einen Blick auf Gallagher. »Ein Versehen, Sir. Es wird nicht wieder vorkommen.«

Mit schmalen Lippen und stechendem Blick fixierte ihn der Grauhaarige. *Gunnery Sergeant Hartfield* konnte John auf seinem Namensschild lesen. »Es wird nicht wieder vorkommen, weil ich Sie sonst das nächste Mal zwischen meinen Fingern zerquetschen werde, Rekrut.«

Am liebsten hätte John Gift und Galle gespuckt oder diesem Großkotz sein Knie zwischen die Beine gerammt. Dass so etwas nicht dazu beitragen würde, seine Situation zu verbessern, war der einzige Grund, der ihn davon abhielt.

»Haben Sie mich verstanden, Rekrut?«

»Ja, Sir.«

»Name!«

»McClusky.«

»Ihr Name!« Hartfield schrie so laut, dass John unwillkürlich zusammenzuckte. Spucke traf sein Gesicht.

»Zacharias McClusky, Sir.«

»Zurück zu Ihrer Truppe, McClusky. Zwei Wochen Bau. Und danken Sie dem lieben Gott dafür, dass Sie neu sind.«

Nach diesen Worten trat Hartfield zur Seite, um John den Weg freizugeben. Doch bevor er gehen konnte, kam ein Hüne mit ergrauten Schläfen zu ihnen.

Der Mann trug deutlich mehr Lametta auf der Brust als die anderen Uniformierten in der Halle. »Ärger?«, fragte er in Hartfields Richtung.

Der Gunnery Sergeant salutierte. »Nein, Sir.«

Der Mann mit den grauen Schläfen nickte nur. Sein Blick streifte John, dann schritt er wieder fort.

Eine Hand legte sich auf Johns Schulter. Sie gehörte Gallagher, registrierte John gerade noch rechtzeitig, bevor er sie abzuschütteln versuchte.

»Das war Colonel Forsman. Sie scheinen ein Talent zu haben, sich unbeliebt zu machen, McClusky.«

Die Hand dirigierte ihn zurück zu den anderen Rekruten aus seinem Transporter – an die Spitze der Reihe direkt vor die Tür, die hinaus aufs Landefeld führte.

Johns Blick irrte zurück zu der doppelflügeligen Tür, die in die Freiheit führte. Genauso gut hätte er sich durch ein Minenfeld und vier Footballteams hindurchmogeln können.

Gallagher schien seine Gedanken zu erraten, denn sein Griff um Johns Schulter wurde eine Spur fester. »Vergessen Sie's!«

Die Tür vor ihm ging auf. Ein kräftiger Stoß in den Rücken ließ John nach draußen stolpern. Auf die Landefähre mit den heulende Triebwerken zu, die ihm Wind und sauren Regen ins Gesicht bliesen.

Alle Auswege schienen versperrt. Ein zorniger Schrei verließ seine Kehle. Er wollte sich umdrehen. Doch da stand Mirek neben ihm, packte ihn am Arm und zerrte ihn mit sich.

»Komm!« Der Wind riss Mirek das Wort von den Lippen.

John versuchte, sich loszureißen. Auf der anderen Seite von ihm tauchte der Asiate auf und lächelte ihn nervös an, bis der breitschultrige Blonde ihm von hinten einen Schubs gab. Der Blick dieses Kerls war so herablassend und abschätzig, dass John ihn am liebsten erwürgt hätte.

»Komm!«, schrie Mirek ein weiteres Mal, schüttelte ihn und zerrte ihn weiter mit sich.

Taumelnd ging John ein paar Schritte neben ihm her.

Und dann wurde ihm klar, dass es aus war. Es gab kein Zurück mehr.

Als er das begriff, gab er endlich nach und rannte neben Mirek auf die offene Luke der Landefähre zu. Das Tosen der Triebwerke machte ihn nahezu taub, je näher er kam. Dunkelheit und der Geruch nach Öl, Schweiß und Metall, vermischt mit dem fauligen Gestank des sauren Regens, umgaben ihn. Der Boden unter seinen Füßen vibrierte, als er die Fähre betrat. Dann schloss sich die Luke, sperrte den Regen und den Lärm der Triebwerke aus. Nur ein fernes Heulen blieb.

Eine Hand zerrte ihn mit sich, bis seine Kniekehlen einen Sitz berührten. Kaum hatte er Platz genommen, drückte jemand einen Bügel auf seine Brust und Schultern herunter. Sekunden später ließ ihn ein Ziehen in seinem Magen wissen, dass sie abgehoben hatten.

1. Intermezzo

»Sir!« Hartfield stand stramm – so stramm, wie er es sich von seinen Rekruten wünschte –, bis Colonel Forsman ihm mit einem Nicken bedeutete, dass er bequem stehen konnte.

»Nein«, sagte Forsman nur. Sein Blick war schon wieder auf ein Schreiben gerichtet, das vor ihm auf seinem Schreibtisch lag.

Hartfields Blick glitt kurz durch den Raum, der hier auf der *Washington* Forsmans Büro darstellte und so karg war wie die Äußerungen des Mannes, der hier arbeitete.

»Sir, mit Verlaub. Aber er ist so weit. Es wäre nicht fair, ihn weiter hinzuhalten.«

»Sprechen Sie nicht von Fairness.«

»Wir schulden es ihm, Sir.«

Nun sah Forsman doch auf. »Es war von Anfang an eine schlechte Idee.«

»Eine schlechte Idee, Sir. Oder doch schlechtes Material?«

Forsman lachte kurz. »Touché!«

Hartfield straffte sich. »Ich bin mir durchaus bewusst, aus welchen Gründen das Genprogramm zur Verbesserung menschlicher Eigenschaften ins Leben gerufen wurde: Es sollte nicht nur dem Ziel dienen, bessere Soldaten zu schaffen, sondern außerdem unliebsame Subjekte von der Straße entfernen. Aber auch wenn wir viele Verluste hatten – Gen IX ist stabil. Er hat sein bisheriges Leben aufgegeben, um den Space Troopers dienen zu können, Sir. Es ist unsere Pflicht...«

Eine unwirsche Handbewegung ließ Hartfield verstummen. »Lassen Sie das!« Die Worte klangen scharf. »Die Männer, die Teil des Programms wurden, waren abgeurteilte Terroristen. Sie hatten den Tod unzähliger Zivilisten verschuldet und wären anderenfalls in die Todeszelle gewandert.« Forsman schüttelte den Kopf. »Oh nein, Gunnery Sergeant. Sie irren sich. Wir schulden diesen Männern rein gar nichts. Sie schulden uns etwas – und zwar ihr Leben.«

»Er hat sich geändert, Sir.«

Forsmans hellgraue Augen musterten Hartfield so lange, bis diesem der Kragen zu eng wurde. »Wollen Sie die Hand für ihn ins Feuer legen, Gunnery Sergeant Hartfield?«

Schweißperlen bildeten sich auf Hartfields Stirn. Er hätte sich denken können, dass es darauf hinauslief. »Wir brauchen neue Optionen, Sir. Auf der Erde genügt ein Funke, um das Fass zum Explodieren zu bringen. Die Kolonisierung muss vorangetrieben werden – unter dem Schutz der Space Troopers. Sonst geht die ganze Menschheit den Bach hinunter. Die Erde kann schon lange nicht mehr alle ernähren. Die Dschihadkrieger haben schon einmal versucht, sich mit Gewalt zu nehmen, was ihnen ihrer Meinung nach zusteht, und dabei Europa und Afrika unter ihre Knute gebracht. Es ist nur eine Frage der Zeit, bis sie wieder zuschlagen. Wir können nur zusehen, dass wir sie uns vom Hals schaffen. Entweder, indem wir von der Erde verschwinden, oder, indem wir sie von der Erde vertreiben. Und nun gibt es zu allem Überfluss noch einen neuen Feind da draußen, von dem wir nichts wissen, außer dass er sehr wahrscheinlich eine unserer Kolonien in Schutt und Asche gelegt hat. Wir müssen –«

»Sie können gehen, Hartfield«, fiel Forsman ihm ins Wort und wandte sich wieder dem Schreiben auf seinem Tisch zu.

Sekundenlang starrte Hartfield auf den Colonel hinab, bis er sich endlich straffte und salutierte. »Aye, Sir. Danke, Sir.«

3. Kapitel

Die Pritsche in der Arrestzelle war weicher als die Matratze, auf der John die letzten Jahre geschlafen hatte. Außerdem war es hier einigermaßen warm und trocken; er hatte seine Ruhe, und er bekam regelmäßig etwas zu essen. Besser hätte er es eigentlich gar nicht treffen können. Nur die Luft schmeckte abgestanden, nach Öl, Schweiß und Metall, wie alles an Bord des Raumschiffes.

Die zwei Wochen vergingen schneller, als John für möglich gehalten hätte. Und so blickte er ein wenig überrascht auf, als der dunkelhaarige Offizier, der ihn »angeworben« hatte, plötzlich vor dem Gitter auftauchte.

»Aufstehen!«, befahl Gallagher. »Wir sind am Ziel.«

»Und wo ist das?«

Gallagher lachte kurz auf. »Das werden Sie noch früh genug merken.«

Das Gitter öffnete sich quietschend. Angesichts der beiden Wachen, die Gallagher begleiteten, schien Widerstand zwecklos. Wie es überhaupt sinnlos war, sich zur Wehr zu setzen – auf einem Raumschiff voller Space Troopers.

Also folgte er Gallagher durch die metallenen Korridore in einen Raum, wo ein gelangweilter Soldat ihm die Haare scherte und ihn rasierte. Im Nachbarraum überreichte ein anderer Soldat ihm eine Uniform, die er sofort anziehen musste, und diverse andere Kleidungsstücke sowie einen Seesack, in dem er alles aufbewahren konnte. Das, was John getragen hatte, wurde mit seinem Namen versehen und in einen Beutel gesteckt. Er schaffte es gerade noch, unauffällig den Schließfachschlüssel aus seiner alten Socke hervorzuholen und in die neue zu stecken, ehe Gallagher ihn weiter durch die Gänge führte. Wenig später fand sich John mit seinem Kleidersack in einer Landungsfähre unter lauter fremden Gesichtern wieder, die sie allesamt nach unten brachte.

Als die Luke sich öffnete, schlug ihm ein fremdartiger Geruch entgegen. Nach Staub, einem unbekannten Gewürz und Hitze. Verwirrt folgte John den anderen Rekruten nach draußen, wo die herabbrennenden Strahlen einer fremden Sonne ihn blendeten.

»In Reih und Glied! Und willkommen auf Hell's Kitchen, Rekruten!«

Weder wusste John, wo die Reihe war, noch wo er sich dort einreihen sollte. Die Hitze war erdrückend, insbesondere nach zwei Wochen ohne körperliche Betätigung in einem gut klimatisierten Raum.

Ein Schlag gegen seinen Hinterkopf trieb ihn nach vorn. Noch ein Schlag. In seinem Kopf klickte es. Er ließ den Seesack mit seiner Kleidung fallen und wollte sich umdrehen, die Faust schon geballt, da traf ihn ein Hieb am Kinn und fällte ihn.

Er schmeckte Staub und Blut. Hustete und versuchte, wieder auf die Füße zu kommen. Der nächste Schlag traf ihn im Genick und schickte ihn erneut zu Boden.

»Aufstehen!«, brüllte eine bekannte Stimme.

Doch er bekam keine Gelegenheit dazu. Ein neuerlicher Hieb ließ ihn wieder Dreck fressen.

»Ich sagte: Aufstehen!«

Hartfield. Ohne Zweifel.

John spuckte Blut und machte einen neuerlichen Versuch, sich aufzurappeln. Endlich kam er taumelnd auf die Füße. Ein Stock stieß gegen seine Brust.

»Ihr Aufzug lässt zu wünschen übrig, McClusky.« Der Stock riss sein Hemd aus der Hose und wies dann auf seinen Seesack. »Aufheben!«

Er wusste, der Stock würde in seinem Genick landen, wenn er sich bückte, um dem Befehl nachzukommen. Ein Machtspiel also. Um ihn zu erniedrigen. Damit ihm ein für alle Mal klar wurde, wer hier das Sagen hatte. Und er hatte keine andere Wahl, als sich mit der Rolle des Verlierers abzufinden.

»Aufheben!«

Langsam und im Bewusstsein des Schlages, der ihn nun treffen würde, kam John der Aufforderung nach. Äußerlich gelassen, steckte er den Hieb ein, während er seinen Seesack aufhob. Dann steckte er das Hemd wieder in die Hose, wischte sich das Blut aus dem Gesicht und nahm Haltung an. »Aye, Sir.«

In Hartfields Miene spiegelte sich ein Hauch Verwunderung. »Mir scheint, Sie haben dazugelernt, McClusky.«

Im Bemühen, seine Gefühle – all die Ohnmacht und Wut – nicht zu verraten, erwiderte John den Blick.

»Ich habe Sie etwas gefragt, McClusky. Haben Sie etwas dazugelernt?«

»Wenn das Ihre Meinung ist ... Sir.«

Statt einer Antwort schlug Hartfield ihm mit dem Stock ins Gesicht. »Alle wegtreten!«, bellte er. »Außer McClusky!« Dann ging er fort.

Dieses Mal schluckte John das Blut hinunter, das sich in seinem Mund sammelte. Denn er ahnte, dass es lange dauern würde, bis er aus der prallen Sonne herauskam und etwas trinken konnte.

Am ganzen Leib zitternd, kam er zu sich. Der Boden unter ihm war hart und staubig. Er fror wie selten zuvor in seinem Leben.

»Haben Sie etwas dazugelernt, McClusky?« Hartfield beugte sich über ihn.

John hustete und rang nach Atem. »Ja, Sir.« Die Worte schmerzten, so ausgedörrt war seine Kehle.

»Und was?« Hartfields Gesicht war im Dunkel der Nacht kaum zu erkennen.

»Dass …« Wieder ein Husten, das John unwillkürlich ein Stöhnen entlockte. »… dass Sie am längeren Hebel sitzen, Sir.«

Ein amüsiertes Lachen kam aus Hartfields Mund. »War das eine kluge Antwort?«

»Nein, Sir.« Immer noch zitternd, kämpfte sich John in eine sitzende Position hoch.

»Ihnen ist klar, dass ich Sie die ganze Nacht hier im Freien lassen kann, wenn mir Ihre Antwort nicht gefällt?«

»Ja, Sir.«

»Ich kann Sie hier draußen liegen lassen, bis Sie krepieren.«

»Ich weiß, Sir.«

Ein leises Schnauben antwortete, ehe Hartfield sich mit einem Ruck aufrichtete. »Stehen Sie auf, wenn ich mit Ihnen rede, McClusky.«

Mit kraftlosen Bewegungen kam John der Aufforderung nach. Er schwankte vor Erschöpfung.

»Sie haben nicht versucht zu desertieren, weil Sie kalte Füße bekommen haben.«

John schwieg.

Hartfield drehte ihm plötzlich den Rücken zu, als müsse er nachdenken. Bis er sich John ebenso überraschend wieder zuwandte. »Vor wem sind Sie auf der Flucht?«

»Vor niemandem.« Johns Stimme war nur ein Krächzen.

»Hören Sie, McClusky, wir wissen beide, dass Sie lügen. Und je eher ich die Wahrheit erfahre, umso besser für Sie. Ich frage Sie ein letztes Mal: Vor wem sind Sie auf der Flucht? Und denken Sie gut nach, bevor Sie antworten. Denn die Nacht hier ist verdammt kalt und lang. Und der Tag morgen umso heißer.«

»Wer hat die Kolonie auf Kassiopeia angegriffen, Sir?«

Keine Antwort. Das Schweigen wurde lastend.

»Sir …«

Hartfield zeigte auf ein flaches Gebäude. »Quartier 27b. Appell morgen um sechs Uhr. Wegtreten, Soldat.«

Das Gebäude entpuppte sich als riesiger Container. Mit kleinen, torkelnden Schritten folgte John einfach dem Licht, das aus den Türen drang. Sein Seesack schien tonnenschwer zu sein. Stickige Wärme und der Geruch ungewaschener, verschwitzter Leiber empfing ihn. Wie durch Watte drangen Gesprächsfetzen an seine Ohren. Sie endeten, als er sich näherte.

Mühsam versuchte John die Buchstaben und Zahlen auf den Schildern neben den Türen zu entziffern. Ein Schwanken, die Welt drehte sich um ihn herum.

Im letzten Augenblick schaffte er es, sich an einem Türrahmen festzuhalten. Stand da 27b oder 27c? Er beugte sich vor; seine Stirn stieß fast gegen das Schild.

b. Eindeutig.

Er wollte die Tür aufstoßen, stolperte, fiel und hielt sich an der Türklinke fest, sodass er samt Tür in den Raum hineintaumelte. Der Kleidersack fiel aus seiner Hand.

Fünf Augenpaare starrten ihn an. Drei seiner neuen Mitbewohner erkannte er von der Reise her wieder: der Asiate, der Blonde mit dem Stiernacken und Mirek. Außerdem waren noch eine Frau und ein Farbiger im Raum.

Johns Blick wurde geradezu magisch von den Flaschen angezogen, die auf dem Tisch mitten im Raum standen. Mit weichen Knien torkelte er darauf zu, griff sich die erste und trank sie auf einen Zug leer. Es war Bier, ein wenig abgestanden und für seinen Geschmack zu bitter. Dennoch fühlte sich das Nass in seiner Kehle fantastisch an, als wäre es das Beste, was er je getrunken hatte. Er leerte eine zweite Flasche, ließ sie anschließend einfach fallen und wankte auf das Etagenbett hinter der Tür zu, das als letztes einzusehen war, wenn jemand den Raum betrat.

»Hey, Blödmann! Das ist meins«, beschwerte sich der Blonde.

Ohne einen Kommentar zog sich John ins obere Stockbett, ließ die Schuhe schlicht auf den Boden neben seinen Seesack fallen und schloss die Augen.

»Ich sagte, das ist mein Bett.« Eine Hand zerrte an seinem Bein.

Eine andere Hand berührte ihn sanft. »Lass ihn in Ruhe, Phil. Er ist total fertig.«

Mirek. Natürlich. Der barmherzige Samariter höchstpersönlich.

Es war Johns letzter Gedanke, ehe die Müdigkeit ihn besiegte. Er erwachte, weil jemand ihn schüttelte.

»Aufwachen. Verdammt! Aufwachen! Noch fünf Minuten.«

»Ich habe doch gleich gesagt, dass es sinnlos ist.«

Ein Stöhnen kam aus Johns Kehle.

»Aufwachen!« Wieder das Rütteln.

»Was soll das?«

»Das wirkt bestimmt besser.«

»Aber …«

Ein Schwall kalten Wassers ergoss sich über Johns Kopf. Lachen ertönte. John schnappte nach Luft. Mit einem Ruck setzte er sich auf. Zu schnell. Die Welt um ihn herum drehte sich. Kam ihm entgegen. Er kippte zur Seite. Ein Krachen. Ein dumpfer Schmerz, und er fand sich am Boden wieder.

»Idiot!«, schrie jemand.

So laut und nah, dass John glaubte, sein Kopf müsse platzen. Im nächsten Moment übermannte ihn die Übelkeit – zu plötzlich, um sich ihrer zu erwehren. Würgend übergab er sich dort, wo er gerade lag. Er zitterte am ganzen Körper.

»Komm hoch.« Jemand packte ihn unter den Achseln, zog ihn in eine sitzende Position und lehnte ihn gegen das Bett.

Johns Sicht klärte sich. Mirek hockte ihm gegenüber und bot ihm ein Glas Wasser an.

»Du hast noch zwei Minuten.«

Verwirrt griff John nach dem Wasser. Zwei Minuten? Wofür?

»Langsam«, mahnte Mirek. Zu jemandem hinter sich fügte er hinzu: »Er hat einen Sonnenstich. Eigentlich sollte er einen Tag im Bett verbringen.«

Eine Frau lachte verächtlich. »Glaubst du, das kümmert hier jemanden?«

»Mach Platz!« Ein breiter Körper drängte sich an Mirek vorbei nach draußen auf den Korridor.

Ein Mann folgte ihm. Dann eilte der Asiate hinterher.

»Und jetzt?«, fragte die Frau mit einem Seufzen.

»Verschwindet«, stöhnte John und stieß Mirek von sich weg. Das leere Glas zerschellte irgendwo im Raum. »Verschwindet«, wiederholte er ächzend. Weder hatte er um Mitleid gebettelt, noch brauchte er Hilfe.

Von draußen erklang die morgendliche Fanfare.

»Wie du willst«, sagte die Frau.

Weshalb musste hier eigentlich jeder brüllen?

Jede Silbe, die Hartfield ihm entgegenschrie, traf John mit der Wucht eines Schmiedehammers. Sein Kopf schmerzte, als würde er zerspringen. Seine Kehle und jeder Quadratzentimeter seines Körpers, der der Sonne ausgesetzt war, brannten wie Chilipaste, und seine Beine waren weich wie Gummi.

»... zu spät ...«, drang es an seine Ohren. Als ob er das nicht wüsste.

»... Aufzug ...« Klar. Und was hätte er statt der nassen Kleider anziehen sollen, in denen er geschlafen hatte? Diejenigen aus dem Seesack, auf den er gekotzt hatte?

»... Waffe ...« Aha. Er hatte nicht einmal gewusst, dass er eine besaß, geschweige denn, wo sie sich befand.

»... Zimmer ...« Sollte er etwa seine Kotze wegwischen, die Scherben aufsammeln, seine Sachen waschen und das Bettzeug zum Trocknen aufhängen?

Nicht mit ihm.

Es war erstaunlich leicht, die Worte einfach an sich vorbeirauschen zu lassen, als gingen sie ihn nichts an. Insbesondere in diesem Schwebezustand, in dem sich sein Bewusstsein befand, und mit diesen mörderischen Kopfschmerzen.

Wieder ein Brüllen. Ein Gewehr wurde gegen seine Brust gestoßen. Ganz automatisch griff er danach. Ein Stoß in den Rücken machte ihm begreiflich, dass er mit den anderen Rekruten losmarschieren sollte.

Mühsam setzte er sich in Bewegung. Bei jedem Schritt schienen sich glühende Nadeln durch seine Schädeldecke zu bohren. Und das Gewicht der Waffe in seinen Händen machte das Gehen nicht leichter.

Jemand begann zu singen.

John wusste nicht, ob er lachen oder weinen sollte.

Das Morgengrauen, das die Hitze bislang von ihnen ferngehalten hatte, verschwand bald. Die fremde Sonne stieg wie ein brennendes Auge hoch zum Firmament – und verwandelte in kurzer Zeit die Luft und jeden Atemzug in flüssiges Blei.

Dass er sich in einem Hindernisparcours befand, begriff John erst, als er über den Stacheldraht stolperte. Der Schweiß lief über seine Stirn und brannte in seinen Augen. Blinzelnd sah er dem Asiaten zu, wie der sich, von einem Bein aufs andere hüpfend, durch die Stacheldrahtwellen kämpfte.

John folgte ihm. Ahmte instinktiv dessen Bewegungen nach in der schlichten Hoffnung, dass der Junge das Richtige tat.

Von weit her drang Hartfields Gebrüll an seine Ohren. Und wenn schon. Der schrie schon den ganzen Tag.

Ein anderes Hindernis. Dieses Mal hüpfte das Schlitzauge nicht, sondern robbte unter den Drähten hindurch. Die Waffe auf den Unterarmen vor sich herschiebend, tat John es ihm gleich.

Die nächste Überraschung war eine enorm lange, robuste Leiter, die in etwa zwei Metern Höhe über einer Grube lag, die mit braunem, nach Jauche und Schlimmerem stinkendem Schlamm gefüllt war. Der Asiate machte einen heroischen Versuch, sich an den Sprossen hinüberzuhangeln, während das Gewehr gegen seine Brust schlug. In der Mitte verließen ihn die Kräfte.

John war an der Reihe. Schon bald protestierte seine Schultermuskulatur, und die Kopfschmerzen nahmen eine neue Qualität an. Aber loslassen hieß aufgeben. Und das war keine Option. Dennoch war er überrascht, als er schließlich die letzte Sprosse erreichte. Seine Beine gaben nach, als er losließ und auf allen vieren landete.

»Weiter, ihr Waschlappen!«, rief eine Stimme. »Und ihr wollt Männer sein?«

Die Worte weckten Johns Zorn, stachelten ihn an und halfen ihm dabei, sofort aufzustehen. Im Laufschritt ging es zum nächsten Hindernis. Der Asiate blieb hinter John zurück. Stattdessen tauchte Blondie vor ihm auf. Sekunden später versuchte der Kerl, mit einem Sprung die Oberkante einer Holzwand zu erreichen: Doch er klatschte nur mit Armen und Beinen gegen das Hindernis und fiel wie ein Sack voller Steine zu Boden.

Normalerweise hätte John über die Wand gelacht. An diesem Tag aber war sie eine echte Herausforderung für ihn. Aber Herausforderungen waren dazu da, sie zu bewältigen. Deshalb liebte John sie. In vollem Lauf sprang er an der Wand hoch, ignorierte sowohl Blondies Protest, weil er ihn angeblich behinderte, als auch seine stechenden Kopfschmerzen, packte mit den Fingern die Oberkante und zog sich mit einem einzigen Ruck hoch. Der Rest war ein Kinderspiel.

Eine weitere Grube mit stinkendem Schlamm wartete, über die John sich an einem Seil hinüberschwingen musste. Er sauste an Mirek vorbei, der das Tau zu früh losgelassen hatte. Ein Fehler, den viele machten.

Als Letztes kam ein Balken, an dem die Frau hing. Mit wenigen Schritten balancierte John zur anderen Seite hinüber, eilte zum Ausgangspunkt zurück und wartete keuchend, bis die anderen Rekruten eintrafen.

Hartfield ging an ihren Reihen auf und ab und musterte sie. In Johns Nase drang der Gestank nach Jauche, der von den vielen Rekruten stammte, die im Schlamm gelandet waren.

»Was seid ihr eigentlich!«, schrie Hartfield. »Troopers oder

Sesselfurzer? Wer morgen wieder im Schlamm landet, ist eine Woche auf halber Ration. Alle wegtreten und säubern. In einer halben Stunde antreten zum Schießen. Zimmer 27b hiergeblieben.«

Hie und da war verhaltenes Stöhnen unter den Rekruten zu hören, als sie sich in Bewegung setzten. Die meisten Gesichter waren dreckig, gerötet von der Sonne und schweißüberströmt. Doch trotz ihrer Erschöpfung hatten die Soldaten es eilig, zu ihren Quartieren zu kommen.

John konnte das nur zu gut verstehen. Er wäre ihnen gerne in den Schatten der Unterkünfte gefolgt, statt weiter in der brütenden Sonne stehen zu müssen. Seinen fünf Zimmerkameraden ging es sicherlich nicht anders.

Hartfield musterte sie. »27b, eure Stube sieht aus wie ein Sauhaufen. Fünf Extrarunden als Strafe. Und wenn das noch einmal passiert, verdoppele ich. Verstanden?«

»Sir, ich protestiere. Ich habe nichts –«

Blondie wurde rüde von Hartfield unterbrochen. »Maul halten, Reno! Zehn Liegestütze. Sofort!«

Der Gescholtene warf John einen Blick zu, als wollte er ihn erwürgen, ehe er sich zu Boden warf und zehnmal die Erde küsste.

So machte man sich also Freunde.

»Los, los, los!«, brüllte Hartfield, kaum dass Reno wieder stand. »Worauf wartet ihr, ihr faulen Säcke! Fünf Runden! Und wehe, ihr seid nicht fertig, bevor es Abend wird.«

4. Kapitel

»Ich bring dich um! Ich bring dich um!« Reno warf sein Marschgepäck und die Waffe von sich, kaum dass sich die Tür zu ihrer Stube hinter ihnen geschlossen hatte. Im nächsten Moment stürzte er sich auf John.

Doch John wich einfach zur Seite, ließ den Angreifer wie einen wütenden Kampfstier ins Leere laufen und trat ihm die Beine weg. Reno krachte wie ein Stein zu Boden.

Mit einem Schrei kam Blondie wieder auf die Füße und rannte mit gesenktem Kopf auf John zu.

Der griff nach dem Kopf seines Gegners, unterschätzte jedoch dessen Kraft. Die schiere Wucht des Angriffs hob John von den Füßen. Er stürzte rücklings, Reno krachte auf ihn, ein Ellbogen landete in seinen Rippen. Instinktiv trat er den Gegner von sich, wälzte sich zur Seite. Eine Hand riss ihn herum. Ducken. Eine Faust streifte sein Kinn. John schmeckte Blut. Blocken. Finte. Ein unfeiner Tritt in Renos Weichteile, und John schaffte es, Renos nächsten Angriff so umzulenken, dass er den großen Blonden mit auf dem Rücken gedrehten Arm auf den Boden nageln konnte. Blut tropfte aus seiner Lippe auf Renos Nacken.

»Okay«, keuchte John. »Versuch das noch einmal, und ich brech dir den Arm.«

Renos Gesicht war verzerrt vor Wut und Schmerz.

»Hast du mich verstanden, Dumpfschädel?«, fauchte John.

Reno versuchte verzweifelt, sich aus Johns Griff zu befreien. Vergeblich.

»Hast du mich verstanden?« John verdrehte den Arm noch ein wenig mehr.

»Ja, verdammt!«, schrie Reno.

John ließ ihn los und stand auf. »Will sich noch jemand beschweren?«, fragte er in die Runde.

Keiner rührte sich.

Den Blick auf Reno gerichtet, bückte John sich, um sein Gepäck und die Waffe aufzuheben. Anschließend ging er in den Waschraum und atmete tief durch.

Niemand folgte ihm.

Eine willkommene Gelegenheit, um in der Umkleide den Schließfachschlüssel unter dem Innenleder seines linken Stiefels zu verstecken.

John fluchte. Seine Uniform starrte vor Dreck und Schweiß, und der Seesack mit seiner übrigen Kleidung stank zum Gotterbarmen. Er stand nass und mit nichts außer einem Handtuch um die Hüften in ihrem Quartier und kam sich vor wie ein Idiot.

Wenigstens hatte jemand die Kotze weggewischt und die Scherben aufgehoben, während er geduscht hatte.

Ein Räuspern ertönte hinter ihm.

John drehte sich so schnell um, als habe ihn etwas gebissen. »Was?«, fuhr er Mirek an.

»Die Kleiderkammer ist im Gebäude gegenüber. Soll ich …«

»Nein.« John schlüpfte in seine Stiefel, warf sich den Seesack über die Schulter und stopfte die verdreckte Uniform unter den Arm. Als er einen Schritt zur Tür hin machte, versperrte Mirek ihm den Weg.

»Hör mir erst zu«, bat Mirek und hob beschwichtigend die

Hände. »Wenn du so das Quartier verlässt, kriegen wir alle einen Rüffel. Also tu uns einen Gefallen und lass mich das machen.«

»Da könntest du genauso gut versuchen, einem Hornochsen das Fliegen beizubringen«, mischte sich Blondie ein.

»Halt den Mund, Mann. Oder bist du scharf auf fünf Extrarunden?« Das war der Farbige.

»Ich nicht.« Reno nickte in Johns Richtung. »Aber der da.«

John ignorierte die Bemerkung und betrachtete zum ersten Mal das Gesicht des Farbigen genauer. Es kam ihm vertraut vor. Als habe er es schon einmal gesehen. Oft gesehen sogar. Plötzlich fiel es ihm wieder ein. »Kommst dir wohl besonders schlau vor, nur weil du diesem Footballstar ähnlich siehst.«

Der Farbige lachte. »Hey, Mann! Ich *bin* der Footballstar, Alter.«

»Und ich bin der Kaiser von China.« Nach den Worten versuchte John, Mirek beiseitezuschieben.

Doch hinter ihm standen nun Reno und die junge Frau. »Er ist es wirklich – Harlan Westcott«, sagte sie. »Wir haben eine Berühmtheit in der Truppe.«

»Hooray!«, rief Reno.

»Hooray«, antworteten die anderen außer John.

»Seine Autogramme kann er behalten«, entgegnete er kühl.

»Gib Mirek endlich deine Sachen«, forderte die Frau ihn auf. »Und halt den Ball flach. Niemand hier hat Lust, wegen dir Extrarunden zu laufen. Und du musst dich nicht einmal dafür bedanken. Mirek tut das nämlich für die Truppe. Und nicht für dich.« Sie streckte die Hand aus.

Eine Erinnerung tauchte in Johns Kopf auf: ein Gesicht, dreck- und ölverschmiert in einer Garage. Es war haften geblieben, weil es so ungewöhnlich war. Eine gutaussehende junge Frau mit südländischem Teint, die Fahrzeuge reparierte. »Ich kenne dich.«

»Soll das etwa eine Anmache sein? Viel zu primitiv, um zu funktionieren.« Sie grinste. »Aber ich überleg es mir vielleicht, wenn du mir noch dein Handtuch gibst.«

Harlan hob die Finger zum Victoryzeichen. »Oh, yeah, Baby! Schnapp ihn dir!«

»Leck mich«, sagte John und warf ihr den stinkenden Sack und die dreckigen Kleider vor die Füße.

Was war nun schon wieder?

Hartfield hatte sie antreten lassen. Nun schritt er an ihrer kleinen Reihe auf und ab, als suchte er etwas. Wie ein Bluthund, der einer Fährte folgte.

Die frühe Morgensonne blendete John. Er trug eine frische Uniform, war sauber, hatte Gewehr und Marschgepäck. Wie alle aus seiner Truppe. Und auch das Quartier war aufgeräumt. Was gab es jetzt noch auszusetzen?

Ein Schatten fiel auf Johns Gesicht. Er blinzelte. Hartfield war vor ihm stehen geblieben und musterte ihn. »McClusky, was ist mit Ihrer Lippe passiert?«

»Keine Ahnung, Sir. Muss in der Dusche ausgerutscht sein.«

Hartfield ging weiter, kehrte am Ende der Reihe wieder um und blieb in der Mitte vor ihnen stehen. »Es wurde eine Prügelei gemeldet. In Ihrem Quartier. Ich dulde keine Prügeleien in meinem Squad.« Eine Pause entstand.

Daher wehte also der Wind.

»Wer daran beteiligt war, soll vortreten!«

John fixierte den Horizont hinter Hartfield, der unter der zunehmenden Hitze zu flirren begann, so als schmelze er.

»McClusky, wollen Sie mir immer noch weismachen, Sie seien in der Dusche ausgerutscht?«

Ein Blinzeln, und John richtete den Blick auf Hartfield. »Ja, Sir.«

Der Asiate gluckste und unterdrückte ein Kichern.

»Han-Sung, zehn Liegestütze!«

Hartfields Miene wurde finster, während er John musterte. Das Keuchen des Asiaten, der sich zehn Liegestütze abquälte, schien er gar nicht wahrzunehmen.

»Mit wem haben Sie sich geprügelt, McClusky?«

»Ich weiß nicht, wovon Sie sprechen, Sir.«

»Dann will ich Ihrem Gedächtnis etwas auf die Sprünge helfen, McClusky. Nehmen Sie Haltung an, wenn ich mit Ihnen rede, Mann!«

John straffte sich. Was jetzt? Fünf Extrarunden oder ...

»Wegtreten!«, blaffte Hartfield die anderen an, machte kehrt und blieb vor John stehen. »Sie nicht. Sie können erst gehen, wenn Sie mir den Namen des Rekruten nennen, der Ihnen die dicke Lippe verpasst hat.«

»Aye, Sir.« Das würde ein langer, heißer Tag werden.

Die Sonne war ein brennendes Auge, das ihn zornig anblickte. Sie steckte den Horizont in Brand, schmolz ihn und machte Asche aus Johns Gedanken, die vom leichten Wind auseinandergerissen und davongeweht wurden.

Weshalb stand er überhaupt hier? Hatte er nicht bereits gestern oder vorgestern stundenlang hier gestanden?

Die Haut seines Gesichts brannte. Schweiß lief in Strömen über sein Gesicht und seine Brust. Aber das zornige Auge am Himmel kannte kein Erbarmen.

Er hörte Stimmen, sah wie durch einen Schleier die Gestalten anderer Rekruten, die an ihm vorbei den Unterkünften zustrebten. Sie schienen Abstand zu halten, als hätten sie Angst, ihm zu nahe zu kommen. Waren Strafen etwa ansteckend?

Wenig später traten sie neben ihm an. Hartfields Stimme bellte irgendwelche Befehle. Dann ließen sie ihn wieder allein.

Schritte näherten sich. »Ist Ihnen der Name eingefallen, McClusky?«

»Keine Ahnung … wovon Sie sprechen, Sir.« Die Worte schmerzten in Johns trockener Kehle.

»Glauben Sie, irgendein anderer hier würde das für Sie tun?«

John schwieg. Wie er immer geschwiegen hatte, wenn die Bullen etwas von ihm wissen wollten. Möglicherweise war das ja nur eine dumme Angewohnheit. Antrainiert in den Jahren auf der Straße, wo er niemandem trauen konnte und jedes Anzeichen von Nachgeben nur Schwäche war.

Weshalb er schwieg oder für wen, war dabei völlig unerheblich. Es war seine Natur. Er begriff dies nun – in einem Moment völliger Klarheit –, und er begriff außerdem, dass er sich nicht dagegen wehren konnte.

Die Zeit schmolz. Und das zornige Auge wachte über ihm, stanzte Löcher in sein Denken, sodass er sich wunderte, wohin die Zeit verschwunden war, als Hartfield ihn wieder ansprach.

»Warum stehen Sie hier, McClusky? Wollen Sie zum Helden werden? Der andere sitzt da drinnen und isst und trinkt; er lacht Sie wahrscheinlich gerade aus. Er kann duschen und sich in ein Bett legen. Glauben Sie wirklich, dass er es wert ist, dass Sie für ihn schweigen?«

Philippe Reno? Garantiert nicht. Trotzdem hätte John sich eher die Zunge abgebissen, als seinen Namen zu nennen.

Stellen Sie mir ein Bier kalt, hätte er gerne geantwortet, aber seine Zunge klebte am Gaumen, und nur ein Krächzen kam aus seinem Mund.

»Haben Sie etwas gesagt?«

Statt eine Antwort zu geben, starrte John ihn nur an. Seine Augen tränten, dennoch schaffte er es, nicht zu blinzeln.

Hartfield schüttelte den Kopf und ging fort.

Es wurde dunkel, das brennende Auge sank hinter den Horizont, und aus den Schatten stieg die Kälte empor. In den Unterkünften gingen nacheinander die Lichter aus.

John fror.

Dann hörte er das leise Knirschen sich nähernder Schritte.

»Immer noch nicht schlauer geworden, McClusky?«

Alles, was John hervorbrachte, war leises Zähnegeklapper. Erst nach einer Weile realisierte er, dass Hartfield schon längst wieder gegangen sein musste. Nun, da er sich alleine wusste, gestattete er sich, stärker zu zittern.

»Komm endlich«, sagte eine Stimme. Jemand legte ihm die Hand auf die Schulter.

Die Berührung war für John so überraschend, dass er zusammenzuckte. Die Beine wollten unter ihm nachgeben, doch der andere packte ihn und stützte ihn. Er war größer als John und roch frisch geduscht. Mirek.

John schüttelte abwehrend den Kopf.

»Der Sergeant hat gesagt, dass wir dich holen dürfen, falls wir dafür sorgen, dass es keinen weiteren Streit geben wird.«

Es tat gut, endlich zu sitzen. Im Warmen zu sein, das Gewicht auf den Schultern loszuwerden und die Augen schließen zu können, während das Zittern langsam nachließ.

Jemand flößte ihm Wasser ein.

Er verschluckte sich und hustete; verärgert schlug er Mireks helfende Hand beiseite. »Hau ab!«

»Hab dir ja gleich gesagt, dass er dir nicht danken wird.« Das war Blondies Stimme.

»Halt die Klappe, Mistkerl! Oder ich stopf sie dir«, ächzte John und öffnete die Augen.

»So wie gestern?« Reno näherte sich ihm mit geballten Fäusten.

»Wenn du darum bettelst ...« Ehe John aufstehen konnte, hielt Mirek ihn an den Schultern fest, während die Frau und Harlan sich Reno in den Weg stellten.

»Wir hatten etwas ausgemacht, Phil«, sagte die Frau.

»Der verdammte Mistkerl hat angefangen.« Wutschnaubend zeigte Reno auf John.

»Denk mal nach! Wenn er wirklich so ein verdammter Mistkerl wäre, dann hättest du den ganzen Tag neben ihm da draußen im Backofen gestanden.«

»Soll ich mich jetzt etwa bei ihm bedanken?« Fassungslos starrte Reno die Frau an.

»Keine schlechte Idee, Mann«, meinte Harlan grinsend.

»Ihr könnt mich mal!« Bei den Worten kehrte Reno den beiden den Rücken zu und trat gegen einen Stuhl, der ihm im Weg stand.

John schob Mireks Hände von seinen Schultern und stand auf. Sein Magen knurrte. Ihm war schlecht vor Hunger. »Gibt's hier noch irgendwas zu essen?«

»Oh ja«, meldete sich der Asiate zu Wort. »Wir ... äh, ich meine, ich habe eine Portion aus der Kantine mitgebracht. Ist inzwischen leider kalt, aber ...« Er zog unter einem der Stockbetten ein Tablett mit einem großen Teller Eintopf sowie einem Löffel hervor und stellte es auf den Tisch.

Johns Knie ließen ihn fast im Stich, doch der Hunger zwang

ihn, zum Tisch zu wanken. Er ließ sich auf einen Stuhl fallen, zog den Teller zu sich heran und begann, stumm den kalten Eintopf in sich hineinzuschlingen.

Der Asiate grinste und schob ihm noch eine Flasche Bier zu.

Ohne Kommentar trank John sie rasch leer. Er rülpste, würgte den Rest des Essens hinunter, ließ Schuhe und Kleider einfach zu Boden fallen und taumelte in den Waschraum. Irgendjemand würde schon aufräumen.

Nur aus der Tür zur Umkleide drang vom Korridor schwacher Lichtschein, als John die Dusche betrat. Er war endlich allein. Und so erlaubte er sich die Schwäche, der Erschöpfung nachzugeben und sich mit tief hängenden Schultern an die Wand zu lehnen. Er genoss es, den Schweiß von seinem Körper zu waschen. Das Wasser auf seiner Haut zu fühlen.

Sein Gesicht brannte und die Haut spannte sich. Er hatte einen schlimmen Sonnenbrand. Dass dies passieren würde, hatte er gewusst. Seine Haut war jetzt sicherlich krebsrot, und sie würde in der nächsten Zeit auch nicht eine gesunde Bräune annehmen, sondern höchstens ein paar zusätzliche Sommersprossen bekommen. In der Stadt hatte er sich um so etwas nicht kümmern müssen. Da war ohnehin so gut wie nie die Sonne zu sehen gewesen. Aber hier ...

Im Dunkeln tappte er zurück in die Umkleide und tastete nach dem Handtuch.

»Suchst du das?«, fragte eine weibliche Stimme.

Ein Handtuch flog ihm entgegen. Er fing es auf und begann, sich abzutrocknen. Im Dämmerlicht konnte er die Silhouette einer Frau ausmachen. Nun gut. Wenn sie ihm dabei zusehen wollte, war das ihre Sache.

»Bist du wirklich so ein Ekel, oder tust du nur so?«

»Keine Ahnung, wovon du sprichst.«

»Kim hat dir sein Essen gegeben, und du hast es nicht einmal für nötig befunden, dich bei ihm dafür zu bedanken.«

»Sein Problem.« Er schlang das Handtuch um seine Hüften und wollte zurück ins Quartier gehen. Sich endlich in ein Bett legen und nur noch schlafen. Endlich. Wo niemand ihn mehr zuquatschte.

Aber die Frau versperrte ihm den Weg. »Nun hör mir mal zu! Wir sind ein Team und –«

»Ein Team?« John schnaubte. »Okay, nun hörst du mir mal zu! Wir sind zufällig in einem Zimmer gelandet. Aber damit sind wir noch lange kein Team. Macht von mir aus Gruppenkuscheln miteinander, aber lasst mich dabei gefälligst aus dem Spiel. Weder gehöre ich dazu, noch will ich dazugehören. Also haltet einfach Blondie an der Leine und lasst mich in Ruhe, dann hat Hartfield, was er will, und alle werden glücklich. War das deutlich genug?«

»Voll und ganz.« Die Frau trat beiseite. »Ich hätte nichts anderes von dir erwarten sollen.«

In John schrillten die Alarmglocken. Sie hatte ihn wiedererkannt. Ohne Zweifel. Und ihre Äußerung ließ vermuten, dass sie einiges über ihn wusste – vielleicht zu viel. »Wie war noch mal dein Name?«

»Weshalb interessiert es dich?«

Er dachte angestrengt nach. »Garcia. Ophelia Margari… nein, Maria Garcia.«

»Na wunderbar! Du hast es geschafft, meinen Namen am Spind abzulesen. Ich bin beeindruckt.« Sie wandte sich zum Gehen.

Täuschte er sich? Oder spielte sie ihm die Ahnungslose nur vor? Er erinnerte sich jetzt ganz genau an Garcia – die Schönheit mit dem braunen Teint aus Joeys Werkstatt. Sie hatte einen jüngeren Bruder namens José, der kleinere Jobs für Aziz erledigte. Eines Nachts hatte er José niedergeschlagen und vor der Werkstatt liegen lassen. Sie hatte ihn dabei gesehen, und er würde nie den Blick vergessen, den sie ihm damals zugeworfen hatte.

Was, wenn sie Hartfield erzählte, wer er wirklich war? John Flanagan, Bandenmitglied, mehrfach vorbestraft wegen Drogenhandel, Schießereien, Diebstahl, Waffenbesitz und so weiter und so weiter.

»Okay, ich geb's zu. Ich habe deinen Namen am Spind gelesen.«

Sie blieb stehen, zögerte. Dann drehte sie sich wieder zu ihm um. »Weshalb hast du Reno nicht verpfiffen?«

John zuckte mit den Schultern. »Sag du es mir.«

»Okay, okay. Ich geb's auf. Spiel weiter Mister Cool. Es interessiert mich nicht.« Brüsk kehrte sie ihm den Rücken zu und ging mit langen Schritten hinaus auf den Korridor.

Er eilte ihr hinterher. »Hey!« Im Reflex griff er nach ihrem Arm und hielt sie fest.

»Was?«

»Niemand lässt mich so stehen.«

»War's das?« Mit einem Ruck riss sie sich los.

»Ja, verdammt! Und richte dem blonden Dumpfschädel aus, dass ich ihn nicht verpfeifen werde, solange er mich in Ruhe lässt. Kapiert?«

»Oh ja! Voll und ganz, Zacharias McClusky!«

2. Intermezzo

»Warum sind Sie zu den Space Troopers gegangen?«

Der kahlgeschorene Mann mit den arabischen Gesichtszügen auf dem Monitor in Hartfields Büro sah geradewegs in die Kamera, die das Gespräch aufgezeichnet hatte. »Ich wurde dafür gemacht, Sir.«

Ein vorbildlicher Soldat. Würde das genügen, überlegte Hartfield. Ein Bild aus seiner Erinnerung legte sich über das Gesicht auf dem Monitor. McCluskys Gesicht. Verschwitzt, sonnenverbrannt und verdreckt. Den Blick stur geradeaus gerichtet, an Hartfield vorbei, als wäre er nicht vorhanden.

Hartfield wurde sich bewusst, dass er großen Respekt vor diesem Rekruten hatte. Eher wäre der Mistkerl vor seinen Augen verreckt, als nachzugeben und Reno zu verraten. Er ertappte sich dabei, dass er unwillkürlich lächelte. McClusky war genau die Sorte von Rekrut, die er brauchte. Wenn es ihm gelang, ihn zu brechen, würde McClusky einer der Besten sein, die er je ausgebildet hatte. Außer …

Wieder starrte Hartfield auf den Monitor. Er spulte vor und ließ die Aufnahme ablaufen, die Gen IX zeigte, wie er den Hindernisparcours auf der Erde absolvierte. Er lief, sprang und hangelte mit traumwandlerischer Sicherheit. Kein Fehltritt oder Griff ins Leere, kein Zögern. Und alles bewältigte er so mühelos, als würde er einen Bürgersteig entlangspazieren.

Nur McClusky konnte da mithalten. Aber er war einer unter Tausenden. Doch mithilfe des Genprogramms konnte man aus tausend Rekruten neunhundert harte, topfitte Kerle wie McClusky schaffen. Allerdings gab es dabei gewisse Kollateralschäden: hundert Rekruten, die als Tote oder sabbernde Verrückte endeten.

War es das wert?

Aber die Menschheit musste einfach die Kolonisierung vorantreiben. Die Erde war bald nur noch ein riesiger, toter Klumpen Dreck. Schon jetzt konnte man nur mit Atemmaske auf die Straße gehen. Wenn nicht große Teile der Bevölkerung auf andere Planeten umgesiedelt werden konnten, würden die allermeisten elendiglich verrecken. Falls die Dschihadkrieger sie nicht vorher umbrachten. Und wenn da draußen wirklich ein neuer Feind mit hochentwickelter, vielleicht sogar überlegener Waffentechnologie lauerte, dann war es unumgänglich, ihm die bestmöglichen Soldaten entgegenzustellen. Sie waren somit gezwungen, Menschen genetisch umzuprogrammieren und Dschihadkrieger einer Gehirnwäsche zu unterziehen.

Hartfield musste den Colonel nur davon überzeugen, dass er Gen IX eine Chance gab. Dann würde dieser Forsman schon beweisen, dass das Genprogramm die einzige Lösung für das Überleben der Menschheit war.

Doch die entscheidende Frage hatte er sich noch nicht gestellt. War er wirklich davon überzeugt, dass die moralische Umprogrammierung von Gen IX gelungen war? War er sich dessen so gewiss, dass er bereit war, sich für Gen IX und sein Handeln zu verbürgen?

Und wie stand es um McClusky? Weshalb war der eigentlich zu den Space Troopers gegangen? Ganz bestimmt nicht, um der Menschheit zu dienen. Irgendetwas an dem Kerl war oberfaul. Das konnte er riechen.

Hartfield schnaubte. Er würde herausfinden müssen, inwieweit er beiden trauen konnte.

5. Kapitel

Schießstand.

Besser als der Hindernisparcours, fand John. Schon weil seine Knie immer noch weich waren und sein Kopf schmerzte, als hätte er am Tag zuvor eine ganze Flasche mit Hochprozentigem getrunken. Auch wenn er sich seine Schwäche ungern eingestand – Aktivitäten, die weniger strapaziös waren, würden ihm sicherlich guttun. Und hier durfte er sogar liegen, während er die Zielscheibe anvisierte.

Seine Sicht verschwamm. Er wusste schon vorher, dass auch der nächste Schuss kein Treffer werden würde.

Die anderen waren um keinen Deut besser. Nur Kim traf. Ausgerechnet der.

»Was soll das werden?«, schrie Hartfield, als er sich die Ergebnisse ansah. »Wollt ihr Moskitonetze produzieren? Ab jetzt wird jeder Schuss, der nicht in den fünf mittleren Ringen liegt, mit einer Extrarunde für den Schützen ›belohnt‹.«

Natürlich, dachte John. Hartfield suchte mal wieder nach einer Möglichkeit, um Extrarunden verteilen zu können. Aber nicht mit ihm.

Wütend presste John den Gewehrkolben gegen seine Schulter, als er wieder an der Reihe war. Er vergaß die Kopfschmerzen. Vergaß, dass seine Augen immer noch tränten, dass die Gesichtshaut schon wieder in der Hitze brannte. Da waren nur noch diese dämliche Zielscheibe und er.

Er hämmerte fünf Schüsse darauf und ignorierte dabei den Lärm, der in seinen Ohren gellte und die Kopfschmerzen verschlimmerte. Das Ergebnis konnte er auf die Entfernung nicht richtig erkennen; er sah nur einen einzigen dunklen Fleck auf der Zielscheibe.

Dann war Kim an der Reihe.

Hartfield besah sich nach jedem Schützen die Scheiben durch einen Feldstecher, bevor er den Nächsten heranwinkte. Erst als alle Rekruten erneut fünf Schüsse auf ihre Scheibe abgegeben hatten, gab Hartfield das Zeichen für die Pause. Mit einem Lächeln auf den Lippen setzte er den Feldstecher ab. »Wie mir scheint, brauchen einige von euch nur genügend Motivation, um zu treffen. Das macht ...«

Nach einer kleinen Kunstpause begann Hartfield, die Namen der Rekruten und ihre Extrarunden aufzuzählen. John kam nicht umhin, sein Gedächtnis zu bewundern.

»... eine Extrarunde für Garcia, drei Extrarunden für Reno und Kowalski und fünf für Westcott. Besorgen Sie sich eine Brille, Westcott. Und ...« – Hartfields Lippen umspielte ein Lächeln – »... keine Extrarunden für Han-Sung und McClusky. Herzlichen Glückwunsch, meine Herren. Ich lege noch einen drauf. Wenn einer von Ihnen fünf weitere Schüsse in die Mitte setzt, kann er sich heute Nachmittag freinehmen. Ansonsten gleiche Bedingungen wie eben.«

Han-Sung schüttelte sofort den Kopf.

Hartfields Blick traf John. »Trauen Sie sich, McClusky?«

Die Sache war so durchsichtig, dass John fast gelacht hätte. Das war nur ein weiterer Versuch von Hartfield, um ihm doch noch zu einer Extrarunde zu verhelfen.

»Kalte Füße, McClusky?«

Der hämische Ton traf. Wortlos trat John vor, legte sich auf den Bauch und visierte mit dem Gewehr die Scheibe an. Tief durchatmen. Der Mistkerl würde ihn auch dieses Mal nicht drankriegen. Er wartete, bis das Ziel sein ganzes Denken füllte.

Dann gab er fünf Schüsse ab. Er zielte nicht neu, sondern schoss einfach fünfmal und setzte das Gewehr wieder ab.

Hartfield hob die Brauen und sah durch seinen Feldstecher. Ein Hauch von Bewunderung lag in seinem Blick, als er das Ergebnis verkündete. »Gratulation, McClusky. Sie haben heute frei.«

Wieder Erster.

Nachdem er in den vergangenen Tagen seinen Sonnenstich überwunden und sich an die Hitze gewöhnt hatte, meisterte John den Hindernisparcours mit einer Leichtigkeit, als ob es sich um einen Sonntagsspaziergang handelte.

Kim dagegen landete an der Sprossenleiter immer noch im Dreck, und Reno verhungerte regelmäßig vor der Wand, sofern sich nicht irgendein Dummer fand, der ihm half.

Hartfield musterte John unter zusammengezogenen Augenbrauen, während nach und nach die anderen Rekruten auf dem Exerzierplatz eintrafen. Die meisten keuchten vor Anstrengung, einige waren schlammbesudelt. Die wenigsten kamen so leichtfüßig daher wie er, stellte John nicht ohne Genugtuung fest.

»Schießstand«, sagte Hartfield nur.

Aber an diesem Tag hatte er eine Überraschung für sie. Es gab keine Scheiben, die sie durchlöchern durften. Hartfield führte sie zu einer kleinen Landschaft: Es gab Hügel und Bodenvertiefungen, Holzwände mit fenster- und türgroßen Löchern sowie Schützengräben und Palisaden.

»Hier sind Ziele versteckt. Sie haben eine Minute Zeit, um sich von hier bis zu dem großen Hügel dorthinten vorzubewegen. Ihre Aufgabe ist es, dabei möglichst viele Ziele zu treffen.

Aber passen Sie auf, es sind auch Pappkameraden dabei, die Sie nicht treffen sollten. Ich denke, Sie werden sie erkennen, wenn es so weit ist.« Hartfield lächelte und nickte John zu. »McClusky, Sie fangen an. Ach, und bevor ich es vergesse. Die Ziele werden auf Sie schießen. Mit Farbpatronen. Und jeder Treffer verschafft Ihnen eine Extrarunde. Ebenso wie jedes zivile Objekt, das Sie treffen.«

John biss die Zähne zusammen. Hartfield wollte ihn vorführen. Er wollte, dass er versagte. Wenigstens hier. Da er inzwischen locker und stets als Erster den Hindernisparcours bewältigte und zudem alle seine Schüsse ins Schwarze setzte, hatte der Leuteschinder in letzter Zeit keine Chance gehabt, ihm Extrarunden zu verschaffen. Nun bot sich für Hartfield endlich eine neue Möglichkeit, denn für den Ersten würde es am schwierigsten werden, diese Herausforderung zu bestehen.

Okay. Sollte der Sklaventreiber sich doch in der Gewissheit sonnen, dass er ihn endlich drankriegen würde. Das Lachen würde ihm sicherlich schnell vergehen.

John entsicherte sein Gewehr. Gleichzeitig scannte er das Gelände ab: Wo konnten die Schussanlagen versteckt sein? Wo hatte er das beste Schussfeld? Wo konnte er notfalls in Deckung gehen?

»Bereit?«, fragte Hartfield.

»Aye, Sir.« Und ob er bereit war.

»Dann los!«

John rannte ein paar Schritte und hechtete instinktiv hinter einen Busch. Tatsächlich: Im nächsten Augenblick tauchte hinter einem Hügel die Silhouette eines Mannes in Uniform auf, und vor dem Busch zerplatzten grüne und rosarote Farbpatronen. Ein Schuss. Mehr war nicht nötig.

Ein kurzer Spurt, ein Haken nach rechts. Er hörte ein leises

Klacken von links, ließ sich fallen und schoss. Der »Gegner« war eliminiert, bevor dieser schießen konnte. Ein weiteres Klacken. John wälzte sich zur Seite und schoss. Daneben – der Winkel war zu ungünstig. Aber das Gleiche galt auch für das Ziel.

John sprang auf und rannte weiter. Der Sprint endete mit einem Hechtsprung durch ein Fensterloch und einer Rolle. Direkt vor ihm sauste ein Pappkamerad hoch. Ein Schuss erledigte ihn. Auf der rechten Seite ertönten mehrere Klackgeräusche, mit denen weitere Ziele einrasteten.

Instinktiv ließ John sich zur Seite fallen und rollte weiter über den Boden, während die Farbgeschosse über ihn hinwegsausten. Ohne sich eine Pause zu gönnen, stieß er sich hoch, hechtete nach vorn und schoss halb im Flug.

Weiterrobben. Hoch, Haken schlagen, Schuss.

Noch ein Klacken. Mist! Das Ziel hatte Zöpfe. Blonde Zöpfe. Waffe hochreißen. Zu spät. Eine Ecke wurde aus der Mädchensilhouette gefetzt. Verdammt! Weiter. Wie lang war eine Minute?

Fast hatte er das Ende des Parcours erreicht. Er setzte über einen Graben und feuerte eine Salve auf den Hügel, wo ein weiterer »Gegner« auftauchte. Treffer! Erneut warf er sich hin, um den Farbpatronen zu entkommen, rollte sich ab und schoss im Laufen zurück. Vorbei! Jetzt nur noch die Palisade. Er hechtete darüber hinweg, ließ sich fallen und kam in einer Rolle wieder auf die Füße. Noch ein Haken. Ein Schuss. Wieder vorbei.

Dann hatte er das Ziel erreicht. Schwer atmend sicherte er das Gewehr und kehrte zu Hartfield zurück.

»Fünf Sekunden unter der Zeit«, stellte sein Ausbilder fest. »Fünf Ziele von zehn eliminiert. Nur das kleine Mädchen stand nicht auf der Abschussliste. Macht eine Extrarunde. Mal sehen, ob das noch einer schafft.«

Das klang fast, als wäre Hartfield über seine Quote erstaunt, nein, mehr noch – erfreut.

Verblüfft sah John den Ausbilder an. Verdammt, er hatte nur die Hälfte der Ziele erledigt und dafür ein Kind erschossen. Eine gute Leistung sah anders aus. Oder irrte er sich?

Der nächste Rekrut war schon unterwegs. Er wurde getroffen, bevor er sich in Deckung werfen konnte. Zwei weitere Farbpatronen erwischten ihn auf seinem Weg zum Hügel. Er traf nur ein Ziel. Mehr nicht.

Okay. Das war richtig schlecht.

Aber es wurde nicht besser. Nicht viel jedenfalls. Nur wenige schafften es, auf dem Weg zum Hügel nicht getroffen zu werden. Keiner eliminierte auch nur annähernd fünf Ziele. Und vier weitere erschossen dafür jeweils einen »Zivilisten«.

Jeder der anderen Rekruten bekam mindestens drei Extrarunden. Nur eine zu laufen kam John fast wie eine Belohnung vor. Zumal er ohnehin jeden unterwegs überholte.

Wenn Hartfield dabei nur nicht so süffisant gegrinst hätte.

»Achtung! Da kommt unser Möchtegernstar.« Renos Stimme hallte durch die Kantine.

John beschloss, ihn zu ignorieren und ging weiter zur Essensausgabe, ohne sich umzudrehen.

»Erstarrt in Ehrfurcht! Hey, was ist? Der Auftritt war große Klasse.« Das war Harlans Stimme.

»Seit wann verteidigst du Mister Großkotz?« Reno lachte spöttisch.

»Ich verteidige ihn nicht. Aber – hey! – wenn jemand eine gute Leistung bringt, dann weiß ich die auch zu würdigen.

Wieso regst du dich darüber auf? Klingt ja fast, als wärst du neidisch.«

»Halt die Klappe!«, blaffte Reno.

»Die Wahrheit passt dir wohl nicht, Mann.«

Der Eintopf in seinem Teller passte John auch nicht, aber etwas anderes gab es wohl nicht zu essen.

»Dann erzähl du mir doch, weshalb du aufgehört hast, Football zu spielen, und zu den Troopers gegangen bist? Doch bestimmt nicht, um unser Land zu verteidigen.«

»Hab gehört, dass er gedopt hat«, mischte Ophelia sich mit spitzer Stimme ein.

John, der sich gerade mit seinem Tablett umgedreht hatte, konnte sie grinsen sehen. Wenn er sich richtig erinnerte, hatte sie recht. Die Nachrichtentafeln hatten irgendetwas von einem Ablösevertrag geflüstert, der geplatzt war, weil Harlans Pisse Dopingkram enthalten hatte.

Mit einer Handbewegung forderte Mirek ihn auf, sich zu ihnen zu setzen. Neben Kim war noch ein Platz frei. Der letzte am Tisch seiner Zimmergenossen.

»Nun komm schon zu uns!«, rief Mirek, als John zögerte.

»Lass ihn doch! Der Star will sich nicht mit dem gemeinen Pöbel abgeben.«

»Neidisch, weil du nie triffst, Reno?« John lächelte den Kerl so freundlich an, wie er nur konnte.

»Leck mich!«

»Nein, danke.« Nun steuerte John erst recht den freien Platz neben Kim an und ließ sein Tablett auf den Tisch knallen, sodass der Eintopf fast über den Teller geschwappt wäre. Dann setzte er sich, griff nach dem Löffel und begann zu essen.

Kim warf ihm von der Seite einen Blick zu und schenkte ihm ein nervöses Lächeln.

»Oh, der Star von Hell's Kitchen begibt sich in die Niederungen seiner Einheit«, spottete Reno.

»Phil, hör endlich auf zu stänkern«, fauchte Ophelia. »Es reicht. Ich will hier in Ruhe essen.«

»Nur weil du auf ihn stehst ...«

»Ich hoffe, du erinnerst dich noch an unsere Abmachung, Phil. Also halt endlich den Mund!« Ophelias dunkle Augen verschossen Blitze.

Reno klappte tatsächlich den Mund zu und schluckte die nächste Bemerkung hinunter.

Mirek räusperte sich. »Du hast einen schlimmen Sonnenbrand, John«, stellte er überflüssigerweise fest. »Du solltest etwas dagegen unternehmen.«

»Bist du Arzt?«

»Ich bin ... äh, ich war Medizinstudent.« Errötete Mirek etwa?

»Hast du die Prüfungen nicht geschafft? Oder warum bist du hier?«, wollte Reno wissen.

Ophelia stand auf. »Okay, es reicht. Ich suche mir einen anderen Tisch.«

»Ophelia ...« Mirek blickte sie beinahe flehentlich an.

Abwehrend hob sie die Hände. »Ist nicht gegen dich, Mirek. Hätte klappen können.« Ohne ein weiteres Wort schnappte sie sich ihr Tablett, ging zum Förderband, wo sie das Servierbrett abstellte, und verließ die Kantine.

»Na, ganz großartig«, maulte Reno, stand ebenfalls auf und eilte hinter ihr her.

Nach einigen Augenblicken folgte ihnen Harlan.

Eine Weile herrschte Schweigen. Bis ein leises Seufzen aus Mireks Mund kam. »Tut mir leid.«

John reagierte darauf nicht, sondern schaufelte den Eintopf weiter in sich hinein. Während er aß, fiel sein Blick auf Kims

Pad, das neben seinem Teller lag. »Neuigkeiten?«, fragte er mit vollem Mund.

Kim zuckte zusammen. »Oh, nicht wirklich«, beeilte er sich zu sagen. »Aber du kannst gerne lesen. Wenn du möchtest.« Bei den Worten schob er John das Pad zu.

Kauend scrollte John durch die Nachrichten. Woher Kim die aktuellen Schlagzeilen hatte, wollte er gar nicht erst wissen. Legal war das bestimmt nicht. So viel war sicher. Das bewies auch Kims Nervosität, der sich immer wieder in der Kantine umsah, als befürchte er, sie würden beobachtet.

Krawalle in Eu... Europa. Na ja, die gab es dauernd. Unruhen in ... nie gehört. Kein Wort über die Schießerei. Andererseits war das nun auch schon mehrere Wochen her und daher wenig verwunderlich. Moment. Stand da nicht eben das Wort »Sheldon«?

John scrollte zurück. Da. Alice und Richard Sheldon. Beide kürzlich verstorben. Um was ging es eigentlich? De... Debatte. Neuer Anlauf. Oppo... Opposition. Welche Opposition? Dem... Dementi... Wer schrieb so einen Mist? Konnten die sich nicht in klaren Worten ausdrücken?

Kims Blick fiel auf seine Finger. »Oh, das! Allerhand, nicht wahr?«

»Und weshalb?«, fragte John und versuchte den Anschein zu erwecken, als wolle er nur Kims Standpunkt erfahren und nicht, dass er ihm erklärte, was da stand.

Mirek mischte sich ein. »Die Regierung konnte nicht anders handeln, Kim. Das habe ich dir doch schon erklärt.«

Kim sah kurz über seine Schulter und beugte sich vor. »Also, ich finde, es ist eine Schweinerei, einen Planeten ohne ausreichende Erkundung zur Kolonisation freizugeben. Symore fordert zu Recht die Unterlagen des Explorationsteams an.«

Mirek seufzte. »Klar ist es eine Schweinerei. Aber die Regierung hatte doch keine andere Wahl. Schau dir doch die Schlagzeilen an! Die Aufstände wegen der mangelnden Versorgungslage nehmen zu. Die Vereinten Nationen müssen irgendwie reagieren. Und was ist besser geeignet, die Massen zu beruhigen, als die Hoffnung auf ein besseres Leben in den Kolonien?«

Wieder schielte Kim über seine Schulter. »Du meinst, die wussten irgendetwas und haben es absichtlich verheimlicht?«

»Nein, ich glaube einfach, dass die Regierung die Erkundung vorzeitig abbrechen ließ, um den Planeten schneller für die Kolonisierung freigeben zu können«, antwortete Mirek.

Kim runzelte die Stirn. »Aber dann wäre ja die Regierung schuld daran, dass die Aliens nicht entdeckt wurden.«

John ließ den Löffel sinken. »Das steht da? Das Explo...«

»Genau.« Kim nickte aufgeregt. »Das Erkundungsteam mit dem Sheldon-Ehepaar. Oppositionsführer Symore verlangt, dass der Bericht dem Kongress vorgelegt wird. Und der Präsident tut so, als dürfte er das nicht. Datenschutz. Das ist doch lächerlich. Der hat doch nur Angst, dass jemand den Bericht liest. Und stell dir vor! Die beiden sind gerade rechtzeitig vor ein paar Wochen verstorben. Na! Klingelt's bei dir?«

»Richard Sheldon ist bei einem Unfall gestorben«, wandte Mirek ein.

»Mensch, Mirek! Einerseits sagst du, die Regierung hätte keine andere Wahl gehabt, als die Kolonisierung voranzutreiben...«

»Aufgrund der innenpolitischen Lage. Genau. Aber das heißt noch lange nicht, dass sie die Sheldons umgebracht haben. Du gehst mit deinen Unterstellungen eindeutig zu weit.«

John verschluckte sich und musste husten.

Hilfsbereit klopfte Kim ihm auf den Rücken. »Also, wenn

du mich fragst, dann haben die damals nachlässig gearbeitet, und die Regierung will es jetzt vertuschen. Stimmt's?« Die Frage war an John gerichtet.

Plötzlich tauchte eine Hand zwischen John und Kim auf und griff nach dem Pad.

Wie von der Tarantel gestochen, fuhr Kim herum. »Sergeant, ich …«

»Zwei Extrarunden, Han-Sung«, erklärte Hartfield lächelnd. »Und das da behalte ich. Nur um weiteren Spekulationen vorzubeugen.« Damit ging er.

Kim stöhnte.

Nachdenklich starrte John auf seinen Teller, der inzwischen leer war. Keine Schlagzeile erwähnte das Kriegsschiff, das man zur Kolonie im Kassiopeia-Sektor geschickt hatte. Hatte das alle Welt vergessen, oder wurde ihnen diese Information nur vorenthalten? So wie dieser Bericht, von dem Kim erzählt hatte. Und der jetzt möglicherweise in einem Schließfach des Raumhafens lag.

6. Kapitel

»Wir ändern die Regeln«, verkündete Hartfield am nächsten Morgen. Sein Blick glitt die Reihen entlang und blieb schließlich bei John hängen. »Ab heute gibt es nur noch Teamwertungen bei unserem Hindernisparcours. Wer hier zuletzt eintrifft, dessen gesamtes Team läuft fünf Extrarunden.«

Ich bin in keinem Team, hätte John ihm am liebsten entgegengeschrien. Diese Verlierer, mit denen er die Stube teilte, hätte er sich niemals ausgesucht. Keinen von ihnen. Weshalb sollte er dann für ihre schlechten Leistungen leiden?

Hartfield dagegen schien seine Ankündigung zu genießen.

Natürlich, dachte John. Und das alles nur, damit der Leuteschinder ihm Extrarunden aufbrummen konnte. Die anderen Ideen von Hartfield waren ja alle gescheitert. Wenn er nicht versagte, dann musste eben das Versagen der anderen herhalten, damit der Sklaventreiber ihn kleinkriegen konnte. Mistkerl!

Wenn John dazu in der Lage gewesen wäre, hätte er Hartfield mit Blicken getötet. Dass man ihn dafür vor ein Kriegsgericht stellen oder – noch wahrscheinlicher – ihm das Hirn bei lebendigem Leib in Scheiben schneiden würde, war ihm vollkommen egal. Insofern war es eigentlich ganz gut, dass er nicht in der Lage war, mit Blicken zu töten. Doch seine Fantasien, wie er Hartfield quälen könnte, waren dafür umso ausgereifter.

Schneller und wütender als die Tage zuvor, bewältigte John

an diesem Tag den Parcours. Außer Atem und weit vor dem Feld traf er wieder auf dem Exerzierplatz ein, wo Hartfield auf ihn wartete. Als dieser ihn sah, verfinsterte sich sein Blick.

Das überraschte John. Eigentlich sollte der Sklaventreiber sich freuen. Immerhin warteten die Extrarunden trotzdem auf ihn. Denn Reno – wie konnte es auch anders sein! – traf natürlich wieder als Letzter ein. Kurz nach Kim und zusammen mit Mirek, der normalerweise eigentlich im Mittelfeld lag.

»Team Bravo hat verloren …«, stellte Hartfield fest.

Aha, dann war das also ab jetzt anscheinend der Name seiner Einheit, dachte John.

»Fünf Extrarunden fürs ganze Team. Der Rest kann abtreten. Na los! Worauf warten Sie? Brauchen Sie eine Extraeinladung?«

John setzte sich als Erster in Bewegung.

Das, was er sich beim vorherigen Lauf als Tötungsmethoden für Hartfield ausgedacht hatte, war harmlos im Vergleich zu dem, was ihm bei den folgenden fünf Runden einfiel.

Das Gleiche passierte auf dem Schießstand. Anschließend wurden ihnen wieder fünf Extrarunden aufgebrummt. Weil Harlan zwei Zivilisten erledigte und sich Reno und Kowalski dreimal treffen ließen.

Kaum hatte sich abends die Tür ihres Quartiers hinter ihnen geschlossen, platzte all der aufgestaute Zorn aus John heraus. »Verdammt! Reno, Mirek, könnt ihr eure Ärsche nicht ein wenig schneller bewegen! Harlan, verdammt, wenn du nur Zivilisten triffst, dann duck dich einfach und lauf durch, ohne zu schießen. Sollte dir nicht schwerfallen als ehemaligem Footballstar. Und du Reno, solltest wirklich langsam wissen, wie man über diese verfluchte Wand kommt. So oft wie du Extrarunden drehst.«

»Und wie wäre es«, fauchte Ophelia, »wenn du deinem Team einfach ein wenig helfen würdest? Daran schon mal gedacht, Mister Obercool?«

»Leck mich! Ich bin nicht hier, um einem Haufen von Verlierern den Hintern abzuwischen.«

Er wollte Richtung Waschraum gehen, aber Ophelia vertrat ihm den Weg. »Oh nein, ich bin noch nicht fertig. Kapierst du eigentlich, was ein Team ist? Geht das in dein beschränktes Hirn?«

»Ich scheiß auf dein Team.«

Reno ballte schon die Fäuste. John sah ihn finster an. Sollte der Blödmann ihn doch angreifen. Der kam ihm gerade recht.

»Du.« Ophelias Zeigefinger stach in Johns Brust. »Du wirst uns irgendwann noch mal brauchen. Wie jeder von uns den anderen braucht. Immer noch nicht kapiert?«

Zitternd vor unterdrücktem Zorn packte John ihre Hand. »Sei froh, dass du eine Frau bist. Sonst ...« Er riss ihre Hand zur Seite und ließ sie wieder los.

»Sonst?«, hakte Ophelia nach.

»Sonst würde ich dir jetzt die Fresse polieren.« Damit drehte er sich um und ließ sie stehen. Besser, er ging jetzt, bevor ihm doch noch die Hand ausrutschte. Und John wollte lieber verdammt sein, als eine Frau zu schlagen.

»McClusky, auf ein Wort.«

Mehrere Tage waren seit dem Disput mit Ophelia vergangen, ohne dass sich die Situation verbessert hatte. Im Gegenteil: Mit jeder Extrarunde, die John wegen der anderen laufen musste, wuchs sein Zorn. Und Hartfields Blick wurde mit jedem Tag düsterer. John hatte inzwischen das unbestimmte Gefühl, dass er daran schuld war. Nun schien er die Bestätigung dafür zu bekommen.

Wortlos folgte er Hartfield in das zweistöckige Gebäude, in dem die Offiziere untergebracht waren. Ein kleines Büro war Hartfields Ziel. Als die Tür hinter ihnen zugefallen war, fragte er unvermittelt: »Zwei hoch vier?«

Was sollte das jetzt?

»Zwei hoch vier! Ich warte, McClusky.«

»Acht, Sir?«

Hartfield ließ sich in den Stuhl hinter dem Schreibtisch fallen und musterte ihn mit strengem Blick. »Was besagt die allgemeine Relativitätstheorie von Einstein?«

Auf keinen Fall zwei hoch vier. John fing an zu schwitzen. »Der Apfel fällt nicht weit vom Stamm?«

»*O Captain, my Captain! Our fearful trip is done. The ship has weather'd every rack, the prize we sought is won. The port is near, the bells I hear, the people all exulting, while follow eyes the steady keel, the vessel grim and daring.* Na, schon mal gehört?«

Wollte Hartfield ihn auf den Arm nehmen? »Nein, Sir.«

Der Sergeant warf einen Stapel Papiere auf den Schreibtisch. Obenauf lag eine Seite, die wie eine Kopie aus dem Jahrbuch eines Colleges aussah. Fotos lächelnder Absolventen reihten sich nebeneinander. »Hier steht, dass Sie einer der Besten Ihres Jahrgangs waren. Haben Sie alles vergessen, was Sie dort gelernt haben?«

Die Bilder verschwammen vor Johns Augen. »Die Hitze, Sir.«

»Die Hitze.« Hartfield musterte ihn.

Es entstand eine Pause, die sich unangenehm in die Länge zog. Der Schweiß rann über Johns Rücken.

»Wie alt sind Sie?«

»Sir?« John schielte zur Kopie des Jahrbuchs auf der Suche nach dem Jahrgang. Da stand es. Die meisten Collegeabgänger waren einundzwanzig Jahre alt; das bedeutete, McClusky musste jetzt ...

»Wie alt sind Sie?«

»Sechsundzwanzig, Sir.«

»Aha. Hätten Sie mich gefragt, hätte ich Sie auf zweiundzwanzig geschätzt – allerhöchstens. Und wie mir scheint, sind Sie etwas geschrumpft. Außerdem ist da jetzt in Ihren Haaren ein Stich ins Rötliche ...«

»Die Sonne. Sir.«

»Sicherlich. Hübsches Foto übrigens.«

John fand den Namen McClusky unter einem jungen Mann mit blonden Haaren, der breit in die Kamera lächelte. Verrückterweise sah er ihm sogar ähnlich. Die Haare allerdings hatten einen leuchtenden Goldton, während die seinen kupferfarben waren. Auch das Geburtsdatum sowie die Körpergröße passten nicht zu John. Der echte McClusky war größer und älter gewesen.

»Danke, Sir.«

Wieder fixierte Hartfield ihn. John kam es so vor, als würde der Sergeant versuchen, aus seinem Gesichtsausdruck abzulesen, was er gerade dachte.

John versuchte sich zu beruhigen. Der durchdringende Blick war nur eine Methode, um ihn nervös zu machen. Darin war Hartfield gut. Er konnte ihm nichts nachweisen. Rein gar nichts. Jedenfalls nicht, solange er nichts zugab.

»Harvard.« Hartfield schnaubte. »Ich bin nicht dumm, McClusky. Überzeugen Sie mich davon, dass Sie der richtige Mann sind. Oder ich sorge dafür, dass Sie vor einem Kriegsgericht landen.«

»Wurden wir aus dem All angegriffen, Sir?«

Hartfield sammelte die Papiere ein und verwahrte sie in einer der Schubladen seines Schreibtischs. »Was bringt Sie zu der Annahme?«

»Die Nachrichten, Sir. Und das Kriegsschiff, das in den Kassiopeia-Sektor geschickt wurde. Und von dem man seitdem nichts mehr gehört hat.«

John beobachtete, wie sich Hartfields Augen verengten. Wieder entstand eine Pause. Vielleicht wäre es klüger gewesen, dieses Thema nicht anzuschneiden.

»Bevor ich den Grund vergesse, weswegen ich Sie gerufen habe ...«, sagte Hartfield. »Ihre Kusine ist gestorben. Am Tag Ihrer Rekrutierung. Bei einer Bandenschießerei, heißt es. Wissen Sie etwas darüber?«

John schnappte unwillkürlich nach Luft. »Nein, Sir.«

»Es war also reiner Zufall, dass Ihre Kusine wenige hundert Schritt neben dem Rekrutierungsbüro, in dem Sie sich eingeschrieben haben, getötet wurde?«

Mist! Doch im nächsten Moment fiel John eine halbwegs plausible Antwort ein. »Wir wollten uns treffen. Ich wollte ihr sagen, dass ich mich einschreiben will. Ich habe gewartet, doch sie kam nicht.«

»Das heißt, Sie haben sich vor dem Rekrutierungsbüro verabredet?«

»Ja.« Johns Handflächen wurden feucht. Unwillkürlich ballte er die Fäuste.

»Verstehe.« Wieder dieser taxierende Blick. »Wie hieß Ihre Kusine doch gleich?«

»Sheldon. Clarice.«

»Wo ist Ihr Pad?«

»Verloren.«

Schweigen. Lastend wie die Hitze.

»Sie können gehen, McClusky. Und vergessen Sie nicht, mich zu überzeugen.«

»Gute Neuigkeiten, Rekruten. Die *Lissabon* ist im Orbit. Das bedeutet einen Tag Freigang. Außer für das Team, das heute Schlusslicht wird.« Hartfields Lippen verzogen sich zu der Andeutung eines Lächelns. »Wir wollen schließlich den Wettbewerbsgedanken nicht außer Acht lassen.«

Die *Lissabon!* Das Vergnügungsschiff der Navy. Hurrarufe wurden laut. Das klang fast wie eine Belohnung nach all den Wochen auf Hell's Kitchen. Außer für die armen Schweine, die heute Letzter sein würden.

John fühlte Hartfields Blick auf sich. Mit hocherhobenem Kopf erwiderte er ihn. So lief das also. Hartfield erwartete offenbar von ihm, dass er mit dem Team zusammenarbeitete und seine Stubenkameraden irgendwie dazu brachte, nicht schon wieder die Letzten zu sein.

Hartfield konnte ihn am A... lecken! Weder war er erpicht darauf, auf die *Lissabon* zu gelangen, noch lag ihm daran, dass sein Team nicht hier versauern musste.

Andererseits wusste Hartfield, dass er sich unter falschem Namen eingeschrieben hatte und konnte ihn jederzeit auffliegen lassen. Die *Lissabon* war möglicherweise eine gute Gelegenheit, um zu verschwinden. Mehr noch. Sie war seine einzige Gelegenheit zur Flucht.

»Team Bravo, bereit? Und passen Sie auf! Am Ende des

Hindernisparcours wartet eine kleine Gefechtssimulation auf Sie. Gewertet wird nicht nur Ihre Zeit, sondern auch die Zahl der eliminierten Ziele und der Fehlschüsse sowie die Treffer, die Sie kassieren. Verstanden?«

John nickte unwillkürlich mit dem Kopf. Und ob er verstanden hatte.

Ophelia warf ihm einen wütenden Blick zu.

»Los!«, schrie Hartfield.

John rannte mühelos vorneweg – bis die Wand vor ihm auftauchte. Schön, hier war wohl Hilfe angesagt. Er blieb stehen, lehnte sich mit dem Rücken an die Wand, stemmte die Füße in den Boden und wartete.

Harlan Westcott kam angerannt und sah ihn verblüfft an.

Wortlos bot John ihm die ineinander verschränkten Hände an. Harlan nahm das Angebot an. Ein Tritt in Johns Hände, ein weiterer auf die Schulter, und Harlan war mit einem Schwung drüber.

Sekunden später kam Ophelia. »Hast du einen Sonnenstich?«, keuchte sie. Trotzdem nahm sie seine Hilfe an.

Ebenso Mirek und Kim, der dabei grinste, als hätte man ihm seine Geburtstagstorte gezeigt. »Danke!«, rief er noch, bevor er über die Wand verschwand.

Als Letzter tauchte Reno auf. Einen Herzschlag lang schien es John, als würde er zögern: Doch im nächsten Moment stürmte der große Blonde mit umso schnelleren Schritten und finsterer Miene heran. Seine Fußspitze landete unsanft in Johns Magen. Der anschließende Tritt auf die Schulter war so hart, dass John fast in die Knie ging. Zum ersten Mal schaffte es Reno direkt über die Wand.

John holte einmal tief Luft. Die Schulter würde blau sein am nächsten Tag, seine rechte Hand blutete. Er nahm zwei Schritte Anlauf, sprang hoch, und seine Finger umklammerten die Oberkante der Wand. Schulter und Finger protestierten, als er sich hochzog, aber er ignorierte es.

Auf dem nächsten Streckenabschnitt holte er Reno und seine übrigen Kameraden schon wieder ein und setzte sich an die Spitze. Wie immer meisterte John problemlos die Leitersprossen, die über die Schlammgrube führten; aber diesmal rannte er nicht weiter, sondern wartete, um den anderen zu helfen.

»Wenn du loslässt, ertränke ich dich«, schrie er Kim zu.

Angetrieben von Johns Worten, strengte sich der Asiate sichtlich an. Doch bei der vorletzten Sprosse ging ihm die Kraft aus. John griff zu, hing mit einer Hand an der letzten Sprosse und schwang mit der anderen Kim auf sicheren Grund. Keuchend kam er neben ihm zum Stehen.

Beim nächsten Hindernis, dem Balken, bot John jedem die Hand. Ebenso beim Schwingen mit dem Seil. Keiner hatte Schlamm geschluckt, als sie die Gefechtssimulation erreichten.

»Ich gehe vor«, verkündete Reno selbstbewusst. »Kowalski, Westcott …«

»Klappe!«, unterbrach John ihn unwirsch. »Kim, rechte Flanke, Oph, linke Flanke. Ich gehe vor. Harl, pass auf, dass Reno seinen Arsch unten behält; und wehe, du gibst einen Schuss ab. Mirek, Rückendeckung. Alles mir nach!«

Niemand widersprach.

Es klappte, als hätten sie es schon oft trainiert. John wählte den Weg – den, der ihnen die meiste Deckung bot. Zwar riskierten sie dadurch einen gewissen Zeitverlust, aber nicht getroffen zu werden war wichtiger.

Und das Unmögliche wurde wahr. Keiner von ihnen wurde getroffen. Alle Pappkameraden in Zivil blieben unversehrt, alle zehn Ziele wurden eliminiert, und ihr Team hielt das Zeitlimit ein.

Trotzdem war es das erste Mal, dass John völlig außer Atem war, als er am Ziel anlangte.

Hartfield blickte auf seine Stoppuhr und nickte anerkennend, als er das Ergebnis verkündete. »Ich bin gespannt, ob das getoppt werden kann.«

Aber John war sich sicher, dass das niemand schaffen würde. Völlig entspannt wartete er die Ergebnisse der anderen Teams ab.

»Erster!« Kim fiel John so überraschend um den Hals, als sie in ihrem Quartier anlangten, dass er es nicht schaffte, der Umarmung auszuweichen.

»Lass das!«, knurrte er.

»Gut gemacht.« Von hinten klopfte Mirek ihm auf die Schulter, während Harlan gegen seine Schulter boxte. »Klasse Leistung, Mann!«

Als er Kim endlich abgeschüttelt hatte, stand Reno vor ihm. Ein paar Herzschläge lang starrten sie sich nur an; Renos Blick wurde immer feindseliger.

Bis Harlan Reno gegen die Schulter schlug. »Gib dir 'nen Ruck, Alter.«

»Weshalb? Das hätte der Mistkerl auch schon früher machen können. Jede Menge Extrarunden, nur weil er keine Lust auf Teamwork hatte. Schon mal daran gedacht?«

Statt einer Antwort setzte betretenes Schweigen ein.

»Also, wenn einer von euch Schwachköpfen glaubt, dass ich mich jetzt bei dem Mistkerl bedanke, dann hat er sein Hirn verloren.« Nach diesen Worten warf Reno seine Sachen in die Ecke, schob Kim beiseite, der ihm im Weg stand, und stapfte hinaus.

Harlan seufzte. »Hey, Mann. Das meint er nicht so.«

»Wir wissen deinen Einsatz zu schätzen, Zacharias«, fügte Mirek hinzu.

Wortlos öffnete John seinen Spind, um seine Sachen zu verstauen, und ging in den Nassraum.

Reno würdigte ihn keines Blickes, als er dort eintraf.

John tat es ihm gleich. Ein Stöhnen entwich ihm, als das heiße Wasser seine lädierte Schulter traf. Er schloss die Augen und blieb länger unter dem Strahl stehen, als nötig gewesen wäre.

»Na, war es das wert?« Ophelias Stimme.

Blinzelnd öffnete John die Augen.

Ophelia nickte in Richtung seiner Schulter, die bereits eine dezente Blaufärbung angenommen hatte.

»Möglich.« John war dankbar darum, dass Wasser in seine Augen lief und er so einen Grund hatte, Ophelias Blick nicht erwidern zu müssen.

»Mir kannst du nichts vormachen«, sagte Ophelia.

Ein Finger grub sich schmerzhaft in seine Magengegend. John wich instinktiv zurück und schlug die Hand beiseite.

»Was?« Das Wort klang wie das Knurren eines Raubtiers.

»Weshalb bist du so scharf darauf, auf die *Lissabon* zu kommen?«

Statt einer Antwort ließ John sie stehen und schnappte sich sein Handtuch. Im nächsten Moment begegnete er Mirek, der ihn festhielt, um seine Schulter zu begutachten.

»Du solltest zum Arzt gehen.« Mirek sah ihn besorgt an. »Komm!«

Ophelia trat zu ihnen. »Träum weiter, Mirek!«

»Wenn du meinst«, sagte John zu Mirek. Und er wusste nicht, ob er sich ärgerte, weil Ophelia ihn durchschaut oder weil sie ihn gegen seinen Willen dazu gebracht hatte, so viel Vernunft zu beweisen, dass er zum Arzt ging.

3. Intermezzo

Hartfield starrte schon so lange auf seinen Schreibtisch, dass seine Augen brannten.

Er gestand sich nur ungern ein, dass er McClusky falsch eingeschätzt hatte. Natürlich war das nicht sein richtiger Name. Aber er hatte wirklich und wahrhaftig geglaubt, dass er ihn so weit hatte. Dass dieser Mistkerl endlich begriffen hatte, um was es ging. Dass es um mehr ging, als Erster zu werden. Um mehr als um Coolness. Und auch nicht darum, unerkannt zu bleiben – egal, was er verbrochen haben mochte.

Und nun das!

Oh ja, er hatte ihn durchschaut. Hartfield wusste, weshalb McClusky dafür gesorgt hatte, dass sein Team Erster wurde. Damit sie die *Lissabon* besuchen konnten. Damit McClusky sich verdrücken konnte.

Hartfields Finger verharrte über dem Icon der *Lissabon* auf seinem Touchscreen. Noch hatte der Mistkerl nichts getan. Aus welchen Gründen sollte er ihn festnehmen lassen? Vorsorglich etwa? Das war lächerlich.

Nein. Er hatte keine andere Wahl, als sich einzugestehen, dass er versagt hatte. Dass er den einen Topsoldaten aus tausend mehr oder weniger guten Durchschnittsleuten verloren hatte.

»Weshalb sind Sie zu den Space Troopers gegangen?«

»Weil ich dafür gemacht wurde, Sir!« Die Miene des kahlgeschorenen Mannes aus Hartfields Erinnerung war unerschütterlich.

Nun gut, möglicherweise hatte er den einen aus tausend verloren. Aber er konnte neunhundert aus tausend gewinnen, falls er willens war, einem anderen Rekruten zu vertrauen.

Was, wenn er sich wieder irrte? Was, wenn Gen IX trotz allem immer noch an die Widerstandsbewegung glaubte? Wenn er nur deshalb Teil des Genprogramms der Space Troopers geworden war, um den Dschihad in die Reihen des Militärs zu tragen?

Allein bei dem Gedanken, was ein getarnter Attentäter bei den Space Troopers anrichten konnte, lief Hartfield ein kalter Schauer über den Rücken. Andererseit ... Konnte nicht jeder der Soldaten ein Mitglied des Dschihad sein?

Einer unter tausend. Einer für neunhundert aus tausend.

Mit seinem Namen und seiner Karriere als Pfand.

Es gab keine andere Entscheidung. Er musste es tun.

Hartfield hob die Hand und berührte den Touchscreen. Unter seinen Fingern leuchtete der Name von Colonel Forsman auf.

7. Kapitel

Kim war so aufgeregt, dass er kaum still sitzen konnte, während die Landefähre sie nach oben brachte. Trotz des Bügels, der sie auf ihre Sitze drückte, rutschte der junge Asiate neben John die ganze Zeit hin und her.

John erwartete jeden Augenblick, dass er ihn fragte: »Sind wir bald da?« Aber anscheinend genügte es, stur geradeaus zu blicken, um Kim davon abzuhalten.

Ein sachter Ruck zeigte an, dass sie im Hangar aufgesetzt hatten. Prompt zuckte Kims Kopf in Richtung Ausstieg.

John seufzte nur und wartete geduldig darauf, dass sich die Bügel hoben.

Mit einem Jauchzen stürmte Kim als Erster nach draußen. »Nun kommt schon!«, rief er.

»Weiber, Männer!« Harlan streckte sich.

Mit einem Grinsen verpasste Ophelia ihm einen Klaps gegen den Hinterkopf. »Ach, bin ich etwa keine Frau?«

»Du zählst nicht«, antwortete Harlan, »du gehörst zu uns.«

»Nun geht schon!« Ausgerechnet Mirek musste drängeln.

»Weshalb so eilig?«, fragte Ophelia. »Ich dachte, du bist verlobt.«

Aber Mirek schlüpfte schon an ihr vorbei und folgte Kim. Reno marschierte wortlos hinterher. Harlan und Ophelia schlossen sich ihm an. Nur Ophelia warf einen kurzen Blick zurück zu John. Fragend hob sie die Augenbrauen.

Eine andere Einheit drängte sich vor, und John verlor die

anderen aus dem Blick. Gut so. Er hatte ihnen ohnehin nicht folgen wollen.

Frei.

Das war Johns erster Gedanke, als er keinen der anderen Rekruten mehr auf dem Promenadendeck der *Lissabon* sah. Er war allein in der dunklen, kleinen Bar, wo ein Mädchen nur mit einem winzigen Slip bekleidet vor ihm auf der Theke an einer Stange tanzte.

Die Musik war zu laut und uralt. Heavy Metal. Und damit genau so, wie sie ihm gefiel.

Nur die Tänzerin blickte für seinen Geschmack zu intensiv in seine Richtung. Ihre Posen zeigten ihm, dass sie ihn wollte. Dass er ein hübsches Gesicht hatte, war für sie sicherlich nur Nebensache. Frauen wollten immer nur das eine: Geld. Und davon hatte er nicht genug.

Sie endete breitbeinig vor ihm auf der Theke und zeigte dabei deutlich mehr, als schicklich war. Ihre festen, kleinen Brüste reckten sich Johns Gesicht entgegen. »Hallo!«

Einen Herzschlag lang war er versucht, sie einfach sitzen zu lassen. »Was willst du trinken?«

Sie lächelte und beugte sich ein wenig vor, sodass ihre rosafarbenen Brustwarzen fast Johns Nasenspitze berührten. »Einen Wodka-Martini.«

Teuer. Aber dem Barkeeper Informationen zu entlocken war vermutlich noch teurer. »Einen Wodka-Martini!«, rief John in dessen Richtung.

Das Mädchen setzte ihre Zehenspitzen auf Johns Oberschenkel. »Danke.«

Die Aussicht war verführerisch. Johns Hand strich über die

Innenseite ihres Oberschenkels und streichelte über den winzigen Slip.

Als Antwort öffnete sie ihre Beine noch ein wenig mehr. »Wir können auch nach hinten gehen.«

Der Barkeeper reichte ihr den Wodka-Martini. Sie nippte daran, während sie John ihre Möse präsentierte.

Statt einer Antwort kniff er in ihre Brustwarze und ließ seine Finger unter ihr Höschen gleiten, um die warme Feuchte zu kosten. Endlich nickte er.

Ihm war vorher nicht bewusst gewesen, wie sehr er es vermisst hatte. Der Trieb überwältigte ihn. Er kam nicht mehr dazu, sich auszuziehen, sondern öffnete nur rasch Hemd und Hose. Eines ihrer Beine war über seine Schulter gelegt, während er wild in sie hineinstieß – wieder und immer wieder –, bis er sich mit einem Schrei in sie ergoss.

Sie stöhnte leise, während sie ihre Gliedmaßen sortierte. »Du hast mir wehgetan.«

Langsam ließ er sich neben ihr auf das Bett rutschen. Seine Hand fand ihre Brust und begann, ihre Brustwarze zu umkreisen, massierte sie.

Ein Keuchen antwortete.

Er beugte sich zwischen ihre Beine, um von ihrer Süße zu kosten. Seine Zunge senkte sich in sie hinein, bis sie stöhnte und schrie vor Entzücken und kam.

Das erregte ihn so sehr, dass er sie noch einmal nahm. Langsam dieses Mal und voller Genuss.

Mit einem leisen Lachen strich sie danach über seine Brust. Sie genoss es sichtlich, seine Muskeln zu streicheln, die sich unter seiner Haut wölbten. »Okay, das war umsonst.«

»Ich zahl dir trotzdem was, wenn du mir helfen kannst.«

»Gerne.« Sie drückte ihn auf den Rücken und setzte sich rittlings auf ihn.

John verschränkte die Arme im Nacken, während sie sanft ihr Becken kreisen ließ, die Hände auf seine Brust gestützt. »Wenn jemand verschwinden möchte – mit wem müsste er dann sprechen?«

»Hmm. Ich glaube, ich wüsste da jemanden. Und wenn du mir es noch einmal besorgst, verrate ich ihn dir. Kostenlos.«

Das ließ sich John nicht zweimal sagen.

»Wirst du gesucht?« Der schmierige, dicke Typ mit Glatze musterte John ausgiebig. Die dreckige, dunkle Ecke, in der sie sich trafen, passte hervorragend zu ihm.

»Nein.«

Der Blick des anderen wurde misstrauisch. »Hast du was ausgefressen?«

»Was soll die Fragerei?«

»Ich muss wissen, auf was ich mich einlasse, Klugscheißer. Hast du was ausgefressen? Ist irgendjemand hinter dir her?«

Unwillkürlich dachte John an Hartfield. »Nein.«

»Trooper?«

»Rekrut.«

»Hast wohl gehört, wie euer Feind aussieht, und willst jetzt kneifen. Heh?« Die fettigen Mundwinkel hoben sich ein wenig.

»Welcher Feind?«

Der Glatzkopf zuckte mit den Schultern. »Gerüchte. Man munkelt, jemand hat die Kolonie im Kassiopeia-Sektor ausgelöscht. Und auch das Kriegsschiff, das zur Rettung geschickt wurde. Ratzfatz!« Ein Grinsen. »Wie man Hühner schlachtet. Schon mal ein Huhn gesehen, dem man den Kopf abgehackt hat?«

»Nein, aber einen Fettwanst, dem jemand den Bauch aufgeschlitzt hat. Hat gewimmert wie ein kleines Mädchen.«

Ein taxierender Blick traf John. »Sechstausend.«

John schnaubte. »Wucher.«

»In diesen Zeiten muss jeder sehen, wo er bleibt. Wir legen noch heute ab, heißt es. Nicht viel Zeit, um dir eine neue Identität zu besorgen.«

»Weshalb so eilig?«

»Du erinnerst dich an das Huhn? Niemand will hier unter dem Schlachtbeil enden. Also verschwindet besser die ganze Schar, bevor der Schlachter auftaucht. Also, wie sieht's aus?«

John packte den Dicken am Arm. »Die sind hierher unterwegs?«

»Sechstausend?«

Johns Griff wurde eine Spur fester. »Ich hab dich was gefragt.«

»Ja, Mann. Ein Vögelchen hat mir geflüstert, dass die *Lissabon* deshalb so schnell die Biege macht, weil jemand hierher unterwegs ist, dem wir lieber aus dem Weg gehen.«

»Shit!« John ließ den Mann so plötzlich los, dass dieser taumelte.

»Kommen wir ins Geschäft?«

Ohne eine Antwort ließ John den Glatzkopf stehen.

Hartfield.

Immer mit der Ruhe. Der Sergeant war unten geblieben. Wenn wirklich etwas an der Sache dran war, dann wusste

Hartfield sicherlich längst über alles Bescheid. John hielt inne. Hatte er sich etwa soeben von diesem schmierigen Kerl zum Affen machen lassen, nur weil der ihm ein paar Geldstücke mehr aus den Rippen leiern wollte? Auf keinen Fall wollte er sich zum Deppen machen, indem er zu Hartfield zurückeilte wie ein kleiner, verschreckter Junge zu seinem Papa.

Was war mit Mirek? Mit dem konnte man reden, ohne dass er ihm gleich einen Strick daraus drehte. Es fragte sich nur, wo der steckte. John eilte durch das Promenadendeck, vorbei an unzähligen Bars und Stripshows. Nein, hier würde er Mirek bestimmt nicht finden. Aber wo dann?

Mirek war verlobt. Er hatte keine freie Minute ausgelassen, um seinem Team von seiner heißgeliebten Elizabeth zu erzählen. Also, was würde Mirek wohl tun? Die Gelegenheit nutzen, um mit seiner Elizabeth zu sprechen oder ihr eine Nachricht zukommen zu lassen. Was sonst?

Mit langen Schritten eilte John in Richtung Kommunikationszentrale. Auf halbem Weg schrak er zusammen: Sirenen heulten auf – Roter Alarm.

Nein, das konnte nicht sein. Das war unmöglich.

Als er sich umsah, erblickte er ein Mannschaftsmitglied der *Lissabon*. Der kam ihm gerade recht. Er schnappte sich den Mann und presste ihn gegen die Stahlwand.

»Lass mich los!« Der Gefreite hatte ein Milchgesicht und Pickel auf der Nase.

»Was ist passiert?«

»Feindkontakt. Ich muss auf meinen Platz –«

Eine Durchsage unterbrach ihn. »Hier spricht der Erste Offizier. Alle Crewmitglieder sofort auf ihre Plätze! Alle Crewmitglieder sofort auf ihre Plätze! In zehn Minuten verlassen wir den Orbit.«

John brauchte ein paar Sekunden, um zu begreifen, was hier

vor sich ging. Die wollten sich von hier verpissen und die Menschen auf dem Mond ihrem Schicksal überlassen.

»Bring mich zur Kommunikationszentrale. Schnell!«

Pickelgesicht gehorchte ohne Widerspruch.

»Ich will eine Verbindung mit Gunnery Sergeant Hartfield auf dem Stützpunkt Hell's Kitchen. Sofort!«

Die dicke Farbige in der Kommunikationszentrale starrte ihn an, als habe er den Verstand verloren. Hilfesuchend richtete sie ihren Blick auf Pickelgesicht. Als der ihr keine Antwort gab, wandte sie sich mit leiser, flehender Stimme an John. »Das darf ich eigentlich nicht, Sir.«

John ließ Pickelgesicht los und flankte über die thekenartige Begrenzung, hinter der die Frau saß. »Tun Sie, was ich sage!«

Sie wich auf ihrem Stuhl vor ihm zurück. Wieder ein Blick Richtung Pickelgesicht.

Aus den Augenwinkeln erahnte John, dass der sich zum Ausgang stehlen wollte. »Bleib von der Tür weg, oder du wirst es bereuen!«

Pickelgesicht zuckte zusammen. Vorsichtig nickte er.

»Los!« John gab der Frau einen Stoß.

Endlich bewegte sie sich. Sie betätigte Knöpfe und Schalter, bis auf ihrem Monitor das Gesicht eines Mannes in Uniform zu sehen war. »Hier spricht der Space-Trooper-Stützpunkt Hell's Kitchen.«

»Hier spricht die *Lissabon*. Holen Sie bitte Gunnery Sergeant ...« Fragend sah die Frau John an.

»Hartfield«, soufflierte er.

»Hartfield. Gunnery Sergeant Hartfield.«

»Und wer will ihn sprechen?«

Wieder ein fragender Blick in Johns Richtung.

»Sagen Sie nur, dass es äußerst dringend ist«, sagte John.

»Es ist äußerst dringend.«

Die Minuten, die er danach wartend vor dem Kommunikationsgerät verbrachte, waren die längsten in Johns bisherigem Leben. Was, wenn er sich täuschte? Was, wenn ... zu spät. Jetzt konnte er den Weg, den er eingeschlagen hatte, nur noch bis zum Ende gehen.

»Hier spricht Gunnery Sergeant Hartfield.«

Wortlos schob John die dicke Farbige zur Seite.

»McClusky?«

»Sir, ich –«

»Appell war vor über einer Stunde. Welche Ausrede haben Sie dafür, dass Sie immer noch auf der *Lissabon* sind?«

John stutzte. Er hatte doch gerade noch auf dem Schiff nach Mirek gesucht ... Erst jetzt wurde ihm bewusst, dass seine Kameraden schon längst zurückgekehrt sein mussten. Er selbst hatte die Zeit vollkommen aus den Augen verloren, so sehr war er mit seiner Flucht beschäftigt gewesen. »Sir, mit Verlaub. Hier herrscht Roter Alarm – wegen eines bevorstehenden Feindkontakts! Die *Lissabon* will so schnell wie möglich von hier fort.«

Hartfield starrte ihn an. Sekunden verstrichen. »Herrgott, McClusky, wenn Sie sich täuschen, dann werden Sie es bitter bereuen.«

»Aye, Sir.« Und ob er das würde.

»*Lissabon*, eine Verbindung mit Ihrem Captain. Sofort!«

Die Farbige sah John aus großen, runden Augen an.

»Tun Sie, was er sagt!«

John hatte das Vergnügen, zuhören zu können, während Sergeant Hartfield mit Captain Nandu stritt, einem Inder mit erstem Grau in den Schläfen.

»Captain Nandu, Sie werden unverzüglich Landungsfähren nach unten schicken, um eine Evakuierung einzuleiten.«

»Das hier ist mein Schiff, und wenn Sie glauben, mir Befehle erteilen zu können, die mein Schiff in Gefahr bringen, dann täuschen Sie sich gewaltig. Ich denke nicht daran! Und wenn sich noch einer Ihrer Männer hier befindet, dann ist das ausschließlich sein Problem. Unerlaubtes Entfernen von der Truppe nennt man das, wenn ich mich nicht irre. Also hören Sie auf, mir zu sagen, was ich tun muss, Sergeant Hartfield!«

»Leiten Sie die Evakuierung ein. Sofort! Oder ich sorge dafür, dass Sie aufgrund unterlassener Hilfeleistung vor ein Kriegsgericht kommen.«

»Ich trage die Verantwortung für die Menschen hier an Bord. Ich bin jedoch nicht dafür verantwortlich, dass die Admiralität Ihnen kein Schiff geschickt hat, um Sie und Ihre Männer zu evakuieren. Die *Lissabon* ist ein ziviles Schiff, und ich unterstehe nicht der Admiralität. Daher ist es mein gutes Recht, mein Schiff aus der Gefahrenzone zu bringen, bevor es geentert oder zerstört werden kann. Das feindliche Schiff wird in spätestens einer Stunde hier eintreffen. Und bis zu diesem Zeitpunkt habe ich vor, weit weg zu sein. Weit genug jedenfalls, damit sie uns nicht mehr einholen können auf dem Weg zum Sprungtor. Und ich …«

»In Kriegsfällen ist jeder Soldat der Erdstreitkräfte dazu befugt, zivile Fahrzeuge zu requirieren. Was ich hiermit getan habe. Sie müssen meinem Befehl nachkommen. Sofort! Wo ist Rekrut McClusky?«

John tippte der Farbigen auf die Schulter. »Das bin ich.«

»Einen Moment, Sir.« Schweißperlen standen auf der dunkelbraunen Stirn.

»Hier, Sir.« John drängelte sich neben der Farbigen vor den Monitor.

»Da anscheinend kein einziger Mann mit militärischer Erfahrung an Bord der *Lissabon* ist, werden Sie den Anflug der Landefähren leiten. Abholpunkt Tango Delta Neun. Wir erwarten Sie in fünfundvierzig Minuten. Hartfield – Ende.«

»Sind Sie McClusky?« Der Sprecher war ein wenig kleiner als John, dafür aber doppelt so breit. Sein flächiges Gesicht war von einem hellen Braun.

»Aye.«

»Pilot Anuenue. Ich soll Sie runterbringen.«

Es war kalt im Hangar. In der Luft hing der Geruch von Ozon und Schmieröl. Im kalten Neonlicht konnte John mehrere Landefähren erkennen, die gerade zum Start fertig gemacht wurden.

»Wie viele?«

Anuenue sah sich kurz um. »Fünf. Genug Platz, um alle ihre Kameraden auf einen Schlag wegzubringen.«

»Bewaffnung?«

»Keine. Hey, Mann, wir sind ein Vergnügungsschiff.«

»Haben Sie sonst irgendwelche Waffen? Handfeuerwaffen, Gewehre?«

»Elektroschocker. Kleine und große Ausführung.« Anuenue deutete auf eine Wand des Hangars. »Da. In dem Schrank. Komm ich aber nur über einen Offizier ran.«

Na wunderbar! John rieb sich den Nacken. Dann eben nicht. »Karten?«

»In der Fähre.« Anuenue nickte in Richtung der vordersten Landefähre.

John ging ohne einen Kommentar darauf zu und schwang sich durch die offen stehende Tür ins spartanische Cockpit.

»Nichts anfassen!«, rief Anuenue und drängelte sich an John vorbei. Mit einem Ächzen ließ er sich in den Pilotensessel fallen. Ein paar Knopfdrücke, und eine Landkarte des Space-Trooper-Stützpunktes erschien auf einem Monitor.

Wie selbstverständlich setzte John sich in den Sessel des Copiloten. Ein kurzer Blick genügte, um sich zu orientieren. »Hier.« John deutete auf einen Punkt knapp siebenhundertfünfzig Meter südwestlich der Gebäude. »Das ist unser Landepunkt. Ziemlich offenes Gelände. Deckung gibt's nur nach Süden. Diese Hügel hier.«

»Ich geb's weiter.« Während Anuenue Funkkontakt mit den anderen Landefähren herstellte, deutete er auf einen Kopfhörer und dann auf die Gurte.

Wortlos kam John seiner stummen Aufforderung nach. Aus den Kopfhörern drang statisches Rauschen. Als er die Gurte schloss, hörte er das »Go!« für den Start.

Anuenue warf ihm einen Blick zu. »Bereit?«

John hob den Daumen.

Die Hangartore öffneten sich, und mit einer Mischung aus Freude und Ingrimm auf dem Gesicht steuerte Anuenue die Landefähre in das Schwarz des Weltalls.

8. Kapitel

Im freien Fall stürzten sie nach unten. Anuenue gab sich anscheinend alle Mühe, John dazu zu bringen, sich nochmals sein Abendessen anzuschauen. Plötzlich gab es einen Ruck, und der Pilot führte ein Wendemanöver durch.

Für einige Herzschläge verlor John die Orientierung. Hinter ihnen fiel die *Lissabon* zurück. Sein Blick fand die Sonne, die ihnen von links entgegenstarrte. Er blinzelte und fixierte den gelbroten Ball, der Hell's Kitchen war. Dann entdeckte er das blaue Leuchten – ein ferner Punkt, der sich langsam näherte.

Sein Blick suchte das Radar. Dort fielen ihm zuerst die fünf Punkte in Formation auf. Der etwas größere Punkt dahinter musste die *Lissabon* sein. Vom Rande des Schirms näherte sich ein siebter Punkt – die Angreifer. John zeigte darauf. »Wie lange noch?«, fragte er.

»Wenn sie ihre Geschwindigkeit nicht ändern ... dreißig bis vierzig Minuten.«

Das würde ein Wettlauf auf Leben und Tod werden. Zwar hatten sie noch einen Vorsprung, doch wenn sie ihn verlieren würden ... Wie sollten sie ohne Waffen gegen einen Gegner bestehen, der ganz sicher mit hochmoderner Kriegstechnik ausgerüstet war?

John tippte auf das Mikro, mit dem seine Kopfhörer ausgestattet waren. Ein »Klong« war zu hören. »Geben Sie mir den Stützpunkt!«

»Verstanden«, antwortete Anuenue.

Nach einigen Minuten drang eine vertraute Stimme aus den Kopfhörern. »Hier Gunnery Sergeant Hartfield.«

»Sir, die Landefähren sind unbewaffnet, und der Feind wird nahezu gleichzeitig mit uns eintreffen. Können Sie mit Geschützen aufwarten?«

Statisches Rauschen antwortete. »Hartfield hier. Habe verstanden. Wir kümmern uns darum. Hartfield – Ende.«

John starrte auf das blaue Leuchten. Mehr konnte er nicht tun.

»Wenn Sie mich fragen – ich habe ein ziemlich mulmiges Gefühl bei der Sache«, offenbarte Anuenue.

Im Stillen musste sich John eingestehen, dass er das Gleiche empfand.

Der Wüstenboden kam ihnen so schnell entgegen, als befänden sie sich in einem ungebremst herabstürzenden Fahrstuhl eines Wolkenkratzers. In Johns Magen kribbelte es angenehm. Als sie schließlich überraschend sanft aufsetzten, drängte es ihn, »Noch mal!« zu rufen.

»Funken?«, fragte er Anuenue.

Der Pilot deutete auf eine Stelle rechts von Johns Knie, wo sich in einer Halterung ein Funkgerät befand. John aktivierte es.

»Kanal 2«, teilte Anuenue ihm mit.

Als John den Kanal eingestellt hatte, betätigte er den Rufknopf und tippte dreimal auf das Mikro des Funkgeräts. In seinen Kopfhörern ertönte ein dreimaliges »Klong«. Das genügte ihm. Er nahm den Kopfhörer ab, entriegelte die Gurte und öffnete die Tür. Draußen herrschte Dunkelheit: Die Nacht war bereits über diese Seite des Mondes hereingebrochen. Kalte

Luft wehte herein und ließ ihn frösteln. Er drehte sich noch einmal kurz zu Anuenue um, hob den Daumen seiner Rechten hoch und sprang auf den Wüstenboden.

In seinen Ohren dröhnte das hohe Summen der Triebwerke. Die Silhouetten der Landefähren, die vom sternenübersäten Himmel herabfielen, ähnelten gigantischen Vögeln. Direkt vor ihm konnte er die flachen Gebäude des Stützpunktes ausmachen. Die meisten waren innen erleuchtet. Dazwischen lag ein Teil des Hindernisparcours. Entweder musste er dieses Streckenstück durchqueren oder ihn südlich umgehen.

Die Wahl war leicht, denn inzwischen kannte John den Hindernisparcours wie seine Westentasche. Während er losjoggte, hängte er sich das Funkgerät an den Gürtel. Schon nach wenigen Metern war ihm warm. Er umging einige Hindernisse, setzte mit wenigen langen Schritten über den Balken und schwang sich am Seil über die Grube. Es war ein Genuss, alleine hier zu sein – ohne die Hitze der Sonne im Gesicht zu spüren und ohne Hartfields Stiefelabsatz im Nacken zu fühlen.

Als John sein Ziel fast erreicht hatte, waren die Lichter in den Gebäuden erloschen. Selbst der Exerzierplatz lag im Dunkeln. Trotzdem konnte John die Reihen der Rekruten sehen, die sich darauf sammelten. Noch wenige Meter und er würde wieder einer der Ihren sein. Doch seine Wahl hatte er bereits auf der *Lissabon* getroffen. Müßig, sich nun weitere Gedanken darüber zu machen.

Er entdeckte Hartfield am Ende einer Reihe und hielt auf ihn zu. Gerade noch rechtzeitig erinnerte er sich daran, Haltung einzunehmen und den Vorgesetzten militärisch zu grüßen. »Landefähren stehen bereit, Sir.«

»Sie sind schnell«, bemerkte Hartfield. »Holen Sie Ihre Sachen und melden Sie sich wieder bei mir.«

Auf dem Weg zur Unterkunft entdeckte John Mirek, Reno

und Harlan in der Reihe. Er zeigte ihnen seinen hochgereckten Daumen, als sei nichts geschehen. Im Korridor lief er in Kim hinein.

»Zach?« Kim starrte ihn so freudig überrascht an, dass John seine rechte Hand abwehrend nach vorne streckte, um eine Umarmung zu verhindern.

»Ophelia! Hey, du glaubst nicht, wer hier ist.« Kim boxte ihm in die Seite. Leise setzte er hinzu. »Ich wusste, dass du wiederkommst.«

Hinter ihm tauchte Ophelia in der Tür zu ihrem Quartier auf. »Hier!« Sie warf ihm sein Gewehr zu.

Automatisch fing John es auf.

Dann stand sie neben ihm, das Oberteil des Combatsuits in der Hand. Geübt streifte sie es John über den Kopf. Bevor er etwas sagen konnte, griff Kim von hinten zu und half ihr dabei, die seitlichen Verschlüsse festzumachen. Als Letztes stülpte sie ihm den Helm auf den Kopf.

Kim war bereits vorgegangen, nachdem er John kurz ein breites Grinsen geschenkt hatte.

Ophelia hielt ihn am Arm fest. Sie zögerte, ehe sie sacht gegen seinen Helm schlug. »Es ist gut, dich hier zu wissen.«

Das war mehr, als John jemals von ihr erwartet hatte.

»Team Bravo, Kiste aufnehmen. Squad eins, zwei und drei, vorwärts!«

Kaum hatte sich John bei Hartfield wieder gemeldet, kam Bewegung in die Rekruten. John wollte mit Reno, Harlan und Mirek nach der Kiste greifen, doch Hartfield winkte ihn mit einer ungeduldigen Handbewegung zu sich.

»Sie weichen mir nicht von der Seite, McClusky.«

Squad eins und zwei trabten im Laufschritt durch das Kasernentor. Dann wollte das dritte Squad, zu dem John und sein Team gehörten, den anderen folgen. Doch in dem Moment, als sie sich dem Tor näherten, begannen Glutbälle vom schwarzen Himmel herabzuregnen. Nur Sekunden später deckten unzählige glühende Brocken den Hindernisparcours und die Kaserne ein. Der Boden unter Johns Füßen bebte von der Wucht, mit der die Geschosse auftrafen.

Während er noch wie erstarrt auf das rotglühende Gebilde stierte, das in seiner Nähe aufgeschlagen war, schälte sich daraus eine nachtschwarze Gestalt, die einem Albtraum entsprungen zu sein schien. Spinnenartige Beine. Zu viele, um dem Wesen eine humanoide Form zu geben. Eine Serie gelber Augen, die von zweieinhalb Schritt Höhe auf ihn herabsahen. Ein länglicher Metallgegenstand richtete sich langsam auf ihn.

Da erwachte John aus seiner Erstarrung. Er rammte das Gewehr gegen seine Schulter und begann zu schießen. Eine halbe Salve löste sich, ehe ein gleißender Ball aus Licht auf ihn zuraste. Instinktiv warf er sich zur Seite und schoss weiter. Weit hinter ihm prallte der Lichtball in einer riesigen Explosion aus Feuer irgendwo auf.

Menschen schrien.

John sah, wie in dem Metallstab ein Funke aufblitzte.

Ohne nachzudenken, sprang er auf, schoss eine weitere Salve auf das Albtraumwesen und warf sich aus der Schussbahn – gerade noch rechtzeitig. Sekundenbruchteile später verdampfte ein Lichtball den Boden, wo er eben noch gestanden hatte.

»Feuer bündeln!«, schrie Hartfield von irgendwo.

Weitere Gewehre richteten sich auf den Feind, während John seine nächste Salve abschoss. Der Funke in dem länglichen Metallding erlosch, ohne ein weiteres Mal Feuer zu spucken, und das spinnenartige Wesen brach mit einem hohen Laut zusammen.

»Sammeln. Verwundete versorgen. McClusky! McClusky, verdammt! Wo stecken Sie?«

»Hier, Sir!«, rief John und rappelte sich auf. Zwischen glühenden Gesteinsbrocken und verkohlten Menschenleibern hindurch eilte er in die Richtung, aus der die Stimme gekommen war.

Im Dunkeln der Nacht explodierten weitere Glutbälle, zerrissen die Erde und löschten Menschenleben aus. In diesem Augenblick verstand John den Wunsch von Captain Nandu, vor dem Feind so schnell wie möglich zu fliehen.

Als er Hartfield erreichte, gab dieser bereits neue Befehle. »Der Weg vor uns ist versperrt. Wir müssen den Hindernisparcours nördlich umgehen. Kowalski, Verluste?«

»Sechs Tote, Sir. Ein Schwerverletzter und drei mit leichteren Verwundungen.«

Hartfield fluchte. »Team Alpha, eine Trage. Team Tango, vorrücken. Team Bravo zu mir. Rückzug decken. McClusky, Kontakt zu den Landefähren.«

John nahm das Funkgerät vom Gürtel und aktivierte es. »Anuenue. McClusky hier. Status.«

Es rauschte, bis plötzlich Anuenues Stimme zu hören war. »Sind unter Beschuss. Eine Landefähre zerstört. Anuenue – Ende.«

Hartfield hatte mitgehört. Trotzdem konnte John in seinem Gesicht keine Regung erkennen.

»Vorwärts!«, schrie der Sergeant.

Rechts von ihnen tobte die Hölle. Lichtball auf Lichtball detonierte. Dreck und menschliche Gliedmaßen wurden in den Nachthimmel geschleudert. Dazwischen mischte sich das »Tackatack« der Gewehrsalven, ab und an untermalt von dem dumpfen »Bumm« einer Lenkrakete.

Johns Hände zitterten vor Anspannung. Er verfluchte Hartfield für seine Taktik. Verfluchte die Verwundeten, die sie langsam machten und dazu verdammten, den Kopf unten zu halten. Er wollte näher am Feind sein und diese Höllenkreaturen dorthin blasen, wo sie hingehörten, anstatt wie ein Maulwurf zwischen den Hindernissen hindurchzukriechen.

Ein Jaulen ertönte.

Hartfields Hand gab das Zeichen für Deckung.

Mit einem stummen Fluch warf John sich in den Dreck.

Das Jaulen kam näher, veränderte die Tonlage und wurde leiser.

Vorsichtig spähte John über die Kuppe der kleinen Anhöhe, hinter der er lag.

Etwa zwanzig Schritte entfernt bewegte sich ein blaues Leuchten durch die Nacht. Es schien zu schweben. Als John seine Augen anstrengte, erkannte er, dass das Licht von einem kleinen Flugobjekt ausgestrahlt wurde, auf dem eines der spinnenartigen Wesen hockte. Langsam drehte sich der Gleiter – oder was auch immer es war – um seine Achse. Etwas, das wie ein rot funkelndes Auge aussah, sandte einen Strahl aus, der über John hinwegfuhr und dann weiterglitt, offenbar auf der Suche nach einem Ziel.

John wollte schon aufatmen, als ein Stöhnen in seine Ohren stach.

Der Gleiter blieb in der Luft stehen und drehte sich.

Langsam rutschte John ein Stück weit die kleine Anhöhe hinunter. Ohne es zu wollen, hielt er den Atem an.

Das Jaulen wurde heller, näherte sich. Verhielt. Wurde wieder dunkler.

John wollte schon aufatmen, als ein unterdrückter Schrei hinter ihm ertönte.

»Vorwärts!«, schrie Hartfield.

Der Schrei wurde lauter und noch eine Spur gequälter, ehe er abrupt endete.

In einem Regen aus Dreck und Sand ließ sich John die Anhöhe hinabrollen, sprang auf, rannte ein paar Schritte und hechtete hinter dem nächsten Erdhaufen in Deckung.

In der nächsten Sekunde riss dort, wo er gerade gelegen hatte, ein Glutball die Erde auf.

Ein schreckliches Schreien war zu hören – und wurde im nächsten Moment von einem weiteren glühenden Geschoss erstickt.

Johns Kehle schnürte sich zu. Er rollte herum, kroch den Dreckhaufen hinauf und feuerte blind vor Zorn eine Salve auf den Gleiter.

Wie in Zeitlupe schwenkte das Rohr in seine Richtung.

Er sprang auf, rannte, stolperte, hetzte. Ein Sprung über eine Schlammgrube. In einer Rolle kam er auf und stürmte weiter.

Die Explosion riss ihn von den Füßen und warf ihn hinter eine Rolle Stacheldrahtzaun.

»Zacharias?«

Mireks Stimme.

Jemand packte ihn am Bein und zog ihn in die kümmerliche Deckung eines Bretterverhaus. Seine Einheit kauerte dahinter, zusammen mit der Kiste, die Hartfield ihnen aufgehalst hatte.

»Wir sind tot«, sagte Reno. »Da kommen wir nie vorbei.« Trotzdem sah er nicht so aus, als wollte er sich einfach geschlagen geben.

»Nicht aufgeben«, beschwor Mirek.

»Wir brauchen ein Ablenkungsmanöver«, sagte Harlan.

»Womit, Witzbold?«, fragte Ophelia.

»Mit Granaten?« Kims Stimme klang freudig.

John richtete sich halb auf.

Kim deutete auf die Kiste, die zwischen ihnen lag.

Ehe einer der anderen reagieren konnte, hebelte John den Deckel auf. Granaten. Eine ganze Kiste voller Granaten.

»Okay«, sagte John, »ich hab einen Plan.«

John schloss die Augen. Ein letzter, tiefer Atemzug, um sich zu sammeln. Er konnte es schaffen. Wenn es irgendeiner schaffen konnte, dann er. Und falls nicht, würde er nicht viel von seinem Tod mitbekommen – wahrscheinlich nur den Beginn eines Feuerwerks erleben.

»Jetzt«, keuchte er in sein Funkgerät.

Mit einem Bündel Granaten in der Rechten sprintete er los. Das Gewehr schlug gegen seinen Rücken. Er rannte, wie er noch nie in seinem Leben gerannt war: als wären tausend heulende Furien hinter ihm her.

Gleichzeitig deckten Gewehrsalven von links den Gleiter ein, um die Aufmerksamkeit des spinnenartigen Wesens von ihm wegzulenken.

Eine Explosion erschütterte die Erde und warf ihn von den Füßen. Er kugelte über den Boden, rappelte sich hoch und hastete stolpernd weiter. Ein weiterer Glutball verfehlte ihn nur knapp, weil er genau im richtigen Moment strauchelte.

Drecksvieh.

Eines der Aliens hatte ihn offenkundig entdeckt.

John rannte weiter. Der nächste Glutball kam heran – und

explodierte hinter ihm. John hatte keine Zeit, das Feuer zu erwidern. Entweder die anderen erledigten den Dreckskerl, oder ...

Die Wand tauchte vor ihm auf. John warf sich dahinter. Lauschte.

Das Jaulen näherte sich viel zu schnell. Das Drecksvieh, das ihn entdeckte hatte, hatte auch dem Gegner auf dem Gleiter seinen Standort verraten. Der Gleiter kam viel zu früh.

Doch es gab kein Zurück mehr.

Mit einem Ruck löste John alle Granatensicherungen, die er zuvor mit einem Draht verbunden hatte. Mit zwei Schritten Anlauf sprang er hoch und hing eine Sekunde später mit einer Hand an der Oberkante der Wand. Noch nie hatte er sich so schnell nach oben gezogen. Er setzte sich auf die Oberkante des Bretterzauns und schleuderte mit aller Kraft das Bündel Granaten – hinein in den Gleiter mit dem Alien, das nach ihm Ausschau hielt.

John sah noch, wie ein Feuerball sich entzündete. Dann sprang er. Die Detonation dröhnte in seinen Ohren. Die Druckwelle fegte die Wand fort, erfasste ihn und riss ihn mit sich; sie schleuderte ihn durch die Luft wie eine Puppe und presste ihm die Luft aus den Lungen.

Hart prallte er auf dem Boden auf und rollte weiter. Als er schließlich liegen blieb, wusste er nicht mehr, wo oben und unten war. Das Klingeln in seinen Ohren betäubte ihn. Es wurde nur übertönt von seinem Herzschlag, der hart und schmerzhaft in seinem Kopf widerhallte.

Ihm wurde schwarz vor Augen, und er verlor jedes Zeitgefühl. Irgendwann spürte er, dass ihn jemand hochhob und auf der Schulter wegtrug. Jeder Schritt schüttelte seine Knochen durcheinander. Dann ließ dieser Jemand ihn recht unsanft zu Boden gleiten.

Flatternd öffnete er seine Lider. Ein Gesicht schälte sich aus den Flecken vor seinen Augen. Ophelia. Ihr Mund bewegte sich, aber er konnte sie nicht hören. Ihre Hand tätschelte seine Wange.

Er hustete, stöhnte.

Jemand packte ihn von hinten und richtete seinen Oberkörper auf. John drehte den Kopf und sah in das Gesicht von Mirek. Doch was er sagte, konnte das Klingeln in Johns Ohren nicht übertönen. Mireks Hand zeigte auf Johns linke Seite.

John blickte an sich herab und entdeckte den Metallsplitter, der seinen Combatsuit durchdrungen hatte. Erst als er die Wunde sah, sickerte der Schmerz jäh und hell in sein Bewusstsein. Automatisch wollte er sich an die Seite greifen.

Aber Mirek packte seine Hand und schüttelte den Kopf.

Hartfield tauchte vor ihnen auf und winkte.

Reno, der John offenbar getragen hatte, packte ihn und zerrte ihn wieder auf die Füße. Mitleidlos legte er Johns Arm um seine Schultern. Mirek stützte ihn auf der anderen Seite. Gemeinsam trugen und schleiften sie ihn durch die Dunkelheit.

Wenig später erkannte John im wirbelnden Dunst vor seinen Augen die offene Luke einer Landefähre. Dann wurde er hineingezerrt und mitten in einem Gewirr aus Leibern auf den Boden gelegt. Er hob den Kopf und sah noch, wie die Luke sich schloss. Im nächsten Moment spürte er den Ruck, mit dem die Fähre abhob.

4. Intermezzo

Schweiß, Blut und Ozon. Der Geruch war betäubend.

Hartfield packte McClusky unter den Achseln und zog ihn in die Landefähre. Dort ließ er ihn zu Boden rutschen – in die Arme von Garcia, die ihn offensichtlich sehr gerne auffing. Was kein Wunder war bei McCluskys hübschem Gesicht. McClusky grinste sie an.

Unwillkürlich schüttelte Hartfield den Kopf. Der kleine Mistkerl war zwar verletzt, schien aber gewillt, die Situation irgendwie zu genießen.

Einer unter tausend. Er hatte ihn doch nicht verloren.

Ein Ruck ging durch die Landefähre, als sie abhob. Ganz automatisch gab Hartfield mit den Knien nach. Er warf noch einen Blick auf McClusky, dann wandte er sich ab und beugte sich über die Schulter des Piloten.

Draußen detonierten Geschosse, Glutbälle erleuchteten die Nacht.

Hartfields Blick irrte über die Konsolenanzeigen.

»Kurs, Sir?«, fragte der Pilot. Sein Gesicht war aschgrau. Schweiß stand auf seiner Stirn und rann über seine Schläfen. Er schien es nicht zu bemerken.

Hartfield schaute auf den Radarmonitor. Da war ein zweiter Punkt neben dem, der die *Lissabon* darstellte. Hartfield erkannte die Kennung sofort. Es war die *Washington*.

Forsman war gekommen, um Gen IX seiner Bestimmung zuzuführen. Gerade rechtzeitig, um sie zu retten.

Vielleicht, um sie alle zu retten.

Manchmal war Hartfield doch dazu geneigt, an Fügung zu glauben.

Wenn sie das hier überlebten, würde Gen IX bald zu McCluskys Einheit gehören. Eine andere kam nicht in Frage. Denn die beiden Besten unter seinen Rekruten würden von sich hören lassen. Dessen war er sich sicher.

Und bei Gott, sie hatten die beiden bitter nötig!

9. Kapitel

Der Flug glich dem Ritt auf einem bockenden Pferd. Doch wenigstens drangen allmählich auch andere Geräusche durch das Klingeln in seinen Ohren. John war irgendwie zwischen Ophelia und Mirek geraten. Ophelias Arm lag um seine Schultern, und er saß halb an sie gelehnt, weil es so eng war. Eigentlich fand er den Platz nicht unangenehm. Er ertappte sich dabei, wie er sie unwillkürlich anlächelte.

Sie schien es zu merken und klopfte gegen seinen Helm. »Bild dir bloß nichts darauf ein, Idiot!«

Ihm gegenüber versteckte Kim sein Grinsen hinter dem Unterarm.

»Danke«, sagte John und bot Reno seine Hand.

Ein irritierter Blick traf ihn. Harlan versetzte Reno einen Stoß in die Rippen. Endlich reagierte der große Blonde. Mit finsterer Miene schlug er ein, hielt Johns Hand fest und zog ihn halb zu sich. »Hau nie wieder ab!«

John schüttelte den Kopf.

»Und danke fürs Zurückkommen, Armleuchter!« Mit einem kleinen Schubs ließ Reno seine Hand wieder los.

Der Stoß beförderte John zurück in Ophelias Arme, die daraufhin noch einmal gegen seinen Helm klopfte. »Idiot!«

Jetzt grinste John. »Ich wusste, dass du mich magst.«

»Blödmann!« Aber sie stieß ihn nicht weg.

Hinter Ophelias Rücken zeigte Kim ihm feixend das Victoryzeichen.

Mirek neben ihm fühlte mit den Fingern nach dem Puls von

Johns Halsschlagader. »Du musst so schnell wie möglich zu einem Arzt.«

John verdrehte die Augen. Mirek war und blieb eine Spaßbremse.

»Kursänderung«, drang Hartfields Stimme auf einmal durch das allgemeine Gemurmel. »Wir steuern die *Washington* an.«

Der Flug wurde noch holpriger. Sie wurden durcheinandergeschüttelt, sodass John alle Knochen spürte. Die stechenden Schmerzen in seiner Seite wurden zusehends schlimmer, da sich der Splitter mit jedem Stoß tiefer zu bohren schien.

Ophelias Arm hielt ihn immer stärker fest. Sie versuchte, die Stöße aufzufangen, begriff er. »Durchhalten«, flüsterte sie in sein Ohr.

Etwas anderes kam ohnehin nicht in Frage.

Er versuchte, eine Antwort zwischen seinen Zähne hindurchzupressen. Aber mehr als ein Knurren brachte er nicht zustande.

Ein Stoß, der noch härter war als die vorhergehenden, ließ sie alle über den Boden rutschen oder umhertaumeln.

John biss sich auf die Lippen, um ein Stöhnen zu unterdrücken.

»Bereitmachen zum Aussteigen!«, schrie Hartfield.

Die Soldaten sortierten sich. Ein Knie traf Johns Rücken, während er sich mühsam aufzurichten versuchte. Er keuchte, schmeckte Blut. Noch ein Knie. Dieses Mal wurde seine Schulter getroffen.

Jemand packte ihn von hinten und zog ihn hoch. Leider war es Mirek und nicht Ophelia. Trotzdem war John froh um die

Hilfe. Widerstrebend lehnte er sich an den Kameraden, um zu Atem zu kommen.

Es war gut, dass Mirek ihn festhielt. Ansonsten hätte die nächste Erschütterung John von den Füßen geworfen.

»Aussteigen!« Hartfields Stimme übertönte das Chaos.

Im nächsten Augenblick glitt die Luke auf. Die hinausströmenden Soldaten rissen John mit. Harlan war vor ihm und fing ihn geistesgegenwärtig auf.

»Los! Los!« Hartfield deutete in eine Richtung.

Überall im Hangar schienen Soldaten durcheinanderzurennen. Während Harlan ihn vorwärtszerrte, zählte John zwei Landefähren. Zwei von fünf. Jetzt ahnte er, was die schweren Erschütterungen bedeuteten, die ihr Fluggefährt durcheinandergeschüttelt hatten. Der Feind hatte eine Fähre am Boden zerstört. Und zwei in der Luft. John glaubte, sich übergeben zu müssen vor Hass und Wut. Die Gefühle mobilisierten seine letzten Kräfte.

»Vorwärts!«, schrie Hartfield und zeigte Richtung Hangarausgang. Im Vorbeilaufen packte er John am Arm und zog ihn hinter sich her. Die anderen aus Johns Gruppe blieben dicht bei ihnen.

John hatte Mühe, Schritt zu halten. Fast war er versucht, sich loszureißen. Aber Hartfields Miene war so grimmig, sein ganzes Verhalten so angespannt, dass John wusste, er durfte jetzt nicht schlappmachen. Keuchend zapfte er die letzten Kraftreserven an.

Er schlidderte durch den Hangarausgang, getrieben von einem Stoß von Hartfield. »Schließen«, brüllte der Gunnery Sergeant.

Im gleichen Augenblick füllte ein Krachen Johns Ohren. Metall winselte und barst mit einem Kreischen. Ein plötzlicher Sog riss die Luft von seinen Lippen – erfasste ihn, schleuderte ihn auf den Metallboden und zog ihn auf das sich schließende Tor zu.

Er bekam die Türkante zu fassen. Doch das Schott zum Korridor glitt zu wie das Maul eines riesigen Ungeheuers, das ihn in sich aufsaugen wollte. Plötzlich fühlte er Hartfields Arm – der ihn in letzter Sekunde zur Seite riss, während sich das Schott vollständig schloss.

Keuchend presste John die Hand auf die linke Seite. Schwarze Schatten tanzten vor seinen Augen.

»Hoch mit Ihnen«, raunzte Hartfield.

Hilfreiche Hände packten ihn und halfen ihm auf die Füße.

»Vorwärts! Vorwärts! Hinter das nächste Schott. Atemmasken aufsetzen! Los, los! Bewegt euch!«

John folgte einfach dem Strom der anderen. Auf einmal fand er sich in einem fremden Korridor wieder, wo ihm jemand eine Atemmaske in die Hand drückte. Er hatte sie kaum aufgesetzt, als eine Explosion das Schott hinter ihm zerfetzte.

Die Druckwelle fegte ihn durch den Gang. In seinen Ohren war nur noch ein einziger hoher Ton zu hören. Er schmeckte Blut, hustete und quälte sich mühsam auf ein Knie. Wieder zerrte das Vakuum an ihm. Dann sah er wie in Zeitlupe eines der Aliens durch das geborstene Schott kommen.

Es war größer als die Öffnung und musste den unförmigen Kopf mit der Serie von gelben Augen ducken, um hindurchzukommen.

John riss das Gewehr von seinem Rücken und schoss. Diesmal konnte er dem Luftsog widerstehen. Undeutlich nahm er wahr, dass er wie ein Irrer schrie, während er das Magazin leerte. Danach warf er die Waffe weg, schnappte sich die eines reglos daliegenden Soldaten und schoss weiter.

Ein Glutball löste sich aus dem Metallding an der Seite des Wesens. Das Geschoss raste über John hinweg, der immer noch am Boden kniete, und zerplatzte irgendwo hinter ihm.

Er schoss weiter. Leerte ein drittes Magazin. Dennoch bewegte sich das Wesen weiter auf ihn zu – bis die spinnenartigen Beine einknickten und die albtraumhafte Gestalt vor John in die Knie ging.

Keuchend starrte er es an. Die Haut schimmerte schwarz, wie Metall. War es überhaupt Haut? Oder organisch? Die gelben Augen schlossen sich. Eines der Beine zuckte noch ein wenig, bevor es reglos liegen blieb. Grüner Schleim tropfte aus einer Öffnung direkt vor Johns Knie. Rauch stieg auf, wo der Schleim den Boden traf.

Einer Ahnung folgend, stemmte John sich auf die Füße. Schnell brachte er sich außerhalb der Reichweite des grünen Schleims, der vor seinen Augen ein Loch in den Stahlboden fraß.

Hartfield stand auf einmal neben ihm, legte die Hand auf seine Schulter und zerrte ihn mit einem Ruck von dem Wesen fort. Stumm zeigte er hinter sich.

Der Sog, der John zum zerborstenen Schott ziehen wollte, wurde stärker. Dankbar fasste er nach Hartfields Hand, der ihn mit sich zog, zu Reno und Harlan. Sie führten ihn durch ein weiteres Schott, das Ophelia mit einem Schlag auf ein Bedienpanel schloss.

»Status«, sagte Hartfield. Sein Gesicht war nass von Schweiß.

»Die Aliens haben den Hangar überrannt und bewegen sich Richtung Sektor drei auf Ebene zwei. Hier auf unserer Seite haben wir sie anscheinend aufgehalten. Aber es sind noch welche eine Ebene unter uns unterwegs in Richtung Krankenstation.«

»Die *Lissabon?*«, fragte John. Seine Hand legte sich behutsam auf den Splitter, der aus seiner Seite ragte. Er fühlte warme Nässe an seinen Fingern.

»Konnte fliehen. Die *Washington* hat ihren Rückzug gedeckt. Deshalb mussten die Fähren hierher fliegen. Wir haben zwei Drittel unserer Männer verloren. Und wie es aussieht, sind wir derzeit die Einzigen, die nah genug sind, um die letzten dieser Drecksviecher von diesem Schiff zu werfen, bevor sie größeren Schaden anrichten können. Kann ich auf euch zählen, Troopers?«

»Ja, Sir. Aye, Sir.« John sagte es ganz automatisch im Chor mit seinem Squad, von dem nur noch ein knappes Dutzend Soldaten übrig geblieben war.

»Hooray!« Mit dem Wort ging Hartfield voraus.

»Schaffst du das?« Mirek war auf einmal neben John. Ein besorgter Blick traf ihn unter der Atemmaske.

John zeigte ihm wortlos den hochgereckten Daumen. Ehe das letzte dieser Biester nicht gefallen war, würde er nicht aufgeben. So viel war sicher.

Das Blut rauschte in seinen Ohren und mischte sich mit dem hohen Fiepen, das immer noch seine Ohren quälte. Jeder Schritt jagte einen Stich durch seine linke Körperhälfte.

Er zwang sich, durchzuhalten, doch als er mit den anderen hinter Hartfield eine Leiter hinabklettern musste, verließen ihn seine Kräfte. Sein Fuß glitt ins Leere. Im letzten Moment konnte er sich mit den Händen festhalten, aber einen schmerzhaften Augenblick lang glaubte er, abstürzen zu müssen – bis jemand seinen Fuß zurück auf die Sprosse setzte.

Ein durchbohrender Blick Hartfields traf ihn, als er unten anlangte. John erwiderte ihn, ohne mit der Wimper zu zucken.

Eine Stimme meldete sich per Helmfunk. John konnte vage

das Wispern hören, da der Betreffende, der mit Hartfield sprach, anscheinend einen anderen Kanal benutzte.

Hartfield antwortete: »Verstanden, Sir«, ehe er sich wieder an seinen Trupp wandte. »Zwei Gegner. Wir kesseln sie ein. McClusky, Kanal drei. Sie gehen mit Ihrem Team bis ans Ende des Ganges und schneiden ihnen dort den Weg ab. Die anderen mit mir.«

Hartfield wartete gerade noch so lange, bis John ihm den hochgereckten Daumen zeigte, dann trabte er bereits mit seiner kleinen Gruppe in die andere Richtung.

Kanal drei. »Mist!« John fummelte an seinem Helm herum.

Seufzend wischte Ophelia seine Finger beiseite. Ein Klicken. »Eingestellt, Teamleader.« Sie grinste.

»Mir nach«, sagte er nur.

Am Ende des Ganges hielt er inne. »Kim, späh kurz um die Ecke.«

Kim gehorchte sofort. Leise wie eine Katze schlich er sich weiter und schielte um die Ecke. Ebenso leise kehrte er zurück und flüsterte: »Freies Schussfeld. Zwanzig Schritt. Den einen kann ich sehen.«

»Munition?«

»Halb.«

»Nahezu voll.«

»Die Hälfte.«

»Die vollen Magazine zu Oph und Kimmie«, befahl John. »Mirek, Harl, Reno: Sperrfeuer. Oph, Kim: abwechselnd fünf Schuss. Versucht den rechten unteren Quadranten des Aliens zu treffen.«

»Nicht den Kopf?«, fragte Ophelia.

»Negativ.« John erinnerte sich deutlich an das Loch, das er vorhin in die Bestie hineingestanzt hatte. »Fünf Schuss auf eine Stelle im rechten unteren Quadranten.« Noch während er sprach, tippte er gegen sein Mikro. »Hier McClusky, wir sind bereit.«

»Dann los!«, tönte Hartfields Stimme in Johns Helmkopfhörer.

»Jetzt!« Bei dem Wort sprang er selbst um die Ecke, das Gewehr im Anschlag, und feuerte fünf Schuss auf die Stelle, wo die Aliens offenkundig verwundbar waren.

Vom anderen Ende des Ganges antworteten ebenfalls Schüsse.

Das Wesen erstarrte, bevor es mit der Schnelligkeit eines Wiesels herumfuhr und das Metallrohr hob.

»Deckung!«, schrie John. Ein Stich jagte durch seine Seite, als er am Boden aufkam. Sein Stöhnen ging in der Explosion unter, die die Wand hinter ihnen aufriss.

Taumelnd raffte er sich auf. »Weiter!«

Kim und Ophelia waren dieses Mal schneller als er und beharkten das Biest mit Fünfer-Salven, derweil Reno, Mirek und Harlan es mit Sperrfeuer eindeckten. Bevor John anlegen konnte, rief Mirek schon: »Deckung!«

Keuchend ließ sich John einfach gegen die Wand sinken, wartete die Detonation ab wie einen Regenschauer und kippte auf die Seite, das Gewehr im Anschlag. Wie ein Roboter setzte er zwei Salven auf das Wesen ab, dann bemerkte er, dass Kim und Ophelia es ihm gleichtaten.

Das Wesen zuckte zusammen, als ob es verletzt sei. Doch im nächsten Augenblick trippelte es mit irrsinniger Geschwindigkeit auf seinen Spinnenbeinen auf sie zu.

John wusste, dass er nicht fliehen konnte. Die Verletzung behinderte ihn. Er war zu langsam. Schießen war alles, was er jetzt noch tun konnte. »Haut ab!«, schrie er in Richtung der anderen.

Aber entweder hörten sie ihn nicht, oder sie wollten seiner Aufforderung nicht folgen. Unbeeindruckt schossen sie weiter.

Schwarze Schatten ballten sich vor Johns Augen. Er schloss die Lider, blinzelte. Schreie hallten in seinen Ohren wider. Sein Name, immer wieder. Die Stimmen klangen immer panischer. Plötzlich begriff er, dass die anderen nicht mehr in seiner Nähe waren. Ein Schlag schleuderte ihm die Waffe aus der Hand. Erschöpft sah er auf – und fand sich direkt unter dem Albtraumwesen wieder. Zwei der Spinnenbeine zuckten hoch und nagelten seine Arme am Boden fest.

Er starrte in das nicht vorhandene Gesicht mit den Reihen gelber Augen, das sich langsam zu ihm hinunterbeugte. Entsetzt erblickte er einen Stachel, der aus dem Loch herausfuhr, das der Mund dieses Monsters sein mochte.

»Nein!« Ophelias Stimme war ein einziger Schrei.

John hörte Schüsse, so nah, dass es in seinen ohnehin malträtierten Ohren schrill klingelte. Ein zweites Gewehr kam hinzu.

Ein hoher, winselnder Laut drang aus dem Alien. Der Kopf zuckte zur Seite. Eines der Spinnenbeine wurde durch ein Gewehr zur Seite geschlagen.

John sah noch, wie die anderen Beine langsam einknickten, dann fühlte er sich gepackt und über den Boden gezerrt. Gerade rechtzeitig, ehe das Alien zuckend zusammenbrach und grüner Schleim sich auf die Stelle ergoss, wo er eben noch gelegen hatte.

Jemand schüttelte ihn. Er sah in Renos Gesicht, hinter dem Mirek auftauchte.

»Ein Doc!«, rief dieser. »Ein Doc. Hierher! Schnell!«

Weshalb der Aufstand? Ächzend versuchte John sich aufzusetzen, doch Reno drückte ihn an der Schulter zu Boden. Johns Finger rutschten in einer warmen Flüssigkeit aus.

»Bleib liegen, Klugscheißer!« Reno packte seinen Arm.

Erst als John seine mit Rot verschmierten Finger sah, begriff er, dass es sein Blut war, in dem er lag.

Ophelia kniete an seiner anderen Seite nieder.

Hinter ihr tauchte Kim auf. »Rechter unterer Quadrant. Du hattest recht.«

»Wehe, du stirbst!«, sagte Ophelia und fasste nach seiner blutigen Hand.

»Keine Angst!«, schnaubte Harlan. »Dazu ist er viel zu stur. Stimmt's, Mann?«

Im Hintergrund rief Mirek immer noch nach einem Arzt.

Wider Willen schlüpfte ein Lachen aus Johns Mund. Er merkte, wie seine Lider flatterten.

»Zach!« War das Ophelias Stimme?

Und plötzlich stürzte die Dunkelheit auf ihn herab.

10. Kapitel

Er erwachte in einem Bett, sein Körper fühlte sich an wie in Watte gepackt. Von irgendwoher ertönte ein leises, regelmäßiges Piepen.

»Na endlich«, sagte eine vertraute Stimme.

John öffnete blinzelnd die Lider.

Hartfield saß an seinem Bett. Die vier Quadratmeter seiner Privatsphäre waren nur durch Vorhänge abgeteilt, außer hinter seinem Kopf, wo an der Stahlwand ein Monitor stand, der seinen Herzschlag anzeigte. Neben ihm hing an einem Gestell ein Beutel mit Flüssigkeit, dessen dazugehörender Schlauch in seinem linken Arm endete. Durch die Vorhänge drang leises Stöhnen.

John stöhnte leicht. Krankenstation. Auch das noch.

»Ich hoffe, Sie haben etwas gelernt.«

Unvermittelt erinnerte sich John an den Schließfachschlüssel. »Meine Stiefel ...« Seine Stimme war nur ein Krächzen.

Hartfields Gesicht verzog sich zu einem amüsierten Lächeln. »Im Spind, mit Ihren anderen Sachen. Und? Irgendeine Idee, was ich meine?«

Zum Rätselraten war John eigentlich zu müde. »Was?«

Hartfield lachte leise und zeigte John ein kleines, schiefes Lächeln. »Dass Sie nicht unnötigerweise den Helden spielen sollen.« Dann klopfte er sacht auf Johns rechten Arm. »Trotzdem: Gut gemacht, Trooper.«

Das musste ein Traum sein. Ganz sicher.

»Ich bin hier, um Ihnen zu sagen, dass Sie mich ab jetzt als

Führer Ihres *Squads* begrüßen dürfen. Und beeilen Sie sich damit, gesund zu werden. In zwei Tagen findet Ihre Vereidigung statt. In Anbetracht der jüngsten Ereignisse dürfen Sie alle die Abschlussprüfung als bestanden betrachten.«

Vereidigung? »Sir?«

»Sie haben richtig verstanden. In zwei Tagen werden alle überlebenden Rekruten vereidigt. Sie eingeschlossen. Also werden Sie gesund. Das ist ein Befehl.« Hartfield stand auf und trat neben sein Bett. »Eines wüsste ich noch gerne. Weshalb waren Sie noch auf der *Lissabon?*« Die grauen Augen fixierten ihn, als wüsste Hartfield die Antwort bereits.

Hab den Bus verpasst, wollte John schon sagen. Doch irgendetwas hinderte ihn daran. »Hab 'n Rückfahrticket gesucht.«

»Keins gefunden?«

»Hab's mir anders überlegt, Sir.«

Ein kaum wahrnehmbares Nicken von Hartfield war die Antwort. Als habe er geahnt, was John sagen würde. »Reue?«

»Nein, Sir.« Ganz bestimmt nicht. Seltsamerweise hatte John zum ersten Mal das Gefühl, genau dort zu sein, wo er hingehörte.

»Gut.« Hartfield drückte kurz Johns Arm. Eine Pause entstand. »Verraten Sie mir nun noch Ihren Namen?«

John schluckte. Sollte er Hartfield einweihen? Und dann? Ihn anzulügen, erschien John falsch. Aber Hartfield einzuweihen und in seine Vergangenheit hineinzuziehen, hieß, ihn zum Mitwisser zu machen. Er hatte Vorstrafen, mehrere sogar. Und es waren nicht nur Bagatelldelikte. Noch weniger konnte er einen Schulabschluss vorweisen. Wenn er sich Hartfield anvertraute, wäre der dazu gezwungen, ihn entweder rauszuwerfen oder ihn zu decken.

»Zacharias McClusky.«

Wieder lag dieses kleine, kaum wahrnehmbare Lächeln um

Hartfields Mund. »In diesem Falle ...« Er warf John ein Pad auf die Bettdecke.

Automatisch griff John danach. Als er es aktivierte, fand er ein Gedicht. *Captain, mein Captain*, buchstabierte er mit Mühe. »Was ist das?«

»Lesen bildet. Nutzen Sie die Zeit hier. Sie haben vielleicht mich davon überzeugt, der richtige Mann zu sein. Aber ich bin nicht der Einzige, der überzeugt werden muss ... Zacharias McClusky.«

Nach einem Tag fiel John die Decke auf den Kopf. Daran konnte auch die Lektüre nichts ändern, die er nur mühsam Zeile für Zeile entziffern konnte.

Schließlich warf er die Decke beiseite, zog die Schläuche aus seinem Körper und entfernte den Sensor für den Herzmonitor, dessen Piepen ihm ohnehin den letzten Nerv raubte. Zufrieden lauschte er auf den langgezogenen Ton, der daraufhin aus dem Gerät kam.

Mit langsamen, vorsichtigen Schritten ging er zum Spind, der neben dem Bett an der Stahlwand stand. Tatsächlich fand er dort seine Uniform, frisch gereinigt und gebügelt. So, wie es sich gehörte. Das Erste war ein prüfender Griff in den linken Stiefel: Der Schlüssel war noch an seinem Platz.

Erleichtert zog er sich an. Er musste sich setzen, um die Hosen überstreifen zu können, damit die Beine nicht unter ihm nachgaben. Als er schließlich die Stiefel verschnürt hatte und aufstehen wollte, meldete sich die Wunde an der Seite. Dezent, aber deutlich.

Er hielt inne, atmete einmal tief durch und legte die Hand auf die Seite, ehe er dann doch aufstand. Sein Blick fiel auf das

Pad. Er steckte es gerade in seine Tasche, als die Vorhänge beiseitegeschoben wurden und eine junge Krankenschwester hereinstürzte.

Sie stutzte und sah ihn verblüfft an. »Oh!«

John deutete einen Gruß an und wollte an ihr vorbeigehen.

»Sir! Sie können noch nicht gehen ...«

»Sie sehen doch, dass ich es kann.« Ungerührt ließ John sie stehen und schritt hinaus aus den vier Quadratmetern. Vorbei an geschlossenen und einigen offenen Vorhängen. Vorbei an Schwerverletzten – an Männern, die nie wieder kämpfen würden.

Er hatte Glück gehabt.

Die Krankenschwester rannte an ihm vorbei und wollte ihn an der Tür aufhalten, die aus dem Saal voller Verletzter hinausführte. »Sir!«

John machte sich nicht die Mühe, mit ihr zu diskutieren. Er öffnete einfach die Tür, schob die junge Frau beiseite und ging. Erst als er das Ende des Korridors erreichte, wurde ihm bewusst, dass er keine Ahnung hatte, wo sich die Quartiere befanden.

Und wenn schon. Er ging einfach weiter, bis er im nächsten Korridor einem anderen Trooper begegnete. »Quartiere?«, fragte er. Zu spät erkannte John das Rangabzeichen, das den Mann als Corporal auswies.

Die Miene des mit etlichen Narben verzierten Gesichts wurde finster, ehe der Corporal hinter sich zeigte. »Eine Ebene tiefer. Dann den Gang bis zum Ende.«

»Danke, Sir.« John ging weiter, bevor der Corporal misstrauisch werden konnte. Nachdem er die andere Ebene erreicht hatte, zitterten seine Beine. Aber er ignorierte es, denn nur der Gang mit den Quartieren lag noch vor ihm.

Im Vorbeigehen studierte er die Schilder neben den Türen.

Team Bravo. Er blieb stehen. Plötzlich wusste er nicht mehr, wieso er hier war.

Quatsch. Er hatte doch nicht etwa Angst?

Entschlossen machte er die Tür auf. Die vertrauten Gesichter der anderen starrten ihn an. Er ging hinein, als sei nichts geschehen. Sofort fiel ihm auf, dass das obere Stockbett hinter der Tür noch unbesetzt war.

Auf dem Bett darunter lag Ophelia. »Zach!« Mit einem Ruck setzte sie sich auf.

»Zach!«, jubelte Kim und sprang ihm entgegen.

»Wehe, du umarmst mich«, knurrte John.

Ophelia kam Kim zuvor. Und bevor John protestieren konnte, legte Mirek von hinten den Arm um ihn und zauste mit der anderen Hand seine Haare. Da traute sich auch Kim, vorsichtig die Arme um ihn zu legen.

»Hey, Mann!« Ein Klaps gegen seinen Hinterkopf erinnerte ihn an Harlan.

Als Letzter trat Reno auf ihn zu und boxte gegen seinen Oberarm. »Hallo, Klugscheißer!«

In diesem Augenblick kam Hartfield herein.

Es genügte, dass er die Augenbrauen hob, damit alle von John abließen und Haltung annahmen.

»Ich habe gehört, dass jemand ohne Erlaubnis die Krankenstation verlassen hat. Mir kam der Gedanke, Sie könnten der Betreffende sein, McClusky.« Ein fragender Blick traf John. »Ich irre mich doch, oder?«

»Mir schien, dass … äh, dass mein Bett anderweitig gebraucht wird, Sir.« John salutierte.

»Aha. Na, dann weitermachen.« Hartfield wandte sich zum Gehen. »Und vergessen Sie Ihre Lektüre nicht, McClusky!«

Die Ausgehuniform war fremd und ungewohnt. Zum dritten Mal schlang John den Gürtel mit dem schräglaufenden Schultergurt um sich. Wie viele Möglichkeiten gab es eigentlich noch, um dieses Ding anzulegen?

»Wo ist das Problem?« Seufzend schüttelte Ophelia den Kopf und nahm ihm den Gürtel aus der Hand. Ehe er auch nur den Hauch eines Protests loswerden konnte, hatte sie ihn ihm umgelegt und geschlossen. Sie zupfte ein paarmal an seiner Uniform, neigte den Kopf und musterte ihn kritisch. Schließlich nickte sie zufrieden.

»Und?«, fragte er.

»Fein.« Sie lächelte. »Kannst es glatt mit Mister Reklametafel aufnehmen.«

»Hey, das habe ich gehört!«, rief Harlan.

Ophelia ließ sich davon nicht beirren. Mit geschürzten Lippen stolzierte sie durch das Quartier und musterte jeden ihrer Kameraden ausgiebig, zupfte hier und da eine Jacke gerade. Am Ende nickte sie erneut. »Ihr könnt gehen. Na los! Worauf wartet ihr?«

Mit Reno an der Spitze verließen sie ihre Stube. John ging als Vorletzter. Hinter ihm kam Ophelia, die die Tür hinter ihnen verschloss.

Sie waren nicht die Einzigen. Weitere Rekruten in Ausgehuniform gesellten sich zu ihnen und ergossen sich schließlich in einem Strom in die Messe, wo fleißige Hände zuvor Tische und Stühle beiseitegeräumt hatten.

Ein Hüne mit dunkelblonden Haaren, grauen Schläfen und den Abzeichen eines Colonels wartete dort: der legendäre Forsman. John glaubte Gallagher gesichtet zu haben und die Rothaarige aus dem Rekrutierungsbüro. Neben Forsman stand eine kleine Frau mit energischer Miene und kinnlangen, grauen Haaren; sie trug die Abzeichen eines Captains.

Es war Hartfield, der das Ende der Reihe markierte, die sie einnehmen sollten. Ohne dass er etwas sagen musste, gehorchten die Rekruten. Sie stellten sich stumm in einer Linie vor Forsman auf und nahmen Haltung an.

Die Reihen hatten sich gelichtet, stellte John erschüttert fest. Nur noch etwa ein Drittel der Rekruten von Hell's Kitchen war da.

Zwar hatten von den anderen nicht alle den Tod gefunden: Einige lagen noch auf der Krankenstation, wo eigentlich auch er weilen sollte. Doch drei von ihnen würden nie wieder kämpfen können. Einer hatte ein gebrochenes Rückgrat, ein anderer beide Beine verloren. Und der dritte hatte schreckliche Brandwunden erlitten und lag immer noch im Koma.

John sah sie vor sich – die verstümmelten Körper, die verzweifelten Gesichter. Er hörte ihre Schreie wieder, das Jammern und das leise Stöhnen in der Nacht. Wie durch einen Schleier sah er Forsman an der Linie auf- und abschreiten, hörte ihn reden und verstand doch kein einziges Wort.

Erst als die Rekruten um ihn zu sprechen begannen, begriff er, dass er in den Chor einstimmen sollte, dessen Worte Forsman vorgab.

»Hiermit schwöre ich feierlich, dass ich die Verfassung der Vereinten Nationen unterstützen und verteidigen werde gegen alle Feinde, fremd oder heimisch, dass ich den wahren Glauben in mir tragen und ihm treu sein werde und dass ich den Befehlen des Präsidenten der Vereinten Nationen und den Offizieren, die mir benannt werden, gehorchen werde entsprechend den Regularien und dem einheitlichen Code der militärischen Justiz. So wahr mir Gott helfe!«

Irritiert sprach John die Worte nach. Seltsam, dass Gott im Schwur immer noch Erwähnung fand. Noch seltsamer, dass er ihn leistete ohne einen Hauch des Zweifels oder Bedauerns. Mit Stolz sogar. Das Seltsamste von allen.

Forsman sagte irgendetwas, das in dem Brausen in Johns Kopf und dem Applaus der Zuschauer unterging.

In diesem Augenblick baute Hartfield sich neben Forsman auf. »Private McClusky, treten Sie vor!«

John wurde heiß. Erwischt. Jetzt, in diesem Moment. Ausgerechnet.

»Private McClusky! Bewegen Sie Ihren Hintern!« Hartfield hob die Brauen.

Den Blick geradeaus gerichtet und ergeben in sein Schicksal, gehorchte John. Seine Knie waren weich wie Pudding, als er zu Hartfield und Forsman schritt, um vor ihnen Haltung anzunehmen.

Forsman hielt einen länglichen Kasten in seiner Hand, den er nun behutsam aufklappte. Er hob den Kopf, um erst John zu mustern und dann die anderen Anwesenden. »Es ist mir eine Ehre, Ihnen den Verdienstorden für besondere Tapferkeit im Einsatz zu verleihen, Private McClusky.« Bei den Worten überreichte er John den Kasten und salutierte.

Ein bronzener Adler, umgeben von Sternen, lag darin – an einem gelb-blauen Band mit einem roten Streifen in der Mitte.

John starrte ihn an, sekundenlang.

Jubelrufe wurden laut.

Forsman bot ihm seine Hand an. Neben ihm stand Hartfield und trug sein kleines, schiefes Lächeln zur Schau.

Mist! Wollte er hier etwa wie ein Tölpel mit vor Staunen geöffnetem Mund seinen Orden angaffen?

Ein tiefer Atemzug brachte John die Ruhe, um in Forsmans dargebotene Rechte einzuschlagen.

Der Jubel wurde ohrenbetäubend.

Hartfield trat zu ihm und klopfte ihm auf die Schulter. Dann wendete er John seinem Publikum zu. »Ich hätte Ihnen den Orden gerne unter Ihrem richtigen Namen verliehen«, raunte er ihm dabei zu.

»Das ist mein richtiger Name, Sir.«

Hartfield lächelte erneut, schritt zurück und überließ John dem Applaus, den Gratulanten und seinem Triumph.

Doch noch während John die Hände der Gratulanten schüttelte, stieg in ihm die Erinnerung auf an jene Schreie, die er vor acht Wochen in den Nachrichten gehört hatte.

Er ahnte, dass sie noch nicht alles wussten. Und es war so sicher wie das Amen in der Kirche, dass man sie losschicken würde, um mehr darüber herauszufinden.

Epilog

Die Tür öffnete sich. So überraschend der Besuch war, so schnell stand Gen stramm.

»Private Chadim!« Der Mann, der den winzigen Raum betrat, war nicht der Sergeant mit den grauen Haaren und dem schiefen Lächeln, den Gen erwartet hatte. Er war ein Hüne von Mann, mit Narben im Gesicht und den Abzeichen eines Corporals.

Zackig salutierte Gen. »Aye, Sir.«

»Mein Name ist Corporal Stannis. Packen Sie Ihre Sachen! Sie wurden mit sofortiger Wirkung meinem Fireteam zugeteilt.«

»Ja, Sir. Aye, Sir.« Ruhig, dafür aber nicht weniger schnell, kam Gen der Aufforderung nach. Binnen zwei Minuten stellte er seinen fertig gepackten Seesack ab und stand daneben stramm.

Dann hatte Hartfield sein Versprechen also wahrgemacht. Mit Verzögerung nahm Gen das Offensichtliche zur Kenntnis und wartete darauf, dass sich eine Reaktion in ihm einstellte.

Der Corporal umrundete ihn derweil und musterte ihn ausgiebig, als sei er ein seltenes Ausstellungsstück. »Sie scheinen etwas Besonderes zu sein.«

»Nein, Sir.« Das war eine glatte Lüge. Andererseits war es die Wahrheit. Er war nur ein Trooper. Nicht mehr und nicht weniger.

Stannis blieb so nah vor ihm stehen, dass Gen seinen Atem in seinem Gesicht spüren konnte. »Ich schätze keine Überraschungen, Private Chadim. Haben Sie mich verstanden?«

»Ja, Sir. Aye, Sir«, antwortete Gen unbeeindruckt.

»Es scheint, wir haben uns verstanden.« Stannis wandte sich zur Tür. »Folgen Sie mir! Ich zeige Ihnen Ihr neues Quartier.«

Mühelos schulterte Gen seinen Seesack und folgte dem Corporal nach draußen auf den Korridor. Zum ersten Mal seit Jahren wurde er nicht auf Schritt und Tritt von fünf bewaffneten Soldaten bewacht, wenn er sich außerhalb seiner Zelle befand. Denn auch wenn die winzigen Räume, in denen er sein Leben seit jenem verhängnisvollen Tag verbracht hatte, keine Gitterstäbe besessen hatten – es waren trotzdem Gefängniszellen gewesen.

Ein Gefängnis für den einzigen noch lebenden genmanipulierten Dschihadkrieger der Menschheit.

Es war Zeit, dass er der Welt zeigte, wozu er gemacht worden war.

SPACE TROOPERS

Folge 2

KRIEGER

Prolog

Nach einem Tag hatte das Leuchtgewitter über der nahen Stadt an Intensität verloren. Nur noch ab und an erhellte ein fernes Flackern den nächtlichen Himmel.

Schnaufend erklomm der glatzköpfige Mittfünfziger die Kellertreppe. Sein Übergewicht machte ihm seit Jahren zu schaffen. Als er schließlich den Tresen seiner Tankstelle erreicht hatte, klappte er die Schrotflinte auf und legte zwei Patronen ein.

»Hank!« Die Stimme seiner Frau näherte sich von der Hintertür. »Hank, wo bist du?«

»Hier natürlich. Wo sollte ich sonst sein?« Mit einem Ruck klappte er die Schrotflinte wieder zu.

»Was machst du da?«

Als er aufsah, blickte er in die weit aufgerissenen Augen seiner Frau. Die furchtbare Krankheit, die ihr in nur wenigen Monaten das Leben rauben würde, ließ sie älter erscheinen, als sie in Wirklichkeit war. Ihr einst so volles goldenes Haar war nun dünn und grau, der früher wohlgeformte Körper vollkommen ausgemergelt. Manchmal ertappte er sich dabei, darauf zu warten, ihre Knochen klappern zu hören, wenn er sie zittrig über den Hof schlurfen sah.

»Uns verteidigen.« Was sonst? Jeder hier draußen hatte ein Gewehr. Die Liebstocks hatten einen ganzen Schrank voll auf ihrer Farm.

»Hank! Das ist nicht dein Ernst!« Sie packte seinen Arm mit ihrer dürren Hand, als glaubte sie tatsächlich, ihn aufhalten zu können.

Die Berührung spürte er kaum. Ohne seine Frau weiter zu beachten, ging er auf die Treppe zu, die zum Flachdach führte, um dort Stellung zu beziehen.

Kleine, schlurfende Schritte folgten ihm. So war sie, seine Gertrude! Sie würde ihn nie im Stich lassen, ganz gleich, wie sehr die Jahre sie beide gezeichnet und voneinander entfremdet hatten.

»Hank, das darfst du nicht!« Erst nach einer kleinen Verschnaufpause hörte er sie weitergehen. »In den Nachrichten haben sie gesagt, dass man sich verstecken soll. Wir sollten in den Keller gehen.«

Er war bereits oben angekommen und kroch nun langsam auf allen vieren an den Rand des Daches. Als er den grotesken Schatten sah, der über den freien Platz vor der Tankstelle huschte, ließ er die Waffe sinken. »Gertrude«, wisperte er.

»Hank, hörst du mich? Hank!« Sein Name ging in einen entsetzten Schrei über, der binnen Sekunden zu einem leisen Schluchzen wurde.

Zitternd drückte er sich auf den Boden des Daches. Das Wimmern unter ihm war plötzlich auf dem Platz vor der Tankstelle zu vernehmen. Dann mischten sich abgehackte Schmerzensschreie mit dem Brechen von Knochen und dem Geräusch zerreißender Sehnen und Muskeln.

Wie gelähmt musste Hank vom Rand des Daches aus mitansehen, wie der Schatten seiner Gertrude bei lebendigem Leib das wenige Fleisch von den Knochen riss.

1. Kapitel

»Die Entscheidung ist gefallen. Die *Washington* steuert das Sprungtor zur Kolonie 1.3 im Kassiopeia-Sektor an. Wir werden unseren Zielort in vier Tagen erreichen. Solange haben Sie frei, Troopers.« Bei den letzten Worten zeigte Hartfield wieder das schiefe, kleine Lächeln, das er stets aufsetzte, wenn er seinen Leuten ein Bonbon zukommen ließ. Er nickte noch einmal, bevor er das Quartier verließ.

John lag im oberen Stockbett hinter der Tür und dachte über das Gesagte nach.

Also der Kassiopeia-Sektor. Das war abzusehen gewesen. Allerdings nicht so bald. Andererseits war die *Nixon*, der andere Truppentransporter, den man zur Kolonie geschickt hatte, spurlos verschwunden. Und nachdem Hell's Kitchen, wie man den Mond um Titania nannte, auf dem die Ausbildung der Rekruten stattfand, von den Aliens angegriffen worden war, wusste die Admiralität, mit wem sie es zu tun hatte.

Ob die Regierung tatsächlich schon vor dem Angriff über die Existenz der Aliens informiert gewesen war? Und wenn schon. Jetzt war ohnehin nichts mehr zu ändern. Trotzdem hätte er gerne gewusst, was in den Papieren und auf dem Datenchip stand, die er dem Toten abgenommen hatte, dessen Identität jetzt die seine war.

Er hieß nun Zacharias McClusky. Hochschulabsolvent. Vier Jahre älter, eine Handbreit größer. Dabei war er ein mehrfach vorbestraftes Bandenmitglied ohne jegliche Schulbildung.

»Träumst du, Alter?«

Jemand klopfte gegen seine Schulter.

John sah zur Seite und blickte in Harlans dunkles, grinsendes Gesicht.

»Party?«

Was sonst? Aber ohne ihn.

»Hey, wir haben nur noch vier Tage, bis diese Drecksviecher uns wieder an den Eiern haben. Da sollten wir vorher wenigstens ein bisschen Spaß haben.«

Das bedeutete Gruppenkuscheln mit Besäufnis in der »Bar«. Der einzige Ort auf dem Truppentransporter, der auch nur annähernd Spaß versprach. Und der den Charme eines Bahnhofsklos hatte.

John wandte wortlos den Kopf ab und schaute wieder zur Decke.

»Zach, nun komm schon!« Kim klang wirklich so, als würde er es bedauern, wenn er sich den anderen nicht anschloss.

»Geht es dir nicht gut?«

Natürlich! Mirek musste gleich wieder den Sanitäter spielen.

Mit einem unwilligen Grunzen bedeckte John sein Gesicht mit den Armen. Was musste er eigentlich noch tun, damit diese Idioten begriffen, dass er keinen Bock hatte, sich mit ihnen zu besaufen?

»Lasst den Klugscheißer doch versauern! Er stört sowieso nur.«

Klar! Reno nahm mal wieder kein Blatt vor den Mund.

Fehlte noch …

»Was ist los?«

So sanft konnte nur Ophelia über seinen Unterarm streichen.

John seufzte.

»Ich geb dir einen aus«, schnurrte sie.

John setzte sich auf. »Ich nehm dich beim Wort.« Sie hatte ihn. Wieder einmal.

Das Bier in Johns Glas schmeckte schal, und die Wunde an der Seite schmerzte immer noch, wenn er sich ungeschickt bewegte. Die anderen gluckten zusammen und lachten über Witze, die er nicht verstand. Quatsch, er wollte sie gar nicht verstehen. Hierher mitzukommen war so ziemlich die dümmste Idee seit Menschengedenken gewesen. In seinem Stockbett wäre er wirklich besser aufgehoben.

Mit einem Seufzen schob er das Glas von sich und rückte den Barhocker ein wenig von der Theke fort.

»Wollen Sie etwa schon gehen, Trooper?«

Die Stimme war weiblich, dunkel und verlockend.

Widerstrebend wandte John den Kopf.

Ein rothaariger Vamp schlug neben ihm lasziv die langen Beine übereinander. Sie trug einen kurzen Rock und eine eng geschnittene Bluse ohne Rangabzeichen. Die selbst in diesem dämmrigen Licht feuerroten Locken fielen ungebändigt über ihre Schultern.

John schaffte es gerade noch, sich ein anerkennendes Pfeifen zu verkneifen.

Reno und Harlan dagegen nicht.

Idioten!

»Ich bin mir noch nicht sicher«, erwiderte er.

Sie lachte und zeigte dabei eine Reihe blendend weißer, ebenmäßiger Zähne. »Und womit kann ich Ihre Entscheidung beeinflussen? Vielleicht mit einem Drink?«

Erst lud Ophelia ihn ein und nun dieses Superweib. Ophelia ... Unwillkürlich drehte er sich zu ihr um. Doch sie schien inzwischen keine Notiz mehr von ihm nehmen zu wollen: Sie hatte die Arme um Reno und Harlan gelegt und tuschelte mit ihnen. »Okay.«

»Zwei Wodka Martinis.«

»Kommt sofort«, antwortete der Mann hinter dem Tresen.

»Wo haben Sie sich denn bis heute versteckt?«

Normalerweise war das einer seiner Sprüche. »In Ihren Träumen?«

Sie lachte wieder. »Das könnte sich bewahrheiten.«

John wurde heiß. Er war froh, dass der Barkeeper die beiden Martinis vor ihnen auf die Theke stellte. Ein Glas, so zerbrechlich es sein mochte, war wenigstens etwas, woran er sich festhalten konnte. »Cheers!«

»Cheers!« Mit einem Lächeln ließ sie ihr Glas gegen seines klirren. Sie kippte den Inhalt in einem Zug hinunter. »Noch zwei.«

Unmöglich, nicht mit ihr gleichzuziehen. Das Gesöff schmeckte zwar bitter und war unerwartet stark. Trotzdem schüttete er es in sich hinein.

Sacht strich sie ihm über den Unterarm. »Und wovon träumen Sie?«

Die Berührung jagte John einen Schauer über den Rücken. Seine Hose wurde zu eng. »Ich bin mir nicht sicher.«

Zwei frische Gläser wurden auf die Theke gestellt.

»Darauf trinke ich.«

Wieder klirrten die Gläser gegeneinander. Wieder leerten sie sie in einem Zug.

»Noch zwei«, sagte sie.

Ihr Fuß berührte die Innenseite seines Unterschenkels, strich daran hinauf zu seinem Knie. Ein Lächeln.

Er kannte sie. Dessen war er sich inzwischen sicher. Er wusste nur nicht, woher. Eine innere Stimme warnte ihn, dass sie kein passender Umgang für ihn war. Und wenn schon. Das hier war die »Bar«. Hier gab es nur die eine Regel, dass es keine Regeln gab.

Seine Hose spannte.

»Immer noch unsicher?«

Zwei neue Drinks.

»Nicht mehr so sehr …« Er grinste.

»Das muss ich ändern.« Sie stieß ihr Glas gegen das seine. Trank es aus. Wartete darauf, dass er es ihr gleichtat. »Noch zwei.«

Sie beugte sich vor, während sie die Hand über seinen Rücken gleiten ließ, und flüsterte ihm ins Ohr: »Du wirst von mir träumen, Trooper. Du weißt es nur noch nicht.«

Genauso gut hätte sie ihn küssen können.

Dieses Mal griff er zuerst nach seinem Martini, ließ sein Glas gegen das ihre klirren und kippte das bittere Gemisch als Erster hinunter. Mit feuchten Lippen berührte er ihren Hals, küsste ihn und strich mit einer Hand an ihrem Ausschnitt entlang.

Plötzlich erinnerte er sich wieder. Das Rekrutierungsbüro. Ein weiblicher Lieutenant mit roten Haaren.

Ihre Hand glitt in seinen pochenden Schritt.

Egal.

Endlich schlüpfte seine Hand unter den Stoff ihrer Bluse.

Sie wehrte sich nicht.

Irgendjemand schrie.

Der Lärm verursachte Kopfschmerzen. Unwillig drehte John sich auf die andere Seite und drückte das Kopfkissen aufs Ohr, um das Geschrei auszusperren.

»Achtung!«

Das klang nach einem Appell. Im Halbschlaf wälzte er sich herum, bemerkte gerade noch rechtzeitig die Kante des Stockbettes, sodass er nicht herunterfiel. So wie vor einigen Wochen in der ersten Nacht in der Kaserne auf Hells' Kitchen.

»Augen geradeaus!«

Das war nicht Hartfield. Johns Füße fanden die Sprossenleiter. Ein wenig zu schnell ließ er sich vom oberen Bett herunter und rutschte von der Leiter ab. Unsanft landete er neben Ophelia, die bereits Haltung angenommen hatte und willens schien, ihn zu ignorieren. Ein Stich jagte durch seine Seite.

Selbst schuld. Weshalb musste er auch vor Ophelias Augen mit der Rothaarigen herummachen. Verflucht, hatte er die Rothaarige etwa gevögelt? Sein Hirn wusste keine Antwort, nur der Kopfschmerz verstärkte sich, je mehr er sich bemühte, sich an die vergangene Nacht zu erinnern. Aber der Nebel aus Alkohol machte alles verschwommen.

Sie hatten sich geküsst. Oder? Er erinnerte sich an glatte Haut unter seinen Händen. An das Reißen von Stoff. Eine Hand in seinem Schritt.

»Haltung annehmen, Private!«

Die Worte waren so laut, dass seine Ohren klingelten. Er spürte Spucketröpfchen auf seinem Gesicht. Das Hämmern in seinem Kopf nahm eine neue Qualität an.

John blinzelte. Als seine Sicht sich klärte, entdeckte er direkt vor sich eine uniformierte, breite Brust mit mehreren Orden. Sein Blick wanderte unwillkürlich nach oben in das kantige Gesicht eines Mannes, das von einer Narbe gezeichnet war.

Noch ein Bekannter. John biss sich auf die Lippen, um einen Fluch zu unterdrücken. Das war der Corporal, den er an dem Tag, als er die Krankenstation gegen den Willen des Arztes verlassen hatte, irgendwo in den Gängen der *Washington* getroffen und, ohne ihn zu grüßen, nach dem Weg zu den Quartieren gefragt hatte. Manchmal war das Schicksal wirklich hinterhältig.

Der Corporal machte einen Schritt zurück und musterte ihn. Seiner Miene konnte John entnehmen, dass auch er sich an ihre Begegnung erinnerte – und dass er das Geschehene nicht einfach auf sich beruhen lassen würde. »Grüßen Sie nie einen Vorgesetzten, Private?«

Reichlich spät riss John den Arm hoch zum Gruß.

»Ich warte auf Ihre Antwort, Private!«

Alles, was er jetzt sagte, konnte nur falsch sein. Also war es egal. »Doch, Sir.«

»Dann sind Sie nur nicht willens, mich zu grüßen, Private?«

»Doch, Sir. Es tut mir leid, Sir.« Mit einem Anflug von Fatalismus wartete John auf die unvermeidliche Strafe.

»Zehn Liegestütze, damit Sie sich in Zukunft daran erinnern, Private. Und einen Tag Latrinendienst.«

Liegestütze – das war okay. Aber ein Tag Latrinendienst ... Hitze stieg in John hoch. Ein Tag von dreien. Von den drei kostbaren Tagen vor dem nächsten Einsatz. Nur weil er einmal vergessen hatte, die Hand zum Gruß zu heben. »Sir ...«

»Zwei Tage.«

John würgte den Zorn herunter, der in ihm hochkroch. Langsam ließ er sich auf Knie und Hände nieder. Die Stellung genügte, um einen weiteren Stich durch seine Seite zu jagen. Konnte man ihm die Schmerzen ansehen? Na und! Sollte der Idiot doch sehen, was er ihm antat. Mit fest aufeinandergepressten Lippen führte John die zehn Liegestütze aus. Der Schmerz in seiner Seite wurde stärker und das Hämmern in seinem Kopf immer lauter.

»Zu langsam, Private. Noch einmal zehn. Und dieses Mal etwas flotter. Worauf warten Sie?«

John zitterte. Er versuchte sich einzureden, dass seine Wut schuld daran war und nicht der Schmerz. Aber die Selbsttäuschung wollte nicht gelingen. Immerhin gab ihm der Zorn genug Entschlossenheit, um noch einmal seine Muskeln anzuspannen und weitere zehn Liegestütze zu bewältigen. Schweiß sammelte sich auf seiner Stirn, tropfte auf den Boden zwischen seinen Händen. Keuchend hielt er bei zehn inne.

»Ab zum Latrinendienst, Private!«

Unwillkürlich tastete John unter dem Hemd nach dem Verband um seinen Bauch. Wie erwartet fühlte er warme Nässe an der Seite. Die Hand vorsichtig auf die Wunde gepresst, stemmte er sich mühsam auf die Füße. Die Kopfschmerzen waren inzwischen das kleinere Übel.

Warum hatte er nur so viel gesoffen? Das war die Rothaarige wirklich nicht wert gewesen. Zumal er sich an nichts mehr erinnerte.

Moment! Die Rothaarige ... Das war der Lieutenant aus dem Rekrutierungsbüro gewesen! Oh, *Shit!*

»Ich warte, Private!«

Der Corporal brüllte ihn so plötzlich und so laut an, dass John, ohne es zu wollen, zusammenzuckte. Was war denn jetzt wieder falsch gelaufen?

Der Gruß. Natürlich.

Pflichtschuldigst salutierte John. »Ja, Sir. Aye, Sir.«

»Drei Tage Latrinendienst, Private. Und als Ihr neuer Teamleader schwöre ich Ihnen, dass ich Sie dazu bringen werde, nie wieder zu vergessen, einen Vorgesetzten zu grüßen. So wahr ich Corporal Nikolaj Stannis heiße.«

Bereits während er die erste Kloschüssel schrubbte, verfluchte John jede verdammte Minute des vorherigen Abends. Jeden Schluck Alkohol, den er getrunken hatte, jedes Wort, das er gesagt hatte. Nach einer Stunde hätte er getötet, um den Abend ungeschehen zu machen. Sogar die Erinnerung an die glatte Haut unter seinen Fingern und an die Hand in seinem Schritt hätte er sich bedenkenlos aus dem Hirn schneiden lassen, wenn es irgendetwas an seiner jetzigen Situation geändert hätte.

Idiot! Ein geiler Frauenkörper genügte, damit er alles aufs Spiel setzte, was er sich mit Blut und Schweiß hart erarbeitet hatte. Nur Idioten waren so dumm. Er sollte sich das Wort mit einem Messer in die Haut ritzen, damit er das nächste Mal daran dachte, bevor sein Schwanz wieder einmal sein Gehirn außer Kraft setzte. Verdreckte, nach Urin stinkende Toiletten putzen zu müssen war die gerechte Strafe dafür. Auch wenn er diesem aufgeblasenen Stannis am liebsten die Klobürste in den Hals gestopft hätte, hatte der Corporal recht gehabt. Und das war eigentlich fast das Schlimmste von allem.

Nein, das Schlimmste war Ophelias Blick gewesen. Besser gesagt, ihr Desinteresse. Die Beharrlichkeit, mit der sie an ihm vorbei an die Wand gestarrt hatte. Als hätte sie ganz genau gewusst, dass er nur darauf gewartet hatte, von ihr angeschaut zu werden, wenn auch nur flüchtig. Und genau diese Genugtuung hatte sie ihm nicht gönnen wollen.

Meine Güte, kreiste er grade nicht ein bisschen zu sehr um sich selbst? Der Kotzbrocken hatte zum Appell gerufen. Natürlich musste sie geradeaus an die Wand schauen. Alle mussten das.

Und gestern? Wieso hatte sie ihn gestern in der Bar ignoriert, obwohl sie ihn doch zu einem Bier eingeladen hatte? Scheiß auf gestern! Scheiß auf die Frauen! Scheiß auf die Scheißtoiletten!

Er konnte keine verschissenen, verpinkelten und verkotzten Toiletten mehr sehen. Er hatte die Schnauze voll. Und dass der Schmiedehammer in seinem Kopf mit jeder Minute lauter wurde und jede Bewegung von der halb verheilten Wunde mit einem Stich quittiert wurde, trug auch nicht dazu bei, seine Laune zu heben. Irgendwann spürte er, dass er gleich kotzen würde, wenn er auch nur noch ein weiteres Klo schrubbte.

Schweißnass setzte er sich auf den Boden und lehnte sich an die Wand zwischen zwei Toilettenkabinen. Mit geschlossenen Augen wartete er, dass der Anfall vorüberging. Zwang sich dazu, langsam und ruhig zu atmen, bis der Schweiß in seinem Gesicht getrocknet war.

Es half wenig, wenn er sich vor Wut so in die Arbeit hineinsteigerte. Also langsam und mit Ruhe. Dann schaffte er hoffentlich auch die restlichen Toiletten, die ihm noch bevorstanden – ohne umzukippen oder sich vollzukotzen. Denn Peinlichkeiten hatte er bereits genug begangen.

Eine Dusche, etwas zu Essen und sein Bett: Mehr wünschte er sich nicht.

Doch als er seine Arbeit endlich beendet hatte, war nur einer der drei Wünsche übrig geblieben: sein Bett.

Er schrubbte seine Hände, bis sie wund waren, um den Klogestank loszubekommen, ehe er sich in sein Quartier schleppte. Aber der Geruch schien ihn zu verfolgen.

Er machte sich nicht die Mühe, seine Kleider wegzuräumen, sondern ließ Hosen und Hemd einfach auf den Boden fallen, und setzte den Fuß auf die zweite Sprosse der Leiter, um sich auf sein Bett zu ziehen.

Ein fremder Seesack und fremde Kleidung lagen dort. Erst verwirrt, dann verärgert hielt er inne.

Sehr witzig!

Er griff nach den fremden Sachen und zerrte sie vom Bett

herunter, bevor er sich hineinfallen ließ. Wie durch Watte hörte er noch das Poltern, mit dem der Seesack auf dem Boden landete, ehe er die Decke über sich zog. Binnen Sekunden war er eingeschlafen.

2. Kapitel

Jemand packte ihn am Bein. John schrak aus seinem Tiefschlaf hoch. Es war wie ein Déjà-vu. Eine Erinnerung an jene Nacht auf Hell's Kitchen, als er todmüde eingeschlafen war und seine Zimmergenossen ihn wegen des frühmorgendlichen Appells weckten. Instinktiv fuhr er herum.

Doch dieses Mal wurde er nicht wach geschüttelt. Jemand zog an seinem Bein, mit aller Kraft. Zerrte ihn über den Rand des Bettgestells. Er schaffte es gerade noch, sich umzudrehen, sodass er nicht mit dem Rücken auf den Boden krachte und sich abrollen konnte. Trotzdem schmerzte die Seite höllisch. Wenigstens hatte er keine Kopfschmerzen mehr.

»Das ist mein Bett«, sagte ein Mann, dessen Akzent John die Haare zu Berge stehen ließ. Aziz hatte den gleichen. Doch das konnte nicht sein. Aziz war auf der Erde.

John sprang auf, schlug eine Gerade in den Leib des Mannes und ließ einen Aufwärtshaken folgen. Er traf das Gesicht, fühlte, wie Zähne seine Haut aufrissen.

Blut spritzte, und der kahlgeschorene Kopf des Fremden flog in den Nacken. Er strauchelte kurz, versuchte dann aber, John mit einem Tritt gegen die Beine zu Fall zu bringen.

Es gelang nur halb. John fiel zwar, konnte sich aber abrollen und stand bereits wieder auf den Fußen, als eine Faust auf sein Gesicht zuflog. John wich ihr aus und riss blitzschnell sein Knie hoch, traf die Weichteile des Gegners, der zusammenklappte, und drosch ihm die Ellbogen in den ungeschützten Nacken.

Die meisten Gegner hätte eine solche Aktion außer Gefecht gesetzt. Die Beinschere erwischte John deshalb völlig unvorbereitet. Er sah noch, wie das Bettgestell seinem Kopf gefährlich nah kam, dann krachte es, und es wurde dunkel.

Licht blendete ihn, als er wieder zu sich kam. Er lag im unteren Bett, in seinem Kopf hämmerte es. Schweiß stand auf seiner Stirn. Schwer atmend richtete er sich auf und wollte aus dem Bett steigen.

Jemand hielt ihn fest.

»Sitzen bleiben!«

Mirek. Natürlich. Widerwillig gab John nach.

Der Neue stand breitbeinig vor ihm und musterte ihn mit regloser Miene. Automatisch ballten sich Johns Fäuste.

Reno packte den Neuen am Arm und zog ihn zurück, als ahnte er, dass John kurz vor dem Siedepunkt stand. »Ich hab dir gleich gesagt, dass das Bett besetzt ist, also beschwer dich nicht, Armleuchter.«

Derweil fummelte Mirek an Johns Verband herum. »Du solltest zum Arzt gehen, Zacharias.«

»Da kann dieses Arschloch hin«, erwiderte John, »nachdem ich ihm die Fresse poliert hab.«

»Das gibt nur Ärger«, sagte Mirek.

»Prügeleien im Dienst werden nach Paragraph 5 Absatz 4 der Militärstatuten mit Strafdienst oder körperlicher Züchtigung geahndet«, sagte der Neue. Im Licht konnte John nun deutlich die dunkle Haut eines Arabers erkennen.

John zuckte nach vorn. »Du widerlicher –« Weiter kam er nicht. Denn Mirek und Harlan hielten ihn fest, als hätten sie geahnt, dass er so reagieren würde.

Reno versetzte dem Neuen einen Stoß gegen die Brust. »Wenn du auch nur ein Sterbenswörtchen verrätst, kannst du deine Knochen durchnummerieren. Das schwör ich dir. Hast du mich verstanden?«

Der Neue nickte. Sein Blick suchte John. »Ja, ich habe verstanden.«

»Schön.« Reno ließ ihn mit einem Ausdruck der Abscheu los, als handelte es sich um ein Stück Abfall. »Niemand will dich hier, Dschihadkrieger.«

Natürlich. Reno mochte diese Fanatiker ebenso wenig wie John. Wahrscheinlich noch weniger. Wenn auch aus anderen Gründen.

Harlan seufzte. »Hey Mann, wir wissen doch gar nicht ...«

»Die sind doch alle gleich«, schnaubte Reno. »Verdammte Kaftanträger.« Er spuckte vor die Füße des Arabers.

Dessen Blick blieb völlig emotionslos.

»Lass gut sein«, mischte sich Mirek ein.

Johns Blick glitt zu Ophelia, die in ihrem Bett lag – seelenruhig, als ginge sie das Ganze nichts an. So sehr also hatte er es bei ihr verbockt.

An der einen Spaltbreit geöffneten Tür lugte Kim nach draußen auf den Flur. Er musste es gewesen sein, der das Licht eingeschaltet hatte. »Der Corporal kommt«, zischte er just in diesem Augenblick, zog die Tür zu und schlüpfte nach oben in sein Stockbett.

Kurz bevor die Tür wieder aufgerissen wurde.

Dieses Mal schaffte John es, rechtzeitig Haltung anzunehmen und zu salutieren, als Corporal Stannis hereinstürmte.

Aufgereiht standen sie alle vor den Betten – der Araber an einem Ende der Reihe, als gehöre er dazu. Ganz allmählich sickerte in Johns Bewusstsein, dass der Kaftanträger nun Teil seiner Einheit war. Ein Handlanger von Aziz. Da war John sich sicher. Im gleichen Zimmer, in dem er schlief. Das konnte nicht gutgehen.

Stannis' Blick musterte jeden Einzelnen von ihnen, als wolle er ihre Gedanken lesen. Bei dem Neuen hielt er inne. »Wer hat Sie im Gesicht verletzt, Private Chadim?«

John schielte zu seinem Kontrahenten. Reno stand direkt neben ihm. Das genügte anscheinend, damit der Kaftanträger den Mund hielt.

Stille.

Stannis schritt an der Reihe entlang. Blieb vor John stehen. Mit dem Zeigefinger schob er Johns Unterhemd hoch und legte den blutigen Verband frei.

»Private McClusky wurde im Kampf gegen die Aliens verwundet, Sir«, mischte Mirek sich eine Spur zu eifrig ein.

»Ich bin darüber informiert.« Stannis' Tonfall war zu entnehmen, dass er noch mehr wusste. Und dass diese Informationen ihm missfielen.

»Die heutige Arbeit war zu schwer für ihn, Sir.«

Nervös befeuchtete John seine Lippen. Warum hielt Mirek nicht die Klappe? Merkte er denn nicht, dass er Stannis damit nur umso mehr verärgerte? Und womöglich auf die richtige Fährte brachte?

»Wollen Sie damit meine Anordnungen in Zweifel ziehen, Private Kowalski?«

»Nein, Sir.« Mirek straffte sich sichtlich.

Stannis' Sezierblick blieb wieder an John hängen. »Weshalb haben Sie sich nicht auf der Krankenstation gemeldet, Private McClusky?«

John mühte sich um eine Ausrede. »Ich hatte es nicht bemerkt, Sir. Weil ich zu müde war, Sir.«

Stannis' dunkle Augen wurden noch eine Spur schmaler.

»Zwei Tage Latrinendienst für alle. Chadim und McClusky, melden Sie sich auf der Krankenstation. Sofort. Und ich erwarte danach Rückmeldung über Ihren Status.« Noch während alle »Aye, Sir«, riefen, verließ der Corporal das Quartier.

»Danke, John«, sagte Ophelia nach Stannis' Abgang in die Stille hinein. »Danke, dass wir wegen dir Latrinendienst schieben dürfen, Blödmann.« Ohne ein weiteres Wort warf sie sich wieder in ihr Bett.

Danke, dass du mein Bett so eifrig verteidigt hast, hätte John am liebsten gekontert. Stattdessen sagte er: »Leck mich!« Eher hätte er sich die Zunge abgebissen, als zuzugeben, dass er über das Verhalten der anderen enttäuscht war. Seine Lebensweisheit hatte sich mal wieder bewahrheitet: Vertraue niemandem und mach dich von niemandem abhängig! Und das hatte er auch nicht mehr vor. Niemals. Eher krepierte er. Auch dann – oder gerade dann –, wenn die anderen ihm bereits mehrfach den Hintern gerettet hatten.

»Mit Vergnügen, Klugscheißer – wenn du dich bückst«, sagte Reno und kehrte ihm den Rücken zu.

»Herzlich wie immer«, knurrte Harlan. Wen er damit meinte, beließ er im Unklaren. »Könnt ihr euch wieder einkriegen, Mann?«

John gab ihm keine Antwort. Er zerrte seine Hose über die Beine, schlüpfte in die Schuhe und beeilte sich, Chadim zu folgen, der bereits das Quartier verließ. Mit einem Knall warf er die Tür hinter sich zu. Die anderen sollten merken, dass er wütend war. Er hatte allen Grund dazu.

Also doch. Er war enttäuscht. Bitter enttäuscht. Die Wucht seiner Gefühle verblüffte ihn und verärgerte ihn umso mehr.

Sein Blick blieb an Chadim haften, der vor ihm die Tür zur Treppe öffnete, die zur Ebene der Krankenstation führte.

Im Treppenhaus holte er ihn ein. Ein Schlag gegen die Kniekehlen ließ Chadim niedersinken. John riss ihn herum, drückte ihn mit dem Rücken auf die Treppenstufen und presste seinen Unterarm gegen den Kehlkopf des Arabers. »Okay, Kameltreiber! Weshalb bist du hier? Und erzähl mir keine Märchen. Wir wissen beide, wer dich geschickt hat. Also. Ich warte!«

Mit regloser Miene sah Chadim ihn an. »Ich weiß nicht, wovon Sie sprechen.«

»Lass den Scheiß!« John drückte noch stärker gegen den Hals des Arabers.

Chadim schien das nicht zu kümmern. John hatte das unbestimmte Gefühl, dass der Kerl dort lag, weil er sich nicht wehren wollte – und nicht, weil John ihn überwältigt hatte.

Schritte waren zu hören.

Mit einem Ruck ließ John den Araber los. »Komm mir nie wieder zu nahe. Ich warne dich nicht ein zweites Mal.«

Wortlos stand Chadim auf und wartete, bis der Soldat, der von oben kam, sie passiert hatte. Danach setzte er seinen Weg fort, als sei nichts geschehen.

John war alarmiert. Er würde vorsichtig sein müssen, wenn er dem Kerl in Zukunft den Rücken zukehrte.

Das Elend wollte kein Ende nehmen. Nun sollte er auch noch die Nacht auf der Krankenstation verbringen – und das nur wegen des barmherzigen Samariters Mirek. Es behagte ihm nicht, bloß durch dünne Stoffbahnen vom Leiden anderer getrennt zu sein. Es gehörte sich nicht, dass erwachsene Männer vor Schmerz schrien oder im Fieber wimmerten. Erst recht nicht wollte er dabei zuhören. Er wollte verdammt sein, sollte er sich jemals in ähnlicher Weise verhalten.

Trotzdem hatte ihn der ältliche Mann mit den zerzausten grauen Haaren und der Nickelbrille dazu verdonnert, hierzubleiben. Zur Beobachtung, wie Doktor Donaghue es ausgedrückt hatte.

Dabei fühlte John sich gut. Na ja, nicht wirklich gut. Leicht angeschlagen, sicherlich. Was vor allem vom Putzen der Latrinen kam. Aber er war nicht so krank, dass er eine Nacht in diesem Kabinett des Grauens verbringen musste.

Während die dürren Hände des Doktors den Verband erneuerten, hatte John mit dem Gedanken gespielt, sich davonzustehlen. Aber der Arzt war klug genug gewesen, Corporal Stannis zu informieren. Und wenn der erfuhr, dass John sich verdrückt hatte, stand er morgen vor dem Erschießungskommando. So viel war sicher.

Also fügte er sich notgedrungen. Ein notwendiges Übel von vielen, um ... ja, warum eigentlich?

John starrte an die Decke der Krankenstation, während der Arzt zwei Elektroden auf seine Haut klebte, eine auf seine Brust über dem Herzen und eine zweite an seiner Schläfe. Hörte, wie der Monitor seine Arbeit aufnahm und jeden seiner Herzschläge mit einem leisen Piepen wiedergab.

Ein Rascheln, als der alte Mann sich durch die Stoffvorhänge zwängte, dann war er allein.

Warum machte er das alles überhaupt mit?

Die Antwort lag auf der Hand, und sie gefiel ihm ganz und gar nicht. Wie es ihm noch nie gefallen hatte, wenn er sich festlegte, ohne zu wissen, wie der Handel, den er einging, wirklich aussah.

Weil er verdammt noch mal hierbleiben wollte.

Weil er hierhergehörte, wie nirgendwo sonst.

Weil er hierhergehören wollte.

Der letzte Grund erschreckte ihn am meisten.

Kim pfiff, während er die Toilettenböden schrubbte. Ab und an sang er sogar eine Liedzeile und nickte im Takt mit dem Kopf. Es war immer der gleiche Text, mehr kannte er anscheinend nicht.

John, der nach einer Nacht auf der Krankenstation wieder diensttauglich geschrieben worden war, wusste noch nicht, ob er sich über Kims Gesellschaft freuen sollte.

»Sie ist sauer«, sagte Kim unvermittelt.

Dass er Ophelia meinte, war offensichtlich. John beugte sich etwas tiefer über die Kloschüssel, die er gerade reinigte.

»Ich glaube, sie ist in dich verknallt. Frauen sind nur dann so sauer, wenn sie verknallt sind.«

»Leck mich«, knurrte John.

Kim kicherte. »Um mal die Logik einer meiner Kusinen anzuwenden: Sie wäre jetzt felsenfest davon überzeugt, dass du auch in Ophelia verknallt bist.«

»Deine Kusine geht mir am Arsch vorbei.«

»Etwas Ähnliches hat Ophelia auch gesagt.« Kim räusperte sich.

»Ach ja«, ätzte John.

»Sie meinte, du wärst ein Trottel, weil du auf die Anmache dieses Lieutenants hereingefallen bist, von der jeder weiß, dass sie die Neuen sondiert.« Aus Kims Räuspern wurde ein Husten.

Schön, dass das jeder wusste außer ihm. »Noch was?«, fragte John zornig.

»Ich habe nicht mitgekriegt, dass der Typ dein Bett belegt hat, sonst hätte ich was gesagt. Ehrlich.«

John sah auf. Kim stand mit zerknirschter Miene vor ihm und bot ihm die Hand.

John war versucht, das Friedensangebot zu ignorieren. Aber Kims treuherziger Blick überzeugte ihn vom Gegenteil. John deutete einen Schlag in Kims kurze Rippe an, der zu einem freundschaftlichen Faustgruß wurde.

Kim lächelte. »Du glaubst mir also?«

»Schon okay.« Irgendwie war es leicht, Kim nicht böse zu sein.

»Hör mal ...« Kim rieb sich die Nase.

»Was noch?«

Statt einer Antwort kratzte Kim sich am Hinterkopf.

John lehnte sich resigniert an die Wand und sah Kim an.

Der schien unter seinem Blick zu schrumpfen. »Glaubst du ... Meinst du ... Könntest du ...« Ein Räuspern. »Würdest du dich vielleicht bei Phil und Ophelia entschuldigen ... wegen des Latrinendienstes ...«

»Hast du sie noch alle?«

»Mirek und Harlan verstehen ja, dass du sauer warst. Aber ...«

»War das Mireks Idee?«

»Nein. Zach, wir müssen übermorgen wieder in den Einsatz, und ich würde mich einfach sicherer fühlen, wenn ...«

»Vergiss es!« Abrupt kehrte John ihm den Rücken zu. Schweigen.

John glaubte schon, Kim habe sich verzogen, als eine Hand seine Schulter berührte.

»Bitte, Zach. Phil ist ... und Ophelia ... Wenn du nicht einlenkst, dann ...«

Als wäre es ein giftiges Tier, schüttelte John Kims Hand ab. »Eher verreck ich!«

1. Intermezzo

Hartfield rieb sich die Stirn, als er den Bericht gelesen hatte. McClusky und Gen. Dass McClusky mit Stannis aneinandergeraten würde, damit hatte er gerechnet. Aber Gen!

Eigentlich müssten sich die beiden wunderbar verstehen. Gen war vor seiner Gehirnwäsche genauso provokant und aufsässig gewesen wie McClusky. Ein wenig bedauerte er es, dass Gen nun so gehorsam und angepasst war. Oder zumindest so wirkte. Denn wer konnte schon wissen, was hinter seiner Stirn passierte?

Eine Erinnerung trieb an die Oberfläche seines Bewusstseins. Die Bandenmitglieder, die Clarice Sheldon getötet hatten, waren angeblich Araber gewesen. Irgendwo musste es da eine Verbindung zu McClusky geben. Dass es Rache war, schloss er aus. McClusky konnte ihm viel erzählen. Aber er war ganz sicher kein Harvardabsolvent. Also hieß er ganz sicherlich auch nicht Zacharias McClusky. Hartfield fehlte nur noch ein Beweis. Nur, welcher Art war die Verbindung dann?

War der Mann, der sich hinter der Identität von Zacharias McClusky verbarg, in irgendwelche kriminellen Machenschaften verstrickt gewesen, die zu Clarice Sheldons Tod geführt hatten? Nein, McClusky, wie auch immer sein richtiger Name war, war kein Killer. Wahrscheinlicher war, dass er einfach nur zu viel gesehen hatte. Oder zu viel wusste. Nur worüber?

Die Antwort darauf würde er garantiert nicht von McClusky erhalten. Er würde sich dazu anderweitig umhören müssen.

Und Gen? Was, wenn die beiden sich von der Straße her kannten? Amr Chadim war ein Mitglied des Dschihads gewesen. Verhaftet und zum Tode verurteilt. Nur dank des Genprogramms und der Gehirnwäsche war er freigekommen und zum Supersoldaten mutiert. Und Hartfield selbst hatte Colonel Forsman gegenüber mit seinem Kopf und seiner Karriere für Gen gehaftet.

Er musste sich Gens Akte noch einmal ansehen – und auch die von McClusky und seiner angeblichen Kusine. Wenn sich da irgendwo ein Puzzleteilchen verbarg, würde er es finden. Er brauchte nur tief genug zu graben.

Und er musste Goldblum den dezenten Hinweis geben, die Finger von McClusky zu lassen. Sicherlich hatte der Junge ein hübsches Gesicht, aber ein Techtelmechtel zwischen den beiden konnte nur in einem Fiasko enden. Entweder weil er sie abservierte oder sie ihn. Beide Alternativen würden über kurz oder lang zu einer frustrierten Person führen. Und Hartfield wusste nicht, welcher der beiden die schlimmere Variante war.

3. Kapitel

John streckte ein wenig den Kopf und sah sich um. Aufgereiht standen sie alle im Hangar, Fireteam für Fireteam, Squad für Squad, beide Rifle Platoons und das Cannon Platoon. Nur der Kompanieführer fehlte: Captain Moore war beim Angriff auf Hell's Kitchen gestorben. Aus dem gleichen Grund fehlte das komplette dritte Rifle Platoon samt ihrem Anführer. Vor jedem der drei verbliebenen Platoons stand der zugehörige Lieutenant. Der von Johns Team hieß Elizabeth Goldblum. Dümmer hätte es nicht laufen können!

John glaubte, ein Feixen auf Ophelias Gesicht zu erkennen. Vielleicht drückte ihre Miene auch Genugtuung aus. Zumindest bei Reno war das der Fall. Sollten sie doch! Nach der Funkstille der vergangenen drei Tage waren sie ihm egal. Genauso gut hätten sie tot sein können.

Colonel Forsmans Worte rauschten an John vorbei. Nur so viel blieb haften: dass sie die Kolonie erreicht hatten und der Raum frei von gegnerischen Schiffen war. Somit stand einer Bodenerkundung nichts im Wege. Die drei Einheiten wurden verschiedenen Planquadraten zugeteilt, deren Namen für John genauso nichtssagend waren wie die zugehörigen Zahlenangaben. Bei den Namen schien es sich um Städte oder Siedlungen zu handeln. Ihr Ziel musste eine mittlere Kleinstadt mit umliegendem Farmland sein.

Inzwischen hatte Goldblum mit ihrer Ansprache begonnen. »Hartfield, Ihr Squad übernimmt die Außenbezirke. Die Landefähren werden jedes Squad direkt an ihrem Zielgebiet absetzen. Durchkämmen Sie Ihr Planquadrat und halten Sie mich über Funk auf dem Laufenden. Rechnen Sie mit einer Einsatzdauer von maximal zwei Tagen. Ich hoffe jedoch, dass wir früher zurückkönnen. Die Abholpunkte werden Ihnen per Funk bekannt gegeben und laufend aktualisiert. Noch Fragen?«

Während Goldblum auf eine Antwort wartete, schritt sie vor ihrem Platoon auf und ab. Musterte die Gesichter. Blieb stehen, direkt vor John, und ging weiter, ehe sie am Ende der Reihe mit einem Ruck kehrtmachte. »Dann wollen wir dieser verdammten Alienbrut mal einheizen – falls sich dort unten noch einer von ihnen zu blicken wagt. Hooray!«

»Hooray!«, tönte es im Chor.

Die Luft war atembar, hieß es. Angenehme zwanzig Grad am Tag und zehn Grad in der Nacht. Also konnten sie sich die Winterausrüstung und die Atemmasken sparen.

Während John seine Ausrüstung verstaute, drängte sich Mirek im Korridor neben ihn. »Alles in Ordnung?«

»Bestens. Wenn du mir nicht glaubst, kannst du den Arzt fragen.« Mit einem Ruck verschloss John das Marschgepäck.

»Das meinte ich nicht.«

»Sondern?«

Mireks Miene wurde leidend. »Ich bitte dich, Zacharias. Philippe und Ophelia, geh einfach hin und ...«

»Wieso ich, verdammt?«

»Weil ...« Mirek seufzte. »Der Einsatz ...«

»Ihr könnt mich alle mal. Reno kriegt sich schon wieder ein.«

»Philippe ist nicht das Problem. Das weißt du.«

Daher wehte also der Wind. »Ach?« Mehr nicht. Sollte Mirek sich doch winden, wenn er zu feige war, zum Kern seines Anliegens zu kommen.

»Sag mal, läuft da etwas zwischen dir und Ophelia?«

»Glaubst du etwa, ich vögle ...« *mit einer aus unserem Platoon?*, wollte John sagen. Aber falls in jener Nacht zwischen ihm und Goldblum doch mehr passiert war, wäre das eine glatte Lüge gewesen.

»Und Goldblum?«

Das hätte John selber gerne gewusst. »Bist du irre?«

Ein tiefer Seufzer entwich Mirek. »Das erleichtert mich. Wirklich.« Er räusperte sich. »Äh, was ich noch sagen wollte: Lass die Finger von den Drogen. Okay?«

»Spinnst du jetzt völlig?« Wie kam Mirek nur auf die absolut idiotische Idee, er könne Drogen nehmen?

Mirek lächelte entschuldigend. »Wenn ich mich geirrt habe, dann entschuldige bitte. Ich wollte dir nichts unterstellen. Mir schien nur –«

»Hey, ich trink vielleicht mal gerne einen. Aber ich hab auf dem Schiff hier nichts zu mir genommen, was einer Droge auch nur ähnlich sieht.«

»Gut, gut.«

»Wie kommst du überhaupt auf diese Idee?«

Mirek zuckte mit den Schultern. »Ich dachte –«

»Sammeln!«, unterbrach Stannis mit lauter Stimme ihr Gespräch.

Sofort warf sich John das Marschgepäck über die Schulter und griff nach seinem Gewehr. »Glaub nicht, ich vergesse meine Frage!«, knurrte er Mirek zu, ehe er neben ihm zu Stannis lief, der am Ende des Korridors stand.

Der Pilot der Landefähre gab sich alle Mühe, ihnen Gelegenheit zu geben, sich ihr Frühstück noch einmal anzuschauen.

John mühte sich darum, geradeaus zu starren und an nichts zu denken. Was schwer war, da Ophelia ihm gegenübersaß.

Angst? Sicherlich nicht. Niemals. Nicht vor einem Kampf. Aber ein ungutes Gefühl, eine Ahnung dessen, was sie erwarten mochte in einer Kleinstadt voller Zivilisten, die vor einigen Wochen vom Feind überrannt worden war.

Ungewollt stiegen Bilder in Johns Erinnerung hoch. Bilder des Angriffs auf Hell's Kitchen. Von Glutbällen, die vom Himmel regneten. Von zerfetzten Leibern und verbrannter Erde. Weder Frauen noch Kinder wollte er sich in einem solchen Szenario vorstellen.

Ein leichter Ruck riss ihn aus seinen Gedanken. Die Landefähre hatte aufgesetzt. Hartfield rief zum Aussteigen auf, und Stannis sowie ein anderer Corporal rissen die Türen rechts und links auf.

Sonnenlicht fiel herein. Die Luft einer fremden Welt drang ins Innere, brachte den Geschmack von Asche und Zerstörung mit sich.

John hustete unwillkürlich beim ersten Atemzug. Die Luft kratzte in seiner Kehle. Oder bildete er sich das nur ein? Er hatte keine Zeit, darüber nachzudenken, denn schon war die Reihe an ihm, auszusteigen.

Mit einem Knirschen kam er auf dem Asphalt auf. Die Landefähre hatte auf einer Straße aufgesetzt.

»Sichern!«, schrie Hartfield. »Team Bravo auf die Ausfallstraße. Team Alpha …«

»Hierher!« Das war Stannis. Mirek, Reno und Harlan waren bereits bei ihm.

Mit Kim und Ophelia im Schlepptau eilte John im Laufschritt auf die anderen zu. Hinter sich hörte er die Schritte von Chadim, was genügte, um seine Nackenhaare aufzurichten.

Im Laufen gab Stannis das Zeichen zum Aufteilen.

John steuerte mit Kim und Ophelia die linke Seite der Straße an, um die Dächer an der rechten Straßenseite im Auge zu behalten. »Oph, Dächer, Kim, hinten.« Das Gewehr im Anschlag sicherte John nach vorn und ging voraus.

»Geht klar«, antwortete Kim.

»Verstanden.« Ophelia.

Aus den Augenwinkeln erkannte John, dass Reno, Harlan und Mirek sich auf der anderen Straßenseite formierten. Stannis und Chadim folgten leicht versetzt. Wenigstens war der Kaftanträger damit aus seinem Rücken verschwunden.

Während er vorwärtsging, sondierte John mit ruhigem Blick das Terrain. Die Straße war nur zweispurig, aber breit. Die vier- oder fünfstöckigen Gebäude lagen direkt am Gehweg, und die meisten Häuserfronten waren im Erdgeschoss verglast und mit Geschäften belegt. Fahrzeuge parkten neben dem Bürgersteig, etliche auch mitten auf der Straße, teils mit offenen Türen. Nach etwa hundert Metern standen die Wagen dicht beieinander. John begriff schnell, was die Ursache dafür war. Im Asphalt klaffte ein riesiges Loch, groß genug, um mehrere Busse darin zu versenken. Drei Autos lagen darin – oder vielmehr die verkohlten Überreste. Am Rand des Kraters war die Erde glasig geschmolzen.

Stannis bedeutete John, dass er den Krater mit Ophelia und Kim auf seiner Seite der Straße umgehen sollte. John gab das Zeichen für »verstanden« und gab Kim und Ophelia ein Zeichen, ihm zu folgen.

Was anfänglich nur wie ein kleiner Umweg ausgesehen hatte, entpuppte sich bald als ein Chaos aus Fahrzeugen, Gebäudetrümmern und aufgerissener Erde. Das Loch in der Straße schien breiter zu sein, als John angenommen hatte.

»Mist, verdammter.« Er sah sich nach Kim und Ophelia um.

»Sollen wir umkehren?«, fragte Kim.

Stirnrunzelnd betätigte John den Helmfunk. »Corporal Stannis für McClusky. Wie sieht es auf Ihrer Seite aus?«

»Vordringen erschwert. Suchen Sie einen Weg vorbei. Stannis, Ende.«

»Ihr habt's gehört.« Ohne sich zu den anderen beiden umzudrehen, begutachtete John das Durcheinander aus Mauerstücken, Fahrzeugen und Asphaltbrocken. Das Haus vor ihm war zur Straße hin aufgerissen. Dem wollte er lieber nicht zu nahe kommen. Einige der dickeren Asphalttrümmer weiter rechts waren etwa mannsgroß: Auf die konnten sie vielleicht klettern, ohne ins Loch zu stürzen.

»Sichern«, wies er Kim und Ophelia an.

John ließ die Waffe mit der Linken los und begann, einen der Trümmerbrocken zu erklimmen. Bald wurde der Weg zu steil, sodass er dazu gezwungen war, die Waffe am Gurt auf den Rücken zu schieben, damit er beide Hände frei hatte.

Er spannte die Muskeln, um sich hochzuziehen. Ein paar Steinchen lösten sich unter seinen Fingern. Dann war er oben auf einem der Trümmerberge. Unwillkürlich duckte er sich, um eine möglichst kleine Zielfläche zu bieten.

John stockte der Atem. Der Krater war kein Loch, sondern ein gigantischer Graben, eine Schneise der Verwüstung, die sich durch die Stadt zog, soweit er das von hier aus erkennen konnte. Er befand sich mit Kim und Ophelia auf der stadtauswärts gelegenen Seite des Grabens.

»Corporal Stannis für McClusky. Sir, Sie befinden sich auf der stadteinwärts gelegenen Seite eines Grabens, der sich mindestens eine Meile durch den Außenbezirk zieht. Erwarte weitere Anweisungen.«

Es rauschte im Funkgerät. »Stannis hier. Woher haben Sie Ihre Weisheit, McClusky?«

»Habe hier eine gute Übersicht von einem der Trümmerberge, Sir.«

Eine Weile rauschte es nur. John nutzte die Zeit, um sich einen genaueren Überblick zu verschaffen. Auf seiner linken Seite konnte er in etwas über hundert Schritt Entfernung eine Seitenstraße erkennen. Der Weg dorthin sah zwar reichlich unerfreulich aus, aber er traute sich zu, ihn zu bewältigen.

»McClusky für Stannis. Können Sie von Ihrem Standpunkt aus einen Weg sehen, der uns weiterführt?«

»Positiv, Sir.«

»Sichern Sie Ihre Stellung. Wir kommen zu Ihnen.«

»Aye, Sir.« John kniete sich nieder. »Ihr habt's gehört!«, rief er Kim und Ophelia zu.

»Sind Sie wahnsinnig?« Stannis steckte sein Fernglas wieder ein. An der linken Seite seiner Stirn schwoll eine Ader. »Das nennen Sie einen Weg, McClusky?«

»Ich schaffe das. Kein Problem, Sir.« Im nächsten Augenblick begriff John, dass er Stannis mit diesen Worten indirekt als Schwächling dargestellt hatte. Keine gute Idee. »Ich kenne mich in so was aus.« Noch schlimmer.

Ein finsterer Blick traf ihn. »Bilden Sie sich etwa ein, Sie wären was Besseres, nur weil Sie in Harvard waren?«

»Nein, Sir.« Am liebsten hätte John gegrinst. Harvard! Er

konnte kaum lesen und schreiben. Aber wenn seine Tarnung nicht auffliegen sollte, konnte er Stannis schlecht erklären, dass er jahrelang in zerfallenen Ruinen gewohnt und dabei eine Menge einschlägige Erfahrungen mit waghalsigen Kletterpartien gesammelt hatte.

Stannis' Miene wurde noch ein Spur finsterer. »Sie gehen vor, McClusky. Und wehe Ihnen, wenn einer aus dem Team durch Ihre Fehleinschätzung verletzt wird.«

»Aye, Sir! Darf ich Westcott als Begleitung haben?«

»Westcott zu mir!«, rief Stannis.

Ein »Aye, Sir!« ertönte von unten, und Harlan kletterte hoch. Bei dem Anblick, der sich ihm von hier oben bot, pfiff er durch die Zähne. »Jesus und Maria!«

»Sie gehen mit McClusky voraus.«

»Danke für die Ehre«, stöhnte Harlan, als sie außer Hörweite von Stannis waren, der ihnen mit den anderen folgte.

John grinste nur, während er sich an Harlans Hand an einem der Trümmerstücke hinabließ. Suchend sah er sich unten nach einem Durchschlupf um. Nichts. Nur zerfetzter Asphalt und Erdbrocken. John wischte sich den Schweiß von der Stirn. »Zieh mich wieder hoch!«

Wortlos bot Harlan ihm seine Rechte. Oben angekommen, blickte John in die Runde. Sie befanden sich in völlig unübersichtlichem Terrain. Hinter jedem der Brocken konnte sich ein Gegner verstecken. Aber irgendetwas sagte ihm, dass die Aliens, wenn sie noch hier wären, sie schon längst angegriffen hätten.

Es war absolut still hier. Totenstill. Als wären sie die einzigen Lebewesen auf diesem Planeten.

Jetzt fiel John auf, was er die ganze Zeit vermisst hatte. »Ich sehe hier keine Vögel.«

Harlan kratzte sich hinter dem Ohr. »Hast recht, Mann. Kein Vogelvieh weit und breit. Nicht mal ein Käfer oder eine Fliege.«

John nahm einen Schluck Wasser aus seiner Feldflasche, um seinen rauen Hals zu beruhigen. »Gibt es hier keine?«

»Keine Ahnung, Mann. Aber wenn dieser Dreckklumpen kolonisiert wurde, dann haben die Kolonisten auch Viecher von der Erde mitgebracht. Rinder, Hunde und Katzen und so.«

»Auch Vögel?«

»Außer Hühnern? Absolut keine Ahnung, Mann. Aber mir kommt das auch komisch vor.« Harlan hustete. »Versuchen wir es da drüben? Sieht aus, als ginge es neben dem verbeulten Fahrzeug weiter.«

»Jepp.« John setzte sich rasch in Bewegung. Er wollte einen Weg finden – unbedingt. Auf keinen Fall wollte er erklären müssen, sie in eine Sackgasse geführt zu haben.

»Da!« Harlan zeigte auf einen Spalt zwischen zwei großen Trümmern.

Die Sonne brannte auf sie herab. Unten aber, zwischen den Asphaltbrocken, war es so dunkel, dass John den Boden nicht erkennen konnte. »Okay.«

Sie waren inzwischen ein eingespieltes Team. Harlan schien genau zu wissen, wo er sich postieren musste, damit John sich am leichtesten an seinem Arm nach unten hangeln konnte. An Harlans Hand hängend, tastete John mit den Füßen nach einem Tritt. Plötzlich gab der Untergrund nach, bröckelte ab. John hing nur noch an Harlans Hand.

»Scheiße«, keuchte Harlan.

»Lass los, verdammt!« Ganz langsam rutschte John aus Harlans Hand. Lieber sprang er, als unvermittelt aus Harlans Griff zu glitschen und unkontrolliert zu fallen.

»Shit!« Harlans dunkle Augen sahen ihn an, ehe er endlich nachgab.

John spannte die Muskeln an und sprang. Kam auf allen vieren auf einer Schräge aus losem Material auf. Instinktiv ließ er sich ein Stück weit nach unten rollen. Ein paar kleine Steine lösten sich, kullerten den Hang hinab, auf dem er sich befand, und wurden von einer unbekannten Tiefe verschluckt. John blieb ganz still. Wartete, bis das Geräusch rieselnder Steine verebbte und seine Augen sich an die Dunkelheit gewöhnt hatten.

Unter ihm ging der Hang in ein Loch über, das er nicht einsehen konnte. Harlan stand einige Meter über ihm auf einem steil nach oben ragenden Asphaltbrocken. Unerreichbar für John. Er wollte schon seine Situation verfluchen, als er ein Stück weit neben sich ein Fahrzeug entdeckte, das in einem Spalt verkeilt war. Darauf hochzuklettern würde leicht sein. Solange es feststeckte.

John streckte den Arm zur Seite und griff nach dem Rahmen eines herausgebrochenen Fensters. Einen Herzschlag wartete er, ehe er es wagte, kräftig daran zu ziehen. Ein Ächzen ging durch das zerstörte Vehikel, aber es bewegte sich nicht. John schwang sich hinüber und kletterte zur schräg in den Himmel ragenden Vorderfront hoch.

Er blickte nach vorn. Ein größeres Fahrzeug stützte dasjenige, auf dem er sich befand, von der anderen Seite. Dahinter sah er geraden Asphalt. Er drehte sich zu Harlan. »Wirf mir ein Seil rüber!« Wenn er es an dem Lastenfahrzeug festband, konnten die anderen ihm gefahrlos folgen.

»Hier!« Harlan reagierte umgehend.

John fing das Seil und befestigte es am Lastenfahrzeug. Mit hochgerecktem Daumen wandte er sich nach Harlan um, als sein Blick an einem Körper hängen blieb, der neben dem Lastenfahrzeug halb unter Schutt vergraben war. Dann bemerkte er auch den süßlichen Geruch der Verwesung.

»Zach?«

John starrte auf die Stelle. Ein Mensch.

»Eine Leiche!«, schrie er und wunderte sich darüber, dass seine Stimme so heiser klang. »Ich habe eine Leiche entdeckt.«

4. Kapitel

John kauerte sich neben die Leiche. Es war eine Frau. Ein Arm war abgerissen und lag skelettiert einen Meter neben dem Rumpf. Auch am Körper und an den Beinen fehlte das Fleisch – lediglich halb verweste Stückchen hingen noch an den Knochen. Nur der Kopf war, abgesehen von den Spuren der Verwesung, nahezu unversehrt.

Graue Haare. Sie musste alt gewesen sein.

Unwillkürlich dachte John an die Schreie – das Letzte, was von der Kolonie hier zu hören gewesen war.

Als hätten wilde Tiere die Menschen hier zerfleischt. Nein, gefressen. Hatten sie deshalb so geschrien?

Als er Schritte hörte, stand er auf.

Stannis trat zu ihm. Mit unbewegter Miene beugte er sich zu der Leiche hinab. »Kowalski, zu mir.«

Mirek eilte herbei. »Sir?«

»Sagen Sie mir Ihre Meinung zur Todesursache!« Bei den Worten erhob Stannis sich.

Mirek zögerte. Dann begutachtete er die Leiche, besah sich die Knochen genauer, den Kopf und die Kleidungsreste. »Sir, meiner Meinung nach wurde diese Frau von einem wilden Tier getötet und zerfleischt. Sehen Sie?« Mirek deutete auf einen Oberschenkelknochen. »Hier sind Bissspuren im Knochen zu erkennen. Auch da an den Rippen und am Becken. Und hier der Arm ... Er wurde herausgerissen und dann abgenagt.«

John wurde flau. Ein Raubtier? Hier? Wo sie bisher kein anderes Lebewesen entdeckt hatten.

»Wie lange ist das her?«, fragte Stannis.

»Ein paar Tage. So genau kann ich das nicht sagen.«

John hatte es geahnt. Der Angriff auf die Kolonie lag Wochen zurück. Es gab nur eine logische Erklärung für seinen Fund: Die Aliens waren noch hier.

»Zusammenbleiben! Erhöhte Wachsamkeit!« Stannis' Befehl bestätigte John, dass der Corporal zu einem ähnlichen Schluss gekommen war. »McClusky, Westcott, Sie gehen voraus. Reno und Chadim sichern nach hinten. Weiter.«

War das jetzt ein indirektes Lob oder schob Stannis ihnen gerade die Arschkarte zu? John beschloss, es als Lob zu nehmen. Immerhin waren alle heil über das Trümmerfeld gelangt. Das verdankten sie seiner und Harlans Vorarbeit.

Ein kurzes Nicken in dessen Richtung, und Harlan gesellte sich zu ihm. Seite an Seite gingen sie mit dem Gewehr im Anschlag weiter.

Sie hatten Glück. Von der Stelle aus, wo sie die Leiche gefunden hatten, konnten sie ohne weitere Kletterei das Trümmerfeld verlassen und in die Seitenstraße einbiegen, die John einige Zeit zuvor entdeckt hatte.

Statt hoher Gebäude mit Geschäften säumten nun Vorgärten und verlassene Einfamilienhäuser die Straße. Auch hier standen Fahrzeuge mitten auf der Straße, manche noch in der Auffahrt. Gepäckstücke lagen auf dem Bürgersteig, der von Bäumen beschattet wurde.

Idyllisch. Hätten die Menschen nicht gefehlt. Die Leere war geradezu greifbar. Harlan bückte sich nach etwas, das auf dem Boden lag. Als er es aufhob, sah John, dass es eine Stoffpuppe war. Dreckflecken verunzierten Gesicht und Kleider.

Wo in Gottes Namen waren die Menschen hin?

Ein gelbes Blatt schwebte neben John zu Boden. Er hob den Kopf, um zu sehen wo gelbe Blätter mitten im Sommer herkamen. Jetzt erst fiel ihm auf, dass die Blätter an allen Bäumen gelb verfärbt waren. Einige nahmen sogar bereits Rottöne an. Als würde bald Herbst sein.

Neugierig geworden, betrat John den nächsten Vorgarten. Der Rasen war fleckig braun. Ein Drittel der einst sicherlich prächtigen Blumenrabatten verwelkt.

»Was machst du da?«, fragte Harlan.

John gab ihm keine Antwort. Er bückte sich und riss dürre Grashalme mit ihren Wurzeln aus. Die Erde war feucht. Daran konnte es nicht liegen. Aber was war dann die Ursache?

Langsam stand er wieder auf, fand die Haustür offen – und widerstand der Versuchung, hineinzugehen. Stattdessen kehrte er zu Harlan zurück.

Sie setzten ihren Weg fort. Unvermittelt bemerkte John den süßlichen Geruch. Alarmiert blieb er stehen. Schnupperte.

Harlan, der weitergegangen war, drehte sich zu ihm um.

Stumm deutete John auf seine Nase. Harlan verstand und postierte sich so, dass er Johns Rücken sichern konnte.

Da war er wieder, dieser eklige, schwere Gestank. John roch ihn deutlich. Zusammen mit etwas Bitterem, das seine Kehle reizte. Er ging vorsichtig dem Geruch nach, folgte ihm in einen anderen Vorgarten. Innerlich bereitete er sich auf den Anblick einer weiteren Leiche vor. Doch was er fand, war ein toter Hund. Ein Golden Retriever.

Verwundert bückte er sich zu dem Kadaver hinab. Nichts an dem Tier wies auf eine Todesursache hin. Er lag auf der Seite, als schliefe er. Um verhungert zu sein, war er zu gut genährt.

»Was gefunden?« Harlans Stimme ließ ihn zusammenzucken.

»Nur einen Hund.«

»Einen Hund? Glaubst du, dass er ...«

John schüttelte den Kopf, während er wieder aufstand. »Negativ. Sieht aus, als wäre er eingeschläfert worden.«

»Im Vorgarten? Alter, dann waren die Aliens zu dem Köter gnädiger als zu den Menschen.«

Aus den Augenwinkeln sah John den sich nähernden Corporal. »Gib Stannis Bescheid. Damit er ihn sich ansehen kann, während wir weitergehen.«

»Redest wohl nicht gern mit dem Eisenfresser.« Harlan grinste.

»Wer tut das schon?« John sicherte die Straße, während Harlan den Corporal informierte.

Johns Blick irrte zurück zu dem Hundekadaver. Als wäre er eingeschläfert worden. So irre das auch klang.

Sie gingen weiter in dieser beklemmenden Stille, die durch das Geräusch ihrer Schritte nur noch verstärkt wurde. Erneut drang ein ekelhafter, süßer Geruch in Johns Nase.

Abrupt blieb er stehen. »Riechst du das, Harlan?«

»Hey, Alter, der Gestank von dem toten Hund hängt mir immer noch in der Nase. Falls du das meinst.«

Ohne auf seinen Begleiter zu achten, ging John weiter. Eine Straße zweigte nach rechts ab. Ein Schild stand dort. »Krankenhaus« stand darauf. Es wies in die Seitenstraße.

John zeigte auf das Schild und ging in die Richtung. Schon nach wenigen Metern konnte er den Gebäudekomplex mit dem Flachdach am Ende der Straße erkennen. Davor befand sich ein Haufen. John beschirmte die Augen, um erkennen zu können, aus was er bestand. Eine Ahnung regte sich in ihm.

Aber sein Verstand weigerte sich, sie anzunehmen. Erst langsam, dann immer schneller schritt er auf den Haufen zu.

»Zach! Hey, warte doch, Mann!« Harlan verfiel hinter ihm in einen Laufschritt, um aufzuholen.

Als steckten ihn die schneller werdenden Schritte des anderen an, begann John zu laufen. Erst als er den Haufen erreichte, hielt er inne. Keuchend starrte er auf das Grauen, das sich ihm bot. In seiner Kehle kratzte es.

Leichen. Ein Berg aus Leichen. Zerfleddert, skelettiert, verdreht und zerfetzt.

Kim kam nur auf zehn Schritt heran, da wurde er schon grün im Gesicht und übergab sich. Selbst Mirek und Reno wirkten blass. Sie sahen genauso blutleer aus, wie John sich fühlte.

Nur Stannis und Chadim gaben sich völlig unbeeindruckt.

»Kowalski, McClusky, Reno, sichten Sie die Leichen. Ich will eine Schätzung über Anzahl, Geschlecht, Alter, Todesursache und -zeitpunkt. Der Rest sichert die Umgebung.«

Wieder die Arschkarte gezogen, dachte John. Allein der Gestank war widerlich. Der Anblick umso mehr.

Unwillkürlich hob er den Kopf. Keine Vögel. Nicht einmal ein Insekt. Kein einziges Lebewesen weit und breit, das sich um das Aas zu scheren schien.

Aus den Augenwinkeln bemerkte John, wie Stannis in den Schatten des Gebäudes trat und den Helmfunk aktivierte. Da seine Stimme in Johns Kopfhörer nicht zu vernehmen war, schien er auf einem anderen Kanal zu sprechen. Wahrscheinlich mit Hartfield oder Goldblum.

Mirek seufzte. »Hilfst du mir, Zacharias?«

Ohne ein Wort trat John neben ihn und zerrte mit ihm eine

der Leichen herunter. Sie ähnelte der, die sie beim Auto gefunden hatten. Graue Haare. Wieder ein alter Mensch.

Mirek beugte sich über sie. »Ein Mann. Zerfleischt.«

Reno hatte derweil ein weiteres Skelett aus dem Haufen gezogen. »Und was sagst du zu dem hier?« Seine Stimme klang wie das Knurren eines Bullterriers, kurz bevor er zubeißt.

Mireks Gesicht wurde grau. »Ein Mädchen.«

Einen Herzschlag lang herrschte Stille, bis Mirek hinzusetzte: »Leg es drüben ab! Wir sortieren. Kinder dort drüben. Alte hier. Der Rest vor dem Eingang. Wenn ihr euch nicht sicher seid, was ihr vor euch habt, fragt mich!«

Reno wandte sich als Erster wieder dem Haufen zu, ehe John neben ihm nach einer anderen Leiche griff. Es war ein Kind. Der Kopf hing nur noch an einigen Sehnen. Fast sanft legte er den Leichnam neben dem des Mädchens ab.

Schweigend arbeiteten sie weiter. Nach einer Weile hielt John den Gestank nicht mehr aus und band sich sein Halstuch vor Mund und Nase. Das Kratzen im Hals wurde immer penetranter. Unter dem Tuch war es zwar feucht und heiß, aber wenigstens beruhigte sich seine wunde Kehle ein wenig.

Die Arbeit war anstrengend. Johns Rücken schmerzte bald, und die verheilte Wunde an seiner linken Seite meldete sich mit einem Stechen zurück. Keuchend richtete er sich auf.

»Alles okay?«, fragte Mirek.

John winkte ab. »Die Hitze.« Dann zog er eine der letzten Leichen beiseite.

Sie hatten die Leichen auch vier Haufen verteilt. Zwei davon hatten ungefähr die gleichen Ausmaße. Der dritte war etwa halb so groß; und der vierte bestand nur aus zwei Leichen.

Mirek trat auf Stannis zu. »Sir, wir sind fertig.«

»Ergebnis?«

»Vierundfünfzig Leichen. Davon fünfundzwanzig Alte, neunzehn Kinder, acht Frauen und zwei Männer mittleren Alters.«

Eine Weile stierte Stannis nur in den blauen Himmel. »Ist das Ihrer Einschätzung nach die normale Zusammensetzung eines Kleinstadtkrankenhauses?«

Johns Blick ruhte auf Mirek, der mit gerunzelter Stirn nachzudenken schien. »Nein, Sir. Männer mittleren Alters sind deutlich unterrepräsentiert. Die beiden Exemplare scheinen zudem bereits vor dem Tod in sehr schlechtem Zustand gewesen zu sein. Ich wage außerdem zu behaupten, dass in Anbetracht des hohen Anteils an weiblichem Pflegepersonal Frauen mittleren Alters zu gering vertreten sind.«

»Todesursache?«

»Sie wurden alle zerfleischt, um nicht zu sagen gefressen.«

»Zeitpunkt?«

Mirek seufzte. »Schwer zu sagen, Sir. Es ist heiß. Die Verwesung ist also schnell vorangeschritten. Allerdings gibt es hier offenbar keine Aasfresser. Ich konnte in keiner der Leichen irgendwelche Insektenlarven oder Ähnliches finden. Das ist sehr merkwürdig. Sir.«

Also war auch Mirek aufgefallen, dass es hier keine Tiere gab. John fühlte sich bestätigt.

»Zeitpunkt«, wiederholte Stannis ungeduldig.

Ein Schulterzucken von Mirek. »Eine Woche. Vielleicht auch kürzer. Nicht länger als zwei Wochen.«

Wieder zu kurz, als dass die Menschen bei dem Angriff getötet worden waren. Außer, die Aliens waren hiergeblieben und durchsuchten die Umgebung nach Futter.

Den Hund hatten sie dabei anscheinend übersehen.

Falls Goldblum auf ihn sauer war, dann ließ sie es an seiner gesamten Einheit aus. Oder sollte es eine Ehre sein, dass sie dank ihres Funds vom Lieutenant dazu verdonnert worden waren, ihre Suche auf das Umland auszudehnen?

Das bedeutete, Adieu zu sagen zu einem Bett auf der *Washington*. Adieu zu warmem Essen und einer Dusche. Stattdessen würden sie unter freiem Himmel EPas essen und in ihrem eigenen Saft schmoren.

Sie marschierten zwischen zwei Wiesen entlang, in einiger Entfernung lockte ein Wald mit Schatten. Der wolkenlose blaue Himmel war leer. Wenigstens hier sollte es doch Insekten oder Vögel geben, dachte John. Fehlanzeige.

»Schau!« Harlan zeigte auf die Wiese rechter Hand.

Sofort fiel John die gelbliche Verfärbung auf. Wortlos verließ er die Straße und marschierte nach rechts. Er erklomm einen kleinen Hügel und sah auf das Gebiet dahinter.

Er winkte, und Harlan kam zu ihm.

Seite an Seite schauten sie auf das verdorrte Land. Es sah aus, als habe ein Ausschlag die Wiesen befallen. Riesige braune Flecken – von der Größe von einem bis hin zu zehn Fußballfeldern und mehr – sprenkelten das gelblich verfärbte Grün. Braune Körper lagen darauf verstreut.

»Sind das Kühe?«, fragte John. Er kannte die Tiere nur von Reklametafeln.

»Sieht so aus, Alter.« Harlan kratzte sich am Hinterkopf. »Würde gern wissen, was sie umgebracht hat.«

John ging in die Hocke und griff in die trockenen Pflanzenstängel. Nachdenklich zerrieb er sie zwischen seinen Fingern. Einem plötzlichen Impuls folgend, schritt er auf den toten Flecken, der diese Seite des Hügels verunstaltete.

»Hey, pass auf, Mann! Das könnte ansteckend sein!«, rief Harlan.

Wozu sich aufregen? Wenn das stimmte, hatten sie sich schon lange angesteckt. John bückte sich. Seine Finger wühlten in der Erde. Er spürte Feuchtigkeit.

Er grub tiefer, riss Grasbüschel samt Wurzeln heraus. Seine Finger fanden einen dunkelbraunen Strang, aus dem eine schwarze Flüssigkeit sickerte, als er ihn zerriss. Augenblicklich quälte ein Hustenreiz seine Kehle, dem er schließlich nachgeben musste.

»Was machst du da, Mann?«

Hustend riss John ein Stück des Strangs aus dem Boden. Dabei wurden seine Finger vom schwarzen Sekret benetzt. Es fühlte sich an, als habe er sich verbrannt. Mit einem Fluch ließ er den Strang fallen. Doch das Brennen wurde mit jeder Sekunde schlimmer. Ein erneuter Hustenanfall schüttelte ihn so stark, dass er nicht reagieren konnte.

Plötzlich war Harlan neben ihm und fasste nach seiner Hand. *»Shit!«*, hörte er ihn rufen. Dann floss Wasser über seine Finger.

Zunächst wollte er sich Harlans Griff entziehen. Doch das Brennen ließ nach, und ein neuerlicher Hustenanfall verdammte ihn zur Untätigkeit.

Auch Harlan hustete jetzt. Trotzdem packte er ihn am Oberarm und zerrte ihn den Hügel hinauf. Erst hinter der Kuppe ließ er ihn los.

John hustete so heftig, dass er glaubte, seine Lunge auskotzen zu müssen. Minutenlang war er außer Gefecht gesetzt, während Harlan per Funk Meldung erstattete.

Außer Atem ließ John sich schließlich auf den Boden fallen und nahm einen langen Schluck aus seiner Wasserflasche. Seine wunde Kehle beruhigte sich daraufhin ein wenig. Mit schmerzenden Fingern drehte er die Flasche wieder zu.

Fassungslos starrte er auf seine Hand. Dort, wo das schwarze Sekret sie berührt hatte, löste sich die Haut in blutigen Fetzen ab. »Ich glaube, ich weiß jetzt, weshalb die Pflanzen verdorrt sind.«

5. Kapitel

Die Innenseiten vom Zeige-, Mittel- und Ringfinger spannten, nachdem Mirek sie mit Sprühkleber behandelt hatte. Die Stelle konnte ungünstiger nicht sein, wenn man eine Waffe benutzen wollte. John schwor sich, in Zukunft seine Finger nicht überall hineinzustecken.

Sie hatten ein Gebiet mit unzähligen toten Vögeln passiert, die aussahen, als wären sie einfach vom Himmel gefallen. Sie hatten den Wald fast erreicht, als sie an einer Tankstelle vorbeikamen. Der verglaste Verkaufsraum war nur noch eine rußgeschwärzte Ruine. Die Tore der Halle, die danebenlag, standen offen. Nichts regte sich.

John wischte sich mit der Linken den Schweiß von der Stirn. In seiner wunden Kehle kratzte es noch immer. Nur mit Mühe unterdrückte er ein Husten.

Sacht legte Harlan ihm die Hand auf den Arm. Als John ihn mit gerunzelter Stirn ansah, nickte er in Richtung der Tonnen, die neben der Halle standen.

John verstand ihn ohne Worte. Mit ein paar sparsamen Handzeichen machte er Harlan klar, dass dieser weiter auf die Tonnen zugehen sollte, während er die Halle umrundete, um von hinten an sie zu gelangen. Er hatte die Halle noch nicht umrundet, als eine der Tonnen mit einem Rumpeln umgeworfen wurde. Keuchend spurtete er Richtung Gebäudeecke und rannte dort in einen dicken Mann mit Halbglatze hinein, der sich bei seinem Anblick wimmernd an die Wand drückte.

In diesem Augenblick tauchte auch schon Harlan auf.

»Wo wollen Sie hin?« Die Worte klangen schärfer, als John beabsichtigt hatte.

Der Dicke stöhnte auf. »Haben Sie Gertrude gesehen?«

»Wer sind Sie? Und wer ist Gertrude?«, fragte Harlan.

»Sie haben meine Gertrude geholt.«

»Wer?« John ließ die Waffe sinken.

»Sie kommen wieder«, wimmerte der Dicke. »Wenn es Nacht wird. Sie werden euch holen. Sie werden uns alle holen.«

»Wir kehren um.« Stannis' Worte erleichterten John, auch wenn er es sich nicht eingestehen wollte.

Die Dämmerung senkte sich bereits über das braungefleckte Land. Aus dem Dicken war außer wirrem Gestammel nicht viel herauszuholen gewesen.

John blinzelte gegen die untergehende Sonne, um das tote Gestrüpp, das den Hügel gegenüber der Tankstelle bedeckte, im Blick zu behalten. Sein Bauch fühlte sich leer an. Ohne zu wissen, weshalb, entsicherte er sein Gewehr.

»Zach?«, fragte Kim von der linken Seite.

John schüttelte den Kopf. Da! Er glaubte, aus den Augenwinkeln eine Bewegung gesehen zu haben. Unwillkürlich ging er langsam rückwärts auf die zerstörten Gebäude zu.

Kim zu seiner Linken tat es ihm gleich.

Am Hügelrand bewegte sich etwas, das aussah wie ein toter, merkwürdig geformter Baum. Eine Schrecksekunde später begriff er, dass es sich bei dem, was er dort sah, um ein Alien handelte. Wortlos riss er seine Waffe an die Wange und feuerte mehrere Salven auf die Stelle, die er für den rechten unteren Quadranten hielt. Das Wesen sackte in sich zusammen.

»Feindkontakt!«, hörte er Renos Stimme im Helmfunk. »Wiederhole: Feindkontakt.«

»Bestätigt.« Das war Ophelia.

»Da sind noch zwei«, keuchte Kim. Der kleine Asiate war jetzt neben John und starrte nach links, wo die Straße durch die verdorrten Wiesen zur Stadt führte.

»Rückzug!« Stannis rief so laut, dass seine Stimme auch ohne Helmfunk zu hören war.

Im gleichen Augenblick lösten sich zwei albtraumartige Schatten aus dem toten Gestrüpp. So unbeholfen sie sich zu bewegen schienen, so schnell kamen sie auf John zu.

Neben ihm feuerte Kim bereits in Richtung Straße.

Völlig ruhig nahm John das am nächsten befindliche Ziel ins Visier. Nach drei Fünf-Schuss-Salven blieb es liegen. John suchte das nächste Alien. Dreißig Meter. Im Geist zählte er die Anzahl der Schüsse, bis er würde nachladen müssen. Zwanzig Meter. Näher kam das zweite Alien nicht, bis es sich in Johns Salve überschlug.

»Scheiße! Scheiße! Scheiße!«, wimmerte Kim neben ihm. Im nächsten Augenblick wirbelte er herum und hetzte Richtung Tankstellengebäude davon.

Instinktiv machte John einen Schritt zur Seite. Seine Waffe schwenkte herum – auf eins der Aliens, die Kim gesehen hatte. Es war so nah herangekommen, dass er es bereits riechen konnte. Blindlings verschoss er den Rest des Magazins. Das Drecksvieh zuckte zur Seite und wich so Johns Schüssen aus. Dahinter wurde das zweite Alien sichtbar, aus dem sich ein Glutball löste, der irgendwo hinter John Erde und Dreck in die Höhe wirbelte. Instinktiv warf er sich zu Boden, als dampfende Erdbrocken herabregneten. Auf dem Rücken liegend, rammte er das nächste Magazin in seine Waffe.

»Zach!«, schrie irgendjemand. »Zach!«

Mit einer Rolle kam er wieder auf die Füße und schoss. Die beiden Aliens griffen ihn nun von verschiedenen Seiten aus an. Er wusste, dass er sie nicht gleichzeitig erledigen konnte. Aber wenigstens eines der beiden Drecksviecher würde er noch mit ins Grab nehmen.

Mit zusammengebissenen Zähnen feuerte er auf das Alien, in dessen Rohr, das es an der Seite trug, ein roter Funken aufglomm. Das Rohr spuckte Feuer, ehe das Wesen sich überschlug und zusammenbrach.

Eine Explosion erschütterte den Boden, riss John um und schleuderte ihn zwei Meter weit über den Boden. Das bereits gewohnte Klingeln betäubte seine Ohren. Hinter ihm schoss eine Flamme in den Himmel. John fühlte noch die Hitze, dann begrub ihn ein schwerer Körper unter sich. Im Schein der Flammen sah er den grünen Schleim, der über den unförmigen Leib rann, und versuchte, sich darunter hervorzukämpfen.

Irgendjemand fasste seinen Arm. Mit einem kräftigen Ruck wurde er unter dem Alien hervorgezerrt. Chadim.

Aus den Augenwinkeln entdeckte John die schattenhafte Gestalt, die sich Chadim von hinten näherte. Ohne zu zielen, feuerte er darauf, bis das Alien in sich zusammensackte.

Als er aufsah, bot Chadim ihm seine Linke, um ihm beim Aufstehen zu helfen.

»Rückzug!«, schrie Stannis.

In Richtung Wald war Mündungsfeuer zu sehen. An der Seite Chadims hetzte John darauf zu – weg von den Aliens, die nun von überall zu kommen schienen. Ein Schatten im Gras ließ die beiden Männer innehalten.

»Los! Weiter! Nun kommen Sie schon!« Das war Ophelias Stimme.

Neben ihr kauerte der Dicke und verbarg den Kopf unter seinen Armen.

»Weiter!«, fuhr auch John ihn an.

Doch der Dicke war erstarrt vor Todesangst.

Ohne zu zögern packte Chadim den Mann einfach im Nacken und zerrte ihn wie eine Puppe hinter sich her. Der Mann musste wenigstens hundertzwanzig Kilo wiegen. John wollte verdammt sein, wenn das mit rechten Dingen zuging.

Über Funk teilte Stannis ihnen die Koordinaten für den Treffpunkt mit, den sie mithilfe ihrer Navigationselektronik aufsuchen sollten.

Das Mündungsfeuer, das im nächsten Moment folgte, lenkte die Aliens offenkundig von John und den drei anderen ab. Zu viert eilten sie nun auf den Wald zu. John übernahm die Führung. Äste knackten, als er durch das Dickicht am Waldrand brach. Ein Blick über die Schulter zeigte ihm, dass die anderen noch hinter ihm waren. Schon nach wenigen Schritten durch den Wald wurde der Kampflärm durch die Bäume und Sträucher stark gedämpft.

Das Wimmern des Dicken störte nun umso mehr.

»Bring ihn zum Schweigen!« Die Worte galten Chadim.

Der schlug dem Dicken den Gewehrkolben über den Schädel. Dann warf er sich den schlaffen Körper über die Schulter, als wäre es ein kleines Kind. Der Mann musste Wahnsinnskräfte haben, stellte John nicht ohne Neid fest.

»Nachtsichtgeräte!«, sagte John und schaltete sein Gerät ein.

Eine letzte Detonation hallte durch den Wald, dann war es still. Bis hierher schien ihnen niemand gefolgt zu sein.

Leise wie ein Schatten huschte John durch den Wald. Durch

das Nachtsichtgerät sah er grotesk verdrehte Pflanzen, die einem Drogenrausch entsprungen zu sein schienen. Sie hatten nichts mit den Bildern gemeinsam, die man ihnen zuvor von der Vegetation des Planeten gezeigt hatte.

»Vorsicht«, raunte er Chadim und Ophelia zu. »Hier stimmt was nicht.« Waren die Aliens ihnen etwa deshalb nicht in den Wald gefolgt? Weil sie wussten, dass hier Gefahren lauerten?

Ein leises, ersticktes Keuchen und ein Rascheln ließen ihn herumfahren. Hinter ihm stand Chadim mit dem Dicken über der Schulter. Ophelia aber war wie vom Erdboden verschluckt.

»Ophelia, verdammt! Wo steckst du?«

Keine Antwort.

Sofort durchkämmte John die nähere Umgebung und scannte die Büsche und Bäume – beziehungsweise die seltsam geformten Pflanzen.

»Wir müssen weiter«, drängte Chadim.

»Nicht ohne Oph!«

Plötzlich ein Keuchen. Auf dem Boden lag ein Gewehr.

Der Angriff der Ranke kam so unvermittelt, dass John zur Abwehr nur seine Waffe hochreißen konnte. Instinktiv ließ er sich fallen und rollte über den Boden. Dabei konnte er über sich im Geäst vage eine menschliche Gestalt ausmachen. Ophelia! Sein Blick fiel auf die Ranken. Sofort riss er sein Messer aus dem rechten Stiefelschaft. In einer einzigen Bewegung sprang er auf und führte einen Hieb gegen die Ranken.

Dunkles Sekret tropfte aus dem Schnitt. Über ihm gab Ophelia ein ersticktes Wimmern von sich. Die Ranken hoben sie einer Art riesigen Blüte entgegen. Ohne nachzudenken, warf John sich das Gewehr über die Schulter und begann, an diesem Albtraumbild von einem Baum hochzuklettern. Die Ranken schienen ihn zu bemerken. Immer wieder peitschte eine von ihnen in Johns Richtung. Doch er wich ihnen aus. Im Nu war er mehrere Schritt über dem Erdboden.

Ophelia war jetzt direkt vor ihm. Ihr Körper war im Griff der Ranken schlaff geworden. Die riesige Blüte öffnete sich weit – bereit, Ophelia in sich aufzunehmen.

Eine Gewehrsalve würde alle Aliens, die ihnen gefolgt waren, auf sie aufmerksam machen. John hatte keine Wahl. Fluchend sprang er mit dem Messer in der Hand auf die Blüte zu. Er war schneller als die Ranken, die Ophelia trugen. Es war, als würde er auf einen riesigen, von Leder umhüllten Hohlraum treffen. Blind hielt er sich fest und stach zu. Wieder und wieder. Hohe, fast außerhalb des Hörbereichs liegende Schreie ertönten. Ranken peitschten durch die Luft. Ein Schlag quer über den Rücken traf ihn so hart, dass ihm einen Augenblick lang schwarz vor Augen wurde. Doch das machte ihn nur noch wütender.

Er war überrascht, als die Ranken plötzlich nicht mehr angriffen. Auch der Griff um Ophelias Leib lockerte sich unvermittelt, und sie fiel zu Boden.

So schnell er konnte, kletterte er wieder nach unten, steckte das Messer zurück und kniete sich neben Ophelia. Seine Finger suchten nach einem Puls, fanden ihn.

»Sie lebt.« Er wunderte sich darüber, wie belegt seine Stimme klang.

»Viel Spaß beim Tragen«, sagte Chadim nur.

Zum Glück war Ophelia nicht schwer. John merkte erst nach einer Weile, dass seine Hände immer noch leicht zitterten. Verdammt, wurde er jetzt etwa sentimental?

»Hey!« Ophelias Stimme war rau. »Was'n das?« Ihre Arme

fuchtelten wild in der Luft herum. Ein Schlag traf ihn reichlich ungeschickt. »Lass mich runter! Schwachkopf!«

Er gehorchte, kassierte dabei eine weitere Ohrfeige und schaffte es gerade noch, eine dritte abzufangen. »Langsam! Langsam! Ich bin's!« Als Beweis zog er das Nachtsichtgerät von seinem Kopf.

Schwankend musterte sie ihn. Als sie ihn erkannte, hellte sich ihre Miene auf. »Johnnie!« Eine neuerliche Ohrfeige hallte durch den Wald. Dann fiel Ophelia ihm um den Hals. »Du Scheißkerl!« Sie drückte ihn an sich.

»Wir müssen weiter«, knurrte Chadim und marschierte los, den Dicken immer noch über der Schulter.

Johns Wange brannte. Noch deutlicher aber brannte der Name in seinem Bewusstsein, den sie genannt hatte. »Zach«, verbesserte er sie. »Du verwechselst mich.«

»Johnnie-Zach!« Ophelia streichelte seine Wangen. »Du bist so süß!« Ein Kuss landete auf seinen Lippen.

Er kam so überraschend, dass John ihn völlig erstarrt über sich ergehen ließ. Schnurrend wie ein rolliges Kätzchen, schmiegte sich Ophelia an ihn. Der weibliche Körper war so verführerisch, dass John nachgab und den Kuss erwiderte. Ein Schauer rann über seinen Rücken. Er war wie elektrisiert. Ganz automatisch presste er sein Becken an Ophelias.

»Du bist heiß, Johnnie-Zach«, hauchte Ophelia in sein Ohr. Ihre Hand rutschte in seinen Schritt auf der Suche nach seinem Glied, das bereits hart und prall war.

»Stopp!« Er schaffte es gerade noch, sie mit einem Ruck von sich zu schieben.

»Johnnie«, schmollte sie, während sie mit den Fingerspitzen seinen Schwanz berührte.

Hitze stieg in ihm hoch. »Stopp!« Er packte sie an den Handgelenken und schüttelte sie.

Doch sie lachte bloß.

Kopfschüttelnd zerrte er sie mit sich, während er Chadim hinterhereilte. Bald hatte er ihn erreicht.

»Johnnie-Zach, ich will mit dir duschen.« Ophelia kicherte. »Darf ich dir dabei einen blasen? Dein Schwanz ist so geil.«

John fluchte und hoffte, dass Chadim sie nicht hören konnte.

»Danke für die Blumen. Aber dein Angebot kommt ungünstig. Können wir das auf später verschieben?«

»Hat Goldblum dir auch einen geblasen?«

Fast wäre er gestolpert. Er unterdrückte einen Fluch.

Ophelia kicherte. »Mirek sagt, dass du bis zum Rand voll warst mit irgendwelchen Drogen, die dich zahm machten. Hat sie die wirklich gebraucht, damit du sie fickst?«

Deshalb hatte Mirek ihn nach Drogen gefragt. Er blieb so abrupt stehen, dass Ophelia in ihn hineinlief.

Prompt küsste sie ihn und begann, seinen Schritt zu massieren. »Ich brauche keine Drogen, um dich heiß zu machen, Johnnie-Boy«, keuchte sie.

»Hör auf!« Aus der Hitze wurde Zorn. Eine Spur zu grob fasste er ihre Hände. »Das bist nicht du.«

»Schlappschwanz!« Sie zeigte ihm ihre Zunge. »Hat sie dich deswegen in einer Luftschleuse abservieren wollen? Ich konnte dich gerade noch davon abhalten, den Knopf zu drücken. Du warst so high!« Wieder das Kichern.

High war eindeutig sie! »Komm zu dir!« Bei den Worten schüttelte er sie erneut. Hilflos hing sie in seinen Armen und lachte, als hätte er einen guten Witz gemacht. »Du hast mich angebettelt, dir zu verzeihen, und wolltest mich küssen. Als ich dir dann eine geklebt habe, bist du zusammengeklappt. Puff! Wie ein Sack, aus dem man die Luft rauslässt. Dabei hätte ich dich gerne geküsst. Witzig, nicht?«

»Tut mir leid«, sagte John und schlug Ophelia ins Gesicht. Die Ohrfeige hallte laut im Wald wider.

Das Lachen erstarb. Ophelias Augen füllten sich mit Tränen, während sie die Hand auf ihre Wange legte. »Du Scheißkerl! Du widerlicher Scheißkerl!«

»Irgendwann wirst du mir dafür danken.«

Er musste unbedingt mit Mirek reden.

»Was habt ihr mit ihr gemacht?« Mirek schnippte vor Ophelias Gesicht mit den Fingern.

Sie schien es nicht wahrzunehmen, sondern zeigte auf John. »Er will nicht, dass ich ihm einen blase.«

»Weißt du jetzt, was ich meine?«, fragte John entnervt.

Selbst Mirek musste grinsen. »Geht das schon die ganze Zeit so?«

»Du hast ja keine Ahnung!«

Ophelia fasste in ihren Schritt und leckte sich über die Lippen.

»Sie ist high«, sagte Mirek nüchtern. »Es scheint, als hätte sie eine Überdosis Pheromone abbekommen. Hast du eine Ahnung, wie das passiert sein könnte?« Er begann, in seinem Rucksack mit der Medic-Ausrüstung herumzukramen.

»'ne Pflanze wollte sie fressen.« Seufzend beobachtete John, wie Ophelia ihm sehr eindeutige Zeichen machte. Drogen erklärten zwar ihr seltsames Verhalten. Aber sie erklärten nicht, weshalb sie nur ihm Avancen machte – und keinem der anderen.

Ophelia grinste ihn an. »Leck mich.«

Mit einem Stöhnen ging John neben Mirek in die Hocke.

Stannis war aufgetaucht. Dass der Corporal das hier mitbekam, fehlte gerade noch. »Mach schnell! Ihr zuliebe!«

Seelenruhig zog Mirek eine Spritze auf. »Das hier dürfte helfen. Komm, Ophelia! Gib mir deinen Arm!«

Diese schüttelte den Kopf und sah John an. »Ihm geb ich meinen Arm.«

Ergeben bot John ihr seine Hand.

Sie ergriff sie sofort. Zu seinem Erstaunen streichelte sie seine Handfläche. »Armer Johnnie-Zach …«

Mirek nutzte die Gelegenheit, um ihr die Spritze zu injizieren. »Johnnie?«, fragte er.

»Sie verwechselt mich mit jemandem.« Ein Blick Richtung Stannis zeigte John, dass dieser gerade damit beschäftigt war, die Umgebung sichern zu lassen. Der Wald war hier nur noch licht. Zu licht nach Johns Geschmack, aber den Sammelpunkt hatte Stannis ausgesucht. Als einfacher Private stand ihm Kritik nicht zu. »Hör mal! Oph hat mir gesagt, ich wäre high gewesen, als ihr mich gefunden habt. In einer Luftschleuse angeblich. Stimmt das?«

Ophelia streichelte immer noch seine Hand. Ihr koboldhaftes Grinsen wurde langsam zu einem versonnenen Lächeln, das ihn nur umso mehr verwirrte.

Mirek runzelte die Stirn. Erst nach einem Blick in die Runde antwortete er leise: »Ich tippe auf eine dieser Drogen, die gefügig machen. Manche Männer mixen sie Frauen in den Drink, damit sie die Beine breit machen.«

»Hey, du glaubst doch nicht etwa …«

Als John entrüstet aufstehen wollte, hielt Ophelia ihn fest. Mit verschwörerischer Miene legte sie einen Zeigefinger auf ihre Lippen.

»Das meinte ich nicht, Zacharias.«

»Du glaubst also tatsächlich, dass Goldblum mir etwas in

den Drink getan hat? Aber wozu?« Dass Ophelia immer noch seine Hand streichelte, trug nicht gerade dazu bei, Klarheit in seine Gedanken zu bringen.

Ophelia beugte sich ihm entgegen. »Um dich durch die Luftschleuse zu schicken, Johnnie-Zach.« Ihre Finger verschränkten sich in seine. Sie wirkte seltsam fahl.

»Das meinst du doch nicht im Ernst«, erwiderte John.

»Der Gedanke drängte sich auch mir auf«, sagte Mirek.

»Was zum Teufel ist passiert?«

»Nun, nachdem du mit Goldblum die Bar verlassen hattest, war Ophelia so sauer, dass sie zurück in ihr Quartier gehen wollte. Na ja, ich bin ihr gefolgt, um ...« Mirek räusperte sich. »Sagen wir, um einen Ausrutscher zu verhindern! Als ich sie fand, hatte sie dich bereits gefunden. Du hast in einer der hinteren Luftschleusen gehockt, mit reichlich derangierter Kleidung, und hast auf den Knopf gestarrt, der den Schleusenmechanismus in Gang setzt. Aus meiner Sicht wolltest du dich gerade ins Vakuum jagen.«

»Verdammt, du weißt, dass ich das nie tun würde.«

Ophelia legte ihre Wange an seine Hand. »Du doch nicht, Johnnie-Zach.«

Die Bemerkung freute und irritierte ihn gleichermaßen.

Mirek fuhr ungerührt fort: »Ophelia hat dir das Leben gerettet. Die Sicherheitswarnung erfolgte bereits. Da hat sie sich zu dir in die sich schließende Schleuse geworfen und den Notschalter betätigt. Du hast geheult und sie um Verzeihung gebeten. Da hat sie dir eine Ohrfeige verpasst, und du bist zusammengeklappt. Um zu vermeiden, dass du wegen Drogenmissbrauchs in der Brigg landest, haben wir dich dann gemeinsam in dein Bett verfrachtet.«

»Danke«, sagte John und blickte Ophelia an, die mit geschlossenen Augen ihre Wange gegen seine Hand drückte.

»Keine Ursache.«

Im nächsten Augenblick ließ Ophelia seine Hand los und erbrach sich würgend auf den Waldboden.

Mirek lächelte. »Das Mittel beginnt zu wirken. Sie wird bald wieder ganz die Alte sein.«

Mit gemischten Gefühlen beobachtete John die keuchende Ophelia, ehe er schließlich abrupt aufsprang. »Sag ihr nichts von dem, was sie getan hat! Ihr zuliebe.« Ohne auch nur ein Mal zurückzublicken, ging er zu Stannis.

2. Intermezzo

»Team Bravo hat sich nicht gemeldet, Sir.« Der kleine Funker mit den roten Haarstoppeln sah Hartfield ängstlich an, als befürchte er, etwas falsch gemacht zu haben.

»Haben Sie denn schon versucht, Kontakt mit ihnen aufzunehmen?«, knurrte der Sergeant schlecht gelaunt. Die Nacht hatte keine Erfrischung gebracht. Über der Stadt lag das Leichentuch des Todes; und Hartfield hatte den Tod zu oft gesehen, um ihm etwas abgewinnen zu können.

»Ja, Sir. Aye, Sir.«

»Und?« Missgestimmt trat Hartfield um den Klapptisch herum, der ihm als Schreibtisch in seinem behelfsmäßigen Hauptquartier diente, das nur ein Zelt war.

Als er sich über die Funkanlage beugte, duckte der Funker sich noch ein wenig mehr. »Keine Antwort, Sir.«

»Lassen Sie mich mal machen!« Als Hartfield anfing, an den Schaltern herumzuspielen, wich der Funker vor ihm zurück, als befürchte er, dass Hartfield ihn schlagen würde.

Gott, verdammt! Wie Hartfield diese Milchgesichter hasste! Wieso blieben sie nicht zu Hause bei ihren Müttern?

Mit gerunzelter Stirn probierte Hartfield die Frequenzen von Team Bravo durch. Ohne Erfolg. »Sind Sie sich sicher, dass das die richtigen Frequenzen sind?«

»Ja, Sir. Aye, Sir.«

Hartfield richtete sich auf. »Holen Sie Corporal Lewinsky! Sofort!«

»Aye, Sir.« Der kleine Funker verließ fluchtartig das Zelt.

Wie ein gereizter Tiger ging Hartfield auf und ab. Aber er musste nicht lange warten, bis der Funker mit Lewinsky zurückkehrte.

Der knochige, grauhaarige Hüne salutierte. »Sir!«

»Hier!« Hartfield deutete auf das Funkgerät. »Ihr unfähiger Rekrut kann keine Verbindung mit einer meiner Einheiten herstellen.«

Lewinsky setzte sich auf den Stuhl. »Seit wann?«

»Ich habe vor etwa zehn Minuten den stündlichen Routineruf anfordern wollen, Sir. Als niemand geantwortet hat, habe ich sofort Sergeant Hartfield informiert, Sir.«

Mit gerunzelter Stirn begann Lewinsky an den Schaltern zu drehen. Nach einer Weile schüttelte er den Kopf. »Bedaure, Sir. Aber ich empfange nur Rauschen. Befindet sich das Team weit entfernt?«

»Positiv.«

»Dann vermute ich, dass die Aliens einen Störsender installiert haben.« Lewinsky stand auf.

»Meine zwei besten Männer befinden sich in dieser Einheit. Finden Sie einen Weg, Sie zu kontaktieren!«

»Sir, mit Verlaub. Aber ich fürchte, ich kann Ihnen nicht helfen. Wir können nur hoffen, dass Ihre zwei besten Männer wirklich so gut sind, wie Sie glauben. Wenn die beiden keinen Weg finden, mit uns Kontakt aufzunehmen, dann war's das.«

»Sie irren sich«, knurrte Hartfield. »Ich bin noch lange nicht fertig. Stellen Sie drei Landefähren zur Suche ab! Ich werde diesen Drecksklumpen von einem Planeten nicht eher verlassen, bis wir sie gefunden haben. So wahr ich Leroy Hartfield heiße.«

6. Kapitel

»Sind wir am Abholpunkt, Sir?«, wagte John zu fragen.

»Negativ.« Ohne aufzusehen, studierte Stannis weiter mit gerunzelter Stirn eine Karte.

John glaubte, sich verhört zu haben. »Negativ? Ich verstehe nicht, Sir …«

»Keine Funkverbindung.« Stannis wies mit dem Zeigefinger auf die Karte. »Wir versuchen, diese Farm hier zu erreichen. Vielleicht können wir dort eine Möglichkeit finden, Kontakt mit der Basis aufzunehmen.«

John starrte auf die Karte. Das waren mindestens zwei Kilometer durch offenes Gelände. Keine gute Idee. Aber vielleicht die einzige Möglichkeit, ein »Taxi« zu bestellen. Zu allem Überfluss gab es da noch einen kleinen Fluss: Sie mussten ihn entweder durchschwimmen oder eine kleine Brücke benutzen, die weit abseits des direkten Weges lag.

»Westcott, Chadim, McClusky, Sie übernehmen die Vorhut. Suchen Sie den besten Weg!«

»Verstanden, Sir«, antwortete John.

»Wie geht es Garcia?«

Ein wenig wunderte John sich, dass Stannis nach ihr fragte. »Auf dem Weg der Besserung, Sir.«

»Wenn ich herausfinden sollte, dass da etwas zwischen Ihnen läuft, hänge ich Sie an Ihren Eiern auf, McClusky.«

»Aye, Sir.«

»Worauf warten Sie?« Stannis packte die Karte weg.

Pflichtschuldig salutierte John, ehe er sich abwandte. Nur

dem Dreckskerl keine Möglichkeit geben, seinen Zorn an ihm auszulassen. »Harl, Chadim! Mitkommen! Wir haben die ehrenvolle Aufgabe, die Vorhut zu bilden.«

»Achten Sie auf das, was Sie sagen, McClusky!«

Erschöpft nahm John einen Schluck von dem abgestandenen Wasser in seiner Feldflasche. Viel war nicht mehr drin.

In der Morgendämmerung plätscherte wenige Schritte von ihnen entfernt der Fluss durch die Wiesenlandschaft. Das gluckernde Wasser versprach Kühle.

Während Chadim nach links sicherte, ging Harlan am Ufer in die Hocke, um Wasser zu schöpfen.

Am anderen Ufer konnte John totes Land ausmachen. Ein unförmiger Haufen lag dort – möglicherweise ein Rind.

»Stopp!«, schrie er und stieß Harlan zur Seite, ehe der seine Hände ins Wasser tauchen konnte.

Reflexartig hielt sich Harlan an John fest und riss ihn dabei zu Boden. Johns rechter Fuß landete im Fluss. Wasser spritzte.

Blitzschnell rappelte John sich auf. *»Shit«*, fluchte er, *»shit!«* Jeder Wasserspritzer, der seine Haut erreicht hatte, hinterließ einen brennenden Fleck.

Auch Harlan sprang fluchend auf.

John schüttelte sich und rieb den Stiefel am Gras trocken. Nicht schnell genug, um zu verhindern, dass die Sohle sich löste. Zum Glück war es nicht der linke Stiefel, in dem der Schließfachschlüssel steckte.

»Hey, Mann! Das tut mir leid. Echt!« Obwohl Harlan selber einen lädierten Stiefel davongetragen hatte, klopfte er John mitfühlend auf die Schulter.

»Okay, schon gut! Das reicht! Jedenfalls wissen wir jetzt, dass wir nicht durch den Fluss schwimmen können.«

»Stimmt auffällig. Und jetzt?«

»Da lang!« John deutete nach rechts, in die Richtung, die Chadim bereits eingeschlagen hatte.

Die kleine Brücke sah so offensichtlich nach einer Falle aus, dass John ein eiskalter Schauer über den Rücken lief. Zu allem Überfluss blendete von rechts die Sonne, sodass sie einem Angriff von dieser Seite nahezu blind ausgeliefert waren.

»Ich gehe vor«, sagte John. »Ihr zwei sichert, bis ich drüben bin.« Im nächsten Augenblick huschte er durch das dürre Gras auf die Brücke zu.

Tief geduckt überquerte er den Fluss. Nichts regte sich, als er die andere Seite erreichte. Aufmerksam sondierte er die Umgebung, während erst Harlan und dann Chadim ihm folgten. Aber nichts geschah.

Ein seltsames Gefühl der Erleichterung überkam John, als er sie weiter durch das tote Gras führte. Steinchen und Sand verirrten sich in Johns lädiertem Stiefel. Unwillkürlich wartete er darauf, dass sich erneut ein Brennen an seinem Fuß einstellte.

Ein Kadaver tauchte vor ihm auf. Trotz des süßlichen Verwesungsgeruchs ging John darauf zu und musterte den toten Tierkörper, ohne einen Hinweis auf die Todesursache zu finden. Als ein Hustenreiz seine Kehle quälte, ging er schließlich weiter. Vielleicht war das Vieh an dem vergammelten Gras verreckt. Wer konnte das schon wissen?

Sie gingen weiter, bis die Farmgebäude sich aus dem Dunst vor ihnen schälten. John übernahm wieder die Sichtung des Geländes, während die anderen beiden ihn deckten.

Fast wäre er über die Leichen gestolpert, als er nach einer Umrundung der Gebäude den Hof überquerte: eine halb skelettierte Frau und zwei Kinder.

Nachdem John Meldung erstattet hatte, durchsuchten sie die Gebäude nach irgendetwas, das sie nutzen konnten, um eine Verbindung zur Basis herzustellen. Die Funkverbindung zu Stannis und den anderen funktionierte, auch wenn ein leises Rauschen zu hören war.

Neugierig suchte John die anderen Frequenzen ab. Auf einigen Kanälen fand er ebenfalls ein Rauschen. Aber niemand antwortete, als er sich meldete.

»Ich habe ein Radio gefunden!«, rief Harlan aus einem der Nachbarzimmer.

John eilte zu ihm. Das Gerät sah aus wie frisch aus dem Museum. »Bist du sicher, dass das keine Mikrowelle ist?«

»So sicher, wie ich Quarterback war, Mann«, lachte Harlan und legte seinen Arm kumpelhaft über Johns Schultern.

Nach Johns Geschmack suchte Harlan eindeutig zu oft Körperkontakt zu ihm. Trotzdem grinste er pflichtschuldig.

Sie suchten weiter. Aber alles, was sie noch fanden, waren ein weiteres Radio in einem ausgebrannten Fahrzeug und ein Fernseher, der unter einer eingestürzten Wohnzimmerwand lag.

John wollte gerade Meldung erstatten, als das Funkgerät in seinem Helm rauschte. »Vorhut für Stannis. Erreichen Sie in circa fünf Minuten. Verbarrikadieren Sie das Gebäude! Wir haben Feindkontakt!«

Das Farmhaus war die beste vorhandene Option für eine Verteidigungsstellung. Vom Dach, wo Chadim bereits hockte, hatte man eine wunderbare Rundumsicht. Nur die eingestürzte Wand im Wohnzimmer machte John Kopfzerbrechen.

Sein Blick fiel auf den Traktor. »Kannst du das Ding zum Fahren bringen?«

Harlan runzelte die Stirn. »Denke schon.«

»Wenn du den Hänger da vor das Loch stellen würdest und wir ihn umkippen, hätten wir ausreichend Deckung.«

Vom Dach ertönte ein Warnpfiff.

»Das klingt, als hätten wir nicht mehr viel Zeit«, sagte John. »Beeil dich!«

»Alles klar!« Nach einem Schlag auf Johns Schulter eilte Harlan zum Traktor.

»Harl, auf's Dach!«

Harlan hatte den Traktor etwa zwanzig Meter vom Farmhaus entfernt abgestellt. Nun kehrte er mit riesigen Schritten zurück. Hinter ihm waren die Silhouetten von Stannis und den anderen auszumachen.

Plötzlich zerfetzte ein Glutball neben ihnen die Erde.

Vom Dach antwortete eine Salve.

»Hierher!«, schrie John und winkte.

Harlan stürmte an ihm vorbei Richtung Eingangstür.

Da sah John, dass Stannis auf einmal stehen blieb. Der Corporal brüllte irgendetwas, was John nicht verstehen konnte. Zwei der Soldaten drehten sich um, knieten sich nieder und feuerten auf ihre Verfolger.

Drei der anderen rannten weiter auf John zu. Als sie näher kamen, erkannte er, dass es sich um Kim, Ophelia und den

Dicken handelte. Demnach waren es Mirek und Reno, die den Rückzug deckten. Die denkbar schlechteste Wahl. Kim und Ophelia schossen nicht nur besser als Mirek und Reno, sondern waren auch schneller.

»Hierher!«, brüllte John wieder. Mit ein paar langen Sätzen war er am umgestürzten Hänger. Ein Klimmzug, und er war oben. In aller Seelenruhe nahm er den vordersten der Verfolger ins Visier. Das Hämmern des Gewehrs verlieh ihm Sicherheit. Nur einen Moment später erledigte er das nächste Alien.

Reno und Mirek blickten nach hinten; sie schienen die Unterstützung zu bemerken. Ebenso Stannis, der ihnen mit einem Wink bedeutete, sich zurückzuziehen.

Mirek rannte, so schnell er konnte. Reno dagegen blieb einige Male stehen und feuerte nach hinten. John unterstützte ihn, so gut es ging. Vom Dach schossen auch Harlan und Chadim auf die Aliens.

Trotzdem schien es eine Ewigkeit zu dauern, bis Reno das Haus erreichte. Knapp hinter ihm stürmte Stannis durch die Eingangstür und schloss sie.

Ausgesperrt, dachte John, aber damit hatte er gerechnet. Er warf sich das Gewehr auf den Rücken, sprang hoch zum Fensterbrett im ersten Stock, trat die Scheibe ein und warf sich hinein.

Gerade rechtzeitig, ehe ein Glutball den Hänger traf, auf dem er zwei Sekunden zuvor noch gestanden hatte. In diesem Augenblick begriff John, dass sie keine Chance hatten.

Er hörte Stannis brüllen, als er den oberen Absatz der Treppe erreichte. Draußen detonierte eine der Granaten, die John als nette Überraschungen für ungebetene Besucher im Hof versteckt hatte.

»Ophelia!«

Sie stand am Fuße der Treppe. Beim Klang seiner Stimme sah sie hoch. Wortlos winkte er sie zu sich.

Irgendwie schaffte sie es, die Treppe hochzuschleichen, ohne dass es Stannis auffiel. »Noch ein paar letzte Worte?«, fragte sie.

Er lachte tonlos. »Noch nicht. Hoffe ich.«

»Das ist eine verdammte Mausefalle, und das weißt du. Wenn wir kein Taxi kriegen ...«

»Harl hat ein Radio gefunden.« Anstelle einer Erklärung packte er Ophelia am Arm und zog sie ins nächste Zimmer, wo das verstaubte Gerät stand.

»Das ist eine Antiquität, Zach!«

»Betrachte es als Herausforderung.«

Seufzend öffnete Ophelia die Rückwand und sah sich das Innere an.

»Kriegst du's hin?«

»Hör mal, Zach! Ich ...« Sie sah auf. Röte bedeckte ihre Wangen.

»Vergiss, was passiert ist! Kriegst du's hin?«

»Ja, ich denke schon. Aber ich brauche Ersatzteile, Werkzeug ...«

Darauf war er vorbereitet. »Hier!« Er klappte das Tuch auseinander, in dem er mit Harlan alles eingesammelt hatte, was irgendwie zur Reparatur eines Geräts benötigt werden könnte. Ohne ein weiteres Wort bezog er Stellung am Fenster und wartete auf den ersten Gegner, der sich ihm zeigte.

»Verflixt!« Ophelias Stimme klang wenig amüsiert.

John schob das letzte Magazin in sein Gewehr.

Eine Explosion erschütterte das Gebäude. Danach waren im Erdgeschoss Schüsse zu hören.

»Oph, ich ...«

»Ich hab's. Ich hab's!« Durch das Bellen der Schüsse drang ein Rauschen.

Dann ließ eine Rückkopplung im Helmfunk fast Johns Trommelfell platzen. Während er durchs Fenster schoss, riss er den Helm samt Funk herunter. »Scheiße!«

Auf der Treppe waren Schritte zu hören. Jemand schrie. War das Kims Stimme?

Dann schälten sich wie ein Wunder Worte aus dem Rauschen. Sagte da jemand *»Washington«*?

»Negativ!«, schrie Ophelia. »Negativ. Stehen unter starkem Beschuss. Brauchen dringend Luftunterstützung und ein Taxi.«

Wieder das Rauschen. John gab eine Salve auf eines der Aliens ab.

»Corporal Stannis. – Ja, Sir. Aye, Sir.« Nach einer neuerlichen Pause rief sie: »Zach!«

John sah nicht zu ihr, sondern behielt das nächste Alien im Visier. »Ich höre.«

»Die Koordinaten.« Ophelia klang völlig atemlos, so als habe sie einen Marathonlauf hinter sich gebracht.

John wunderte sich über sich selbst, dass er die Koordinaten noch wusste. Akkurat gab er sie an Ophelia weiter, während er schoss.

In diesem Augenblick stürzte Kim ins Zimmer. »Er ist tot.« Der junge Asiate brach in die Knie. »Ich hab ... ich hab ihm die Waffe gegeben ...«

Wovon sprach er? »Ich brauche Munition!«, schrie John.

Schluchzend kroch Kim auf ihn zu und schob ihm ein frisches Magazin zu.

»Sie kommen!«, jubelte Ophelia. »In fünf Minuten sind sie da.«

Nun weinte Kim erst recht.

Putz rieselte von der Decke. Die Detonation ließ das Farmgebäude erbeben.

Hustend zog John den Kopf ein. Dann stürzte eine Schuttlawine durch die Zimmerdecke. Der feine Staub zwang ihn augenblicklich dazu, die Augen zu schließen. Der Helm samt Visier lag irgendwo zu seinen Füßen.

»Raus!« War das Renos Stimme?

Während John versuchte, sich blind zu orientieren, packte jemand seinen Arm. »Oph!« Aus Johns Schrei wurde ein Husten. »Kim!«

»Hier!« Kim schien das Zimmer verlassen zu haben.

Die Hand zerrte an ihm.

»Oph!« Der Hustenreiz sprengte schier seine Lunge. Weiterer Schutt prasselte herab. Ein Ruck am Arm riss ihn gerade noch rechtzeitig in Sicherheit.

»Oph!«

»Hier. Hier bin ich.«

Die Hand zerrte ihn auf den Korridor. Durch den Staub konnte John eine Silhouette erkennen, die am oberen Ende der Treppe stand und nach unten feuerte. Es schien Reno zu sein. Im Türrahmen daneben lud Kim seine Waffe nach.

Durch das Bellen der Schüsse war ein Stöhnen zu hören.

»Ich brauche Hilfe!« Das war Mirek.

Ehe John reagieren konnte, war Kim schon unterwegs.

Dann ein unterdrückter Schmerzensschrei: Er schien von Harlan zu stammen.

»Meldung!«, schrie Stannis von irgendwo.

»Benötige Unterstützung hier oben«, meldete Chadim.

Er klang ganz ruhig. Dann musste es tatsächlich Harlan sein, den Mirek verarztete.

Als Johns Blick sich langsam klärte, konnte er über sich den Balken erkennen, der durch die Erschütterungen des Gebäudes offen gelegt worden war. »Bin unterwegs, Sir!« Im gleichen Moment sprang er hoch und zog sich mit einem Klimmzug hinauf.

»Zach, verdammt!« Ophelia klang wütend. Dann ging ihre Stimme im »Tackatack« einer Salve unter.

John balancierte über den Balken und warf sich auf einen noch sicher aussehenden Teil des Daches, von wo aus Chadim die Aliens auf einer Seite des Gebäudes beharkte. Sofort nahm John die Gegner auf der anderen Seite unter Beschuss.

Nach einer kleinen Weile klickte es nur noch, als John den Abzug betätigte. »Keine Munition mehr«, sagte er. Zu wem, wusste er selbst nicht genau.

Kurz darauf schwieg auch Chadims Waffe.

In der gespenstischen Stille, die folgte, begriff John, dass Chadim die letzte Kugel der Einheit verschossen hatte. Die anderen hatten schon lange nicht mehr gefeuert.

Aus.

Dann war es also so weit. Mit einem tiefen Atemzug lehnte John sich zurück und sah in den Himmel, der blau und wolkenlos auf ihn herabblickte. Es hätte schlimmer sein können. Immerhin hatte Ophelia ihn geküsst.

Seine Augen tränten schon von der Sonne. Als er sich blinzelnd über die Augen wischte, weckte ein kleiner schwarzer

Punkt im Blau des Himmels seine Aufmerksamkeit. Er glaubte, das hohe Summen von Triebwerken zu hören.

Tatsächlich! Da war eine Landefähre im Anflug.

»Sie kommen!«, schrie er.

7. Kapitel

Kaum dass die Landefähre aufsetzte, stolperte John schon mit den anderen nach draußen.

Im Hangar herrschte Chaos. Vielleicht schien es auch nur so, weil er die hier übliche Ordnung nicht kannte.

Menschen rannten und schrien durcheinander. Trupps sammelten sich. Andere eilten im Laufschritt auf einen der Ausgänge zu. Das Licht war zu hell. Die Luft schmeckte nach Öl und Ozon.

Krankenpfleger eilten mit einer Trage auf sie zu. Mirek stand mit Harlan schon bereit und half ihnen, den verletzten Harlan darauf abzulegen. Ehe die Pfleger Harlan abtransportieren konnten, trat John neben ihn und bot ihm seine Hand.

»Halt die Ohren steif, Alter!«

Grinsend schlug Harlan ein. »Immer doch, Mann!«

Als Ophelia sich dazugesellte, zog John sich ein paar Schritte zurück und sah dabei zu, wie sich die anderen von Harlan verabschiedeten.

Da stürzte Kim atemlos zu ihnen. »Habt ihr es schon gehört? Cancer 2.3 ist angegriffen worden.«

»Achtung!«, brüllte Stannis inmitten des aufgebrachten Stimmengewirrs. Breitbeinig baute er sich vor der Landefähre auf. John und die anderen standen sofort stramm und salutierten.

»Rühren!«, bellte Stannis. Wie ein schlecht gelaunter Tiger ging Stannis vor ihrer Reihe auf und ab. Vor Ophelia blieb er stehen. »Gute Arbeit, Garcia! Wir verdanken Ihnen unser Leben.«

»Danke, Sir. Mit Verlaub, Sir, aber das war McCluskys Idee, Sir.« Ophelia schaffte es, die Berichtigung völlig leidenschaftslos von sich zu geben.

»Zur Kenntnis genommen, Garcia.« Brüsk machte Stannis kehrt und steuerte Chadim an. »Chadim, gute Arbeit bei der Errichtung unserer Verteidigungsstellung!«

Chadim straffte sich. »Aye, Sir. Das war McCluskys Verdienst, Sir.«

Stannis' Blick glitt zu John, der es schaffte, unbeeindruckt geradeaus zu schauen. Das Gehörte schmeckte dem Corporal anscheinend nicht. Eine Pause entstand, die umso ungemütlicher wurde, je länger sie andauerte.

Endlich trat Stannis vor John. »McClusky, wer hat die Ursache für die verdorrten Pflanzen gefunden?«

»Ich, Sir.« Es kostete John seine ganze Willenskraft, nicht triumphierend zu grinsen.

»Sie?« Stannis musterte ihn, als sehe er ihn zum ersten Mal.

»Ja, Sir. Aye, Sir.«

In diesem Augenblick trat Hartfield neben den Corporal. Auf seinem Gesicht lag das schiefe, kleine Schmunzeln, das John bereits so gut kannte.

Stannis' Miene hingegen verdüsterte sich. »Gute Arbeit, McClusky. Weitermachen!« Aber John hatte den Eindruck, dass Stannis eigentlich etwas völlig anderes hatte sagen wollen.

»Melden Sie sich morgen um Null Achthundert bei mir, McClusky. Ich will Ihren Bericht aus erster Hand hören«, befahl Hartfield und sagte dann an Stannis gewandt: »Informieren Sie Ihre Männer über den aktuellen Stand der Dinge, Corporal. Und melden Sie sich anschließend bei mir! Sie wissen, warum.« Mit einem Nicken in Richtung John machte Hartfield kehrt und schritt davon.

»Sie haben gehört, was Sergeant Hartfield Ihnen befohlen hat, McClusky!«

»Ja, Sir. Aye, Sir.«

Mit einer scharfen Kehrtwendung baute Stannis sich wieder vor seinem Trupp auf. »Die Kolonie auf Cancer 2.3 wurde angegriffen. Sie haben zehn Tage zur freien Verfügung, bis wir unseren Einsatzort erreichen. Noch Fragen?«

»Nein, Sir. Aye, Sir«, antwortete John mit den anderen im Chor.

»Wegtreten!« Damit waren sie entlassen.

»Und wie kamen Sie darauf, im Boden nach einer Ursache für die abgestorbene Vegetation zu suchen?« Hartfield sah nicht einmal auf, als er John in seinem Arbeitszimmer ausfragte.

John zuckte mit den Schultern. »Instinkt?«

Nun hob Hartfield doch den Kopf. »Dann danken wir Ihrem Instinkt. Das war eine der wichtigsten Entdeckungen, die wir auf Kassiopeia 1.3 gemacht haben.«

»Inwiefern?«

Hartfield hob die Augenbrauen. »Was sagt Ihr Instinkt?«

John musste ungewollt grinsen. »Dass Sie mich aufs Glatteis geführt haben, Sir. Entschuldigung, Sir.« Er räusperte sich. »Also, wenn ich raten soll, würde ich sagen, dass der Feind versucht hat, es sich auf Kassiopeia 1.3 gemütlich zu machen. Äh, wie könnte man das nennen? Terrawandeldingens?«

»*Terraforming*? Interessanter Gedanke. Wie kommen Sie darauf?«

Bat Hartfield ihn jetzt tatsächlich um seine Meinung? John schluckte. »Na ja, überall da, wo das Zeugs im Boden wuchs, ist das Grünzeug eingegangen – und auch das Viehzeug, das dort gelebt hat. Und ich musste husten, dass ich dachte, ich kotz mir die Lunge aus. Entschuldigung, Sir. Jedenfalls waren da auch immer die Drecks-... äh, die Aliens.«

»Wie passt der Wald dazu?«

Unter Hartfields starrem Blick begann John zu schwitzen. War das ein Test, um einmal mehr zu überprüfen, ob er tatsächlich McClusky war? Er zuckte mit den Schultern. »Wald ist anders als Gras. Vielleicht dauert es dort länger. Wir mussten nicht husten, und dort gab es keine Aliens. Nur verkorkstes Grünzeug. Ich würde sagen, dass der Wald noch nicht fertig war.«

Hartfield tippte sinnend mit dem Zeigefinger gegen seine Lippen. »Wie kam es, dass Sie keine Funkverbindung mehr zur Einsatzleitung hatten?«

»Keine Ahnung, Sir. Die Funkverbindung innerhalb des Trupps funktionierte gut. Nur nach draußen ging sie nicht. Ich habe die Frequenzen alle durchprobiert. Nichts als Rauschen. Als ob die Verbindung gestört war. Aber mit technischem Kram kenne ich mich nicht aus, da müssen Sie Oph-... Private Garcia fragen.«

»Diejenige, die den altertümlichen Langwellensender repariert hat, den Sie gefunden haben?«

»Genau, Sir.«

Eine Pause entstand. Schließlich fragte der alte Fuchs: »Wie kommen Sie mit Private Chadim zurecht?«

Alarmiert horchte John auf. Also war Chadim wirklich etwas Besonderes. »Guter Mann. Schweigsam, aber verlässlich.« War er das?

»Keine Animositäten aufgrund seines ethnischen Hintergrunds?«

»Was?«

Hartfield seufzte. »Gab es Streit aufgrund seiner arabischen Wurzeln?«

Woher wusste Hartfield davon? »Er hatte mir mein Bett weggenommen, Sir. Das hatte nichts damit zu tun, dass er ein Kaftanträger ist.«

»Ich danke Ihnen für Ihre ehrlichen Worte. Sie können gehen.«

War seine Antwort jetzt falsch gewesen? Unschlüssig stand John auf.

»Haben Sie noch etwas auf dem Herzen, Private McClusky?« Hartfield sah von seinen Notizen auf.

John wurde heiß. »Äh, ich weiß nicht, ob es noch jemandem aufgefallen ist. Aber die Aliens hier sahen anders aus als die auf Hell's Kitchen.«

»Anders? Wie meinen Sie das?«

»Sie waren kleiner und heller, und ein wenig flinker. Und sie hatten Haarbüschel und waren leichter zu töten.«

In Hartfields Augen glomm ein Funke auf. »Ich danke Ihnen, McClusky. Sie können gehen!«

Krankenbesuche waren nicht wirklich Johns Sache. Aber nachdem alle anderen außer Chadim Harlan besucht hatten, fand auch er den Weg zur Krankenstation.

»Hey, Mann!« Harlan lachte auf, als er ihn sah. »Dass du dich hier blicken lässt!«

Noch überraschter wirkte Ophelia, die auf einem Stuhl neben Harlans Bett hockte.

»War grade in der Nähe.« John grinste. »Da dachte ich mir, ich bring dir den neuesten Klatsch vorbei.«

»Du meinst wegen Cancer 2.3?«

»Jepp. Die haben bereits zwei Schwesterschiffe der *Washington* hingeschickt. Hab ich gehört.«

»Das hat mir Ophelia schon erzählt.«

»Da komme ich wohl zu spät. Hauptsache, du kommst hier bald raus.« Um seine Verlegenheit zu verbergen, stützte John sich auf das Bettende.

»Keine Bange. Der Arzt hat mir versprochen, dass ich rechtzeitig zum Einsatz auf Cancer wieder fit bin. Schien ihm nicht so recht zu sein, aber Stannis hat ihn darauf einen Eid schwören lassen.«

»Er ist und bleibt eben ein Mistkerl!«

Ophelia hüstelte dezent. »Pass auf, was du sagst, Zach!« Dabei warf sie einen vielsagenden Blick auf die Abtrennung aus Stoff.

Unwillkürlich rückte John näher und ließ sich auf Harlans Bettkante nieder. »Hört mal! Ihr kennt euch doch mit Technik aus.« Seine Stimme sank zu einem Flüstern herab. »Wie kann es sein, dass wir zwar untereinander Funkverbindung hatten, aber nicht zur Einsatzleitung?«

Harlan kratzte sich am Kopf. »Kann ein Störsignal sein.«

»Ich habe alle Frequenzen durchprobiert. Nur Rauschen.«

»Rauschen?« Ophelias Augen wurden rund. »Bist du dir sicher?«

»Natürlich!«

»Du meinst wohl weißes Rauschen«, sagte Harlan.

Ophelia schüttelte den Kopf. »Das kann nicht sein. Du musst dich irren, Zach.«

»Hey, ich weiß, was ich gehört habe«, knurrte John.

»Du hast keine Ahnung, was das bedeutet.« Immer noch kopfschüttelnd rieb Ophelia sich die Stirn. »Das kann einfach nicht sein.«

»Okay, klärt ihr mich jetzt endlich auf, was daran so seltsam ist?«

Harlan seufzte. »Wenn uns ein Störsignal daran gehindert

hätte, Kontakt aufzunehmen, hättest du kein weißes Rauschen gehört, sondern ein unverständliches Kauderwelsch. Wenigstens auf den belegten Frequenzen.«

»Geht's ein bisschen genauer?«

»Weißt du, wie das Kommnetz funktioniert?« Stöhnend gab Ophelia sich selbst die Antwort. »Nein, natürlich nicht. Pass auf! Die *Washington* funktioniert für alle Funkverbindungen wie eine riesige Relaisstation. Das heißt, jeder Funkspruch läuft über die *Washington*. Jedenfalls die Fernverbindungen.«

»Also die zwischen einem Trupp und der Einsatzleitung«, fügte Harlan hinzu.

»Aha«, sagte John. »Und?«

»Der Kurzstreckenfunk, also der Funk innerhalb eines Trupps, geht jedoch nicht über die *Washington*. Hast du es jetzt verstanden?«, fragte Ophelia.

»Moment!« John richtete sich auf. »Willst du mir sagen, dass ...«

Ophelia legte die Finger an die Lippen. »Scht!«

Leiser und hinter vorgehaltener Hand fuhr John fort: »Jemand hat unseren Langstreckenfunk sabotiert?«

»So sieht es aus, Mann!«, antwortete Harlan.

Ophelia nickte nur.

Unwillkürlich wurde John sich des Stimmengemurmels auf der Krankenstation bewusst. Schritte näherten sich, gingen vorbei. »Kein Wort. Zu niemandem. Verstanden?«

»Klaro!«

Wieder nickte Ophelia nur.

»Ich frage mich nur, wer so etwas tun sollte«, brummte Harlan. »Erstens braucht er dafür eine ziemlich hohe Autorisierung, und zweitens hätte er uns genauso gut auch gleich erschießen können.«

Ein Schauer rann über Johns Rücken. »Ich hätte da eine Vermutung.«

»Warum macht mich das nicht glücklich«, seufzte Harlan.

»Sei vorsichtig! Bitte!« Ophelia griff nach Johns Hand.

Er grinste breit. »Aber das bin ich doch immer!«

Das war schon der dritte Abend, an dem sie nicht in der Bar auftauchte. So langsam gingen ihm die Optionen aus. Missmutig kippte John den billigen Whisky hinunter.

Wo könnte sie noch stecken? Flugdeck. Da traf er sie tagsüber an – leider so gut wie nie alleine. Immerhin. Einen Versuch war es allemal wert.

Als er vom Barhocker aufstand, bemerkte er, wie betrunken er war. Vielleicht war es keine kluge Idee, in diesem Zustand auf sie zu treffen. Andererseits war es auch eine gute Ausrede, falls es schiefging.

Grinsend torkelte er den Korridor entlang. Flugdeck … Falsch! Treppe abwärts, nicht aufwärts. Er wich gerade noch einem Soldaten aus, der ihm entgegenkam.

Nach einer weiteren falschen Abzweigung sah er endlich den Hinweis »Hangar«. Der Ozongeruch wies ihm ab da den Weg.

Geblendet schloss er die Augen, als er durch das Schott trat.

»Aus dem Weg, Private«, herrschte ihn eine Stimme an.

An die Wand gelehnt, sah er sich um. Sie war nicht da. Eigentlich hatte er auch nicht wirklich damit gerechnet. Mit einem Seufzen drehte er sich um und trat den Rückweg an.

Erneut verlief er sich. Erst als er den Korridor genauer musterte, wurde ihm klar, dass das auf keinen Fall die Mannschaftsunterkünfte waren. Sein Blick fand die Aufschrift »Lieutenant Second Class Gallagher« neben einer Tür. Wie von einer unsichtbaren Schnur gezogen, ging er weiter. Vor der Tür mit dem Namen »Goldblum« blieb er stehen.

Und jetzt? Wollte er etwa anklopfen und nach dem Weg fragen? In diesem Augenblick öffnete sich die Tür.

Das Erste, was er sah, waren ihre roten Locken.

Völlig entgeistert starrte sie ihn an. »Private …?«

»McClusky«, half er nach und verwünschte sich für sein törichtes Grinsen. »Darf ich Sie auf einen Drink einladen?«

»Wie bitte?« Sie trug zwar die Uniformhose, aber keine Jacke. Die weiße Bluse spannte bedenklich über ihren Brüsten.

John ertappte sich dabei, wie er sich in ihrem Ausschnitt verlor. »Um unsere Bekanntschaft zu erneuern. Mir fehlen ein paar Erinnerungen an unser letztes Treffen, und ich wollte sichergehen, dass sie wenigstens Ihnen in angenehmer Erinnerung geblieben sind.«

»Oh, das meinen Sie!« Ein Lächeln zerteilte ihr Gesicht. Mit leicht geöffneten Lippen kam sie einen Schritt näher und berührte seinen Arm.

Johns Kragen wurde zu eng. Die Frau war heiß. »Ich dachte, wir könnten vielleicht an unser letztes Treffen anknüpfen.«

»Dachten Sie?« Lächelnd strich sie über seinen Arm.

»Dachte ich.« Nun rückte er ein wenig näher.

»Und an was dachten Sie noch?«, hauchte sie. Ihre Finger umfassten seine Hand und drückten sie zwischen ihre Beine.

Träumte er? Verdammt, er hatte sie aushorchen wollen, nicht verführen! Aber vielleicht ließ sich ja das Angenehme mit dem Nützlichen verbinden.

»In Ihrem Quartier?« Sacht, aber bestimmt streichelte er

durch den Stoff ihre Scham. Er glaubte, jeden Moment müsse seine Hose platzen.

Statt einer Antwort fasste sie zwischen seine Beine und zog ihn an seiner prall gefüllten Hose in ihr Quartier hinein.

John ließ jegliche Vorsicht fahren, packte Goldblum und drückte gierig seine Lippen auf ihre, obwohl alle Alarmsirenen in ihm schrillten. »Sei vorsichtig!«, glaubte er, Ophelias Stimme zu hören. Als Goldblum ihre Bluse öffnete und seine Hand auf eine ihrer Brüste legte, vergaß er alles. Grob schälte er die Brust aus dem BH und begann, sie zu kneten, während sie seine Hose öffnete und sein pralles Glied befreite.

Weit entfernt meinte er Schritte zu hören.

In diesem Augenblick stieß sie ihn von sich. Eine Ohrfeige traf ihn. »Hilfe! Aufhören! Hilfe!«

Sie taumelte rückwärts, als habe er sie geschlagen und nicht sie ihn. Mit entblößter Brust stürzte sie auf den Gang und lief Gallagher in die Arme. »Jason«, schluchzte sie, »Jason ...« Schluchzend fiel sie Gallagher um den Hals.

John stolperte auf den Gang. Wie vor den Kopf gestoßen, starrte er auf Goldblums Rücken. Seine Wange brannte. Ihre Finger mussten einen gut sichtbaren Abdruck hinterlassen haben. Zu spät wurde er sich seines halb entkleideten Zustands bewusst.

»Geh«, sagte Gallagher mit knirschenden Zähnen, während er Goldblum in ihr Quartier schob.

Mit kleinen Schluchzern ließ sie ihn gewähren und schloss die Tür hinter sich.

John zerrte seine Hose wieder zu. »Dreckschlampe ...«

Gallaghers Faust traf ihn völlig unvorbereitet. Er schmeckte Blut. Dann sah er nur noch rot. Während er rückwärts gegen die Wand taumelte, ballte er schon die Fäuste, um sich zu revanchieren.

»Sei vorsichtig! Bitte!« Ophelias Worte tauchten in seinem Bewusstsein auf und brachten ihn zu Verstand. Wenn Goldblum ihn schon hereingelegt hatte, musste er sich jetzt nicht noch tiefer in die Scheiße reiten.

Er rang nach Atem und öffnete mit aller Willenskraft die Fäuste. Heftig atmend sah er Gallagher an. »Es ist nicht so, wie es aussieht. Das schwöre ich Ihnen, Sir.«

Seltsamerweise glaubte er einen Funken Neugier in Gallaghers Augen aufblitzen zu sehen. »Ich fürchte, das werden Sie jemand anderem erklären müssen.«

3. Intermezzo

»Sir, bei allem Respekt, aber ich würde niemals eine Frau mit Gewalt nehmen. Ich würde überhaupt niemals einer Frau wehtun.«

Hartfield stützte den Kopf auf seine Rechte. Trotz Goldblums Aussage wollte er McClusky gerne Glauben schenken. Nur warum sollte Goldblum den Private in die Pfanne hauen wollen? Hatte er sie abblitzen lassen? Einige Frauen kamen damit nicht klar; und immerhin hatten die beiden bereits vor dem Einsatz auf Kassiopeia in der Bar miteinander getrunken. Wenn er nur wüsste, was vorgefallen war, nachdem die beiden die Bar verlassen hatten!

»Leider will mir kein Grund einfallen, weshalb Lieutenant Goldblum Ihnen eine Klage wegen sexueller Belästigung anhängen will«, sagte er.

McClusky schob trotzig das Kinn vor. »Fragen Sie sich, wer unseren Funkkontakt auf Kassiopeia sabotiert hat, Sir.«

War das ein Ablenkungsmanöver, oder wollte McClusky Goldblums Anklage tatsächlich mit dem Vorfall während des letzten Einsatzes in Verbindung bringen? »Was wollen Sie damit andeuten?«

»Ich kann mir nicht vorstellen, dass unser Funkkontakt ohne Grund ausgefallen ist. Und ich kann mir noch weniger vorstellen, dass das jeder hier auf dem Schiff machen kann, Sir.«

Aus McCluskys Mund den Verdacht zu hören, den er selbst schon seit Tagen hegte, nahm ihm für einen Augenblick den

Wind aus den Segeln. Hartfield hustete trocken. »Ich empfehle Ihnen, diese Gedanken für sich zu behalten. Außer, Sie legen Wert darauf, zusätzlich noch wegen Verleumdung einer Vorgesetzten in die Brigg zu wandern.«

McCluskys Miene wurde zornig. »Ja, Sir. Aye, Sir.«

Müde massierte Hartfield seine Stirn. Er musste McClusky von seinem Verdacht ablenken, damit er nicht auf dumme Gedanken kam. »Ich wollte Sie für eine Beförderung vorschlagen. Aber das wird in Anbetracht der Ereignisse wohl nicht in Frage kommen ...«

Der Schuss saß. »Sir, ich schwöre Ihnen. Sie hat mich ...« – das Blut stieg in McCluskys Wangen – »... verführt.« Er spuckte das letzte Wort geradezu aus, so sehr widerstrebte es ihm, als der Passive dazustehen. »Und wenn ich sie tatsächlich hätte ficken wollen, hätte ich bestimmt nicht nur ihre Möpse befummelt, sondern ihren Hintern blankgelegt und meinen Schwanz von hinten in sie reingeschoben.«

»Vorsicht, McClusky!«

»Ja, Sir. Aye, Sir.« McCluskys Stimme glich dem Knurren eines gereizten Tigers.

Umso mehr glaubte Hartfield ihm. Wenn er nur einen Grund hätte finden können, weshalb Goldblum McClusky ins Messer laufen lassen wollte. Was konnte an dem Gossenjungen so gefährlich sein?

Und wenn es gar nicht um den Gossenjungen ging, sondern um den Mann, der er vorgab zu sein? Wieso war McCluskys Kusine in der Nähe des Rekrutierungsbüros, in dem McClusky angeheuert hatte, von Bandenmitgliedern getötet worden? Was, wenn irgendjemand tatsächlich glaubte, dass der Gossenjunge McClusky war?

Nur, wie steckte Goldblum da mit drin?

»Sir, ich schwöre Ihnen, ich ...«

»Weshalb wurde Ihre Kusine ermordet, McClusky?«

»Sir?«

»Weshalb wurde Ihre Kusine ermordet?« Aufmerksam beobachtete Hartfield McCluskys Reaktion.

Der brauchte mehrere Sekunden, ehe er endlich eine Antwort gab. »Ein dummer Zufall, Sir.« Seine Miene war nicht zu deuten.

»Zufall.« Hartfield seufzte und schürzte die Lippen. »Wenn Sie mir nicht mehr anbieten können, habe ich leider keine andere Wahl, Private. Eine Woche Brigg. Und danken Sie Gott dafür, dass wir uns im Krieg befinden. Sonst wäre die Strafe härter ausgefallen.«

8. Kapitel

Es kostete John seine ganze Willenskraft, sich nicht zu wehren, als er abgeführt wurde. Stattdessen sparte er sich seinen Zorn, um anschließend gegen die Gitterstäbe zu schlagen und zu treten. Er warf sich dagegen, donnerte mit dem Kopf daran, bis sein ganzer Körper schmerzte von den Prellungen, die er sich dabei zuzog. Danach warf er dem Soldaten die Schale mit Essen vor die Füße.

Er hielt nur inne, um Atem zu schöpfen. Dann tat er es wieder, jeden Tag aufs Neue. Nur die Abstände zwischen den Tobsuchtsanfällen wurden größer. Erst am fünften Tag war seine Wut so weit verraucht, dass er halbwegs klar denken konnte; den Rest des Zorns nutzte er, um sich zu Liegestützen und Situps zu motivieren.

Am selben Tag wechselte der Wachdienst. John hörte aus Gesprächsfetzen heraus, dass ein Wachsoldat und ein Haftinsasse von einem gefangenen Soldaten namens Conners schwer verletzt worden waren, als dieser in seiner Zelle Amok lief. Der andere Haftinsasse schwebte anscheinend immer noch in Lebensgefahr.

In diesem Augenblick war John froh darüber, dass Hartfield ihn in Isolationshaft gesteckt hatte.

Sein Instinkt sagte ihm, dass Hartfield ihm glaubte. Mehr noch, dass der Sergeant sich selbst bereits Gedanken darüber gemacht hatte, wie es zu der Funkstörung hatte kommen können. Nur hatte Hartfield anscheinend an andere Gründe geglaubt als er. Aber vielleicht hatte er dem Sergeant nun die richtige Richtung gewiesen. Und er wollte verdammt sein, wenn Hartfield nicht weiter nachforschte.

Der alte Knochen hasste nichts mehr als Geheimnisse, und er hatte einen verdammt guten Riecher. Immerhin war er auch ihm auf die Schliche gekommen. Denn er war sicherlich nicht als McClusky noch im Dienst, weil Hartfield ihm die Lüge abgekauft hatte, sondern weil der ihn für gut genug befunden hatte, um seine Lüge zu ignorieren.

Mehr noch. Der Sergeant hatte beschlossen, ihm den Hals zu retten. John war Hartfield was schuldig. Und er hatte bisher immer seine Schulden bezahlt.

Die Gittertür schwang quietschend auf. »Raus mit Ihnen, Trooper! Melden Sie sich bei Ihrer Einheit, und zwar schnell! Wir befinden uns bereits im Anflug auf Cancer 2.3.« Der Aufseher gab die Tür frei.

John rannte los. Das rote Licht des Feindalarms tauchte die Korridore in gespenstisches Flackern. Ein Trupp Soldaten kam ihm im Laufschritt entgegen. An der nächsten Ecke überholte ihn ein Laufbursche. Überall war ein Gewusel und Gerenne wie in einem aufgestörten Ameisenhaufen.

Als er das Quartier erreichte, trötete bereits der Aufruf für den Start der Landefähren. Das hieß, er hatte nur noch fünf Minuten, um sich im Hangar einzufinden. Zu wenig, um sein Marschgepäck ordentlich zu packen.

Ohne sich umzusehen, riss er hastig seinen Spind auf, um den Combatsuit anzulegen. Während er versuchte, die Gurte durch die Ösen zu fummeln, legte ihm von hinten jemand die Hände auf die Schultern. Er fuhr herum, bereit zuzuschlagen – und sah Ophelia vor sich.

»Lass mich das machen«, sagte sie mit ruhiger Stimme.

Viel zu verdutzt, um zu widersprechen, gehorchte er ihr. Dann bemerkte er, dass Harlan seine Sachen aus dem Spind nahm und sie Kim reichte, der sie im Marschrucksack verstaute. Binnen Sekunden waren die zwei fertig. Im gleichen Augenblick zurrte Ophelia den letzten Gurt zu.

Harlan setzte ihm den Helm auf den Kopf und schlug dagegen. »Auf, Mann!«

»Danke«, würgte er hervor. Warum nur fielen ihm in solchen Situationen nie die richtigen Worte ein?

Mit einem Ruck warf Ophelia ihm den Marschrucksack zu. »Goldblum hat dich ganz schön an den Eiern gekriegt. Wirst du in Zukunft endlich vorsichtiger sein, du Idiot?«

»Darauf kannst du Gift nehmen«, knurrte John. Immerhin, Ophelias Worte bedeuteten, dass sie der Anklage keinen Glauben schenkte. Das war mehr, als er erhofft hatte.

»Zwei Minuten. Los, los, los!« Harlan öffnete die Tür und setzte sich in Trab.

Kim schenkte John noch ein Grinsen und folgte Harlan.

Ophelia und John eilten hinterher. Während sie durch den Gang rannten, flüsterte sie ihm zu: »Kim ist eingeweiht. Er hat ein bisschen im Schiffscomputer herumspioniert. Du wirst nicht glauben, was er gefunden hat.«

Fast wäre John vor Schreck stehen geblieben. »Kim?«

»Ja, Kim.« Ophelia versetzte ihm einen Stoß. »Lauf weiter, verdammt! – Jemand hatte unseren Funkkanal abgeschaltet. Wir waren stumm.«

»Du verarschst mich.«

»Ich wollte, es wäre so!« Ophelias Stimme klang grimmig. »Jemand wollte uns abservieren. Oder dich und uns der Einfachheit halber gleich mit. Und eine Ahnung sagt mir, dass er es wieder versuchen wird. Bis er hat, was er will.«

Sie kamen gerade rechtzeitig zum Appell. Unter Stannis' mürrischem Blick betraten sie die bereitstehende Landefähre. Stannis sprang als Letzter hinein. Dann schloss sich hinter ihm die Tür. John wartete darauf, sich setzen zu können, als sich Stannis direkt hinter ihn stellte.

»Geben Sie mir auch nur den geringsten Anlass, McClusky, und ich brate mir Ihre Eier zum Frühstück. Haben Sie mich verstanden?«

John ballte die Fäuste, und nur ein letzter Funken Vernunft hinderte ihn daran zuzuschlagen. »Ja, Sir.« Er biss sich fast die Zunge ab, um das Schimpfwort hinunterschlucken zu können.

»Ja, Sir?« Stannis' Atem streifte seinen Nacken.

»Ja, Sir. Aye, Sir«, knirschte John.

Statt einer Antwort erhielt er einen Stoß, der ihn in den letzten freien Sitz knallte. Im gleichen Augenblick hob die Fähre ab.

Breitbeinig federte Stannis die Bewegung der Fähre ab. Er grinste herablassend. »Weiche Knie, Soldat?«

Einige Troopers von den anderen Fireteams ihres Squads lachten.

John wünschte Stannis die Pest an den Hals. »Nein, Sir. Nur ungeduldig.«

Pfiffe und Gelächter antworteten. An Stannis' Stirn schwoll eine Ader.

In die aufgeladene Atmosphäre hinein rief Reno: »Hooray!«

»Hooray!«, antwortete es aus vielen Kehlen.

Grinsend begegnete John dem wütenden Blick des Corporals. »Wir reißen den Aliens die Eier ab!«

»Wir stehen unter Beschuss!«

Die Fähre buckelte wie ein bockiges Pferd. Einige hatten ihr letztes Essen bereits in eine Tüte gewürgt.

»Verdammt! Die haben Jäger!« Die Stimme des Piloten klang angestrengt.

Kims Gesicht, der John gegenübersaß, war leichenblass. Selbst Ophelia umklammerte die Armlehnen, obwohl die Sitzbügel sie alle sicher auf ihrem Platz hielten.

Stannis entriegelte seinen Bügel und hangelte sich ins Cockpit. »Bericht, Soldat!«

»Sir, feindliche Jäger greifen die Zivilisten an. Ich versuche, sie von ihnen abzulenken. Befehl des Sergeants.«

Stannis umklammerte die Griffe neben der Tür zum Cockpit so fest, dass seine Knöchel weiß hervortraten. »Landeplatz in Sicht?«

»Ich fürchte nicht, Sir.« Nach einer kleinen Pause setzte der Pilot hinzu: »Es wäre besser, Sie setzen sich wieder, Sir. Könnte etwas holprig werden.«

Noch holpriger?

Ein Schlag ging durch die Fähre, als habe ein riesiger Hammer sie getroffen. Stannis wurde zu Boden geschleudert. Mehrere Schreie gellten durch die Kabine.

Weitere Schläge folgten, während derer Stannis sich darum mühte, wieder auf die Füße zu kommen. Blut tropfte aus seinem Mund. Nahezu gleichzeitig packten John und Chadim ihn und hielten ihn fest, als der nächste Stoß die Fähre schüttelte. Mit einem Ruck riss Stannis sich von ihnen los. Doch dank ihrer Hilfe konnte er nun wieder seinen Platz einnehmen.

»Teamleader Blau für Squadleader.« Hartfields Stimme war im Rauschen kaum zu erkennen. Team Blau waren die Einheiten Alpha, Bravo und Delta.

»Teamleader Blau hört«, antwortete Stannis per Helmfunk. Als ranghöchster Unteroffizier war er Teamleader der drei Einheiten.

»Suchen Sie einen Landeplatz und eskortieren Sie mit Team Blau so viele Zivilisten wie möglich zum Sammelpunkt!«

»Verstanden!« Stannis gab dem Piloten ein Zeichen.

Im gleichen Augenblick machte die Fähre einen Satz, der sie alle in die Sitze presste.

»Ihr habt gehört, was der Sergeant gesagt hat!«, bellte Stannis. »Bereitmachen zum Ausstieg.«

Der Pilot fluchte. Weitere Stöße und Schläge folgten. Dann sackten sie so plötzlich nach unten, dass Johns Magen sich hob.

Jemand schrie.

Wieder das Hüpfen und Ruckeln, das nicht enden wollte. John fragte sich, wann sie endlich den Landeplatz erreichten.

»Verdammt, wie lang dauert das noch?«, bellte Stannis.

»Sir, es tut mir leid. Ich kann nirgendwo einen Landeplatz finden.« Der Pilot klang besorgt.

»Gehen Sie runter! Wir steigen über die Seilwinden raus! Wir brauchen nur zwanzig Sekunden. Schaffen Sie das?«

Kim wurde bei Stannis' Worten noch eine Spur bleicher.

»Ja, Sir.«

Mit grimmiger Miene wandte Stannis sich den Männern in der Fähre zu. »Sie wissen, wie Sie in solchen Situationen handeln müssen. Die Ersten, die unten sind, sichern den Rest. Chadim, McClusky, Sie beginnen! Auf mein Zeichen!«

Ohne dass Stannis ihm den Befehl dazu gab, löste John den Bügel und klinkte sich in das Sicherungsseil an der Kabinendecke ein. Ruhig schulterte er sein Marschgepäck. Während die seitlichen Schiebetüren sich öffneten, nahm er sein Gewehr schussbereit vor die Brust.

Der Fahrtwind riss ihn fast von den Füßen. Das Brausen betäubte seine Ohren. In der Abenddämmerung breiteten sich unter ihm, zwischen einer Hügelkette und einem Fluss, die Häuser einer kleinen Stadt aus. Oder eher das, was von ihr übrig geblieben war. Überall war Mündungsfeuer zu sehen. Eine Menschenmenge drängte sich vor den Trümmern einer Brücke am Rand der Stadt. Ein kleiner Teil davon floh nach Osten parallel des Flusses auf ihren Landeplatz zu. Aber der größte Teil zerstreute sich in Richtung der Hügel auf der anderen Seite der Stadt.

»Jetzt!«, schrie Stannis.

John löste den Arretierungshebel der Seilrolle und sprang in die Tiefe.

Der Boden kam rasend schnell näher. Noch bevor seine Füße den Boden berührten, begann John zu schießen.

Das feindliche Feuer zwang ihn, hinter den Ruinen eines Hauses in Deckung zu gehen, während sich seine Kameraden aus der Fähre warfen. »Hierher!«, schrie er ihnen zu. »Hierher!«

Ophelia eilte sofort zu ihm; ihr folgten Kim und Harlan, danach Reno und Mirek.

Als schließlich auch Chadim zu ihnen rannte, traf ein greller Lichtblitz die Häuser gegenüber. Die Detonation warf Chadim von den Füßen und schleuderte ihn mehrere Meter durch die Luft. Taumelnd rappelte er sich auf und lief weiter.

»Feind auf neun Uhr!«, schrie Stannis. »Einheit Bravo, Abwehrfeuer!«

Die Landefähre stand unter Beschuss. Etliche Männer hingen noch an den Seilen, die hin und her geschleudert wurden.

Ohne nachzudenken, stürmte John los. Schutt rieselte unter seinen Füßen, als er einen kleinen Hügel erklomm, der ein Gebäude gewesen sein mochte. Von dort aus begann er, in Richtung der Mündungsfeuer zu schießen.

Chadim kniete als Erster neben ihm. Wie zwei Teile ein und desselben Uhrwerks wechselten sie sich beim Schießen und Nachladen ab. Der feindliche Beschuss ließ nach, ehe die anderen sie erreichten.

Ein hohes Summen sagte John, dass die Landefähre die Situation genutzt hatte, um sich aus der Gefahrenzone zu begeben. »Rückzug!«, schrie er Chadim zu.

Da bemerkte er aus den Augenwinkeln Mündungsfeuer zur Linken. Instinktiv ließ er sich fallen und riss Chadim mit sich. Sie kugelten in einem Gewirr aus Armen und Beinen den Schuttberg hinab. John schluckte Dreck. Mit einem Niesen sprang er auf.

»Zach!«, schrie eine Stimme. Im Chaos konnte er unmöglich ausmachen, woher sie kam.

»Komm!« Ohne nach unten zu sehen, packte er Chadim am Arm. Seine Finger spürten eine warme Flüssigkeit.

Chadim fluchte.

John ignorierte ihn, packte den größeren, schwereren Mann und lud ihn sich auf den Rücken. Blind feuernd, suchte er Deckung. Er stolperte, fiel hart auf den Boden und rappelte sich wieder hoch. Wie einen Sack zerrte er Chadims Körper hinter sich her, bis sie hinter den Resten einer Mauer Schutz fanden. Völlig außer Atem ließ John sich fallen.

Hustend versuchte Chadim sich aufzurichten.

»Bleib liegen, Mann!«

Überraschenderweise gehorchte Chadim. Schwer atmend wälzte er sich auf die Seite und lud sein Gewehr nach.

»Sanitäter!« John staunte, wie gut seine Stimme es schaffte, den Gefechtslärm zu übertönen.

Als er die Gestalt sah, die sich aus der Deckung gegenüber bewegte, gab er ihr Feuerschutz. Keuchend sprang Mirek zu ihnen und kümmerte sich sofort um Chadim.

»Das ist 'ne beschissene Mausefalle!« John feuerte eine Salve auf ein neu entdecktes Mündungsfeuer auf drei Uhr.

»Wir haben schon zehn Ausfälle«, keuchte Mirek.

»Chadim?«

»Ein Streifschuss am Arm, eine größere Beinverletzung. Der läuft keinen Meter mehr.«

»Die anderen?«

»Stannis ist bewusstlos. Hat ihn schwer erwischt.«

John fluchte. »Einheit Alpha und Delta?«

»Delta ist als Letzte ausgestiegen. Drei tot, der Rest verletzt. Den Corporal von Alpha hat's erwischt, als er Stannis helfen wollte.«

Wenn Mirek recht hatte – wer sollte sie dann hier anführen?

»Mirek, du bleibst hier mit den Verletzten und hältst die Stellung«, sagte John, nachdem sie Chadim zur Ruine geschleppt hatten, die ihnen allen Deckung bot.

»Ich kann schießen«, keuchte Chadim.

»Das hoffe ich doch«, erwiderte John trocken. »Denn jeder der Verletzten, der noch schießen kann, wird die Stellung verteidigen müssen, bis wir zurück sind.« Er wandte sich an die anderen. »Kim, Oph, Flankenschutz! Reno, Harl, Rückendeckung! Der Rest mir nach! Wir machen einen Vorstoß und sammeln ein, was wir können. Viel Glück!«

Dann drehte er sich um und hetzte über die offene Fläche zu einem Schutthaufen, der Deckung versprach. Kim und Ophelia eröffneten sofort das Feuer. Er musste sich nicht umblicken, um zu wissen, dass alle seinen Befehlen folgten.

Von drei Uhr war immer noch Mündungsfeuer zu sehen. Auf zehn Uhr mussten sich die Flüchtlinge nähern, die sie von der Landefähre aus gesehen hatten.

Es war, als könne er mit einem Mal klarer sehen.

»Vorrücken! Rechte Flanke sichern!« Er lief voraus, hetzte einen Schuttberg hinauf, ließ sich auf der anderen Seite hinabrollen. Rannte weiter.

Rechter Hand brannte etwas lichterloh. Schreie waren zu hören.

»Weiter, weiter!«, brüllte John nach hinten.

Er warf sich rechtzeitig in Deckung, als ein Glutball auf ihn zuschoss. Eine Sekunde später ging ein Gebäude in der Nähe in Flammen auf.

»Reno, Granatwerfer! Der Rest, Sperrfeuer!«

Er wartete, bis Renos erster Schuss an einem der Mündungsfeuer der Aliens explodierte, und rannte weiter. In einem Bogen führte er seine Leute auf die Stelle zu, von wo die Schreie zu hören gewesen waren.

Die Schreie vor ihnen wurden lauter. John wollte verdammt sein, wenn sie nicht von Kindern stammten.

Der Gedanke trieb ihn voran. Wie ein Besessener rannte er weiter, rollte über die Kuppe des nächsten Schuttberges und rutschte in einer Geröllawine auf der anderen Seite hinunter. Auf halber Höhe des Hügels kam er zum Stehen.

Vor ihm drängelte sich eine wild zusammengewürfelte Menge von über zweihundert Zivilpersonen. Ein in Flammen stehender, riesiger Gebäudekomplex versperrte ihnen offenbar den Rückweg.

Auf einmal sah er einen Kampfjäger der Aliens auf sie zurasen.

»Reno!« Er schrie so laut, dass er glaubte, seine Stimmbänder müssten bersten.

Eine halbe Sekunde später hörte er das leise Klicken, mit dem Reno den Granatwerfer in Stellung brachte. Ein Zischen folgte.

Ein Schuss. Sie hatten nur einen Schuss.

John hielt den Atem an – bis ein Feuerball den Platz erhellte und brennende Trümmer vom Himmel regneten.

Ein Aufschrei ging durch die Menge.

»Hierher!«, schrie John und winkte. »Hierher!«

9. Kapitel

»Reno, Harl, Führung übernehmen! Rückmarsch!«

Die beiden marschierten los, und die Menge folgte ihnen. John sah in dreckige und rußgeschwärzte Gesichter, die Augen stumpf vor Angst und Schrecken. Zerrissene, blutbesudelte Kleider. Ein Hund kläffte.

Da zerriss ein weiterer Glutball den Boden in der Nähe.

Jemand schrie – und wie auf ein Signal begann die Menge zu rennen.

Ohne zu überlegen ließ sich John den Schuttberg hinabrutschen. Noch in der Bewegung begann er zu feuern und gab mehrere Salven auf das Alien ab, das auf sie zuhielt.

In einem grotesken Wirrwarr aus Armen und zu vielen Beinen überschlug sich das Alien und blieb zu Johns Füßen lieg.

Mit einem Ruck lud John nach. Langsam ging er rückwärts, die Stelle, wo das Alien aufgetaucht war, fest im Blick. Mit halbem Ohr hörte er, wie die Menschenmenge sich hinter ihm entfernte. Nur das Weinen eines Kindes wollte nicht leiser werden.

Als er sich umdrehte, sah er ein Mädchen in einem blauen Kleid. Die dunklen Zöpfe waren voller Staub. Das dreckige Gesicht war tränenüberströmt.

Niemand hatte sich um sie gekümmert. Niemand schien sie zu vermissen.

Er packte sie, lud sie sich auf den linken Arm und ging der Menge hinterher. Immer wieder blickte er sich dabei um. »Scht«, sagte er, »ganz ruhig! Ich beschütz dich!«

Im gleichen Augenblick sah er die Silhouette eines Aliens auftauchen. Er ließ das Mädchen nicht los, packte sie nur umso fester, während er voller Hass Salve auf Salve abgab.

Ein Kreischen ertönte, das ihm die Haare zu Berge stehen ließ. Mit einem kleinen Schluchzer warf das Mädchen die Arme um seinen Hals und barg den Kopf in seiner Halsbeuge.

Das Alien torkelte nach vorn. Er schoss weiter, rammte das nächste Magazin in das Gewehr, schoss wieder.

Ein Glutball löste sich aus dem Arm des Aliens. Dann knickten dessen Beine weg, und der Glutball explodierte wie eine Feuerblume am Himmel.

Die Ärmchen hielten ihn unerbittlich fest, während er der Menge nach hinten sichernd folgte. Ein feuchtheißes Kindergesicht drückte sich an seine Wange.

»Hey«, sagte er leise, »nicht so fest drücken. Du würgst mir ja die Luft ab.«

Sofort lockerte sich die Umarmung ein wenig.

»Wie heißt du? Ich bin John.«

Ein Schniefen war zu hören. »Maggie.«

»Von Margaret? Meine kleine Schwester heißt Eleanor. Na ja, so klein ist sie jetzt nicht mehr. Sie ist auch schon erwachsen.« Sein Blick suchte die Kuppen der umliegenden Schuttberge und die Ruinen ab. Er ahnte, dass der Kampf mit den Aliens hier noch nicht vorbei war.

»Eine neue Verehrerin?« Ophelias Stimme war das Feixen anzuhören.

»Was?« Er warf einen Blick nach hinten. »Nein, das ist Maggie. Maggie, das ist Ophelia. Meine, äh ... Freundin.«

»Hört, hört«, warf Ophelia ein. »Zach, da vorne gibt's Probleme. Die haben uns den Rückweg abgeschnitten.«

»Kann Ophelia dich eine Weile tragen, Maggie?«

Die Kinderarme klammerten sich fester an ihn.

»Okay, anscheinend nicht. Oph, übernimm die Rückendeckung. Ich schau mich vorne um.«

»Pass auf deine kleine Freundin auf!«, sagte Ophelia mit einem Lächeln.

Anscheinend war doch etwas dran, dass Frauen Männer mochten, die mit Kindern umgehen konnten.

»Gut festhalten, Maggie! Ich muss mich ein bisschen beeilen.« Er rannte los. Das Gewicht des Mädchens störte ihn kaum. Auf halbem Wege erkannte er das Problem. Eine Schneise der Verwüstung kreuzte ihren Weg. Die Trümmer dampften noch. Es sah aus, als habe ein Riese mit einer Spitzhacke eine Spur durch die Stadt gezogen. John konnte nur vermuten, dass der vorhin zerstörte Kampfjäger der Aliens dafür verantwortlich war. Auf jeden Fall war mit den Zivilisten dort kein Durchkommen.

Von einem Schutthügel aus sah er sich im Schein der Brandherde, die überall in den Ruinen wüteten, um. Feuchtwarme Kinderhände wühlten in seinem verschwitzten Nacken. Richtung Fluss war das Gelände flacher und die Brände weniger. Einige Lagerhallen versprachen Schutz. John aktivierte den Helmfunk. »Squadleader für Team Blau! Suchen alternativen Sammelpunkt auf. Wiederhole! Suchen alternativen Sammelpunkt auf!«

Es rauschte kurz. »Teamleader Blau für Squadleader. McClusky, sind Sie das?«

»Aye, Sir.« Wortlos nickte John Reno zu und zeigte Richtung Fluss.

»Wo steckt Stannis?«

»Bewusstlos, Sir. Wir haben hier circa zweihundert Zivilisten, die ein Taxi brauchen. Eine riesige Schneise der Verwüstung hindert uns daran, den Sammelpunkt aufzusuchen, wo wir die Verwundeten zurückgelassen haben. Können Sie für deren Evakuierung sorgen?«

»Positiv. Eine Landefähre ist bereits unterwegs. Suchen Sie einen geeigneten Landeplatz und melden Sie sich wieder! Ich werde fünf Taxis für Sie bereitstellen lassen.«

»*Copy! Over and out!*« John deaktivierte den Funk. »Richtung Fluss!«, schrie er. »Die Taxis sind unterwegs.«

John setzte sich an die Spitze der Menschenkolonne und suchte, parallel zum zerstörten Terrain, einen Weg zum Fluss. Die Trümmer strahlten eine große Wärme aus trotz der Kühle der Nacht, und der Schweiß stand ihm auf der Stirn.

»Hast du Durst?«, fragte er Maggie.

Das Mädchen schüttelte den Kopf. »Meine Mama ...«

»Wir finden deine Mama. Versprochen!«

»Meine Mama ist tot«, wisperte sie.

Die Worte jagten einen eiskalten Schauer über Johns Rücken. Er bekam keinen Ton mehr heraus.

»Hast du eine Mama?«, fragte sie nach einer Weile.

Fast wäre John gestolpert. »Klar hab ich eine Mama. Jeder hat eine Mama.«

»Was macht deine Mama?«

»Sie putzt die Wohnung anderer Leute.«

»Und dein Papa?«

»Mein alter Herr?« John schnaubte. Das ging entschieden zu weit! »Der Scheißkerl kann mir gestohlen bleiben.«

»Dein Papa ist böse? Mein Papa ist Feuerwehrmann.«

Sie sagte das so voller Stolz, dass John erst nach einigen

Sekunden begriff, dass ihr Vater sehr wahrscheinlich tot war. »Böse? Na ja, das wäre übertrieben. Aber er ist ein Dieb, und er hat meine Ma geschlagen. Ich bin froh, ihn nicht zu sehen.« Der Scheißkerl hatte im Suff nicht nur Ma grün und blau geschlagen, sondern mit Vorliebe ihn. Das Schicksal hätte besser seinem als Maggies Vater die Aliens auf den Hals hetzen sollen.

Die feuchten Kinderhände streichelten unbeholfen seine Wange. »Armer Johnnie!«

Ein Kloß würgte auf einmal Johns Kehle. »Hey, kein Problem! Der Scheißkerl schmort im Gefängnis, wo er hingehört.«

»Und was macht deine Schwester?«

»Nell?« Himmel, wie sollte er einer Vier- oder Fünfjährigen erklären, was eine Nutte war? »Äh, die hilft Männern, die einsam sind.«

»Das ist lieb.« Maggie kuschelte sich an ihn. »Du bist auch lieb, Johnnie.«

Das hatte noch nie jemand zu ihm gesagt.

Das Gelände wurde flacher. John folgte inzwischen einer breiten Straße, die Richtung Fluss führte. Im Dunkeln konnte er bereits das Glitzern des Wassers sehen. Seit sie am zerstörten Areal entlangmarschierten, waren sie keinen Aliens mehr begegnet. Jede Sekunde, die ohne Angriff verstrich, verstärkte das flaue Gefühl in Johns Eingeweiden.

Mit einem Wink holte er Reno und Harlan an seine Seite. Ein weiteres Handzeichen bedeutete Kim und Ophelia die Flanken und den Rücken zu decken, während er mit Reno und Harlan das vor ihnen liegende Gelände sicherte.

»Willst du sie etwa mitnehmen?«, knurrte Reno mit Blick auf Maggie.

»Ich bleibe bei Johnnie.« Maggie verkroch sich in seinen Armen.

»Da hörst du es. Okay, aber keinen Mucks, Maggie! Verstanden?«

Sie nickte ernst.

»Johnnie?«, fragte Harlan verdutzt.

John ignorierte ihn einfach. »Okay, Harl, du nach rechts. Ich gehe nach links. Reno, du deckst unseren Rücken!«

Mit Maggie auf dem Arm huschte John durch das weitläufige Gelände am Fluss auf eine Lagerhalle zu. Die Feuer in der Stadt erhellten das Gelände nur noch vage, und Holzstapel versperrten ihm teilweise die Sicht. Schließlich fiel sein Blick auf die offene Schiebetür der Lagerhalle.

Irgendetwas stimmte nicht. Er konnte es fühlen.

Er war nur noch wenige Schritte von der Halle entfernt, als er hinter sich ein Geräusch vernahm. Er wirbelte herum. Ein Glutball stieg in den Himmel.

»Feindkontakt!«, gellte Ophelias Stimme über Funk.

Der Glutball schlug knapp hinter der Stellung der Flüchtlinge ein. In der Ferne erblickte John die grotesken Gestalten dreier Aliens.

»Zum Fluss!«, schrie er.

Da explodierte ein weiterer Glutball in Harlans Nähe.

John fluchte. »Reno! Feuer! Kim, Oph – zu mir!«

Weit entfernt hörte er Kim und Ophelia rufen, bis die Kolonne sich wieder in Bewegung setzte, während Reno eine Lenkrakete auf die drei Aliens schoss.

Ein leises Wimmern aus Maggies Kehle ließ John aufhorchen. Die Kinderärmchen pressten sich fest um seinen Hals. Dann hörte er es. Ein leises Klicken, dem ein schmatzendes Geräusch folgte.

Langsam drehte er sich um. Erleuchtet von der berstenden

Lenkrakete, konnte er das Innere der Halle erkennen. Übermannsgroße, bleiche Gespinste reihten sich an der Wand, in deren Innern unförmige Körper zu erahnen waren. Einer der Kokons bewegte sich, platzte auf. Schleim ergoss sich auf den staubigen Boden der Halle, und ein spinnenförmiges Bein stach durch die Öffnung. Als wäre dies ein Zeichen gewesen, begannen weitere Kokons zu pulsieren.

»Zum Fluss!« Mit dem Gewehr im Anschlag versperrte John der heranstürmenden Menschenmenge den Weg in die Halle. Er war froh, dass die Feuerblume der Lenkrakete derweil in sich zusammengebrochen war und die Flüchtlinge das Innere der Halle nicht mehr sehen konnten.

Reno und Harlan eilten zu ihm und halfen ihm dabei, den Strom der Menschen zum Fluss zu lenken.

Trotz des Trappelns der vielen Füße glaubte John, wieder Klick- und Schmatzgeräusche hinter sich zu hören. »Reno, zwei Raketen in die Halle!« Wider Willen drehte er sich um.

Etwas Spinnenförmiges war in der Öffnung zu erkennen. Dann flog die erste Lenkrakete in die Halle hinein. Eine zweite folgte direkt im Anschluss.

Die Detonationen rissen das Wesen in der Öffnung auseinander, tauchten die Halle in blutige Flammen und warfen John von den Füßen. Instinktiv ließ er sich über Maggie fallen, um sie mit seinem Körper zu schützen. Brennende Trümmer und Asche regneten auf ihn nieder. Ein hohes Kreischen war aus der Halle zu hören, das nach wenigen Augenblicken erstarb.

Keuchend richtete John sich wieder auf. Seine Knie waren weich. Mit heiserer Stimme meldete er sich per Funk. »Squadleader für Team Blau. Haben den Fluss erreicht. Wo bleiben die Taxis?«

Johns Fuß versank knöcheltief im Morast. Zu seiner Rechten wiegten sich mannshohe Gräser im Wind.

Sie waren weitergelaufen, bis die Stadt ein gutes Stück hinter ihnen lag. Hier war genug Platz für die Fähren, um zu landen.

»Teamleader Blau für Squadleader. Vier Taxis im Anflug.«

»Squadleader für Team Blau. *Check. Over and out.*«

Erneut donnerten die Abwehrgeschütze, die auf den Hügeln aufgestellt worden waren, um die Kampfjäger der Aliens von ihrem Standort fernzuhalten. Gegen die hell erleuchteten Kuppen der Hügel, wo sich andere Truppen Feuergefechte mit den Aliens lieferten, konnte John die Silhouetten von Reno und Harlan ausmachen, die hinten den Flüchtlingstrupp sicherten.

Als John das hohe Summen von Triebwerken hören konnte, winkte er einen der Männer aus dem Fireteam Alpha zu sich. »Bilden Sie Gruppen und sorgen Sie für einen reibungslosen Ablauf. Vier Taxis sind im Anflug. Kinder, Frauen und Verletzte zuerst.«

Der Mann salutierte und kam unverzüglich dem Befehl nach.

Das Summen kam näher und wurde zunehmend höher und schriller, bis sich ein großes Flugobjekt aus der Dunkelheit schälte und in Johns Nähe aufsetzte.

»Los!«, schrie John über den Lärm der Maschine hinweg.

Halbwegs geordnet stieg die erste Gruppe Flüchtlinge ein. Kaum waren die Luken geschlossen, hob die Landefähre wieder ab, und eine zweite kam herunter.

Schon jetzt konnte John erkennen, dass vier Fähren nicht ausreichen würden, um alle Flüchtlinge aufzunehmen. »Squadleader für Team Blau. Wir brauchen ein fünftes Taxi.«

»Squadleader hört. *Check.* Ich tue, was ich kann.«

Derweil hob die zweite Fähre ab und machte Platz für die dritte. Hastig kletterten die Menschen hinein.

Unter den hinten Stehenden brach langsam Unruhe aus. Erste Rufe wurden laut. »Das reicht nicht!«

»Ruhe, eine fünfte Fähre ist unterwegs!«, schrie John.

Ein paar Männer versuchten, sich noch ins Innere zu drängeln, als sich die Luken bereits zu schließen begannen.

»Zurück!«, brüllte John. Zwei Männer ließen los, einem dritten schlug John das Gewehr in den Rücken. Mit einem Stöhnen sackte der Mann zusammen, und die Fähre hob ab.

»Okay!« John entsicherte hörbar das Gewehr. »Den Nächsten, der sich vordrängelt, erschieße ich eigenhändig.«

Hinter ihm senkte sich die vierte Maschine dem Boden entgegen. Wortlos starrte John über den Lauf seines Gewehrs auf die Flüchtlinge, als sie in die Landefähre eilten. Eine kleine Gruppe blieb zurück. Als die Fähre sich in die Luft erhob, atmete John unwillkürlich auf.

»Feindkontakt«, hörte er Ophelias Stimme per Helmfunk.

»Feuer nur eröffnen, wenn es unumgänglich ist.«

»Verstanden.« Auf Ophelia war Verlass. Sie würde die Flüchtlinge nicht durch einen vorzeitigen Angriff in Panik versetzen.

Ein Summen näherte sich. Die fünfte Fähre. Hartfield hatte Wort gehalten. Eine Last schien von John abzufallen.

»Maggie, du musst jetzt gehen. Hast du verstanden?«

»Ich will aber bei dir bleiben.«

»Wir sehen uns auf dem großen Raumschiff wieder, zu dem dich die Fähre bringt. Versprochen!«

In Johns Helmfunk knackte es. »Teamleader Blau für Squadleader. Geänderte Befehle von Lieutenant Goldblum. Lassen Sie die restlichen Zivilisten zurück, bis eine weitere Fähre frei wird! Team Blau wird hiermit dem Kampf gegen Einheiten der Aliens jenseits der Hügelkette zugeteilt. Taxi Nummer fünf wird Sie an Ihren Einsatzort bringen.«

John verbiss sich einen Fluch. »Negativ! Wir haben Feindkontakt. Ich wiederhole! Negativ.«

»Teamleader Blau für Squadleader. Ihr wurdet dem Kampf jenseits der Hügelkette zugeteilt. Lassen Sie die Zivilisten zurück! Das ist ein Befehl!«

Vor John glitt die Luke der Fähre auf. In der Öffnung erschien die vertraute Gestalt von Mirek. Als er John entdeckte, rannte er auf ihn zu. »Die Verwundeten sind schon auf der *Washington*. Dachte mir, dass ich hier unten vielleicht noch gebraucht werde.«

»Teamleader Blau für Squadleader. Bestätigen Sie!«

»Copy!«, schrie John endlich. *»Over and out.«*

»Was ist los?« Verwundert sah Mirek sich um.

»Feindlicher Angriff!«, gellte Ophelias Stimme per Funk. Im Dunkel der Nacht war Mündungsfeuer zu sehen.

»Los!« John winkte, während er Mirek stehen ließ und auf die Luke zueilte. »In die Fähre! Schneller! Los, los!«

Als wäre ein Damm gebrochen, hastete der Flüchtlingspulk auf die Fähre zu.

»Sie«, schrie John dem Piloten zu, »Befehl von oben! Bringen Sie die Zivilisten zur *Washington*. Wir schlagen uns zu Fuß zum Einsatzort durch.«

»Aye, Sir.«

»Okay, Maggie! Bitte, du musst jetzt gehen! Wir sehen uns wieder. Auf dem Schiff. Versprochen! Der Mann da vorn bringt dich hin.« Mit sanfter Gewalt löste John Maggies Arme.

»Versprochen – und wird nicht gebrochen?«, schniefte Maggie mit Tränen in den Augen.

»Versprochen – und wird nicht gebrochen.« Behutsam setzte John sie im Innern der Fähre ab.

Arme schnappten das Mädchen, als die Luke sich schloss.

John wich zurück, ehe der Luftwirbel der startenden Fähre ihn erfassen konnte. Sein Blick folgte ihrem Flug.

»An alle, hier Einsatzleitung! Angriff auf Hügelstellungen eröffnen!« Die weibliche Stimme aus dem Helmfunk gehörte Goldblum.

Das Wetterleuchten hinter den Hügeln gewann plötzlich an Leuchtkraft. Dann hörten die Abwehrgeschütze, die bisher die Alien-Kampfjäger von ihrem Standort ferngehalten hatten, auf zu feuern, wahrscheinlich damit man sie Richtung Hügelkette schwenken konnte.

Wie gebannt starrte John weiter in den Himmel. Sekundenlang zog die Fähre eine einsame Bahn, dann tauchte eine Gruppe Alien-Kampfjets wie rotglühende Augen am Nachthimmel auf.

Die Fähre hatte nicht die geringste Chance. Binnen eines Atemzugs löste sie sich in einem Regen aus silbernen Funken auf.

10. Kapitel

Der Hass war ein bodenloses schwarzes Loch in seinem Innern. John spürte keinen Schmerz mehr und keine Erschöpfung, das dunkle Brodeln saugte alles auf.

Wie ein Kampfroboter stürmte er auf die Hügelkette zu. Er sah sich nicht um, ob Team Blau hinter ihm war, denn er wusste, dass sie ihm ohne Zögern folgen würden. Niemand würde es wagen, sich ihm zu widersetzen. Nicht jetzt.

Im Helmfunk konnte er den Fortgang der Schlacht jenseits der Hügel verfolgen, wo der Kampf gegen ein paar Aliens wichtiger war als die Rettung von Frauen und Kindern. Wo Maggies Leben für Goldblums Ruhm geopfert worden war.

Er hatte nicht vor, sich zu drücken. Niemals! Er würde den Drecksviechern von Aliens zeigen, dass John Flanagan noch eine Rechnung mit ihnen offen hatte. Danach war Goldblum dran. Denn John ließ keine Rechnung offen.

Die Hügelkuppe kam schneller näher, als er gedacht hatte. Die drei Aliens, die ihren Weg kreuzten, waren nur ein widriges Hindernis, das zügig beseitigt wurde. Team Blau funktionierte reibungslos, wie eine gut geölte Maschine. Ein Wink oder ein Wort genügte, damit sie taten, was er wollte. Es war fast so, als hätte sein Geist sie alle beseelt.

Im Schein von Mündungsfeuer konnte John auf der Kuppe die Silhouetten der Aliens ausmachen. Zwei Handzeichen, und Team Blau teilte sich auf. Die eine Hälfte seines Trupps marschierte mit John direkt auf den Standort der Aliens zu.

Die andere Hälfte schlich sich mit Ophelia an der Spitze von hinten an.

»Angriff!«, brüllte John, als alle auf Position waren.

Dann jagte Salve auf Salve in die Aliens hinein, bis sich keines von ihnen mehr regte.

Am Rande der Kuppe starrte John hinab auf die Schlacht, die in dem Tal tobte. Noch schafften es die Abwehrgeschütze, die Kampfjets der Aliens auf Distanz zu halten. Doch deren kleine Einmanngleiter waren dort unten das eigentliche Problem. Sie verhinderten, dass irgendjemand der Stellung der Aliens auf der anderen Seite des Tals zu nahe kam. John sah, dass Goldblums Truppen schon zur Hälfte aufgerieben worden waren. Lange würden sie nicht mehr standhalten.

Sein Blick fiel auf das Abwehrgeschütz in seiner Nähe, das sie gerade eben vor den Aliens geschützt hatten. »Du da!« Er trat einem der neben dem Geschütz kauernden Soldaten an den Fuß.

»Sir!« Der Mann sprang augenblicklich auf.

»Fahren Sie das Geschütz weiter nach unten!«

Der Mann starrte ihn an, als habe er den Verstand verloren. »Sir, mit Verlaub, das ist ein Boden-Luft-Abwehrge–«

»Ich bin kein Trottel! Tun Sie verdammt noch mal, was ich sage! Sofort!« John fuhr herum. »Harl, Reno, Sperrfeuer! Kim, Oph, Flankendeckung! Mirek, du bleibst hinten und sicherst den Rückweg! Ihr anderen, worauf wartet ihr?«

Niemand wagte zu widersprechen; niemand schien zu bemerken, dass John keine Unteroffiziersstreifen trug. Wortlos begannen die Geschützsoldaten, ihr schwerfälliges Kriegsgerät nach unten zu bewegen. Dabei boten sie ein gutes Ziel.

Es dauerte nicht lange, bis zwei Einmanngleiter der Aliens in weitem Bogen auf sie zuflogen.

»Schneller!«, brüllte John. »Auf die gegenüberliegende Stellung ausrichten! Reno! Mach die zwei Flieger kalt!«

Eine Lenkrakcte war bereits unterwegs. Einer der Einmanngleiter explodierte in einem Feuerregen.

Ehe Reno nachladen konnte, wurde der zweite Gleiter ebenfalls von einer Lenkrakete getroffen. Jemand auf ihrer Seite schien sie unterstützen zu wollen.

»Geschütz drei für Squadleader! Was tun Sie da?«

John grinste. »Squadleader für Team Blau. Erbitte Unterstützung.«

Im Funk herrschte einen Herzschlag lang Stille.

Dann: *»Copy. Over and out.«*

Wenige Momente später erreichte das Abwehrgeschütz eine Position am Hang, von der aus sie die gegnerische Stellung unter Beschuss nehmen konnten.

»Worauf warten Sie?«, fragte John.

Von nun an ging alles ganz schnell. Nach drei Volltreffern gaben die Aliens auf und flohen. Auch ihre Kampfjets und Einmanngleiter zogen sich zurück. Sie hatten gesiegt.

Eine der letzten Landefähren holte Team Blau ab, um sie zur *Washington* zu bringen.

John dachte an den hellen Punkt der Fähre, der am Nachthimmel in einem silbrigen Funkenregen vergangen war. Hatte Goldblum geglaubt, Team Blau befand sich darin, und dann die Abwehrgeschütze kurzzeitig zum Schweigen gebracht, damit er, John, getötet werden konnte? Nein, das konnte nicht sein – so weit würde selbst Goldblum nicht gehen. Aber wenn er doch recht hatte? Wenn das, was der echte McClusky ihm gegeben hatte, so wichtig war, dass Goldblum dafür mordete?

Nein, das war irre. Was konnte an einem blöden Bericht so wichtig sein, dass man ein ganzes Team dafür tötete?

Kim und Mirek hatten darüber gesprochen. Er musste mit ihnen reden. Vielleicht konnten sie ja Licht ins Dunkel bringen.

Die Fähre setzte mit einem sanften Ruck im Hangar auf. John stieg als Erster aus und blinzelte gegen das helle Licht des Hangars. Ihm schwante, dass man ihm und seinem Team Befehlsverweigerung und eine ganze Litanei anderer Ordnungswidrigkeiten vorwerfen konnte. Aber er hatte nicht vor, zuzulassen, dass auch die anderen bestraft wurden.

»Teamleader Blau?«

Als er Hartfields Stimme hörte, wandte er sich ihm zu und salutierte. »Melde mich zur Stelle, Squadleader.«

Eine gefühlte Ewigkeit musterte Hartfield ihn, bis er plötzlich mit diesem schiefen, kleinen Grinsen den Kopf schüttelte. »McClusky!« Mit einem wuchtigen Schlag landete Hartfields Hand auf Johns Schulter. »Großartige Leistung – und das bei Ihrem ersten Kommando! Nur an der Interpretation der Befehle müssen wir noch arbeiten.«

John hatte einen Orden erwartet. Oder einen Tadel. Auf keinen Fall einen ersten Streifen an seiner Uniform.

Hartfield grinste fröhlich. »Private First Class McClusky. Wie fühlt sich das an?«

Ein wenig wunderte John sich, dass Hartfield ihn zur Überbringung der Nachricht in sein winziges Büro bestellt hatte. »Ungewohnt«, antwortete er wahrheitsgetreu.

»Wenn Sie noch ein wenig üben, sind Sie bald Lance Corporal und Führer Ihrer Einheit. Wie schmeckt Ihnen das?«

Die Frage war, wie Stannis das schmecken würde. »Ich werde mich an den Geschmack gewöhnen, Sir.« Es war leicht für ihn gewesen, das Team zu führen. Fast ein wenig zu leicht. Aber das behielt er lieber für sich, bevor Hartfield ihn für größenwahnsinnig hielt.

»Wie würde sich der neue Rang mit Ihrem richtigen Namen anhören?«

»Mein Name ist Zacharias McClusky, Sir.«

»Ich ahnte, dass Sie das sagen würden.« Seufzend lehnte Hartfield sich auf seinem Stuhl zurück. »Übrigens, die Einsatzleitung ging davon aus, dass Sie sich mit Team Blau in der zerstörten Fähre befanden. Gut, dass sie sich geirrt hat. Ich frage mich nur, wie es dazu kommen konnte.«

»War es auch die Einsatzleitung, die auf Kassiopeia unsere Funkverbindung unterbrochen hat?«

Hartfield stutzte. »Vom Prinzip her haben Sie recht. Nur die Einsatzleitung wäre in der Lage, die Verbindung zur *Washington* zu kappen. Aber warum sollte sie das tun? Es kann sich nur um eine technische Fehlfunktion gehandelt haben. Was jedoch beim letzten Einsatz ganz sicher nicht vorlag. Ich meine mich ganz genau daran erinnern zu können, dass Sie meinen Befehl bestätigt haben.«

»Aye, Sir. Sie sagten, Team Blau sei zur Unterstützung des Kampfs jenseits der Hügelkette eingeteilt worden. Ich kann mich nicht daran erinnern, dass uns befohlen wurde, unseren Einsatzort nicht zu Fuß zu erreichen.«

»Aha! Verstehe! Zum Glück, kann ich nur sagen. Ich hätte Sie ungern verloren, McClusky.« Hartfield lächelte.

»Danke, Sir.« An seiner Stelle war Maggie gestorben. »Wird es eine Gedenkfeier für die toten Zivilisten geben?«

»Ich denke schon. Kannten sie jemanden davon?«

»Ein Mädchen.« Johns Stimme war auf einmal heiser. »Sie hieß Maggie.«

Da war sie. So wie er es erwartet hatte.

Ein Wink genügte, damit die anderen ihre Positionen einnahmen und den Korridor zu beiden Seiten abriegelten. John hatte nicht vor, den gleichen Fehler zweimal zu begehen.

Mit langen Schritten holte er auf und packte Goldblum an der Schulter. »Auf ein Wort!«

Wie von einer Tarantel gestochen fuhr sie herum. »Sie!«

»Lassen Sie Ihre Bluse geschlossen! Das wird dieses Mal nicht funktionieren.«

»Glauben Sie!« Sie funkelte ihn an.

»Ich bin nicht allein. Notfalls wird meine gesamte Einheit schwören, dass sie sich mir an den Hals geworfen haben. Frustrierte Frauen sind unberechenbar. Das wissen wir ja beide zur Genüge!«

»Sie ... Mistkerl!« Ihre gekrümmten Finger zuckten auf ihn zu.

Nahezu entspannt fing er ihre Hand auf. »Sie können gerne mein Gesicht zerkratzen, wenn Sie sich zum Gespött des ganzen Schiffes machen wollen.«

»Niemand wird Ihnen glauben! Ich bin ein Offizier!« Sie spuckte ihn an und befreite mit einem Ruck ihre Hand.

John deutete auf den Helmfunk, der an seinem Uniformkragen festgeklemmt war. »Ich frage mich, wem man Glauben schenkt, wenn ich den hier anstelle. Aber lassen wir die Spielchen! Wenn noch eine Person meinetwegen stirbt, werde ich Ihnen höchstpersönlich in einer dunklen Ecke die Kehle zudrücken – nachdem ich Ihren knochigen Hintern blutig gefickt habe. Danach schneide ich Ihren Kadaver in Scheibchen und entsorge ihn im Klo. Ich wette, dass niemand Ihnen eine einzige Träne nachweinen wird.«

Abscheu und Entsetzen stritten in ihrer Miene um die Vorherrschaft. Sie schien wie gelähmt.

John genoss jede Sekunde, in der er sie so hilflos sah.

»Das ... Sie ... Schwein! Schwein!«

»Sie haben meine Warnung gehört. Es gibt nur diese eine. Denn ich freue mich schon jetzt darauf, meine Drohung in die Tat umzusetzen. Einen schönen Tag noch, Lieutenant.« Ohne ein weiteres Wort kehrte er ihr den Rücken zu.

Feiern waren nicht nach Johns Geschmack. Die meisten Leute lachten dabei zu viel und zu unecht. Es wurden zu viele Schultern geklopft – und meistens die falschen. Dass er heute derjenige war, dem die Feier galt, machte dabei keinen Unterschied. Er floh, so schnell er konnte.

Erst auf dem Korridor, der zu ihrem Quartier führte, fühlte er sich wohler. Mit einem Seufzen stieß er die Tür auf. Dunkelheit empfing ihn. Er lehnte die Tür hinter sich nur an, sodass noch ein schmaler Streifen Helligkeit vom Korridor hereindringen konnte. Dankbar um die Stille lehnte er sich an die Wand und schloss die Augen.

Plötzlich ein Rascheln ... Goldblum, das Miststück, war sein erster Gedanke. Blitzartig packte er die Gestalt am Kragen, die auf dem unteren Bett neben der Tür saß.

Ein erschrockenes Keuchen antwortete.

Als John das Gesicht im Halbdunkel erkannte, ließ er sofort los. »Kim? Was machst du denn hier?«

Kim schniefte leise. »Nichts.«

»Falsche Antwort.« Mit einem Seufzen ließ sich John neben ihm aufs Bett fallen. »Du hättest mich fragen müssen, was ich hier mache.«

»Was machst du hier?«

»Versuchen, alleine zu sein. So wie du?«

Schweigen. »Stimmt«, sagte Kim endlich. »Und warum willst du alleine sein? Ich meine – du bist der Held und so. Du bist befördert worden. Aber ich ...«

»Du? Du bist der beste Schütze unserer Einheit. Also, was ist los?«

»Ich bin schuld. Dass er sich umgebracht hat.«

»Wer?« Im nächsten Moment dämmerte John, von wem Kim sprach. »Der dicke Tankwart?«

»Ich ... ich habe ihm meine Pistole gegeben. Damit er sich verteidigen kann. Und ...« Kim schluckte.

»Und?«

»Als sie gekommen sind, hat er sich den Lauf in den Mund gesteckt und abgedrückt. Einfach so. Genauso gut hätte ich selber abdrücken können.« Kaum hörbar setzte er hinzu: »Ich weiß nicht einmal, wie er hieß.«

John atmete schwer, bevor er schließlich antwortete: »Die Kleine, das Mädchen mit dem blauen Kleid ... Sie hieß Maggie. Ich habe sie in die Fähre gesetzt, die abgeschossen wurde. Gegen Hartfields Befehl. Bin ich deswegen schuld an ihrem Tod? Hmm. Kannst du mir das sagen?« Verdammt, weshalb war seine Stimme so belegt?

»Nein, natürlich nicht.« Kim klang ehrlich betroffen.

»Und wieso glaubst du dann, dass du schuld bist?«

Stille füllte den Raum.

Nach einer Weile räusperte Kim sich. »Ich glaube, du hast recht.«

»Ich habe meistens recht.«

»Hat dir schon mal jemand gesagt, dass du ein ganz furchtbarer Angeber bist?«

»Das hör ich andauernd.«

»Zach?«

John ahnte, dass Kim ihn gleich um etwas bitten würde. »Keine Angst, ich erzähl's nicht weiter.«

»Darum geht es nicht. Es ... es gibt da ein Ritual bei uns zu Hause. Würdest du es mit mir ... Es würde vielleicht helfen ...«

»Müssen wir uns jetzt an den Händen halten?«, frotzelte John.

Aber Kim holte nur wortlos zwei Kerzen aus seinem Spind und führte ihn zu einem Bullauge ins Heck der *Washington*. John wunderte sich über dieses merkwürdige Fenster hier. Aber angesichts des Blicks auf die Weite des Alls und die glitzernden Sterne vergaß er seine Witzeleien.

Stumm setzten sie sich einander gegenüber, John im Schneidersitz, Kim auf den Hacken.

»Hier«, sagte Kim und reichte John eine der beiden Kerzen. Dann fummelte er ein Feuerzeug aus der Hosentasche. Erst beim dritten Versuch schaffte er es, die Kerze anzuzünden. So sehr zitterten seine Hände.

John brauchte nur einen Versuch. »Und jetzt?«, fragte er.

Nachdem Kim das Feuerzeug eingesteckt hatte, nahm er behutsam die Kerze auf. »Jetzt gedenken wir ihrer.« Im Schein der Kerze wirkte Kims Gesicht mit einem Mal völlig entspannt und gelöst. »Und verzeihen uns.«

Johns Blick irrte zur Kerze, die nun vor ihm auf dem Boden stand. Das Bild eines Mädchens tanzte in der Flamme. Es war sicherlich eine schlechte Idee, den Moment durch eine dumme Bemerkung zu stören. Er hatte das Gefühl, dass er dadurch nur ihr Andenken schmälern würde. Angesichts des dicken, schwitzenden Tankwarts, dessen Kim gedenken wollte, störte ihn der Gedanke, ihr nicht die gleiche Achtung zu zollen.

Endlich nahm er die Kerze auf. Verzweifelt suchte er nach Witzen, aber alles, was ihm einfiel, waren die klebrigen Kinderhände, die seinen Nacken gestreichelt hatten. Seine Augen brannten, als habe er Säure hineinbekommen. »Scheiße«, krächzte er.

Mit einem Lächeln blies Kim seine Kerze aus. Wortlos stand er auf und ging.

Es dauerte lange, bis John ihm folgte.

Epilog

Im Schein der Schreibtischlampe breitete Hartfield die Akten vor sich aus. Ganz links lag die von Gen alias Amr Chadim, rechts daneben die von Zacharias McClusky, darunter die von Clarice Sheldon. Ganz rechts war eine vierte Akte. Es hatte Hartfield einige Mühe gekostet, an sie zu gelangen. Auf der Frontseite stand »Elizabeth Goldblum«.

Er hatte geglaubt, Goldblum zu kennen, aber ihre Akte hatte ihn eines Besseren belehrt – auch wenn er nicht mehr hatte herauslesen können, als dass Goldblum krankhaft ehrgeizig war und Beziehungen bis in den Kongress hatte. Es würde ihn nicht wundern, wenn sie ihre eigene Mutter an den Feind verriet, um befördert zu werden. Ein Mann wie McClusky bedeutete für sie nichts.

Die Akten von Gen und McClusky kannte er inzwischen nahezu auswendig. Die von Clarice Sheldon dagegen hatte noch einige Überraschungen für ihn bereitgehalten. Dass Clarice, wie ihr Mann Richard, Mitglied des Explorationsteams im Kassiopeia-Sektor gewesen war, hatte er bereits gewusst. Ebenso, dass die beiden vor einigen Monaten für einigen Aufruhr gesorgt hatten – wegen der Behauptung, die Regierung der Vereinten Nationen hätte der Öffentlichkeit wissentlich Informationen vorenthalten, um die Kolonisation im Kassiopeia-Sektor voranzutreiben. Bis Richard Sheldon bei einem Autounfall verstarb. Kurz darauf war Clarice Sheldon in den Slums Opfer einer Bandenschießerei geworden.

Hartfield wollte verdammt sein, wenn das ein Zufall war.

Neu für ihn waren die Informationen aus der Mordakte, die er sich endlich hatte beschaffen können. Eines der Bandenmitglieder, die man verhaftet und dann aus Mangel an Beweisen wieder freigelassen hatte, hieß Said. Das Bild zeigte, dass er arabischer Herkunft war. Es gab Vermutungen, dass er Handlanger eines gewissen Aziz war; und der wurde verdächtigt, ein Mitglied des Dschihad zu sein.

Denselben Namen hatte er auch in Amr Chadims Akte finden können. War das die Verbindung, nach der er suchte?

Mit gerunzelter Stirn klappte Hartfield die Akte von Clarice Sheldon auf und begann darin zu blättern. Nach einer kleinen Weile fand er Bilder der Getöteten. Clarice Sheldon, Kopfschuss. Ein Reporter des *Claredon*, Walter Hessler war sein Name, ebenfalls Kopfschuss. Drei namentlich nicht identifizierte Bandenmitglieder. Zwei davon hatten arabische Wurzeln. Sie wiesen Einschusslöcher in der Brust auf, einer der beiden auch im Unterleib.

Das dritte Bandenmitglied hatte einen Kopfschuss. Das Opfer war blond, männlich, Mitte zwanzig und gutaussehend. Hartfield zog seine unterste Schreibtischschublade auf und klappte ein Jahrbuch der Harvarduniversität auf. Der Absolvent mit dem Namen Zacharias McClusky sah dem Opfer verdammt ähnlich. Das also war der echte McClusky gewesen.

Sinnend massierte Hartfield seine Stirn. Wenn Clarice Sheldon zusammen mit ihrem Cousin Zacharias McClusky und einem Reporter des *Claredon* in den Slums getötet worden war, drängten sich ihm etliche Fragen auf.

Wieso waren die drei durch einen Kopfschuss getötet worden, wenn sie angeblich Opfer einer Bandenschießerei geworden waren?

Was suchten ein Reporter des *Claredon* und ein Mitglied des Explorationsteams, das behauptet hatte, der Senat habe den Kassiopeia-Sektor voreilig zur Kolonisation freigegeben, in den Slums?

Und die allerwichtigste Frage lautete: Wieso versuchte Goldblum, den falschen McClusky zu eliminieren? Dass dem so war, daran hatte er inzwischen keine Zweifel mehr.

Die Frequenz von Team Bravo war auf Kassiopeia 1.3 mit Autorisation der Einsatzleitung verstellt worden. Was den sicheren Tod von Team Bravo bedeutet hätte, wenn es nicht so erfinderisch gewesen wäre. Dass die Abwehrgeschütze bei der letzten Mission zu früh abgezogen worden waren, konnte er auch nicht mehr länger als Zufall abtun. Zu allem Überfluss hatte Doktor Donaghue ihm gemeldet, vor dem Einsatz auf Kassiopeia in McCluskys Blut Spuren einer Wahrheits- oder Gefügsamkeitsdroge gefunden zu haben. Und das, nachdem McClusky mit Goldblum in der Bar gesehen worden war. In der gleichen Nacht war eine Mannluftschleuse aktiviert und im letzten Moment gestoppt worden. Auch das passte zu gut zusammen, um ein Zufall zu sein. Und hätte er keine Isolationshaft über McClusky verhängt, dann hätte man ihn in eine Zelle mit dem irren Schlächter Conners gesteckt, der an einem der folgenden Tage Amok gelaufen war und sich selbst sowie zwei Wachsoldaten schwer verletzt hatte. Auch da waren Drogen im Spiel gewesen, an die Conners unmöglich hatte herankommen können.

Das machte in der Summe vier gut getarnte Mordanschläge auf McClusky. Wäre der Junge der echte McClusky gewesen, wäre die Sache einfach gewesen. Goldblums Beziehungen in den Kongress genügten Hartfield, um hier ein Komplott auf höchster Ebene zu vermuten. Doch was konnte der falsche McClusky wissen, was so wichtig war, dass der Kongress ihn töten lassen wollte?

Es gab zwei Möglichkeiten. Entweder hielt Goldblum den

neuen Private First Class für den echten McClusky, oder der falsche McClusky wusste mehr von der Sheldon-Sache, als gut für ihn war. Hartfield klappte das Jahrbuch zu. Grund genug, auf McClusky aufzupassen. Wenn es stimmte, was er sich zusammenrcimte, dann war hier eine Riesenschweinerei im Gange, und er würde nicht zulassen, dass einer seiner Männer dafür geopfert wurde.

Schon gar nicht McClusky.

SPACE TROOPERS

Folge 3

DIE BRUT

Prolog

Wie zufällig setzte sich der Mann mit den grauen Haaren zu der anderen Person im schwarzen Anzug auf die Bank.

Vögel sangen in einem der Bäume. Im Laub hinter der Bank raschelte es. Der idyllische Blick über die Wiese mit den hohen Bäumen ließ einen fast vergessen, dass man nicht in der freien Natur war, sondern im Central Park, dessen riesige Kuppel die verpestete Luft draußen hielt. Der Central Park war einer der wenigen Zufluchtsorte für Pflanzen und Tiere geworden, die es auf der Erde noch gab.

Am überraschendsten war jedoch, dass jeder Zutritt hatte. Kostenlos. Für einen ganzen Tag im Monat. Ausgenommen natürlich Obdachlose.

»Gibt es Neuigkeiten?«, fragte der Grauhaarige.

»Der Tote aus den Slums ist Zacharias McClusky. Die DNA-Analyse war eindeutig.«

Ein Fluch entwich dem Grauhaarigen. »Und wer ist dann der Mann, der sich am gleichen Tag bei der Army gemeldet hat?«

»Das wissen wir noch nicht. Fakt ist, dass er McCluskys ID-Karte gestohlen hat und sogar schlau genug war, sich Blut von McClusky zu verschaffen, um durch die Anmeldeformalitäten zu gelangen. Das sieht nach wohlüberlegter Planung aus. Wer auch immer er ist – der Mann ist nicht dumm.«

»Ein Reporter?«

»Möglicherweise. Nachdem wir am Tatort keinerlei Unterlagen über die Ergebnisse des Explorationsteams um das Ehepaar Sheldon finden konnten, müssen wir davon ausgehen, dass der Unbekannte sie an sich genommen hat. Das würde für einen Reporter sprechen.«

»Oder für jemanden, der durch sein Wissen Geld machen will.«

»Das ist richtig, Sir.«

Eine Pause entstand, in der ein schwarzer Vogel aus dem schützenden Versteck hüpfte und die beiden Männer argwöhnisch beäugte.

»Eliminieren Sie ihn«, befahl der Grauhaarige.

»Wir haben bereits jemanden auf ihn angesetzt, Sir.«

»Vergewissern Sie sich, dass Sie keinerlei Spuren hinterlassen!« Der Grauhaarige stand auf und richtete seinen Anzug.

»Selbstverständlich, Sir. Niemand wird seinen Tod zu uns zurückverfolgen können.«

»Ich meinte damit Spuren jeglicher Form. Seien es nun Datenmaterial oder weitere Zeugen.«

1. Kapitel

Als John auf sein Quartier zuging, sah er eine Gestalt vor dem Eingang stehen, die auf irgendetwas oder irgendjemanden zu warten schien. Von der Statur her konnte es nur Chadim sein: einer der Menschen, mit denen John im Moment am wenigsten reden mochte. Eigentlich mochte John im Moment mit überhaupt niemandem reden. In seinem Kopf tanzte noch das Mädchen im blauen Kleid in einer Kerzenflamme. Die Erinnerung war zu zerbrechlich, als dass er sie mit einem Streit oder dummen Witzeleien stören wollte.

Einen Moment lang war er versucht, einfach umzukehren, um durch das Bullauge, das Kim ihm gezeigt hatte, in die Weite des Alls zu blicken. Da drehte Chadim sich zu ihm um und machte eine heimliche Flucht unmöglich. Niemals würde John sich dem Kaftanträger gegenüber die Blöße geben und einer Konfrontation mit ihm aus dem Wege gehen.

Herausfordernd schob John sein Kinn vor und straffte seine Schultern, während er mit raumgreifenden Schritten auf Chadim zuging. Einen Schritt von ihm entfernt blieb er breitbeinig stehen. Ein wenig wunderte er sich darüber, wie schnell Chadim von den Ärzten entlassen worden war. »Was gibt's?«

Mit regloser Miene bot Chadim ihm seine Rechte an.

Die Geste brachte John völlig aus dem Konzept. Er begriff, dass seine Miene wenig geistreich sein musste, während er erst Chadims Hand und danach das Gesicht des Arabers anstarrte.

»Danke«, sagte Chadim.

»Du verarschst mich, oder?«

Als sei er zur Statue erstarrt, bot Chadim ihm weiterhin die Hand an. »Du hast mir das Leben gerettet, und ich möchte dir dafür danken.«

Das war ein durchaus legitimes Anliegen. Trotzdem behagte der Gedanke John nicht. Egal, wie sehr er grübelte, er konnte sich nicht daran erinnern, wann ihm das letzte Mal jemand gedankt hatte. »Du musst dich nicht für ein Versehen bedanken. Kommt bestimmt nicht wieder vor.« Mit diesen Worten wollte er sich sowohl Chadim als auch die peinliche Situation vom Hals schaffen.

Doch er hatte nicht mit Chadims Hartnäckigkeit gerechnet. Unbeeindruckt verstellte er John den Weg zur Tür und streckte ihm die offene Rechte entgegen. »Es war kein Versehen. Du hast dein Leben riskiert, um meines zu retten. Bitte erlaube mir, dir dafür meine Dankbarkeit auszudrücken!«

Sekundenlang starrte John auf die Hand, bevor er aufblickte und in Chadims Gesicht nach irgendwelchen Anzeichen für eine Provokation oder Drohung suchte. Doch das dunkle Gesicht war ernst und ruhig.

Allein Chadims Beharrlichkeit genügte, um Johns Blut zu erhitzen. Es macht ihn wütend, dass er wohl oder übel einschlagen musste, wenn er sich nicht eine Blöße geben wollte. Unwillkürlich spannte John die Kiefermuskeln an, ehe er endlich in die dargebotene Hand einschlug.

Chadims Hand war hart und warm zugleich, sein Griff fest und ruhig.

»Glaub nicht, dass wir jetzt Freunde sind«, knurrte John.

»Dann erinnere dich künftig daran, dass wir keine Feinde sind!«

Mit einem Ruck zog John seine Hand zurück. »Beweis es mir!«

»Ich bemühe mich darum.« Immer noch war kein Zeichen von Zorn oder Ärger in Chadims Miene zu erkennen.

»Na, dann pass auf, dass du dich nicht zu sehr bemühst. Der Schuss könnte nach hinten losgehen.« Damit drängte John sich an Chadim vorbei ins Quartier und knallte ihm die Tür vor der Nase zu.

»*Wo* wollt ihr hin?« John glaubte, sich verhört zu haben.

Kim drehte sich in der Tür um. »Stannis besuchen«, erwiderte er.

Hinter Kim erblickte John Harlan, Reno, Mirek und Ophelia im Korridor. Letztere beugte sich in die Türöffnung.

»Worauf wartest du, Soldat? Beweg deinen kleinen Hintern!« Grinsend zwinkerte sie ihm zu.

»Das ist nicht euer Ernst! Oder? Der Kerl hätte uns ein paarmal fast verheizt. Und ihr wollt ihn auf der Krankenstation besuchen?«

»Egal, was du von ihm hältst, er ist unser Corporal. Gib dir 'nen Ruck, Zachie-Boy!« Ophelias blendend weißes Lachen wirkte sehr überzeugend.

Kopfschüttelnd rieb sich John den Nacken. Das Weib kriegte ihn immer wieder an den Haken. »Na schön, Ophie-Babe! Aber sag mir einen einzigen guten Grund!« Er machte einen Schritt auf die Tür zu.

»Weil wir alle mitgehen?«, schlug Kim vor.

Ophelia zog eine Schnute. »Weil du ein sturer Mistbock bist und nicht willst, dass ich dir heute Nacht die Decke klaue?«

In diesem Augenblick schob sich von außen Chadims dunkle Gestalt in den Türrahmen. »Weil es unsere Pflicht ist, Trooper.«

Der Zorn kochte so schnell in John hoch, dass er sich dessen erst bewusst wurde, als er auf Chadim zuschoss und ihm fast an die Kehle gegangen wäre. Gerade noch rechtzeitig trat Ophelia dazwischen und legte die Arme um John.

»Halt dein dummes Maul!«, fauchte er.

»Zach! Zach, beruhige dich«, mahnte Ophelia.

»Zach«, bat auch Kim hinter ihm.

Ophelias dunkle Augen waren ganz nah. »Bitte, Zach!«, flüsterte sie, »tu das nicht! Er meint es nicht so.«

John hätte sein Leben darauf verwettet, dass Chadim es sehr wohl so gemeint hatte – dass er John vorwarf, seiner Pflicht nicht nachzukommen. Mit einem Ruck befreite er sich aus Ophelias Griff. »Du kannst ihm sagen, dass ich meine Pflichten ziemlich gut kenne. Und Krankenbesuche gehören nicht dazu.«

Sichtlich genervt schlug Reno gegen die Korridorwand. »Verdammt! Musst du Armleuchter aus jedem Furz einen Staatsakt machen? Es ist doch scheißegal, was der Mullah sagt. Das Team will Stannis besuchen. Gehörst du jetzt dazu oder nicht?«

»Phil«, flehte Ophelia und verdrehte die Augen.

Auch wenn Renos Worte John auf die Palme brachten, war ihm beim Anblick von Ophelias Miene klar, dass Reno recht hatte. Wenn er jetzt aus Zorn über Chadims Worte nicht mitkam, wäre er wieder einmal nicht Teil des Teams.

Schon wieder zwang ihn Chadim zu etwas. »Schön, du hast gewonnen!« Zornig wollte er sich an Ophelia vorbeidrängen.

Doch die nutzte die Gelegenheit, um sich bei ihm einzuhaken. Mit einem spöttischen Grinsen tätschelte sie seine Hand. »Darf ich bitten?«

»Solange ich nicht mit dir tanzen muss.«

Reno klatschte mit einem zufriedenen »Na also!« an die Wand und setzte sich in Bewegung. Die anderen folgten ihm. John konnte genau erkennen, wie Mirek und Harlan sich dabei bemühten, stets zwischen ihm und Chadim zu gehen.

Ophelia lächelte verschmitzt. »Auf das Tanzen komme ich später zurück.«

»Nur über meine Leiche!« Aber der Zorn verdampfte bereits unter ihrem Blick.

»Gute Besserung, Sir!« Wider Erwarten schaffte John es, die Worte über seine Lippen zu zwingen.

Stannis' Kopf und Brust waren dick bandagiert. In seiner linken Armbeuge endete ein Tropf, der über seinem Bett hing. Eine andere Kanüle kam unter der Decke hervor und mündete in einem Plastikbehälter, in dem sich eine gelbe Flüssigkeit sammelte. Das vernarbte Gesicht des Corporals war bleich und eingefallen. Mit blutunterlaufenen Augen stierte er John an. »Was treibt ihr hier? Ausruhen?« Er hustete.

Reno deutete einen Gruß an. »Auf unsere nächsten Befehle warten, Sir.«

»Dann bewegt eure Kadaver hier raus und meldet euch für die nächste Mission!«

»Zu Befehl, Corporal«, sagte Mirek nicht ohne einen Hauch von Ironie. Dann salutierte er. »Wenn Sie uns entschuldigen, Sir.«

»Lassen Sie den Schmu–« Wieder wurde Stannis von einem Hustenanfall unterbrochen.

Einer nach dem anderen salutierte und schlüpfte zwischen den Abtrennungen aus Stoff hinaus. Auch John hob die Hand zum Gruß an die Stirn und wollte verschwinden.

»Sie nicht, McClusky!«

Langsam nahm John die Hand wieder herunter. »Sir?«

»Kommen Sie her, Mann!«

Eine Spur zu langsam kam John der Aufforderung nach. Breitbeinig nahm er direkt neben dem Bett Haltung an.

Mit finsterer Miene musterte Stannis ihn. »Verlassen Sie sich nicht zu sehr auf Ihr Glück, McClusky!«

»Ich verstehe nicht, Sir.«

»Lassen Sie sich den Streifen nicht zu Kopf steigen. Er hat nichts zu bedeuten.«

»Wie Sie meinen, Sir.«

Mit einem Keuchen packte Stannis Johns Uniformjacke und zerrte ihn zu sich heran. »Es ist mir egal, wem Sie in den Arsch gekrochen sind, um ihn zu ergattern. Meinen Posten werden Sie nicht bekommen. Dafür werde ich sorgen. Haben Sie mich jetzt verstanden, McClusky?«

»Ja, Sir. Aye, Sir. Laut und deutlich. War das alles, Sir?« Mit vorgerecktem Kinn sah John auf Stannis herab.

Stannis versetzte ihm einen Stoß. »Ich krieg Sie dran, McClusky. Das schwör ich Ihnen!«

»Ich bedauere, Ihnen widersprechen zu müssen, Sir. Aber das werde ich nicht zulassen.«

Keuchend versuchte Stannis, erneut nach ihm zu greifen. »Sie überheblicher kleiner Mistkerl!«

»Ich tue nur meine Pflicht, Sir!« Nach einem vorschriftsmäßigen Gruß kehrte John ihm den Rücken zu und ging.

John war versucht, die Bar sofort wieder zu verlassen, als er sah, dass fast sein gesamtes Team ebenfalls hier war. Er wunderte sich ohnehin, welcher Teufel ihn geritten hatte, ausgerechnet hierherzukommen. Wenn er es getan hatte, um den anderen aus dem Weg zu gehen, hatte er jedenfalls die falsche Richtung eingeschlagen. Zumindest war Chadim nicht hier.

Ophelia schob Kim von dem Barhocker neben ihr und klopfte aufmunternd auf die Sitzfläche. »Ich will auch nicht tanzen. Versprochen!«

Unwillig gesellte er sich zu ihr. Aber anstatt sich auf den freien Hocker zu setzen, quetschte er sich zwischen die zwei Sitzmöbel und bedeutete Kim mit einem Kopfnicken, seinen Platz wieder einzunehmen.

»Bier?«, fragte der Barkeeper.

John nickte.

Während der Barkeeper die Bierflasche vor John auf die Theke stellte, erklomm Kim den Barhocker. »Was wollte Stannis denn noch von dir?«, fragte er.

Nach einem tiefen Schluck setzte John die Flasche ab. »Ein bisschen seine Muckis zeigen. Er hat Angst, dass ich ihm die Stellung streitig mache.«

»Das ist nicht dein Ernst!« Ophelia starrte ihn an. »Dieser Mistkerl!«

John zuckte mit den Schultern. »Und wenn schon! Was soll schon passieren?«

»Darf ich dich daran erinnern, dass Goldblum dich bereits in die Brigg gebracht hat! Glaubst du, Stannis hat mehr Hemmungen als sie?« Ophelias Stimme klang spitz.

»Na ja, er wird mich schwerlich der sexuellen Belästigung bezichtigen können.«

Kim kicherte.

»Sehr witzig«, knurrte Ophelia. »Mach, was du willst! Du hörst ja ohnehin nicht auf unsere Ratschläge.«

»Auf Ratschläge schon.«

Blinzelnd wandte Ophelia ihm den Kopf zu und leckte sich über die Lippen. »Nanu, geschehen etwa noch Zeichen und Wunder?«

John lächelte. »Du musst es ja wissen.«

Mit schief gelegtem Kopf musterte sie ihn, ehe sie den Kopf schüttelte. »Bring mich nicht auf dumme Gedanken!«

In diesem Augenblick stieß Kim ihn an.

»Was?« Als John einen Blick über die Schulter warf, entdeckte er Hartfield, der nur zwei, drei Schritte hinter ihm stand und ihn musterte. Er schaffte es gerade noch, sich nicht zu verschlucken. »Sir?«

»Stehen Sie bequem, Private. Sie sind nicht im Dienst.« Hartfield kam näher und lehnte sich neben Kim an die Theke.

Der rutschte sichtlich unbehaglich auf seinem Barhocker herum, als wolle er von seinem Platz zwischen John und dem Sergeant flüchten.

John rülpste. »Aye, Sir.«

Kim wurde blass.

Auf Hartfields Gesicht zeigte sich wieder das schiefe, kleine Grinsen. »Langeweile, Soldat?«

»So würde ich es nicht nennen, Sir.« Nach einem neuerlichen Schluck musterte John mit gerunzelter Stirn seine Flasche.

»Unterdrückter Tatendrang vielleicht?«, schlug Hartfield vor.

John sah auf. »Nein, Sir.« Seine Kiefermuskeln spannten sich. »Die Suche nach einer Möglichkeit zur Vergeltung.«

Ein paar Sekunden lang fing Hartfield seinen Blick ein.

John zuckte mit keiner Wimper.

»Ich hätte da einen Vorschlag. Wir suchen noch Freiwillige, um weitere Zivilisten zu evakuieren. Feindkontakt ist leider nicht zu erwarten. Nur das zufriedene Gefühl, ein paar Leben zu retten. Interesse?«

»Wir haben keinen Teamleader. Corporal Stannis liegt auf der Krankenstation, Sir.«

»Sie enttäuschen mich, McClusky. Dieser Trupp hat einen hervorragenden Teamleader.« Hartfield schmunzelte.

Wollte der Mann ihn verarschen? »Sir, ich verstehe nicht.«

»Sie verstehen mich ziemlich gut, McClusky. Ich will, dass Sie bei dem Einsatz das Team führen – vorausgesetzt, Fireteam Bravo stellt sich zur Verfügung.« Nach einem Blick in die Runde und einem lässigen Gruß trat er den Weg zur Tür an. »Meine Herren, meine Dame! Sie wissen, wo Sie mich finden.«

Mit offenem Mund starrte John auf die sich schließende Tür.

Ophelia versetzte ihm einen Stoß. »Bin dabei, Teamleader!«

John wandte sich wieder den anderen zu. »Ich werd verrückt«, murmelte er.

»Ich bin auch dabei.« Kim grinste ihn an.

»Auf jeden Fall.« Das war Mirek.

Eine Bierflasche stieß an die in Johns Hand. »Sowieso«, knurrte Reno.

»Was sonst?« Harlan hob sein Glas.

»Hooray!«, rief Reno.

»Hooray!«, antworteten alle im Chor.

2. Kapitel

Falls Goldblum überrascht darüber war, ihn bei der Einsatzbesprechung unter den Corporals von Hartfield zu sehen, so ließ sie es sich zumindest nicht anmerken.

Auf der durchsichtigen Einsatztafel war eine Karte der bewohnten Gebiete von Cancer 2.3 abgebildet. Zwei Städte waren markiert. Die linke, die an einem Fluss lag, musste diejenige sein, zu der sie ihre letzte Mission geführt hatte.

»Vergessen Sie die Freiwilligenmission zur Evakuierung weiterer Zivilisten«, verkündete Goldblum. »Colonel Forsman hat endlich meinem Plan zu einer Großoffensive zugestimmt. Während wir hier den Einsatz auf Cancer 2.3 besprechen, wird er die Schiffsverbände instruieren. Wir werden gleichzeitig zuschlagen. Die Bedrohung durch die Aliens muss ein Ende haben, und ich sage, dass das Ende hier stattfinden wird. Im Cancer-Sektor.«

Gemurmel wurde laut, als Goldblum sich zu der Tafel umdrehte.

»Der Feind hat sich hier zwischen Bontemps und La Ville festgesetzt.« Bei diesen Worten deutete sie auf einen Punkt zwischen den beiden Städten. »Das Gelände dort ist hügelig und unwegsam. Aber das kann für uns auch von Vorteil sein. Wir werden sie von zwei Seiten in die Zange nehmen und schließlich von Bontemps aus einen Frontalangriff starten. Die Landefähren der *Washington* und der *Lincoln* werden uns dabei Luftunterstützung geben. Gleichzeitig werden die *Washington* und die *New Jersey* das Basisschiff der Aliens angreifen, während die *Lincoln* die Begleitschiffe ablenken wird. So weit noch Fragen?«

John lagen eine Menge Fragen auf der Zunge. Zum Beispiel, ob sie irre war. Die vorgeschlagene Offensive würde, selbst wenn sie siegen sollten, was völlig unwahrscheinlich war, mindestens den Verlust der Hälfte der eingesetzten Streitkräfte kosten. Inklusive der Schiffe. Er hatte keine Ahnung, wie viele Truppentransporter von der Größe der *Washington* und der *Lincoln* die Flotte hatte. Aber mehr als eine Hand voll konnten es nicht sein. Wie viele Basisschiffe die Aliens hatten, wusste dagegen kein Mensch.

»Schön.« Goldblum lächelte. »Zu den Details. Das Rifle Platoon von Second Lieutenant Gallagher wird die Zangenbewegung ausführen, da sie die wenigsten Verluste zu beklagen hatte. Mein Platoon wird die ehrenvolle Aufgabe haben, den Frontalangriff zu übernehmen. Da dieser Plan meine Idee war, habe ich Colonel Forsman selbstverständlich darum gebeten, diese Aufgabe selbst übernehmen zu dürfen.«

John hätte am liebsten gelacht. Vorauslaufen würde Goldblum sicherlich nicht. Das würden andere für sie tun. Da fiel es leicht, sich für eine Idee zu opfern. Unwillkürlich ballte er die Fäuste hinter seinem Rücken.

Siegessicher baute Goldblum sich vor Hartfield und den anderen Sergeants ihres Platoons auf. »Ich weiß, dass viele Squads empfindlich geschwächt wurden. Das kampfstärkste und erfahrenste Squad ist das von Gunnery Sergeant Hartfield. Sein Squad wird daher den Angriff anführen. Informieren Sie Ihre Männer! Über alles Weitere reden wir später.«

»Das ist Wahnsinn!« John fing Hartfield direkt hinter der Tür des Besprechungsraums auf dem Korridor ab.

»Kein Wort, Soldat!«, bellte Hartfield. Er wirkte, als stünde er unter Strom. »Mitkommen! Sofort! Alle!«

John stürzte sofort hinter ihm her. Die anderen Corporals folgten langsamer.

Vor der Tür zu einem Treppenhaus blieb Hartfield stehen. Er wartete, bis alle sich um ihn versammelt hatten. »Bevor irgendjemand Vermutungen anstellt: Ich wusste nichts von diesen Plänen. Die Einsatzleitung hat sie aus gutem Grund geheim gehalten.«

John räusperte sich. »Sir, mit Verlaub, aber –«

»Ich sagte kein Wort, McClusky. Und das gilt immer noch.«

John presste die Lippen aufeinander. »Ja, Sir.«

»Gut, dass wir uns verstehen.« Hartfields graue Augen blickten in die Runde. »Ich will von keinem Mitglied meines Squads Zweifel an diesem Plan hören. Von niemandem.«

»Sir ...«

»Ich sagte von niemandem«, fuhr Hartfield John an. »Das gilt auch für Sie, McClusky. Mein Squad steht hinter diesem Plan. Wir werden alles geben, damit er aufgeht. Alles! Ich weiß nicht, ob Ihnen die Tragweite dessen bewusst ist, was wir im Begriff sind zu tun. Wenn diese Offensive fehlschlägt, dann hat die Menschheit auf einen Schlag ein Viertel ihrer Streitkräfte verloren. Dann stehen wir mit heruntergelassenen Hosen da und haben den Aliens die Gartentür sperrangelweit geöffnet. Machen Sie sich das selbst und Ihren Männern klar! Diese Offensive darf nicht fehlschlagen. Wir haben von jetzt an nur diese eine Chance. Wenn wir sie nicht nutzen, weil irgendjemand von uns zaudert oder zögert, dann werden die Aliens über kurz oder lang mit einer Großinvasion beginnen. Dann sind es nicht mehr die Kolonien, die wir verteidigen müssen, sondern die Erde. Und was das bedeutet, muss ich Ihnen nicht sagen.« Hartfield machte eine Pause und sah sich mit grimmiger Miene um. »Also, gibt es noch irgendjemanden, der Bedenken anzumelden hat?« Sein Blick fand John, der ihm mit aufeinandergepressten Lippen begegnete. »Nein? Gut. Dann gehen Sie zu Ihren Leuten und machen Sie sie mit der Situation vertraut. Wir starten in zwei Stunden.«

»Sir.« John war als Einziger stehen geblieben.

Mit finsterer Miene fixierte Hartfield ihn. »Ich dachte, ich hätte mich unmissverständlich ausgedrückt.«

»Das haben Sie, Sir.«

»Was tun Sie dann noch hier?«

»Ich habe eine Bitte, Sir. Und eine Information, von der ich nicht weiß, ob sie allgemein bekannt ist.«

Hartfield runzelte die Stirn. »Sie machen mich neugierig, Mann. Sprechen Sie!«

John räusperte sich. Im hellen Schein der Neonleuchten war es leicht, an eine Täuschung der Sinne zu glauben, wenn er sich die Ereignisse am Fluss in Erinnerung rief. »Im Lagerhaus am Fluss, das ich von Reno mit zwei Lenkraketen säubern ließ, da waren ...« Er befeuchtete seine Lippen. »Ich weiß nicht, wie ich es beschreiben soll. In dem Gebäude dort waren Gespinste. Kokons. Oder Eier. Etwas in der Art. Es krochen Aliens heraus. Und zwar von der zweiten Art, die wir kennen. Nicht solche wie auf Hell's Kitchen. Ich weiß nicht, ob es wichtig ist, aber ich dachte mir, ich sollte es Ihnen sagen.«

»Warum habe ich nicht früher davon erfahren?«

John zuckte mit den Schultern. »Im Nachhinein kam mir das alles wie ein Albtraum vor. Maggie ... das kleine Mädchen … sie war tot und … Ich hab danach an vieles einfach nicht mehr gedacht. Es tut mir leid, Sir. Es wird nicht wieder vorkommen.«

Seltsamerweise schmunzelte Hartfield. »Sie können also Fehler machen und sie eingestehen, McClusky. Ich bin überrascht. Mal sehen, ob Sie mich noch mehr überraschen können. Wie lautet Ihre Bitte?«

John wusste selbst nicht, was er eigentlich wollte. Es war nur ein Gefühl, das ihn bewegte. Etwas, das er loswerden musste, bevor sie in diesen sinnlosen Kampf zogen. Er räusperte sich erneut. »Falls wir auf Zivilisten stoßen, bitte ich Sie darum, meine Einheit zu ihrem Schutz abzustellen, Sir.«

Hartfields Blick wurde sinnend. »Sie überraschen mich ein weiteres Mal, McClusky.«

»Sir, ist das ein Ja, Sir?«

»Sofern ich es einrichten kann – ja.«

»Danke, Sir!« Es fiel John leicht zu salutieren.

»Wegtreten, McClusky! Informieren Sie Ihre Einheit. Die Zeit läuft.«

»Schöne Scheiße«, war Renos erster Kommentar.

Anscheinend wurden an diesem Tag viele von den Reaktionen anderer überrascht. Dass ausgerechnet Reno das sagen würde, hatte John nicht erwartet.

»Sie hat Forsman irgendwie dazu gekriegt, ihrem Plan zuzustimmen«, berichtete John. »Und jetzt müssen wir schauen, wie wir das Beste daraus machen.«

»Das ist aussichtslos«, stöhnte Mirek.

Reno wurde rot vor Wut und Empörung. »Wir werden

alle draufgehen. Und diese karrieregeile Schlampe denkt wahrscheinlich nur an ihre Beförderung. Die kann mich mal –«

»Phil, stopp!« John hob die Hände. »Mir geht es genauso. Aber wir können nichts daran ändern. Und ich sehe das wie Hartfield. Wir haben nur diesen einen Versuch. Wenn wir den in den Sand setzen, haben wir ausgespielt. Dann ist die Erde dran. Obwohl – mir kann es ja egal sein. Ich habe da niemanden, der mir wichtig ist.«

Waren ihm seine Mutter und Schwester wirklich so egal? Eigentlich nicht. Aber das gestand er sich nur ungern ein.

»Aber euch ist es vielleicht nicht egal. Ich glaube, die meisten von euch haben Geschwister und Eltern und so. Hey, ich hätte nie geglaubt, dass ich das mal sagen würde: Wir tun's für die Kinder und Frauen von all den anderen, die nicht kämpfen können. Wir müssen da unten unser Bestes geben. Hartfield zählt auf uns.«

Eigentlich hatte er sagen wollen, dass er selbst auf sie zählte. Aber das hatte ihm nicht über die Lippen kommen wollen.

»Einer für alle, alle für einen«, sagte Kim mit glühenden Ohren.

Ein Wahlspruch war so gut wie jeder andere. Hauptsache, sie hatten einen. John streckte seinen Kameraden die Faust entgegen. »Einer für alle und alle für einen.«

Kim war der Erste, der seine Hand auf Johns Faust legte. Die Hand des Asiaten war heiß wie im Fieber. Schnell und beherzt legte Ophelia ihre Hand auf Kims. Reno und Harlan folgten nahezu in derselben Sekunde, beide mit der gleichen Entschlossenheit. Nur Mirek ließ sich etwas Zeit. Seine Miene war düster, als er in den Kreis trat und seine Hand obenauf schob.

Über seine schlanken Finger legte sich überraschend eine

olivbraune Pranke. Chadims Blick traf Johns. »Einer für alle, alle für einen«, sagte er im Chor mit den anderen.

»Wir müssen mit starkem Beschuss rechnen«, sagte Hartfield, ehe sie die Landefähre bestiegen.

Als alle saßen, fiel John auf, dass fünf Plätze der Fähre nicht besetzt waren. Und Hartfields Squad hatte noch die geringsten Verluste. Es konnte nicht klug sein, dass man die Verbliebenen unter diesen Umständen nicht aufteilte. Sollte die Fähre abgeschossen werden, verloren sie auf einen Schlag ein ganzes Squad, und das konnten sie sich eigentlich nicht leisten.

Kaum hatten sie den Hangar verlassen, flog der Pilot in einem so steilen Winkel nach unten, dass man das Gefühl hatte, die Fähre würde ins Nichts stürzen.

In Johns Magen kribbelte es. Einmal mehr war er froh darüber, dass er recht unempfindlich gegen Flieh- und Beschleunigungskräfte war. Etliche Insassen stöhnten, und einige würgten schon wieder in die Kotzbeutel.

»Gallaghers Platoon wird versuchen, uns die Aliens entgegenzutreiben«, erklärte der Sergeant. »Wir werden sie knapp außerhalb von Bontemps in einem kleinen Tal erwarten. Das Gelände ist schwierig. Geröll, Felsen, wenig Deckung. Einige Stellen sind so steil, dass man sie nicht ohne Kletterausrüstung überwinden kann. Halten Sie sich davon fern!«

Der Winkel der Fähre änderte sich so plötzlich, dass Hartfield gegen seinen Sitzbügel gedrückt wurde. Die Fähre buckelte wie ein Pferd.

»Die Fireteams Delta und Gamma erkunden unter Corporal Cassel das Gelände! Alpha und Tango bilden unter Corporal Elba die Hauptangriffswelle. Bravo bleibt bei mir als Nachhut. Ich brauche sie für nicht vorhersehbare Eventualitäten. Noch Fragen?«

Corporal Elba, ein dunkelhäutiger Hüne, der Team Alpha trotz einer kürzlich erlittenen Verletzung bereits wieder führte, ließ keine Regung erkennen. Fireteam Delta wurde jetzt von einem weiblichen Lance Corporal namens McDonald geführt, die nur kurz den Kopf schüttelte. Der stets griesgrämige Corporal Cassel von Team Gamma spuckte aus, als er Lance Corporal Harmon von Einheit Tango lächeln sah.

Der Flug fühlte sich inzwischen an, als würden sie über eine Straße voller Schlaglöcher fahren. Nein – eher so, als bestünde die Straße nur aus Schlaglöchern.

Von Eventualitäten sprach Hartfield also. Im ersten Moment war John enttäuscht gewesen, dass sein Team die Nachhut bilden sollte. Fast hatte er protestieren wollen. Bis ihm aufgegangen war, dass Hartfield sie für bedeutsame Spezialaufgaben vorsah.

Er wollte Hartfield ein Zeichen seiner Dankbarkeit zukommen lassen, da traf ein Schlag die Fähre, und Johns Kopf wurde mit voller Wucht gegen die Kabinenwand geschleudert.

Ein rotes Licht flackerte auf, und die Alarmsirene schrillte. Schreie ertönten.

»Wir sind getroffen«, keuchte der Pilot. »Landefähre Sieben für *Washington*. Wir sind getroffen. Versuche Notlandung im Zielgebiet.«

Eine Stimme antwortete. Die Worte gingen im Lärm der Maschine unter. Irgendwo war ein lautes Zischen zu hören. Wieder ging ein Schlag durch die Fähre. Ein Schrei. Das Zischen wurde lauter. Etwas platzte mit einem gewaltigen Knall, Metall kreischte; und ohrenbetäubendes Brausen füllte die Kabine, das die Luft von Johns Lippen riss. Die Außenhaut musste beschädigt sein.

Mit einem Ruck sackte die Fähre nach unten. Sie bekam Schlagseite, die von Sekunde zu Sekunde stärker wurde. Johns Seite der Fähre war bald über einen Meter höher als die gegenüberliegende. Plötzlich war ein Röhren zu hören, und im Heckbereich, auf der tiefer liegenden Seite, stiegen Rauch und Flammen auf.

»Feuerlöscher!«, brüllte Hartfield.

Der Feuerlöscher hing direkt über Johns Platz, aber außerhalb seiner Reichweite. Ohne nachzudenken umklammerte er mit einem Arm seinen Sitzbügel und löste die Verriegelung. Deutlich schneller als erwartet schwang der Bügel auf. John hing jetzt nur mit einer Hand daran, während er mit der anderen den Feuerlöscher aus der Verankerung riss und Reno zuwarf, der ihm gegenübersaß.

Reno reagierte sofort und hatte den Feuerlöscher bereits weitergegeben, als John sich eine Sekunde später nicht mehr am Bügel festhalten konnte. Gemeinsam mit Chadim griff Reno nach John und hielt ihn fest. Gerade rechtzeitig, bevor ein neuerlicher Ruck die Fähre erschütterte.

»Noch zweihundert Meter!«, rief der Pilot.

Das Zischen des Feuerlöschers war zu hören.

»Hundert Meter.«

»Feuer gelöscht!«, brüllte jemand.

Noch ein Ruck. Doch Reno und Chadim hielten John wie mit Eisenklammern fest.

»Vorbereiten auf Aufprall!«

John blickte in Hartfields stoische Miene, sah Ophelia und Kim neben ihm und schloss die Augen. Er fühlte noch, wie Renos und Chadims Griff schmerzhaft wurde, so eng schlossen sich ihre Arme um seinen Körper. Ein lautes Tösen füllte seine Ohren, und der Sturzflug der Fähre kam abrupt zum Stillstand.

1. Intermezzo

»McClusky!«, schrie Hartfield.

Rauch füllte das Innere der Fähre. In Hartfields Ohren klingelte es immer noch. Das Stöhnen und Fluchen der Soldaten, die durcheinanderstolperten, um nach draußen zu gelangen, drang nur mühsam in seine Gehörgänge.

Wo zum Teufel steckte McClusky?

Er hatte ihn noch gesehen, im Griff von Gen IX und Private Reno, ehe die Fähre aufschlug. Im anschließenden Chaos hatte er ihn aus den Augen verloren.

Dem Himmel sei Dank, dass das Feuer vor der Notlandung gelöscht werden konnte! Sonst wäre das Ganze übel ausgegangen.

Nun, dem Himmel gebührte kein Dank, sondern eher McClusky! Warum in alles in der Welt war es eigentlich immer er, der seinen Hintern für die anderen riskierte? Machte es dem Kerl etwa Spaß, den Helden zu spielen, oder war es einfach seine Natur?

»McClusky, verdammt!«

»Hier, Sir!« Das war Gens Stimme.

Als Hartfield ihr folgte, schälte sich Chadims breite Gestalt aus dem Rauch. Der Araber hatte eine weitere Person am Kragen des Combatsuits gepackt, die er hinter sich herschleifte wie einen Sack Kartoffeln.

Hustend deutete Hartfield auf die reglose Gestalt. »McClusky?«

»Aye, Sir.«

»Bringen Sie ihn raus! Sofort!« Den Unterarm vor den Mund gepresst, zeigte Hartfield auf den Ausgang. Erst als er sich sicher war, dass Gen seinem Befehl Folge leistete, wandte er sich den anderen Soldaten in der Fähre zu. »Los, ihr Waschlappen! Wieso dauert das hier so lange? Schnappt euch euer Gepäck, und ab nach draußen! Hopp, hopp, hopp!«

Mühsam kämpfte Hartfield gegen den Hustenreiz in seiner Kehle an. Seine Augen tränten vom Rauch. Dennoch stolperte er erst selbst nach draußen, nachdem alle anderen die Fähre verlassen hatten.

Eine Hustenattacke schüttelte ihn. Als er endlich wieder Luft bekam, sah er sich suchend um und erblickte eine hünenhafte Gestalt. Neben Gen lag eine andere Person auf dem Boden. Hartfield eilte sofort zu ihnen.

»Sichern Sie die Umgebung«, sagte er zu Gen, ehe er neben McClusky in die Hocke ging.

»Aye, Sir.« Schritte zeigten Hartfield an, dass Gen sich entfernte.

Hartfields Finger legten sich auf McCluskys Halsschlagader. Erleichtert stellte er fest, dass der Puls kräftig und gleichmäßig schlug.

McCluskys sommersprossiges Gesicht war rußgeschwärzt, auf der Wange sah Hartfield einen kleinen Schnitt. So vollkommen reglos am Boden liegend sah John verflucht jung aus – viel jünger, als er eigentlich sein durfte.

Hartfield unterdrückte einen Fluch. Weder gefiel ihm, dass sie hatten notlanden müssen und Goldblums ohnehin riskanter Plan dadurch umso gefährlicher wurde, noch passte es ihm, dass er immer noch nicht wusste, wer McClusky wirklich war. Und erst recht missfiel ihm, dass er diesen Kerl auch noch gernhatte.

Der Himmel mochte wissen, wohin das alles führte. Jetzt war es erstmal an der Zeit, dem Möchtegernhelden gehörig die Meinung zu geigen!

3. Kapitel

Einen Lidschlag lang oder eine Ewigkeit herrschte Schwärze. Dann zerrte ihn jemand an der Schulter seines Combatsuits mit sich. Rauch biss in seine Lungen und verwehrte ihm die Sicht. Der Untergrund, über den er schließlich gezogen wurde, bestand aus Staub und Geröll.

Endlich ließ sein Retter ihn los. Stimmen waren weit entfernt zu hören. Dann schlug ihm jemand ins Gesicht.

John hustete und öffnete die Augen.

»Na, also!« Hartfield klopfte gegen seinen Helm. »Tun Sie nie wieder etwas so Dämliches, McClusky! Heroische Taten enden im Krieg meistens tödlich.«

»Aye, Sir«, krächzte John. »Verluste?«

»Keine. – Los, stehen Sie auf, und sammeln Sie Ihre Männer! Wir müssen in einer Stunde knapp zwanzig Kilometer hinter uns bringen.«

»Aye, Sir.« Taumelnd kam John auf die Füße und sah sich um.

Die Fähre war knapp außerhalb der Stadt niedergegangen, inmitten eines unübersichtlichen Hügelgeländes. Wenn seine Erinnerung ihn nicht trog, mussten sie die Hügelkette überwinden. Das würde ein mühseliger Marsch werden.

»Sir, Sir!« Die aufgeregte Stimme klang nach der von Kim.

Als John sich umdrehte, sah er den kleinen Asiaten auf sich und Hartfield zueilen.

»Der Pilot …« Nach Luft ringend, blieb Kim stehen.

Wortlos ging Hartfield auf die stark beschädigte Fähre zu, wo sich an einer Stelle ein Grüppchen gebildet hatte.

»Such die anderen«, sagte John zu Kim, »wir brauchen Augen und Ohren auf den umliegenden Hügeln. Unser Absturz war schwer zu übersehen.«

»Aye, Sir.« Kim salutierte, ehe er davoneilte.

Langsam, und immer noch mit weichen Knien, folgte John Hartfield. Wenn der Pilot verletzt war, würde er sicherlich Mirek bei ihm finden.

Tatsächlich quetschte Mirek sich neben den Piloten im völlig zerstörten Cockpit der Fähre. John sah ein blutüberströmtes Gesicht, auf dessen Lippen sich bei jedem röchelnden Atemzug blutige Blasen bildeten. Eine Strebe hatte den Mann vom Unterleib bis in den Brustkorb hinein aufgespießt. Es war ein Wunder, dass er überhaupt noch lebte.

»Status?«, fragte Hartfield.

Mirek schüttelte den Kopf. Auf einen Wink von Hartfield kletterte er aus dem Cockpit heraus. »Wenn er nicht innerhalb einer halben Stunde auf einem OP-Tisch landet, ist er tot.«

»Haben Sie bereits die *Washington* informiert?«

»Ja, Sir. Der Angriff auf das Alien-Basisschiff ist bereits in vollem Gange. Sie sagen, dass sie uns in der nächsten Stunde keine Fähre schicken können.«

Hartfields Miene wurde düster. »Machen Sie, dass es schnell geht!«

»Wie meinen Sie das?«, fragte Mirek sichtlich verwirrt.

»Muss ich Ihnen das erklären?«

»Nein, Sir.«

Mirek bückte sich nach seinem Erste-Hilfe-Set und zog eine Hypospritze auf, die aus zwei verschiedenen Substanzen bestand. Als er ins Cockpit zurückkehren wollte, nahm Hartfield ihm die Spritze aus der Hand und kletterte selbst hinein.

Wie ein Vater beugte er sich über den Schwerverletzten und legte ihm die Hand auf den Kopf.

»Sir …« Stöhnend öffnete der Mann die Augen.

Mit einem freudlosen Lächeln sagte Hartfield: »Alles wird gut, Henessy! Sie haben einen verdammt guten Job gemacht.«

»Danke … Sir …« Henessy versuchte ein Lächeln.

Hartfield nutzte den Moment, um ihm den Inhalt der Hypospritze in den Oberarm zu injezieren. »Gleich wird es besser!« Dann legte er seine Rechte auf Henessys Schulter.

Die Miene des Piloten entspannte sich sichtlich. Ein Lächeln huschte über die blutigen Lippen, bevor sein Kopf zur Seite sank.

Sanft drückte Hartfield ihm die Augen zu und kletterte aus dem Cockpit heraus. »Sammeln! Wir rücken vor!«

Der Marsch durch die Wiesen und Wälder von Kassiopeia war im Vergleich ein Sonntagsspaziergang gewesen. Nur unter äußersten Strapazen erklommen die Troopers die steinigen, steilen und nahezu vegetationslosen Hügel von Cancer 2.3.

John war schon nach wenigen Kilometern schweißgebadet. Dabei war es nicht einmal sonderlich warm. Zu allem Übel waren sie auch noch abseits ihres geplanten Landeplatzes abgestürzt und lagen nun weit hinter dem Zeitplan zurück.

John deckte mit seinem Team Hartfield und seinen Soldaten den Rücken. Wie auf Kassiopeia ging John ein Stück weit voraus, dieses Mal allerdings gemeinsam mit Chadim und Mirek. Ihnen folgten Kim und Ophelia, und weiter hinten marschierten Harlan und Reno.

Ein hohes Sirren alarmierte John. »Deckung!«, brüllte er und sprang hinter einen Felsen. Von dort suchte er mit dem im

Helmvisier integrierten Zielfernrohr die umliegenden Hügelkuppen ab. Da war es wieder!

Wortlos berührte Chadim seinen Arm und zeigte nach rechts. Zwischen den Hügeln blitzte etwas.

In der Vergrößerung entdeckte John zwei feindliche Einmanngleiter, die versuchten, ihren Trupp rechts zu umgehen. »Squadleader für Team Bravo. Haben zwei Einmanngleiter auf zwei Uhr, die uns rechter Hand zu umgehen suchen.«

»Teamleader für Squadleader. *Check*.«

Angestrengt suchte John ein weiteres Mal die Umgebung ab. »Verdammt«, entfuhr es ihm, »da sind noch zwei.«

»Es sind insgesamt fünf. Der fünfte hat schon fast die Spitze unseres Squad erreicht.« Chadims Stimme klang nahezu emotionslos.

»Danke für die Information«, knurrte John. »Das nächste Mal etwas schneller, bitte!« Sofort nahm er wieder Kontakt mit Hartfield auf.

Noch während er redete, traf ein Glutball die Spitze des Zuges. Wenige Sekunden später griffen zwei Einmanngleiter die Vorhut an, die daraufhin Deckung suchte.

John fluchte. Er ahnte, dass die Nachhut als Nächstes dran sein würde. Sein Blick fiel auf eine Felsformation, die voraus lag. »Kannst du gut klettern, Chadim?«

Eine Explosion ließ den Boden erbeben. Schutt und Steinsplitter regneten auf John nieder, während er von Fels zu Fels sprang.

Chadim war direkt hinter ihm. Der Kerl war tatsächlich genauso schnell wie er. Vielleicht sogar ein wenig schneller, aber das hätte John niemals zugegeben.

Eine erneute Explosion warf ihn fast von den Füßen. Er ließ sich fallen, kam in einer Rolle wieder auf die Füße und rannte weiter.

Die schmale Schlucht, in die sie die Gleiter locken wollten, kam näher. Nicht schnell genug, fand John. Das hohe Sirren war nun bedenklich nah. Der nächste Glutball konnte sie bereits treffen. John biss die Zähne zusammen, steigerte sein Tempo noch einmal und ließ Chadim hinter sich.

Noch eine Explosion.

John stürzte, rappelte sich wieder auf und rannte weiter. Chadim war jetzt wieder knapp hinter ihm. Endlich erreichten sie den Eingang des schmalen Tals, das an seinem anderen Ende in einen Talkessel mündete, wo Reno mit dem Granatwerfer wartete. Nun ging es aufs Ganze. Wenn die beiden Gleiter sie in dem Tal erwischten, konnte ihnen niemand helfen.

Johns Atem ging keuchend. Er sprang, nein, flog beinahe von Fels zu Fels, während er durch das schmale Tal hetzte. Fast hätte er die Abbruchkante an ihrem Ende übersehen.

John fiel. Im letzten Augenblick bekam er die Felskante zu fassen. Geschafft! Einen Sekundenbruchteil später hing Chadim neben ihm.

Keinen Moment zu früh. Schon schoss der erste der beiden Alien-Gleiter über sie hinweg. Einen bangen Augenblick hoffte John, dass Reno nicht zu spät kam. Da hörte er endlich das Zischen der Lenkraketen.

Der erste Gleiter wurde sofort getroffen. Der zweite Gleiter versuchte noch nach oben auszuweichen, dann erwischte auch ihn eine von Renos Lenkraketen. Wieder einmal hatte Reno meisterhaft getroffen. Mit Genugtuung stellte John fest, dass sein Plan einwandfrei funktioniert hatte.

Brennende Trümmer regneten auf John und Chadim herab. John schielte nach links und sah, wie Chadim sich langsam zur Seite hangelte, um der Gefahrenzone zu entkommen. Geschickt nutzte der Araber dabei einen Sims als Halt für die Füße, den John durch das Zielfernrohr gesichtet hatte.

Aus der Entfernung hatte der Sims absolut passend gewirkt, um sich darüber nach dem Abschuss der Gleiter auf dem Felsplateau daneben in Sicherheit zu bringen. Doch nun musste John feststellen, dass er sich verkalkuliert hatte. Er war eine Handbreit zu klein, um sich wie Chadim mit den Füßen auf dem Sims abzustützen.

John fluchte. Nur an den Armen hängend hangelte er sich nach links. Nicht dass er die Entfernung nicht auf diese Weise hätte überbrücken können. Aber die Felskante war nicht nur rutschig durch den feinen Staub, sondern an einigen Stellen auch noch abschüssig.

John überlegte gerade, ob es klüger war, sich hochzuziehen, da hörte er wieder ein Sirren. Direkt über ihm schwebte ein dritter Einmanngleiter in der Luft. Der Arm, an dem sich der Glutball bildete, zeigte nach unten – genau in Johns Richtung.

Schüsse ertönten.

»Spring«, rief Chadim, der zwei Meter neben John bereits sicher auf dem Felsplateau stand und ihm seine Hand entgegenstreckte.

Nach einem Blick auf das glühende Rohr des Aliens sprang John ins Leere. Eine Explosion betäubte seine Ohren, löste das vertraute hohe Summen aus.

Dann packte eine Hand sein Handgelenk. Er prallte gegen den Felsen, pendelte kurz hin und her, bevor er die Hand umgreifen konnte, die ihn gepackt hatte.

Als John aufsah, blickte er in Chadims Gesicht, der ihn

mühelos, als hätte er kein Gewicht, zu sich hochzog und auf dem Felsplateau absetzte.

»Feindkontakt!« Das war McDonalds Stimme vom Team Delta.

Durch sein Helmvisier konnte John aus der Ferne das Kampfgeschehen beobachten. Glutbälle schlugen zwischen den Soldaten ein – zerfetzte Leiber; Steinsplitter flogen in alle Richtungen.

Er fluchte.

»Squadleader für Teamleader Gamma: Wir werden aufgerieben«, vernahm John über den Helmfunk.

»Rückzug!«, brüllte Hartfield. »Delta, Gamma, Rückzug!«

»Negativ, drittes Squad.« Als er Goldblums Stimme hörte, hätte John am liebsten ausgespuckt. »Rücken Sie weiter vor! Und zwar zügig! Wir verlieren unser Angriffsmoment!«

Im Funk herrschte Stille.

Bis eine zornige Frauenstimme sie wieder brach. »Sergeant Hartfield! Ich wiederhole mich ungern! Rücken Sie weiter vor! Sofort!«

Schließlich meldete sich Hartfields Stimme. »Einheiten Alpha, Bravo und Tango, wir schließen zu Delta und Gamma auf! Wiederhole! Einheiten Alpha, Bravo und Tango schließen zu Delta und Gamma auf!«

»Teamleader Bravo. *Check! Over and out!*« John verstellte die Frequenz. »Team Bravo für Teamleader! Sammeln! Wir rücken zu Delta und Gamma vor.« Er wartete die Bestätigung ab und stellte Hartfields Frequenz wieder ein. Durch das Helmvisier waren nur noch vereinzelte Detonationen zu sehen. Keine Schüsse mehr. Entweder existierten Gamma und Delta nicht mehr, oder sie hatten sich gut versteckt. John hoffte Letzteres.

Während er hinter einem Felsvorsprung Deckung suchte, konnte er nach und nach die Mitglieder seiner Einheit ausmachen, die zu ihm aufschlossen.

»Vorschläge?«, fragte er in die Runde.

Reno antwortete sofort. »Wir sollten den Aliens in den Rücken fallen.«

»Ohne die genaue Anzahl der Feinde zu kennen, halte ich das für wenig aussichtsreich.« Chadim sprach genau das aus, was John dachte.

»Wir sollten uns verpissen«, meinte Ophelia.

John biss sich auf die Lippen. »Leider ist uns das nicht erlaubt.«

Steine und Sand regneten auf sie nieder. Immer neue Glutbälle ließen Felsen in ihrer Nähe explodieren.

Durch sein Helmvisier konnte John sehen, dass die Aliens inzwischen die meisten Hügel um sie herum eingenommen hatten.

Erneut meldete sich Goldblum. »Drittes Squad für Einsatzleitung. Rücken Sie schneller vor. Sie kommen zu spät, verdammt!«

Das hatte John sich bereits gedacht. Auch wenn die Einheiten mittlerweile auf Sichtkontakt zusammengerückt waren, bildete John mit seinem Team nach wie vor die Nachhut von Hartfields Team.

»Einsatzleitung für drittes Squad. Empfehle Rückzug und Neuorientierung. Der Angriff hier ist als gescheitert einzustufen.« Es war erstaunlich, wie ruhig Hartfields Stimme blieb.

John registrierte eine plötzliche Bewegung in der Luft. »Reno, drei Uhr!«, schrie er.

Die Lenkrakete war sofort unterwegs und traf den Einmanngleiter. Er geriet ins Trudeln und stürzte in der Nähe des Teams ab. Kim und Ophelia rannten auf die Absturzstelle zu und deckten das Alien mit Schüssen ein, bis es zusammenbrach.

»Negativ, drittes Squad! Rücken Sie weiter vor! Sofort!«

Soll Goldblum doch allein vorausmarschieren, dachte John. Genauso gut hätte man dem Meer bei Flut befehlen können, zurückzuweichen.

»Drittes Squad! Bestätigung!«

»Drittes Squad. *Check!*« Mit Verzögerung setzte Hartfield hinzu: *»Copy!«*

»Bereitmachen«, sagte John zu den anderen.

Dann kam Hartfields Befehl: »Tango, Alpha, Bravo, vorrücken! Bravo übernimmt die rechte Flanke, Tango die linke!«

John hörte das Sirren und warf sich sofort in Deckung. Der Dreckskerl von Alien flog einen Bogen und kam von hinten auf ihn zu. Blind ließ John sich fallen, warf eine Granate hinter sich und rollte den Hügelhang hinab.

Seine Ohren klingelten von der Detonation. Der Gleiter explodierte in einer riesigen Rauchwolke.

»Alle zu mir!«, schrie John. Ein großer Felsbrocken vor ihm versprach Deckung. Als er sich keuchend dahinterwarf, war Kim bereits dort.

Mit Schweiß auf der Stirn zielte der Asiate auf eine Reihe

von Aliens, die von links angriffen. Seine Miene war hochkonzentriert, während er Schuss auf Schuss absetzte.

John feuerte sofort auf die Angreifer von der anderen Seite.

»Drittes Squad! Vorrücken!« Goldblums Stimme klang unerbittlich.

In diesem Augenblick warf Harlan sich neben John in Deckung. Einen Moment später waren auch Mirek und Ophelia da.

»Reno, Chadim!«, schrie John.

»Da kommen sie!«, rief Mirek.

Im nächsten Augenblick waren sie alle versammelt.

John blickte auf die feindlichen Linien vor ihnen. »Ihr habt gehört, was Hartfield gesagt hat. Wir müssen vorrücken.«

Sie kamen keine zwanzig Meter weit. Dann mussten sie den Vorstoß abbrechen. Drei Glutbälle rissen vor ihren Füßen den felsigen Boden auf und zwangen sie wieder in Deckung.

John hätte schreien können vor Zorn. »Rechts! Da ist eine Lücke.«

Dieses Mal schafften sie dreißig Meter, ehe ein Glutball vor ihnen explodierte und Chadim zwei Meter durch die Luft geschleudert wurde. John eilte zu ihm. Aber der Araber rollte sich bereits hustend auf den Rücken und warf sich neben Reno in Deckung.

Etwas weiter links von ihnen gab es eine gewaltige Explosion, zerfetzte Menschenleiber wirbelten durch die Luft. Eine zweite Explosion folgte. Ein Körper wurde neben John geschleudert. Hilflos musste er zusehen, wie der blutüberströmte Mann sekundenlang am ganzen Leib zitterte, bevor er endlich starb.

Es gab kein Vorankommen. Nirgends.

Keuchend wandte sich John zur anderen Seite seiner Deckung und spähte um die Felskante. Ein Fluch platzte aus ihm heraus. Mehr als zehn Einmanngleiter schossen hinter einer Hügelkuppe hervor – und der Großteil des Squad lag vor ihnen wie auf dem Präsentierteller.

»Angriff auf zehn Uhr«, schrie John. »Zurück!« Er lief schon los, in Richtung eines kleinen Felseneinschnitts hinter ihnen. Nach zehn Metern blieb er stehen und gab den anderen Deckung.

Binnen einer Minute hatte sich Team Bravo in die Sicherheit des Einschnitts zurückgezogen.

Von dort konnte John beobachten, wie die Gleiter Tod und Verderben über das restliche Squad brachten. Hinter einem der Felsen konnte er Hartfield ausmachen. John wartete, bis die Gleiter nach links abdrehten.

»Los!« Ein Wink. Er schrie und schoss, flankte über Leichen und Felsen.

Renos Lenkraketen rissen drei der Gleiter vom Himmel.

»Rückzug!« Das Wort aus Hartfields Mund fiel in die folgende Stille wie der erste Regentropfen nach monatelanger Dürre. Zu spät, viel zu spät.

Der Raketenwerfer, der neben einem der Toten lag, erschien John wie ein Geschenk des Himmels. »Kommt schon, ihr Drecksviecher!«

Rakete auf Rakete donnerte in den Pulk der Gleiter. Bis der Himmel leer war.

4. Kapitel

Immer noch spuckten die Rohre der Aliens Tod und Verderben. John kauerte zusammen mit Hartfield in einer Felsspalte.

»Wir müssen umkehren«, sagte Hartfield.

»Die Stadt. Bontemps. Da können wir eine Weile die Stellung halten. Bis sie uns abholen.«

Falls es noch jemanden gab, der sie abholen konnte. Der Kontakt zur Einsatzleitung war abgerissen. Dieses Mal glaubte John nicht, dass es Sabotage war.

Hartfield nickte. »Wir müssen den Kopf unten halten. Wenn sie uns entdecken, ist es aus.«

»Verstanden, Sir.« John räusperte sich. »Ich schlage vor, mit Team Bravo den Weg zu erkunden.«

»Keine Einwände.« Hartfield runzelte die Stirn. »Sollten wir die Dunkelheit abwarten?«

»Negativ. Die sehen ziemlich gut im Dunkeln.«

»Dann los. Sie wissen, was zu tun ist.«

»Aye, Sir.« John nickte knapp und kletterte die Felsspalte hoch, um sich von oben einen Überblick zu verschaffen.

Rechter Hand konnte er ungefähr einen Kilometer entfernt einen großen Trupp Aliens ausmachen. Der Hang gegenüber und das Tal zur Linken schienen frei zu sein.

»Team Bravo, wir marschieren zur Stadt. Vorwärts!«

Aliens!

Geistesgegenwärtig ließ John sich zu Boden fallen und rutschte ein Stück weit zurück, kaum dass er die Anhöhe erreicht hatte. Mit einer Geste befahl er den anderen, sich zu ducken. Nach einer Schrecksekunde schielte er vorsichtig über den Rand der Anhöhe.

Das waren nicht nur Aliens. Unter ihnen befanden sich Menschen. Was machten die da?

»Squadleader für Teamleader Bravo. Ich sichte fünf, nein, sechs Aliens, die acht Menschen gefangen genommen haben. Ich wiederhole –«

»Gefangene? Sie müssen sich irren, McClusky.«

»Negativ. Die Menschen sind gefesselt und werden von den Aliens zu Fuß Richtung Bontemps eskortiert.«

Die Stille nach seinen Worten war beklemmend.

»Sir, erbitte Anweisung!«

Wieder Stille.

Einer der Gefangenen stolperte und fiel. Ein Alien näherte sich ihm, und die beiden Menschen neben dem Gefallenen zogen ihn ängstlich hoch.

»Greifen Sie nicht ein, McClusky! Wir umgehen den Trupp!«

»Sir, mit Verlaub! Aber wir können denen doch nicht kampflos acht Menschen überlassen. Es sind nur sechs Aliens. Die schaffen wir. Das ist ein Klacks.«

Reno und Ophelia waren in der Zwischenzeit zu John gekrochen und lugten neben ihm über die Anhöhe.

»Ich verstehe das nicht«, raunte Ophelia. »Seit wann machen die Gefangene? Ich dachte, die fressen uns.«

Ein Schauer lief John über den Rücken. Ein Bild aus seiner Erinnerung tauchte auf – und das, was er gerade sah, ergab plötzlich einen neuen, schrecklichen Sinn. Sein Mund war wie ausgetrocknet.

»Hartfield hat recht. Wir können ihnen nicht helfen. Damit verraten wir uns nur.« Daran hatte John auch schon gedacht.

»Ich glaube, ich weiß, wo die Mistviecher sie hinbringen«, sagte John – und hoffte inständig, dass er falschlag. »Wir können nicht tatenlos zusehen, wie die Aliens die Gefangenen als Proviant für ihre Eier in eine Brutstätte bringen.«

»Brutstätte?« Mit offenem Mund starrte Ophelia ihn an. »Wie kommst du denn darauf?«

»Ich habe eine gesehen – in La Ville. Und ich will verdammt sein, wenn ich mich irre.« John aktivierte den Funk. »Sir, die werden sie fressen!«

Ohne eine Antwort abzuwarten, setzte er ein »Jetzt« hinzu.

Kim und Ophelia schossen auf zwei der Aliens. Das eine brach bereits nach drei Salven zusammen. Das andere schrie in einer Tonlage, die Johns Ohren quälte, und stolperte auf die Deckung zu, hinter der die beiden Schützen lagen.

Im gleichen Augenblick nahmen drei weitere Schützen von ihrer Stellung aus zwei Aliens ins Visier.

Wie John befürchtet hatte, wandte sich nun ein Alien den Gefangenen zu. Ohne zu zögern, stürmte er mit Chadim den Hang hinab auf die Reihe der Gefangenen zu.

Noch ein Alien brach am Ende des Zuges zusammen. Ein weiters Drecksvieh drehte sich John und Chadim zu. Das Rohr an seiner Seite glomm auf.

John schoss aus der Hüfte, ehe er sich in letzter Sekunde den Hang hinabrollte. Über ihm traf eine feurige Donnerfaust den Hügel und ließ Geröll auf John regnen. Halb blind durch den

Staub und mit klingelnden Ohren rappelte er sich wieder auf und rannte weiter.

Eine weitere Detonation zerriss einen Alienkörper.

Plötzlich tauchte eine der Kreaturen aus dem Staub vor John auf – so schnell, dass ihm nichts anderes einfiel, als der Bestie den Gewehrlauf in den hellgrauen Leib zu rammen und den Abzug durchzudrücken. Grünes, schleimiges Blut spritzte, traf ihn und die Steine und hinterließ zischende Löcher im Boden und in Johns Combatsuit.

Erschrocken keuchte er auf. Die ätzende Substanz durfte nicht bis zu seiner Haut vordringen. Er ließ das Gewehr fallen und begann, hektisch an den Verschlüssen seiner Kampfuniform zu zerren. Doch zwei fremde Hände waren schneller, zerschnitten die Gurte und rissen den Combatsuit mit einem Ruck von ihm. Dampfend fraß sich das Alienblut durch die Kevlar-Carbon-Schichten.

Jetzt erst bemerkte John, dass sein linker Unterarm schmerzte. Fluchend wollte er den Hemdärmel herunterreißen.

Aber Chadim war wieder schneller. Er umklammerte Johns Handgelenk, schnitt den Ärmel ab und schabte mit einem Messer grünen Schleim von Johns Unterarm. Erst danach ließ er Johns Hand wieder los.

Mit einem Keuchen taumelte John ein paar Schritte rückwärts und ließ sich fallen. Blut tropfte von seinem Arm zu Boden. »Status«, ächzte er.

»Alle Feinde eliminiert. Ein Toter unter den Gefangenen. Zwei Verletzte auf unserer Seite.« Chadims Stimme blieb geschäftsmäßig.

»Sanitäter!« Das war Ophelias Stimme.

John begriff erst, dass sie seinetwegen nach Mirek gerufen hatte, als der sich neben ihn kniete. Routiniert verband Mirek Johns Unterarm und jagte ungefragt eine Spritze hinterher.

Langsam stand John auf, um sich einen Überblick zu verschaffen.

In diesem Augenblick kam Hartfield auf ihn zugeeilt. »Lernen Sie nie dazu, McClusky?«

»Da tut sich was, Sir!« Die Stimme gehörte Reno und kam von einer Hügelkuppe. »Ein Trupp schert aus. Ich hab sie zwischen den Hügeln verloren.«

»Weiter!«, schrie Hartfield. »Weiter! Bewegen Sie Ihren Hintern, McClusky!«

Wortlos schnappte John sein Gewehr, das wie durch ein Wunder heil geblieben war, und verabschiedete sich in Gedanken von den Resten seines Combatsuits.

»Warum haben Sie das getan?«, fragte einer der befreiten Gefangenen. »Nun werden sie uns alle kriegen.«

Irritiert sah John ihn an. War das der Dank? »Weil ich keine Lust dazu habe, es den Drecksviechern so leicht zu machen. Verdammt! Und jetzt laufen Sie schneller! Oder soll ich Sie an den Füßen hinter mir herziehen?«

Der Mann lachte rau. Er war größer und breiter als John und hatte einen Streifen mehr als er.

John kannte ihn: Es war Lance Corporal Harmon vom Team Tango. »Das dürfte Ihnen schwerfallen.«

»Sie haben keine Ahnung«, knurrte John.

Harmon grinste, aber wenigstens hielt er danach den Mund. Doch als sie von der übernächsten Hügelkette einen Blick zurück riskierten, fragte er: »Sind Sie nicht dieser Private McClusky, der First Lieutenant Goldblum an die Bluse gegangen ist?«

»Negativ. Sie ist mir an die Hose gegangen und war sich

wohl zu fein, um es zuzugeben.« Wider Willen grinste John den Lance Corporal an. »Aber ihre Brust habe ich trotzdem zwischen den Fingern gehabt.«

Harmons Lächeln wirkte unecht. »Dann hat es sich ja doch gelohnt.«

»Hier!« John warf ihm seine Handfeuerwaffe zu. »Ich kann ohnehin nur mit einer Waffe schießen.«

In Harmons Augen war ein freudiges Glitzern zu sehen. »Ich werde sie einzusetzen wissen.«

»Feindsichtung. Zehn Uhr!«, rief Reno.

John überprüfte die Peilung durch sein Helmvisier. »Los, weiter! Ausruhen ist erst auf der *Washington* erlaubt.«

In der Abenddämmerung kamen die ersten Gebäude der Stadt in Sicht. John erschien es wie ein Wunder, dass die Aliens sie bisher nicht eingeholt hatten.

In loser Formation drangen sie auf einer Hauptstraße zwischen zerstörten Gebäuden vor und suchten nach einer geeigneten Zuflucht. Hie und da schlugen Flammen aus den Ruinen und erhellten flackernd die Szenerie. Die Stille war gespenstisch.

»Da war etwas«, keuchte Harmon wenige Schritte neben ihm. Mit der Waffe im Anschlag blieb er stehen und starrte in eine Seitenstraße.

Automatisch ließ sich John ein paar Schritte zurückfallen. Die Seitengasse lag dunkel und verlassen da. »Gehen Sie weiter! Das war bestimmt nur ein Schatten.«

Harmon schüttelte den Kopf. »Das waren Aliens. Darauf würde ich meinen Kopf verwetten.«

John betätigte den Helmfunk. »Squadleader für Teamleader Bravo. Unbestätigte Feindsichtung in einer Seitengasse.«

»Squadleader hört. Überprüfen Sie die Sichtung mit zwei Zwei-Mann-Teams zur gegenseitigen Deckung und kehren Sie spätestens nach einer Viertelstunde zu uns zurück.«

»Copy. Over and out.« John warf einen Blick über die Schulter. »Kim, Mirek! Ihr geht voraus! Harmon, Sie bleiben bei mir!«

Mirek nickte. »Aye!«

Kim hob nur die Hand zum Zeichen, dass er verstanden hatte.

Wie Schatten schlichen die beiden vor ihnen her in die Seitenstraße.

Leicht versetzt folgte John ihnen.

Harmon gesellte sich zu ihm. »Muss ich Sie jetzt als meinen Teamleader betrachten?«

»Sieht so aus!« John warf ihm einen Blick zu. »Also Klappe halten; und Augen auf, Soldat!«

Die Straße – die parallel zu derjenigen verlief, die der Haupttrupp nahm – lag in tiefen Schatten. John gestand es sich ungern ein, aber hier konnte sich ein ganzer Trupp Aliens verbergen, ohne dass sie ihn sehen konnten.

»Nachtsichtgeräte ein«, raunte er per Funk.

Aber in dem fahlgrünen Licht, in welches das Gerät an seinem Helm die Umgebung tauchte, waren nur die Gestalten von Kim und Mirek sichtbar, die fünfzig Meter voraus langsam die Straße entlangschlichen.

Plötzlich packte Harmon seinen Arm. »Da!« Er neigte den Kopf, als würde er angestrengt lauschen.

John tat es ihm gleich. Aus den Augenwinkeln bemerkte er,

wie Kim und Mirek eine Seitenstraße erreichten, die zurück zur Hauptstraße führte, und sich dort orientierten.

»Ein Kind«, flüsterte Harmon. »Da weint ein Kind.«

Ein Mädchen in einem blauen Kleid. Er hatte ihr etwas versprochen, das er nicht gehalten hatte.

Ohne nachzudenken huschte John in eine Seitenstraße, die nach links führte, fort von der Hauptstraße. In die Richtung, die Harmon ihm gezeigt hatte. Johns Stiefel machten nahezu kein Geräusch. Nach zehn Metern blieb er stehen und lauschte.

Ein Klicken.

Von hinten näherten sich Harmons Schritte.

Jetzt hörte John es auch. Ein leises Wimmern, das aus dem großen Gebäude zu seiner Rechten kam. Ihm sträubten sich die Nackenhaare. Langsam hob er den Kopf, um den Schriftzug zu lesen, der über dem zweiflügeligen Portal stand. »Joseph Bantree College« stand da.

Harmons Schritte hielten hinter ihm inne.

Eine Neonleuchte flackerte hinter einem der Fenster im ersten Stock und warf den grotesken Schatten eines menschlichen Zerrbildes auf die Straße.

Eine Brutstätte. John war sich sicher, dass hinter der zweiflügeligen Tür die gleichen Bilder auf ihn warteten wie in der Lagerhalle am Fluss. Ohne sich nach Harmon umzudrehen, hob er die Hand zum Zeichen für den Rückzug. Wenn er recht hatte, dann konnte es hier jederzeit von Aliens nur so wimmeln. Seine Hand suchte das Helmmikro.

Der Schlag in seinen Nacken traf ihn so unvorbereitet, dass er taumelte. Instinktiv duckte er sich, um einem zweiten

Schlag auszuweichen. Dann drehte er sich um und sah in Harmons vom zuckenden Neonlicht erhelltes Gesicht. Wie in Trance blockte er einen weiteren Schlag ab. Schmerz durchzuckte den lädierten linken Unterarm. Ein Schuss löste sich und traf eine der Ruinen.

Mit einem Fluch warf Harmon sich auf ihn.

»Was soll das?«, keuchte John. Sein Hirn weigerte sich zu begreifen, was gerade geschah. Nur im Reflex wehrte er Harmon ab.

Er fiel, und Harmon lag auf einmal auf ihm. Seine Hände schlossen sich um Johns Kehle, drückten zu.

Mit einem kräftigen Stoß versuchte er, Harmon von sich zu drücken. Dessen Griff lockerte sich und gab John genug Raum, um dem Mann sein Knie in den Unterleib rammen zu können. Harmon stürzte auf die Seite. In einer Rolle kam John wieder auf die Füße.

In diesem Augenblick traf ein Glutball den Boden zu seinen Füßen. Helligkeit blendete seine Augen. Wie von einer Titanenfaust getroffen, wurde John durch die Luft geschleudert. Hart prallte er mit dem Rücken auf. Mit einem Schlag wurde der Atem aus seinen Lungen gepresst. Ein hohes Pfeifen war alles, was er noch hörte. Schutt und Steine wurden durch die Nacht geschleudert. Etwas traf hart und schmerzhaft seine linke Seite. Er fühlte noch warme Nässe.

Dann nichts mehr.

2. Intermezzo

»Wo zur Hölle steckt McClusky?« Hartfield war so wütend, dass er Private Kowalski am liebsten den Gewehrkolben ins Gesicht gerammt hätte.

Kowalski stand artig stramm und sah starr geradeaus, während Private Han-Sung neben ihm so bleich war, als würde ihn gleich der Schlag treffen.

»Wir haben ihn aus den Augen verloren, Sir«, antwortete Kowalski.

»Zwei Teams zur gegenseitigen Deckung hieß es. Wissen Sie, was gegenseitige Deckung bedeutet, Soldat?«

Kowalski schluckte. »Ja, Sir. Aye, Sir. Wir haben an der nächsten Seitenstraße Stellung bezogen. Aber McClusky und Harmon sind nicht aufgetaucht. Dann haben wir uns zurückgezogen, um Meldung zu erstatten.«

»Sie haben zwei Mann zurückgelassen, Soldat. Zwei Mann aus Ihrer Einheit. Glauben Sie, Private First Class McClusky hätte Sie zurückgelassen? Ich will eine Antwort, Mann!«

»Nein, Sir. Das hätte er nicht.« Kowalski wirkte wie versteinert.

Währenddessen rannen Han-Sung Tränen über das schmutzige Gesicht. »Melde mich freiwillig zur Suche, Sir«, krächzte er.

Hartfields Zorn ebbte angesichts von Han-Sungs Betroffenheit ein wenig ab. »Chadim, Reno, bilden Sie zwei Suchtrupps à fünf Mann! Nehmen Sie sich Kowalski und Han-Sung als Begleitung und suchen Sie das Gebiet weiträumig ab – ausgehend von der letzten Sichtung. Garcia, Sie bleiben mit dem Rest hier und helfen mir dabei, Kontakt mit der *Washington* herzustellen. Worauf warten Sie?«

»Aye, Sir.« Chadim nickte knapp.

Reno tat es ihm gleich. »Aye, Sir.«

Hartfield registrierte, dass Han-Sung sich Reno anschloss, während Chadim Kowalski an seine Seite beorderte. Binnen Kurzem hatten sie die zwei Suchtrupps zusammengestellt und zogen ab.

Garcias Gesicht war bleich und angespannt. Wie gelähmt starrte sie den Trupps hinterher.

»Hier!« Hartfield warf ihr seinen Rucksack zu. »Da ist ein Funkverstärker drin. Kümmern Sie sich darum! Wenn wir die beiden finden wollen, brauchen wir wahrscheinlich dringend Luftunterstützung.«

»Aye, Sir.« Die Worte hatten genügt, um Garcia aus ihrer Benommenheit herauszureißen. Eilig, fast verbissen, machte sie sich ans Werk.

»Squadleader für Reno. Massive Feindansammlungen, Sir.«

Hartfield meldete sich sofort. »Gehen Sie kein unnötiges Risiko ein!«

»Copy!«, kam die sofortige Antwort.

Kurz darauf kam von Chadim die gleiche Meldung. Hartfield fluchte.

»Sir«, meldete sich Garcia im gleichen Augenblick.

»Ich hoffe, Sie haben bessere Neuigkeiten für mich«, knurrte Hartfield.

»Ich fürchte nicht, Sir.« Garcias Gesicht war noch eine Spur bleicher geworden. »Wir haben die *Lincoln* verloren.«

5. Kapitel

Das Erste, was er fühlte, war Schmerz. Seine Hände irrten zu der Stelle auf der linken Seite und ertasteten einen fingerdicken Fremdkörper. Irgendetwas steckte dort in seinem Unterleib. Der Stoff seiner Uniform war durchtränkt von Blut.

Plötzlich hörte er leise Klickgeräusche.

Stocksteif blieb er liegen und öffnete einen Spaltbreit die Lider. Dunkelheit umfing ihn. In das Klicken mischte sich ein leises Stöhnen. Das war ein Mensch.

Er wartete, versuchte nur seinen Atem zu beruhigen, um niemanden auf sich aufmerksam zu machen, und lauschte in die Finsternis. Nach und nach konnte er unterschiedliche Quellen für das Klicken ausmachen. Es mussten drei sein. Sie bewegten sich. Vielleicht war das Klicken auch Teil ihrer Bewegung.

Aber neben den klickenden Kreaturen gab es noch andere im Raum. Je länger er sich darauf konzentrierte, selbst die leisesten Geräusche seiner Umgebung wahrzunehmen, umso deutlicher konnte er hören, dass in seiner Nähe Lebewesen atmeten – wohl zwanzig oder mehr. Der Raum, ein einstiges Klassenzimmer, wie er vermutete, musste voll von ihnen sein.

Hartfield. Das musste er melden. Im nächsten Augenblick wurde ihm klar, dass er neben seinem Gewehr auch seinen Helm mit dem integrierten Funkgerät verloren hatte. Er lag hier inmitten von Aliens mit heruntergelassener Hose. Wahrscheinlich lebte er nur noch, weil sie ihn für tot gehalten hatten. Hatte Hartfield ihn nicht vor weiteren dämlichen Aktionen gewarnt?

Doch weshalb hatte Harmon ihn angegriffen? Überhaupt – wo steckte der Wichser? Hoffentlich hier, damit er ihm die Fresse polieren konnte, ehe er selbst in dieser riesigen Mausefalle verreckte.

Die Linke fest auf die pochende Wunde gepresst, schob er vorsichtig, Millimeter für Millimeter, die von Blut klebrige rechte Hand von seinem Unterleib und tastete über den Boden auf der Suche nach dem Helm. So schnell durfte er die Hoffnung nicht aufgeben. Vielleicht lag das Ding ja direkt neben ihm.

Seine Finger stießen auf etwas Weiches. Eine Art Stoff. Die Fäden, aus denen er gewebt war, fühlten sich so zart wie Seide an. Trotzdem schien der Stoff so dick wie Leder zu sein. Atemlos legte er die Hand darauf. Der Stoff – oder besser das, was darunter lag – bewegte sich leise. Wärme strahlte davon aus wie von einem lebendigen Wesen.

Ein Schauer rann John über den Rücken. Er schwitzte auf einmal, während er die Hand über das Objekt oder Lebewesen neben ihm gleiten ließ.

Der Stoff berührte nicht den Boden. Er schien ein riesiger, langer Sack zu sein, der von der Decke hing. Plötzlich wusste er, was es war. Er hatte es im Lagerhaus von La Ville gesehen.

Kokons, Gespinste aus weißem seideähnlichem Stoff, die irgendwann aufbrechen würden, um klickende Aliens zu entlassen. Und er lag mitten zwischen ihnen, um den frisch Geschlüpften als Nahrung zu dienen.

Warten. Er musste nur warten. Die drei Drecksviecher würden ja wohl nicht ewig hierbleiben, um ihre Brut zu bewachen.

Sobald er allein war mit den Kokons, konnte er fliehen. Solange musste er nur ausharren und den Toten spielen.

Die Sekunden dehnten sich zu Stunden. Zum Schmerz gesellte sich Durst. Er fror.

Endlich verließ eines der klickenden Wesen den Raum. Die anderen beiden schienen an den Säcken entlang zu patrouillieren.

Das Klicken kam näher.

John wagte nicht, sich zu rühren. Er mühte sich darum, so flach zu atmen, wie es ihm möglich war.

Und wenn die Aliens im Infrarotbereich sehen konnten? Dann mussten sie bemerken, dass er nicht tot war.

Ihm brach der Schweiß aus. Unwillkürlich ballte sich seine Rechte zur Faust.

Das Klicken kam näher. Direkt auf ihn zu. War fast bei ihm.

John vergaß zu atmen.

Etwas streifte sein Bein. Das Klicken verhielt, kehrte zurück. Fremdartige Extremitäten – wohl Finger – betasteten sein Bein ... beide Beine. Packten seinen Knöchel und zogen ihn daran mit erstaunlicher Kraft von dem Sack neben ihm fort. Die harten Finger wanderten über seine Beine.

Ein Stöhnen ließ sie innehalten. Aus dem Stöhnen wurde ein Wimmern. Abgrundtiefe, bodenlose Verzweiflung lag in den leisen Lauten.

Die tastenden Finger ließen von ihm ab. Das Klicken setzte wieder ein und entfernte sich in Richtung des Wimmerns. Ganz plötzlich war ein entsetzter Schrei zu hören. Ein Mensch ...

Das zweite Klicken gesellte sich zum ersten. Und dann begann der Mensch, der geschrien hatte, zu weinen. Die Stimme war rau und männlich. »Sterben ... Ich will sterben ...

Warum lasst ihr mich nicht sterben?« Den Worten folgte ein erstickter Schmerzensschrei.

Die klickenden Laute entfernten sich eilig, verließen den Raum.

Zurück blieb nur gespenstische Stille.

Mit zusammengebissenen Zähnen versuchte John aufzustehen. Der Schmerz in seinem Unterleib strahlte aus in das gesamte linke Bein. Die kleinste Bewegung schien einen glühenden Speer durch seinen Leib zu jagen. Er brauchte seine ganze Kraft, um auf die Füße zu kommen.

Die Linke fest auf die Wunde gepresst, wagte er einen kleinen Schritt. Das linke Bein zog er hinter sich her.

Um ihn herum schienen zahlreiche große Beutel von der Decke herabzuhängen. Seine Rechte ertastete einen von ihnen. Das Wesen darin schien auf seine Berührung zu reagieren. John konnte deutlich die Bewegung unter dem seidenartigen Kokon fühlen.

Vorsichtig machte er noch einen Schritt. Seine Finger betasteten einen zweiten Kokon. Ein Seufzen antwortete und jagte ihm einen heiß-kalten Schauer über den Rücken.

Schneller jetzt kämpfte er sich voran und geriet dabei immer wieder in Kontakt mit den Kokons. Seine Berührungen schienen die Wesen darin zu wecken, provozierten Bewegungen, langsam und undeutlich, wie Beulen.

Mit jedem Schritt, den er tat, erwartete er, über einen am Boden liegenden Körper zu stolpern. Er hatte mindestens zwei verschiedene Stimmen gehört, die eine hatte nur gestöhnt, die andere geschrien und gesprochen. Irgendwo mussten die beiden Menschen doch sein. Er fand sie nicht.

Schließlich ertasteten seine Finger eine Wand. Dankbar nutzte er sie als Stütze, um an ihr entlangzugehen. Auf diese Weise musste er zwangsläufig irgendwann auf eine Tür stoßen.

Er schwitzte. Mit jedem Meter, den er zurücklegte, begriff John, wie schwach er war. Das kam vom Blutverlust, stellte er nüchtern fest. Deshalb fror er auch so erbärmlich. Über kurz oder lang würde er zusammenbrechen und das Bewusstsein verlieren. Dann war es aus. Wenn er also verschwinden wollte, musste es bald sein.

Ein Stöhnen direkt neben ihm ließ ihm das Blut in den Adern gefrieren. »Thelma ...« Ein leises Flüstern nur. »... Thelma ...« Wieder ein Stöhnen.

Johns Finger stießen auf einen Türrahmen. Schweißnass taumelte er hindurch und sank auf die Knie, froh darum, diesem Grauen entkommen zu sein.

Ein Treppenhaus. Im Zwielicht, das durch die Glasbausteine drang, konnte John erkennen, wo er sich befand.

Nur fehlte ihm jeglicher Anhaltspunkt, um welches Stockwerk es sich handelte. Vage erinnerte er sich daran, dass das große Gebäude, vor dem man ihn erwischt hatte, zusammen mit dem Erdgeschoss drei Etagen hoch war. Im Keller befand er sich definitiv nicht, also musste er die Treppe hinuntergehen.

Jede Stufe erwies sich als Qual. Seine Knie zitterten. Er hätte alles dafür gegeben, wenn es ihm möglich gewesen wäre, sich zu setzen und eine Pause zu machen. Aber er wusste, er würde nicht mehr aufstehen.

Schweißnass und frierend kämpfte er sich weiter. Als er endlich ein Stockwerk hinter sich gebracht hatte, fühlte er sich wie ein Sieger. Nun stand er vor der entscheidenden Frage: Befand er sich im ersten Stock oder im Erdgeschoss?

Sein Blick irrte über die Wände auf der Suche nach einem Hinweis. An der kleinen Plexiglas-Tafel neben einer Tür blieb er hängen. Das Zwielicht war so trübe, dass John kaum die Buchstaben darauf erkennen konnte. »A1« stand dort.

Das half ihm nicht weiter.

In diesem Augenblick hörte er, wie sich oben eine Tür öffnete und wieder zufiel. Klickende Laute drangen zu ihm herunter, kamen näher.

Nahezu blind vor Schmerz lehnte er sich über das Treppengeländer und ließ sich daran hinabrutschen. Weiter und weiter – obschon er Mühe hatte, nicht zu fallen. Zwei Ecken, drei. Eine vierte. Dann war die Treppe zu Ende.

Als er das Geländer losließ, gaben die Beine unter ihm nach. Er fiel. Durch die Watte, die seine Sinne benebelte, hörte er, wie sich eine Tür schloss. Dann gingen alle Geräusche im Rauschen unter, das seine Ohren füllte.

Er erwachte mit dem Geschmack von Pappe. Trübes Licht sickerte durch seine Lider. Mit dem Wissen, dass es bereits Tag geworden war, schreckte er hoch.

Er lag am Fuße des Treppenhauses, auf einem kalten schwarzen Steinboden, vor der Tür zu den Kellerräumen.

Die Ironie entlockte ihm ein Zucken der Mundwinkel: Er, der Gossenjunge, der noch nie in seinem Leben eine Schule von innen gesehen hatte und trotzdem so irre war, vorzugeben, ein Harvardabsolvent zu sein, sollte nun in einem Schulgebäude von der Alienbrut gefressen werden.

Der Gedanke gab ihm die Kraft, sich wieder auf die Füße zu kämpfen. Sein Blick glitt die Treppe hinauf. Im fahlen Tageslicht sah er, dass das Treppengeländer beschmiert war mit seinem Blut. Angesichts dieser deutlichen Spur wunderte er sich, dass ihm bisher noch kein Alien gefolgt war.

Immerhin wusste er jetzt, dass er sich im Keller befand und die Treppe nach oben steigen musste, um nach dem Ausgang zu suchen.

Er wollte gerade den Fuß auf die erste Stufe stellen, als er hörte, wie eine Tür geöffnet wurde. Klickgeräusche erfüllten das Treppenhaus. John stolperte rückwärts und blickte sich um.

Die Tür zum Keller war der einzige Rückzugsweg, der ihm geblieben war. Er schleppte sich zu ihr und öffnete sie. Im Lichtkegel des Türspalts konnte er einen Korridor erkennen, von dem etliche Türen abgingen. Leise schlüpfte er hinein, zog die Tür hinter sich zu und legte das Ohr an das Türblatt.

Das Klicken im Treppenhaus wurde nahezu vom Rauschen seines Blutes übertönt. Vergeblich wartete er darauf, dass eine Tür ging. Das Klicken näherte sich, bis es deutlich vor der Tür zu vernehmen war. Im letzten Moment drehte John sich um und floh durch die erste Tür zur Rechten.

Gerade rechtzeitig, ehe die Tür zum Treppenhaus geöffnet wurde.

Gehetzt sah er sich im Raum um. Auch hier hingen vier Gespinste. Die Wände waren mit Regalen bedeckt, in denen Pappkartons mit Druckerpapier aufgereiht waren. Auf den Tischen im Raum standen ein hydraulisch betriebener Industriepapierschneider und andere verschiedene Gerätschaften für eine kleine Druckerei.

Zitternd schlüpfte John unter den Tisch, der sich direkt neben dem Regal in der rechten vorderen Ecke befand. Als die

Tür sich öffnete, zwängte er sich in die hinterste Ecke, zog einen Pappkarton vor sich und rollte sich zusammen.

Unwillkürlich hielt er den Atem an. Obwohl er sich gut versteckt hatte, fiel die Blutspur, die er hinterlassen hatte, so deutlich ins Auge, dass nur ein Wunder ihn davor bewahren konnte, entdeckt zu werden.

Ein spinnenartiges Bein erschien vor dem Tisch. Ein zweites gesellte sich dazu. Wieder ertönte das Klicken. Dann staksten die Spinnenbeine zu den Beuteln, die von der Decke hingen. Schemenhaft konnte John von seinem Versteck aus erkennen, wie die spinnenartigen Beine oder Arme einen Beutel nach dem anderen betasteten.

Eine Gänsehaut bildete sich auf Johns Armen, als die Beutel sich unter der Berührung bewegten. Ein Ächzen drang aus einem der Kokons, das erschreckend menschlich klang.

Die Spinnenbeine verharrten, um dann umso eifriger den Beutel zu erkunden.

»Nein«, drang eine dumpfe Stimme aus dem Innern des Sacks. »Haut ab, haut ab! Lasst mich in Ruhe!« Unter den tastenden Spinnenfingern wurde aus dem rauhen Stöhnen ein Wimmern.

John erkannte die Stimme trotzdem.

Sie war menschlich – und gehörte ohne Zweifel Geoffrey Harmon.

6. Kapitel

»Harmon?« Johns Stimme war heiser vor Grauen.

Keine Antwort.

Leise und vorsichtig kroch John aus seinem Versteck. Die Aliens waren zu seiner großen Verwunderung verschwunden. Der Beutel mit Harmons Stimme zog John magisch an. Er musste einfach Gewissheit haben.

»Harmon, sind Sie das?« Mit einem schmerzhaften Schritt trat er zum Beutel und legte zögerlich die Hand auf die seidige Haut.

Eine Ausbuchtung entstand unter seiner Hand, und ein leises gequältes Stöhnen war zu hören.

»Harmon?«

»McClusky?« Aus dem Stöhnen wurde ein geisterhaftes Lachen, das in einem Husten erstarb.

Ohne nachzudenken zog John sein Messer aus dem rechten Stiefelschaft und zerschnitt die seidige Kokonhaut. Graue Flüssigkeit sickerte daraus hervor. Angesichts seiner Erfahrungen mit ätzenden Körperflüssigkeiten der Aliens sprang John schnell beiseite, damit kein Spritzer ihn treffen konnte.

In der schlaffen Hülle aus Seidengespinst kam ein menschlicher Körper zum Vorschein, der mit einem grauen Schleim bedeckt war. Ein Husten erschütterte den Mann. Wenn die Flüssigkeit Harmon nicht verätzt hatte, musste sie ungefährlich sein. Mit einem Ruck riss John den Rest des Kokons von Harmons Oberkörper.

Im nächsten Moment wich er entsetzt zurück. Harmons

Körper war extrem deformiert. Seine Hände und Füße waren zu langen Klauen geworden. Ellbogen- und Kniegelenke hatten sich verdreht. Der Brustkorb war eingedellt, das Fleisch der Wangen, Lippen und Augenlider wirkte, als sei es geschmolzen. Die Zähne lagen bloß, und die Nase war nur noch ein Loch, das von einer ledrigen Haut bedeckt war. Ohne die Lider wirkten die Augen starr und fremd.

»Was …«, flüsterte John. Er war froh um den Tisch hinter ihm, auf den er sich stützen konnte.

»Töten Sie mich!« Das Zerrbild eines Mundes bildete tatsächlich menschliche Laute.

»Was … was ist passiert?«

»Sie haben mich infiziert.« Der groteske Körper krümmte sich wie unter Schmerzen zusammen. »Es tut weh. Oh mein Gott, McClusky, es tut so weh. Machen Sie dem ein Ende. Lassen Sie nicht zu, dass ich zu einem dieser widerlichen Monster werde. Ich flehe Sie an!«

»In all diesen …«, fragte John tonlos. »In all diesen Kokons sind Menschen?«

»Ja verdammt, Sie Idiot! Alle Aliens waren Menschen. Haben Sie es immer noch nicht verstanden? Wir sind ihre Brut!«

Die Stille war so zäh wie Schmieröl.

»Töten Sie mich«, wisperte Harmon.

»Wieso wollten Sie mich töten?«, entgegnete John.

Harmon lachte. Es war ein irres Lachen, kaum noch menschlich. »Geld. Was sonst?«

»Von wem?«

»Spielt das wirklich noch eine Rolle? Wir sind tot. Oder

glauben Sie ernsthaft, hier noch lebend rauszukommen? Wenn Sie auch nur einen Funken Verstand besitzen, dann schneiden Sie erst mir und dann sich selbst die Kehle durch, ehe die Aliens Sie ebenfalls infizieren.«

»Wer?« John packte das Messer fester und machte einen schwankenden Schritt auf Harmon zu.

»Keine Ahnung. Ich habe ihr Gesicht nie gesehen. Wir haben nur über Computer miteinander kommuniziert.«

»Sie. Eine Frau?« Goldblum. Es musste eine Frau sein. Oder war es am Ende Stannis, der ihn tot sehen wollte? Hatte der Corporal nicht so etwas angedeutet?

»Keine Ahnung. Ich sagte doch schon, dass wir nur per Computer miteinander verhandelt haben. Wie kann ich da wissen, ob es eine Frau war?«

»Sie lügen!«

»Wieso sollte ich, verdammt? Was würde es mir jetzt noch bringen?«

John befeuchtete seine Lippen. »Der Account. Sagen Sie mir den Account.«

»Der nützt Ihnen nichts.«

»Der Account!«

»Er lautete ›Joker‹.« Weit entfernt war das Echo einer zufallenden Tür zu hören. »Sie kommen zurück. Machen Sie ein Ende! Bitte!«

Eine getötete Brut war ein deutliches Zeichen für die Aliens. John überlegte nur einen Herzschlag lang. Dann trat er an die groteske Hülle von Harmon heran und schnitt ihm die Kehle auf.

Das Blut, das hervorpulste, war rot.

John starrte auf Harmons zuckende Gestalt, während sich am Boden eine Lache bildete.

Als ob die Alienbrut in den anderen Beuteln ahnen würde, was Harmon zugestoßen war, begannen sie sich unter der Gespinsthaut zu bewegen. Aus einem der Beutel löste sich ein schriller, hoher Schrei, der jenseits von Johns Hörbereich endete.

Zitternd taumelte er rückwärts gegen den Tisch. Das linke Bein gab unter ihm nach, als er zurück zu seinem Versteck wollte. Reflexartig hielt er sich am Tisch fest. Um die Hände frei zu haben, steckte er das Messer zurück in den rechten Stiefelschaft. Endlich begriff er, dass er keine Wahl hatte. Er musste es riskieren und den Raum verlassen. Hier würden sie ihn sofort finden.

Er riss die Tür zum Korridor auf – und sah die Silhouette des Aliens bereits in der offenen Tür zum Treppenhaus stehen. Ehe John reagieren konnte, sprang es ihn an. Er hatte nicht den Hauch einer Chance.

Der Aufprall warf ihn um. Er fiel rücklings, fand sich unter dem Tisch wieder und sah das Regal vor sich. Instinktiv hielt er sich daran fest. Ein Teil seines Bewusstseins registrierte ganz nüchtern, dass es aussichtslos war, sich zu wehren. Dass er besser stillhielt und alles über sich ergehen lassen sollte. Aber die Reflexe aus vielen Jahren auf der Straße ließen das nicht zu.

Er trat dem Alien in die Fratze, wieder und wieder. Ignorierte den Schmerz im Unterleib, die Erschöpfung und Verzweiflung. Wehrte sich weiter, als das Alien ihn packte und unter dem Tisch hervorzog. Er hörte das Klicken der deformierten Kiefer, sah, wie die zu einer Röhre gewordene Zunge dazwischen hervorstieß und sich in seinen rechten Unterschenkel bohrte.

Säure schien sich in sein Fleisch zu ätzen. Wider Willen schrie er auf vor Schmerz.

Das Alien kümmerte sich nicht darum. Es spuckte einen Strahl weißer Fäden aus, die es um Johns Fußgelenke band. Mit Riesenkräften hängte es ihn daran an die Decke und begann, immer mehr von den Fäden auszuspucken, um ihn darin einzuspinnen.

Der Gedanke, hier als Alien zu krepieren, weckte Johns letzten Widerstand. Mit einem Schrei griff er sich an den Stiefel. Seine Finger fanden das Messer. Sterben, dem Ganzen ein Ende setzen, waren seine ersten Gedanken. Aber das Alien schien seine Absicht zu erraten und schlug seinen Arm zur Seite, mit dem er sich die Kehle aufschlitzen wollte.

Johns Sicht verschwamm. Nur eine Stelle blieb scharf. Wie durch ein Vergrößerungsglas sah er die röhrenförmige Zunge des Aliens, das sich ihm entgegenbeugte, und rammte sein Messer bis zum Heft in dessen Schlund.

Das Alien sackte neben ihm zusammen wie ein Sack Kartoffeln. Das Messer ragte aus seinem deformierten Mund. Wie in Trance griff John danach. Mit einem Ruck zog er es heraus. Er war immer noch so voller Adrenalin, dass er die Wunde im Unterleib nicht einmal bemerkte, als er sich hochzog, um das Gespinst zu zerschneiden, das seine Fußgelenke fesselte.

Hart kam er am Boden auf und kämpfte sich wieder auf die Füße. Sein Blick fiel auf die Ausbuchtungen der anderen Beutel. Er ahnte, dass der Insasse des Beutels direkt neben ihm gleich wieder schreien würde. Seine Finger ertasteten den Kopf durch den Kokon. Mit aller Kraft, die er hatte, rammte er sein Messer hinein.

Kein Ton. Die Ausbeulungen auf den anderen beiden Beuteln wurden weniger. Nur ein leises Wimmern war zu hören. Aus dem zerstörten Beutel tropfte grauer Schleim.

Zitternd wischte John das Messer an einem der Pappkartons ab. Er zögerte kurz, ehe er mit der Klinge seinen rechten Unterschenkel freilegte. Der Stich der Zunge hatte die Wade nahezu durchbohrt. Die Haut um den Einstich warf Blasen. Dann sah John den blauschwarzen Strich unter der Haut, der sich nach oben ausbreitete. Er wusste, was das bedeutete.

Mit zittrigen Fingern packte er das Messer fester.

Ein Ende setzen …

Nachdem er die beiden anderen Kreaturen erlöst hatte. Mehr konnte er wohl nicht mehr tun.

Taumelnd zog er sich am Tisch hoch, wollte auf einen der beiden Beutel zugehen. Da traf sein Blick die Schneidemaschine. Noch hatte der Strich nicht das Knie erreicht.

Der Gedanke war irrwitzig.

Trotzdem hiefte er sich mit letzter Kraft auf den Tisch. Er konnte nicht aufgeben. Nicht jetzt. Noch hatte er eine Option.

Mit fliegenden Fingern zerrte er den Gürtel aus seiner Hose und band das rechte Bein knapp über dem Knie ab, so fest er nur konnte. Mit kaltem Schweiß auf der Stirn schob er das Bein unter das große Messer der Schneidemaschine und positionierte es knapp unterhalb seines Knies.

Es musste schnell gehen. Er hatte keinen zweiten Versuch. Seine schweißnassen, eiskalten Finger fanden den Powerknopf.

Er sah noch, wie die große Klinge durch sein Fleisch schnitt, hörte das Brechen seiner Knochen – und fiel in einen endlosen finsteren Schacht.

Rotgoldenes Licht drang durch seine Lider. Als er blinzelnd die Augen öffnete, fielen die Strahlen der Abendsonne durch das schmale Kellerfenster auf sein Gesicht.

Er lebte. Das allein war schon ein Wunder.

Dann begriff er, dass er auf dem Boden neben dem Tisch lag. Am ganzen Leibe zitternd, richtete er sich auf. Sein Blick glitt über die blutverschmierte Stelle seiner Uniform, wo ein Metallstück aus seinem Körper ragte, weiter über seine Oberschenkel zu seinem rechten Bein, das knapp unterhalb seines Knies endete. Es war kein Albtraum gewesen, sondern bittere Realität.

Am Fuße des Tisches lag zwischen Kartons sein Unterschenkel und daneben ein Helm. Es kam ihm wie eine Ironie des Schicksals vor, dass er ihn erst jetzt entdeckte. Fast wagte er nicht, ihn aufzuheben. Seine Finger fanden die Taste für den Helmfunk. Ein Rauschen ertönte, als er ihn aktivierte.

Seine Sicht verschwamm, während er ihn aufsetzte. Er musste mehrmals schlucken, um sprechen zu können. »Hartfield für McClusky, hören Sie mich?«

Er glaubte nicht wirklich daran, dass sich jemand meldete. Ein Tag war vergangen. Falls tatsächlich noch jemand von seinem Squad lebte, dann befanden sie sich auf der *Washington*. Vorausgesetzt, sie existierte noch. Wunder gab es nicht – und wenn doch, dann hatte er das für ihn bestimmte bereits bekommen, denn er lebte noch.

»McClusky, sind Sie das?«

John biss sich auf die Lippen, um ein Schluchzen zu unterdrücken. »Positiv, Sir. Sir, ich muss Ihnen wichtige Infor –«

»Wo stecken Sie zum Teufel?«

»Sir, ich ... Es ist wichtig. Die Aliens ... Ich weiß ...«

»Verdammt, McClusky, das werden Sie mir erzählen, wenn

wir Sie eingesammelt haben. Also, wo zum Teufel stecken Sie? Ich habe nicht alle Zeit der Welt!«

Nässe rann über Johns Wangen. »In einem Schulgebäude – das Joseph Bantree College. Keller. Das ist jetzt eine Brutstätte, Sir. Ich ... ich bin vielleicht infiziert ...«

»Schnauze, Soldat! Sie werden jetzt Ihren kleinen Hintern aufs Dach bewegen. In zehn Minuten sammeln wir Sie dort ein.«

John wischte sich über das Gesicht. »Sir, das ist ein unnötiges Risiko. Ich ... ich bin ein Risiko. Sie dürfen nicht –«

»Kein Wort mehr, McClusky! Sie haben zehn Minuten, um aufs Dach zu kommen. Das ist ein Befehl.«

»Ich habe Beweise ...«

»Dann bringen Sie die gottverdammten Beweise mit, Mann! Das ist mein allerletztes Wort, ehe ich Sie der Befehlsverweigerung bezichtige.«

»Aye, Sir. *Copy! Over and out.*«

Das Dach. Das waren vier Stockwerke. Wie sollte er das schaffen?

Beweise ... Sein Blick fiel auf den abgetrennten Unterschenkel. Mit bebenden Händen packte er ihn in eine der hier unten gelagerten Plastiktaschen, band diese mit Packband zusammen und hängte sie über seinen Rücken. Dann nahm er seinen ganzen Mut zusammen. Zehn Minuten waren verdammt wenig Zeit.

Schweißgebadet schaffte er es, die Tür zu öffnen. Der Korridor war leer. Er konnte sich nur über den Boden ziehen. Die Wunde im Unterleib machte es ihm unmöglich, sich auf dem linken Bein alleine in die Höhe zu stemmen. Als er das Treppenhaus erreichte, glaubte er, bereits am Ende seiner Kräfte zu sein.

Die Treppe war fast leichter. Das Geländer half ihm. Er dachte nicht nach, malte sich gar nicht erst aus, was geschehen würde, wenn die Aliens ihn entdeckten oder er unterwegs schlappmachte. Da waren nur Stufen, die er bezwingen musste, eine nach der anderen. Für mehr ließ er in seinem Kopf keinen Raum.

Dass er tatsächlich irgendwann das zweite Obergeschoss erreichte, ohne dass eines der Aliens aufgetaucht war, überraschte ihn selbst. Er zitterte vor Erschöpfung.

Das Dach war nur über eine Luke mit herausfahrbarer Leiter zu erreichen. Der Stab mit dem Haken, um die Luke zu öffnen, hing zum Glück unten an der Wand. John ergriff ihn. Der Stab war die einzige Stütze, die er hatte, um sich auf seinen verbliebenen Fuß zu stemmen.

Das linke Bein war weich wie Pudding. Mit dem Rücken an die Wand gelehnt, schob er sich langsam nach oben. Er hatte nur einen Versuch. Für einen zweiten würde ihm die Kraft fehlen. Schweißnass drückte er sich mit der linken Hand von der Wand fort und schob den Haken in die dafür vorgesehene Öse der Dachluke.

Im selben Moment gab sein Bein nach. Er fiel, hielt im Fallen den Stab fest und setzte mit seinem ganzen Gewicht den Mechanismus der Dachleiter in Bewegung. Mit ohrenbetäubendem Krach donnerte sie zu Boden. Er hustete, ließ den Stab los und zog sich mühsam die Leiter hinauf aufs Dach.

John hörte das Echo einer zufallenden Tür im Treppenhaus. Der Lärm musste die Aliens alarmiert haben. Völlig erschöpft blieb er liegen und starrte in den blutig-roten Sonnenuntergang. Sein Instinkt sagte ihm, dass er fortmusste von der Dachluke. Mit letzter Kraft robbte er ein paar Armlängen weiter und blieb besiegt liegen.

Ein schrilles Pfeifen quälte seine Ohren. *Endgame.* Er hatte sich gut geschlagen. Müde wälzte er sich auf die Seite, um dem Alien in die Fratze blicken zu können, das als Erstes durch die Dachluke kam. Doch der groteske Körper wurde von Schüssen zerrissen. Weitere Schüsse folgten.

Ein großer Mann landete breitbeinig neben John, packte ihn und lud ihn wie einen Sack über die Schulter. Wie durch Nebelschleier sah er Reno und Harlan, die neben Chadim aufkamen und die Aliens zurücktrieben. Dann entdeckte er die Landefähre, die am Rand des Daches wartete. Ehe er richtig begriff, was geschah, fand er sich im Innern wieder.

Ophelia fing ihn auf, als habe sie nur auf ihn gewartet, und schlang die Arme um ihn. »Johnnie, Johnnie! Halt durch! Bitte!«, flüsterte sie.

Dann schwangen sich Reno, Harlan und Chadim zu ihnen in die Landefähre, und ein flaues Gefühl im Magen sagte ihm, dass sie abhoben.

Er fühlte Ophelias Wange an seiner, sah Mirek, der mit bleichem Gesicht in einer Arzttasche herumwühlte und ihm eine Spritze in den Arm jagte. Danach fühlte John sich leicht, als schwebe er. Wie durch ein Milchglas beobachtete er, wie Mirek sich an seinem Stumpf und dem Splitter im Unterleib zu schaffen machte. Aber es war, als gehörte das nicht mehr zu ihm.

»Der Beweis …« Er erschrak über seine eigene Stimme. Kraftlos versuchte er, nach der Plastiktüte zu greifen, die neben ihm lag.

Hartfield kam ihm zuvor. Er nahm sie an sich, beugte sich über ihn und legte die Hand auf seine Schulter. »Alles wird gut«, sagte er. »Sie haben einen tollen Job gemacht, McClusky!«

Müde atmete John aus. Ganz langsam ließ er sich fallen, tauchte ein in das watteweiche Gefühl, das Mireks Betäubungs- oder Beruhigungsmittel ihm geschenkt hatte, und in Ophelias Umarmung, die weicher war als alles andere. In die Gemeinschaft seiner Einheit, die Sicherheit versprach.

Er war gerettet.

3. Intermezzo

Sie hatten ihn. Oder das, was von ihm übrig war.

Hartfields Hoffnung auf die Zukunft war reduziert worden auf ein menschliches Wrack, das mehr tot als lebendig zu sein schien. Ein Krüppel mit einem Bein. Das Ende einer Karriere, ehe sie richtig begonnen hatte.

Garcia hielt ihn fest, als wäre er ihr kleiner Bruder. Die junge Frau mochte ihn zu sehr, um mit ihm in einer Einheit zu dienen. Aber das war nun ohnehin vorbei.

»Was ist in der Tüte?«, fragte Hartfield Han-Sung.

Dieser hatte die Tüte an sich genommen und fummelte mit zitternden Fingern das Klebeband ab. Als er hineinsah, erbleichte er sichtlich. »Ein ... ein Bein, Sir.«

»Haben wir eine Kühlbox?«, fragte Hartfield den Piloten über Helmfunk.

»Im Gepäckraum C, Sir«, kam die Antwort.

Tatsächlich fiel Hartfield sofort die besagte Kühlbox in die Hände, als er den kleinen Gepäckraum öffnete. »Auf Eis legen!« Mit diesen Worten drückte er Han-Sung die Box in die Hände, um sich dann Kowalski zuzuwenden. Immerhin, als Sanitäter war der Mann wirklich kaum zu toppen. »Status?«

»Sieht nicht gut aus, Sir.« Ohne aufzusehen fuhr Kowalski fort, einen Verband an McCluskys Unterleib anzulegen.

»Drücken Sie sich etwas genauer aus, Mann«, knurrte Hartfield.

»Er hat einen Metallsplitter im Unterleib, abgetrennter rechter Unterschenkel, sauberer Schnitt. Hoher Blutverlust und beginnende Sepsis. Ich tue, was ich kann, damit wir ihn lebend auf die *Washington* bringen, Sir.«

»Ich zähle auf Sie, Kowalski!« Nach diesen Worten ging Hartfield ins Cockpit und legte dem Piloten die Hand auf die Schulter. »Bevorzugte Landung. Wir haben einen Schwerverletzten an Bord. Sagen Sie dem Doc, dass er alles für eine Not-OP vorbereiten soll! Und sollte irgendjemand wagen, Ihnen zu widersprechen, dann sagen Sie, der Befehl käme von ganz oben.«

»Aye, Sir!« Hochkonzentriert setzte der Mann den Anflug auf die *Washington* fort.

In der Schwärze des Alls waren die Überreste der *Lincoln* zu sehen. Die *New Jersey* daneben nahm den Beschuss auf sich, um Überlebenden die Flucht zu ermöglichen. Goldblums Plan hatte in einem Desaster geendet.

»Kowalski«, sagte Hartfield nur, als er in die Kabine zurückkehrte.

»Er ist relativ stabil. Aber wir müssen uns beeilen, Sir.« Kowalski hatte eine Infusion in McCluskys Armbeuge befestigt. Unterleib und Stumpf waren notdürftig verbunden. Immer noch hielt Garcia den Bewusstlosen in den Armen, als sei sie ihm in tiefer Zuneigung verbunden.

Wortlos setzte Hartfield sich hin und lauschte dem Funkverkehr. Die *New Jersey* musste sich aufgrund schwerer Treffer zurückziehen. Hartfield wagte sich nicht auszumalen, wie viele Menschenleben der Angriff gekostet hatte. Weshalb hing er dann so sehr an diesem einen Mann?

Schneller als erwartet, setzten sie im Hangar auf, wo sofort die Tür aufgerissen wurde. Doktor Donaghue selbst stand davor und nahm McClusky mit zwei Pflegern in Empfang.

»Das war's dann wohl«, brummte der Doc mit Blick auf das fehlende Bein.

Hartfield stellte die Kühlbox zu McClusky auf die Trage. »Tun Sie, was Sie können, Doc! Ich will ihn in ein paar Wochen einsatzfähig zurückhaben.«

»Ihr Wort in Gottes Gehörgang!« Der Doc drehte sich den Pflegern zu. »Beeilung! Ab in den OP mit dem Mann! – Weg da, Mädchen!«

Er meinte Garcia, die McClusky nach draußen gefolgt war und seine Hand hielt.

»Sir«, bat sie.

»Lassen Sie sie bei dem Verletzten, Doc! Garcia, erstatten Sie mir danach Meldung!« Ein wenig war Hartfield froh darüber, dass er Garcia bei McClusky wusste.

Sie salutierte andeutungsweise. »Aye, Sir. Danke, Sir.«

Nun konnte Hartfield nur noch hoffen. McCluskys weiteres Schicksal lag nicht mehr in seinen Händen.

7. Kapitel

Blinzelnd öffnete er die Augen. Neonlicht blendete ihn. Er lag auf einer weichen Unterlage. Ihm war warm, er roch Seife und Desinfektionsmittel. Der Schmerz war weit weg.

»Wie geht es Ihnen?« Die Stimme gehörte Hartfield.

John drehte den Kopf und fand den Sergeant neben seinem Bett sitzend. Es schien, als säße sein Vorgesetzter schon lange da: Eine ausgetrunkene Kaffeetasse stand auf dem Nachttisch, und auf Hartfields Wangen waren graue Bartstoppeln zu sehen.

»Beschissen.« Er brachte das Wort kaum über seine Lippen, so ausgedörrt war seine Kehle.

»Wasser?«, fragte Hartfield.

Dieses Mal nickte John nur.

Hartfield schraubte eine Flasche auf, die neben dem Bett stand, und reichte sie ihm. Aber John schaffte es nicht, den Kopf weit genug hochzuheben. Keuchend sank er ins Kissen zurück. In seiner zitternden Hand hielt er die Wasserflasche.

Wortlos hob Hartfield seinen Kopf an, fasste die Wasserflasche mit an und half John dabei, ein paar Schlucke zu nehmen. »Besser?«, fragte er, als er die Flasche wieder zuschraubte.

John nickte schwach. »Aye.«

Sein Blick irrte über seinen Körper, fand den Infusionsschlauch, der in seinem linken Arm endete, und einen zweiten, der unter der Decke hervorkam. Er trug eines dieser lächerlichen Krankenhaushemdchen, die hinten offen waren. Um seinen Unterleib und den linken Unterarm schlang sich ein Verband. Die Decke wirkte dort, wo sein rechtes Bein sein sollte, seltsam flach.

Also war es kein Traum gewesen. »Wo ... wo ist mein Stiefel?«, flüsterte er.

»In Ihrem Spind.«

Wenigstens etwas.

»Sehen Sie mich an!«

John musste sich dazu zwingen, den Blick von der leeren Decke zu nehmen und Hartfield anzusehen.

»Was ist passiert?«

Es war real gewesen. Er hatte tatsächlich die untere Hälfte seines Beines mit jener Schneidemaschine abgetrennt.

»McClusky, ich erwarte eine Antwort!« Hartfields Stimme war scharf. »Weshalb haben Sie sich von der Einheit entfernt? Und ich hoffe, Sie haben eine gute Antwort, sonst könnte irgendjemand auf die Idee kommen, Sie des unerlaubten Entfernens von der Truppe zu bezichtigen.«

»Harmon ... Er hat behauptet, Aliens gesehen zu haben ...« Und ein Mädchen im blauen Kleid. »Dann hat ... er versucht, mich zu überwältigen, Sir.«

Hartfield glotzte ihn an, als hielte er ihn für komplett verrückt. »Er hat ... was?«

»Mir was über den Schädel gehauen. Ich konnte ihn überwältigen, aber da kamen die Aliens dazwischen. Als Nächstes bin ich zwischen lauter Alienkokons aufgewacht.«

»Lance Corporal Geoffrey Harmon hat versucht, Sie niederzuschlagen?«

»Aye, Sir.« Sollte er Hartfield alles sagen? John räusperte sich. »Er hat später erklärt, jemand habe ihm 'ne Menge Geld dafür versprochen, wenn er mich erledigt.«

Eine Weile herrschte Stille.

Es war Hartfield, der sie mit düsterer Miene brach. »Zu keinem ein Wort darüber, McClusky. Sie sind mit Harmon einer Alienspur nachgegangen und dabei in eine Falle gelaufen. Hat er Ihnen gesagt, wer sein Auftraggeber war?«

»Nein, Sir. Er behauptete, er würde ihn nicht kennen.«

»Wieso haben Sie sich nicht früher über Funk gemeldet?«

»Hatte meinen Helm verloren. Der, mit dem ich Sie gerufen habe, war nicht meiner. Hab ihn im Keller gefunden, nachdem ...« John schluckte. Sein Blick fand die leere Stelle unter der Bettdecke.

»Es tut mir leid«, sagte Hartfield leise. »Doktor Donaghue musste den Stumpf wegen einer beginnenden Sepsis etwas kürzen. Er konnte den Unterschenkel nicht wieder annähen.«

John schloss für einen Moment die Augen. Ihm war auf einmal schlecht. »Sie haben ... Sie wollten ... Wo... wo ...« Seine Stimme war so heiser, dass sie versagte.

Mit gerunzelter Stirn packte Hartfield seinen rechten Arm. »Ruhig, McClusky! Ganz ruhig! Was wollen Sie mir sagen?«

Nach einem schmerzhaften Atemzug bekam John endlich wieder Luft. »Sie verstehen nicht, Sir. Die Aliens ... Die Aliens sind Menschen – verwandelte Menschen. Die ... die stechen ihre Zunge in die Gefangenen und packen sie in Kokons, damit ... damit sie sich in Aliens verwandeln. Ich habe Harmon gesehen. Ich habe seinen Kokon aufgeschnitten und ... und seine Kehle durchgeschnitten, damit ... damit er nicht zum Alien wird. Deswegen ... deswegen haben sie mich gefunden ...« Oh, *shit!* Er würde jetzt doch nicht etwa heulen wie ein Baby?

»Ruhig, McClusky! Ruhig! Das haben Sie geträumt.« Hartfields Hand lag auf seiner Stirn, als habe er Angst, er könne Fieber haben. »Doc!«

John wünschte sich nichts sehnlicher, als dass dem so wäre. »Der Beweis«, keuchte er, »Sie wollten einen Beweis. Die hatten mich infiziert. Deshalb habe ich mein Bein abgeschnitten.« Als er es sagte, glaubte er, das Brechen der Knochen wieder zu hören. *Shit*, verflucht! Nun weinte er wirklich.

»Doc!«, schrie Hartfield. Seine Hände ruhten schwer auf Johns Kopf und Brust und hielten ihn fest. »Es wird alles gut, McClusky. Ich verspreche es Ihnen.«

Das letzte Mal hatte Hartfield das zu dem Piloten gesagt, ehe er ihm die Todesspritze gegeben hatte. »Nein!« Nichts würde je wieder gut sein. Das Bein war ab, und nichts in der Welt konnte es zurückbringen. Verzweifelt versuchte John, sich aus Hartfields Griff zu befreien. Aber mehr als ein schwaches Zucken brachte er nicht zustande.

Die Tür ging auf, und der Doktor stürmte mit zorniger Miene auf sie zu. »Ich hatte Sie gewarnt!«, fuhr er den Sergeant an, während er eine Spritze aufzog.

Schweißnass kämpfte John gegen Hartfields Griff. Er wusste nicht, ob es Schweiß oder Tränen waren, die über sein Gesicht rannen. »Sir …«

»Ruhig, ganz ruhig!« Als der Doktor den Spritzeninhalt in den Transfusionsschlauch injiziert hatte, lockerte sich Hartfields Griff endlich. »Alles wird gut, mein Junge.«

Schwere breitete sich in Johns Körper aus. Sein Blick suchte Hartfields, der meilenweit entfernt schien. »Mein Bein, mein Bein ist der Beweis«, schluchzte er noch.

Dann verschluckte ihn die Schwärze.

Dunkelheit umgab ihn. Eine Dunkelheit, die gefüllt war mit der Anwesenheit Fremder. Er konnte ihr Atmen hören. Zehn, zwanzig. So genau konnte er es nicht bestimmen. Sie schienen überall zu sein.

Langsam schob er einen Fuß vor den anderen auf der Suche nach einem Ausweg. Seine Hände stießen an eine Art Sack, der von der Decke hing. Das Material des Beutels war seidig zart. Er war gefüllt mit irgendetwas Lebendigem. Dort, wo seine schweißfeuchten Finger lagen, beulte sich der Sack aus, als wolle das Ding darin nach ihm greifen.

Er wich zurück, stieß gegen einen Beutel in seinem Rücken, dem ein leises Stöhnen entwich.

»Töte mich«, flüsterte eine Stimme, »töte mich!«

»Töte mich«, wiederholte eine andere Stimme.

»Töte mich!«

»Töte mich!«

Flüsternd und wispernd drangen die Stimmen auf ihn ein.

Fort. Er wollte nur noch fort. Gehetzt drehte er sich im Kreis. Seine Finger tasteten zitternd nach einem Ausweg. Doch die Beutel waren überall. Egal, wohin er sich wendete, seine Hände fanden nur weitere Gespinste. Schweiß bildete sich auf seiner Stirn.

Mitten aus dem Wispern erhob sich ein Schrei. Die Tonlage war so hoch, dass John sie kaum noch wahrnehmen konnte. Fast kam es ihm vor, er würde sie erspüren.

Dann hörte er das Klicken.

Mit rasendem Herzen wich er zurück, stieß gegen einen der Kokons.

Ein Schrei brach daraus hervor und quälte seine Ohren. Am Rande seines Bewusstseins ahnte er, dass die klickenden Wesen nun wussten, wo er war.

Weg. Fort.

Doch egal, wohin er sich wendete, von überallher drang ihm das Klicken entgegen. Sie kamen näher, kreisten ihn ein. Bis er mit einem wütenden Schrei blind in die Dunkelheit rannte. Doch das rechte Bein gab unter ihm nach. Im Fallen begriff er, dass es nicht mehr vorhanden war. Dass dort, wo es sein sollte, nur noch ein blutiger Stumpf war.

Da waren sie auch schon über ihm. Harte, klauenartige Finger zerrten an ihm und hielten ihn fest.

Er schlug um sich und schrie. Schrie und schlug, zappelte und wimmerte. Aus dem Wimmern wurde ein letzter verzweifelter Schrei, mit dem er die Augen aufriss.

Neonlicht blendete ihn. Er lag, am ganzen Leib zitternd, in einem Krankenbett. Hände hielten ihn fest. Viele Hände. Die bleichen Gesichter ihrer Besitzer reihten sich um sein Bett. Sein Atem ging so schnell und keuchend, als habe er einen Zehntausend-Meter-Lauf hinter sich gebracht.

»Ruhig, McClusky! Ganz ruhig!«

Durch die Schleier vor seinen Augen sah er, wie eine Spritze sich dem Infusionsschlauch näherte.

»Ich bin ruhig«, keuchte er, »ich bin ruhig. Bitte … bitte … keine Spritze …«

Die Hände mit der Spritze hielten inne und sanken langsam herab. Der Doktor mit den grauen Haaren und den müden Augen trat an sein Bett. »Wissen Sie, wo Sie sind?«

»Krankenstation. *Washington*.« Er musste sich darum bemühen, dass aus den Worten kein Schluchzen wurde.

»Ihr Name? Dienstrang?«

»Zacharias McClusky. Private First Class.« Seine Augen waren feucht. Wenigstens konnte er wieder halbwegs atmen.

»Lassen Sie ihn los«, sagte der Arzt.

Die Pfleger und Krankenschwestern gehorchten. Die bleichen Mondgesichter wichen von seinem Bett zurück.

Nur der Arzt mit den müden Augen blieb. »Haben Sie Schmerzen?«

John schüttelte den Kopf.

»Albträume?«

Es kostete ihn all seine Überwindung, das zuzugeben. Nur zögerlich nickte er.

Wortlos trat der Arzt an den Infusionsschlauch und pikste die Nadel der Spritze hinein.

»Nein«, keuchte John, »bitte …«

Ohne Mühe fing der Arzt seine Hand ein und hielt sie fest. »Es ist nur zu Ihrem Besten.«

Voller Zorn wollte John sie ihm entziehen, aber mehr als ein Zucken brachte er nicht zustande. Schwere legte seine Glieder lahm.

Der Arzt stand neben ihm und hielt seine Hand, bis die Schwere Johns Denken erreichte.

»Sie müssen etwas essen«, sagte die Krankenschwester, ein zierliches Ding mit mausbraunen Haaren.

Der Teller mit Suppe, den sie auf dem Klapptischchen am Bett abstellte, sah wenig verlockend aus.

Dienstbeflissen legte sie einen Löffel neben den Teller. »Brauchen Sie Hilfe?«

»Nein!«

Erschrocken vor der Barschheit seiner Stimme zuckte sie zurück. »Soll ich das Bett verstellen?«

Das war unnötig. Er wusste selbst, wie das funktionierte. »Nein, verdammt! Sie sollen gehen!«

Unschlüssig musterte sie ihn, blinzelte einmal und eilte endlich zur Tür. »Sie wissen, wie Sie mich rufen können.«

Und ob er das wusste! Aber darauf konnte sie lange warten!

Erst als die Tür sich wieder geschlossen hatte, atmete er aus.

Die geballten Fäuste öffneten sich langsam wieder. Blöde Kuh! Seine Finger tasteten nach der Fernbedienung für das Bett.

Mit einem leisen Summen fuhr das Kopfteil hoch, bis er halbwegs aufrecht saß. Sekundenlang stierte er auf den Teller mit der Suppe, bis er endlich nach dem Löffel tastete. Der Löffelstiel fühlte sich kalt und glatt an. Er änderte seinen Griff, aber er fand keine Fingerhaltung, die es ihm erlaubte, den Löffel ruhig zu halten.

Trotzdem tauchte er den Löffel in die Brühe. Vorsichtig wollte er den gefüllten Löffel zum Mund führen. Aber seine Hand zitterte so sehr, dass er noch über dem Teller den kompletten Inhalt verschüttete.

Der nächste Versuch war nicht besser. Je mehr er sich konzentrierte und anstrengte, nichts zu verschütten, umso stärker zitterte er – und umso wütender wurde er. Um Ruhe bemüht, legte er den Löffel neben den Teller. Seine Finger zuckten wie Fische auf dem Trockenen. Als er erneut nach dem Löffel greifen wollte, fiel er ihm aus der Hand.

Mit einem Zornesschrei warf er den Löffel an die Wand.

Mühsam stemmte er sich hoch. Die Bewegung genügte, um einen jähen Stich durch seinen Unterleib zu schicken. Mit Schweiß auf der Stirn presste er die Hände gegen die Wunde. Die Suppe war vergessen. Nun wollte er alles sehen. Auch den Beinstumpf, den er die letzten Tage so vehement ignoriert hatte.

Mit einem Ruck zerrte er die Decke von seinen Beinen. Sekundenlang starrte er auf den dicken Verband um den Stumpf, eine Hand gegen den Unterleib gepresst. Ihm war auf einmal kalt und schwindelig. Als sein anderer Arm den Teller berührte, fegte er ihn in sinnlosem Zorn vom Tisch. Wie durch Watte hörte er das Porzellan auf dem Boden zerspringen.

Im nächsten Augenblick stürmte Mausgesicht ins Zimmer.

»Private McClusky, Private McClusky!« Die nackte Panik lag in ihrer Stimme, während sie auf ihn zustürzte. Gerade noch rechtzeitig, um ihn aufzufangen, ehe er vollständig aus dem Bett kippte.

Am ganzen Leib zitternd, hing er in ihren Armen, bis sie es schaffte, ihn zurückzuhieven. Ihre Hand hielt seine rechte, während das Kopfteil summend wieder in die Waagerechte fuhr.

»Ruhig! Alles wird gut, Private McClusky! Wir müssen den Verband wechseln.«

Er war zu schwach, um sich zu wehren, sogar, um zu reden. Hilflos lag er im Bett, derweil sie seine Hand hielt und der Doktor ins Zimmer kam. In seinen Ohren rauschte es. Er sah den Arzt reden, sah wie durch einen Tunnel die blinkenden Instrumente, mit denen der blutige Verband gewechselt wurde. Sein Blick konzentrierte sich immer mehr darauf, wurde magisch von den metallenen Werkzeugen angezogen.

Als der Doktor ging, lag eine Schere unter Johns Hand.

»Was hatten Sie denn damit vor?« Mit den Händen in den Taschen seines weißen Kittels stand der Doktor neben John und musterte ihn müde. Die Schere lag anklagend auf dem Tischchen neben Johns Bett. Mausgesicht hatte sie beim Wechseln der Laken gefunden.

John schwieg. Was hätte er auch sagen sollen? Dass er sich die Fingernägel hatte schneiden wollen?

»Wenn Sie nicht gesund werden wollen, werden Sie Ihre Genesung nur unnötig hinauszögern.«

Stundenlang hatte John mit der Schere gespielt, um sie dann unter der Matratze zu verstecken. Nun wünschte er sich, er wäre weniger zögerlich gewesen. »Genesung?« Fast hätte er bitter aufgelacht. »Welche Genesung?«

Der Arzt zog sich den Stuhl heran und ließ sich darauf fallen. »Sagen Sie es mir!«

»Lecken Sie mich! Ich hab keine Lust auf dieses Scheißpsychogelaber.« Zornig presste John die Lippen aufeinander. Wäre er nur ein bisschen entschlussfreudiger gewesen, wäre es jetzt vorbei. Aber war es wirklich das, was er wollte?

Ein Seufzen erklang. »Sie sind wütend, weil Sie Ihr Bein verloren haben. Aber Sie haben überlebt. Wenn Sie ein wenig kooperativer sind, könnten Sie in zwei Wochen wieder auf den Beinen sein.«

»Guter Witz! Ich hab nur noch eins.«

»Die Army wird Ihnen eine gute Prothese bezahlen, damit Sie nach Ihrem Ausscheiden aus dem Dienst einer angemessenen Arbeit nachgehen können. Kein Grund, um zu verzweifeln.«

»Sie können sich Ihre beschissene Prothese in den Hintern schieben!«, schrie John. In seiner Brust wütete ein Schmerz, der ihn fast zerriss, ohne dass er hätte sagen können, was ihn verursachte.

»Es gibt Prothesen, die Sie kaum in Ihren täglichen Arbeiten behindern werden. In Anbetracht Ihrer Leistungen wird sich das –«

»Schnauze! Halten Sie Ihr Maul, verdammt!« Der Schmerz wurde übermächtig, suchte nach einem Ventil. »Hauen Sie endlich ab!«

Kopfschüttelnd stand der Doc auf. »Sie machen sich die Sache unnötig schwer, McClusky! Ihr Leben ist damit nicht zu Ende; Sie müssen nur den Mut haben, neu anzufangen.«

Johns tastende Finger fanden die Bettfernbedienung. »Verpissen Sie sich!« Die Fernbedienung traf den Arzt an der Brust und zersplitterte danach auf dem Boden. »Hauen Sie ab, verdammt! Verschwinden Sie!« Seine Stimme zitterte. Nur dass er aus Leibeskräften brüllte, bewahrte sie davor zu kippen.

Der Doc wich zurück. »Bitte zwingen Sie mich nicht dazu, Sie erneut ruhigzustellen.«

Johns Augen brannten so sehr, dass sie feucht wurden. »Das wagen Sie nicht«, keuchte er.

»Nur wenn ich muss, Private McClusky. Also, wollen Sie mir nun zuhören und mir die Chance geben, Ihnen die Maße nehmen zu lassen, um die Prothese in Auftrag geben zu können?«

Die Tränen brannten wie Säure in Johns Augen. »Ich scheiße auf Ihre Scheißprothese! Hauen Sie endlich ab, verdammt!« In sinnlosem Zorn warf er die Wasserflasche nach dem Arzt.

Der Doc seufzte nur, ehe er einen Knopf am Zimmereingang betätigte.

In irrer Wut warf John erst das Glas und dann den Becher gegen die Wand, wo sie nacheinander zerschellten. Als seine Hand nach weiteren Wurfgeschossen tastete, fand er die Schere. Dieses Mal zögerte er, ehe er danach griff. Voller Zorn umklammerte er sie, ohne zu wissen, ob er sie nun werfen oder sich lieber mit ihr die Kehle aufschneiden sollte, damit es endlich vorbei war.

In diesem Moment stürmten drei Pfleger herein. John wehrte sich, als sie nach ihm griffen. Dem ersten verpasste er mit der Schere eine Schramme am Arm, schlug dem nächsten eine blutige Nase, trat dem anderen in den Magen, obwohl er wusste, wie sinnlos seine Gegenwehr war. Sein Zorn wurde zu einem schwarzen Strudel, der ihn hinabriss in einen bodenlosen Schlund, aus dem es kein Entkommen gab. Er hörte sich schreien und toben, ohne Verstand, fühlte, wie sie ihn ans Bett fesselten, und spürte Tränen, die heiß wie Lava über sein Gesicht rannen.

Bis das Mittel, das der Doc in den Infusionsschlauch gespritzt hatte, endlich seine Wirkung tat. Schluchzend riss er an den Fesseln, als die Müdigkeit ihn übermannte und mit sich riss.

8. Kapitel

Klauen packten sein Bein und hielten ihn fest. Er klammerte sich an das Regal. Aber das Alien war stärker. Mühelos zog es ihn unter dem Tisch hervor. Die Klauen nagelten ihn am Boden fest, während die ekelhafte Fratze sich über ihn beugte. Die bloßliegenden Kiefer öffneten sich, um die röhrenförmige Zunge hindurchzulassen, die sich in seine Brust bohrte.

Er schrie. Seine Arme zuckten im hilflosen Bemühen, das Alien abzuwehren.

»Hey!«, rief jemand. »Hey, Johnnie! Wach auf!« Fremde Finger strichen sanft durch seine Haare.

Mit einem Keuchen riss John die Augen auf und starrte in Ophelias Gesicht. Der Anblick ernüchterte ihn schlagartig. Dann bemerkte er, dass er immer noch ans Bett gefesselt war. »Lass mich los, verdammt!«

»Okay, okay!« Demonstrativ hob sie die Arme, ehe sie sich langsam auf den Stuhl neben seinem Bett sinken ließ. »Du hast geträumt«, sagte sie unnötigerweise.

»Hast du noch was auf dem Herzen, Nervensäge?«

»Schon gut! Ich habe verstanden.« Mit einem Achselzucken stand Ophelia auf. »Mach's gut, Blödmann!«

»Warte!« John ballte die Faust. Was noch? Wollte er sie jetzt etwa um Verzeihung bitten? Zu wissen, dass man Ophelia wahrscheinlich gerufen hatte, weil er sich angeblich umbringen wollte, und dass er zu allem Überfluss unter der Decke nackt war, machte es nicht leichter.

Ophelia drehte sich vor der Tür um. »Ja?« Als er keine Antwort gab, kam sie zurück und ließ sich mit einem Seufzen wieder auf den Stuhl fallen.

Die Stille wurde unerträglich. Aber alles, an was John denken konnte, war die röhrenförmige Zunge, die sich in sein Bein bohrte.

Ophelias Hand legte sich so plötzlich auf seine, dass er zusammenzuckte. Sie ignorierte es und begann, sacht seine Finger zu streicheln.

Ein Kloß begann in Johns Kehle zu wachsen.

»Du musst nichts sagen, Johnnie.« Sanft drückte Ophelia seine Hand.

»Zach«, berichtigte er dumpf.

Sie lächelte. »Glaubst du wirklich, ich hätte dich nicht erkannt?«

»Willst du mich jetzt verpfeifen?«

»Quatsch! Du hast José den Hintern gerettet. Wieso sollte ich dich verpfeifen?«

»Es war ziemlich dämlich von deinem Brüderchen, sich mit Aziz einzulassen.«

Eine kleine Pause entstand, in der Ophelia weiter seine Finger streichelte. »Warum musst du immer den einsamen Helden spielen?« Ihre Stimme klang dabei seltsam dünn.

Er ballte die Hand zur Faust, um zu signalisieren, dass sie mit dem Streicheln aufhören sollte. »Ich habe bloß versucht zu überleben.«

»Das meinte ich nicht.«

Dämlich hatte Hartfield ihn genannt. War es das, was sie meinte? »Sondern?«

»Ich bin für dich da, Johnnie.«

»Zach!«, schnaubte er.

»Wir sind alle für dich da, wenn du uns brauchst.«

Verdammt! Der Kloß drohte seine Kehle zu sprengen.

Wieso konnte diese Schlampe nicht aufhören zu reden? War das eine neue Masche seines Arztes, um ihn »zur Vernunft« zu bringen?

»Du hast uns allen schon den Hintern gerettet. Wir sind ein Team. Einer für alle, alle für einen. Schon vergessen? Du musst nur was sagen. Okay?« Ganz sacht berührte sie mit den Fingerspitzen seinen Arm.

Er zuckte unter der Berührung zusammen, als habe ihn eine Schlange gebissen. »Haub ab!«, schrie er. »Verschwinde endlich!«

Mit regloser Miene stand sie auf. »Du musst da nicht alleine durch, John.«

»Hau ab! Hau endlich ab, verdammt!« Seine Stimme drohte zu versagen. Eigentlich wollte er nicht, dass sie ging.

Schweigend sah sie ihn an.

Er keuchte. Das Verlangen, sich in ihre Arme zu flüchten, zerriss ihn schier.

»John …«

»Verpiss dich!«, schrie er.

Ohne ein weiteres Wort drehte sie sich um und verließ den Raum.

Als sie draußen war, ballte John die Fäuste, als könne er so die Nässe zurückhalten, die sich in seinen Augen sammelte.

»Hey, Zach!« Dieses Mal waren es gleich Kim, Mirek, Harlan und Reno, die ihn störten.

John blinzelte gegen die Schwere seiner Lider. Warum ließ man ihn nicht einfach schlafen? Dann musste er wenigstens nicht jedes Mal an die Scheiße denken, in der er saß. Wenigstens hatte der Doc ihm nach zwei Tagen die Fesseln abgenommen. »Was?«, knurrte er ungnädig.

Betreten blickte Kim zu Boden. »Wenn wir ungelegen –«

Harlan unterbrach Kim. »Wow, wow! Immer langsam. Wir wollen dich nicht stören, Alter! Nur Hallo sagen. Dann sind wir auch schon wieder weg.«

»Hallo!«

Lachend deutete Harlan einen Schlag auf Johns Schulter an. »Okay, so schnell wirst du uns jetzt auch nicht wieder los, Mann.«

Das hatte John befürchtet. »Und womit kann ich euch loswerden?«

»Ganz bestimmt nicht mit deinem herzerfrischenden Charme, Armleuchter!«, antwortete Reno.

»Das Kompliment kann ich zurückgeben, Klugscheißer!« Trotzdem bot John Reno die Faust an, damit dieser dagegen boxen konnte.

Harlan schloss sich sofort an.

»Und«, fragte Mirek, »wann kommst du raus?«

Das war die falsche Frage gewesen. »Wen kümmert's?«

»Uns.« Kim hatte sich an Johns rechte Seite gemogelt.

Verdammt! Fing der jetzt auch mit diesem sentimentalen Quatsch an wie Ophelia? »Sehr witzig.«

»Im Ernst, Zacharias«, sagte Mirek. »Wir sind dein Team. Wir freuen uns, wenn es dir besser geht.«

Mit einem Ruck setzte John sich auf. Die Seite schmerzte bedenklich, aber es kümmerte ihn nicht die Bohne. »Verfluchte Kacke! Wann kapiert ihr das endlich? Wir sind kein Team mehr. Ich bin draußen. Für immer! Egal, wie gut es mir geht.«

Betroffenheit zeichnete sich auf Mireks Gesicht ab. Sein Blick irrte zu der leeren Stelle unter der Decke und von dort zurück in Johns Gesicht. »Es gibt Möglichkeiten ...«

»Möglichkeiten?«, fauchte John. »Welche Möglichkeiten? Soll ich auf Krücken hinter euch herhumpeln?«

»Er hat recht.« Reno klang ruhig. »Ich hatte es dir gesagt, Mirek.« Mit Bedauern im Blick bot er John die Hand. »Es war mir eine Ehre, Zach. Ehrlich.«

Eine gefühlte Ewigkeit starrte John auf die Hand, ehe er einschlug. »Der Platz als Teamleader ist frei.«

Reno schüttelte den Kopf. »Du warst die bessere Wahl. Das wissen wir beide. Mach's gut, Zach!« Ohne ein weiteres Wort ging er.

Harlan räusperte sich, als sich die Tür hinter Reno schloss. »Hey, der Kerl hat mir die Tour vermasselt! Das waren meine Worte.«

»Trag's mit Fassung, Harl!« John nutzte den Moment, um Harlans Hand zu packen.

»Verdammt!« Harlans Augen glänzten verdächtig. Urplötzlich zog er John an seine Brust, klopfte seinen Rücken und ließ ihn vorsichtig wieder zurück aufs Bett sinken. »Du bist nicht besiegt, Mann! Solange du wieder aufstehen und weitermachen kannst, bist du nicht besiegt. Vergiss das niemals, Mann!« Danach verließ er so schnell das Krankenzimmer, dass es einer Flucht glich.

»Es tut mir leid«, sagte Mirek in die Stille hinein. »Es hat wohl keinen Sinn, dir etwas vorzumachen. Du hast deine Lage richtig erkannt.«

»Hör auf, dich zu entschuldigen!«

»Ich hätte mehr tun müssen, um die Sepsis zu bekämpfen. Dann hätten Sie vielleicht dein Bein retten können. Ich habe versagt. Ich –«

»Niemand konnte mein Bein retten. Also hör auf, solchen Blödsinn zu reden! Ich war infiziert. Ich war drauf und dran, ein Alien zu werden. Ich kann von Glück reden, dass ich nicht zu eurem Feind wurde und nur mit einem Bein weniger auf der Krankenstation liege.«

»Willst du damit sagen, dass ...« – Mirek schluckte – »... dass die Aliens aus den Gefangenen ihresgleichen machen?«

John nickte. »Aye. Aber das ist *topsecret*. Zu keinem ein Wort darüber!« Colonel Forsman würde ihn wahrscheinlich eigenhändig erschießen, wenn irgendjemand erfuhr, dass er geplaudert hatte.

»Scheiße!« Mirek fluchte sonst nie.

»Glaubst du mir?«

Mirek nickte. Er sah auf einmal alt und müde aus. Langsam griff er nach Johns Hand. »Ich danke dir, Zacharias! Für alles.«

Als er fort war, stand nur noch Kim verloren neben Johns Bett. »Ich geh dann mal«, sagte er verlegen und schlich zur Tür.

»Warte!« Ein Gedanke durchzuckte John. Vielleicht konnte er ja wenigstens noch jemandem eins auswischen, ehe er seinen Abschied nahm.

Kim hielt inne und kehrte an Johns Bett zurück. »Kann ich noch was für dich tun?«

»Ja, da wäre was. Ist nicht unbedingt legal. Also, wenn du nicht willst, fühl dich zu nichts verpflichtet. Okay?«

Kim grinste spitzbübisch. »Klingt interessant. Um was geht es denn?«

»Um einen Account namens ›Joker‹. Mich würde interessieren, was die Person dahinter so zu sagen hatte – und zu wem. Lance Corporal Geoffrey Harmon hatte Kontakt mit ihr. Vielleicht reicht dir das ja als Anhaltspunkt. Aber sei vorsichtig! Es ging um ...« – John kratzte sich am Nacken – »... um einen Mordauftrag.«

»Echt jetzt?« Kim starrte ihn an. Plötzlich leuchteten seine Augen auf. »Harmon sollte dich kaltmachen?«

Schöne Scheiße, dachte John. Kim hatte es sofort gemerkt. Dennoch nickte er zustimmend.

»Weiß Hartfield …«

»Natürlich! Aber ich würde selber gerne wissen, wer dahintersteckt; und er wird mir das Ergebnis bestimmt nicht sagen.«

»Da hast du recht.« Nach einer kleinen Pause fügte Kim hinzu. »Ich mach's.«

»Danke. Hast was gut bei mir!«

»Zach, hör mal! Wenn … wenn du die Army nicht verlassen willst, es gibt andere Jobs. Ich meine, du … du könntest Nachschuboffizier werden. Dinge organisieren und so. Ich weiß, dass du das gut könntest. Du hast 'ne Menge Überblick und –«

»Vergiss es!« Die Worte fielen schärfer aus, als John beabsichtigt hatte.

»Wirklich! Ich meine, du könntest auch Funker werden oder Materialverwalter oder –«

»Ich sagte, vergiss es!«

Kims Miene wurde bekümmert. »Hartfield würde sich bestimmt für dich einsetzen. Da bin ich mir –«

»Ich werde nicht in der Army bleiben. Ich bin ein Krüppel, verdammt!« Wieso würgte ihn dieser Kloß wieder im ungünstigsten Augenblick?

Krüppel. Er wusste, was das bedeutete. Diese armen Schweine saßen im Dreck am Straßenrand und bettelten um Geld, bis der saure Regen ihnen die Augen verätzte. Lieber wollte er tot sein, als so zu enden!

»Wir fliegen zurück zur Erde. Du kannst nach Hause –«

»Nach Hause?« John hätte fast gelacht. »Du hast ja keine Ahnung, Mann.«

Zurück in die Gosse? Aziz wartete sicherlich schon auf ihn, und als Einbeiniger war er leichte Beute.

Kim räusperte sich. »Ich könnte meinen Dad darum bitten, dass er dir einen Job besorgt. In der Buchhaltung oder ... Du bist Harvardabsolvent und Kriegsveteran. Die werden sich die Finger nach dir lecken.«

»Verdammte Scheiße!«, schrie John. »Ich bin kein Harvardabsolvent. Ich kann grade mal meinen Namen schreiben. Ich ...« Er rang sich einen keuchenden Atemzug ab. »Ich bin nicht Zacharias McClusky. Ich bin John Flanagan. Vorbestraft. Ohne Schulabschluss. Mein Vater sitzt im Knast, meine Mutter ist Putzfrau und meine Schwester 'ne Nutte. Und wenn du das irgendjemandem verrätst, mach ich dich kalt. Hast du jetzt verstanden?«

»Mist!« Kim ließ sich auf den Stuhl fallen.

John legte seine Arme über das Gesicht. Das war irre! Wieso musste er sich ausgerechnet Kim gegenüber zum Narren machen? Fehlte nur noch, dass er heulte!

Schweißnasse Finger berührten seinen rechten Arm. Kim räusperte sich. »Ich finde eine Lösung, Zach! John, meine ich. Nein, Zach, es darf ja keiner wissen. Also, ich finde eine Lösung. Irgendwie. Ich versprech's dir!«

»Verschwinde«, würgte John hervor.

»Nein, tu ich nicht. Erst, wenn du mir die Hand gibst wie den anderen.«

Der kleine Mistkerl war wirklich beharrlich. Das musste er ihm lassen. Brüsk wischte John sich über die Augen und nahm die Arme von seinem Gesicht. »Pass auf, was du versprichst, Kleiner!«

Mit todernster Miene griff Kim nach seiner Hand. »Das ist ein Ehrenwort unter Ehrenmännern. Ich werde es nicht brechen. Aber du musst mir auch etwas versprechen.«

»Und was?« Kims Händedruck war unerwartet fest.

»Dass du nicht aufgibst.«

Ausgerechnet Kim! Doch um keinen Preis würde er vor ihm einen Rückzieher machen. »Einverstanden.«

Jetzt fehlte nur noch Hartfield!

Aber der Mann, der kahlköpfig und mit brauner Haut neben sein Bett trat, war Chadim.

Das war nun eindeutig zu viel des Guten!

»Was willst du?«, knurrte John.

Ohne eine Miene zu verziehen, setzte Chadim sich auf den Stuhl neben seinem Bett. »Mit dir reden. Befehl des Sergeants.«

Wenigstens war Chadim ehrlich. Also waren wohl auch die anderen auf Hartfields Befehl hier gewesen. Wahrscheinlich, um ihn aufzumuntern. »Du warst hier und hast mit mir geredet. Du kannst gehen. Da ist die Tür.«

Ganz so einfach wollte Chadim es ihm nicht machen. »Sergeant Hartfield hat mich angewiesen, dir von meiner Behandlung zu berichten.«

Was war denn das für eine Masche? »Schon okay. Du warst verletzt und hast dich tapfer deiner Behandlung gestellt. War's das?«

»Ich war zum Tode verurteilt – wegen mehrerer Attentate auf Politiker und einem Sprengstoffanschlag auf ein Finanzgebäude. Ich war ein Terrorist, ein radikales Mitglied des Dschihad. Möchtest du mehr hören?«

Sprachlos sank John in sein Kissen zurück. Nach einer Schrecksekunde begriff er, dass ihm der Mund offen stand, und räusperte sich. »Red weiter!«

»Meine Gruppe wurde verraten. Ein Bote wurde niedergeschlagen, seine Nachricht erreichte nicht meinen Verbindungsmann, und ich wurde verhaftet.«

Er sprach doch nicht etwa von José, dem er vor zwei Jahren eine Latte über den Schädel geschlagen hatte, damit Aziz ihn nicht weiter als Botenjungen benutzte?

»Und? Suchst du den Schuldigen? Falls ja, kann ich dir leider nicht helfen.«

»Ich kenne den Schuldigen. Sergeant Hartfield möchte, dass ich dir erzähle, was anschließend geschah.«

John schluckte unwillkürlich. War das eine versteckte Drohung? »Dann komm zur Sache!«

Chadim beugte sich vor und stützte sich mit den Ellbogen auf seine Oberschenkel. »Bevor ich hingerichtet werden sollte, kam Sergeant Hartfield zu mir mit einem Angebot. Er bot mir die Wahl zwischen einem neuen Leben und dem Tod. Wenn ich mich einer Gehirnwäsche unterzog und anschließend für ein Programm zur Modifizierung meines Genoms zur Verfügung stellte, würde man die Todesstrafe aussetzen. Die Aussichten, die Modifizierung zu überleben, standen bei eins zu zehn.«

»Schade, dass du überlebt hast, Kaftanträger!« Was zur Hölle war ein »G-nom«?

Chadim schien die Beleidigung nicht einmal wahrzunehmen. »Es gibt noch ein weiteres Programm der Army zur Entwicklung von Supersoldaten. Es steckt noch in den Kinderschuhen, da bisher keine Freiwilligen gefunden werden konnten. Die Erfolgsaussichten liegen bei siebzig bis achtzig Prozent. Es geht um den Einsatz künstlicher Gliedmaßen aus Metall, die die Leistungsfähigkeit eines Soldaten verbessern. Mehr Kraft, mehr Geschwindigkeit, enorme Widerstandsfähigkeit. Natürlich wäre das mit einigen Implantaten verbunden. Wenn ein erster Versuch positiv verläuft, könnten weitere Ersatzgliedmaßen folgen. Sergeant Hartfield wäre hocherfreut, wenn du dich dazu zur Verfügung stellst und so seinem Squad erhalten bleibst.«

Ein Lidmuskel in Johns Gesicht zuckte. Benommen wischte er sich über die Augen.

»Möchtest du, dass ich dir das Prozedere näher erläutere?«

»Nein, verdammt!« Keuchend barg John sein Gesicht unter den Armen.

»Die Modifizierung meines Genoms war sehr langwierig und schmerzhaft. Es gab elf Testpersonen, und davon sind zehn nach langem Leiden gestorben. Ich habe als Einziger überlebt. Dass diese Informationen geheim sind, versteht sich von selbst.«

John schnaubte. »Willst du mir Angst machen?«

»Ich will dich über die Gefahren informieren. In deinem Fall besteht sie hauptsächlich in der Abstoßung der Implantate. Im schlimmsten Fall könnte eine Sepsis zu einem großflächigen Absterben von Gehirngewebe führen. Was, je nach Gehirnbereich, der betroffen ist, den Exitus oder lebenslange Debilität nach sich ziehen könnte.«

»Herzlichen Dank!« Debili-... was?

»Heißt das, du nimmst das Angebot an?«

»Nein, verdammt! Ich ...« Als John wütend die Arme wegzog, sah er direkt in Chadims leidenschaftsloses Gesicht.

»Sergeant Hartfield zählt auf dich. Die Einheit braucht dich. Die Troopers brauchen dich. Du kannst dich nicht einfach feige verdrücken.«

»Das habe ich nicht vor, du dämlicher Kaftanträger!« Zornig stemmte sich John hoch. Die Hand auf die verwundete Seite gepresst, starrte er den Araber an.

Chadim stand auf. »Ich bin nicht der Feind. Aber ich weiß, dass er hier ist. Wenn du ihn nicht findest, kann es keiner. Du musst handeln. Verstehst du mich jetzt?«

»Hör auf, in Rätseln zu quatschen, und sag mir, was du willst!« Die Wunde unter Johns Hand begann unangenehm zu pochen.

»Mir sind die Hände gebunden. Enttäusche mich nicht! Ich zähle auf dich!« Damit verließ Chadim den Raum.

»Hey! Hey, verflucht!« Voller Zorn wollte John aufstehen, besann sich aber im letzten Augenblick eines Besseren. »Komm zurück«, schrie er, »komm verdammt noch mal zurück und rede mit mir!«

4. Intermezzo

»Er ist ungeeignet«, sagte der Doktor müde.

»Er hat nicht versucht, sich umzubringen. Wie oft soll ich Ihnen das noch sagen? Jemand, der genug Eier hat, um sich selbst das Bein abzuschneiden, bringt sich nicht um.« In hilflosem Zorn ballte Hartfield die Faust. Die Diskussion ging ihm langsam auf die Nerven. Zumal er sich im Büro des Doktors wie ein Bittsteller fühlte.

»Er hat eine Schere gestohlen und damit einen Pfleger verletzt.«

»Weil er nicht wieder ans Bett fixiert und sediert werden wollte. Was erwarten Sie eigentlich von dem Mann? Dass er brav sein Süppchen schluckt und darauf wartet, ausgemustert zu werden? McClusky ist eine Kämpfernatur. Er sucht jetzt neue Wege für sich, und wenn wir ihm einen solchen Weg bieten, dann wird er ihn beschreiten. Zu hundert Prozent.«

Der Doktor nahm die Brille ab und polierte sie. »Das ist es ja gerade, was mir Sorgen macht. Er wird zusagen, ohne sich über die Konsequenzen Gedanken zu machen.«

Hartfield unterdrückte einen Fluch. Wenn auch nur ein Körnchen Wahrheit in McCluskys Worten steckte – und er bezweifelte, dass der Bengel ihn in dieser Sache anlog –, dann hatte jemand zum fünften oder vielleicht sogar zum sechsten Mal versucht, ihn umzubringen. Er musste McClusky in der Obhut seines Squad behalten. Nun, da Colonel Forsman die Rückkehr zur Erde befohlen hatte, war das dringlicher denn je.

»Haben Sie sich vielleicht schon einmal Gedanken darüber gemacht, wie sein Leben aussehen wird, wenn er seinen Abschied nimmt?«

Der Doc setzte die Brille wieder auf. »Als Harvardabsolvent und Kriegsheld? Ziemlich positiv.«

Anscheinend führte kein Weg daran vorbei, dem Arzt zumindest einen Teil der Wahrheit zu enthüllen. »Jemand hat versucht, ihn zu töten. Mehr als einmal. Sobald er seinen Abschied genommen hat, ist er so gut wie tot. Möglicherweise hat der Dschihad seine Finger im Spiel. Ich weiß es nicht. Ich weiß nur, dass ich ihn im Auge behalten muss, wenn ich herausfinden will, wer dahintersteckt und um was für eine Verschwörung es sich da handelt.«

»Weiß Colonel Forsman darüber Bescheid?«

»Niemand außer uns beiden weiß darüber Bescheid. Weil ich nicht weiß, wem ich trauen kann. Sobald ich Forsman informiere, wissen mehr Leute davon, als mir lieb ist.«

»Und mir trauen Sie?«

»Wenn Sie dazugehörten, wäre McClusky sicherlich auf Ihrem OP-Tisch gestorben.«

Der Doc lachte säuerlich. »Ein zweifelhaftes Ausschlusskriterium. Interessiert es Sie vielleicht, was wir über McCluskys Bein herausgefunden haben?« Bei den Worten holte er eine Akte aus seinem Schreibtisch.

»Ich brenne vor Neugier.«

Behutsam blätterte der Doktor die Akte durch und nahm ein Blatt heraus. »Wir fanden fremde DNA in dem Einstichloch. Und diese DNA verhält sich wie ein Virus. Sie infiziert die Wirts-DNA und befiehlt den körpereigenen Zellen, sie zu vervielfältigen und sich umzugestalten. McClusky war tatsächlich infiziert. Hätte er nicht so schnell gehandelt, wäre er zu einem Alien geworden.«

»Heißt das …« Hartfield stockte der Atem.

»Dass all die Männer, die in Gefangenschaft geraten sind, zu Aliens wurden? Ich fürchte, ja. Aber sie nehmen anscheinend nur gesunde, kräftige Menschen in ihr Reproduktionsprogramm auf. Der Rest ist Ausschuss und dient als Nahrung.«

Hartfield schwieg.

Der Doktor schob das Blatt zurück in die Akte. »Wir sind McClusky tatsächlich zu Dank verpflichtet, falls Sie das anmerken wollen. Er hat uns wichtige Informationen über die Fortpflanzung der Aliens geliefert.«

»Und Sie wollten ihm das Bein wieder annähen.«

»Danken wir Gott für die Sepsis, die mich dazu zwang, den Stumpf zu kürzen. Colonel Forsman will ihm übrigens wegen seiner Verdienste das Purple Heart verleihen.«

Benommen wischte Hartfield sich über das Gesicht. »Wollen Sie ihn wirklich draußen herumlaufen lassen? Mit diesem Wissen – als Zivilist? Mit einer Zielscheibe auf seiner Brust für irgendeinen Radikalen?«

Der Doktor seufzte. »Auf Ihre Verantwortung, Sergeant.«

»Keine Einwände.« War das nicht immer so?

9. Kapitel

»Was willst du?« Ophelia blieb mit säuerlicher Miene neben seinem Bett stehen.

»Mit dir reden.«

»Oh, ich dachte, das hätten wir hinter uns. Ich kann mich ziemlich gut daran erinnern, dass du mich rausgeworfen hast. Wolltest du dich etwa entschuldigen? Das wäre jetzt wirklich eine Überraschung.« Mit verschränkten Armen sah sie auf ihn herab.

»Es tut mir leid.« Hatte er das gerade wirklich gesagt? Hitze stieg in Johns Wangen. Er glaubte, vor Scham zu brennen.

Blinzelnd neigte Ophelia den Kopf zur Seite. »Das ist jetzt nicht dein Ernst?«

»Es tut mir leid.« Trotz der Hitze in seinem Gesicht sah er zu ihr auf. »Muss ich dir auch noch die Hand geben?« Dabei streckte er ihr die rechte entgegen.

Sie starrte ihn an, als habe der Blitz neben ihr eingeschlagen. Mit einem plötzlichen Seufzen ließ sie sich auf den Stuhl fallen. »Du machst mich echt fertig.« Wie zufällig landete ihre Hand auf seiner.

Einen Herzschlag lang war er wie erstarrt. Dann schob er vorsichtig die Finger über ihre und hielt sie fest.

Ophelia blinzelte, aber sie zog die Hand nicht weg. »Okay, was ist los?« Ihre Stimme klang auf einmal sanft, fast besorgt.

»Chadim war bei mir. Ich ...«

In komischer Verzweiflung hob Ophelia die Augenbrauen. »Lass mich raten! Ihr habt euch gestritten?«

»Nein, ich brauche deinen Rat.« Oh Mann, wieso war das so schwer gewesen?

Die Finger, die sie ihm fast entzogen hatte, schlossen sich fest um seine. »Jetzt überraschst du mich wirklich, Johnnie.« Sie lachte leise.

Wider Willen lächelte er zurück.

»Um was geht's?«

»Weißt du, ob Chadim zu Aziz gehörte?«

Sie starrte ihn entgeistert an. »Spinnst du?«

Geheimsache, hatte Chadim gesagt. Scheißegal! »Chadim war Teil eines Programms zur Züchtung von Supersoldaten. Zuvor gehörte er dem Dschihad an; er hat diverse Sprengstoffattentate begangen. Ist sogar möglich, dass ein Zusammenhang besteht zwischen seiner Verhaftung und meiner Geschichte mit José. Jedenfalls – Hartfield hat ihm dann angeboten, die Todesstrafe auszusetzen, wenn er bei diesem Programm mitmacht. Die Chance war eins zu zehn, dass er überlebt. Und Hartfield hat mir angeboten, bei einem ähnlichen Programm mitzumachen.«

Mit einem Keuchen sprang Ophelia auf. Sie stürmte zur Tür, kehrte aber auf dem Absatz um und ließ sich neben ihm aufs Bett fallen. »Mach das nicht! Ich flehe dich an!«

»Äh, was?«

Ophelia umfasste seine Schultern. »Dieses Programm. Versprich es mir!«

Mühsam setzte er sich auf. »Hey, nun werd mal locker! Ich mache da nicht mit. Jetzt erzähl mir einfach mal, ob du 'ne Ahnung hast, ob Chadim damals zu Aziz' Bande gehört hat.«

»Ich weiß es nicht. José hat allerdings von einem Amr erzählt, dem er eine Nachricht bringen sollte. Aber ich habe nie einen Nachnamen erfahren. Auch wenn Chadim mit Vornamen Amr heißt, bedeutet das also noch nichts.«

John rieb sich das Gesicht. »Er sagte, der Feind sei hier. Aber ihm seien die Hände gebunden. Nur ich könnte ihn aufhalten ... oder so ähnlich. Was könnte er damit gemeint haben?«

Ophelias Augen wurden weit. »Der Dschihad ist hier? Auf der *Washington?*«

»Shit«, sagte John nur.

»Nichts«, seufzte Kim, der auf dem Stuhl saß, während Ophelia sich wie selbstverständlich auf Johns Bett niedergelassen hatte. Fehlte nur noch, dass sie den Arm um ihn legte. Aber das war wohl nun doch eher eine Wunschvorstellung.

»Und was heißt das?«, hakte John nach.

»Der Account wurde gelöscht. Ich habe natürlich versucht, die Logfiles zu retten. Fehlanzeige. Da war jemand sehr gründlich. Das Gleiche gilt für Harmons Account. Nichts. Keine einzige Nachricht, die ich zurückverfolgen konnte. Aber, na ja ...« Kim zuckte mit den Schultern. »... wenn du mich fragst, ist das absolut verdächtig. Harmon war seit Wochen an Bord. Wieso sollte er keine einzige Nachricht hinterlassen haben?«

»Wovon sprecht ihr eigentlich«, fragte Ophelia.

»Ich dachte, sie wäre eingeweiht!« Kims Blick irrte ängstlich zu Ophelia.

»Na ja, fast. Sie weiß, wer ich bin, und sie kennt Aziz.«

»Hallo!«, bat Ophelia mit genervter Stimme um eine Antwort.

»Harmon wollte mich umbringen. Jemand hat ihm Geld dafür geboten. Kim wollte im Computer nachschauen, ob er eine Spur finden kann. Du hast ja jetzt gehört, was dabei rausgekommen ist.«

»Und das sagst du mir einfach so nebenbei?«

»Sorry!«

»Du hast Nerven!« Ophelia deutete einen Schlag gegen Johns Kopf an.

Er grinste breit. »Was regst du dich so auf? Jetzt weißt du es doch.«

Ophelias Arm blieb auf dem Kissen liegen, gegen das er sich lehnte. »Hast du eine Ahnung, wer dahinterstecken könnte?«

»Nicht die Bohne. Es gibt da einige Möglichkeiten. Goldblum. Stannis. Chadim. Immerhin könnte es sein, dass ich an seiner Verhaftung schuld bin, und er so seine Vermutungen hat.«

Ophelia fluchte. »Und was konntest du über Chadim herausfinden, Kimmie?«

»Aaaah!« Sichtlich verlegen rutschte Kim auf seinem Stuhl hin und her. »Chadim, Amr, Private. Eltern unbekannt. Alter unbekannt. Eigentlich ist alles an ihm unbekannt, außer seinem Eintrittsdatum in die Army. Vor knapp zwei Jahren. Der Rest war *topsecret*. Aber nicht wirklich eine Herausforderung für mich. Er war in einem Testprogramm zur Züchtung von Supersoldaten und wohl als Einziger von elf Testpersonen stabil genug, dass man ihn in den aktiven Dienst nehmen konnte. Die Anweisung kam von Colonel Forsman höchstpersönlich, und zwar kurz nach dem Überfall auf Hell's Kitchen.«

»Amr«, sagte Ophelia nur.

John fand seine Sprache wieder. »Du hast selbst gesagt, dass sei kein Beweis.«

»Ich sagte, dass das nichts bedeuten muss, Klugscheißer.« Ophelia zog ihn am linken Ohr.

»Also bedeutet es jetzt doch was?«, flachste er.

»Hey, ihr zwei! Wenn ich störe, müsst ihr es nur sagen. Dann gehe ich und lass euch allein.«

»Quatsch«, sagte John schnell. Ein wenig zu schnell, fand er selbst.

»Und was machen wir jetzt?«, fragte Kim.

Nachdenklich zupfte Ophelia an Johns Ohr, als wäre es ihr eigenes. »Chadim beobachten.«

»Passt bloß auf euch auf!«

Übermütig zerzauste Ophelia seine kurzen Haare. »Nur nicht neidisch werden!«

Lebendig. So fühlte John sich endlich wieder, auch dann noch, nachdem er einige Stunden geschlafen hatte. Es war, als hätten Kim und Ophelia ihn ins Leben zurückgeholt.

Ein Angebot von Hartfield, das Chadim ihm übermittelt hatte. Wieso war der Sergeant nicht selbst vorbeigekommen, um es ihm zu sagen? Andererseits – Hartfield hätte er sicherlich nicht so aufmerksam zugehört wie Chadim.

Die Erfolgsaussichten lagen bei siebzig bis achtzig Prozent. Hatte Chadim gesagt. Aber der konnte ein berechtigtes Interesse daran haben, ihn loszuwerden. Doch weshalb sollte Chadim ihn bei dieser Sache anlügen? Hartfield konnte die Zahlen jederzeit berichtigen.

War es das Risiko wert?

Wieso fragte er sich das noch? Er hatte sich die Antwort doch schon längst gegeben. Was blieb ihm denn ohne die Troopers? Ohne die Einheit? Die Antwort war ebenso leicht wie ernüchternd. Nichts.

Müde setzte er sich auf. Ein Zettelchen flatterte dabei von seiner Decke zu Boden. Er gähnte, ehe er sich über den Bettrand beugte, um es aufzuheben. Die Handschrift war ihm fremd.

Er las: »11:30 Uhr. Maschinendeck 13A.«

Johns Blick fiel auf die Uhr. Kurz nach elf. Verdammte Hacke, wann war er eingeschlafen?

John drückte nachhaltig den Rufknopf und schaffte es, dass Mausgesicht reichlich außer Atem in sein Zimmer stürmte. »Schicken Sie 'ne Nachricht an meine Teammitglieder Garcia und Han-Sung! Ich brauche sie hier. Schnell! Es eilt!«

»Ich –«

»Nein. Sagen Sie ihnen, sie sollen zum Maschinendeck 13 A gehen! Dringend! Sie sollen …« Mitten im Satz hielt er inne.

Was, wenn das Ganze ein Falle war? Wenn Chadim oder ein anderes Dschihadmitglied nur dort wartete, um sie kaltzumachen?

Seufzend sah Mausgesicht ihn an. »Was soll ich denn jetzt Ihren Teammitgliedern ausrichten?«

»Nichts. Gar nichts. War ein Irrtum! Die haben mich reingelegt. Eigentlich muss ich nur aufs Klo.«

Mit einem neuerlichen Seufzer reichte Mausgesicht ihm die Krücken, die seit einem Tag neben seinem Bett lehnten, damit er auf die Toilette gehen konnte. »Soll ich Sie begleiten?«

»Hey, meine Hübsche! Ich weiß, dass Sie alles aufschreiben. Und ich will, dass Sie notieren, dass ich es ganz alleine zum Klo geschafft habe. Oder wollen Sie meinen Schwanz halten? In dem Falle …«

Sie wurde schlagartig rot wie ein gekochter Hummer und stob mit einem eingeschnappten »Nein, danke!« hinaus.

Ein wenig zittrig stemmte John sich auf die Krücken. Ging doch! Dank Ophelia und Kim trug er auch wieder Boxershorts und Shirt statt des Krankenhaushemdchens. Nur der bandagierte Stumpf störte.

Der erste Schritt trieb ihm den Schweiß auf die Stirn. Doch es klappte erstaunlich gut. Mutiger geworden, zog er sich auf den Krücken bis zur Tür. Ihm war nur ein wenig schwindelig. Kein Wunder, nachdem er so lange im Bett gelegen hatte!

Vor der Tür versuchte er sich zu orientieren. Die Toiletten lagen links. Daneben war die Tür zum Treppenhaus. Das konnte klappen!

Mit einem provokanten Grinsen schwang er sich auf den Krücken an der Scheibe des Schwesternzimmers vorbei. Er winkte sogar, als Mausgesicht in seine Richtung blickte. Die beste Methode, damit sie ihn ignorierte.

Ungesehen erreichte er das Ende des Korridors und stieß die Tür zum Treppenhaus auf. Maschinenraum 13A würde ein langer Weg werden, und er hatte nur eine knappe halbe Stunde. Er musste sich beeilen.

John war schweißnass und zitterte, als er endlich vor der Tür anlangte, auf der 13A stand. Die neugierigen und befremdeten Blicke, die ihm unterwegs zugeworfen wurden, hatte er mit einem Grinsen beantwortet und erklärt: »Anweisung des Arztes. Ich soll mich bewegen.«

Niemand schien sich daran gestört zu haben. Es war trotzdem gut gewesen, dass die Korridore auf der Maschinenraumebene leer waren. Wie er seine Anwesenheit hier hätte erklären sollen, außer durch Dummheit … Nun, das wäre ihm schwergefallen.

Vorsichtig öffnete er die Tür und sah sich um. Er wusste nicht genau, was er eigentlich hier erwartet hatte. Einen Kreis konspirativer Verschwörer? Doch es war niemand da. Maschinenraum 13A sah so aus, wie ein Maschinenraum an Bord eines Truppentransporters aussehen sollte.

Ein Steg aus Gitterplatten begann hinter der Tür, der durch

den gesamten riesigen Raum führte. Diverse Querstege zweigten davon ab. Treppen bildeten Verbindungen nach oben und unten zu weiteren Stegen. Ein tiefes Wummern füllte den Raum von der mehrfachen Größe einer Kathedrale. Neben den Gitterstegen verliefen Rohre und Leitungen. Gleich rechts neben der Tür befand sich ein Panel mit Anzeigen.

Langsam ließ John die Tür hinter sich zufallen. Gitterplatten waren ungünstig, wenn man Krücken benutzen musste, stellte er bereits nach dem ersten Schritt fest. Eine der Krücken blieb hängen. Prompt verlor er den Halt und wäre gestürzt, wenn er sich nicht am Geländer festgehalten hätte.

Sein Blick folgte der Krücke, die über den Rand fiel, etliche Meter tiefer gegen einen Quersteg prallte und schließlich irgendwo in der Tiefe verschwand. Ein leises »Klong« zeigte an, dass sie den Boden erreicht hatte.

Er fluchte. Nur mit einer Krücke würde es verdammt schwer werden, zurück auf die Krankenstation zu gelangen. Er wusste nicht, was er hier eigentlich sollte. Der Maschinenraum war so groß und unübersichtlich. Hier konnte sich ein ganzes Squad problemlos verstecken. Wie sollte er hier jemanden finden, zumal noch als Einbeiniger mit nur einer Krücke, der nach ein wenig Treppensteigen so zittrig und schwach war, dass er sich am liebsten auf den Boden gesetzt und eine Weile ausgeruht hätte?

Doch auf dem Zettel hatte »13A« gestanden! Der Zugang hier musste also von Bedeutung sein. Wieso hatte der Unbekannte ihn ausgerechnet hierher bestellt?

Auf die eine Krücke gestützt, die ihm geblieben war, sah John sich genauer um. Der Steg direkt hinter der Tür war verbreitert, um einen besseren Zugang zu dem Panel zu ermöglichen. Vielleicht hatte ja diese Tafel mit den Anzeigen irgendetwas zu bedeuten?

Er wünschte sich, Ophelia oder wenigstens Kim wäre hier. Die hätten vielleicht etwas mit den Anzeigen anfangen können. Mit gerunzelter Stirn begann er die Aufschrift zu lesen. *Energie-durch-fluss.* Irgendeine Abkürzung. Die meisten der Anzeigen trugen die gleichen Buchstabenkürzel.

Das schien eine Art Verteilerkasten für Energie zu sein. Brachte ihn das weiter?

Er klopfte die Tafel ab, bückte sich, strich mit den Fingern über den Rand. Ein Kabel. Neugierig ließ er sich auf den Gitterboden nieder und spähte nach dem Verlauf des dünnen Strangs, der sich am Rande des Verteilerkastens entlangzog und dahinter verschwand.

Um den Ursprung zu finden, musste er sich hinlegen. Mit dem Kopf über dem Abgrund spähte er nach oben. Er schluckte und sah noch einmal hin, um sich sicher zu sein. Wenn er sich jetzt nicht komplett irrte, dann war das Ding dort eine Bombe.

Tief durchatmen!

Vielleicht war das eine ziemlich dämliche Idee – aber er wollte mehr von dem Ding sehen. Vorsichtig schob er sich ein wenig weiter über den Rand der Gitterplatte, bis seine Schulterblätter die Kante berührten. Er war nicht gerade in Topform, stellte er verärgert fest. Schweißperlen bildeten sich auf seiner Stirn, als er sich mit einer Hand am Geländer festhielt, um hinter den Verteilerkasten blicken zu können.

Als er sich an einer Geländerstange ein Stück weit hochzog, konnte er das Ding genauer sehen: eine graue Masse von der Größe und Form einer Zigarrenschachtel, aus der an einem Ende einige dünne, verschiedenfarbige Drähte herausliefen. Einer davon war derjenige, den er am Rande des Kastens ertastet hatte. Er verschwand im Innern des Verteilerkastens. Was John am meisten beunruhigte, war jedoch die Uhr zwischen den Drähten, auf der ein Countdown ablief. Die Digitalanzeige war bereits bei knapp zweieinhalb Minuten angelangt.

Mit einem Ruck zog er den Oberkörper auf den Steg. Ohne auf die protestierende Wunde an seiner linken Seite zu achten, schwang er sich mithilfe des Geländers zur Kommanlage neben der Tür und drückte auf die Ruftaste.

»Hartfield für McClusky! Hören Sie mich?«

»Zentrale hier. Mit wem kann ich Sie verbinden?«

John schwitzte. »Gunnery Sergeant Hartfield. Schnell! Es eilt!«

»Wer spricht dort?«

»Beeilen Sie sich gefälligst! Es eilt!«, blaffte John die unbekannte Frauenstimme an.

Es rauschte in der Kommanlage. John wischte sich den Schweiß von der Stirn. Sein Bein begann zu zittern.

»Gunnery Sergeant Hartfield. Wer spricht?«

»Sir, McClusky hier. Ich bin am Maschinenraumzugang 13 A. Hier ist 'ne Bombe. Ich wiederhole! Hier ist eine Bombe.«

Einen kurzen Moment lang herrschte Schweigen in der Leitung. »McClusky, hören Sie mir gut zu! Ich will nicht wissen, wie Sie in den Maschinenraum gelangt sind, aber Sie werden sich jetzt unverzüglich von dort entfernen. Haben Sie mich verstanden?«

»Sir, ich will nicht hetzen. Aber da ist 'ne Uhr, und die war bei zweieinhalb Minuten. Und ich glaube nicht, dass das hier die einzige Bombe an Bord ist. Das ist ein Andenken des Dschihad. Die machen keine halben Sachen.«

»Wie sieht das Ding aus?«

»Eine graue Masse von der Größe einer Zigarrenschachtel, Sir.«

Hartfield fluchte. »Das dürfte genügen, um den halben Maschinenraum wegzublasen. Hören Sie gut zu, McClusky. Ich werde ein Bombenentschärfungskommando an Ihren Standort schicken und das Schiff durchsuchen lassen. Aber Sie werden sofort von dort verschwinden. Ich lasse Sie standrechtlich erschießen, wenn Sie sich diesem Befehl widersetzen. Habe ich mich klar und deutlich ausgedrückt?«

»Ja, Sir. Aye, Sir.« Mit einem Knopfdruck beendete er die Verbindung.

Wie viel Zeit war vergangen? Eine Minute, anderthalb? Wie weit würde er in einer Minute mit einer Krücke kommen? Nicht weit genug. Auf keinen Fall.

Ihm kam ein Gedanke. Reno kannte sich mit Bomben aus.

10. Kapitel

John drückte erneut die Ruftaste.

Die nun nicht mehr ganz so höfliche weibliche Stimme von zuvor meldete sich. »Und mit wem wollen Sie jetzt verbunden werden?«

»Erstes Rifle Platoon. Drittes Squad, Fireteam Bravo. Private Reno. Und zwar sofort!«

Reno meldete sich erstaunlich schnell. »Private Reno. Wer spricht?«

»Ich bin's, Zach. Hör mal, ich steh hier im Maschinenraum. Da ist eine Bombe hinter dem Energieverteilerkasten. Sag mir bitte, dass du dich damit auskennst! Ich habe nur noch eine knappe Minute.«

»Du verarschst mich!«

»Nein, Mann! Das Bombenentschärfungskommando ist unterwegs. Aber ich schaff es nicht rechtzeitig hier weg, Phil. Nicht mit einem Bein und einer Krücke. Wenn du mir nicht dabei hilfst, das Ding zu entschärfen, bin ich tot.«

»Okay, hast du Werkzeug?«

»Meine Fingernägel?«

»John, im Verteilerkasten ist immer ein Fach mit Werkzeug. Eine Klappe. Da muss was drin sein!« Das war Ophelias Stimme.

John stellte die Kommanlage auf maximale Lautstärke und schwang sich zurück zum Verteilerkasten. Tatsächlich. »Du hast recht, Ophie-Babe! Hier sind ein Schraubenzieher und eine Zange!«

»Gut, gut!« Das war wieder Renos Stimme. »Beschreib mir, wie das Ding aussieht!«

Mit dem Schraubenzieher und der Zange in der Linken ließ John sich wieder zu Boden sinken und zog sich mit der Rechten zum Verteilerkasten hoch. »Hörst du mich?«, rief er.

»Dumpf, aber ja. Leg los!«

»Da ist eine graue Masse von der Größe einer Zigarrenschachtel. Da kommen eins, zwei, drei, vier Drähte raus. Einer, der blaue, endet im Verteilerkasten. Da ist auch noch eine Uhr, die einen Countdown anzeigt.« Schwitzend legte John das Werkzeug auf seiner Boxershorts ab und zupfte behutsam die Drähte auseinander. »Der blaue geht in die Uhr, der rote auch. Der gelbe und der grüne gehen in ein Kästchen und von da in die Masse. Der rote geht direkt in die Masse.«

Die Uhr sprang auf sechsundzwanzig Sekunden.

»Wie viel Zeit?«

»Fünfundzwanzig Sekunden.«

Irgendjemand schluchzte.

»Okay, Zach. Ich muss nachdenken. Wo kommt der blaue Draht her?«

»Verteilerkasten und dann an die Uhr. Der rote von der Uhr in die Masse. Gelb und grün vom Kästchen in die Masse. Moment! Der grüne fängt in der Uhr an und geht von dort über das Kästchen in die Masse.«

»Grün!«, schrie Reno. »Trenn den Draht direkt an der Uhr durch!«

Mit schweißnassen Fingern schnappte John sich die Zange. Seine Hand zitterte. Die Uhr sprang auf vier. Entweder jetzt oder nie!

Verzweifelt stieß er die Zange in das Kabelwirrwarr und knipste den erstbesten Draht durch, den er erwischte. Erst als er das Werkzeug wieder herauszog, sah er, dass er den grünen Draht durchtrennt hatte.

Die Uhr stand auf eins.

»Zach? Zach, verdammt, sag was!«

»Du hattest recht! Alles okay!« Die Zange fiel aus seiner Hand. Aber das war nun egal. Er hörte, wie sie weit unter ihm auf Metall traf.

Im nächsten Moment erschütterte ein Schlag das Schiff. Die Gitterplatte unter ihm sackte weg. Nein, das ganze Schiff sackte weg und neigte sich zur Seite.

»Zach!« Die Stimme war hoch und schrill.

»Mir geht's gut«, keuchte John. Aber das war gelogen. Die Gitterplatte hatte sich mitsamt dem Schiff geneigt, sodass er nun mit dem halben Körper über dem Abgrund hing. Keuchend fasste er mit der Linken nach dem Geländer. »Verdammt!«

Ganz langsam, wie in Zeitlupe, neigte sich das Schiff weiter.

»Da ist ein Trägheitsstabilisator ausgefallen«, meldete Ophelia. »Keine Panik, Zach! In wenigen Sekunden wird ein Notsystem anspringen. Hast du gehört?«

»Aye.« Seine schweißnassen Finger umklammerten das Geländer. Er begriff, dass er nicht die Kraft dazu hatte, sich hochzuziehen. Wenn das Schiff sich weiter neigte, wenn Ophelia sich irrte, dann würde er gleich abstürzen. Und der Weg nach unten schien weit zu sein.

Seine Finger schmerzten. Das Gewicht seines Körpers wurde tonnenschwer.

Ein neuerlicher Schlag brachte sein Bein ins Rutschen.

Aus der Kommanlage war ein Schrei zu hören.

Das ganze Schiff drehte sich weiter, und er ebenfalls. Instinktiv nutzte John diese Bewegung, um sich über das Geländer zu schwingen, und krachte auf den nun schräg stehenden Laufsteg. Wie ein Wahnsinniger krabbelte er zur Tür und schaffte es irgendwie, sie zu öffnen.

Als ein dritter Schlag das Schiff erbeben ließ, rollte er sich hinaus auf den Korridor. Er schlidderte über den Boden wie auf einer Rutschbahn und sauste in eine Gruppe Soldaten hinein, die an der Tür zum Treppenhaus feststeckten.

Fremde Hände fingen ihn geistesgegenwärtig auf und hielten ihn fest.

John zitterte vor Anstrengung. »Seid ihr das Bombenentschärfungskommando, das Sergeant Hartfield geschickt hat?«

»Aye.«

»Ihr kommt leider zu spät. Ich habe die Bombe schon entschärft.«

»Bleiben Sie, wo Sie sind! Meiden Sie große Räume, Treppenhäuser und lange Korridore!«, tönte eine Stimme durch die Korridore. »Das Notfallsystem wird sich in wenigen Minuten einschalten!«

»Und wenn man sich schon in einem langen Korridor befindet?«, fragte John den Lance Corporal des Bombenentschärfungskommandos.

»Wie ist Ihr Name, Witzbold?«

»McClusky.«

»Ich meine, mich erinnern zu können, dass Sergeant Hartfield Sie in Sicherheit wähnte. Was in drei Teufels Namen machen Sie hier in Unterhose und Unterhemd? So, wie

Sie aussehen, sollten Sie sich auf der Krankenstation befinden.«

Im Stillen musste John ihm recht geben. Die Verbände an der Seite und um seinen Beinstumpf waren durchgeblutet. »Ich wollte nur zum Klo.«

Der Corporal starrte ihn an, als habe er den Verstand verloren. »Gerald, Kaiman, sichern Sie den Mann!«

Ein Mann mit Stiernacken und ein Farbiger hielten ihn fest, als befürchteten sie, er könne sich versehentlich in Luft auflösen. John merkte erst jetzt, wie erschöpft er war. Insgeheim war er froh, dass er nun die Verantwortung abgeben konnte.

Er räusperte sich. »Sir, könnten Sie eine Meldung an mein Team abgeben, dass es mir gutgeht?«

Ein bitterböser Blick traf ihn.

»Bitte, Sir!«

»Kaiman!«, knurrte der Corporal nur.

Der Farbige lachte leise, als er seinen Helmfunk betätigte. »Hier, kannst selber sprechen! Du musst über die Zentrale.«

»Wen möchten Sie sprechen?«, fragte die Frauenstimme.

»Erstes Rifle Platoon, drittes Squad, Team Bravo.«

»Ich verbinde.« Es rauschte im Helmfunk.

»Reno hier. Wer spricht?«

»Ich bin's, Zach. Es geht mir gut. Sag das Ophelia und den anderen! Okay? Das Bombenentschärfungskommando hat mich aufgesammelt.«

»Zach! *Oh, shit!* Gott sei Dank! Du blöder Armleuchter! Idiot!«

»Ich mag dich auch, Phil!«

Kaiman schaltete den Funk ab. »Da war aber jemand sehr erleichtert. Bist wohl ziemlich beliebt in deinem Team?«

»War«, meinte der Stiernacken mit Blick auf das fehlende Bein.

Mit einem schiefen Grinsen hob John den Kopf. »Das glaubst auch nur du.«

»Sind Sie von allen guten Geistern verlassen«, knurrte Hartfield und hörte endlich auf, vor Johns Bett hin und her zu gehen. »Können Sie mir sagen, wie ich Ihre Aktion erklären soll, ohne selbst wie ein Idiot dazustehen oder Sie wegen Befehlsverweigerung dranzukriegen?«

John hatte mit der Standpauke gerechnet. Aber nicht damit, dass Hartfield ihn decken wollte. Verlegen kratzte er sich am Kopf. »Die Kommverbindung war schlecht?«

Hartfields Blick war bitterböse. »In dem Fall müssen Sie wirklich eine sehr negative Wirkung auf Kommverbindungen jeglicher Art haben. Soll ich etwa Ihre Aura dafür verantwortlich machen?«

War das jetzt ein Witz? Eine leichte Hitze stieg in Johns Wangen. Also, rot war er schon lange nicht mehr geworden! »Äh, keine Ahnung, Sir!«

»Es wäre von Vorteil für alle Beteiligten, wenn Sie das nächste Mal, wenn Sie einen meiner Befehle ignorieren, früher darüber nachdenken würden.«

»Ja, Sir. Aye, Sir.«

»Halten Sie den Mund! Das ist immer noch besser, als mir indirekt zu verstehen zu geben, dass Sie auch künftig meine Befehle zu missachten gedenken, wenn sie Ihnen nicht in den Kram passen.«

»Nein, Sir. Das werde ich nicht.«

Hartfields Miene wurde ein wenig gnädiger. »Schon besser. Und jetzt will ich den Grund hören! Und keine Ausflüchte mehr!«

»Ich hatte meine Krücke verloren. Die Uhr stand gefühlt bei 'ner knappen Minuten, und Sie sagten, die Menge würde ausreichen, um den halben Maschinenraum wegzublasen. Da dachte ich mir, dass ich es ohnehin nicht schaffen würde, mich mit nur einer Krücke aus dem Gefahrenfeld zu bewegen.«

»Und da haben Sie die Sache lieber selbst in die Hand genommen.«

»Aye, Sir.«

Hartfield schüttelte zum wiederholten Male den Kopf. »Sind Sie sich wirklich sicher, dass das kein Versuch war, Ihr Leben durch einen grandiosen Akt der Selbstaufopferung zu beenden?«

John schluckte. »Nein, Sir. Ich schwöre Ihnen, dass ich keine Sekunde daran gedacht habe, mich umzubringen.«

»Ich bin geneigt, Ihnen zu glauben. Aber leider bin ich nicht relevant. Doktor Donaghue muss das ebenfalls glauben. Und Lieutenant Goldblum muss ich erklären können, dass Sie keine Befehlsverweigerung begangen haben. Irgendwelche Ideen dazu?«

»Ein Missverständnis?« John wunderte sich, dass er ins Schwitzen geriet. Wieso war ihm das nicht egal?

»Und wie erklären Sie Doktor Donaghue die Schere unter Ihrer Matratze?«

Ihm fiel kein dummer Witz mehr ein. »Ich bin darüber weg.«

Hartfields Blick wurde eine Spur weicher. »Dann machen Sie ihm das begreiflich! Woher hatten Sie eigentlich den Hinweis?«

»Ein Zettel, der plötzlich auf meinem Bett war. Ich habe nach ihm gesucht, als ich hierher zurückgekommen bin. Fehlanzeige. Er ist weg.« John zuckte mit den Schultern. »Den muss jemand geholt haben.«

»Und Sie sind nicht auf die Idee gekommen, mich oder irgendjemand anderen zu informieren?«

»Es hätte eine Falle sein können.«

»Aha, und da gehen Sie lieber selber hin und bringen sich in Gefahr.«

»Aye, Sir.« John wusste, wie dumm sich das anhörte. Aber immerhin war es die Wahrheit.

»Irgendeine Idee, von wem der Zettel stammen könnte?«

Chadim anschwärzen?

Hartfield beugte sich über Johns Bett. »Und wagen Sie es nicht, auch nur daran zu denken, dass Sie den Betreffenden aus Solidarität nicht verraten dürfen! Wir haben die *New Jersey* verloren, die zur selben Zeit wie wir Opfer eines Anschlags wurde. Insgesamt wurden über fünfhundert Mann getötet.«

John wurde kalt. »Chadim. Er hat mich doch wegen dieses Angebots von Ihnen besucht, und dabei hat er ziemlich komisches Zeug gelabert. Vom Feind – und dass er auf mich zählt, aber selbst nichts tun könne. Keine Ahnung, was er wollte. Aber es hat sich nicht so angehört, als meinte er die Aliens oder als wolle er mich einfach nur aufmuntern.«

Mit gerunzelter Stirn richtete Hartfield sich auf. »Ich danke Ihnen. Keine Angst, ich werde der Sache auf meine Weise nachgehen. Den Rest versuche ich in Ihrem Sinne zu regeln.« Er schritt auf die Tür zu.

Was hieß das nun wieder? »Sir!« Nervös befeuchtete John seine Lippen.

Mit sichtlich genervter Miene wandte Hartfield sich ihm wieder zu. »Was noch? Schnell, Soldat! Ich habe es eilig.«

John räusperte sich. »Also, ich mach's! Ich meine, das, was Chadim mir von Ihnen ausgerichtet hat. Das … äh … war doch ein Angebot von Ihnen, oder?«

Langsam kam Hartfield zurück zu seinem Bett und musterte ihn. »Es war nicht fair von mir, Ihre Lage derart auszunutzen. Denken Sie noch einmal in Ruhe darüber nach! Das Ganze ist nicht so einfach, wie es sich vielleicht anhört, und es ist mit nicht unerheblichen Risiken verbunden.«

»Siebzig Prozent ist 'ne ziemlich gute Chance, wenn Sie mich fragen, Sir.«

Mit einem Seufzen ließ sich Hartfield auf den Stuhl sinken. »Sie haben hundert Prozent, wenn Sie einfach Ihren Abschied nehmen.«

»Nein, Sir. Das hier bei der Army ist mein Leben. Das hier sind hundert Prozent. Zu gehen – das sind null Prozent. Dann sollten Sir mir besser die Schere zurückgeben.«

Eine Weile starrte Hartfield nur auf den Boden zwischen seinen Füßen, derweil er seine Stirn massierte. Bis er endlich aufsah und seine Hand auf die von John legte. »Sind Sie sich wirklich sicher?«

»Ja, Sir.«

»Dann kümmere ich mich darum, dass Doktor Donaghue mit Ihnen darüber spricht.«

»Wir werden einen Metallstift in Ihren Oberschenkelknochen einführen, der als Befestigung für das künstliche Bein dienen wird. Die Eingriffe zur Platzierung der Implantate werden selbstverständlich minimalinvasiv durchgeführt werden, um die Bildung von Narben zu vermeiden. Aufgrund der Schmerzen werden wir Sie die ersten paar Tage nach dem Eingriff sedieren. Haben Sie so weit alles verstanden?«, fragte Doktor Donaghue.

Eigentlich hatte John kein Wort verstanden. Aber er hoffte,

dass er noch ein paar Augenblicke mit Ophelia plaudern konnte, die bei ihm saß. »Ja.«

»Dann werden wir mit dem Eingriff in einer halben Stunde beginnen. Schwester Lombard wird Sie vorbereiten. Sie entschuldigen mich!« Der Arzt ging zur Tür, wo ihm einfiel, dass er die Krankenakte liegen gelassen hatte. Er kehrte um, nahm sie an sich und verschwand endlich.

John hoffte im Stillen, dass der Doc bei der OP weniger vergesslich und zerstreut sein würde.

»Du willst das wirklich tun?«, fragte Ophelia.

In diesem Augenblick tauchte Mausgesicht in der Tür auf.

»Nicht jetzt«, knurrte John.

»Ich soll Sie vor –«

»Raus! Oder ich reiße mir die Kleider vom Leib und behaupte, Sie hätten meine Lage ausgenutzt, um mich zu befummeln.«

»Das ist ...«

John zerrte sein Shirt über den Kopf und warf es Mausgesicht vor die Füße. »Raus! Letzte Warnung!«

Puterrot im Gesicht, machte sie auf dem Absatz kehrt. Die Tür knallte hinter ihr ins Schloss.

»Das wäre vielleicht auch höflicher gegangen«, meinte Ophelia spitz.

»Nur hättest du dann meinen nackten Oberkörper nicht bewundern können.«

Ophelia schüttelte erst den Kopf, dann seufzte sie. »Du hast gesagt, du tust es nicht.«

»Ich meinte das andere. Das mit dem G-nom.«

»Was für ein Gnom?«

»Na, dieses ›Supersoldatendingens‹. Das hier ist doch nur 'ne bessere Prothese. Achtzig Prozent. Hey, das ist gut.« Achtzig Prozent hörte sich eindeutig besser an als siebzig.

Ein trauriges Lächeln umspielte Ophelias Lippen. »Hast du überhaupt verstanden, um was es geht?«

»Du meinst das mit der ›Minnima-Vase‹?«

Ophelia lachte. »Minimalinvasiv. Das bedeutet, dass sie eine Sonde in dich reinstecken, um dich nicht aufschneiden zu müssen.«

»Cool. Und was heißt ›debidingens‹?«

»Debi-... Was? Meinst du debil?«

»So ähnlich.«

»Wenn du nur noch blöde vor dich hinstieren und sabbern kannst – das ist debil. Willst du meine Fremdwortkenntnisse prüfen?«

Das klang nicht so, als würde er viel davon mitbekommen, gesetzt den Fall, er hätte das Pech, tatsächlich debil zu werden. »Hey, mach dir meinetwegen keinen Kopf! Ich krieg nur ein besonders cooles künstliches Bein. Hauptsache, ich bin weiterhin dabei.«

Sie legte die Hand auf seine. Seltsam, dass sie das auch tat. »Ich werde da sein, wenn du aufwachst. Wir werden alle da sein. Ich verspreche es dir, Johnnie.«

»Ich weiß«, sagte er. Einen Augenblick war er versucht, hinzuzusetzen, dass er auf die Anwesenheit einiger bestimmter Zeitgenossen weniger Wert legte als auf ihre. Doch er verkniff sich die Worte und drückte stattdessen nur ihre Finger. Manche Dinge ließ man besser ungesagt.

Epilog

»Gen IX, ich will keine Ausflüchte hören, sondern die Wahrheit! Haben Sie McClusky einen Zettel zukommen lassen?«

»Ich weiß nicht, wovon Sie sprechen, Sir.« Kein Muskel zuckte in Chadims Gesicht.

Sollte er sich derart in dem Mann getäuscht haben? Er musste künftig vorsichtiger sein. Andererseits, wenn Gen etwas von dem Attentat gewusst hatte, dann war McClusky vielleicht seine einzige Möglichkeit gewesen, auf unauffällige Weise etwas dagegen zu unternehmen. Und dass McClusky dem Hinweis nachgehen würde, war so sicher gewesen wie das Amen in der Kirche. Nebenbei hatte Chadim es auch noch geschafft, McClusky dadurch wachzurütteln. Wahrscheinlich beglückwünschte der Mistkerl sich jetzt noch deswegen.

»Hören Sie mir gut zu, Private Amr Chadim! Seien Sie froh, dass der Bombenleger, als wir ihn aufspürten, Selbstmord beging und wir daher keine Möglichkeit hatten, ihn zu fragen, ob er Verbindung zu Ihnen hatte. Sollte ich jemals Anlass dazu haben, an Ihrer Loyalität mir oder den Space Troopers gegenüber zu zweifeln, dann sind Sie die längste Zeit Soldat gewesen, sondern landen wieder im Labor. Habe ich mich klar und deutlich ausgedrückt?«

»Ja, Sir. Aye, Sir.« Chadim salutierte.

Brachte denn nichts diesen Mann aus der Ruhe? Hartfield hatte eigentlich allen Grund zu glauben, dass das Labor so ziemlich der letzte Ort war, wo Chadim sein wollte.

»Sie wissen, dass wir auf dem Weg zur Erde sind. Ich habe

veranlasst, dass Sie dort einer Routineüberprüfung unterzogen werden. Bei der geringsten Fehlfunktion werden Sie nachjustiert. Ich hoffe natürlich, dass das nicht nötig sein wird.«

»Ja, Sir. Aye, Sir.«

Bildete er sich das ein, oder stand tatsächlich Schweiß auf Chadims Stirn?

»War das alles, Sir?«

Hartfield kam ein Gedanke. »Nein. Ich habe einen neuen Befehl für Sie. Einen mit oberster Priorität.«

»Sir?«

»Ich habe berechtigten Grund, dass jemand an Bord dieses Schiffes Private First Class McClusky töten will. Die Mittel des Betreffenden sind beträchtlich. Mehr kann ich nicht sagen. Sie werden ab jetzt mit Ihrem Leben für das von McClusky haften. Schützen Sie ihn – gleichgültig, was dazu nötig ist! Haben Sie das verstanden?«

Ein Ruck ging durch Chadim. »Ja, Sir. Klar und deutlich, Sir.«

»Sie können gehen.«

Chadim salutierte zackig und machte auf dem Absatz kehrt.

Hartfield tippte mit den Zeigefingern der ineinanderverschränkten Hände gegen seine Lippen.

Damit hatte er zwei Fliegen mit einer Klappe geschlagen. Sollte Chadim tatsächlich Wind von weiteren Anschlägen des Dschihad erfahren, war er dazu gezwungen, McClusky aus der Schusslinie zu bringen – und das würde unweigerlich auffallen. Zudem gab es jetzt Augen, die stets über McClusky wachten. Für diese Aufgabe war Chadim der beste Mann, den man sich wünschen konnte, zumal in McCluskys derzeitiger eingeschränkter Verfassung.

Hartfield bezweifelte zwar, dass McClusky das gefallen würde. Aber im Moment bestand dessen Aufgabe einzig darin, baldmöglichst zu genesen und sich mit dem Purple Heart und der anstehenden Beförderung zum Lance Corporal im Licht der Öffentlichkeit zu sonnen. Das würde den mörderischen Strippenzieher hoffentlich weit genug aus der Deckung locken, um ihn stellen zu können.

Die Falle war gelegt.

SPACE TROOPERS

Folge 4

DIE RÜCKKEHR

Prolog

Mit gerunzelter Stirn studierte Forsman die Akte, die Donaghue ihm auf den Schreibtisch gelegt hatte. »Was halten Sie von unserem neuen Testobjekt?«

»McClusky? Zäher Bursche. Ich bin mir sicher, dass er die körperlichen Belastungen aushalten wird«, erwiderte Donaghue, ohne zu zögern.

Forsman hob die Brauen. »Und die psychischen Belastungen?«

»Nun ja, er zeigt Anzeichen einer posttraumatischen Belastungsstörung. Aber nur wenige – und das trotz seiner Erlebnisse. Erstaunlich! Ich hätte Schlimmeres erwartet.«

»Und wie beurteilen Sie die Sache mit der Schere?«

Donaghue räusperte sich. »Nur eine Kurzschlusshandlung. McClusky ist psychisch äußerst stabil. Er hat das Gemüt eines Grizzlys.«

»Wie ist der aktuelle Status?«

»Der Metallstift, der das künstliche Bein mit seinem Körper verbinden wird, wurde im Oberschenkelknochen implantiert. Wir haben Reizleitungsverstärker im Rückenmark auf Höhe der Lenden- und der Brustwirbelsäule eingesetzt und ein Interface im Nacken. Die Nerven des Beinstumpfs konnten erfolgreich mit den Reizleitern verknüpft werden. Die ersten Werte sind vielversprechend. Inwieweit wir Erfolg haben, wird sich natürlich erst in einigen Wochen zeigen. Die Implantate können immer noch vom Körper abgestoßen werden, auch wenn es derzeit dafür keinerlei Anzeichen gibt.«

»Gut. Halten Sie mich auf dem Laufenden!« Forsman nickte sichtlich zufrieden. »Kommen wir zu der anderen Angelegenheit! Was haben Ihre Nachforschungen zu dieser Infektionstheorie ergeben?«

Eilig öffnete Donaghue eine andere Akte, die ebenfalls auf dem Tisch lag. »McClusky sagt die Wahrheit, soweit ich das beurteilen kann. In die DNA seines abgetrennten Beines ist tatsächliche eine Fremd-DNA eingedrungen. Es deutet alles darauf hin, dass es sich dabei um Alien-DNA handelt. Wenn man dann noch McCluskys Beobachtungen über die Brutstätten in Betracht zieht – die übrigens von anderen Soldaten bestätigt wurden –, drängt sich die Schlussfolgerung auf, dass sich die Aliens reproduzieren, indem sie ihre DNA in einen Wirtskörper einschleusen. Ob das ihre einzige Form der Vermehrung ist, kann ich allerdings nicht sagen.«

Sekundenlang tippte sich Forsman mit den Zeigefingern der ineinanderverschränkten Hände gegen die Lippen. »Behalten Sie das unter Verschluss! Solange diese Hypothese nicht bestätigt wurde, darf niemand davon erfahren. Machen Sie das auch McClusky klar!«

»Sir, mit Verlaub! Aber sollte die Mannschaft nicht wissen, was die Aliens mit ihren Gefangenen tun, wenn –«

»Sie irren sich.« Forsman fixierte ihn kalt. »Die Aliens machen keine Gefangenen. Lassen Sie daran unter den Soldaten keinerlei Zweifel aufkommen! Unter keinen Umständen.«

1. Kapitel

Er schwamm in einem Ozean von Schmerz, über dem dichter Nebel lag. Land war nirgends in Sicht. Aber jemand hatte das Wasser temperiert und den Aufenthalt halbwegs erträglich gemacht. John hatte Schlimmeres erlebt, und auf keinen Fall war er ein Weichei. Also ertrug er es mit stoischer Gelassenheit.

Manchmal glaubte er, Gesichter an seinem Bett zu erkennen: am häufigsten Ophelia, sehr oft Kim, aber auch Harlan, Mirek und Phil. Sogar Chadims dunkle Gestalt sowie Hartfield erschienen ab und an. Einmal meinte er gar die hochgewachsene Gestalt von Colonel Forsman gesehen zu haben. Aber das musste ein Fiebertraum gewesen sein.

Irgendwann wurden die Nebel über dem Wasser lichter. Aus dem fernen Rauschen der Wellen wurde ein leises rhythmisches Piepen. Das Bett rollte nur noch sacht in der Dünung.

»Hey«, flüsterte eine Stimme. Ophelias Gesicht erschien über ihm wie eine Sonne. Ihre Finger zausten sein Haar. »Wach auf, du Faulpelz! Du hast lange genug geschlafen.«

Er wollte irgendetwas Witziges antworten, aber Hirn und Zunge waren wie eingerostet. Weder brachte er ein klares Wort hervor, noch war sein Kopf dazu fähig, einen zusammenhängenden Satz zu formulieren. Alles, was aus seinem Mund kam, war ein unartikuliertes Grunzen.

Ophelia grinste. »Wortgewaltig wie immer! Hier! Schau mal! Vielleicht weckt das dich auf.« Bei diesen Worten griff sie nach einer flachen Schachtel, hielt sie ihm vor die Nase und öffnete sie.

Auf beigefarbenem Samt lag eine purpurfarbene Medaille. Wenn er sich nicht irrte, war es das Purple Heart.

»Mit Grüßen von Sergeant Hartfield.« Sie legte ihm die offene Schachtel auf die Brust. »Du sollst dich sputen mit der Genesung. In anderthalb Wochen erreichen wir die Erde. Und Interviews im Rollstuhl oder mit Krücken machen sich nicht so gut.« Mit einem Zwinkern zupfte sie an seinem Ohr.

Seine Hände tasteten nach der Schachtel, berührten sie. Es war tatsächlich real. Fehlte nur noch eine Beförderung.

»Er hat dich übrigens zur Beförderung vorgeschlagen. Lance Corporal McClusky. Wie hört sich das an?« Sie feixte.

»Shit!« Corporal Stannis würde kotzen, wenn er davon erfuhr. Der hatte ihn schon vor dem letzten Einsatz davor gewarnt, ihm seine Stellung streitig zu machen.

»Du mich auch, Idiot!« Ophelia gab ihm einen kleinen Klaps. »Ich komme später wieder, wenn du gesprächiger bist.«

»Sieht gut aus«, sagte Doktor Donaghue, nachdem er den Verband von Johns rechtem Oberschenkel entfernt hatte.

Das fand John ganz und gar nicht. Der Metallstift, der an der Stelle aus dem Stumpf herausragte, wo einst sein rechtes Knie gewesen war, sah obszön aus. Das Fleisch darum herum war stark gerötet. Als der Arzt den Metallstift berührte, schoss ein heißer Blitz durch Johns Oberschenkelknochen bis hinauf in seine Schädeldecke. John musste sich auf die Lippe beißen, um nicht aufzuschreien.

Donaghue musterte ihn aufmerksam. »Schmerzen?«

»Ein wenig.«

»Das ist normal. Ein Knochenbruch heilt auch nicht in ein paar Tagen. Belasten können Sie das Bein ohnehin nicht, also muss ich Sie diesbezüglich nicht ermahnen. Aufsetzen!«

Der Quacksalber besaß die Sensibilität einer Kreissäge.

Sich aufzusetzen trieb John den Schweiß auf die Stirn, so anstrengend war es. Er fühlte, wie Donaghue das Krankenhaushemdchen, das John so sehr hasste, auf seinem Rücken auseinanderschob. Geübt fanden die Finger des Arztes beim Abtasten der Wirbelsäule die brennenden Stellen auf Höhe der Lenden sowie der Brust und im Nacken.

Der Doktor brummte etwas Unverständliches, ehe er von ihm abließ. »Sehr gut. Früher hätte man gesagt, dass Sie die Konstitution eines Pferdes haben.«

John war nicht klar, ob Donaghue ihm mit diesem Vergleich ein Kompliment machen wollte. »Und?«, fragte er. »Wie lange muss ich noch hierbleiben?«

Als Zeichen, dass die Untersuchung beendet war, schlug Donaghue ihm auf die Schulter. »In einer Woche können wir das künstliche Bein anbringen. Danach heißt es – üben, üben, üben.«

»Na endlich!«, knurrte John und legte sich wieder hin.

Der Arzt lächelte nur. Doch sein Lächeln wirkte ein wenig unecht, als wisse er etwas, das er John vorenthielt.

Alle schrien und gestikulierten durcheinander. Eigentlich interessierte es Mirek nicht wirklich, was auf den Listen stand, vor denen sich alle drängelten. Er hatte sich nur dazugesellt, um nicht irgendwie negativ aufzufallen. Weder war er ein Freund von Menschenmengen, noch drängelte er gerne. Zudem interessierte es ihn nicht im Mindesten, wer zu einer Spezialausbildung auserkoren war und wer nicht. Es würde ohnehin nichts ändern an der Situation.

»Hey, Mirek! Da steht dein Name!«, rief Kim. Aufgeregt deutete er auf eine Buchstabenfolge in der Mitte, die Mirek in dem Gedränge nicht sehen konnte. »Mirek! Nun komm schon!«

Um die Erwartungen der anderen nicht zu enttäuschen, schob Mirek sich zwischen den Männern und Frauen hindurch zu Kim und Ophelia, die in der vordersten Reihe standen.

»Hier!« Kims Zeigefinger deutete auf die mittlere Liste.

»Ausbildung zum Sanitäter für spezielle Einsätze« stand darüber.

Mirek nickte müde. »Ich sehe es, Kim.«

»Mist«, sagte der Asiate mit betretener Miene. »Dann hast du ja keinen Urlaub und kannst deine Verlobte nicht besuchen. Daran hatte ich gar nicht gedacht.«

»Tut mir echt leid, Mirek«, setzte Ophelia hinzu.

»Es wird sich schon eine Lösung finden«, sagte Mirek. »Macht euch deswegen keine Sorgen.« Irgendwie schaffte er es, ein Lächeln auf sein Gesicht zu zaubern.

»Habt ihr meinen Namen irgendwo gesehen?«, wollte Kim wissen. Ophelia schüttelte den Kopf.

»Hier!« Philippes Stimme kam von links. »Kim! Du stehst unter ›Computer‹.«

»Wo auch sonst?« Ophelia grinste.

Kims Miene schwankte zwischen Resignation und Erleichterung.

»Dann wirst du deine Familie auch nicht besuchen können«, sagte Mirek mitfühlend. »Das tut mir leid für dich.«

»Ist vielleicht besser so. Meine Eltern …« Kim zuckte mit den Schultern.

»Ich werd verrückt!«, schrie Harlan. »Hey, das müsst ihr euch ansehen!«

»Was denn?« Kim wandte sich sofort der rechten Liste zu, auf die Harlan zeigte.

Mirek ließ sich mitreißen. »Piloten« las er dort.

Ophelia drängte sich mit plötzlichem Eifer neben ihn. »Was? Nun red schon!«

Harlans Zeigefinger zeigte auf einen Namen und lachte. »Zach wird Pilot, Leute.«

Kim schlug die Hand vor den Mund.

»Mist!«, sagte Ophelia nur.

»Shit!« John starrte Ophelia fassungslos an. »Ich kann nicht Pilot werden. Das ist Schwachsinn!«

»Sorry! Ich hab's mir nicht ausgedacht. Das steht da.« Seufzend ließ sie sich auf den Stuhl neben seinem Bett fallen.

»Ich muss ...« Er hatte keine Ahnung, was er tun musste oder sollte.

»Warum solltest du das nicht lernen können?«, mischte Kim sich zaghaft ein.

»Schon vergessen? Weil ich leider kein Harvardabsolvent bin.«

»Na ja, rechnen und lesen kann doch jeder. Den Rest schaffst du mit links. Du bist clever. Das wird schon.«

»Shit«, sagte John noch einmal. Dass er bisher keine Schule von innen gesehen hatte und nicht einmal das kleine Einmaleins beherrschte, konnte er unmöglich zugeben.

»Du schaffst das.« Ophelia boxte gegen seine Schulter. »Wie geht es dir eigentlich? Ich dachte, du kriegst bald dein supercooles künstliches Bein.«

»Morgen.« Jede Berührung des Metallstifts in seinem Oberschenkel glich immer noch einem Stich in eine offene Wunde. John mochte sich gar nicht erst ausmalen, wie es sich anfühlen würde, ein metallenes Bein daran zu befestigen.

»Alles okay?«, fragte Ophelia.

Sie schien wirklich einen Riecher dafür zu haben, wenn er sich unwohl fühlte. »Was soll schon sein?«

Lächelnd stand sie auf. »Dann mach's gut. Wir sehen uns morgen wieder.«

Behutsam öffnete Mirek die Schachtel, die er in seinem Spind verwahrte. Sie war bereits abgegriffen, so oft hatte er sie in Händen gehalten, seitdem er sich freiwillig zum Militärdienst gemeldet hatte.

Sein Blick irrte zur Tür. Die anderen waren fort. Kim und Ophelia besuchten Zacharias auf der Krankenstation. Philippe und Harlan waren in die Bar gegangen. Nur wo Chadim steckte, wusste er nicht. Doch dass Chadim neugierige Fragen stellte, davor hatte Mirek nun wirklich keine Angst. Chadim stellte nie Fragen. Manchmal kam es Mirek vor, als beobachte er sie alle nur. Wie ein Forscher, der seine Versuchsobjekte studiert.

Er hatte Elizabeth über Chadims Verhalten geschrieben. Von jedem seiner Kameraden hatte er berichtet. Von Harlan, der stets nur ans Team dachte und nichts von sich selbst preisgab. Von Philippe, der so standhaft war, zugleich aber Zacharias den Erfolg neidete. Die anderen mochten das nicht bemerkt haben, er schon. Von Kim, der meist fröhlich war und gute Laune verbreitete, der aber auch oft Angst hatte und doch kein einziges Mal versagt hatte. Von Ophelia, die wegen ihres jüngeren Bruders zur Army gegangen war und nur Augen für Zacharias hatte. Und von Zacharias natürlich, dem Helden, der zum Krüppel geworden war. Der so mutig gewesen war, sich selbst das Bein abzuschneiden, damit er nicht zum Alien wurde.

Sie waren seine Einheit. Sein Team. Mit ihnen würde er leben und sterben. Das musste Elizabeth verstehen. Er konnte sie nicht im Stich lassen.

Zärtlich strich er über das Bündel Briefe, das in der Schachtel lag, und legte den neuen dazu, den er ihr geschrieben hatte. Der, in dem er ihr berichtete, dass er eine Spezialausbildung und deshalb keinen Urlaub erhalten würde.

Elizabeth würde das verstehen. Sie verstand alles.

Ein Geräusch an der Tür ließ ihn aufsehen. Chadim stand dort und musterte ihn reglos aus dunklen Augen.

Wortlos schloss Mirek die Schachtel und legte sie zurück in seinen Spind. Er hatte keine Angst, dass Chadim den anderen davon erzählen würde. Nicht Chadim. Niemals.

»Es ist so weit.« Donaghue schlug die Decke beiseite und legte Johns Stumpf bloß.

Auf der anderen Seite des Bettes stand Hartfield. Er wirkte angespannt, was nicht dazu beitrug, Johns Laune zu heben.

»Noch Fragen?«

John schüttelte den Kopf. Mit Äußerungen zu medizinischen Themen konnte er sich nur bloßstellen, entweder indem er seine fehlende Bildung bewies oder seine Furcht.

Donaghue griff nach einem Metallteil. Als er sich damit über den Stumpf beugte, verdeckte er John die Sicht. Ein starker schmerzhafter Ruck ging durch den Beinstumpf.

John keuchte erschrocken auf und konnte ein Stöhnen nicht verkneifen. Ein Kribbeln schoss durch den Stumpf, erreichte sein Rückgrat, breitete sich aus. Unwillkürlich krampften sich seine Finger in die Decke.

Ein metallisches Geräusch ertönte, als Donaghue einen weiteren Bestandteil der Prothese befestigte.

Kalter Schweiß brach auf Johns Stirn aus. Das Kribbeln schoss entlang des Rückgrats in seinen Kopf hoch, als wolle es seine Schädeldecke sprengen. Mit einem Stöhnen sackte er in sich zusammen. Fand sich flach und stoßweise atmend in den Kissen wieder – unfähig, sich zu rühren –, während weit entfernt hinter einem Nebelschleier Donaghue an seinem Stumpf rumhantierte.

»Fertig«, drang die Stimme des Arztes durch den Nebel.

John war schweißnass und japste. Bein und Rückgrat schienen in Flammen zu stehen. Er hatte das Gefühl, als krabbelten und nagten tausend Ameisen an und in seinem Körper.

»Fühlen Sie das?«

Was, hätte John am liebsten geschrien. Dann fühlte es sich an, als würde jemand gegen seinen rechten Fuß drücken – den es doch gar nicht mehr gab – und ein stechender Schmerz fuhr durch seinen Oberschenkel.

John nickte benommen.

Keuchend starrte er an seinem Körper nach unten, wo nun ein Metallgerüst das rechte Bein ersetzte.

Donaghue drückte von unten gegen den Teil der Metallkonstruktion, der den Fuß ersetzen sollte. »Bewegen Sie den Fuß!«

John gehorchte, viel zu verdutzt über das, was er fühlte. Tatsächlich – der metallene Fuß bewegte sich. Er konnte sogar den Widerstand spüren, den Donaghues Hand bildete.

Donaghue grinste. »Geht doch ganz wunderbar!«

Johns Augen brannten. Wie zufällig wischte er sich über das Gesicht. Insgeheim hoffte er nur, dass weder Hartfield noch Donaghue etwas bemerkten.

»Sieht nach einem vollen Erfolg aus. Nun müssen Sie nur noch lernen, damit zu laufen.« Donaghues Stolz war unübersehbar.

Das Metallbein war hässlich. Aber er würde damit laufen können, sagte sich John. Er würde den Boden fühlen, es bewegen können wie ein echtes Bein. Ohne Einschränkungen. Jedenfalls hatte Donaghue das gesagt.

»Kann ... kann ich damit schwimmen?«

Der Arzt lachte. »Wir haben uns bemüht, das Gewicht dem ihres natürlichen Beins anzupassen. Aber Marathonstrecken würde ich damit nicht schwimmen. Das könnte schwierig werden.«

Ganz langsam setzte John sich auf. Seine Arme zitterten. Ungeduldig wartete er darauf, dass es aufhörte.

»Ruhen Sie sich aus«, riet Donaghue. »Den ersten Spaziergang verschieben wir auf später. Lombard wird zuerst noch die Messwerte prüfen.« Ohne ein weiteres Wort ging er fort und ließ John mit Hartfield allein.

Einige Sekunden lang herrschte Stille.

»Alles in Ordnung, McClusky?«, fragte Hartfield.

Er nickte.

»Schwimmen war ein gutes Stichwort. Sie sollen eine Spezialausbildung zum Piloten erhalten. Wir werden – neben einer Aufrüstung der *Washington* – auf der Erde neue Gleiter erhalten, um den Alien-Kampfjägern endlich etwas entgegensetzen zu können. Pro Fireteam soll ein Mann zum Gleiterpiloten ausgebildet werden. Colonel Forsman hat Sie aufgrund Ihrer hervorragenden Zeugnisse und Leistungen ausgewählt.«

»Ich weiß.«

»Gut.« Hartfield schickte sich an zu gehen.

Jetzt oder nie. »Sir!«

Mit erhobenen Brauen sah Hartfield ihn an.

John räusperte sich. »Ich weiß das Vertrauen zu schätzen, aber ich fürchte, dass ich den in mich gesetzten Erwartungen nicht gerecht werden kann.« Er hatte lange gebraucht, um sich diesen Satz auszudenken.

Hartfield seufzte und trat einen Schritt heran. »Es tut mir leid, McClusky. Aber ich hatte Sie darauf hingewiesen, dass Sie nicht nur mich davon überzeugen müssen, der richtige Mann zu sein, sondern auch andere, wichtigere Personen. Ich fürchte, ich kann Ihnen nicht helfen.«

»Ich verstehe.« John befeuchtete seine Lippen, ehe er es wagte, Hartfield in die Augen zu sehen.

»Enttäuschen Sie mich nicht, McClusky.«

2. Kapitel

Die Dunkelheit war gefüllt mit dem leisen Atmen vieler anderer Lebewesen.

John wich zurück. Er wusste, dass er die Tür finden musste. Ehe sie kamen. Und sie kamen immer.

Das leise Klicken, das sich zu den Atemgeräuschen gesellte, trieb ihm den Schweiß auf die Stirn. Einer, zwei, drei … Sie umzingelten ihn, versperrten ihm den Ausweg.

Als er blind in die Dunkelheit stürmen wollte, fiel er. Erst jetzt erinnerte er sich, dass er sein rechtes Bein verloren hatte. Mit einem Laut des Entsetzens – halb ein Schluchzen, halb ein Schrei – umklammerte er den Stumpf.

Obwohl er wusste, wie sinnlos es war, mit einem Bein fliehen zu wollen, zog er sich weiter über den Boden. Da berührte ihn einer von ihnen. Weitere kamen hinzu, betasteten seinen Körper mit ihren harten Extremitäten und zerrten an ihm.

Schreiend schlug er um sich.

»Hey«, sagte jemand leise, »wach auf!«

Schweißnass riss er die Augen auf. Seine Brust hob und senkte sich mit der Heftigkeit eines Blasebalgs. Es war immer noch dunkel. Nur schwach sickerte ein Lichtschimmer unter der Tür in ihr Quartier. Aus den Stockbetten drang das leise Atmen der anderen an seine Ohren.

Eine Hand strich durch sein Haar. »Johnnie?« Die Stimme gehörte Ophelia.

»Alles klar …« Er bekam kaum einen Ton heraus, so heiser war er.

Wieso war er nicht auf der Krankenstation? Im nächsten Moment fiel ihm ein, dass er an diesem Tag entlassen worden war. Die Erinnerung kam zurück, träge und zäh wie Sirup. Übermorgen würden sie die Erde erreichen. Übermorgen. Wie sollte er den anderen gegenüber zwei Nächte lang seine Albträume verbergen?

Ophelias Hand lag auf seiner Schulter. »Bist du dir sicher?«

Shit! Hoffentlich hatte niemand etwas bemerkt!

Er nickte, begriff, dass sie es nicht sehen konnte, und setzte mit rauer Stimme hinzu: »Ja.« Und dann: »Hab ich dich geweckt?«

Ihre Finger zupften an seinem Ohr. »Konnte nicht schlafen. Ist wirklich alles in Ordnung?«

»Ja.« Eigentlich war nichts in Ordnung. Eigentlich wollte er, dass sie blieb und weiter an seinem Ohr herumspielte. Oder besser noch an anderen Körperteilen.

»Okay. Dann weiterhin gute Nacht!« Sie zupfte zum Abschied noch einmal an seinem Ohr. Dann hörte er sie die Leiter zum oberen Stockbett hinaufklettern.

Sie hatte das Bett mit ihm getauscht, wegen der Prothese. Er lag jetzt unter ihr.

Sie warf sich einige Male im Bett hin und her, bis sie endlich still lag. Leises Atmen zeigte ihm schließlich an, dass sie wieder schlief. Nur er fand keinen Schlaf, denn er glaubte immer noch, ihre Hände zu fühlen – auch an Stellen, wo sie nicht sein durften.

»Wenn ihr fummeln wollt, dann geht das nächste Mal gefälligst woanders hin«, knurrte Philippe. Die dritte Nacht in Folge hatte er jetzt Johns Stöhnen und dem leisen Geflüster gelauscht. Eigentlich konnte es ihm egal sein, da er die beiden bald einige Wochen nicht mehr sehen würde. Doch ihm reichte es, und zwar gründlich. Nicht genug, dass die beiden was miteinander hatten. Mussten sie auch noch so notgeil sein und sich im gemeinsamen Quartier befummeln?

»Leck mich!« Zach kehrte ihm den Rücken zu, während er sich anzog.

Philippes Blick wurde unweigerlich angezogen von den stählernen Streben, die Zachs rechtes Bein ersetzten. Mit der Faszination des Grauens starrte er auf den Metallstift, der im Fleisch verschwand. Ob es wehtat, damit zu laufen?

Und wenn schon! Das würde dem Angeber guttun. Er hoffte von ganzem Herzen, dass jeder Schritt einem Messerstich glich.

Geschäftig wandte Philippe sich seinem Spind zu und begann, seine Sachen zu packen. Die *Washington* stand im geostationären Orbit der Erde. Die Landefähren warteten schon. Überall auf der *Washington* liefen Zivilisten umher. Es wurde wirklich Zeit, dass die das Schiff verließen.

Andererseits – für Zach war es sicherlich schlimm gewesen, einen Tag und eine Nacht mitten in einer Brutstätte der Aliens verbringen zu müssen? Und vielleicht tat er dem Kerl ja unrecht, und er fummelte gar nicht mit Ophelia rum, sondern hielt sich an ihr fest, weil er Albträume hatte.

Aber Zach und Albträume? Eher ging auf der Erde die Sonne im Osten unter. Zach konnte vor Testosteron doch kaum laufen. Wahrscheinlich rannten ihm die Mädchen gleich scharenweise hinterher, sobald er erst einmal Freigang hatte. Immerhin würde er darauf ein paar Tage warten müssen. Das war wenigstens eine kleine Genugtuung für Philippe.

»Fertig«, verkündete er, während er den Seesack schulterte.

»Macht's gut, ihr Pfeifen! Man sieht sich.« Dabei war das wirklich das Letzte, was Philippe sich wünschte.

Es schien Jahre her zu sein, dass John die Halle am Raumhafen das letzte Mal gesehen hatte. Dabei waren nur knapp vier Monate vergangen. Zu viel war seitdem geschehen, und er hatte ein Andenken, das ihn Zeit seines Lebens daran erinnern würde.

Das Laufen fiel ihm immer noch schwer. An die Schmerzen hatte er sich gewöhnt. Er war hart im Nehmen. Was ihn störte, war, dass sein künstliches Bein ihm so gut wie keine Sinneseindrücke übermittelte. Die Berührung des Hosenstoffs, Kälte oder Hitze, der Schweiß auf der Haut – all das fehlte nun. Nur den Boden unter seinen Füßen konnte er fühlen.

Auch die Proportionen zwischen den Gliedmaßen hatten sich verändert. Sein rechtes Bein war um ein paar Millimeter kürzer gewesen als das andere. Nun waren beide Beine exakt gleich lang, sodass er seine Bewegungsabläufe neu koordinieren musste. Daher geriet er immer wieder ins Stolpern.

Suchend sah er sich nach Ophelia um, die er im Gedränge aus den Augen verloren hatte. Wenigstens von ihr wollte er sich anständig verabschieden. Aber sein Blick fand nur den Korridor zu den Toiletten, wo er damals die Papiere in einem Schließfach versteckt hatte.

Harlan blieb neben ihm stehen und seufzte. »Oh Mann, das hatte ich völlig vergessen!«

Was Harlan meinte, war ein Trupp Reporter, der schnurstracks auf sie zuhielt.

»Private Westcott, wie fühlen Sie sich zurück auf der Erde?«, fragte einer der Journalisten und hielt Harlan ein Mikrofon unter die Nase.

Weitere Mikrofone gesellten sich dazu. Im Hintergrund nahmen mehrere Kameras das Geschehen auf.

Harlan schenkte den Kameras ein gewinnendes Lächeln. Das konnte er richtig gut, stellte John fest. »Es ist schön, wieder hier zu sein. Die gute irdische Luft zu atmen ...«

Die Reporter lachten pflichtschuldig.

»Nein, im Ernst. Ich freue mich auf ein gutes Essen und ein heißes Bad. Viel Luxus gab es auf dem Truppentransporter nicht. Dafür aber die besten Kameraden, die man sich wünschen kann im Kampf gegen die verfluchten Aliens.« Bei den Worten klopfte Harlan John auf die Schulter.

John lächelte gequält. Das fehlte ihm noch, dass er nun in das Interview miteinbezogen wurde!

»Zacharias McClusky?«, fragte einer der Reporter.

Widerwillig nickte John. Hoffentlich flog durch den Presserummel seine falsche Identität nicht auf!

»Es heißt, Ihre Kusine Clarice Sheldon sei ermordet worden, damit sie ihre Anschuldigungen gegen den Kongress nicht publik machen kann. Was sagen Sie zu diesen Gerüchten?«

»Was wissen Sie über die Anschuldigungen Ihrer Kusine gegen den Kongress?«, wollte ein anderer wissen.

»Haben Sie sich freiwillig gemeldet, um Mordanschlägen auf Ihre Person zu entgehen?«

»Weshalb wurde Ihnen das Purple Heart verliehen?«

»Wie stehen Sie zu Harlan Westcott?«

John schnappte unwillkürlich nach Luft.

»Wir gehören demselben Fireteam an«, antwortete Harlan an seiner Stelle. Wieder klopfte er ihm auf die Schulter.

»Macht es Ihnen etwas aus, dass Private Westcott homosexuell ist?« Das Mikrofon, das zu einem Mann mit Brille gehörte, berührte fast Johns Mund.

Harlan neben ihm wurde trotz seiner dunklen Hautfarbe bleich. »Das ...«, stotterte er.

In John siedete es. »Das geht Sie einen Sch–«

»Zach«, mahnte Harlan.

»Private First Class McClusky, hegen Sie die gleichen sexuellen Neigungen wie Private Westcott?«

Der Zorn kochte so schnell und heiß in ihm hoch, dass er keinen klaren Gedanken mehr fassen konnte. Mit einem Ruck entriss John dem Frager das Mikro und stieß es ihm gegen die Brust. »Schieben Sie sich Ihr Mikro in den –«

In diesem Augenblick schob sich Phils breite Gestalt dazwischen. »Die Privates Westcott und McClusky möchten keine weiteren Fragen beantworten.«

Sofort wurde Phil ein Mikro vor die Nase gehalten. »Private Reno, wie stehen Sie als Sohn des Kongressabgeordneten Jerome Reno zu den Vorwürfen, die Mrs Sheldon erhoben hat?«

John stutzte. Phils Vater war Kongressabgeordneter?

»Komm«, raunte Harlan und packte ihn am Arm. »Wir sollten gehen. Phil macht das schon.«

Nur widerwillig gehorchte John. Er hätte zu gerne gehört, was Phil antworten würde.

John sah vor sich einen Admiral, einen General, Colonel Forsman und Lieutenant Goldblum. Wie bei einem Tribunal saßen sie nebeneinander hinter einem langen Tisch, während er in einer einsamen Insel aus Licht ihnen gegenüberstand. Ganz am Rande saß ein Mann in einem schwarzen Anzug, der wie ein Fremdkörper unter all den Uniformierten wirkte.

Zwei Soldaten hatten ihn in der Kaserne abgefangen und in den Saal gebracht, der viel zu groß war für die wenigen anwesenden Personen. Wieso gab es hier für ihn keinen Stuhl? War er hier etwa ein Angeklagter? Und wenn ja, was wurde ihm vorgeworfen – und wer hatte Anklage erhoben? Sein Blick irrte zu Goldblum. Doch die tat, als sei er nicht vorhanden.

»Erzählen Sie uns von den Vorfällen auf Cancer 2.3!«, forderte Forsman ihn auf.

Darum ging es also. »Die Brutstätte?«

»Nicht nur das«, sagte Forsman. »Erzählen Sie uns, wie Sie Ihr Bein verloren haben.«

Jetzt verstand er endlich. »Ich habe es amputiert, um nicht zum Alien zu werden.«

»Das ist lächerlich!«, warf der Admiral ein. Mit den weißen Haaren und der ebenfalls weißen Uniform wirkte er wie ein Geck. »Wie können die Aliens aus Menschen ihresgleichen machen? Der Mann fantasiert. Wenn er alles ist, was Sie uns zu bieten haben, dann –«

»Sir, mit Verlaub!«, fiel John ihm ins Wort. »Aber ich weiß sehr wohl, was ich gesehen habe. Die Schule, in der ich einen Tag festsaß, war voller Kokons mit Menschen. Ich habe einen von ihnen aufgeschnitten und einen halb verwandelten Menschen darin gefunden. Er hat mich angefleht, ihn zu töten. Und weil ich seinem Wunsch nachgekommen bin, wurde ich entdeckt und selber infiziert. Das war leider sehr real, Sir. Wenn Sie mir nicht glauben, fragen Sie Doktor Donaghue. Der wird es Ihnen bestätigen können, nehme ich an.«

»Mäßigen Sie Ihren Ton, Private!« Der General – ein hagerer Mann mit grauen Schläfen – schlug auf den Tisch.

Forsman runzelte die Stirn. »Doktor Donaghues Bericht liegt uns bereits vor. Sie bleiben also dabei, dass eines der Aliens seine – wie nannten Sie es? – Zunge in Ihr Bein bohrte, Sie danach an den Fußknöcheln fesselte und versuchte einzuspinnen?«

»Ja, Sir.« John knirschte mit den Zähnen.

»Verstehe ich das richtig? Sie geben zu, einen Ihrer Kameraden getötet zu haben?«, fragte der General.

»Es war sein Wunsch, Sir.«

»Ein Akt der Gnade«, mischte Forsman sich ein. »Etwas anderes würde mich mehr interessieren. Wie kam es dazu, dass Sie von den Aliens überwältigt wurden?«

Goldblum fixierte ihn wie eine Schlange die Beute.

»Wir folgten einem Schrei, den mein Begleiter gehört hatte. Den Rest kennen Sie.«

»Weshalb haben Sie keine Hilfe per Funk angefordert?«, fragte Forsman.

»Hatte meinen Helm verloren, Sir.«

Forsmans Blick wurde düster. »Hier steht, dass Ihre komplette Einheit bereits auf Kassiopeia 1.3 den Funkkontakt zur Einsatzleitung verloren hatte. Sergeant Hartfield führt auch die Missachtung zweier seiner Befehle auf mangelnden Funkkontakt zurück. Mir scheint, dass in Ihrer Nähe sehr oft der Funkkontakt zu wünschen übrig lässt.«

Lauernd beobachtete Goldblum ihn.

»Ich kann mir das auch nicht erklären, Sir.«

»Aha.« Forsman lehnte sich zurück. »Demzufolge sind diese Vorfälle also alle auf puren Zufall zurückzuführen.«

»Ja, Sir. Aye, Sir.«

John glaubte, Schweißperlen auf Goldblums Stirn zu sehen. Miststück! Unwillkürlich ballte er die Fäuste.

»Ist es richtig, dass Sie First Lieutenant Goldblum sexuell belästigt haben?«, fragte der General.

John biss die Zähne aufeinander. »Das ist Lieutenant Goldblums Variante der Geschichte, Sir. Ich habe es wirklich nicht nötig, mich einer Frau aufzudrängen.«

Der Admiral schlug auf den Tisch. »Das genügt mir! Ich

will kein Wort mehr aus dem Mund dieses Subjekts hören. Ich frage mich allen Ernstes, weshalb dieser Mann nicht hinter Gittern sitzt.«

Auf Goldblums Gesicht lag ein katzenhaftes Lächeln.

»Sie können gehen, Private First Class McClusky«, sagte Forsman.

Mit einem zackigen Gruß machte John auf dem Absatz kehrt.

»Das ist ungeheuerlich«, hörte er den Admiral sich ereifern, während er die Tür öffnete. »Was sucht dieser Mann noch bei den Troopers?«

»Weil wir ihm zu nicht unerheblichem Dank verpflichtet sind. Ohne ihn gäbe es ...« Das waren die letzten Worte, die er von Forsman hörte, ehe er hinter sich die Tür schloss.

Phil ließ den Seesack zu Boden fallen. In der piekfeinen Empfangshalle glich es einem Sakrileg. Es war still im Haus. Wie immer seit dem Tod von Louis.

»Mutter?« Es wunderte ihn nicht, dass niemand ihn abgeholt hatte. Sein Vater war bestimmt in einer Besprechung, das war er eigentlich immer. Nur Mutter hielt sich ab und an tagsüber zu Hause auf – zwischen den Vor- und Nachmittagstees und den abendlichen Empfängen –, wenn sie nicht gerade shoppen war.

Da hörte er Schritte auf der geschwungenen Treppe. Zu Phils Überraschung war es nicht seine Mutter.

»Vater?« Hatte er etwa eine Besprechung abgesagt, um ihn begrüßen zu können? Wahrscheinlicher war, dass zufällig eine ausgefallen war.

»Philippe, es freut mich, dich heil wiederzusehen.« Sein

Vater schüttelte ihm die Hand, als würde er einen Kongressabgeordneten begrüßen und nicht seinen Sohn. Wie immer trug er einen seiner grauen Anzüge.

»Wieso bist du zu Hause?«

»Um dich begrüßen zu können. Kommst du mit nach oben? In meinem Arbeitszimmer stehen Getränke bereit.« Sein Vater wartete die Antwort nicht ab und ging bereits die Treppe hoch.

Widerwillig folgte Phil ihm ins Büro.

»Setz dich«, sagte sein Vater, nachdem er ihm Limonade eingeschenkt hatte.

Da Phil wusste, dass sein Vater erst mit seinem Anliegen herausrücken würde, wenn er dem nachgekommen war, tat er ihm den Gefallen. Die Limonade trank er in einem Zug aus. »Was willst du?«

Mit einem Lächeln nahm sein Vater hinter dem Schreibtisch Platz. »Was weißt du über Zacharias McClusky?«

Daher wehte also der Wind. Phil zuckte mit den Schultern, während er sich ein weiteres Glas einschenkte. »Er gehört zu meinem Team. Mehr muss ich nicht wissen.«

»Dann findest du es nicht merkwürdig, dass er sich ausgerechnet an jenem Tag freiwillig gemeldet hat, an dem seine Kusine Clarice Sheldon ermordet wurde?«

Phil verschluckte sich fast an der Limonade. »Willst du damit sagen, Zach habe sie ermordet? Das ist lächerlich!«

»Die Koinzidenz der Ereignisse sollte auch dich nachdenklich stimmen. Weißt du eine andere Erklärung?«

»Eine Menge. Es könnte zum Beispiel reiner Zufall gewesen sein. Oder, wenn ich mich so wie du von Paranoia leiten lasse – um nicht selbst umgebracht zu werden.«

»Du glaubst also, McClusky weiß etwas über die Anschuldigungen seiner Kusine?«

»Ich will gar nichts andeuten. Ich will damit nur sagen, dass du zu oft an Verschwörungstheorien glaubst.«

»Und ich denke, dass du nicht oft genug deinen Verstand einsetzt, lieber Philippe. Oder wie lässt es sich sonst erklären, dass McClusky bereits befördert wurde und mehrere Auszeichnungen erhalten hat – und du nicht?«

Darauf lief es also wieder hinaus. Mit geballten Fäusten sprang Phil auf. »Wäre es dir lieber, wenn ich ein Bein verloren hätte – wie Zach? Oder in einem Zinksarg nach Hause gekommen wäre wie Louis? Der konnte ja alles besser als ich, nicht wahr?«

»Philippe, du vergisst dich! Ich will nur, dass du mit McClusky sprichst, um –«

»Soll ich ihn etwa für dich aushorchen?« Phil besaß gerade noch genug Beherrschung, um nicht auf den Teppich zu spucken. »Vergiss es!« Abrupt stand er auf. »Einen guten Tag noch, Vater. Es war schön, dich wiederzusehen.«

1. Intermezzo

»Hartfield?« Forsman wirkte überrascht, als er von seinem Schreibtisch aufsah.

»Sir!«, sagte Hartfield nur und stand stramm.

»Stehen Sie bequem – oder noch besser, setzen Sie sich.« Bei den Worten zeigte Forsman auf einen Stuhl. »Weshalb sind Sie gekommen? Probleme mit unseren Testobjekten?«

Hartfield blieb stehen. »In gewisser Weise, Sir. Private McClusky wurde für eine Spezialausbildung ausgewählt. Erlauben Sie, dass ich Zweifel anmelde.«

Forsman runzelte die Stirn. »Der Mann ist hervorragend geeignet. Haben Sie seine Zeugnisse und Bewertungen nicht gesehen? Die Ausbildung ist ein Klacks für ihn. Und wir brauchen Piloten für die neuen Gleiter.«

»Sir, mit Verlaub. Meiner Meinung nach ist es zu früh für ihn. Er hat kaum die Krankenstation verlassen und sollte die Zeit hier auf der Erde eigentlich in einer Reha verbringen.«

»Doktor Donaghue hat mir versichert, dass aus medizinischer Sicht nichts dagegenspricht.«

Hartfield atmete tief ein. Wenn er seine letzte Karte ausspielte, konnte das auch negativ für McClusky enden. »Sir, mir scheint, dass Private McClusky mit einem posttraumatischen Stresssyndrom zu kämpfen hat.«

Forsman lehnte sich in seinem Sessel zurück. »Wie kommen Sie darauf?«

»Ich habe den Verdacht, dass Private McClusky Albträume hat.«

»Albträume.« Mit halb geschlossenen Augen neigte sich Forsman in seinem Bürosessel nach hinten.

Die Stille wurde ungemütlich.

Langsam beugte sich Forsman wieder vor und legte die Arme auf den Schreibtisch. »Wie steht es mit Ihnen, Gunnery Sergeant Hartfield? Haben Sie noch Albträume?«

»Das steht nicht zur Debatte, Sir.« Unwillkürlich stand Hartfield wieder stramm.

»Ich frage Sie aber, Sergeant! Haben Sie die Vorfälle vor sieben Jahren tatsächlich völlig überwunden? Oder aus welchem Grund stehen Sie hier und bitten wieder einmal für die eine Testperson, während Sie die andere, die arabische Wurzeln hat, in den letzten Wochen anscheinend völlig vergessen haben?«

In Hartfields Erinnerung vermischte sich der Donner einer Explosion mit den Sirenen von Polizei- und Einsatzfahrzeugen. Augenblicklich brach Schweiß auf seiner Stirn aus.

»Sir, ich verwahre mich gegen diese Unterstellung. Das Schicksal von Private Chadim liegt mir genauso am Herzen wie das von Private McClusky. Ich bin nur der Ansicht, dass Private McClusky den Anforderungen, die die Spezialausbildung an ihn stellen wird, momentan noch nicht gewachsen ist. Weder psychisch noch physisch. Es ist zu früh, Sir.«

»Zur Kenntnis genommen, Sergeant. Und nun folgen Sie bitte meinen Befehlen und überwachen Sie die Überprüfung von Private Chadims psychischem und physischem Zustand, die Sie selbst angeordnet haben, wenn ich mich recht entsinne.«

Hartfield salutierte. »Ja, Sir. Aye, Sir. Darf ich fragen, ob Sie wenigstens eine Erleichterung der physischen Anforderungen für Private McClusky erwägen werden?«

»Sie haben meine Antwort gehört, Sergeant. Sie können wegtreten.«

3. Kapitel

Die Tür des Saals ging auf. Wie auf Kommando sprang John mit den anderen auf und stand neben seinem Stuhl stramm.

Der Ausbilder war groß, dunkelhaarig und drahtig. So wie er vor den Tischen auf- und abschritt, musste sein Ego gewaltig sein. »Guten Morgen, Soldaten! Mein Name ist Lieutenant Lockham.«

»Guten Morgen, Lieutenant Lockham!«, antworteten alle im Chor.

Lockham blieb vor dem großen Screen stehen. »Setzen!«

Nur das Scharren der Stühle war zu hören. John kam sich völlig deplatziert vor.

»Ehe wir mit dem eigentlichen Unterricht beginnen, möchte ich Sie besser kennenlernen.« Fast vergnügt stellte Lockham seine Tasche auf dem Pult ab und holte einen Stapel Papier heraus. Mit Schwung legte er ihn vor einen Soldaten in der ersten Reihe. »Verteilen! Jeder erhält eine Doppelseite.«

Befremdet starrte John auf das Papier.

Sein Banknachbar griff bereits nach dem Stift, der an jedem Platz in einer Vertiefung lag. Als John sich umblickte, sah er, dass auch die anderen ihren Stift in die Hand nahmen.

Ein Räuspern ertönte. »Falls ich um die Aufmerksamkeit aller bitten dürfte, Private ... Wie ist Ihr Name?«

Blitzartig drehte John sich nach vorne. Lockhams Blick ruhte eindeutig auf ihm. »Zacharias McClusky. Sir.«

Lockham lächelte wie ein Haifisch. »Nun, vielleicht wundert es Sie, Private First Class McClusky, aber Ihnen werden hier keine Vergünstigungen eingeräumt, nur weil Sie ein Harvardabsolvent sind.«

»Aye, Sir.« Verdammt, er war kein Harvardabsolvent! Aber das behielt er besser für sich.

»Gut, dass wir uns verstehen, Private First Class McClusky.« Lockham ließ seinen Blick über die Reihen schweifen. »Sie haben eine Stunde Zeit, um mir einen zweiseitigen Aufsatz zu schreiben. Das Thema lautet: ›Weshalb wurde ich für diese Spezialausbildung ausgewählt?‹« Lockham lächelte vergnügt. »Sie können beginnen. Viel Vergnügen!«

Jeder der Soldaten im Raum beugte den Kopf über das Papier, um der Aufforderung nachzukommen. Johns Banknachbar begann sofort zu schreiben.

»Die Zeit läuft, McClusky. Worauf warten Sie?«

Mit bebenden Fingern griff John nach dem Stift. Das leere Blatt Papier schien ihn zu verhöhnen. Er konnte sich nicht vorstellen, es mit Worten zu füllen.

Sein Blick irrte zum Papier seines Banknachbarn. Mühsam buchstabierte er die Überschrift, die inzwischen dort stand. Die Zeichen daneben schienen der Name und das Datum zu sein.

John holte tief Luft und malte langsam seinen Namen oben auf das Blatt Papier. Nach dem »Mc« zögerte er. Schrieb man »Clusky«, groß oder klein? Er entschied sich für eine mittlere Buchstabengröße, die man hoffentlich in beide Richtungen interpretieren konnte.

Das Datum darunter war leicht. Das konnte er einfach abschreiben. Nun war die Überschrift an der Reihe. John schwitzte. Den Kopf tief über sein Blatt gebeugt, versuchte er, die entsprechende Zeile seines Nachbarn zu entziffern.

Der erreichte gerade das Ende der ersten Seite und drehte das Papier um.

John fluchte im Stillen. Der Stift rutschte in seinen verschwitzten Fingern. Okay, das würde er doch noch schaffen! Und dann? Dann würde er weitersehen.

»Weshalb ich für diese Spezialausbildung ...« *Oh Shit!* Was genau hatte Lockham noch mal gesagt? Ein Blick zum Nachbarn zeigte ihm, dass der bereits die Rückseite zur Hälfte beschrieben hatte.

Weiter! Hatte er *ausgewählt* gesagt? Wie schrieb man das? »ausgewehlt«, »ausgewählt«, »aus gewählt« ... *Shit, shit, shit!* John hätte am liebsten den Stift an die Wand geworfen.

»Noch fünfzehn Minuten!«, rief Lockham.

John schrieb irgendetwas hin und wischte sich den Schweiß von der Stirn. Noch nie hatte er sich so hilflos gefühlt.

Und nun?

Sein Banknachbar legte den Stift zurück.

»Weil ich geeignet bin«, schrieb John.

Kim starrte auf den Brief in seinen Händen. Er kannte die Handschrift. Sie gehörte eindeutig seinem Vater. Irgendwie hatte er befürchtet, dass ein Brief von seinen Eltern auf ihn wartete. Vielleicht nicht gleich am ersten Abend. Aber über kurz oder lang hatte einer kommen müssen.

Wie in Trance stieg er die Treppe hinauf zu seinem Quartier. Vor der Tür hielt er inne. Nach kurzem Zögern machte er kehrt und ging zu den Toiletten. In der hintersten Kammer schloss er sich ein. Langsam ließ er sich auf den Klodeckel sinken.

Hier fühlte er sich sicherer. Hier konnte niemand sehen, wie er auf den Inhalt des Briefes reagieren würde.

Seine Hände zitterten, als er den Brief endlich aufriss. Zwei Seiten lagen darin. Behutsam faltete er sie auseinander und begann zu lesen.

Lieber Kim,

Du ahnst nicht, wie erschüttert wir waren, als wir von Deinem Entschluss erfuhren, zu den Space Troopers zu gehen. Deine Mutter und ich haben lange überlegt, was wir falsch gemacht haben. Ob wir es an Fürsorge mangeln ließen oder Dich zu sehr eingeschränkt haben. Wenn dem so gewesen sein sollte, dann lass mich Dir versichern, dass es nicht geschah, um Dich einzuengen, sondern nur aus Liebe zu Dir.

Habe ein Nachsehen mit Deinen Eltern! Wir lieben Dich beide zu sehr, um tatenlos dabei zusehen zu können, wie Du Dein Leben in einem sinnlosen Krieg wegwirfst. Was auch immer Dir fehlt, was auch immer Du haben möchtest, lass es uns wissen! Du sollst es haben. Wir kümmern uns darum. Nur kehre zurück zu uns! Allein der Gedanke, dass Du verletzt oder getötet werden könntest, erfüllt uns mit Schrecken. Komm nach Hause! Wir flehen Dich an. Gib uns eine Chance, Dir zu beweisen, dass wir Dich Deinen Weg gehen lassen. Ohne dass Du täglich Dein Leben da draußen im All riskieren musst.

Ich habe meine Beziehungen spielen lassen. Du musst nur ein Wort sagen, und ich kann Dir einen hervorragenden Job beschaffen. Oder wenn du eine Auszeit brauchst, dann mach einfach ein paar Monate Urlaub. Das Finanzielle regeln wir schon für Dich.

Bitte melde Dich! Gib uns ein Zeichen, damit wir wissen, dass Du uns nicht vergessen hast. Wir sind unterwegs, um Dich abzuholen und in unsere Arme zu schließen.

Dein Dich über alles liebender Vater und Deine Dich über alles liebende Mutter!

Die Buchstaben vor Kims Augen verschwammen, Tränen rannen über seine Wangen. Schluchzend ließ er den Brief sinken.

»Wenn Sie glauben, dass ich das witzig finde, haben Sie sich getäuscht, Private First Class McClusky. Nur weil Sie ein Harvardabsolvent mit Auszeichnung sind, heißt das noch lange nicht, dass Sie hier tun und lassen können, was Sie wollen.« Lockham war außer sich. »Vier Seiten bis morgen. Und damit Sie genug Zeit haben, um über den Inhalt Ihrer Abhandlung nachzudenken: vier Extrarunden nach dem Abendessen. Setzen!«

Johns Ohren klingelten. Benommen kam er der Aufforderung nach. Noch nie hatte er sich so hilflos und gleichzeitig so zornig gefühlt.

Der Rest des Unterrichts rauschte an ihm vorbei. Lockham zeichnete irgendwelche Kurven und Hieroglyphen an den Screen, die für John nicht die geringste Bedeutung hatten. Er hatte keine Ahnung, wovon Lockham da redete. Die Blicke der anderen Soldaten hingegen waren für John leicht zu deuten. Lockhams Strafe schien sie mit Schadenfreude zu erfüllen. Harvardabsolventen hatten hier wirklich einen schweren Stand.

Als er sich beim Mittagessen an einen Tisch setzte, an dem bereits zwei Soldaten seiner Klasse saßen, standen sie demonstrativ auf und wechselten den Platz.

Dann eben nicht. Beim Lauftraining würde er diesen Idioten schon zeigen, was er leisten konnte.

Aber bereits nach einer halben Runde durch das umliegende Waldgelände mit Atemmaske und Marschgepäck schmerzte Johns rechter Oberschenkel so sehr, dass er am liebsten gestreikt hätte. Doch zum Aufgeben war er zu stur. Schweißgebadet rannte er weiter, bis der Schmerz sein ganzes Denken füllte und er kaum noch verstand, was der Drillsergeant brüllte. John kassierte zwanzig Liegestütze, ohne zu wissen, wofür, und fiel beim anschließenden Sprint über die eigenen Füße. Danach versuchte er nur noch, nicht hinter die anderen Soldaten zurückzufallen. Am Ende war er so erschöpft, dass er beinahe gekotzt hätte.

Auf das Abendessen verzichtete er. Stattdessen trank er nur mehrere Gläser eines isotonischen Getränks und torkelte danach in die Toilettenräume. Auf das Waschbecken gestützt, spritzte er sich kaltes Wasser ins Gesicht, bis sein Blick sich endlich klärte und er nicht mehr das Gefühl hatte, bei der nächsten Anstrengung ohnmächtig zu werden.

Am Ende seiner Kräfte fand er sich wieder samt Marschgepäck und Atemmaske auf dem Drillplatz ein. Vier Extrarunden durch das Waldgebiet lagen vor ihm, mindestens zwei Stunden.

»Etwas mehr Elan, McClusky!«, schrie der Drillsergeant.

John bemühte sich, so zackig zu salutieren, wie es ihm möglich war, und begann die erste Runde. Der Drillsergeant machte sich nicht die Mühe, ihn zu begleiten.

Vier Seiten. Was um Gottes willen sollte er schreiben, um vier Seiten zu füllen? Zwei Seiten waren für ihn schon zu viel gewesen. Er wusste nicht, ob er vor Zorn oder Ohnmacht heulen sollte. Seine Füße trafen mit einem dumpfen Geräusch den Waldboden. Der Schmerz im Oberschenkel breitete sich entlang seiner Wirbelsäule aus und erreichte schließlich seinen Kopf.

Danach lief er wie im Nebel. Es wurde dunkel um ihn. Aber er hätte nicht zu sagen vermocht, ob die Nacht hereinbrach oder seine Sinne streikten. Bis er endlich zu Tode erschöpft zum vierten Mal den Drillplatz erreichte.

»Zwei Stunden und siebenunddreißig Minuten. Danken Sie dem lieben Gott, dass ich nicht die Strafe ausgesprochen habe, sonst könnten Sie gleich vier weitere Runden laufen. Das war saumäßig, Private McClusky! Wegtreten!«

Am ganzen Leibe zitternd, erreichte John das Quartier. Ein Rest Vernunft ermahnte ihn, das Marschgepäck und die Atemmaske ordentlich zu verstauen. Weitere Extrarunden würde er nicht lebend überstehen. Danach torkelte er in die Waschräume und duschte – mit kaltem Wasser. Für warmes Wasser kam er anscheinend zu spät.

Das Licht im Quartier war bereits aus, als er zurückkehrte. Wo zum Teufel sollte er schreiben?

»Hau ab in die Bibliothek, Schwachkopf!«, zischte eine Stimme aus einem der Betten.

Immerhin war das die Antwort, die er suchte. Da ihn niemand sah, nutzte er jede Wand und jedes Treppengeländer als Stütze, um in die Bibliothek zu hinken.

Der Raum voller Bücher war eine Oase der Ruhe; Tischlampen verbreiteten gedämpftes Licht. Tatsächlich fand er dort Papier und Stift und setzte sich damit an einen Tisch.

Benommen starrte er auf das leere Blatt. Seine Finger umklammerten den Stift, als wäre es der Hals von Lieutenant Lockham. Das Quartier auf der *Washington* erstand vor seinem geistigen Auge. Er glaubte, den leisen Atem seiner Kameraden zu hören, und plötzlich begriff er, dass er sich danach sehnte, wieder dort zu sein. Dass er sich nichts mehr wünschte, als Ophelia, Kim, Mirek, Harlan und Phil um sich zu haben. Sogar Chadim. Und dass er jeden verdammten Sergeant oder Lieutenant hier gegen Hartfield eintauschen würde.

Die vier Blätter, die John seinem Ausbilder gab, waren komplett beschrieben. Er hatte sich Mühe gegeben, es ordentlich zu machen. Sogar ein Wörterbuch hatte er benutzt. Über zwei Stunden hatte er für sein Werk gebraucht, und nun war er ein klein wenig stolz auf sich selbst.

Lockham warf einen Blick darauf – und augenblicklich verfinsterte sich seine Miene. Wortlos richtete er die Seiten aus, um sie mit einem einzigen Ruck zu zerreißen. Die halbierten Blätter legte er aufeinander, um sein Werk zu wiederholen, bis er mit zunehmendem Zorn das Papier in kleine Schnipsel zerfetzt hatte und sie zu Boden regnen ließ.

»Acht Seiten, acht Zusatzaufgaben aus dem Physikbuch und acht Extrarunden, McClusky! Und ich schwöre Ihnen, dass ich dies fortsetzen werde, bis Sie uns entweder den Gefallen tun, diese Spezialausbildung zu verlassen, oder endlich tun, was ich von Ihnen verlange.«

John konnte ihn nur anstarren. Sein Hirn war zu müde, um zu begreifen, was Lockham von ihm wollte. Er hatte auf vier Seiten immer wieder den Satz »Weil ich geeignet bin« geschrieben. Fehlerfrei. Was war daran falsch?

»Setzen!«, schrie Lockham.

Wie in Trance hinkte John an seinen Platz. Er saß immer noch benommen da, als es zur Mittagspause klingelte. Langsam humpelte er zur Kantine, um dort allein an einem Tisch sein Essen anzustarren. Acht Seiten. Er hatte keine Ahnung, womit er acht Seiten füllen sollte, wenn »Weil ich geeignet bin« nicht ausreichte.

»Hey«, sagte eine vertraute Stimme.

Als er aufsah, saß Kim ihm gegenüber am Tisch. »Hey!«

»Du siehst müde aus.«

Sah man ihm das so deutlich an? »Du auch.« Kims Augen waren stark gerötet, als hätte er die Nacht nicht geschlafen.

Kim zuckte mit den Schultern. »Und? Wie läuft's?«

Lügen? »Scheiße.« John schob den Teller von sich und stützte den Kopf in die Hände.

Eine Weile herrschte betretenes Schweigen. John glaubte schon, Kim verschreckt zu haben, als dieser plötzlich seinen Arm berührte. »Wenn ich dir helfen kann ...«

Weiter kam er nicht, denn John stand brüsk auf und verließ die Kantine.

»Kim!« Jemand rüttelte an seinem Arm.

Schlaftrunken wälzte Kim sich auf die andere Seite.

»Kim!« Die Stimme klang drängend.

»Was ...«

Eine Hand legte sich vor seinen Mund. »Scht! Ich bin's.« Das war eindeutig Johns Stimme.

Erschrocken setzte Kim sich auf. Es war mitten in der Nacht. John kniete neben seinem Bett und sah sich gehetzt um.

»Können wir reden?«, raunte er.

Kim nickte. »Ja«, setzte er leise hinzu. Um niemanden zu wecken, packte er Johns Hand und führte ihn Richtung Tür. Zu seiner Überraschung folgte dieser ihm, ohne sich zu wehren. Kim spähte nach draußen, sah, dass keiner im Korridor war, und zog John hinter sich her durch die Tür.

Im Neonlicht fiel Kim auf, dass die Erschöpfung tiefe Linien in Johns Gesicht hinterlassen hatte. Stumm führte er den Kameraden weiter in Richtung Waschräume. Erschrocken bemerkte er dabei Johns hinkenden Gang. Erst als die Tür zum Waschraum sich hinter ihnen schloss, wagte Kim aufzuatmen.

»Was ist los?«, fragte er.

John starrte ihn an. Er zitterte, wischte sich über das Gesicht und ließ sich langsam an der Wand zu Boden rutschen. Den Kopf auf den Knien, umklammerte er seinen Nacken.

Kim sah, wie er nach Atem rang. Der Anblick tat ihm weh.

»Hey!« Vorsichtig legte Kim die Hand auf Johns Schulter. Noch nie hatte er ihn so mutlos gesehen. Wenn John überdies das Risiko einging, ihn mitten in der Nacht im Schlafsaal einer fremden Einheit aufzusuchen, musste die Kacke mächtig am Dampfen sein.

»Scheiße«, sagte John. Endlich hob er wieder den Kopf. Kim erschrak vor dem stumpfen, hoffnungslosen Blick. »Ich kann das nicht. Ich versteh nicht die Bohne.«

»Wovon?«

John zerrte einen Stapel Blätter und ein Buch aus seinem Hemd. »Hier. Acht von diesen idiotischen Aufgaben soll ich machen.«

»Bis wann?«

»Morgen. Oder glaubst du, ich wäre jetzt sonst hier?«

Kim blätterte die Aufgaben durch. Das war simple Mechanik. Nur ein paar einfache Rechenaufgaben zur Fliehkraft. »Kein Problem. Das habe ich in zehn Minuten gemacht. Noch etwas?«

Johns Miene verdüsterte sich. »Ich soll acht Seiten darüber schreiben, weshalb ich diese Scheißspezialausbildung machen darf.«

»Na ja, dazu wird dir doch was einfallen.«

»Kim! Ich …« John raufte sich die Haare. »Ach, verdammte Kacke! Ist ja ohnehin egal.« Mit feuchten Augen sah er auf. »Du kapierst es nicht. Ich war nie in der Schule. Ich weiß nicht einmal, wie ich McClusky richtig schreiben soll. Wie soll ich da acht Seiten schreiben?«

Dass seine Eltern in ein paar Tagen hier sein wollten, um ihn abzuholen, kam Kim auf einmal wie eine Lappalie vor. »Ich helfe dir«, sagte er. Um John ein wenig aufzumuntern, stieß er ihm den Ellbogen in die Rippen. »Du hast mir den Hintern gerettet, nun rette ich deinen. Wehe, du lässt mich nicht!« Lächelnd bot Kim ihm die offene Hand an.

Wortlos schlug John ein.

4. Kapitel

Am nächsten Tag war John so müde, dass er kaum die Augen offen halten konnte. Aber immerhin schien das Geschwafel, das Kim sich aus den Fingern gesogen hatte, bei Lockham Eindruck gemacht zu haben. Kim hatte ihm diktiert, dass er mit Freuden für die Menschheit in den Tod gehen würde, dass es ihm eine Ehre sei, für die Menschheit sein Leben zu geben, dass es ihn mit Stolz erfülle, ein Trooper zu sein, und noch mehr derlei Lügen.

Einzig mit den Sätzen über die Treue gegenüber seinen Kameraden hatte John sich identifizieren können. Aber das behielt er lieber für sich. Es war schlimm genug, dass Kim ihn so verzweifelt gesehen hatte.

Der Lohn der nächtlichen Arbeit war, dass Lockham ihn an diesem und den folgenden Tagen in Ruhe ließ. Trotzdem verstand John auch weiterhin nichts von dem, was der Ausbilder ihnen erklärte. Aber für die Hausaufgaben hatte er jetzt Kim, der ihm jeden Tag nach dem Abendessen dabei half.

»Als krönenden Abschluss der ersten Woche habe ich eine Überraschung für euch, Soldaten«, verkündete Lockham am Freitagmorgen. »Simulatortraining.«

Jubel ging durch den Saal. John lehnte sich zurück. Ob das ein Grund zum Jubeln war, würde sich erst noch zeigen müssen. Mit gemischten Gefühlen folgte er mit den übrigen Soldaten Lockham in ein anderes Gebäude, wo sich hinter einer Reihe von Türen Nachbauten von Cockpits befanden.

Lockham wählte fünf Mann für die erste Runde aus und setzte sich dann selbst in eines der Cockpits. Nachdem er kurz und prägnant die wichtigsten Hebel und Knöpfe erklärt hatte, überließ er den Platz dem Streber Walpole, und wies den vier anderen ihre Trainingscockpits zu. Danach führte er den Rest der Klasse in einen großen Raum, wo hinter Glas zwei Männer und eine Frau an einigen Konsolen saßen.

Lockham gesellte sich zu den dreien. John konnte nicht hören, was er mit ihnen redete. Doch nach wenigen Augenblicken gab Lockham das Zeichen für den Start. Auf dem großen Screen hinter ihnen verließen in einem virtuellen All fünf Landefähren einen Truppentransporter.

Während John noch gebannt auf das Geschehen starrte, entdeckte er die drei feindlichen Jäger. Jetzt begriff er, wie das Simulatortraining aussehen würde. Die drei Jäger ließen sich Zeit mit dem Beschuss. John hatte den Eindruck, dass die drei Piloten hinter der Glasscheibe zunächst ein wenig mit den Neulingen spielten, ehe sie kurzen Prozess machten. Selbst Walpole hatte keine Chance.

Lockham grinste breit, als er die nächsten fünf Soldaten in die Cockpits winkte. Es war offensichtlich, wie viel Spaß es ihm machte, die Leute vorzuführen.

Getuschel machte sich im Saal breit, als die nächste Runde genauso schnell beendet war wie die vorherige. John hörte das Wort »unfair« und verkniff sich ein Grinsen. Stattdessen konzentrierte er sich darauf, das Vorgehen der feindlichen Jäger genau zu beobachten, und nach dem dritten Durchgang hatte er ihre Taktik durchschaut. Sie trieben die Frischlinge jedes Mal in die Enge, um sie dann der Reihe nach abzuschießen.

»Letzte Runde«, verkündete Lockham. Sein Blick fand John. »Kalte Füße, Private McClusky?«

»Kein bisschen, Sir.«

Lockham deutete nur auf eine der Türen.

Ruhig rief sich John die Funktionen der Hebel in Erinnerung.

»Start!«, rief Lockham per Funk.

John kam als Zweiter aus dem Hangar des Transporters heraus. Als er die Maschine zu steuern begann, stutzte er: Es fühlte sich fast real an. Nun wusste er, wozu das Cockpit in alle Richtungen drehbar war. Die Aufhängung reagierte auf jede Steuerbewegung. Fast hätte er gejauchzt, als er scharf wendete und mit Todesverachtung ganz nah am Truppentransporter entlangflog – fort von den anderen vier Fähren.

»McClusky, zurück zum Geschwader«, tönte Lockham.

»Leck mich!« John wusste nicht, ob er die Worte gedacht oder laut ausgesprochen hatte. Aber er wusste, dass die drei feindlichen Jäger gleich aus dem toten Winkel auftauchen würden.

Ohne auf Lockhams Gezeter zu achten, flog er eine weitere enge Kurve und setzte sich hinter die anderen vier Fähren. Da kam der Feind auch schon.

John war darauf vorbereitet. Er gab vollen Umkehrschub, der ihm den Magen gegen die Wirbelsäule presste, änderte noch einmal die Flugrichtung und feuerte eine Salve auf einen der Jäger ab.

Er war so glücklich über den Treffer, dass ihm ein Jubelschrei entschlüpfte.

Zwei der Fähren waren inzwischen abgeschossen worden. Aber auch einer der Jäger trudelte stark beschädigt durchs All.

John steuerte seine Maschine, als ob er nie etwas anderes getan hätte. Kehre – und eine weitere Richtungsänderung. Das Kitzeln im Magen berauschte ihn wie Alkohol. Nein, es war besser. Um Längen sogar. Inzwischen war es ihm egal, ob er noch einen der Jäger eliminieren würde oder nicht. Hauptsache, er konnte den Flug noch ein wenig in die Länge ziehen.

Zwei weitere Fähren zerplatzten. Dann hatte er einen der Jäger im Visier und drückte ab. John schrie vor Glück, als der feindliche Jäger vor seinen Augen zerbarst.

Der dritte war nun vorsichtiger. Sie umkreisten einander, verfolgten sich entlang des Truppentransporters. Keiner schaffte es, den anderen zu treffen.

»Ende«, rief Lockham plötzlich, und die Anzeigen erloschen.

Keuchend starrte John auf das tote Cockpit. In seinen Fingern juckte es. Er fühlte sich betrogen, das Gefühl glich einem unterbrochenen Koitus. Im nächsten Augenblick wurde die Tür aufgerissen, und Lockham stürmte herein.

»Es reicht!« Lockhams Gesicht war zornesrot.

Verdutzt sah John ihn an. Mit dieser Reaktion hatte er nicht gerechnet.

»Nehmen Sie Haltung an, wenn ich mit Ihnen rede, McClusky!«

Etwas zu spät kam John der Aufforderung nach.

»Liegestütz!«

Es war eng hier. John küsste fast Lockhams Stiefelspitzen, als er die Liegestützposition einnahm.

»Liegestütze! Zwanzig Stück.«

Die zwanzig nahm John locker.

»Weiter«, schrie Lockham.

Die folgenden zwanzig fielen John bereits schwerer. Mit den dritten kämpfte er, die vierten trotzte er sich ab. Nach den fünften tropfte der Schweiß von seiner Stirn und auf Lockhams Stiefel. Als er bei hundertzehn anlangte, machte er stöhnend eine Pause, ehe er die letzten zehn schaffte. Schwankend stand er danach auf Lockhams Befehl hin auf.

»Fünf Extrarunden!«, schrie Lockham. Spucketröpfchen trafen Johns Gesicht. »Fünf Seiten über Fliehkräfte und den Swing-by-Effekt. Fünf Seiten, weshalb es sich nicht ziemt, die Befehle von Vorgesetzten zu ignorieren. Und Gnade Ihnen, McClusky, wenn mich Ihre Abhandlung nicht zufriedenstellt.«

Eine Woche lang hatte Ophelia sich davor gedrückt, hierherzukommen. Als sie die kleine Halle sah, über der »Joey's Garage« stand und wo sie über Jahre hinweg so viele Stunden verbracht hatte, wusste sie nicht mehr, wieso sie gezögert hatte.

»Oph!« Der kleine, knorrige Samuel entdeckte sie als Erster.

»Hey«, sagte sie nur.

Samuel riss sie bereits in seine Arme. Ed und Joseph folgten. Danach kam Cally aus dem Büro gestürmt und drückte sie an ihren üppigen Busen.

»Wo hast du gesteckt, meine Süße?« Cally schüttelte sie. »Lass dich anschauen!« Sie nahm sich kaum die Zeit dazu. Stattdessen zerrte sie Ophelia erneut in ihre Arme.

»Lass sie los«, brummte Joseph. »Du erwürgst sie ja noch.«

Cally lachte. »Meine Güte, Oph! Wo warst du? Ach, ich muss dich einfach drücken.« Tatsächlich tat sie es noch einmal.

»Es reicht, es reicht«, sagte Ophelia und blickte in die Runde: Joseph, der noch etwas dicker geworden war und dem die schulterlangen grauen Locken ins bärtige Gesicht hingen. Ed mit seiner tätowierten Glatze und dem breiten Grinsen auf dem Latinogesicht. Samuel, der dreimal so alt war wie alle zusammen, wie er immer behauptete, und deshalb dreimal mehr wusste. Und natürlich Cally, die Seele des Betriebs – immer zu laut, die Kleidung zu eng für ihre üppigen Rundungen und Gesicht und Haare zu schrill für eine Werkstatt.

»Ich habe euch vermisst.« Ophelia lachte, erleichtert darüber, dass sie es endlich ausgesprochen hatte.

»Bleibst du?«, fragte Joseph.

Ophelia schüttelte den Kopf. »Urlaub.«

»Verstehe.« Joseph kratzte sich im Genick.

»Weiß jemand von euch, wo José steckt?«

Kurz herrschte betretenes Schweigen, dann räusperte sich Ed. »Du weißt doch – er hat sich eingeschrieben. Wegen Aziz.«

»Ich dachte, er wäre vielleicht auf Urlaub gewesen und hätte euch verraten, wo er stationiert ist.«

»Tut mir leid.« Ed schüttelte den Kopf.

Sie hatte mit dieser Antwort gerechnet. Hier würde Aziz sicherlich als Erstes nachschauen, wenn er José finden wollte.

»Komm! Ich mach dir einen Kaffee«, sagte Cally und eilte voraus Richtung Büro.

Seufzend wollte Ophelia ihr folgen, als Ed ihr den Weg versperrte. »Sei vorsichtig«, raunte er. »Aziz beobachtet uns. Er sucht John Flanagan.« Als sei nichts geschehen, wandte er sich wieder dem Fahrzeug zu, an dem er gearbeitet hatte.

»Kim!« Außer Atem holte John seinen Freund ein, kurz bevor der das Gebäude erreichte, in dem sich sein Quartier befand.

Der Mann und die Frau, die Kim begleiteten, musterten ihn sichtlich irritiert.

»Kim, ich ...« *Shit!* Die beiden sahen aus wie Kims Eltern.

»Vater, Mutter, darf ich euch Zacharias vorstellen. Er gehört zu meiner Einheit.« Anstatt peinlich berührt wirkte Kim eher dankbar, als er sich John zuwandte.

Mit leichter Verzögerung bot der hagere Asiate mit den grauen Schläfen ihm die Hand. »Es ist mir eine Freude, Sie kennenzulernen, Mister ... Zacharias.«

»Zach genügt«, sagte John. Der Händedruck des Asiaten war unerwartet fest.

»Zach.« Mit einer leichten Verbeugung wiederholte Kims Vater den Namen.

Erst jetzt wandte die kleine, zarte Asiatin sich ihm zu. »Es ist mir eine Ehre, Zach.«

Einen kurzen Moment lang hatte John den Eindruck, sie erwarte einen Handkuss von ihm. Doch sie schüttelte nur seine Hand.

»Können wir uns drinnen unterhalten, Kim?«, fragte der Mann.

»Gleich, Vater.« Mit hochrotem Kopf trat Kim neben John. »Probleme?«, raunte er.

»Schon okay! Hey, deine Leute sind hier. Ich will nicht stören. Das hat Zeit. Keine Eile.« Abwehrend hob John die Hände. »Nichts für ungut, Sir. Madam!«

»Warte!« Kim packte Johns Arm und zog ihn ein paar Schritte weiter. »Nun sag schon!«

»Eine Abhandlung über Fliehkräfte und Schwing-Dingsbums und ... na ja ... Er rieb sich den Nacken. »Weshalb man Vorgesetzte nicht ignorieren darf.«

»Was hast du getan?«

»Zwei feindliche Jäger in der Simulation gekillt.«

»Du machst Witze.«

»Okay. Ich hab Lockhams Befehl ignoriert, beim Geschwader zu bleiben, und ein bisschen Katz und Maus gespielt. Hey, das war geil! Das Cockpit ist schwenkbar aufgehängt. Fühlt sich an wie echt. Irres Gefühl!« Wieder rieb er seinen Nacken. »*Shit!* Ich will nicht, dass er mich rauskickt.«

»Bis wann?«

John seufzte. »Morgen.« Was sonst?

»Ich regele das.« Entschlossen drehte Kim sich um und ging auf seine Eltern zu. »Vater, Mutter, es tut mir sehr leid. Aber Zach braucht ganz dringend meine Hilfe. Es ist wichtig. Bitte, können wir morgen über dieses Stellenangebot reden?«

Die Augen der Frau glänzten verdächtig. »Kim ... wir ...«

Der Mann verbeugte sich knapp vor John und dann vor Kim. »Dann erwarten wir morgen deine Antwort, mein Sohn.«

Als die Frau in Tränen ausbrach, packte der Mann ihren Arm und zog sie mit sich.

John kratzte sich am Kopf. »Wenn ich gewusst hätte ...«

»Es ist in Ordnung, John.« Kims Augen waren gerötet.

In diesem Augenblick begriff John erst, dass er als Ausrede benutzt worden war.

»Name?«, fragte der wachhabende Soldat am Kasernentor.

»Zacharias McClusky.«

Der Soldat sah in einer Liste auf seinem Notepad nach und winkte ihn durch. »Kann passieren.«

Der erste Freigang.

John konnte es immer noch nicht glauben. Aber Kims

Abhandlungen waren wieder einmal einwandfrei gewesen. John hatte nun sogar ansatzweise begriffen, was ein Swing-by-Effekt war und weshalb Lockham ihn zu einer Abhandlung darüber verdonnert hatte. Ohne zu wissen, um was es sich handelte, hatte er ihn beim Simulatortraining genutzt.

Der Gedanke war irgendwie cool. Eigentlich sollte er mehr über diese ulkigen physikalischen Gesetze herausfinden. Anscheinend waren sie doch zu irgendetwas nütze und nicht nur hohles Geschwafel, mit dem Lockham sie quälte.

Trotzdem tat es ihm leid um die beiden Leutchen, die Kim seinetwegen vertröstet hatte. Natürlich hatte sein Freund sie heute wieder abgewiegelt und Arbeit vorgetäuscht, die Kim angeblich davon abhielt, ihn zu begleiten. Wahrscheinlich hatte er nur Angst, dass die beiden ihm vor dem Tor der Kaserne auflauerten.

Unwillkürlich hielt John kurz nach ihnen Ausschau. Der Gedanke, dass seine eigene Mutter oder gar sein nichtsnutziger Vater so sehr an ihm hängen könnten wie Kims Eltern an ihrem Sohn, brachte ihn zum Lachen. Ohne zu wissen, welche Richtung er einschlagen sollte, lief John los. Weder seine Mutter noch seine Schwester würden erpicht darauf sein, ihn zu sehen. Obendrein würde er dadurch seine Tarnung gefährden. Eigentlich durfte er sich nirgendwo in den Slums blicken lassen. Überall konnten Aziz' Handlanger lauern.

Zurückgehen schien die klügste Variante zu sein. Dennoch ging er weiter. Verdammt! Wie hatte er eigentlich so irre sein können, die Kaserne zu verlassen? War er so geil auf ein bisschen Freiheit, dass er dafür sein Leben aufs Spiel setzte?

Zum ersten Mal sah er sich genauer um. Die Gegend war vertraut. Dort in dem heruntergekommenen Mietshaus wohnte Ma.

Wie konnte er nur so blöd sein? Trotzdem ging er auf den

Eingang des schäbigen Hauses zu. Sein Blick studierte die Namensschilder. Flanagan ... Sekundenlang stand er dort, bis er sich schließlich fluchend umdrehte, um sich auf den Rückweg zu machen. An der nächsten Häuserecke kehrte er wieder um. Ihm war übel, als er vor der Tür stehen blieb. Sein Zeigefinger fand den Klingelknopf neben dem Namen Flanagan.

Geraume Zeit geschah nichts, doch schließlich knackte es in der Gegensprechanlage. »Ja«, fragte eine brüchige Stimme.

John gab keine Antwort.

Der Idiot hatte tatsächlich die Kaserne verlassen. Eigentlich hatte Ophelia John mehr Grips zugetraut. Okay, wo könnte er stecken? Im »Murdochs«? Nur, wenn er lebensmüde war. Wo noch, wo noch? Wieso interessierte sie das überhaupt? Wieso begab sie sich für diesen Hornochsen in Gefahr und rannte sich die Lunge aus dem Leib? Etwa, weil er so hübsche Augen hatte?

Keuchend blieb Ophelia stehen und massierte ihre Stirn. Es dämmerte bereits. Das waren ganz wunderbare Voraussetzungen für Aziz und seine Leute, um John in einer dunklen Ecke kaltzumachen. Wahrscheinlich würde Aziz es in die Länge ziehen, damit er sich an Johns Todeskampf weiden konnte.

Ophelia biss sich auf die Lippen. Das waren Dinge, die sie sich lieber nicht ausmalen wollte. Manchmal fragte sie sich, wie eine Frau Söhne wie Aziz gebären konnte.

Johns Mutter! Wieso war sie nicht gleich darauf gekommen?

In der hereinbrechenden Dunkelheit hetzte sie die Straßen entlang. Die Atemmaske war wenig geeignet für Langläufe und zwang sie dazu, immer wieder innezuhalten, um nach Luft zu schnappen. Da, das schäbige Mietshaus, in dem Johns Mutter wohnte, kam endlich in Sicht. Die Straße lag im Dunkeln; denn die meisten Straßenlaternen funktionierten hier nicht.

Keuchend ging sie auf die Tür zu. Vielleicht war er hier gewesen, und seine Mutter wusste, wo er steckte. Während sie nach dem Namen Flanagan suchte, bemerkte sie, dass die Haustür einen Spaltbreit offen stand. Hoffnungsvoll schielte sie hinein. Da saß er, auf seine Arme gestützt, auf der Treppe. »John?«

Beim Klang ihrer Stimme sprang er auf. Nur, um im nächsten Moment erleichtert auszuatmen. »Oph! Was machst du hier?«

»Was machst du hier, du Idiot? Aziz hat dich in den Nachrichten gesehen. Er sucht überall nach dir. Bist du wahnsinnig oder lebensmüde, dass du hierherkommst?«

Er lachte traurig. »Du hast ja recht.«

Im gleichen Augenblick ließ ein Geräusch sie aufhorchen. Instinktiv schlüpfte sie zu ihm durch den Türspalt ins Innere und schloss die Tür hinter sich. »Da ist jemand.«

Wie ein Geist trat er neben sie. Er war so nah, dass sie seine Körperwärme fühlen konnte. Ein Schauer jagte ihr über den Rücken.

»Komm«, sagte er und fasste nach ihrer Hand. »Es gibt einen Hinterausgang.«

Sie wollte protestieren, weil Aziz den sicherlich kannte, aber Johns Art war so ruhig und bestimmt, dass sie mitkam. Sie ließ sich von ihm die Treppe hinunterführen und anschließend einen dunklen, muffigen Korridor entlang. Hinter einer Tür fand sie sich in einem wüsten Sammelsurium aus Abfall und Kisten wieder, durch das er sie dirigierte – bis zu einem Kellerfenster, dem die Scheibe fehlte.

Mühelos zog er sich zur Öffnung hoch, sah sich um und hievte sich ins Freie. Ganz selbstverständlich reichte er ihr die

Hand und half ihr nach oben. Vor ihnen breitete sich ein schmutziger Hinterhof in der Dunkelheit aus.

»Und jetzt?«, fragte Ophelia.

John zeigte nach links zu einem Maschendrahtzaun. Bewundernd sah sie ihm dabei zu, wie er ihn mit einem Sprung erklomm, um ihr wieder die Hand zu reichen. Ein paar Gassen weiter zog er sie in ein leer stehendes Bürogebäude, dessen zerschlagene Fenster wie blinde Augen in die Nacht starrten. In einem kleinen Raum hielt er endlich inne. Er tastete neben der Tür, und Licht aus einer nackten Glühbirne blendete ganz plötzlich Ophelias Augen.

Auf dem Boden des kahlen Raums lag eine zerschlissene Decke, auf die er sich sinken ließ. Zwei verbeulte Dosen ohne Etikett und ein Fünf-Liter-Kanister standen daneben. Plötzlich verstand Ophelia, wo sie sich befand.

»Deine Unterkunft?«, fragte sie, während sie sich neben ihn auf die Decke setzte.

»Ein Ausweichquartier. Eines von vielen.« Er schnupperte am Inhalt des Kanisters. »Das magst du nicht mehr trinken. Sorry.«

Sie musterte ihn von der Seite, fand sein Profil attraktiver denn je und ahnte, dass sie ihn auch nicht ansatzweise kannte. »Warum hast du dich eingeschrieben?«

»Um nicht umgebracht zu werden.« Er lachte. »Ulkig, nicht?«

»Warum?«, fragte sie erneut.

»Warum bist du zu den Troopers gegangen?«, entgegnete John.

Sie seufzte. »Wegen José. Um ihn zu beschützen. Vor Aziz und seinen Handlangern.« So wie dich, hätte sie am liebsten hinzugefügt. »Dabei weiß ich nicht einmal, unter welchem Kommando er steht.«

2. Intermezzo

Wieder einmal war er auf der Liege festgeschnallt, auf der er schon so oft gelegen hatte. Chadim starrte ins Nichts.

Nicht denken, nicht fühlen. Diese Einstellung hatte ihm dabei geholfen, das Prozedere durchzustehen. Sie würde wieder helfen. Auch dieses Mal.

»Okay«, sagte der Mann im weißen Kittel. »Wir werden jetzt die Pupillenreaktion unter erschwerten Bedingungen testen.« Er redete nicht mit Chadim, sondern mit Hartfield, der mit regloser Miene neben der Liege stand.

Der Sergeant nickte langsam. »In Ordnung.«

Der Weißkittel trat heran und befestigte an Chadims Lider kleine Krallen, die ihn dazu zwangen, die Augen offen zu halten. Danach schob der Weißkittel einen Mundschutz aus Gummi in Chadims Mund. Aufmerksam prüfte er noch einmal den Sitz der Sensoren auf Brust und Schläfen, bis er endlich zufrieden nickte. »Das hätten wir.«

Munter redete er weiter, während er eine Spritze aufzog. »Wir beginnen mit fünf Milligramm und steigern die Dosis dann in Zwei–Milligramm-Schritten. Sind Sie damit einverstanden?«

Hartfield nickte. »Es ist Ihre Entscheidung. Ich verstehe von diesem Teil des Programms nicht viel.«

Der Weißkittel lachte. »Nur nicht die Verantwortung tragen, nicht wahr?« Dabei injizierte er den Inhalt der Spritze in den Schlauch, der in Chadims Armbeuge endete.

Chadim wusste, was bald folgen würde, und ballte die Fäuste.

Hitze raste durch seinen Körper. Auf dem Bildschirm, auf den er starren musste, waren Bilder zu sehen. Sie kamen in immer schnellerer Folge. Eine nackte Frau. Ein schreiendes Baby. Ein Mann, dessen Kopf durch einen Schuss zerplatzte. Ein menschlicher Kadaver, an dem Hunde zerrten.

An nichts denken, nichts fühlen. Chadims Augen brannten.

Der Weißkittel beugte sich über ihn und tropfte etwas in seine Augen. »Die Reaktion ist gut. Ich würde gern eine leichte Schmerzstimulation über Elektroschocks hinzufügen.«

»Ist das wirklich nötig?«, fragte Hartfield mit heiserer Stimme.

»Normales Programm mit Stressinduktion, hieß es. Spricht irgendetwas dagegen?«

»Nein.«

Chadim fühlte Hartfields Blick auf sich ruhen und riss sich zusammen. Keine Furcht zeigen. Nichts denken, nichts fühlen. Es war leicht, wenn man wusste, wie es funktionierte.

Weit entfernt fühlte er, wie der Weißkittel die Elektroden an seinem Körper befestigte. »Gut. Ich setze die nächste Dosis und werde dann die Schmerzinduktion hinzufügen.« Ungerührt injizierte er eine Spritze in den Schlauch und beugte sich über eine Anzeige der Konsole, wo Messwerte zu sehen waren.

Auf dem Monitor, auf den Chadim starren musste, liefen wieder Bilder. Sie waren anders, aber nicht weniger verwirrend. Eine Welle aus Hitze und Enge überrollte ihn, ließ ihn an den Fesseln zerren, ohne dass er es wollte. Schweiß rann über seine Stirn.

»Starte Schmerzinduktion.« Genauso gut hätte der Weißkittel sagen können, dass er eine Fliege zerquetschen wollte.

»Durchhalten, Soldat«, flüsterte Hartfield.

Nichts denken, nichts fühlen.

Da schoss der Schock aus den Elektroden durch Chadims Körper und hämmerte ihn gegen die Liege. Seine Muskeln verkrampften sich. Wie bei einem Anfall schlugen seine Zähne in das Gummistück, das seinen Mund füllte. Auf dem Monitor wurden einer Frau die Brüste bei lebendigem Leib abgeschnitten. Eine Träne rann über Chadims Gesicht.

»Durchhalten«, flüsterte Hartfield noch einmal.

5. Kapitel

»Ich hoffe, Sie sind nicht wasserscheu. Wir gehen heute baden.«

Die Soldaten aus Johns Klasse lachten pflichtschuldig nach Lockhams Ankündigung.

Tatsächlich fanden sie sich nach einem kurzen Gang durch die Kaserne in einer Art Schwimmbad wieder. An einer Seite war ein Metallgerüst montiert, dessen vorderer Teil den Nachbau eines Cockpits trug.

John fragte sich unwillkürlich, ob sie sich ausziehen mussten. Der Gedanke, sein künstliches Bein in aller Öffentlichkeit zu präsentieren, behagte ihm nicht.

»Die Sache ist eigentlich ganz einfach«, erläuterte Lockham. »Sie werden sich in voller Montur in dieses Cockpit setzen und sich in das Becken versenken lassen. Manche von Ihnen werden das sicherlich mögen.« Sein Blick fiel auf John.

Einige lachten.

Um seinem Draufgänger-Image gerecht zu werden, setzte John ein schiefes Haifischgrinsen auf.

»Achtung«, fuhr Lockham fort. »Die Gurte werden nach dem Aufschlag blockieren. Das ist so gewollt und völlig normal. Nach zwei bis drei Sekunden können Sie sie öffnen und sich aus dem Cockpit befreien. Das Wichtigste ist, dass Sie nicht in Panik geraten. Der Rest ist leicht.« Er grinste. »Da aber immer wieder ein paar Idioten diesen Rat vergessen, stehen Helfer bereit, um sie zu retten.« Er deutete auf zwei Männer in Neoprenanzug und Atemmaske, die auf dem Rand des

Beckens saßen und lässig winkten. »Ich muss nicht hinzufügen, dass diejenigen, die unsere netten Helfer brauchen, sich den Rest dieser Spezialausbildung sparen können.«

Ein Raunen ging durch die Soldaten. »Und«, sagte einer namens Hanrahan zu John, »hast du Schiss, Harvardfresse?«

John bückte sich, als wolle er seinen Stiefel binden, fand das Stiefelmesser an seinem Platz und spritzte Wasser gegen Hanrahans Schritt. »Ist der Fleck auf deiner Hose Pisse?«

»Ich glaube, da hat sich gerade jemand freiwillig gemeldet.« Lockham deutete auf Hanrahan, der prompt die Fäuste geballt hatte.

»Das wirst du büßen, Harvardfresse«, zischte der Mann, ehe er betont breitbeinig auf das Gerüst zuging, um in das Cockpit zu klettern. Der Drillsergeant prüfte den Sitz der Gurte. Als er wieder unten angelangt war, zeigte er Lockham den hochgereckten Daumen.

»Los!«, rief Lockham.

Der Drillsergeant betätigte einen Knopf in der Wand, und das Metallgerüst sauste mit der Wucht eines Dampfhammers hinab ins Wasserbecken. Das Spritzwasser nässte alle, bis auf Lockham, der sich in der Türöffnung platziert hatte.

Flüche wurden laut. John schüttelte sich unwillkürlich, als ein Schwall Wasser ihn traf. Eines hatte Lockham vergessen zu erwähnen: Das Wasser war eiskalt.

Dennoch schaffte Hanrahan es nach einigen vergeblichen Versuchen, die Gurte und dann die Cockpittür zu öffnen. Triefend kletterte er schließlich aus dem Wasserbecken. »Mach's nach, Harvardfresse«, keuchte er John zu.

Doch auf Lockhams Befehl hin musste nun die einzige Frau der Gruppe ins Cockpit steigen. Ohne große Mühe brachte sie die Übung hinter sich.

Danach war Walpole, der Streber, an der Reihe, der Hanrahan stets die Stange hielt. John lehnte sich an die Wand, um das Schauspiel zu genießen. Sie waren inzwischen alle nass. Einige zitterten vor Kälte.

Walpole schlotterten auch die Knie, als er auf das Gerüst kletterte. John sah, wie er die Gurte umklammerte, nachdem der Drillsergeant sie festgezogen hatte. Mit einem Schrei versank Walpole im Wasser.

Wie ein Berserker zerrte er unter Wasser an den Gurten. Luftblasen blubberten nach oben, während er sich verzweifelt zu befreien versuchte. Seine Armbewegungen wurden immer schwächer – und hörten schließlich auf.

John fragte sich gerade, wann Lockham gedachte, die Helfer loszuschicken, als diese auf ein Zeichen hin unter Wasser tauchten. Mit wenigen Handgriffen öffneten sie die Cockpittür und die Gurte und schleppten Walpole an den Beckenrand.

John griff sofort zu, um den reglosen Körper gemeinsam mit Hanrahan aus dem Wasser zu ziehen. »Scheiße, er atmet nicht!«, rief dieser.

Sofort kniete Lockham neben Walpole nieder und begann mit geübten Bewegungen, gegen dessen Brust zu drücken. Wasser rann aus dem Mund des Bewusstlosen. Plötzlich hustete Walpole. Ein ganzer Schwall Wasser brach aus seinem Mund. Hustend richtete er sich auf und rang nach Atem.

Lockham klopfte ihm auf die Schulter. »Tja, tut mir leid, das sagen zu müssen, Walpole. Aber das war's! Sie können Ihre Sachen packen. Wer will als Nächster?«

Walpoles Beinahetod schien die anderen geschockt zu haben, denn niemand meldete sich.

»Ich gehe«, sagte John.

Ein wenig mulmig war John schon, nachdem er gerade gesehen hatte, was passieren konnte. Trotzdem kletterte er zügig ins Cockpit, legte die Gurte an und zog sie fest.

Der Drillsergeant hatte nichts zu beanstanden. Er grinste ihn an, nachdem er den Sitz der Gurte geprüft hatte. »Gute Reise, Private!«

Johns Blick hing an Lockham. Es schien Ewigkeiten zu dauern, bis der Drillsergeant vom Gerüst heruntergestiegen war. Endlich hob Lockham den Daumen.

John holte tief Luft. Da sauste auch schon das Cockpit nach unten. Er traf mit solcher Wucht auf dem Wasser auf, dass er fast die angehaltene Luft aus sich herausgelassen hätte. Obwohl er wusste, wie eisig das Wasser war, traf ihn die Kälte wie ein Schlag. Ein Ruck ging durch das Gestell, der seinen Kopf gegen den Sitz schleuderte. Dann herrschte Stille.

Kleine Luftblasen tanzten an seiner Nase vorbei und zeigten ihm, wo oben war. Die Orientierung zu verlieren war eine der größten Gefahren unter Wasser – neben der, in Panik zu geraten. Versuchsweise ruckte er an den Gurten. Nichts. Zwei bis drei Sekunden, hatte Lockham gesagt. Stumm zählte er: einundzwanzig, zweiundzwanzig, dreiundzwanzig. Dann probierte er es erneut. Wieder nichts. War das ein schlechter Witz oder ein Versuch, ihn aus der Spezialausbildung zu kicken?

Schön. Wenn Lockham ihn damit drankriegen wollte, hatte er die Rechnung ohne ihn gemacht!

John wartete drei weitere Sekunden. Versuchte es noch mal – vergeblich. Die Luft wurde knapp. Zeit zu handeln, bevor die beiden Clowns auf die Idee kamen, ihn retten zu müssen.

Entschlossen legte John den linken Fuß über das rechte Knie und zog sein Messer aus dem Stiefel.

Schwarze Schatten begannen vor seinen Augen zu tanzen. Es wurde eng. Mit zwei knappen Schnitten durchtrennte er erst den Gurt an der rechten Hüfte, dann den über der rechten Schulter und als Letztes den zwischen seinen Beinen. Das genügte, um sich zu befreien. Die Cockpittür war kein Problem.

Das Messer zwischen den Zähnen, stieß er sich vom Cockpit ab. Während er mit kräftigen Stößen nach oben schwamm, zeigte er den wartenden Helfern kurz den nach oben gereckten Daumen. Dann durchbrach sein Kopf die Wasseroberfläche. Er griff nach dem Messer und schnappte nach Luft – bevor die Prothese ihn wieder unter Wasser zog.

Doch nach ein paar wütenden Arm- und Beinbewegungen erreichte er den Beckenrand und klammerte sich daran fest. Mit zittrigen Armen zog er sich hoch und schwang sich auf den Beckenrand, wo er, mit den Beinen im Wasser, nach Atem rang.

»Was hat Sie aufgehalten?«, fragte Lockham. »Gefiel es Ihnen so gut unter Wasser?«

»Negativ.« John musste nach Luft schnappen. »Die Gurte gingen nicht auf. Ich musste sie leider durchschneiden. Kriege ich jetzt eine Strafe wegen Beschädigung von Militäreigentum?«

Lockham starrte ihn an, als habe er den Verstand verloren. »Die Gurte gingen nicht auf?«

»Ja, Sir. Aye, Sir. Deshalb habe ich sie durchgeschnitten.« John ließ das Messer in seiner Hand herumwirbeln, um es Lockham mit dem Griff voran anzubieten.

Mit finsterer Miene nahm dieser das Messer an sich. »Das wird ein Nachspiel haben, McClusky.«

Schon wieder Reporter. Mitten in der Lobby des Fünf-Sterne-Hotels blieb Harlan stehen und sah sich nach einem Fluchtweg um.

Früher hatte er es genossen, im Mittelpunkt zu stehen. Dass er sich nun vor den Aasgeiern verkroch, bewies ihm, wie sehr sich die Zeiten geändert hatten. Er war damals, als er sich eingeschrieben hatte, rechtzeitig genug geflohen, um einen Skandal zu vermeiden. Aber anscheinend konnte er ihm trotzdem nicht vollständig entgehen. Die Presse erinnerte sich noch gut genug an die Worte des Strichers, der behauptet hatte, Harlan habe ihn auf sein Zimmer geladen.

Der Kerl hatte gelogen. Harlan war nie so dumm gewesen, sein Glück auf dem Straßenstrich zu suchen. Noch hatte er je einen seiner Teamkollegen bedrängt. Wahrscheinlich hatte der dumme Junge nur versucht, Profit aus seiner Lüge zu schlagen. Dass einer dieser Aasgeier diese Lüge zum Anlass nahm, Nachforschungen anzustellen, war Pech gewesen.

Harlan fluchte. Noch während er sich nach einem Fluchtweg umgesehen hatte, hatte einer der Reporter es geschafft, durch die Drehtür zu kommen, und rannte auf ihn zu.

»Mister Westcott, ein Interview! Ein Interview!«

Brüsk drehte Harlan sich um und eilte zurück Richtung Fahrstuhl. Wie so oft ließen die Kabinen auf sich warten.

Außer Atem holte der Reporter ihn ein. »Ein Interview, Mister Westcott. Sie sind es der Öffentlichkeit schuldig.«

Sekunden später kam ein Kameramann herbeigeeilt.

Das war wohl das Ende seiner Flucht. Mit einem tiefen Atemzug wandte Harlan sich dem Reporter zu.

Der Mistkerl war unverschämt jung. Wahrscheinlich gab er seiner Karriere damit einen unerwarteten Auftrieb.

Harlan lächelte. »Fragen Sie, Mister …?«

»Gebhard, Jerry Gebhard. Mister Westcott, darf ich Sie fragen, wie es sich anfühlt, wieder hier zu sein – nach all den Wochen da draußen im All unter Aliens?«

Eine harmlose Frage, die Harlan nur zu gerne beantwortete. »Es ist gut, wieder hier zu sein.« Wieder das Lächeln, für das er so berühmt war. »Aber ich werde trotzdem wieder da rausgehen. Ich weiß nicht, was Ihnen der Kongress weiszumachen versucht, Mann. Aber da draußen ist die Kacke mächtig am Dampfen. Wir haben bereits etliche Schiffe verloren und über die Hälfte unserer Kolonien. Von den Tausenden Soldaten ganz zu schweigen. Wenn nicht bald ein Wunder geschieht, dann kriegen die uns dran. Dann stehen Sie hier auf der Erde und löschen uns aus. Und dann heißt es: ›Gute Nacht, Menschheit.‹«

»Habt ihr das gesehen?« Hanrahan verbreitete die Neuigkeit gleich am nächsten Morgen im Unterrichtssaal, nachdem das Interview am Abend ausgestrahlt worden war. »Das war Harlan Westcott. Der Erste von uns, der es gewagt hat, denen da draußen die Wahrheit ins Gesicht zu sagen. Bin gespannt, wie sich der Kongress da wieder rauswinden will.«

»Ich bin gespannt, wie Sie sich aus der Affäre winden werden, Hanrahan.« Lockham musste nicht einmal schreien, damit Hanrahan zusammenzuckte.

»Sir!« Etwas zu spät nahm er Haltung an.

Im gleichen Augenblick salutierte auch der Rest der Soldaten. John beobachtete Lockham, während dieser zu seinem Pult schritt. Da kam noch was.

»Setzen!«

Stühle rückten. John ließ sich einfach fallen.

Lockham öffnete seine Tasche und holte einen Stapel Papier heraus. »Damit die Herren und die Dame nicht denken, ich erkläre hier alles nur so zum Spaß, habe ich ein paar Fragen mitgebracht.« Mit Schwung legte Lockham den Papierstapel auf den Tisch vor die Nase eines Soldaten. »Austeilen! Sie haben eine Stunde Zeit. Wer nicht mindestens die Hälfte der Punktzahl erreicht, kann seine Koffer packen. Es wird Zeit, dass der Saal etwas leerer wird. Auf, auf! Worauf warten Sie? Die Zeit läuft.«

John hatte gute Augen. Er schrieb von seinen beiden Nachbarn ab, was er entziffern konnte. Dank Kim und den vielen Extraarbeiten hatte er wenigstens eine Ahnung, um was es ging. Erstaunt bemerkte er auch, wie schnell er inzwischen schreiben konnte, auch wenn er immer noch Probleme mit der Rechtschreibung hatte. Er ging einfach darüber hinweg. Der Inhalt erschien ihm wichtiger als die korrekte Schreibweise.

Seine Finger schmerzten, als die Stunde um war. Er hatte kein gutes Gefühl, als er danach zur Kantine ging.

Umso erstaunter war er, als Hartfield ihn auf dem Weg dahin abfing. »Auf ein Wort!«

Zu verdutzt, um Fragen zu stellen, folgte John ihm über den Drillplatz.

Erst als sie außer Hörweite anderer Personen waren, fuhr Hartfield fort. »Mir wurde zugetragen, dass Sie im Tauchbecken die Gurte durchgeschnitten haben.«

»Äh, aye, Sir. Das ist richtig.« Was wurde das? Wurde er jetzt etwa tatsächlich wegen Sachbeschädigung belangt?

»Ich nehme an, dass das nicht aus Spaß geschehen ist.«

Machte Hartfield Witze? »Nein, Sir. Die Gurte haben sich nicht gelöst. Ich habe bestimmt über zehn Sekunden gewartet, bis ich das Messer benutzt habe, um mich zu befreien.«

Hartfield musterte ihn. »Ihnen ist klar, dass Sie mit dem Besitz des Stiefelmessers gegen die Vorschriften verstoßen haben.«

»Na ja, ohne es wäre ich jetzt vielleicht tot.«

»Sicherlich nicht. Die Sicherheit wacht nicht ohne Grund über den Tauchgang.«

John schnaubte. »Sir, Lieutenant Lockham versucht mich loszuwerden. Wenn ich nicht gehandelt hätte, hätte er mich rausgeschmissen.«

»Nun wirft er Sie vielleicht wegen unerlaubten Besitzes eines Messers aus der Klasse.«

»Shit!«

Mit verschränkten Armen musterte Hartfield ihn. »Entnehme ich dem, dass Sie die Spezialausbildung beenden möchten?«

»Natürlich will ich das, Sir!«

»Warum? Weil Sie ungern verlieren?«

»Nein, Sir! Weil es ein geiles Gefühl ist zu fliegen. Weil ich es machen will.«

»Ihre Simulationsflüge waren herausragend. Abgesehen von Ihrer Ignoranz Lockhams Befehlen gegenüber.«

Die Worte kamen John bekannt vor. »Tut mir leid, Sir.«

»Entschuldigen Sie sich nicht bei mir! Überzeugen Sie Lockham, dass Sie es wert sind. Die Theorie?«

»Unterster Keller. Ich habe keine Ahnung davon. Wir haben heute vier Blätter mit Fragen beantworten dürfen. Wenn ich mehr als zwei Fragen richtig habe, bin ich froh. Damit hat sich der Rest eigentlich schon erledigt.«

»Das Lauftraining.«

»Geht so langsam.«

»Der Stumpf?«

»Schmerzt kaum noch. Man gewöhnt sich dran«, log John.

»Und Sie sind sich sicher, dass Sie Pilot werden wollen?«

John wusste nicht, welcher Teufel ihn ritt. Aber er wollte es, mit Leib und Seele. »Ja, Sir.«

»Dann werde ich sehen, was ich für Sie tun kann. Aber wenn Sie weiterhin den Coolen mimen und sich weigern, die Theorie zu lernen, kann ich nichts für Sie tun.«

»Sir, eine Frage noch. Wissen Sie, weshalb die Gurte nicht aufgingen?«

Es dauerte eine Weile, bis Hartfield antwortete. »Technisches Versagen. Heißt es zumindest.«

»Aha.« John kniff die Augen zusammen. »Das bedeutet, Sie glauben, dass mich jemand …« Bei den Worten deutete er einen Schnitt über seine Kehle an.

»Ich kann nur eines sagen.« Hartfield legte ihm die Hand auf die Schulter. »Seien Sie vorsichtig!«

Der Fahrstuhl öffnete sich mit einem leisen »Pling«. Ein Pulk Menschen drängelte sich davor. Blitzlichtgewitter blendete Harlan, Mikrofone wurden ihm entgegengereckt, noch bevor er einen Fuß aus dem Fahrstuhl gesetzt hatte. Im Hintergrund surrten bereits die Kameras.

Er hatte es geahnt. Das Interview, das er Gebhard gegeben hatte, lockte die Aasgeier an wie ein frischer Kadaver. Sie schienen es zu riechen, wenn er das Hotel verlassen wollte.

So langsam hatte er die Sache satt. Und wenn einer ihn nach seinen sexuellen Neigungen fragte? In ein paar Tagen war er wieder fort. Wen kümmerte es im Kampf, ob er schwul war oder nicht?

Chadim sicherlich nicht. Hartfield ebenfalls nicht, da war er sich sicher. Mirek auch nicht, ebenso wenig Ophelia und Kim.

Bei Phil war er sich nicht sicher. Aber Phil war loyal, selbst Zach gegenüber, den er hasste wie die Pest.

Doch Zach? Wie würde Zach dazu stehen?

»Mister Westcott, Ihre gestrigen Äußerungen haben zu einem Aufruhr im Kongress geführt. Haben Sie uns etwas dazu zu sagen? Können Sie Ihre Behauptungen untermauern? Was genau haben Sie im Kampf gegen die Aliens erlebt?«

Harlan seufzte. Hatte er diese Fragen nicht bereits gestern mehrfach beantwortet? Was der Kongress darüber dachte, war ihm scheißegal. Und wenn irgendjemand die Berichte las, dann würde er wissen, wie verflucht nah sie vor einer Katastrophe standen.

Geduldig, wie in Trance, wiederholte er seine Worte vom Vortag. Er bemühte sich, ruhig und in neutralem Ton zu sprechen. Immer wieder zeigte er sein berühmtes Lächeln, das so gut bei der Menge ankam.

Ein Mann mit Brille drängelte sich vor. Harlan kannte ihn vom Raumhafen. »Mister Westcott, wie stehen Sie zu den Behauptungen, homosexuell zu sein?«

»Wie?« Er schnaubte. »Ich denke, dass es egal ist, ob ich schwul bin oder nicht. Was zählt, ist nur das, was ich da draußen für diesen Planeten tue.« Im Stillen hoffte er, dass Zach seine Antwort verstehen würde.

»Ist das ein Dementi, Mister Westcott?«, wollte Gebhard wissen.

Harlan studierte seine Stiefelspitzen.

»Stimmt es, dass Sie sich sexuell zu Ihrem Teamkollegen McClusky hingezogen fühlen?«

Das war zu viel! Blind schlug Harlan zu. Er traf gut. Sein Uppercut landete genau auf dem Kinn des Bebrillten. Lautlos sackte der Kerl zusammen.

»Es stimmt!«, schrie Harlan in die entsetzte Stille hinein.

»Ich gebe es zu. Ich bin schwul. Aber das hat nichts, aber auch gar nichts mit meinen Teamkollegen zu tun. Ich hoffe, ich habe mich klar genug ausgedrückt. Oder hat irgendjemand noch Fragen dazu?«

6. Kapitel

Wieso hatte er Hartfield angelogen?

Müde stellte John das Wasser der Dusche ab. Der Knochen seines Stumpfs schmerzte wieder höllisch nach dem Lauftraining, und die Kälte machte es nur noch schlimmer. Wieder einmal war kein warmes Wasser für ihn übrig geblieben, weil er als Letzter duschte. Wie immer allein, damit niemand die metallene Prothese sehen konnte.

Er humpelte in den Ankleideraum, um sich abzutrocknen. Froh um die Wärme, die die Jogginghose spendete, schlüpfte er hinein. Wie immer prüfte er, ob der Schließfachschlüssel noch im linken Stiefel steckte, ehe er das Shirt anzog und mit dem Handtuch um den Hals ins Quartier schlurfte.

»Habt ihr das gehört?« Hanrahans Stimme war nicht zu überhören. »Der Kerl ist schwul.«

Von wem redeten die da? Darum bemüht, sich seine Neugier nicht anmerken zu lassen, schloss er die Tür hinter sich.

»Hey, McClusky! Wie ist das gewesen mit dir und diesem Westcott? Habt ihr euch nur die Schwänze gestreichelt, oder habt ihr sie euch auch abwechselnd in den Hintern geschoben?«

Zorn – ein roter Strudel, der ihn erfasste und hinabzog. John glaubte schon Hanrahans blutig geschlagenes Gesicht zu sehen. Bei Gott, der war schon lange fällig!

Er schmetterte Hanrahan gegen die Wand und drückte seinen Hals zu. Damit er endlich sein dreckiges Maul hielt.

»Schnauze«, keuchte John, »oder ich mach dich alle!«

Seine Rechte hämmerte in Hanrahans Niere, wieder und wieder.

Hartfields Gesicht tauchte vor ihm auf. Die Stimme der Vernunft sagte, er dürfe sich nichts zuschulden lassen kommen. Dass er diesen Idioten laufen lassen musste, wenn er Pilot werden wollte.

Mit einem Schrei voller Zorn trat er mit dem rechten Fuß gegen die Wand und ließ Hanrahan los. Nach Atem ringend trat John einen Schritt zurück. Seine Hände zitterten.

Hanrahan hielt sich stöhnend die Seite.

»Heilige Scheiße!«, rief einer der umstehenden Soldaten. »Der Irre hat ein Loch in die Wand getreten.«

Tatsächlich. Dort, wo sein rechter Fuß die Wand getroffen hatte, wies sie eine tiefe Delle auf. Das hatte Donaghue also mit Kraftverstärker gemeint.

»Okay.« John blickte in die Runde. Er konnte förmlich fühlen, wie das Blut heiß durch seine Adern jagte. »Hat noch jemand was zu sagen? Nein? Dann gute Nacht, ihr Pussis!«

»Wissen Sie, was ich noch mehr hasse als Angeber?« Lockhams Augen funkelten vor Zorn. Er hatte John nach dem Unterricht zum Pult zitiert. »Schleimer«, gab Lockham sich selbst die Antwort. »Und Sie sind beides.«

John gab sich Mühe, lässig zu wirken.

»Nehmen Sie Haltung an!«, fauchte Lockham.

Eine Spur zu langsam kam John dem Befehl nach. »Sir.«

»Das Ergebnis Ihrer theoretischen Prüfung ist das schlechteste, das mir jemals untergekommen ist. Sie sind eine Null, McClusky. Ihr Kopf ist eine hohle Nuss. Ich habe keine Ahnung, wie Sie einen Harvardabschluss mit Auszeichnung erhalten konnten. Haben Sie sich dafür vögeln lassen, oder haben Sie dafür bezahlt? Nun, ich warte!«

John ballte die Fäuste und presste die Lippen aufeinander.

»Keine Antwort?« Lockham baute sich vor ihm auf. Seine Augen schienen schier aus den Höhlen treten zu wollen. »Dann sage ich es Ihnen. Weil Sie jemandem den Schwanz gelutscht haben. So, wie Sie es jetzt wieder getan haben. So, wie Sie es wahrscheinlich schon ihr ganzes Leben tun, Sie widerlicher, gottverdammter Schwanzlutscher!«

Zorn und Wut überfielen John. Er keuchte vor Anstrengung, um zu verhindern, dass er ausrastete.

»Immer noch keine Antwort? Wieso lutschen Sie zur Abwechslung nicht meinen Schwanz? Ich warte!«

Auf Johns Stirn brach Schweiß aus. Sein Blick fand Lockhams. Erwiderte ihn, mit zornig aufeinandergepressten Lippen, starr und stier.

»Auf die Knie!«, brüllte Lockham. »Auf die Knie, Schwanzlutscher!«

Mit der flachen Hand schlug er John ins Gesicht, wieder und wieder. »Auf die Knie!«, schrie Lockham erneut. Er war völlig außer sich. Schließlich trat er John in die linke Kniekehle.

Seines Halts beraubt sackte John auf die Knie. Er zitterte. In seinen Handflächen sammelte sich warme Nässe.

»Jemand hat sich für Sie eingesetzt. Damit Sie bleiben können. Eine zweite Chance! Weil Sie ein Held sind. Ein Krüppel, auf den man Rücksicht nehmen muss. Der eigentlich in der Reha sein sollte. Dass ich nicht lache!« Lockham zerrte ein Bündel Blätter aus seiner Tasche und schlug sie John ins Gesicht. »Zwei Wochen, Schwanzlutscher! Zwei Wochen gebe ich dir. Dann darfst du die Prüfung noch einmal schreiben.

Aber danach gibt es keine zweite Chance mehr. Dann hol ich mir deine Eier und esse sie zum Frühstück.«

»Kim, ich bitte dich, denk darüber nach!« Mit einer flehenden Geste ergriff die Mutter seine Hand und drückte sie.

Peinlich berührt senkte Kim den Kopf. Hier draußen auf dem Drillplatz konnte jeder sie sehen. Spätestens morgen wusste die ganze Kaserne davon. So wie Harlans Outing binnen weniger Stunden wie ein Lauffeuer durch die Einheiten gegangen war.

»Nicht, Mutter.« Ängstlich sah Kim sich um und entzog ihr seine Hand. »Nicht hier!«

Die Augen seiner Mutter wurden feucht. »Ach, Kim! Mein Sohn, komm zurück! Wir wollen doch nur dein Bestes. Das Angebot, das dein Vater für dich ausgehandelt hat, ist ganz wunderbar. Du –«

»Mutter, ich will es nicht. Das habe ich doch schon gesagt.«

»Dann nimm dir wenigstens eine Auszeit. So nennt man das doch, nicht wahr? Reise ein Jahr um die Welt. Hab Spaß! Es ist in Ordnung. Wir drängen dich zu nichts. Du kannst auch Computerspieleentwickler werden, wie du es immer wolltest. Nur bleib auf der Erde, zieh nicht in den Kampf! Bitte!«

»Mutter, du verstehst mich nicht. Ich will nicht um die Welt reisen oder blöde Computerspiele entwickeln. Ich will …« Hilfesuchend sah Kim seinen Vater an, der neben ihnen stand und nun kaum merklich den Kopf schüttelte. Kim holte tief Luft. »Ich bin nicht gegangen, weil ihr mir nicht erlaubt habt, meinem Traumberuf nachzugehen. Ich bin gegangen, weil … weil ich etwas Sinnvolles tun wollte.«

»Aber du kannst doch auch hier etwas Sinnvolles tun. Du kannst Menschen in Not helfen. Bedürftige unterstützen –«

»Das ist es nicht, Mutter!«, unterbrach Kim sie. »Versteh es doch endlich! Ich bin Soldat. Meine Einheit braucht mich. Ich kann sie nicht im Stich lassen.«

»Ein anderer wird dich ersetzen. Was kannst du schon bewirken? Ein einzelnes Leben … Aber es ist dein Leben. Uns ist es kostbar. So kostbar, Kim. Ich –«

»Zach braucht mich, Mutter. Hier und jetzt. Ohne mich schafft er die Spezialausbildung nicht. Die anderen brauchen mich da draußen, weil ich der beste Schütze meines Teams bin. Die Troopers brauchen mich, weil ich mich vielleicht ins System der Aliens hacken kann. Mutter, ich kann nicht gehen.«

Mit Tränen in den Augen starrte sie ihn an. »Kim«, schluchzte sie, »Kim …«

»Komm!« Sanft legte sein Vater den Arm um sie. »Komm, Lien! Wir müssen jetzt gehen! Sag Lebewohl zu unserem Sohn!«

Ein Blick seines Vaters traf Kim. In diesem Augenblick wusste Kim, dass dieser trotz allem stolz auf ihn war.

Er hatte Glück. Der Platz in der Kantine neben Kim war noch frei. Mit einem Knall ließ John das Tablett auf den Tisch fallen und schnappte sich den Stuhl. Wortlos begann er das Essen in sich hineinzuschaufeln.

»Hallo«, sagte Kim mit Verspätung. Seine Augen waren wieder gerötet.

John hatte den Verdacht, dass er geweint hatte. »Alles klar?«

Kim nickte. Anstatt zu essen, zerbröselte er Brot zwischen seinen Fingern.

»Was machen deine Eltern?«, fragte John mit vollem Mund. »Nette Leute übrigens, die zwei.«

»Sie wollten, dass ich die Troopers verlasse.«

Das war keine Überraschung. »Und?« Kauend sah John ihn an. Jetzt nur nichts anmerken lassen! Wenn Kim ging, war er am Arsch. Aber der Junge musste selbst wissen, was er wollte.

»Was glaubst du denn?« Kim zuckte mit den Schultern. »Ich bleibe natürlich.«

»Shit!« John würgte das Brot hinunter. Als er Kims verwunderten Blick bemerkte, lachte er. »Dachte schon, ich verliere meinen Lehrer.«

»Schon wieder eine Zusatzarbeit?«

Mit der Bierflasche an den Lippen, schüttelte er den Kopf. Erst nach einem Rülpsen antwortete er: »Schlimmer. In zwei Wochen muss ich eine Prüfung schreiben. Wenn ich die nicht schaffe, bin ich draußen.« Endgültig. Dann konnte auch Hartfield nichts mehr daran ändern. John nahm noch einen Schluck Bier. »Hilfst du mir? Lernen und so, meine ich.«

»Äh!« Ein leises, zweifelndes Lachen kam aus Kims Mund. »Ernsthaft? Du willst lernen?«

»Hab ich doch gerade gesagt, oder?«

Kim lachte. »Aber klar! Wann fangen wir an?«

Johns Hintern wurde kalt. Die Kälte der Fliesen fraß sich langsam, aber sicher durch die Jogginghose. Den dritten Abend in Folge saß er nun schon mit Kim in den Waschräumen, um sich diese idiotischen Formeln einzuprägen.

Ein Klumpen aus Zorn und Ohnmacht ballte sich in seinem Bauch. »Das raff ich einfach nicht, verdammt!« Frustriert warf

John das Buch gegen die Wand. »Schau dir doch mal an, wie viele Seiten dieses dämliche Buch hat! Wie soll ich das alles in zwei Wochen in meinen Schädel reinkriegen? Das klappt doch nie!«

Seufzend stand Kim auf, um das Buch zu holen. Der Kerl hatte echt eine Engelsgeduld. »John, nun hör mal –«

»Mann, das bringt doch nichts! Hey, ich hab grade mal von dir das kleine Einmaleins gelernt, wie soll ich da jetzt diesen Scheiß-Swing-by-Effekt ausrechnen?« Voller Zorn schlug John gegen die Wand.

Kim saß eine Weile schweigend neben ihm. Schließlich räusperte er sich. »Wie alt bist du eigentlich?«

Misstraurisch hob John den Kopf. »Wieso? Was hat das damit zu tun?«

»Nichts. Ich bin nur neugierig.«

»Einundzwanzig. Mehr oder weniger.«

»Du musst doch wissen, wann du Geburtstag hast!«

»Na ja, ich hab 'nen älteren Bruder. Michael. Blöder Wichser. Hat mir meine ersten sauer verdienten hundert Kredits geklaut und mich bewusstlos geschlagen. Seitdem hab ich nichts mehr von ihm gehört. Sein Glück, sag ich dir! Also, Ma hat immer unsere Geburtstage durcheinandergebracht. Manchmal hat sie meinen Geburtstag im April gefeiert, mal im August. Ich hab daher echt keine Ahnung, was der richtige Tag ist. Ich bin also entweder schon einundzwanzig, oder ich werd's erst noch.«

»Ich werde im September zweiundzwanzig.«

»Du verkohlst mich!«, rief John überrascht.

»Ganz bestimmt nicht.«

Eine Pause entstand.

»John«, sagte Kim nach einer Weile. »Darf ich dich was fragen?«

»Du tust es doch schon.«

»Ich frage mich die ganze Zeit, wie du es mit nur einem Bein und einem Splitter im Bauch vom Keller bis zum Dach geschafft hast. Ich meine ... Das ... das muss die Hölle gewesen sein. Ich kann mir das nicht vorstellen.«

Ungerufen sah John die Treppe wieder vor sich, besudelt mit seinem Blut. »Wie schon?« Seine Stimme war heiser. »Stufe für Stufe, und mit 'ner Mordswut im Bauch auf die Aliens.«

Kim legte das Buch in Johns Schoß. »Genauso musst du es hier machen. Du darfst nicht das ganze Buch sehen. Nur Seite für Seite, sonst verlierst du den Mut, es bis zum Ende durchzuarbeiten.« Ein schwaches Grinsen umspielte seine Mundwinkel. »Und, na ja, falls es dir hilft, dann sei wütend auf Lockham. Und stell dir vor, wie wütend er erst sein wird, wenn du es trotzdem schaffst.«

»Ein Unfall!«

»Es gibt einen Toten.«

Die Neuigkeit schwirrte von Mund zu Mund.

Kim hörte sie beim Lauftraining. Keuchend schloss er zu den Vorderleuten auf. »Wo?«, fragte er.

Ein dürrer Soldat sah ihn irritiert an, gab aber bereitwillig Antwort. »Die Beschleunigungskapsel. Dem müssen die Augäpfel geplatzt sein, so irre war die Beschleunigung.«

John war heute in der Beschleunigungskapsel gewesen, wie Kim wusste. Um fünfzehn Uhr, hatte er gesagt. »Wann?«

»Hab's gehört, als wir das letzte Mal den Drillplatz passiert haben.«

Also musste es irgendwann während der vorherigen Runde passiert sein. »Wie viel Uhr haben wir?«

»Sag mal, hab ich irgendwo ein Schild, auf dem Auskunft steht?«

»Verdammt!« Kim biss sich auf die Lippen.

»Schon gut! Ich glaube, es ist kurz vor sechzehn Uhr. Nach dieser Runde dürfen wir wahrscheinlich Schluss machen.«

Kurz vor sechzehn Uhr. Eine Runde dauerte etwa eine halbe Stunde. »Mist, Mist, Mist! Das darf nicht sein!«

Kim gab Gas. Keuchend rollte er das Feld von hinten auf. Sein Herz hämmerte. Nicht John! Es konnte nicht John sein! John war unkaputtbar. John kam immer durch.

Völlig außer Atem erreichte Kim den Drillplatz. Er wartete nicht einmal ab, bis der Drillsergeant ausgeredet hatte, um sie zu entlassen, sondern rannte weiter zum Komplex, in dem sich die Beschleunigungskapsel befand.

Schon von Weitem sah er, dass ein Trupp Soldaten das Gebäude abriegelte. Als er auf sie zurannte, hoben die vor ihm Stehenden bereits abwehrend die Waffen quer vor der Brust.

Kim hob die Hände und blieb schweißnass vor einem der Soldaten stehen. »Was ist passiert?«

»Ein technischer Defekt. Die Beschleunigungskapsel ließ sich nicht abstellen.«

»Tot?«

»Und wie!«

»Wissen Sie, wer es ist?«

»Hey«, mischte sich der Soldat daneben ein. »Wir dürfen keine Fragen beantworten.«

»Morgen weiß es eh jeder«, sagte sein Kamerad und wandte sich wieder Kim zu: »Hast du einen Freund hier?«

Kim nickte.

»Also, ich kenne die Piloten nicht. Aber in der Liste stand der Name McClusky.« Der Soldat räusperte sich. »Aber das weißt du nicht von mir.«

Benommen taumelte Kim ein paar Schritte zur Seite. Er musste sich verhört haben. Oder die Liste war falsch. John konnte nicht tot sein. Er durfte einfach nicht tot sein. Das Schluchzen, das in seiner Kehle nach oben drängte, überraschte ihn selbst. Die Hand auf den Mund gepresst, lehnte er sich an die Mauer des Gebäudes. Seine Knie waren auf einmal weich wie Pudding.

»Kim?« Die Stimme schien einem Traum anzugehören.

Wie in Trance drehte Kim sich um. Aber da war er ja. John. Leibhaftig und quicklebendig.

Wortlos fiel Kim ihm um den Hals.

»Hey! Hey, lass das!« John schob ihn unsanft von sich.

»Du Idiot!«, schrie Kim. Voller Zorn schlug er John die Faust in den Magen. »Idiot! Idiot! Verdammter Idiot!«

John packte ihn an den Handgelenken. »Jetzt komm mal runter! Was ist los?«

»Ich dachte, du wärst tot. Dein Name stand auf der Liste, Blödmann!« Wieso schrie er eigentlich so?

»Lockham hat mich kurzerhand von der Liste gestrichen. Weil ich diese blöde Prüfung noch nicht bestanden habe. Reine Schikane, wenn du mich fragst.«

»Mist! So ein Mist!« Mit einem Ruck riss Kim sich los.

»Bist du jetzt sauer, weil es nicht mich erwischt hat?«

»Natürlich nicht! Blödmann!« Kim ließ einen halbherzigen Schlag gegen Johns kurze Rippe folgen.

Grinsend machte John einen Konter. »Und jetzt komm mit mir! Bevor die uns weiter angaffen.«

Erst jetzt wurde Kim sich der feixenden Blicke bewusst, die ihnen galten. Ohne zu fragen, folgte er John um die nächste Ecke, bis sie außer Sicht der Soldaten waren.

»Ich hab's selbst eben erst gehört«, sagte John. »War in der Bibliothek.«

»Jetzt verkohlst du mich.«

»Hey, du hast gesagt, dass ich mir die drei Seiten in diesem dämlichen Buch anschauen soll. Dann mach ich das auch.«

Kim lachte. »Manchmal frage ich mich, wer hier verrückter ist. Du oder ich.«

»Scherz beiseite. Wissen die schon, was passiert ist?«

»Technischer Defekt. Das ist die Standardantwort, wenn niemand die Ursache kennt.«

»Klingt vertraut.« John knirschte mit den Zähnen. »Das ist dann der zweite technische Defekt, dem ich fast zum Opfer gefallen wäre.«

Kim schnappte unwillkürlich nach Luft. »Du glaubst …«

»Jemand hat ein verdammt großes Interesse daran, mich zum Schweigen zu bringen. Und so langsam geht mir das tierisch auf den Wecker. Wird Zeit, dass ich mich ein wenig umhöre.«

»Bin dabei.«

»Wusste ich.« Lächelnd packte John seinen Arm. »Da wäre übrigens noch was. Ophelia würde gerne wissen, wo ihr Bruder stationiert ist. Meinst du, du kannst das unauffällig herausfinden?«

3. Intermezzo

Allahu akbar!

Gott ist groß, und Mohammed ist sein Prophet.

Chadim wurde bereits übel, wenn er die Worte nur dachte, so sehr hatten sie ihn umgekrempelt. Er hasste den Weißkittel, der ihm das angetan hatte, von ganzer Seele.

Nichts denken, nichts fühlen. Das war ihm geblieben, wenn nichts anderes mehr half. So wie jetzt. Da er wieder festgeschnallt auf der Liege lag.

Der Weißkittel befestigte die Sensoren an seiner Brust und den Schläfen. Er summte dabei leise vor sich hin, ein Lied, das Chadim nicht kannte. Die unvermeidliche Kanüle befestigte er dieses Mal am Schlüsselbein. Chadim wusste, was das zu bedeuten hatte.

Mehr von den Drogen, die ihn besser machten. Nachdem er an den Tagen zuvor gewogen und für gut genug befunden worden war. Wäre es vielleicht besser gewesen, Hartfields Befehl nicht Folge zu leisten? Zu versagen – damit es für ihn ein Ende hatte.

Aber zu versagen, das war keine Option. Das hatten sie ihn gelehrt. Er war nun ein Soldat – ihr Soldat –, und ihre Soldaten durften nicht aufgeben. Sie durften ihr Leben opfern für andere, aber nicht ihr Blut in einem Opfertod vergießen, um dem Feind den Tod zu bringen. Wo aber war da der Unterschied? Der Tod blieb der Tod.

Derweil führte der Weißkittel eine Kanüle in seinen Schwanz, damit er sich nicht mit seiner Pisse beschmutzte. Eine lange Sitzung also. Weshalb war dann Hartfield nicht anwesend? Der Weißkittel begann die wichtige Arbeit immer erst, wenn Hartfield da war.

Immer noch summend, trat der Weißkittel an das Kopfende. »Mund auf!«

Chadim zögerte.

»Mach schon!« Der Weißkittel seufzte. »Das hatten wir doch schon alles. Wieso willst du dich jetzt wehren?«

»Wo ist Sergeant Hartfield?«

»Oh!« Ein belustigter Ton kam aus dem Mund des Weißkittels. »Der muss auf ein anderes Schaf aufpassen. Du bist nicht der Einzige, der seiner Obhut anvertraut wurde. Also machst du jetzt den Mund auf?«

Wie erstarrt ließ Chadim zu, dass der Weißkittel den Gummimundschutz zwischen seine Zähne schob. Nichts denken, nichts fühlen.

Sein Blick verfolgte den Weißkittel, der gegen den Tropf schnippte, ehe er ihn laufen ließ, und sich dann mit einem Schokoriegel vor seine Anzeige lümmelte. Chadim wusste, was folgen würde.

Schon nach wenigen Sekunden hatte er das Gefühl, als würden Ameisen in seinen Zehen und Fingerspitzen krabbeln. Sie bissen ihn und nagten an ihm, krochen höher und höher, überschwemmten seinen ganzen Körper, bis nichts übrig war außer der Hoffnung. Chadim zerrte an seinen Fesseln. Tränen rannen über seine Wangen, während seine Zähne sich in den Mundschutz gruben.

Nichts denken, nichts fühlen. Die Worte hatten ihre Magie verloren. Denn Allah war nur eine schale Erinnerung, und Hartfield hatte ihn verraten.

7. Kapitel

»Okay, okay!« John lachte. »Nun komm schon, Kim! Hab dich nicht so! Ich habe die Hälfte von diesem verfluchten Buch auswendig gelernt. Heute ist Freigang. Ein bisschen Spaß haben wir beide uns verdient.«

»John ...« Kim zuckte zusammen und sah sich gehetzt um. »Zach, meine ich. Mist! Hör mal, das ist wirklich nicht klug.« Er räusperte sich. »Du weißt doch, wer dich sucht. Solltest du dann nicht besser in der Kaserne bleiben?«

»Ach ja! Etwa, weil ich hier sicherer bin? Guter Witz!« Er packte Kim am Arm und zog ihn einfach mit sich. »Aber damit du deine Ruhe hast, ziehen wir uns um. Aziz sucht nach einem Trooper, nicht nach einem ganz normalen Zivilisten. Also?«

Kims Widerstand schmolz sichtlich. Doch als sie das Kasernentor erreichten, protestierte er erneut. »Ich dachte, wir ziehen uns um.«

»Nun warte doch!« John war ganz aufgedreht vor Vorfreude.

»Name!«, fragte der wachhabende Soldat.

»Zacharias McClusky und Kim Han-Sung«, antwortete John. Ehe Kim es sich vielleicht doch noch anders überlegen konnte, zerrte er ihn hinter sich her. Er konnte Nells Silhouette bereits in der kleinen Seitenstraße erkennen, die von dem Platz vor der Kaserne wegführte.

»*Oh Shit*, du bist es wirklich, Johnnie!« Wie früher sprang sie ihm entgegen, warf Arme und Beine um ihn, während er sie festhielt und einmal im Kreis wirbelte. »Oh, verdammt!« Sie lachte und weinte gleichzeitig.

Langsam drehte er sich noch einmal mit ihr im Kreis. Sie war dünn geworden, seine kleine Schwester. Die langen blonden Haare waren zerzaust und heller, als er sie in Erinnerung hatte. Er hatte nicht erwartet, wie sehr sie sich freuen würde, ihn wiederzusehen. Noch weniger hatte er damit gerechnet, wie sehr er sich freuen würde.

»Johnnie«, sagte sie und umarmte ihn noch einmal. »Wie lange bist du schon hier? Warum hast du dich nicht früher gemeldet, du Mistkerl? Ich sollte dich erwürgen. Ich sollte ... *Shit!* Du bringst mich zum Weinen!«

»Hey, schon gut, Baby! Hast du die Kleider mitgebracht?«

»Klar! Da in der Tasche.« Bei diesen Worten zeigte sie auf eine Sporttasche, die im Rinnstein stand. Sie schniefte laut und ließ endlich von ihm ab. Mit der Rechten wischte sie ihre Tränen fort und verschmierte dabei die zerlaufene Wimperntusche in ihrem ganzen Gesicht.

Mit einem Griff riss John die Tasche auf und warf Kim einen Stapel Kleider zu. »Hier!« Eilig begann er, sich umzuziehen.

»Scheiße!« Nell schlug die Hand vor den Mund, als er die Hosen auszog. »Scheiße, John, was ist das?«

»Eine Prothese.« John zog eine alte schwarze Hose, einen Kapuzenpulli und einen Parka an. »Hey, Kim, worauf wartest du? Zieh dich um! Wir wollen heute noch was unternehmen. Schon vergessen?«

Unschlüssig sah Kim auf die Kleider. »Ist das nicht verboten?«

»Mann, verboten ist viel. Du darfst dich nur nicht erwischen lassen. Und das haben wir nicht vor, oder? Also, bist du dabei, Bruder?« Angesichts von Kims zweifelnder Miene seufzte John. »Wenn du dich besser fühlst, dann zieh es nur drüber.

Hier, die Jacke und die Mütze! Wer soll dagegen schon was sagen?«

Endlich gehorchte Kim, wenn er auch immer noch nicht überzeugt wirkte.

John nutzte die Gelegenheit, um Nell beiseitezuziehen. »Machst du es mit ihm? Er ist mein Freund.«

Mit gerunzelter Stirn schob Nell den Kaugummi von einer Seite des Mundes zur anderen. »Ich tu dir ja gerne einen Gefallen, aber ich muss auch von was leben.«

Spielerisch zog John sie zu sich heran und steckte eine Kreditkarte in ihre Hosentasche. »Da ist die Hälfte von meinem Sold drauf. Nicht für ihn. Sondern weil du meine kleine Schwester bist. Okay? Und gib nicht alles für Drogen aus.«

Neue Tränen quollen aus ihren Augen. Schniefend wischte sie sie weg und drückte ihm einen feuchten Kuss auf die Wange. »Danke!« Sie schluckte. »Warst du bei Ma?«

Kim räusperte sich. »Soll ich gehen, damit ihr –«

»Quatsch!« Mit dem Ärmel seines Parkas wischte John die Wimperntusche aus Nells Gesicht. »Das ist meine Schwester Nell. Nell, das ist Kim. Mein Freund.« Das Wort war etwas Besonderes. Bisher hatte John es noch nie benutzt. Schnell verstaute er seine Uniform in der Sporttasche, zerrte den Reißverschluss zu und versteckte sie in einem kaputten Kellerfenster. Ehe Kim es sich anders überlegen konnte, legte John den rechten Arm um ihn und den linken um Nell. »Und jetzt werden wir Spaß haben!«

Nell saß auf Kims Schoß und küsste ihn. Lange und sehr intensiv. Im schwülen roten Licht sah John, wie ihre Hand zwischen Kims Beine wanderte. Kims Atem beschleunigte sich deutlich. Ein Reißverschluss war zu hören. Kim stöhnte leise.

»Komm«, flüsterte Nell. Ihre Bluse war halb geöffnet. Wie immer trug sie keinen BH, und eine ihrer kleinen, spitzen Brüste lugte hervor. Als Kim nicht sofort reagierte, küsste sie ihn noch einmal. Ihre Hand glitt in die geöffnete Hose. »Komm!«

Dieses Mal ließ sich Kim von ihr die Treppe hinaufführen. Nell zwinkerte John über die Schulter zu, dann waren sie fort.

Na endlich! Das hatte lange genug gedauert.

John bezahlte sein Bier und das Zimmer und ermahnte die dicke Puffmutter noch einmal, Kim rechtzeitig zu wecken, damit er den Morgenappell nicht versäumte.

Draußen auf der Straße legte er die Atemmaske an und zog sich die Kapuze seines Hoodies über den Kopf. So würde es Aziz und seinen Männern schwerfallen, ihn zu erkennen. Nun konnte er es wagen, das zu tun, weshalb er den Freigang gewagt hatte.

Er nahm die Seitengassen. In der Nähe des Mietshauses, in dem Ophelia ihn vor zwei Wochen entdeckt hatte, sondierte er die Lage. Erst als er sicher war, dass niemand den Eingang beobachtete, eilte er zur Tür. Er klingelte nicht, sondern benutzte den Schlüssel, den Nell ihm gegeben hatte.

Mit schnellen Schritten erklomm er die Treppen, bis er endlich im dritten Stock am Ende des dreckigen Korridors vor der Tür zu ihrer Wohnung stand. Er fühlte sich ein wenig wie ein Dieb, als er sie mit Nells Schlüssel öffnete.

In der Wohnung war es dunkel. Vorsichtig schloss er die Wohnungstür hinter sich und sah sich um. In der kleinen Essküche herrschte Chaos. »Ma«, sagte er leise. »Bist du da?«

Sie war nie ordentlich gewesen. Aber das Chaos war so groß, dass es aussah, als sei sie krank und könne den Haushalt nicht mehr führen. »Ma?«

Als er ein leises Knarren hinter sich hörte, drehte er sich um. Im Halbdunkel konnte er eine kleine, gebeugte Frauengestalt mit strähnigen Haaren ausmachen.

»Ma?« Seine Kehle war wie zugeschnürt.

»John?« Ihre Stimme war nur ein Hauch. »Johnnie? Bist du es wirklich?« Sie kam näher, schlurfend wie eine alte Frau.

Er trat ihr entgegen, griff nach ihren Händen – und erschrak, weil sie so zittrig und schlaff waren.

»Johnnie, oh, Johnnie!« Sie weinte, löste ihre Hände aus seinen und strich über seine Wange. »Mein Junge!« Dann umarmte sie ihn.

Er wusste nicht, was er sagen sollte. Tätschelte nur immer wieder ihren Rücken und schämte sich, weil er sie so lange hatte warten lassen. »Ma, Ma, hörst du mich?« Mit einem Räuspern löste er sich aus ihrer Umarmung. Seine Finger fischten nach einer seiner Kreditkarten. »Ich ... ich hab Geld für dich. Hier!« Er legte ihr die Karte in die bebenden Hände.

»Geld? Wo hast du das her? Du sollst doch nicht ...«

»Es ist nicht gestohlen, Ma. Ich hab's ehrlich verdient.«

»Verdient? Womit? Doch nicht bei Aziz und seinen Halsabschneidern?«

»Nein, Ma. Ich ... ich bin Soldat.«

»Soldat?« Sie strich über seine Brust. »Gegen die Aliens?«

»Gegen die Aliens, Ma.«

»Mein Johnnie ... mein Johnnie ist Soldat ...« Ein Hustenanfall schüttelte ihren mageren Körper, bis sie keuchend nach Atem rang.

»Lorna!« Die Stimme jagte John einen eiskalten Schauer über den Rücken. Im Türrahmen tauchte die vertraute Gestalt eines Mannes auf. Betrunken wie immer. »Wasch iss hié los?«, nuschelte er und torkelte auf John zu.

»Cope, schau nur! John ist hier. Er hat uns Geld mitgebracht.« Ma streckte ihm die Kreditkarte entgegen.

Nein, oh nein! Der alte Saftsack würde das mit seinem Blut verdiente Geld nicht bekommen!

Ohne nachzudenken stellte John sich zwischen die beiden. »Nein, Ma! Das Geld ist für dich. Der Dreckskerl hier kriegt keinen müden Cent.«

»Wie sprichst du über mich, du kleine Made? Heh! Heh!«

John roch Alkohol und den Dreck von Tagen. Er bekam einen Stoß gegen die Brust, dem er mühelos standhielt. »Nimm deine Finger von mir, du mieses Stück Dreck!«

»So kommst du mir, heh? So kommst du deinem alten Herrn!« Es folgten zwei weitere Stöße gegen Johns Brust.

»Hör auf, du versoffener Hurensohn!« John packte seinen Vater an den Handgelenken. »Hör auf!«

»Oder was, heh? Heh! Selber Dreckskerl!« Sein Vater spuckte John ins Gesicht.

Hitze explodierte ihn John. »Hör auf!«, schrie er und stieß den Mann von sich.

Wie ein Sack stürzte der zu Boden.

»Cope«, wimmerte seine Ma. Ehe John es verhindern konnte, kniete sie neben dem Betrunkenen. »Cope! Oh John, was hast du getan?«

Ein wilder Schlag seines Vaters schleuderte sie in eine Ecke des Raums, wo sie leise stöhnend liegen blieb.

»Ma!« John wollte zu ihr eilen, aber in dem Moment warf sich sein Vater wie ein wutentbrannter Stier auf ihn. John krachte mit dem Rücken gegen den Küchentisch und lag auf einmal am Boden inmitten von Tüten voller Abfall. Tritte landeten in seinem Unterleib und in der Seite. Instinktiv versuchte er, mit den Armen den Kopf zu schützen.

Es war, als sei er durch ein Zeitloch gefallen und nun

gezwungen, eine seiner schlimmsten Kindheitserfahrungen noch mal zu erleben. Er konnte nichts tun, lag einfach nur starr vor Schreck und zusammengekrümmt am Boden, bis die Tritte schließlich aufhörten.

Ma hing am Arm seines Vaters. »Hör auf, Cope! Du bringst ihn um! Bitte, Cope!«

Der Mann, der sein Vater war, fixierte sie mit stierem Blick. John ahnte den Schlag, der sie treffen sollte. Blitzschnell trat er seinem alten Herrn die Füße weg, und der besoffene alte Sack ging erneut zu Boden.

»Ma.« Die Arme um den Leib geschlungen, kämpfte John sich auf die Füße. Jeder Atemzug schickte einen Stich durch seinen Brustkorb. Der Wichser musste ihm mindestens eine Rippe gebrochen haben! »Ma, du kannst hier nicht bleiben.« John fasste nach ihrer Hand. »Komm mit mir! Bitte!«

Ihr Blick irrte zwischen ihm und dem stöhnenden Mann am Boden hin und her. »John …«

»Ma, ich bitte dich!«

»Aber wo soll ich denn hin, Johnnie?«

Schwankend kam sein alter Herr wieder auf die Füße und hob drohend die Faust. »Du Dreckskerl!«

Im letzten Augenblick entwischte John zur Tür hinaus.

»Mehr Whisky!«, schrie er und schüttete den Inhalt seines Glases in sich hinein. Er hatte keine Ahnung, wo er war. Es war ihm auch egal. Der Kerl hinter der Theke hatte genug Geld von ihm erhalten, dass er die ganze Flasche haben konnte.

Er griff danach und stieß dabei sein Glas um. Klirrend zersprang es am Boden, während er die Flasche ansetzte.

»Okay, Junge! Es reicht.« Der Barkeeper wollte ihm die Flasche wegnehmen.

»Leck mich«, sagte John und wischte die Hand beiseite. Nach einem neuerlichen Schluck war die Flasche schon halb leer. Der Boden unter Johns Füßen schwankte.

»Du!« Er zeigte auf ein knapp bekleidetes Mädchen. »Wie viel?«

»Dreißig Kredits.« Bei den Worten stand sie auf und schob ihren BH unter der durchsichtigen Bluse zurecht.

Ohne ein weiteres Wort packte er ihre Hand und zerrte sie zur Treppe. Diese Kneipen hatten alle ein paar Zimmer oben. Auf der Theke lag noch seine Kreditkarte. Viel war nicht mehr drauf, aber für das Zimmer und die Nutte würde es reichen.

Oben im Gang nahm er die erste Tür zur Rechten, stieß sie krachend auf und zog das Mädchen mit einem Ruck in seine Arme. »Magst du es hart?«, fragte er. Seine Hand fasste nach ihrem Hintern und drückte ihr Becken gegen seinen Schwanz.

Sie keuchte leise. Ihre Finger strichen über seine Brust und glitten schließlich unter den Hoodie auf der Suche nach Haut.

Mit einem Tritt schloss er die Tür und drängte das Mädchen zum Bett. Sein Schwanz schwoll schon. Eilig riss er sich den Hoodie vom Leib und öffnete seine Hose. Er packte ihre Hand und legte sie auf sein Glied, ehe er ihre Bluse aufriss und den BH herunterschälte. Gierig begann er, ihre Brüste zu streicheln. Ihre Hand massierte derweil seinen Schwanz. Sie keuchte leise.

Verdammt! Das ging nicht schnell genug. Er wollte mehr. Sofort. Wortlos stieß er die Nutte aufs Bett.

Sie lachte leise, während sie sich auf dem Bett räkelte.

Ohne große Umschweife griff er nach ihrer Hose und zerrte sie mitsamt dem Slip von ihren Beinen. Er schob seine Finger in ihre feuchte Muschi, und stöhnend spreizte sie die Beine.

Mit halb geschlossenen Lidern richtete sie sich auf, um nach seinem Schwanz zu greifen.

Ihr Blick weitete sich. »Scheiße, was ist das denn? Bist du ein Dreckscyborg oder so?«

Johns Blick folgte dem ihren und fand seine Hose in den Kniekehlen. Der hässliche Übergang zwischen Prothese und Stumpf war deutlich sichtbar. »Warte!«

»Leck mich!« Sie wollte aufstehen.

Aber er hielt sie fest. In seinem Kopf war nur noch Rauschen. Ein Schlag in ihr Gesicht, und sie war still. Er massierte ihre Brust und ihre Möse, geilte sich auf an der Feuchtigkeit zwischen ihren Beinen, bis sein Schwanz so hart und prall war, dass es schmerzte. Mit der Wut eines Presslufthammers stieß er in sie hinein. Wieder und immer wieder. Schweiß bildete sich auf seiner Stirn.

Er hörte sie schluchzen. Begriff irgendwo am Rande seines Bewusstseins, dass er ihr wehtat und aufhören sollte. Doch er konnte sich nicht mehr zurückhalten. Schreiend und völlig erschöpft ergoss er sich in sie.

Er erwachte mit dem Geschmack nach Pappe im Mund und einem Schmiedehammer in seinem Kopf. Das Letzte, woran er sich erinnern konnte, waren viele Arme, die ihn niederrangen und eine Treppe hinabzerrten, während er schrie und tobte. Blaues, blinkendes Licht war durch schmutzige Fenster gefallen, und dann hatte ein Schlag ihn in die Finsternis gestürzt.

Der Boden unter ihm war hart und kalt. Sein Hoodie lag auf ihm, die Hose war dort, wo sie sein sollte, aber immer noch offen. Stöhnend wälzte er sich auf die Seite.

»Unser Dornröschen wird wach«, sagte eine krächzende Stimme. Ein Fuß berührte seine Schulter.

»Verpiss dich!«, stöhnte John.

Ein alter Mann mit Stummelzähnen wich meckernd zurück und setzte sich auf die Pritsche. Er stank wie ein Ziegenbock.

Eine Ausnüchterungszelle. Es hätte schlimmer enden können. »Wie viel Uhr ist es?« Ohne den Alten anzusehen, schlüpfte er in den Hoodie und schloss die Hose. Sein Oberkörper war grün und blau, sicherlich nicht nur wegen seines alten Herrn.

»Er will wissen, wie viel Uhr es ist.« Meckernd begann der Alte zu lachen.

Mit wem redete der Kerl da? Außer ihnen beiden war die Zelle leer. Verdammt, er hatte wirklich andere Sorgen! Die Leute hier würden ihn frühestens gegen acht Uhr rauslassen. Er kannte die Vorschriften. Aber er musste vor dem Morgenappell in der Kaserne sein, und der war um sechs Uhr.

Mühsam kam er auf die Füße und taumelte zum Gitter. »Hey!« Er klopfte ans Gitter. »Hey, verdammt! Hört mich jemand?«

»Was?« Der dicke Polizist, der vor der Zelle auftauchte, wirkte unausgeschlafen und schien keinen Spaß zu verstehen.

»Ich will telefonieren.«

»Fick dich, kleiner Wichser!«

»Hey, ich kenne meine Rechte, Officer. Ein Telefonat steht mir zu.«

Mit einem unwilligen Schnaufen drückte der Dicke auf den Knopf in der Wand, der die Tür entriegelte. »Aber nur eines«, brummte er. »Glaub nicht, dass du fünf Nummern durchprobieren kannst, wenn einer nicht rangeht.«

»Danke!« Die Ermahnung war überflüssig. Er kannte ohnehin nur einen Menschen, der ihm in dieser Situation vielleicht helfen konnte.

Das Telefon klingelte.

Schlaftrunken wälzte Harlan sich auf die andere Seite. Sein Blick fiel auf das leuchtende Display des Weckers. Drei Uhr! Welcher Witzbold versuchte mitten in der Nacht, ihn anzurufen? Jedenfalls war er beharrlich.

Wenn es ein Reporter war, würde er ihn rundmachen! Harlan griff nach dem Hörer. »Ja!«, knurrte er.

»Harlan? Ich bin's.«

»Zach?« Mit einem Schlag war Harlan hellwach. Reflexartig schaltete er das Licht ein. »Sag mal, spinnst du? Es ist drei Uhr.«

»Ich habe Probleme, Harlan. Ich ... äh ... ich sitze in der Ausnüchterungszelle des fünften Reviers, und die lassen mich erst um acht Uhr raus. Falls mich niemand einlöst. Du verstehst, was ich meine.«

Harlan massierte seine Stirn. Natürlich verstand er das Problem. »Alter, du bist am Arsch. Die melden das sowieso an deine Einheit weiter.«

»Ich bin John Flanagan.« Ein Räuspern war zu hören.

Harlans Hirn begann zu arbeiten. »Die wissen nicht, dass du bei den Troopers bist?«

»So sollte es auch bleiben. Kannst du mich abholen?«

»Stopp! Sag mir erst, was du ausgefressen hast!«

»Zu viel gesoffen und 'ne Nutte belästigt.«

»Belästigt?«

»Verdammt, ich bin nicht stolz darauf. Ich war sturzbesoffen und stinkwütend.«

»Könnte man es Vergewaltigung nennen?«

»Ja, verdammt! Kommst du jetzt, oder nicht? Du weißt, dass ich nur einen Anruf habe.«

»Lass mich nachdenken … Okay, Alter. Ich hab eine Idee. Lass mich mal machen!«

»Du hast was gut bei mir, Harlan. Hey, und – nur damit du es weißt – es ist mir scheißegal, ob du schwul bist. Hauptsache, du lässt deine Finger von meinem Hintern.«

Unwillkürlich musste Harlan grinsen. »Alter, dein Hintern ist verdammt sexy.« Sowohl nackt unter der Dusche als auch im Combatsuit, wenn John vor ihm über einen Hügel robbte. Aber das behielt Harlan lieber für sich.

»Ich hack dir die Hand ab! Ich schwör's!«

Natürlich musste John jetzt wenigstens verbal seine Muckis spielen lassen. Harlan lachte nur.

8. Kapitel

»Besuch für dich, Flanagan!« Der Dicke schlug ans Gitter, sodass John aus seinem unruhigen Schlaf hochschreckte.

Mit einem Satz war er an der Gittertür. Der Beamte wartete, bis er im Korridor war, und schloss sie wieder.

»Bye-bye, Dornröschen«, meckerte der Alte.

Aber John beachtete ihn nicht und folgte dem Dicken, der ihn durch eine Tür in ein Büro führte.

»Hier! Quittieren!« Der Beamte warf eine Plastiktüte mit Johns Besitztümern auf ein Pult und legte ein Notepad daneben.

John erkannte die Atemmaske, die Kreditkarte und Nells Schlüssel. Mehr hatte er auch nicht dabeigehabt. Eilig unterschrieb er das Quittungsformular auf dem Notepad und nahm die Tüte an sich. »Kann ich jetzt gehen?«

Der Dicke nickte Richtung Ausgang. »Bedank dich bei dem da! Hätte nicht gedacht, dass eine Kanalratte wie du den Sohn eines Kongressabgeordneten kennt. Die Kautionssumme für Vergewaltiger ist nicht gerade klein.«

Ein blonder Hüne stand dort. Er trug Hosen mit Bügelfalten und ein schickes Sportsakko über einem blütenweißen Hemd. »Willst du mich weiter angaffen, oder kommst du jetzt endlich?«, fragte Phil mürrisch.

John beeilte sich, der Aufforderung nachzukommen. Als er draußen vor der Tür die Atemmaske aufsetzen wollte, winkte Phil ab und zeigte auf einen sündhaft teuren Gleiter, in dem vorne ein Chauffeur saß. »Lass den Quatsch und steig ein!«

Viel zu verblüfft, um zu widersprechen, gehorchte John. Das Innere war unerwartet geräumig. Gedämpftes Licht und Ledersitze luden zum Verweilen ein. Ehrfürchtig strich John über den Sitz, auf dem er mit seiner dreckigen Hose saß.

»John Flanagan, hm? Ist das dein richtiger Name?«

John sah auf. Sein Kopf schmerzte immer noch, ob von dem Schlag oder vom Alkohol, wusste er nicht. Wahrscheinlich von beidem. »Vielleicht.«

»Du hast 'ne Nutte vergewaltigt.«

»Scheiße, ich bin nicht stolz drauf. Ich war besoffen.«

»Und wo ist deine Uniform?«

»Und wo ist deine?«

»Ich habe Urlaub. Aber du bist in einer Spezialausbildung zum Piloten, für die ich meine Hand gegeben hätte, Armleuchter!« Phils Mund war ein schmaler Strich.

Stöhnend vergrub John den Kopf in den Händen. War der Idiot schon wieder neidisch auf ihn? »Phil, hör mal! Können wir das einfach sein lassen? Ich habe Kopfschmerzen und muss bis sechs Uhr in der Kaserne sein. Also würdest du ...«

»Was? Mein Maul halten? Das kannst du vergessen, Blödmann!« Ein leichter Stoß traf Johns Brust. »Du bist ein Trooper, verdammt! Colonel Forsman hat dich für eine Spezialausbildung ausgewählt, für die ich alles gegeben hätte. Und du hast nichts Besseres zu tun, als dich beim Freigang volllaufen zu lassen und eine Nutte zu vergewaltigen. Du bist eine Schande für dein Team – für alle Troopers! Du hast die Ehre von uns allen mit Füßen getreten. Gott verdammt, wenn Harlan mich nicht darum gebeten hätte, dann würde ich dich melden. Mit Vergnügen würde ich das tun, damit du endlich das bekommst, was du verdienst, Zacharias McClusky! Oder soll ich dich besser John Flanagan nennen, Dumpfschädel?«

»Scheiße!«, schrie John, »Scheiße!« Er wollte Phil an den

Hals springen, aber der hielt ihn fest. Mit einem Ruck riss John sich los und trat gegen den Sitz gegenüber. »Scheiße«, keuchte er, »scheiße. Scheiße!« Die Kopfschmerzen wurden unerträglich. Seine Augen brannten. Brüsk wischte er sich über das Gesicht und wandte den Kopf ab.

»Bist du fertig?«, wollte Phil wissen.

»Lass mich in Ruhe!«

»Ganz bestimmt nicht, Dumpfbacke. Erst, wenn ich alles weiß.«

»Fick dich!« Wie ein gefangenes Tier zerrte John an den Türgriffen. Nur um festzustellen, dass alle Türen verschlossen waren. »Lass mich sofort hier raus, du Wichser!« Johns Fäuste ballten sich.

»Willst du was trinken?«

»Lass mich raus!«

»Nur damit du es weißt! Mein Fahrer fährt aus der Stadt hinaus. Wenn ich ihm nicht sage, dass er woanders hinfahren soll, wirst du nie rechtzeitig zum Morgenappell in der Kaserne sein. Und glaub mir, ich lass dich nur dort raus, ohne dich zu verpfeifen, wenn mir deine Antworten gefallen. Möchtest du jetzt etwas trinken, Klugscheißer?«

Möglichst unauffällig versuchte Phil, John – oder auch Zach – zu mustern.

Der Mistkerl war bleich, unter den Augen lagen tiefe Schatten. Die Hand, mit der er das Wasserglas hielt, zitterte merklich. Der Zorn ließ ihn die Lippen aufeinanderpressen und eine steile Falte zwischen den blonden Augenbrauen entstehen. Nachdem er das Glas leer getrunken hatte, rang er nach Atem. Etwas von der Anspannung wich aus seinem Körper. Mit einem

Schnauben stellte er schließlich das Glas auf den kleinen Tisch und ließ den Kopf gegen das Polster fallen. »Frag!«

»John Flanagan. Ist das dein richtiger Name? Dass du nie in Harvard warst, ist mir schon seit einer Weile klar. Also?«

John fuhr sich über die Nase. »Du weißt es doch schon. Wieso fragst du dann?«

»Ich habe mich ein bisschen informiert.« In der Tat hatte Phil heimlich im Computer seines Vaters recherchiert. Der Inhalt einiger Ordner war sehr aufschlussreich gewesen und hatte ihn zum Nachdenken gebracht. »Du hältst mich vielleicht für blöd, aber mir ist durchaus aufgefallen, dass man mehrfach versucht hat, dich um die Ecke zu bringen. Aber im Gegensatz zu meinem Vater glaube ich nicht, dass du dich deswegen freiwillig gemeldet hast, weil du Clarice Sheldon umgebracht hast. Ich glaube vielmehr, dass du etwas weißt, was du nicht wissen dürftest – und das so interessant ist, dass man jemanden auf der *Washington* damit beauftragt hatte, dich mundtot zu machen. Was sagst du dazu?«

Die hellen graublauen Augen seines Gegenübers fixierten ihn sekundenlang, ohne mit der Wimper zu zucken. »Und wenn du recht hättest? Was dann?«

Phil deutete das als Bestätigung seiner Vermutungen. »Kann ich dich noch was fragen, bevor ich darauf antworte?« Die Frage war rhetorisch. Phil fuhr sofort fort: »Ich habe auf meinem Weg hierher ein paar Gefälligkeiten eingefordert. Die brachten mich darauf, dass John Flanagan – falls du das bist – eine ziemlich lange Liste an Vorstrafen hat und außerdem in gewissen Kreisen heißbegehrt ist, weil er einem Aziz die Suppe versalzen hat. Kannst du mir sagen, wieso du dann so bekloppt bist, deinen Hintern hier draußen zu präsentieren? Wirst du gerne gefickt, oder bist du einfach nur dämlich?«

Zwischen den graublauen Augen erschien wieder die steile Falte. »Das geht dich einen Scheißdreck an!«

Phil grinste. »Erinnerst du dich noch an meine Ansage, was das Ziel unserer Fahrt betrifft, Dummkopf?«

»Leck mich!« Die Nasenflügel blähten sich zornig.

Dieser Idiot würde sich tatsächlich eher die Lippen blutig beißen und alles wegwerfen, als darauf zu antworten. Das konnte Phil ihm ansehen. Ein Hauch von Mitleid streifte ihn. »Ein Stichwort würde mir genügen, Zach.«

Ein tiefer Atemzug. Dann: »Familienangelegenheiten.«

Phil glaubte ihm. Mehr noch, er konnte dem bleichen Gesicht ansehen, dass diese Angelegenheiten nicht geregelt werden konnten. Das erklärte vielleicht auch die Sauferei.

»War's das?«

»Nicht ganz!« Phil befeuchtete seine Lippen. »Ich habe was aufgeschnappt – von meinem Vater. Die Admiralität setzt den Kongress unter Druck. Die wollen das Kriegsrecht ausrufen.«

»Und?«

»Die Opposition sammelt Stimmen für ein Misstrauensvotum. Wenn das Erfolg hat, kommt Symore an die Macht. Und Symore ist gegen die Kolonisierung des Weltalls. Er wird die Kolonien sofort aufgeben und die Flotte zur Erde schicken. Dann können die Aliens ohne Widerstand bis vor unsere Haustür marschieren. Wie die Admiralität darauf reagiert, kann ich nur vermuten. Aber ich glaube, ich liege nicht falsch mit der Annahme, dass dann alles mit einem Militärputsch endet. Und das will niemand. Das willst auch du nicht, du Möchtegernheld!«

Aufmerksam musterten die graublauen Augen ihn. »Und was hat das mit mir zu tun?«

»Das musst du dich fragen, Zach. Oder John. Oder wie auch immer. Du weißt etwas, was wichtig ist. Verdammt wichtig!

Sonst hätten die nicht auf der *Washington* versucht, dich umzubringen.«

»Die haben's auch hier versucht. In der Ausbildung.«

Phil verschlug es einen Moment die Sprache. »Was muss ich noch tun, damit du mir vertraust? Ich bin nicht dein Feind. Ich will dir helfen. Aber so, dass uns nicht die ganze Scheiße um die Ohren fliegt. Wir müssen hier an ein paar mehr Leute denken als nur an unser eigenes Leben, Soldat.«

Ein leises Lachen antwortete. »*Shit!* Lernt man das bei einem Kongressabgeordneten, oder redest du zu Hause immer so geschwollen? Hey, reg dich ab! Aber bevor wir weiterreden, sollten wir zum Raumhafen fahren. Ich muss dort was holen, bevor ich dir antworten kann.«

Vorsichtig sah John sich in der Frauentoilette um. Die war genauso leer wie das Herrenklo. Der ganze Raumhafen war nahezu menschenleer. Nur ein paar Putzfrauen trieben ihr Unwesen.

Diese Eisenfresse hatte ihn tatsächlich rumgekriegt. Er konnte es immer noch nicht fassen. Aber immerhin war Phil willens, sich die Hände für ihn schmutzig zu machen. Fast war er inzwischen geneigt, es als glückliche Fügung zu sehen, dass Phil mit ihm geredet hatte.

John winkte. Auch der Gang vor den Toiletten war leer.

Phil bezog sofort Stellung am Korridoreingang.

Schnell bückte John sich, um den Schließfachschlüssel aus dem linken Stiefelschacht zu fischen. Mit bebenden Fingern öffnete er das Fach. Irgendwie hatte er erwartet, es leer vorzufinden. Dass jemand ihm zuvorgekommen war. Es war eigentlich viel zu leicht gewesen.

Aber die Papiere waren noch da. Ebenso der Chip. Er barg ihn an der Stelle im linken Stiefel, die bisher dem Schlüssel vorbehalten gewesen war, und stopfte den Papierstapel unter seinen Hoodie. »Wir können«, raunte er Phil zu.

Gemeinsam eilten sie zum Gleiter zurück. John erlaubte sich erst aufzuatmen, als das Fahrzeug anfuhr.

»Zur Kaserne«, sagte Phil in die Gegensprechanlage.

»Sehr wohl, Sir«, kam die Antwort.

»Kann ich es sehen?«, fragte Phil. Immerhin kam er sofort zur Sache.

Umständlich zog John die Papiere unter seinem Hoodie hervor. Braune Flecken sprenkelten die Blätter. McCluskys Blut.

Phil schien keine Notiz davon zu nehmen, sondern begann die Aufzeichnungen durchzulesen. Nach einer endlosen Weile hielt er inne und sah auf. »Wo hast du das her?«

»Bin über den sterbenden McClusky gestolpert, als Aziz' Leute hinter mir her waren. Die haben ihn, diese Sheldon und einen Reporter einfach ausgeknipst wegen diesem Haufen Papier. Da dachte ich mir, dass es wichtig sein könnte.« Er holte tief Luft. »Ist es das?«

»Du hast keine Ahnung. Damit kannst du die Regierung stürzen.« Phil rieb sich das Kinn. »Weiß noch jemand davon?«

»Nope. Kannst es haben.«

»War das alles?«

»Da ist noch ein Chip.«

»Kann ich ihn sehen?«

Wortlos fischte John ihn aus seinem Stiefel.

Mit gerunzelter Stirn steckte Phil den Chip in einen Datenport an seinem Sitz. Nachdem er den kleinen Screen in der Sitzlehne studiert hatte, schüttelte er den Kopf. »Keine Chance. Die sind verschlüsselt.«

»Ich könnte Kim fragen. Er und Ophelia wissen Bescheid. Wer ich bin und dass man mich umbringen will, meine ich.«

Nach kurzem Zögern gab Phil ihm den Chip zurück. »Seid um Gottes willen vorsichtig! Und denk dir mit den beiden eine Lebensversicherung aus! Zum Beispiel könnte ich die Papiere bei einem Anwalt deponieren und sie freigeben, falls du das Zeitliche segnest. Den Chip solltest du bei dir behalten. Wir müssen das nur irgendwie die richtige Stelle wissen lassen.«

»Ich bin nicht blöd, auch wenn du das vielleicht glaubst, Armleuchter.« Er benutzte absichtlich Phils Worte.

»Ich hab's kapiert.« Nach einer kleinen Pause bot Phil ihm die Hand. »Frieden, Bruder?«

Mit kraftvollem Händedruck schlug John ein. »Frieden.«

»Wohin jetzt?«, fragte der Fahrer.

»Militärfriedhof«, antwortete Phil spontan und ließ sich nachdenklich in das Polster des Gleiters sinken.

Vielleicht war Zach – oder John – doch nicht so ein Idiot, wie er vermutet hatte. Man durfte ihn nur nicht in die Enge treiben. Das hatte er jetzt begriffen. Denn dann wurde er unberechenbar und gefährlich. Wenn man ihm den Respekt erwies, der ihm gebührte, konnte man recht vernünftig mit ihm reden. Vielleicht war doch was dran an Vaters Weisheiten.

Trotzdem würde er auf ihn aufpassen müssen. Zach, nein John – er musste sich erst noch an den Namen gewöhnen –, konnte das nicht alleine bewältigen. Er würde Rückendeckung brauchen, so wie im Gefecht. Sonst kriegten die ihn dran, und dann war die Kacke mächtig am dampfen. So viel war klar.

Die Frage war nur, wer John drankriegen wollte. Es konnte Symore, aber auch der Präsident oder gar die Admiralität sein. Jeder der Parteien hätte ein berechtigtes Interesse daran, ihn mundtot zu machen. Dazu kam zu allem Überfluss noch Aziz. John hatte wirklich ein großes Talent dafür, sich in Schwierigkeiten zu bringen.

Es war an der Zeit, dass er Hilfe erhielt.

Phil ahnte jedoch, dass John nicht so weit gekommen wäre, wenn er die nicht bereits gefunden hätte. Und dabei dachte er nicht an Kim oder Ophelia, sondern an Sergeant Hartfield, der einen Narren an John gefressen zu haben schien.

Trotzdem nötigte es ihm Respekt ab, dass ein John Flanagan ohne Schulabschluss immer noch an der Spezialausbildung zum Piloten teilnahm und nicht in kürzester Zeit rausgeflogen war. John war beileibe nicht dumm, nur ungebildet und jähzornig – und zudem unglaublich stur und zäh. Vielleicht war es das, was Hartfield an ihm so schätzte. Gutes Material, um einen Soldaten aus ihm zu machen, das hätte auch Vater so gesehen.

Besser als er selbst. Besser sogar als Louis, den Vater vergötterte, seitdem er getötet worden war. Wollte er wirklich weiter mit diesem Vorbild konkurrieren? Louis war tot. Diesen Vergleich konnte er nur verlieren.

Und John? Der war sein Kamerad. Und einen Kameraden kleinzumachen bedeutete, die eigene Einheit kleinzumachen. Das hatte er selbst zu John gesagt.

Er erinnerte sich daran, wie John sich im Gleiter umgezogen hatte. An den blau und grün geschlagenen Körper, die hässliche Metallprothese und den Stumpf. Nein, John hatte genug Narben davongetragen: Seine Erfolge waren mehr als verdient. Er würde sich daran gewöhnen müssen, stolz auf dieses Teammitglied zu sein.

Die Papiere lagen inzwischen gut verwahrt im Schließfach eines Anwalts, den Vater nicht kannte. Das hatte er sofort getan, nachdem er John abgesetzt hatte. Phil hatte an alles gedacht, als er sie hinterlegte. Nun musste er nur noch dafür sorgen, dass Vater die entsprechenden Informationen unters Volk brachte, ohne dass dieser ahnte, als Bote missbraucht zu werden. Aber Vater hatte den Köder bereits selbst ausgelegt. Phil war sich sicher, dass er ihn schlucken würde.

Blieb noch Louis.

Der Gleiter hielt an. Phil justierte die Atemmaske, ehe er ausstieg. Die Sonne ging schmutzig rot am Horizont auf. Kurz vor sechs. John hatte jetzt Morgenappell.

Mit langen Schritten ging Phil durch das Tor. Reihen schmuckloser Grabsteine breiteten sich auf einem sanften Hügel vor ihm aus. Das Gras raschelte leise unter seinen Füßen. Wenig später stand er vor dem Grab, das er gesucht hatte.

»Louis Reno« stand dort auf dem Stein. Dreiundzwanzig war er gewesen, als er bei einem Sprengstoffattentat des Dschihad vor drei Jahren zerfetzt worden war.

Phil schluckte. Eigentlich müsste er bereits ein Jahr tot sein, um mit Louis konkurrieren zu können. Aber das hatte er nicht vor. Nicht mehr. Er hatte lohnendere Ziele gefunden, als seinem Vater zu gefallen. Jemand brauchte ihn. Der Fortbestand der Menschheit konnte davon abhängen.

»Leb wohl, Louis«, sagte er. Dann ging er zurück zum wartenden Gleiter, ohne sich auch nur einmal umzudrehen.

4. Intermezzo

»Die Werte sind gut«, sagte der Mann im weißen Kittel zu Hartfield. »Ich konnte sie nach der neuerlichen Behandlung sogar noch geringfügig steigern.« Beiläufig wies er auf eine Messskala, die ein Monitor anzeigte.

»Und der Anpassungsindex?«

»Alles im grünen Bereich. Also, ich würde dem Mann bedenkenlos meine alte Mutter anvertrauen.« Er lachte. »Nur nicht mein Geld. Aber das würde ich niemandem anvertrauen.«

Hartfield starrte auf das Diagramm. Konnte man die Integrität eines Menschen tatsächlich in Zahlen und Schaubildern ausdrücken? »Ich muss mit ihm sprechen.«

Ein Schulterzucken. »Er steht zu Ihrer Verfügung. Ich habe die Behandlung gestern abgeschlossen.«

Ohne sich zu verabschieden, ließ Hartfield den Mann stehen. Weder mochte, noch schätzte er ihn. Der Kerl war ein gefühlskalter Egomane, der für Geld seine Mutter verkaufen würde. Kein Wunder, dass er sich auf Zahlen verließ, um einen Menschen einzuschätzen.

Hartfield klopfte nicht, als er eintrat.

Chadim sprang vom Bett auf und salutierte. »Sir!«

Stumm studierte Hartfield die bullige Gestalt, das ausdruckslose Gesicht, dem der kahlgeschorene Schädel einen Hauch von Brutalität verlieh. Die dunklen Augen waren zwar auf die Wand hinter ihm gerichtet, doch der Funke in ihnen zeigte ihm, wie wachsam Chadim war. »Wie geht es Ihnen, Private?«

»Gut, Sir. Danke, Sir.«

Nichts. Nicht ein Hauch des Zögerns. Müsste dieser Mann nicht zornig sein – auf ihn oder die Umstände oder wen auch immer, weil sie ihn so vollständig umgekrempelt hatten?

»Sir! Verzeihung, Sir. Darf ich fragen, wo Sie während meiner letzten Behandlung waren, Sir?«

Die erste Gefühlsregung. Staunen machte sich in Hartfield breit. »Ich habe Private First Class McClusky aufgesucht.«

Ein Augenlid von Chadim zuckte.

Hartfield glaubte zu träumen. »Haben Sie ihm den Zettel zugespielt, um ihn zu warnen – oder um ihn zu töten?«

Wieder zuckte das Lid. »Ich weiß nicht, wovon Sie sprechen, Sir.«

Ein Mullah. Er war nur einer dieser Mullahs, die Bomben in Einkaufszentren legten, um unschuldige Passanten zu töten.

»Ihr Anpassungsindex ist nicht hoch genug. Wir werden den Anpassungsvorgang mit erweiterten Parametern wiederholen müssen.«

»Wie Sie wünschen, Sir.« Nichts. Das olivhäutige Gesicht blieb dieses Mal reglos. Nur die Pupillen verengten sich.

»Sie erinnern sich bestimmt noch an meinen Befehl, Private McCluskys Leben zu schützen? Er gilt nach wie vor. Haben Sie mich verstanden?«

»Ja, Sir. Aye, Sir.«

»Möchten Sie noch etwas sagen?« Über den Zettel oder denjenigen, von dem er erfahren hatte, dass ein Attentat bevorstand. Aber Hartfield wusste, dass er das nicht erwähnen musste. Chadim war intelligent genug, um dies auch ohne Worte zu verstehen.

Aber der Araber sah ihn nur abweisend an.

Enttäuschung durchflutete Hartfield. Enttäuschung darüber, dass er sich geirrt hatte. Dass er sich zum Narren hatte machen lassen, von diesem Araber, der ihn nun so schmählich im Stich ließ. Denn er kannte die Antwort Chadims bereits, ehe dieser sie aussprach.

»Nein, Sir.«

Schweigend machte Hartfield auf dem Absatz kehrt. Er hasste sich dafür, sich zum Handlanger des Weißkittels zu machen. Denn der würde sich darüber freuen, Hartfields neue Befehle umzusetzen. Aber Chadim hatte ihn dazu gezwungen. Er hatte keine andere Wahl.

Die hatte er verloren an jenem Tag, da eine Explosion sein Leben zerstörte.

9. Kapitel

»Wenn ich eine Sonde zur Venus in dreihundert Kilometern Höhe um einen Kilometer pro Sekunde beschleunige, wie hoch ist dann die tatsächliche Beschleunigung?« Lockham sah sich mit einem Lächeln im Unterrichtssaal um.

Diverse Soldaten hoben tatsächlich die Hände. Immerhin wusste John jetzt, wovon Lockham überhaupt sprach. Vor einer Woche hatte er bei solchen Fragen nur Bahnhof verstanden.

Lockhams Blick richtete sich auf ihn. »McClusky! Lassen Sie uns an Ihrer Weisheit teilhaben!«

Pflichtschuldig sprang John auf. Die Zwei-Wochen-Frist, die Hartfield ihm erkauft hatte, war erschreckend schnell zusammengeschrumpft. John knetete seine Finger hinter seinem Rücken. »Die resultierende Geschwindigkeit ist die Quadratwurzel aus der ursprünglichen Geschwindigkeit im Quadrat plus der hinzukommenden Geschwindigkeit im Quadrat.«

»Freut mich, dass Sie wenigstens die zugrunde liegende Formel kennen. Weiter! Ich habe Zahlen genannt!«

Schweiß brach auf Johns Stirn aus. »Wie hoch war die ursprüngliche Geschwindigkeit der Sonde?«

»Netter Versuch!« Lockham grinste. »Das zu errechnen ist der erste Teil der Aufgabe. Also! Wie hoch ist die Geschwindigkeit einer Sonde in dreihundert Kilometern Höhe über der Venus?«

»Die ... die Annäherungsgeschwindigkeit der Sonde ist

gleich der Quadratwurzel aus Fluchtgeschwindigkeit im Quadrat plus Differenzgeschwindigkeit im Quadrat.«

»Applaus! Aber erneut fehlen die Zahlen. Na, wie hoch ist denn die Fluchtgeschwindigkeit in dreihundert Kilometern Höhe über der Venus?«

Keine Ahnung, hätte John am liebsten geschrien.

Ein Flüstern des Banknachbarn versprach unerwartete Hilfe. »Zehntausendeinhundert–«

»Erickson, ich weiß, dass Sie die Antwort kennen. Ich wollte sie von McClusky hören.« Lockham seufzte. »Schön, da eine Zahl nun ohnehin verraten wurde ... Entsprechend den Regeln für Planetenbahnen hat die Sonde, wenn sie bei der Venus ankommt, eine Differenzgeschwindigkeit von zweitausendsiebenhundertundsechs Metern pro Sekunde. Können Sie uns die Antwort jetzt geben, McClusky?«

Also als Erstes zehntausendeinhundertdreizehn mal zehntausendeinhundertdreizehn. Machte? John wusste nicht, ob er schreien oder den Tisch zu Kleinholz treten sollte. Schritt für Schritt hatte Kim gesagt. Zehntausend mal zehntausend, das waren acht Nullen. Hundert mal hundert, vier Nullen. Zehn mal zehn ... Nein, er brachte alles durcheinander. John versuchte sich die Zahlen auf einem Blatt Papier vorzustellen ... Scheiße!

»McClusky, sind Sie zu dumm, um den Taschenrechner zu benutzen, oder weshalb glotzen Sie mich so hilflos an?«

Die Hitze schoss wie eine Stichflamme in sein Gesicht, während er nach dem Notepad auf dem Tisch griff. Es schien Ewigkeiten zu dauern, bis er endlich die Taschenrechnerfunktion aktiviert hatte. Zu allem Überfluss gab er die Zahlen zuerst falsch ein.

Mit gelangweilter Miene klopfte Lockham auf das Pult.

»Zehntausendvierhundertneunundsechzig.«

»Was? Pickel pro Quadratzentimeter?«

Die Klasse lachte.

»Meter pro Sekunde.« John umklammerte mit verschwitzten Fingern das Notepad.

»Hurra! Eine Zahl.« Lockham applaudierte. »Weiter! Ich will das Endergebnis hören.«

Ein Kilometer pro Sekunde dazu, das machte elftausendvierhundertneundundsechzig. Jetzt die Formel umdrehen ... Endlich hatte er das Ergebnis. »Die tatsächliche Beschleunigung ist zweitausendsiebenhundert Meter pro Sekunde, also zwo Komma sieben Kilometer pro Sekunde.«

»Das ist tatsächlich richtig. Und das erklärt sehr anschaulich den Gewinn des vielzitierten Swing-by-Effekts. Sie können sich setzen, McClusky. Ich frage Sie lieber nicht, wie hoch der Gewinn bei einer Beschleunigung um zwei Kilometer pro Sekunde ist.«

Mit zittrigen Knien ließ John sich fallen und gab ganz automatisch die Zahlen ein. »Vier Komma fünf Kilometer pro Sekunde.«

»Danke, McClusky. Sie sind nicht mehr dran.« Lockham blinzelte irritiert, ehe er fortfuhr.

Erst jetzt begriff John, dass er tatsächlich ganz alleine eine Aufgabe bewältigt hatte, die er zu Beginn der Ausbildung nicht einmal verstanden hätte.

»Hey!« John hob erwartungsvoll den Kopf, als Kim den Waschraum betrat. Es war selbstverständlich geworden, dass sie sich jeden Abend hier trafen. Doch heute war es das erste Mal, dass sie sich seit dem missglückten Freigang sahen. Kim war den ganzen Sonntag nicht aufzutreiben gewesen.

»Hey!«, antwortete Kim und ließ sich nach einem *High five* neben ihm auf den Boden fallen.

»Hier!« Mit einem Anflug von Stolz schob John ihm die Aufgaben zu, die er bereits gelöst hatte. Ohne Kims Hilfe. John beobachete aufmerksam Kims Miene, während der die Lösungen überflog.

»Ich kann keinen Fehler finden. Klasse! Du musst nur darauf achten, dass du deutlicher schreibst. Wenn Lockham es böse mit dir meint, kann er diese Fünf genauso gut als Sechs interpretieren. Das ist doch eine Fünf, oder?«

»Das sieht man doch! Alles okay mit dir?«

»Was soll schon sein?«

»Na ja, hab mich gestern gewundert, wo du steckst. Wollte nur wissen, ob du gut heimgekommen bist. Zum Morgenappell, meine ich.«

Kim ließ den Kopf hängen. »Ich war zu Hause. Bei meinen Eltern.«

»Scheiße!« Einen Moment glaubte John, jemand habe ihm den Boden unter den Füßen weggezogen. »Du verlässt uns?«

»Nein, natürlich nicht!« Kim stieß ihm den Ellbogen zwischen die Rippen.

Der stechende Schmerz entlockte John einen unterdrückten Schmerzenslaut.

»Mist! Bist du verletzt?« Entsetzt sah Kim ihn an.

»Nur 'ne angeknackste Rippe. Nicht weiter wild.«

»Aber das muss behandelt werden!«

»Sehr witzig«, knurrte John. »Und wie soll ich das erklären? Indem ich sage, dass ich aus dem Bett gefallen bin?«

Kim grinste. »Wie ist es denn passiert?«

»Mein alter Herr hat mich erwischt. Reden wir nicht mehr drüber. Wie war es denn? Äh, die Nacht mit Nell meine ich.« John kratzte sich am Kopf.

»Oh, das!« Kim errötete bis unter die Haarspitzen. »Klasse!« Und dann: »Hast du sie eigentlich dafür bezahlt?«

»Nope, ich habe sie nur um einen Gefallen gebeten. Und wie war's bei deinen Eltern?«

»Furchtbar. Mutter hat die ganze Zeit geweint und mir Vorwürfe gemacht. Ich lasse sie doch nicht im Stich, wenn ich bei den Troopers bleibe, oder?«

»Nein, Mann! Du würdest uns im Stich lassen, wenn du gehst. Aber letztendlich ist es deine Entscheidung.«

»Ich habe mich schon entschieden. Ich bleibe. Übrigens, ich habe was rausgefunden. Über Ophelias Bruder. Ich weiß, wo er stationiert ist. Er ist auf der *Roosevelt*.«

»Danke, hast was gut bei mir!«

Kim zuckte mit den Schultern. »Blödsinn! Ist doch für Ophelia!«

Nach kurzem Zögern fischte John den Chip aus seinem Stiefel. »Hier ist noch etwas! Ich war mit Phil am Raumhafen und habe die Daten geholt, nach denen alle so verrückt sind, dass sie mich umbringen wollen. Phil sagt, sie wären verschlüsselt. Aber ... ich will nicht, dass du dich meinetwegen in Gefahr begibst! Also fühl dich zu nichts verpflichtet. Phil sagt, dass das eine sehr heiße Kiste ist. Von wegen Militärputsch und Sturz der Regierung. Also ...«

»Gib schon her!« Fast ein wenig ärgerlich riss Kim den Chip aus seiner Hand. »Ich stecke doch ohnehin schon mit drin. Du bist mein Freund. Glaubst du etwa, ich lasse dich hängen?«

Ein bisschen komisch kam John sich schon vor, als er beim nächsten Freigang zu Phil in den schicken Gleiter stieg. Kim und Ophelia waren schon da.

Wie zufällig setzte er sich neben Ophelia. Sie sah rattenscharf aus, als sie die Jacke auszog und sich mit dem engen Top zu ihm beugte, um ihn zur Begrüßung am Ohr zu zupfen. »Hallo, Quälgeist!«

»Selber Quälgeist«, sagte John grinsend.

»Sollten wir Harlan und Mirek nicht auch dazuholen?« Zweifelnd sah Kim in die Runde. »Wir sind doch ein Team.«

»Und Chadim? Willst du den auch einweihen?«, knurrte John.

Kim sah ihn betreten an.

»Okay, war nicht so gemeint, Kim. Vielleicht sollten wir sie ja wirklich einweihen.« Harlan hatte ihm geholfen. Und Mirek … »Hat jemand 'ne Ahnung, was Mirek gerade macht?«

»Na, ihr beide solltet ihn doch ab und an sehen. Oder nicht?«, fragte Phil.

Kim zuckte mit den Achseln. »Ich habe ihn nicht mehr gesehen, seit wir die *Washington* verlassen haben. Du, John?«

»Fehlanzeige.« Grund genug, um sich bei nächster Gelegenheit nach Mirek umzuhören, beschloss John.

»Ob wir die beiden einweihen, kann Zach …« Phil unterbrach sich seufzend. »Ich meine natürlich John. Also, das kannst du dir immer noch überlegen. Ich dachte, es sei sinnvoll, dass wir unsere Erkenntnisse untereinander austauschen. Damit jeder auf dem gleichen Stand ist.«

»Bist du bei Homeland?«, witzelte John.

»Die Sache ist ernst. Zunächst einmal: Die Papiere sind bei Dr. Sebastian Arnold im Safe hinterlegt. Jeder von euch kann sie in mehreren Kopien an die Presse weiterleiten lassen, wenn er ein bestimmtes Codewort nennt. Es lautet *Countermeasure*. Ich hoffe, das kann sich jeder merken.«

»Und was nützt uns das?«, fragte Ophelia. Ihre Finger spielten mit Johns Hand.

Er ließ es geschehen, als würde er es nicht merken.

»Dazu komme ich jetzt«, fuhr Phil fort. »Also, mein Vater hatte mich gebeten, McClusky ein wenig auszufragen. Ein paar Kongressabgeordnete haben geglaubt, Zach hätte sich an dem Tag, an dem seine Kusine Clarice Sheldon starb, freiwillig zur Armee gemeldet, weil er ihr Mörder war und vor der Strafverfolgung fliehen wollte.« Ein zufriedenes Lächeln machte sich auf Phils Gesicht breit. »Ich habe meinem Vater unter dem Siegel der Verschwiegenheit gesagt, McClusky habe mir erzählt, dass er die Untersuchungsergebnisse der Sheldons bei einem Anwalt hinterlegt hat, der sie im Falle von McCluskys Tod veröffentlichen soll. Ich gehe jede Wette ein, dass inzwischen die Hälfte der Kongressmitglieder davon weiß.«

»Und das soll John helfen?«, fragte Ophelia zweifelnd.

»Da wir nicht wissen, wer John töten will, war das die beste Möglichkeit, diese Information so zu streuen, dass aller Wahrscheinlichkeit nach auch die Hintermänner davon erfahren.«

»Hast du nicht gesagt, es könnte auch die Admiralität sein?« John hob die Augenbrauen.

»Dass die es erfährt, dafür müssen wir noch sorgen.«

»Über Hartfield«, sagte John. »Er ahnt sowieso was.«

»Dann kümmer dich drum!« Phil lehnte sich zurück. »Ihr seid dran!«

Als habe er nur auf ein Stichwort gewartet, legte Kim den Chip auf den kleinen Tisch. »Ich hab den Code geknackt. War nicht weiter schwer. Da sind offenbar alle Nachrichten drauf, die das Erkundungsteam verschickt und erhalten hat. Und zwar, als die Exploration des Kassiopeia-Wurmlochs stattfand. Ich konnte nicht alle Nachrichten durchlesen; das sind mehrere tausend. Aber ich habe ein paar Suchfilter drüberlaufen lassen, und da sind mir einige besonders aufgefallen. Jemand hat das Explorationsteam unter Druck gesetzt. Ziemlich massiv sogar. Das ging so weit, dass man sie zurückbeorderte und ihnen den Mund verbot.«

Phil pfiff durch die Zähne.

»Und wer war das?«, fragte John. »Da muss doch ein Name sein.«

»Das ist es ja. Die Signatur lässt sich nicht zurückverfolgen.«

»Äh, wieso lässt sich ein Name nicht zurückverfolgen?«

Kim seufzte. »Nein, John. Ich meine damit, dass da zwar ein Name steht, aber dass ich die Nachricht nicht zum Absender zurückverfolgen kann.«

»Na und? Der Name reicht doch, oder?«

»Darf ich dich daran erinnern, dass du dich auch unter falschem Namen eingeschrieben hast?«, sagte Ophelia spitz. »Glaubst du, andere können das nicht?«

»Autsch!« John schlug sich gegen die Stirn.

»Du musst nichts sagen«, feixte Phil. »Wir wissen auch so, dass du manchmal ein bisschen schwer von Begriff bist.«

»Pass auf, was du sagst!«, entgegnete John.

Grinsend gab Phil ihm einen leichten Klaps auf den Kopf. »Ich hab nicht gesagt, du wärst blöd, Bruder.«

Ophelia hob die Hände. »Schön spielen, Jungs!«

»Nur schwer von Begriff, schon klar!« John konterte mit einem angedeuteten Schlag gegen Phils Unterleib.

»Und jetzt?«, fragte Kim.

»Mit Hartfield reden. Aber das muss John machen«, antwortete Phil.

Ophelia wurde sich bewusst, dass sie nach der Rückkehr nicht direkt in die Kaserne ging, sondern am Tor stehen blieb. Doch nicht etwa, weil sie mit John allein sein wollte?

Seltsamerweise schien es John ähnlich zu gehen.

Kim verabschiedete sich mit einem wissenden Lächeln; und im nächsten Moment fuhr Phils Gleiter los. Sie und John waren allein. Endlich.

»Du solltest die Atemmaske aufsetzen«, sagte sie. Dabei trug sie selbst keine.

Er zuckte mit den Schultern. »Die paar Minuten bringen mich nicht um.«

»Verlass dich nicht drauf!« Endlich gab sie dem Verlangen nach, an seinem Ohr zu ziehen. »Du bist nicht unverwundbar.«

»Nur schwer zu töten?«

»Das ist kein Spiel, John.« Auf einmal stand sie ganz nah vor ihm.

Er wich nicht zurück, musterte sie nur stumm. Nach einer Ewigkeit, so kam es ihr vor, hob er die Hand und strich eine Haarsträhne aus ihrem Gesicht.

»Tu das nicht«, flüsterte sie.

Mit einem Räuspern steckte er die Hände in die Hosentaschen. »Kim hat was über deinen Bruder rausgefunden. Er ist auf der *Roosevelt* stationiert. Die waren bisher nicht in Kampfhandlungen verwickelt. Sollte ihm also gutgehen.«

Die Erleichterung kam so plötzlich, dass sie die Tränen nicht zurückhalten konnte. »Oh mein Gott!« Sie wischte mit den Fingern die Tränen weg. »Wie kommt Kim dazu –«

»Ich habe ihn drum gebeten. Du wolltest es doch wissen.« Nach einer kleinen Pause fügte er hinzu: »War es falsch ...«

»Nein, nein. Es war nicht falsch.« Mit feuchten Augen strich sie über seinen Arm. »Danke!«

»Kein Problem.« Bei den Worten wippte er auf den Zehenspitzen, als sei er auf dem Sprung.

»Wie kommt es eigentlich, dass du und Phil euch jetzt vertragt?« Die Frage schien ungefährlich genug, um ihn so noch ein paar Momente bei sich zu haben.

»Ist 'ne längere Geschichte.« Prompt rieb er seinen Nacken, ein unweigerliches Zeichen dafür, dass er verlegen war.

»Du musst nicht antworten.«

»Doch, du kannst es ruhig wissen. Ich war mit Kim unterwegs. Hab meine Schwester und meine Ma besucht. Na ja, mein alter Herr und ich hatten Streit. Danach hab ich ein wenig überreagiert und mich volllaufen lassen. Phil hat mich auf Harlans Bitte aus der Ausnüchterungszelle geholt und mir eine Standpauke gehalten. War vielleicht ganz gut so. Du siehst ja, was es gebracht hat.«

»Ja, das sehe ich.« Entgegen ihrem Willen lächelte sie. Die Vorstellung, dass er seine Schwester und seine Mutter besucht hatte, ließ ihn in einem neuen Licht erscheinen. »Wieso hattet ihr Streit? Dein Vater und du, meine ich.«

»Er schlägt Ma. Und er wollte ihr das Geld abnehmen, das ich ihr gegeben habe. Er ist ein alter Wichser! Ich ...« Er ballte die Faust und drehte sich abrupt um. »Lassen wir das! Ich geh dann jetzt besser.«

»Warte!« Sie konnte ihn gerade noch am Arm packen, um ihn festzuhalten. »Nun warte doch!«

»Was?« Seine Stimme wirkte gereizt. Im nächsten Moment seufzte er. »Tut mir leid. Das ist –«

»Scht!« Sacht legte sie die Finger auf seine Lippen. »Du musst nichts sagen. Hast du schon darüber nachgedacht, deine Mutter in ein Frauenhaus zu bringen?«

»Nein, verdammt!«

»Ich kenne eine Einrichtung. Es ist schön da. Wirklich.« Dass sie selbst ein paar Monate dort gelebt hatte, behielt sie lieber für sich.

»Vergiss es einfach! Okay?« Mit einem Ruck riss er sich los.

»John, nun hör mir doch zu! Ich kann dir vielleicht helfen. Ich –«

»Lass gut sein, Oph!« Ohne sich noch einmal umzudrehen, eilte er fort.

10. Kapitel

Wie viele Wochen hatte er gebraucht, um sich dem Anblick zu stellen? Das Haus war immer noch eine Ruine. Obwohl der Brand bereits mehrere Monate zurücklag.

Mirek wartete darauf, dass sich irgendetwas in ihm regte. Zorn. Wut. Trauer. Schmerz. Aber da war nur Leere, so gähnend und weit, dass er davor schauderte.

Er starrte auf das tote Gebäude, bis seine Augen tränten. Endlich trat er näher. Er kam sich vor wie eine Marionette, an der jemand anders die Fäden zog. Ohne einen eigenen Willen – leblos, tot. So tot wie das Gebäude, in dem er einst gelebt hatte. Vielleicht hatte er hierherkommen müssen, um es zu begreifen. Aber es änderte nichts. Die Leere blieb.

An der zersprungenen Haustür blieb er stehen. Einige der Namen neben den Klingeln waren noch zu lesen. »Kowals…« Die letzten beiden Buchstaben waren verkohlt. Darunter stand »LaBra…«

Mit zitternden Fingern strich Mirek über das Klingelschild. Das spröde Plastik zerbröselte unter dem Druck. »Kow…« und »LaB…« stand jetzt nur noch dort.

Schnell drehte er sich um und ging weiter. Er musste sie besuchen. Endlich. Es half nichts, sich davor zu drücken. In ein paar Tagen würde man ihn auf die *Washington* zurückbeordern. Dann war es zu spät.

Er schritt die vertrauten Straßen entlang, an dem kleinen Lebensmittelmarkt und der katholischen Kirche vorbei, wo sie hatten heiraten wollen. Das Aufgebot war schon bestellt gewesen, als es passierte. Am Tor neben der Kirche hielt er inne. Er musste seine ganze Kraft aufwenden, um es durchschreiten zu können.

Ein einziges Mal war er hier gewesen – total betrunken, völlig wirr im Kopf. Die Ereignisse ertranken im Nebel, wenn er sich an jenen Tag zu erinnern versuchte. Der Pfarrer hatte ihn weggeschickt. Obwohl er nur gekommen war, um Abschied zu nehmen. Vielleicht war er jetzt dazu bereit.

Nachdem er einmal falsch abgebogen war, fand er das Grab doch. Da stand ihr Name: »Elizabeth LaBrava«. Jemand hatte Blumen vor den Grabstein gestellt. Langsam sank er auf die Knie, strich über die erhabenen Buchstaben ihres Namens. Lesen konnte er sie nicht, denn vor seinen Augen verschwamm die Sicht.

Er kniete lange dort, bis sein Blick wieder klar wurde. Mit steifen Gelenken setzte er sich auf den Boden und griff in seine Tasche, um die Briefe herauszuholen, die er ihr geschrieben hatte. Er strich über das sorgsam verschnürte Bündel, öffnete es und holte den ersten heraus.

Erst stockend, dann zunehmend fließender begann er, ihn vorzulesen. Er las auch den zweiten und dritten. Die Sonne stieg und sank schon wieder, als er schließlich fertig war. Sein Hals war rau. Sorgsam legte er die Briefe übereinander, schnürte sie zusammen und legte sie neben die Blumen.

Der Kies knirschte unter seinen Füßen, während er zum Tor zurückschritt. Da bemerkte er plötzlich, dass ihm jemand folgte. Mirek drehte sich um.

»Hi!« Die Hände in die Hosentaschen gesteckt, wippte sein Teamkollege breitbeinig auf seinen Füßen.

»Zacharias? Was …«

»Tut mir leid, Mirek. Ich wollte dich nicht stören. Uns ist nur gestern aufgefallen, dass keiner weiß, wie es dir geht. Und da dachte ich ... Na ja, nimm es mir nicht krumm. Ich wollte dir nicht nachspionieren oder so.« Sein Gefährte hatte die Atemmaske abgenommen und lächelte ihn entschuldigend an.

»Bist... bist du schon lange hier?« Mirek räusperte sich.

»'ne Weile. Nicht lange. Und ich hab nicht zugehört. Keine Angst. Wäre unschicklich, nehme ich an.« Bei den Worten kratzte der andere sich am Kopf.

»Wie hast du mich gefunden?«

»Oh!« Sofort zeigte sein Gegenüber zur Kirche. »Der Pfarrer hatte dich gesehen und mir gesagt, wo du steckst. Netter Typ übrigens.« Er kratzte sich noch einmal am Kopf, dann starrte er auf seine Stiefelspitzen. Als er wieder aufsah, räusperte er sich. »Dann ist sie also tot ... Elizabeth.«

»Ja, sie ist tot.« Es auszusprechen tat unerwartet weh.

»Tut mir echt leid.«

»Du sagst es niemandem.«

»Hey, klar, wenn du das nicht willst. Deine Angelegenheit. Schreib ihr weiter Briefe, ist 'ne feine Sache. Wirklich.« Der sonst so harte Kerl wirkte unschlüssig.

Der Anblick weckte einen Hauch von Mitleid in Mirek. Mit einem Lächeln trat er auf seinen Teamkollegen zu und legte ihm die Hand auf die Schulter. »Wir sollten gehen.«

»Sollten wir wohl. Aber da ist noch was. Ich wollte, dass du es auch weißt. So wie die anderen.«

Mirek runzelte die Stirn. »Ich höre dir zu, Zacharias.«

»Das ist es ja. Ich bin nicht Zacharias McClusky. Mein Name ist John Flanagan. Ich musste abhauen wegen einer Bande Araber, und da lag dieser Tote. Na ja, ich habe seinen Namen angenommen, und jetzt denkt jeder, ich wär er – auch derjenige, der mich umbringen will. Sie wissen es inzwischen alle: Kim, Ophelia, Phil und Harlan. Da dachte ich, du solltest es auch wissen. Du verpfeifst mich doch nicht?«

Die Worte spendeten Wärme. Keinen Trost. Nein, aber die Leere wurde ein wenig gefüllt. Mirek drückte dem Freund die Schulter und lächelte. »Du weißt, dass ich das niemals tun würde, Zacharias-John.«

»Und nun zur Überraschung des Tages.« Lockham legte John einen Papierstapel vor die Nase. »Sechzig Prozent. Sie haben bestanden, McClusky.«

Tatsächlich, da stand es schwarz auf weiß. John glaubte zu träumen. Sechzig Prozent. Das war irre! Unglaublich!

Lockhams anschließendes Geschwafel rauschte an ihm vorbei. Er dachte nur noch daran, Kim schnellstmöglich die gute Nachricht zu überbringen. Kaum hatte ein Läuten das Ende des Unterrichts verkündet, rannte er zur Tür hinaus und eilte in die Kantine. Den Beweis hielt er fest in der Hand.

Er entdeckte Kim in der Reihe vor der Essensausgabe, mit einem Tablett in der Hand. Völlig außer sich vor Freude überfiel er ihn von hinten.

Vor Schreck ließ Kim das Tablett fallen. Zusammen mit dem Besteck und einem leeren Teller klapperte es zu Boden.

»Hey, Kimmie!«, rief John. »Das glaubst du nicht! Na! Na?« Er boxte Kim rechts und links in die Seite, zerzauste ihm die Haare und hielt ihm endlich das Prüfungsergebnis unter die Nase. »Hier! Hier! Schau dir das an! Sechzig Prozent! Und die andere Prüfung wurde für ungültig erklärt. Ich habe bestanden. Bestanden! Lockham wird kotzen.«

Kim schnappte sich die Papiere. Als er sie durchgeblättert hatte, fiel er John in die Arme. »Hey, ich bin stolz auf dich. Du hast es dem Mistkerl gezeigt.«

Scheiß auf die Meinung der anderen, dachte John und

schlang fest die Arme um Kim. Nach einer kurzen, aber umso heftigeren Umarmung ließ er ihn abrupt los und deutete einen Schlag gegen Kims Kopf an. »Danke!«, grinste er.

»Mensch, du hast es allein geschafft!«

John boxte Kim gegen die Schulter. »Quatsch nicht so blöd! Ohne dich hätte ich es nie geschafft; und das weißt du.«

Ein verlegenes Lächeln huschte über Kims Gesicht.

»Schicker Schlitten«, sagte John, als er einstieg.

»Sei bloß vorsichtig! Das ist eine Antiquität. Den habe ich selber restauriert.« Der Stolz in Ophelias Stimme war nicht zu überhören.

Derweil steckte Nell den Kopf durch die Hintertür. »Hi!«

Leicht irritiert wandte Ophelia sich um.

»Das ist meine Schwester Nell«, erklärte John. »Ich dachte, ein wenig mehr Unterstützung kann nicht schaden. Nell, das ist Ophelia.«

Nell stieg ein und warf John den schwarzen Hoodie zu, als Ophelia anfuhr. »Ist sie deine Freundin?«

»Quatsch! Ophelia gehört zu meinem Team«, antwortete John, während er den Kapuzenpulli überstreifte. Die Uniform sollte keiner sehen, wenn er wieder als John Flanagan unterwegs war.

»Aha!« Ein amüsierter Seitenblick von Ophelia traf ihn.

»Ach so«, sagte Nell und ließ ihren Kaugummi platzen.

Betont gleichgültig schaute John auf die Straße. Im Rückspiegel sah er, dass Nells Bluse allzu offenherzig war. »Mach die Bluse zu, Nell! Du bist nicht bei der Arbeit.«

»Du hörst dich an wie Ma!« Dennoch tat sie, um was er sie gebeten hatte.

Wieder traf ihn ein amüsierter Blick von Ophelia. »Was läuft jetzt eigentlich?«, fragte sie.

»Ganz einfach! Nell packt ein paar Sachen zusammen, du schnappst dir Ma und lotst sie raus, und ich kümmere mich um den alten Herrn.«

Ophelia seufzte. »Wenn das mal gutgeht!« Wenig später parkte sie den Gleiter direkt vor dem schäbigen Mietshaus.

John öffnete die Haustür mit Nells Schlüssel und ging vor. An der Wohnungstür entschied er sich dann doch, lieber zu klopfen, anstatt einfach hereinzuplatzen.

»Ja«, ertönte eine brüchige Stimme.

John versetzte Nell einen kleinen Stoß.

»Ich bin's, Ma«, krähte diese sofort.

»Ich komme.« Schritte näherten sich, die Tür öffnete sich. »John, du bist's? Was ...«

»Los, hol die Sachen«, zischte John seiner Schwester zu.

»Wieso ... John, was ...«

Sanft umfasste John die Schultern seiner Mutter. »Wir gehen, Ma. Ophelia kennt ein Frauenhaus. Da bringen wir dich hin.«

»Aber ... ich kann doch nicht ...«

»Pa! Lass mich!« Nells Stimme klang schrill.

»Lass sie los!«, schrie John sofort. »Lass sie sofort los, du Wichser!« Wie ein wütender Stier stürmte er ins Schlafzimmer. Er sah zunächst nur, wie sein Vater Nells Arm gepackt hatte, und riss ihn von ihr fort. Dann erst bemerkte er die Halskrause. Mit einem tiefen Atemzug ließ er seinen Vater los. »Los, Nell! Mach schnell!«

Aus den Augenwinkeln sah er, wie sie Kleider aus dem Schrank zusammenraffte und in eine Reisetasche stopfte. Mit zornig aufeinandergepressten Lippen starrte er den Vater an.

»Ja, schau es dir nur an! Das warst du, du kleiner Bastard!«

Der alte Mann schlug auf die Halskrause. »Ich ruf die Polizei, wenn du nicht gleich verschwindest. Ich schlag dich grün und blau, bist dir die Scheiße aus den Ohren kommt.«

Der Zorn wurde zum Strudel. Packte John. Drohte ihn zu verschlingen.

Da fasste eine Hand nach seiner. »Komm!« Johns Blut rauschte so laut, dass Ophelias Stimme kaum zu hören war. »Komm! Lass ihn!« Ihre Hand legte sich um seinen Nacken und zog ihn herum, sodass er sie ansehen musste.

Bei ihrem Anblick konnte er wieder richtig atmen. »Ma! Ma, komm jetzt mit! Wir gehen!«

Hinter ihm ertönte ein Wutschrei. Aber ehe er sich umdrehen konnte, stieß Ophelia ihn Richtung Tür. »Ich mach das!«

In blindem Vertrauen auf Ophelia packte er die Hand seiner Mutter und zog sie nach draußen auf den Korridor. Er zitterte, während er sie zur Treppe führte.

»Wo gehen wir hin, John? Ich kann Cope doch nicht alleine lassen. Er braucht mich doch mit der Halskrause.«

»Alles wird gut, Ma«, würgte John hervor – trotz des Kloßes in seiner Kehle – und führte sie die Stufen hinunter. Mit brennenden Augen warf er einen Blick nach oben.

Da hüpfte Nell schon mit vergnügter Miene und einer überquellenden Reisetasche die Treppe hinab. Ophelia folgte ihr, jedoch mit deutlich weniger Freude.

John schob seine Ma auf den Rücksitz und schloss schnell die Tür. Von der anderen Seite stieg Nell dazu. Ophelia warf die Tasche auf den Beifahrersitz. Sie startete den Gleiter, als der alte Mann gerade die Haustür erreichte.

»Das war knapp«, kommentierte sie grimmig.

»Wo fahren wir hin?« Seine Mutter sah sich verwirrt um.

Er griff nach ihrer Hand. »In ein Frauenhaus. Ophelia kennt es. Es ist schön dort, Ma. Glaub es mir!«

Zum ersten Mal musterte seine Mutter Ophelia genauer. »Ist sie deine Freundin?«

Nell griff nach der Hand ihrer Mutter. »Nee, 'ne Teamkollegin!«

»Halt die Klappe, Nell«, knurrte John.

Seltsamerweise begann Ophelia daraufhin zu lachen.

»So hell! Und so sauber!« Ma schlug die Hand vor den Mund, als sie durch die Flure des Frauenhauses gingen. »Hier soll ich jetzt wohnen? Warum hast du das nicht gesagt? Ich komme mir ganz schäbig vor.«

»Kann ich auch bleiben?«, erkundigte sich Nell.

Fragend blickte John Ophelia an.

»Natürlich! Wenn du willst.« Ophelia lächelte.

Sie waren an der Tür des Zimmers angelangt, das man ihnen zugewiesen hatte. John schloss auf, stellte die Reisetasche ab und reichte seiner Mutter den Schlüssel. »Ich muss jetzt gehen. Tut mir leid, Ma! Cally, eine Freundin von Ophelia, wird nach dir schauen. Wenn es Probleme gibt oder dir irgendwas fehlt, kannst du es ihr sagen. Sie kümmert sich dann um alles.« Ophelia hatte ihm noch mehr versprochen: Cally würde sich auch darum kümmern, dass seine Ma hierblieb und nicht zu Cope zurückkehrte.

»Ach, Johnnie! Du bist mein Bester!« Sie umarmte ihn. John bemerkte, dass sie nach abgestandener Milch roch, aber es war ihm egal.

Ganz vorsichtig, als habe er Angst, sie zu zerbrechen, erwiderte er die Umarmung. »Mach's gut, Ma!«

»Du solltest sie heiraten«, flüsterte sie in sein Ohr.

Lachend löste er sich von ihr. »Ich werd's mir merken.«

Da hing auch schon Nell an ihm. Wie ein Affe umklammerte sie ihn mit Armen und Beinen. »Tschüss, Bruderherz!« Ein feuchter Kuss traf seine Wange, dann ließ sie ihn los. »Sag Kim einen schönen Gruß! Ich mag ihn. Er ist süß.«

»Mach ich«, sagte er, während er ihr einen zärtlichen Klaps gab. »Und lass die Bluse zu!«

Ein letztes Mal griff er nach der Hand seiner Mutter, schob ihr dabei eine Kreditkarte zwischen die Finger und verließ das Zimmer. Er hatte es auf einmal eilig, wieder in den Gleiter zu kommen. Als Ophelia dazustieg, rieb er sich die Nase.

»Alles klar?«, fragte sie, während sie den Motor startete.

Er nickte nur. Befremdet stellte er fest, dass er keinen Ton herausbrachte, so schmerzhaft eng war seine Kehle.

Nach hundert Metern brach Ophelia das Schweigen. »Was hat deine Mutter eigentlich zu dir gesagt?«

»Nichts.« Er räusperte sich.

»Nichts? Du verkohlst mich. Nun sag schon!«

»Nichts.«

»Nun rück's schon raus! Verdammt!« Ihr Zeigefinger bohrte sich in seine Seite.

Zielsicher traf sie die lädierte Rippe. »Miststück.«

»Los! Sag's mir! Sag's mir!« Immer wieder pikste ihr Zeigefinger in dieselbe Stelle.

»Aufhören! Verdammt!« Endlich schaffte er es, ihre Hand einzufangen. Nach Atem ringend, hielt er sie fest. Der Moment dauerte an. »Danke«, sagte er endlich, »für das hier und Cally … einfach alles.«

Mit einem Funkeln in den Augen sah sie ihn an. »Kein Problem. Hab ich gern getan.« Sacht entzog sie ihm ihre Hand, doch im nächsten Augenblick bohrte sich ihr Zeigefinger wieder in seine Seite. »Jetzt sag endlich, was sie gesagt hat!«

»Au!« Nur halbherzig wehrte er den Angriff ab. »Sie sagte, dass du ein gebärfreudiges Becken hast.«

»Du lügst!« Ophelia gab ihm einen Klaps. Aus einem wurden viele. »Elender Mistkerl! Lügner! Sadist! Nervensäge!«

Lachend ließ er ihre Schläge über sich ergehen. Die Sonne schien, er hatte die Prüfung bestanden, und Ma und Nell befanden sich in Sicherheit. Das Leben war großartig.

Einer nach dem anderen wurden die Soldaten, die ihre Spezialausbildung erfolgreich beendet hatten, aufs Podium gerufen, wo Colonel Forsman ihnen ein neues Abzeichen übergab. Es gab verschiedene Embleme: Für die Sanitäter war es ein Äskulapstab, die Computerfreaks erhielten ein »IC«, für die Piloten gab es ein Schwingenpaar. Die Hymne der Vereinten Nationen erscholl, und Forsman hielt eine Rede.

Immer wieder betrachtete John das neue Abzeichen. Es war wirklich real. Er war jetzt Pilot. Nun konnte er die Landefähre am Rande des Hangars ins Nichts stürzen lassen.

»Hey, lass dir gratulieren, Mann!« Harlans Stimme riss ihn aus seinen Gedanken. Ehe er reagieren konnte, drückte Harlan seine Hand und umarmte ihn.

»Glückwunsch, Penner!« Phil löste Harlan mit einem Klaps gegen Johns Hinterkopf ab.

Dann kam Ophelia noch dazu und drückte ihm zu allem Überfluss einen Kuss auf die Wange. »Lass uns bloß nicht abstürzen!«

Kim gratulierte ihm, und er gratulierte Kim. Mirek gratulierte ihnen beiden und sie wiederum ihm. Auch Chadim war auf einmal da, um ihm die Hand zu reichen. John verlor den Überblick.

Auf einmal stand Hartfield vor ihm. »Ich habe nie an Ihnen gezweifelt, McClusky!« Sein Händedruck war kurz und kräftig. Während er sich wieder dezent zurückzog, glitt ein Lächeln über sein Gesicht.

»Hierher! Hierher!«, rief Harlan in diesem Augenblick. Ein junger Reporter stand samt Kameramann neben ihm. »Hier!« Harlan deutete auf John und die anderen. »Das ist mein Team. Das sind Mirek, Harlan, Phil, Ophelia, Kim, Chadim und Zach! Na, kommt schon! Mister Gebhard macht einen schönen Bericht über uns für die Nachrichten.«

Zögerlich trat John zu ihnen. Er hörte Gebhards Fragen kaum, bemerkte nur, dass sie höflich und unaufdringlich waren. Gerade richtig, um das Fireteam ins beste Licht zu setzen.

»Wie würden Sie Ihre Kollegen beschreiben, Mister McClusky?«

John starrte verdutzt auf das Mikro. Mit Verspätung lächelte er in die Kamera. »Sie sind die Besten, die man sich wünschen kann! Ich würde keinen von ihnen eintauschen.«

Sein Blick fand Hartfield. Dessen Miene war zufrieden und stolz, als wären sie alle seine Kinder.

Epilog

Der gestrige Tag hatte Hartfield mit Stolz erfüllt. In wenigen Stunden würde er endlich wieder unter ihnen sein – seinen Leuten auf der *Washington*. Mit einem Seufzer blickte er sich noch einmal in seiner Wohnung um, bevor er sie verließ.

Es war alles wie früher. Als könne gleich die Tür aufgehen und Jen hereinkommen, um sich mit einem Kuss von ihm zu verabschieden. Er glaubte Nicks Lachen zu hören, die schnellen, harten Schritte, mit denen er die hölzerne Treppe hinabsprang, und das schnell hingeworfene »Mach's gut, Dad!«, ehe er wieder einmal zu einem seiner Freunde verschwand.

Sieben Jahre. Sieben lange Jahre, in denen er zwei weitere Frauen benutzt hatte, um die Leere zu füllen. Sie waren ebenso daran gescheitert wie er.

Vielleicht sollte er das Haus verkaufen. Er hatte oft mit dem Gedanken gespielt. Sogar noch öfter, nachdem er auf Hell's Kitchen stationiert worden war. Aber er hatte die Vergangenheit nicht loslassen können. Denn das war ihr Haus gewesen. Er hatte es gemeinsam mit Jen ausgesucht, den Garten geplant und die Möbel gekauft. Sie hatte sie fast jedes Jahr an einen anderen Platz geschoben: ein Spiel, das ihn anfangs störte und schließlich zur Gewohnheit wurde.

Bis Nickolas geboren wurde. Ab diesem Zeitpunkt blieben die Möbel an ihrem Platz, als wisse Jen nun, wo sie hingehörten.

Was würde sie dazu sagen, dieses Haus zu verkaufen?

Sein Blick fiel auf die gerahmten Fotos, die auf der Anrichte standen. Auf das Bild einer Frau Mitte vierzig – mit einer Fülle dunkler, weicher Locken und dem schönsten Lächeln der Welt. Die Blumen in der Vase daneben würden welken in seiner Abwesenheit. Aber er stellte immer welche auf die Anrichte zu den Fotos, so wie Jen es früher getan hatte. Es gab keinen Grund, etwas daran zu ändern.

Daneben stand ein Bild von Nick. Die blonden Haare waren wie immer zerzaust, als besitze er keinen Kamm. Sommersprossen zierten die Nase, unter der ein keckes Grinsen zur Schau getragen wurde. Er war vierzehn gewesen, als das Foto entstand. Kurz vor seinem Tod.

Die Ähnlichkeit mit McClusky wurde ihm erst jetzt bewusst. Je länger er hinschaute, umso frappierender wurde sie.

Belustigt schüttelte er den Kopf und bückte sich nach seiner Reisetasche. Manche Zusammenhänge begriff man erst nach längerer Zeit.

Sorgfältig schloss Hartfield hinter sich die Haustür ab.

An Zufälle glaubte er schon lange nicht mehr.

SPACE TROOPERS

Folge 5

DIE FALLE

Prolog

Ken Omaru rannte, wie er noch nie in seinem Leben gerannt war. Die Notfallbeleuchtung tauchte die Gänge der Bergarbeiterstation auf dem Mond Libra 4.2.1 in gespenstisch rotes Licht. Das Schrillen des Alarms quälte seine Ohren.

Sie waren da. Leibhaftig gewordene Albträume der Mangas und Animes seiner Jugend, der er eigentlich noch nicht ganz entwachsen war. *Kaiju*: Fremdartige Bestien aus den Tiefen des Weltraums hatten die Station angegriffen.

Schweißnass hetzte er durch die Korridore. Fort. Er musste fort, sich verstecken. Irgendwo. Doch wo konnte man sich schon verstecken in einem metallenen Gefängnis mitten im Nirgendwo. Auf einem Mond ohne Atmosphäre, ohne Raumschiff. Noch nicht einmal Waffen gab es, um sich zu verteidigen.

Als er die schattenhaften Umrisse eines *Kaiju* am Ende des Korridors sah, machte er auf dem Absatz kehrt und rannte zurück. Doch ein Ball aus purer Energie riss die Wand vor ihm in Stücke. Eine heiße Druckwelle schlug ihm entgegen und warf ihn von den Füßen.

Wimmernd blieb er liegen und legte schützend die Arme über seinen Kopf. Es gab kein Entkommen. Er kannte das Ende. Er hatte es oft genug in den Mangas und Animes gesehen. Die *Kaiju* kannten kein Erbarmen. Stets töteten sie jedes menschliche Wesen, das sie in ihre Gewalt bekommen konnten.

Ein Rest von Überlebenswille ließ ihn aufspringen. Weinend taumelte er weiter. Fort von den Dämonen, die die Station wie aus dem Nichts überfallen hatten. Doch die Bestien waren immer noch hinter ihm her: Er konnte ihre Schritte hören, die ihm durch den Korridor folgten.

Todesangst überkam ihn, machte seine Beine weich wie Pudding. Er stolperte und fiel. Warme Flüssigkeit breitete sich in seinem Schritt aus. Verzweifelt versuchte er, sich wieder hochzurappeln, während er ängstlich über seine Schulter blickte.

Das *Kaiju* hatte ihn nahezu eingeholt. Das Rohr an seinem Arm, das Glut und Verderben gespuckt hatte, glimmte erneut. Doch es war nicht auf ihn gerichtet, sondern zielte über ihn hinweg – offenbar auf einen anderen Gegner.

Unvermittelt fauchte ein blauer Strahl über Ken Omaru hinweg und riss das *Kaiju* um. Grüner Schleim, der Löcher in den Boden des Korridors fraß, tropfte aus einem Loch in dem zuckenden Kadaver.

Zitternd schmiss Ken Omaru seinen Kopf wieder herum, um zu sehen, wer ihn gerettet hatte. Er sah den Schlag noch kommen, der ihn gegen die Wand schleuderte. Dann hörte er nur noch das trockene Knacken, mit dem sein Genick brach, und sein Leben endete.

1. Kapitel

»Es wird Zeit, dass wir über unser weiteres Vorgehen sprechen.« Donaghue setzte sich hinter seinen Schreibtisch. Nachdem er die Brille geradegerückt hatte, begann er, in Johns Akte zu blättern. Fast wirkte es, als habe er sein Gegenüber vergessen.

Johns stramme Haltung wurde nachlässig. Ohne es zu wollen, fing er an, auf den Füßen zu wippen.

Irritiert sah der Arzt auf. »Setzen Sie sich! Sie machen mich nervös.«

Seufzend gehorchte John. Nach einer Weile verlor er seine aufrechte Sitzposition und lümmelte sich auf dem Stuhl vor Donaghues Schreibtisch. »Stimmt was nicht?«, fragte er schließlich.

»Hier!« Donaghue zog ein vierseitiges Dokument aus der Akte. »Da ist es ja.« Nachdem er das Schriftstück überflogen hatte, nickte er mit zufriedener Miene. »Ich würde gerne sofort beginnen. Bis zum nächsten Einsatz haben wir sicherlich zwei Wochen Zeit. Das sollte reichen, damit Sie rechtzeitig wieder fit sind. Womit fangen wir an?«

»Hä?« Wovon redete der Kerl da? Anfangen? Womit?

»Ich würde vorschlagen, dass wir als Erstes das Auge ersetzen, ehe wir die restlichen Reizverstärkerleitungen implantieren. Dann können Sie die Vorteile des optischen Implantats gleich bei den ersten Flügen testen. Was sagen Sie dazu?«

»Opti-... was?« Mit einem Räuspern richtete John sich auf und zog das Dokument, das Donaghue auf den Schreibtisch gelegt hatte, zu sich heran. »Vereinbarung« stand oben auf der ersten Seite. Jetzt erkannte er es. Das hatte er unterschreiben müssen, ehe er die metallene Prothese erhalten hatte.

Da er ohnehin nur jedes zweite Wort verstanden hatte, hatte er damals lediglich den ersten Absatz durchgelesen. Schweiß bildete sich nun auf seiner Stirn. Eine Ahnung durchschoss ihn, dass er sich vielleicht die Mühe hätte machen sollen, den Text Wort für Wort mit Mirek oder einem der anderen durchzugehen.

»Das optische Implantat. Der künstliche Ersatz für eines Ihrer Augen.« In Donaghues Stimme schwang leichte Ungeduld mit.

»Aber ich brauche kein künstliches Auge.«

»Natürlich nicht.« Donaghue nahm ihm das Papier aus der Hand. »Aber durch die Unterzeichnung dieser Vereinbarung haben Sie darin eingewilligt, eine weitreichende Umgestaltung Ihres Körpers mit Implantaten und Körperersatzteilen durchführen zu lassen, um das Leistungsvermögen Ihrer Gliedmaßen und Sinnesorgane zu steigern. Sie haben bereits ein künstliches Bein erhalten. Ehe wir weitere Körperteile ersetzen, würde ich gerne zuerst die Reizleitungsverstärkung fortführen, um hier erste Erkenntnisse zu sammeln. Sollten sich die Ergebnisse als unbefriedigend erweisen, können wir zu einem späteren Zeitpunkt immer noch die Rekonstruktion über Ersatzgliedmaßen wieder aufnehmen. Aber den optischen Ersatz würde ich gerne vorziehen. Sie wurden ja nicht ohne Grund zum Piloten ausgebildet.«

Johns Herz schlug so hart und heftig, dass ihm übel wurde. »Kann ich das noch mal haben?« Seine Hand zitterte, als er mit dem Finger auf das Schriftstück zeigte.

Donaghue musterte ihn über den Rand seiner Brille, ehe er es ihm reichte. »Selbstverständlich.«

Langsam, Absatz für Absatz, kämpfte John sich durch die

vier eng beschriebenen Seiten. Ihm wurde erst heiß und dann kalt. Auf der letzten Seite hatte er mit Zacharias McClusky unterschrieben. Einen irren Augenblick lang überlegte er, ob er die Vereinbarung einfach für nichtig erklären lassen konnte, da er sie ja mit falschem Namen unterzeichnet hatte. Aber eine Ahnung sagte ihm, dass er dann noch mehr Schwierigkeiten bekommen würde. Darum bemüht, das Zittern seiner Hände zu verbergen, wischte er sich über das Gesicht, ehe er das Dokument zurück auf den Tisch legte.

»Müssen wir gleich damit beginnen?« Irgendeine Ausrede musste ihm doch einfallen, um Zeit zu gewinnen. »Vor der Pilotenausbildung war ich so lange auf der Krankenstation. Ich hatte nicht einmal Urlaub, und … und ich hatte bisher keine Möglichkeiten, Erfahrungen als Pilot zu sammeln.« Er räusperte sich. »Ich sollte doch vergleichen können. Mit und ohne, meine ich. Oder nicht?«

Donaghue runzelte die Stirn. »Ein guter Punkt. Wir sollten zuerst Daten sammeln – ohne die Reizleitungsverstärker und sensorischen Verstärker. Auch auf die Gefahr hin, dass Sie im schlimmsten Fall bei einer Mission nicht einsatzfähig sein werden.« Donaghue nickte. »Gut. Dann werden wir zuerst die Daten sichten, die wir während Ihres ersten Einsatzes mithilfe des Neuralinterfaces sammeln können, und sehen dann weiter.« Donaghue kritzelte etwas in die Akte.

Wie in Trance starrte John ihn an. Er konnte immer noch nicht glauben, was er eben erfahren hatte.

Mit gerunzelter Stirn sah Donaghue auf. »Was machen Sie noch hier? Sie können gehen.« Dann wandte er sich wieder der Akte zu.

»Private McClusky!«

John zuckte unwillkürlich zusammen, als er auf dem Korridor vor dem Quartier die vertraute Stimme hörte. Als er sich gehorsam umdrehte, vertrat Stannis ihm breitbeinig den Weg. »Nehmen Sie gefälligst Haltung an, wenn ich mit Ihnen rede!«

Pflichtschuldig salutierte John und stand stramm. »Sir!« Was kam jetzt noch?

»Nach der Pilotenausbildung denken Sie wohl, dass Sie jetzt etwas Besseres sind?«

»Nein, Sir.« John biss die Zähne zusammen.

Stannis musterte ihn von oben herab. »Glauben Sie nur nicht, ich wüsste nicht, was Sie getan haben.«

John hatte keine Ahnung, wovon Stannis redete. »Verzeihung, Sir.«

»Verzeihung?« Stannis versetzte ihm einen Schlag gegen die Brust. »Bitten Sie niemals um Verzeihung, wenn Sie mir in die Quere kommen wollen, McClusky.«

Der nächste Schlag traf John so hart, dass er schwankte. »Sir.« Mühsam unterdrückte er ein Keuchen, während er wieder Haltung annahm.

»Sie haben einen Fehler gemacht, McClusky. Wenn Sie mich schon loswerden wollen, dann sollten Sie nicht mit mir spielen. Glauben Sie nicht, dass ich das vergessen werde!« Stannis stand so nah vor ihm, dass John den Kopf heben musste, wenn er dem Corporal in die Augen sehen wollte.

»Ich habe keine Ahnung, wovon Sie reden, Sir!«

»Unterschätzen Sie mich nicht, McClusky! Das werden Sie noch bereuen. Und zwar in jeder Sekunde Ihres künftigen, beschissenen Lebens. Dafür werde ich sorgen. Das verspreche ich Ihnen.«

Auch wenn keine Landefähren starteten, herrschte auf dem Flugdeck immer reger Betrieb. Für John war das verwirrend und aufregend zugleich.

Eine Vielzahl von Gerüchen stach in seine Nase. Einige von ihnen konnte er identifizieren, wie Maschinenöl und Ozon, andere jedoch waren ihm fremd. In einer Ecke zischte es, dort sprühte ein Schweißgerät Funken, Befehle wurden gerufen, und von irgendwoher erklang ein Hämmern. Überall waren Männer und Frauen unterwegs – arbeiteten, riefen, gestikulierten.

John kam sich ein wenig verloren vor. Als gehöre er nicht hierher. Obwohl er nun die Schwingen trug und den Auftrag hatte, sich mit seinem neuen Fluggerät vertraut zu machen.

»Aus dem Weg!«, herrschte ihn eine weibliche Stimme an. Als er sich umdrehte, fand er sich einer schwarzhäutigen, langbeinigen Amazone gegenüber, die einen Motorblock auf einem Hydraulikwagen hinter sich herzog.

»Sorry.« Er beeilte sich, zur Seite zu treten.

Ihr Blick fiel auf die Schwingen. »Einer der Neuen. Suchst dein Baby, nehme ich an.«

»Yep!« Er stopfte die Hände in die Hosentaschen und versuchte, sich möglichst cool zu geben.

»Da drüben!« Mit einem Kopfnicken zeigte sie ihm die Richtung, ehe sie den Hydraulikwagen wieder in Bewegung setzte. »An der Wand daneben stehen die Nummern mit den Namen.«

»Danke!«, rief er ihr hinterher, aber sie wandte nicht einmal den Kopf zu ihm um, als sie weiterging. Betont lässig schlenderte er zu der Stelle, die sie ihm gewiesen hatte.

Das waren keine Landefähren. Eine Reihe ihm völlig unbekannter kleiner, schnittiger Gleiter stand dort. Neugierig sah er sie sich genauer an. Höchstens zehn Mann konnten darin

Platz finden. Er fand schwere Geschütze, die den Aliens hoffentlich den Arsch aufreißen würden. Vorne in der Kanzel gab es Sitze für einen Piloten und einen Flugbegleiter, der das Radar überwachte. Das Cockpit glich sehr demjenigen, das er in den Simulatorflügen kennengelernt hatte.

»Hast du darauf gelernt?« Die dunkelhäutige Amazone von eben war leise neben ihn getreten. John konnte die Neugier und Erwartung in ihren Augen glitzern sehen.

»Yep. Bisher aber nur im Simulator.«

»Hier! Das da ist dein Baby.« Sie zeigte auf den dritten Gleiter in der Reihe. »K-MT42.«

Zuerst wunderte er sich, woher sie das wusste, dann begriff er, dass sie seinen Namen auf der Uniform gelesen hatte. Nach kurzem Zögern ging er zu seinem Gleiter und strich mit der Hand über die Flügel.

»Weltraum- und atmosphärentauglich.« Sie grinste, als habe sie das Gefährt selber konzipiert. »'ne echt heiße Kiste! Wurde aber auch Zeit, dass wir die bekommen, nachdem die Drecksaliens dauernd unsere Landefähren gekillt haben. Die hier werden sie nicht so leicht kriegen.«

John umrundete den Gleiter und strich andächtig über die Cockpitrundung.

Die Frau folgte ihm. »Willste nicht rein?«

»Klar!« Und ob er das wollte.

Mit einem breiten Lächeln, das eine Reihe ebenmäßiger Zähne zeigte, öffnete sie ihm die Tür. »Nach dir!«

Er schlüpfte hinein und fand sechs Sitze im Innern sowie einen Stand für Handfeuerwaffen. Als er merkte, dass seine Begleiterin anscheinend nur darauf wartete, dass er ins Cockpit ging, ließ er sich in den Pilotensitz fallen. Wie von selbst fanden seine Hände die Schalter, die er in der Simulation so oft benutzt hatte. Die hier waren jedoch echt. Wenn er hier versagte, war nicht die Simulation beendet, sondern sein Leben und das derjenigen, die sich mit ihm im Gleiter befanden. Seine Handflächen wurden feucht.

»Ich bin übrigens Private First Class Patty Maxwell.« Die Frau bot ihm eine maschinenölverschmierte Hand an.

Beiläufig wischte John seine Hand an der Hose ab, ehe er einschlug. »Private First Class Zacharias McClusky.«

»Hab von dir gehört. Warst der Beste in den Simulatorflügen. Ich hoffe, dass das stimmt.« Sie zwinkerte ihm zu. »Ich warte nämlich dein Baby. Wehe, du machst eine Beule rein. Dann kratz ich dir die Augen aus!«

»Okay«, sagte Philippe und stellte sich vor die Tür des Quartiers, ehe John sich wieder verziehen konnte. Er hatte gewartet, bis er endlich mit ihm allein war. »Es reicht.« Seine Geduld war überstrapaziert. Seit sie zurück auf der *Washington* waren, ließ John sich kaum in ihrem Quartier blicken. Ein wenig kam es Phil so vor, als wiche sein Kamerad ihm aus.

John schnaufte. »Lass mich durch! Ich muss aufs Flugdeck.«

Abwartend verschränkte Phil die Arme. »Da treibst du dich schon die ganze Woche rum. Wir hatten was ausgemacht, ehe wir die Erde verlassen haben. Hast du das schon vergessen, oder interessiert es dich einfach nicht mehr?«

»Wie du willst.« John zuckte mit den Schultern. »Aber du wirst mit mir in dem Flieger abstürzen, wenn ich einen Fehler mache, weil ich mich mit dem Ding nicht gut genug auskenne.«

»Oh, John! Nun komm schon runter von deinem hohen Ross! Du weißt genau, um was es geht. Du wolltest mit Hartfield reden. Weshalb habe ich mir eigentlich die ganze Mühe mit dem Anwalt und meinem Vater gemacht, wenn du nun deinen Teil des Plans nicht in die Tat umsetzt?«

»Ich hatte einfach noch keine Gelegenheit dazu. Mann, ist doch mein Leben, das in Gefahr ist. Wieso regst du dich so darüber auf? Ich dachte, du bist froh, wenn du mich los bist.«

»Du bist ein Idiot! Und ich war wirklich so blöd und habe geglaubt, dass du einen Funken Intelligenz besitzt. Aber da habe ich mich anscheinend geirrt. Hast du überhaupt eine Ahnung, um was es geht? Da gibt es möglicherweise irgendwo einen Möchtegerndiktator, der die Informationen, die du gefunden hast, dazu nutzen will, um den Kongress zu stürzen – und du sitzt einfach nur herum und drehst Däumchen, anstatt Hartfield einzuweihen, damit er dir helfen kann. Was geht eigentlich in deinem Kopf vor? Oder ist er einfach nur total hohl?«

Zu Phils Erstaunen zuckte John nur mit den Schultern. »Reg dich ab! Ich geh ja schon!«

»Du verarschst mich jetzt, oder?« Johns nachgiebige Reaktion nahm Philippe den Wind aus den Segeln.

»Nope, ich geh jetzt gleich zu Hartfield.« John hob zwei Finger. »Großes Ehrenwort!«

Wenig später fand John sich vor Hartfields Büro wieder. Phil konnte wirklich lästig sein. Aber vielleicht hatte Hartfield ja tatsächlich ein paar Antworten für ihn. Allerdings auf Fragen, deren Antworten ihn zugegebenerweise im Moment mehr interessierten als ein möglicher Regierungssturz.

»Herein!«, hörte er die Stimme des Gunnery Sergeants durch die Gegensprechanlage.

Mit einem Ruck straffte John sich und öffnete mit einem Knopfdruck auf dem Bedienpanel die Schiebetür. Hartfields Büro war deutlich kleiner als das von Donaghue. Ein weiterer Knopfdruck schloss die Tür wieder nahezu geräuschlos.

John glaubte Erstaunen in Hartfields Blick zu lesen, als er von seinem Schreibtisch aufsah. »McClusky! Was verschafft mir die Ehre?« Die Andeutung des kleinen, schiefen Lächelns erschien auf Hartfields Gesicht. »Setzen Sie sich!«

Nach einem Räuspern nahm John Platz. »Ich wollte Sie etwas fragen, Sir.«

Hartfield lehnte sich zurück. »Fragen Sie!«

»Wussten Sie, dass Doktor Donaghue mit mir über weitere körperliche Veränderungen gesprochen hat?«

Das Lächeln auf Hartfields Lippen erlosch. »Nein, das wusste ich nicht. Dann ist er mir also zuvorgekommen. Ich wollte eigentlich zuerst mit Ihnen darüber reden.«

Mit einem Seufzer stützte Hartfield sich auf den Schreibtisch. »Egal, was er Ihnen gesagt hat. Sie müssen nicht all seinen Vorschlägen zustimmen.«

»Mit Verlaub, Sir. Aber aus seinem Mund klang das anders. Er hat mir auch diese Vereinbarung gezeigt, die ich unterschrieben habe.« Auf Ihren Rat hin, hätte er fast hinzugesetzt.

»Wie ich schon sagte: Sie müssen nicht allen Vorschlägen zustimmen, die Donaghue Ihnen macht.«

»Und welchen muss ich zustimmen?«

Eine Pause entstand. Müde senkte Hartfield den Kopf und massierte seine Stirn. Erst nach einer geraumen Weile blickte er wieder auf. »Ich werde mit ihm reden, wenn Sie das möchten. Um herauszufinden, welche der Vorschläge, die er Ihnen gemacht hat, wirklich unumgänglich sind.«

»Ich werde mir mein Bein nicht abschneiden lassen, um es durch ein Metallding zu ersetzen.«

»Das ist sicherlich ein Missverständnis.«

»Und das Auge, das er mir wegnehmen will? Damit ich mich als Pilot verbessern kann!« John ballte die Faust. »Oder wussten Sie davon auch nichts, als Sie mich für die Pilotenausbildung vorgeschlagen haben?« Weshalb war er eigentlich so wütend?

Hartfield schüttelte den Kopf. »Ich habe Sie nicht zur Pilotenausbildung vorgeschlagen. Das war Colonel Forsman. Ich habe alles versucht, um Sie dort rauszuholen. Sie selber haben mich darum gebeten, bleiben zu dürfen.«

»Ja, aber da wusste ich nicht, dass ... dass dieser ...« Er biss sich auf die Lippen, um das Schimpfwort hinunterzuschlucken, das ihm auf der Zunge lag.

Wortlos stand Hartfield auf und kam um den Schreibtisch herum. Die Hand, die er John auf die Schulter legte, war erstaunlich warm und schwer. »Ich rede mit ihm. Ich werde nicht zulassen, dass Sie zu irgendetwas gezwungen werden, das Sie nicht möchten. Das verspreche ich Ihnen.«

»Danke.« Das Wort kam unerwartet leicht über seine Lippen. »Sir?«

»Noch etwas?«

»Wissen Sie, wo sich die *Roosevelt* zurzeit aufhält?«

»Die *Roosevelt*?«

»Ophelias Bruder ist auf ihr stationiert. Ich dachte –«

Die Gegensprechanlage summte. »Ja«, sagte Hartfield gereizt.

»Lieutenant Goldblum. Ich will Sie sprechen.« Ehe Hartfield sie hereinbitten konnte, öffnete sich bereits die Tür. »Oh, Sie haben Besuch!« Die grünen Augen Goldblums musterten John, als wäre er ein seltenes Insekt.

»Ich wollte gerade gehen.« Blitzschnell sprang John auf. »Sir.« Er nickte Hartfield noch zu, ehe er zur Tür hinauseilte.

»Ich melde mich bei Ihnen, McClusky«, hörte er Hartfield sagen. Dann schloss sich die Tür.

Das Letzte, was John sah, war Goldblums wütender Blick. Als habe sie geahnt, dass er sich hier befand und er ihr durch seinen überhasteten Abgang die Möglichkeit genommen hatte, ihn vor Hartfield zusammenzufalten.

2. Kapitel

Irgendetwas quälte John. Dafür brauchte Harlan nicht den Hinweis von Ophelia. Das bemerkte er auch so.

Harlan wartete, bis John allein in der Gemeinschaftsdusche war. Er wusste, dass John sich dort immer als Letzter wusch. Als scheue er die Gegenwart anderer. Oder scheute er nur seine Gegenwart, damit er ihm nicht auf den nackten Hintern starren konnte? Einige taten das, seitdem er vor laufender Kamera geoutet wurde. Da war Harlan sich sicher. Oder wollte John nur nicht, dass andere auf sein künstliches Bein glotzten?

Zeit, der Sache auf den Grund zu gehen. Mit einem Anflug von Fatalismus zog Harlan sich aus und schritt in die Gemeinschaftsdusche. Er fand John mit geschlossenen Augen unter einem dampfenden Wasserstrahl. »Hi!«

Beim Klang seiner Stimme öffnete John ein wenig zu schnell die Augen, um entspannt zu wirken. »Oh! Du bist's!« John griff nach seinem Duschgel, doch als er auf die Tube drückte, war nur ein leeres Sprutzen zu hören.

»Hier!« Harlan warf ihm sein Duschgel zu. Dann stellte er das Wasser des Duschkopfs an, der sich neben dem befand, unter dem John stand. Eine Weile war nur das Rauschen des Wassers zu hören.

»Hat Ophelia dich geschickt?«, wollte John wissen und reichte Harlan das Duschgel zurück.

»Mann, sind wir so leicht zu durchschauen?«

Mit einem leisen Lachen rieb John sich den Schaum aus dem Gesicht. »Kann schon sein. Also?«

Harlan begann sich einzuschäumen. »Ich geb zu, dass ich auch wissen wollte, ob du Angst davor hast, mit mir zu duschen. Aber das kann ich jetzt abhaken. Das ist nicht der Grund, weshalb du immer alleine duschst.«

»Ich mag's nicht, wenn man auf meine Prothese starrt.«

»Ist das alles?«

»Willst du mich auch damit nerven, dass ich endlich mit Hartfield reden soll? Ich hab's versucht. Goldblum kam dazu. Ich versuch's wieder. Sonst noch was?« John tastete nach der Armatur.

Ehe er das Wasser abstellen konnte, legte Harlan die Hand auf seine. »Quatsch, Mann! Wenn du das nicht tust, dann gibt es einen guten Grund dafür. Und den würde ich gerne wissen.«

Statt zu antworten, lehnte John sich gegen die Armatur. Der Wasserstrom verebbte. Mit einem Schniefen wischte John sich das Wasser aus dem Gesicht und schlurfte in den Nachbarraum, wo die Kleider lagen.

Schnell spülte Harlan den Schaum von seinem Körper und folgte ihm. Sein Blick irrte über Johns nackten Körper, unter dessen heller Haut sich die Muskeln wölbten, während dieser sich abrubbelte. Mit einem Räuspern wickelte er sich sein Handtuch um die Hüften und setzte sich auf die Bank. »Du bist übrigens verdammt sexy! Auch mit dem Metallding.«

»Scheiße!« John schlug mit dem Handtuch nach ihm. »Willst du mich anbaggern?«

Im Reflex schnappte Harlan nach Johns Handtuch. »Nein. Ich will, dass du mir sagst, was mit dir los ist.«

Mit einem Seufzer ließ John sich neben Harlan auf die Bank fallen. »Könnte sein, dass ich Angst habe.«

Damit hatte Harlan nicht gerechnet. »Hey, Alter! Jetzt verblüffst du mich. Wovor?«

»*Shit!* Ich bin kein Pilot. Ich hab die Prüfung nur geschafft, weil Kim nächtelang mit mir gebüffelt hat. Und so, wie es aussieht, bin ich nur zur Ausbildung vorgeschlagen worden, weil Forsman mich als Versuchskaninchen missbrauchen will. Damit Donaghue ein künstliches Auge an mir ausprobieren kann.«

»Stopp, stopp, stopp!« Harlan hob abwehrend die Hände. »Die wollen dir ein künstliches Auge verpassen?«

John nickte.

»Was sagt Hartfield dazu?«

»Der wusste von nichts. Aber er will mit Donaghue reden.« John zuckte mit den Schultern. »Ich hab's unterschrieben. Glaub kaum, dass da was zu machen ist.«

»Nun hör mir mal gut zu! Egal, was du da unterschrieben hast – du musst das nicht machen.«

»Ich hab doch das Bein schon ...«

»Na und? Was sollen sie schon machen? Dir das Bein wegnehmen? Das ist Quatsch! Also komm schon!«

»Du kapierst es nicht. Ich hatte geglaubt, ich sollte diese Ausbildung machen, weil ich dafür geeignet bin. Ich, John Flanagan – nicht Zacharias McClusky. Weil ... weil ich schnell bin oder so verdammt abgefuckt. Aber die haben mich genommen, weil sie ihre Scheißkunstaugen und Reizleitungen an mir testen wollen. Also frage ich dich: Was, wenn ich es als Pilot nicht draufhabe? Was, wenn ich ohne diese Ersatzteile nur Kanonenfutter für die Aliens bin und euch alle mit ins Grab nehme, nur weil ich Angst davor habe, mir ein verfluchtes Auge rausreißen zu lassen?« Abrupt sprang John auf und fuhr sich durch die nassen Haare. »Scheiße! Verdammt! Scheiße!«

Der Anblick tat Harlan weh. Umso schlimmer war es, warten zu müssen, bis John sich endlich beruhigt hatte. Endlich stand Harlan auf und legte ihm die Hände auf die Schultern. »Okay, nun hörst du mir mal zu, Mann! Du bist wahnsinnig schnell, und du bist verdammt abgebrüht. Ich kenne niemanden, der eine Situation so schnell erfasst wie du.«

»Aber ich bin ’ne Null in der Theorie. Ohne Kim –«

»Nein, verdammt! Du musst mir jetzt nicht erzählen, dass du den ganzen Theoriekram ohne Kim nie geschafft hättest. Kim hat mir auch erzählt, dass du der Einzige warst, der in der Sim ein paar Jäger gekillt hat. Du kannst es. Vergiss den Theoriekram! Beim Football kann der Trainer dir noch so oft Spielzüge einbläuen. Wenn du es nicht draufhast, wirst du es nie zu etwas bringen. Aber du hast es verdammt noch mal drauf. Also hör jetzt auf, mir diesen Mist zu erzählen, und komm mit mir ein Bier trinken! Ehe ich mich vergesse und dir doch noch einen Klaps auf deinen hübschen Hintern gebe.«

»Du würdest es büßen«, knurrte John.

Harlan lachte. »Darauf würde ich es ankommen lassen.«

»Oh! Hi!« Patty lugte unter der Landefähre hervor, unter der sie lag, als John sich zu ihr hinabbückte. »Bist aber reichlich oft hier.« Grinsend schob sie sich unter der Fähre hervor, um ihm die ölverschmierte Hand zu reichen.

John ergriff sie. »Macht Spaß hier.«

Pattys Grinsen wurde noch eine Spur breiter, während sie aufstand. »Nervös, hm? Mach dir nichts draus! Das geht allen Neuen so. Und nach dem ersten Flug sind sie dann dauernd hier, weil sie Angst um ihr Schätzchen haben. So ist das eben mit Piloten.«

»Ich dachte, ich könnte dir mal ein Bier ausgeben. Damit ich dir mein Team zeigen kann.«

»Wow! Vorschusslorbeeren? Na, das ist jetzt wirklich neu.« Sie lehnte sich gegen die Landefähre. »Klar! Gern. Sag an!«

Irgendwo im Hintergrund war ein lauter Fluch zu hören. Jemand schrie. Gebrüll erklang, das zunehmend panischer wurde.

John schielte an Patty vorbei in die Richtung, aus der das Geschrei kam. Ein Mann rannte wild gestikulierend hin und her. Vor ihm breitete sich rasend schnell eine Lache am Boden aus.

»Moment«, sagte er.

In diesem Augenblick erschütterte ein Donnerschlag die Halle. Eine Flüssigkeit schoss in dickem Strahl durch den Raum, woher, konnte John nicht ausmachen. Sie riss den Mann von den Füßen und schleuderte ihn meterweit über den Boden. Sie spritzte bis zu John und Patty, sodass sie beide plötzlich inmitten eines Sees standen, der sich rasch ausbreitete. John roch Flüssigtreibstoff. Aus den Augenwinkeln sah er die Funken von Schweißgeräten.

»Lauf!« Grob packte er Patty am Arm und riss sie mit sich. »Raus! Los! Fort! Alle!« Er schrie die Worte immer wieder, während er mit Patty Richtung Ausgang stürmte.

Ein Schweißer, der neben einer Landefähre kniete, schien nichts von der Bedrohung zu bemerken.

»Aus! Mach das Ding aus!«, brüllte John.

Der Kerl sah auf. Automatisch hatte er die Flamme kleiner gestellt. Als er die auf ihn zuströmende Nässe bemerkte, wurde er kalkweiß. Die Flamme erlosch.

Da schoss hinter ihnen eine Stichflamme durch die Halle. Flüssige Funken regneten auf sie nieder. John konnte die Hitze in seinem Gesicht fühlen. Im nächsten Moment fing Pattys Overall Feuer. Ohne nachzudenken, warf er sie zu Boden – dorthin, wo der Boden noch trocken aussah. Er erstickte die Flammen mit seinem eigenen Körper und seinen Händen. Bemerkte, dass seine Jacke ebenfalls brannte, und riss sie von sich.

Als Patty taumelnd auf die Füße kam, versetzte er ihr einen Stoß Richtung Ausgang. »Raus!«, schrie er. »Raus! Los!« Die Worte galten auch dem Schweißer.

Mit der torkelnden Patty im Schlepptau, rannte John weiter. Eine erneute Explosion zwang ihn auf die Knie. Er hustete, kam wieder hoch und gab Patty einen Schubs. Ohne sich umzudrehen, packte er den Schweißer, zog ihn auf die Füße und schob ihn Patty hinterher.

Die Tür kam endlich in Sicht.

»Notevakuierung«, keuchte der Mann. Sein Zeigefinger deutete auf einen roten Knopf hinter Glas.

Wortlos zerschlug John es und drückte den Knopf. Ein durchdringendes Heulen setzte ein. Immer mehr schreiende Menschen begannen, Richtung Ausgang zu laufen. Nicht alle waren schnell genug, um der Feuerwand zu entkommen.

Johns Blick fand einen Mann, der unter der metallenen Strebe eines Gerüsts, das eine Landefähre hatte halten sollen, eingeklemmt war. Eine Feuerlohe kam unaufhaltsam auf ihn zu. »Raus!«, herrschte John Patty und den Schweißer an. Ein Stoß beförderte beide durch die offene Tür hinaus auf den Korridor. Dann rannte John zurück zu dem Verunglückten.

Er fühlte die brennende Hitze auf seiner Haut, als er sich dem Eingeklemmten näherte. Ein anderer Mann wollte John Richtung Ausgang zerren, aber er riss sich von ihm los.

»Haub ab!«, ächzte der Eingeklemmte.

Die Metallstrebe war heiß. John dachte an die Delle, die er in die Wand getreten hatte. Kraftverstärker hatte Donaghue es genannt. Mit beiden Händen packte er das Gerüst, die Hitze brannte in seinen Händen. John setzte den rechten Fuß gegen die Strebe und drückte das Bein langsam durch. Es fühlte sich an, als wolle jemand die Arme aus seinem Körper reißen. Der Schweiß brach ihm aus. Ein Schrei verließ seinen Mund, und die Strebe bewegte sich. Ein wenig nur, doch es genügte: Der Mann konnte sich darunter hervorziehen.

Eine weitere Feuerlohe schoss durch die Halle. Die Luft war glühend heiß. John packte den Mann am Arm und zog ihn hinter sich her in den Korridor.

Patty wartete direkt neben der Tür. Als sie ihn erblickte, starrte sie ihn an wie eine Erscheinung. Ihre Hand drückte auf einen Knopf neben der Tür. Ein rotes Licht begann über dem Ausgang zu blinken, und ein durchdringender Sirenenton drang durch den Gang. »Dekompression«, keuchte Patty.

John begriff. Wer jetzt noch da drinnen war, würde gleich tot sein.

»Mir geht's gut«, sagte John zum wiederholten Male zu Donaghue. Den anderen Verletzten in der Krankenstation ging es wesentlich schlechter als ihm. Die hatten Donaghues Aufmerksamkeit dringender nötig.

Stöhnen und Schreie quälten seine Ohren. Patty war bereits versorgt und lag mit zuckenden Lidern auf einer Liege.

Er wollte nur noch fort von hier.

»Das muss genäht werden.« Donaghue zeigte auf Johns linken Arm.

Erstaunt bemerkte John das Blut, das aus einem tiefen Riss quoll. Er hatte keine Ahnung, wo er ihn sich zugezogen hatte. Jetzt sah er auch seine mit Brandblasen übersäten Handflächen, ahnte den Schmerz, der sein Bewusstsein bald erreichen würde, wenn die Wirkung des Adrenalins nachließ. Er war froh darum, seinen Rücken nicht sehen zu müssen, wo die Haut bereits zu spannen begann.

Donaghue winkte Mausgesicht heran und schob ihn auf

einen der Stühle. »Versorgen Sie ihn«, befahl er ihr. Dann trat er zu einem anderen Patienten.

Stumm säuberte Mausgesicht Johns Wunde. Mit elf sauberen Stichen schloss sie den Riss an der Innenseite seines Unterarms, nachdem sie ihm eine Spritze in die Armbeuge gejagt hatte. Anschließend tupfte sie geduldig zuerst seine Handflächen und dann seinen Rücken ab. Die Flüssigkeit kühlte die Haut und milderte das Brennen, das langsam einsetzte.

Ein durchdringender Ton, der von einem der Betten kam, ließ Mausgesicht innehalten. »Einen Moment«, sagte sie und drängte sich an das Bett.

Aber John hatte nicht vor zu warten. Er wollte verdammt sein, wenn er in dieser Vorhölle auch nur eine Sekunde länger als nötig zubrachte. So schnell er konnte, zwängte er sich durch die Leichtverletzten hindurch zur Tür.

Er war kaum im Korridor, als zwei Arme sich um ihn schlossen. Im ersten Reflex wollte er sie abwehren. Bis er Ophelia erkannte.

»Johnnie«, flüsterte sie immer wieder. »Johnnie!«

Dabei drückte sie ihn an sich und streichelte sacht seinen nackten Rücken. Das Hemd hatte Mausgesicht ihm ausgezogen, erinnerte er sich.

»Hey«, sagte er, »ist ja gut. Ich lebe.« Die Berührung wurde zunehmend unangenehm. Nur mit Mühe unterdrückte er ein Stöhnen. Als er den Kopf hob, sah er die anderen.

Bis auf Chadim waren alle aus seinem Team gekommen.

Als er Phils düsteren Blick bemerkte, seufzte er. »Okay! Sag nichts, Phil! Ich hab's begriffen.«

»Lass uns verschwinden«, sagte der nur.

Im Quartier wischte Ophelia mit einem nassen Tuch vorsichtig den Dreck aus Johns Gesicht. Unwillkürlich zuckte er zurück. Die Haut seiner Wangen war inzwischen schmerzhaft empfindlich. Rücken und Hände brannten wie Feuer.

»Du solltest zurück auf die Krankenstation gehen«, sagte Ophelia leise.

»Quatsch!«

»Dann zieh endlich die stinkenden Klamotten aus!«

Er wollte ihr gehorchen; doch als er versuchte, die Stiefel auszuziehen, schmerzten seine Hände zu sehr, um die Schnürung lösen zu können. Am ganzen Leibe zitternd, hielt er inne.

Wortlos half Ophelia ihm aus den Stiefeln und schälte ihm die Hose von seinen Beinen.

Mirek war auf einmal neben ihr, fühlte seinen Puls und sah ihm in die Augen. »Leg dich hin«, befahl er mit sanfter Stimme. »Ehe du hier umkippst.«

John wollte protestieren, aber ihm fehlte die Kraft dazu. Willenlos ließ er zu, dass Mirek ihn aufs Bett drückte und die Decke über ihn zog.

Mit seinem Handgelenk zwischen den Fingern blieb Mirek auf seiner Bettkante sitzen.

»Was glotzt du so?« Johns Stimme war erschreckend heiser.

Mirek lächelte. »Dein Kreislauf erholt sich schon wieder.« Endlich ließ er Johns Handgelenk los. »Aber bleib liegen! Sonst muss ich doch noch den Doc rufen.«

Die Drohung genügte, um John zur Vernunft zu bringen. »Was ist eigentlich los?«, fragte er schließlich.

Phil antwortete: »Hast du es nicht mitbekommen? Goldblum hat in der Krankenstation nach dir gefragt. Nach dir – und niemandem sonst. Und sie wirkte nicht erfreut, als sie erfuhr, dass du noch lebst. Willst du jetzt immer noch damit warten, Hartfield einzuweihen?«

Sekundenlang herrschte Schweigen.

Bis John mit bebender Hand auf seine Stiefel zeigte. »Der Chip ist im linken Stiefelschaft.«

Es war Kim, der sich bückte, um ihn herauszufischen. Nachdenklich betrachtete der Asiate den Chip. »Ich könnte die Daten im System verstecken und mit einer Sicherung versehen. Ich wüsste auch schon, wie.«

»Und was bringt das?«, ächzte John.

Kim zuckte mit den Schultern. »Erstens hätten wir damit eine Kopie. Zweitens könnten wir sie bei Bedarf problemlos im Intranet des Schiffes verbreiten. Als Lebensversicherung. So ähnlich wie die Kopien, die bei diesem Anwalt liegen.«

»Dann könntest wohl nur du die Lebensversicherung aktivieren, oder?«, meinte Harlan. »Wir anderen haben's nicht so mit Computern.«

»Ich kann das so einrichten, dass es jeder von euch machen kann. Kein Problem.« Fragend sah Kim sich um.

Phil nickte. »Tu's!« Dann deutete er auf John. »Und du solltest Goldblum auf deine dezente Art und Weise klarmachen, dass du vorgesorgt hast – wenn du schon nicht mit Hartfield reden willst.«

Mit Mireks Unterstützung schaffte John es, nur zweimal pro Tag auf der Krankenstation erscheinen zu müssen, um die Verbrennungen behandeln zu lassen. Sämtliche Mitglieder des Teams überwachten abwechselnd die Bar, damit John Goldblum dort zur Rede stellen konnte. Es war Kim, der ihr Erscheinen drei Tage später im Quartier verkündete.

Mit schmerzenden Fingern richtete John seine Kleidung, ehe er mit Kim und Ophelia in die Bar ging. Fast schien es, als habe Goldblum auf ihn gewartet. Ihr Blick glitt zur Tür, kaum dass er hindurchtrat. Kalt lächelnd hob sie das Glas mit dem Wodka-Martini an die Lippen und nippte daran.

Einen Herzschlag überlegte er, ob es Sinn machte, einen Zufall vorzutäuschen. Doch die eigenen Wunden und das Wissen, dass fünf Menschen bei dem Feuer im Flugdeck gestorben und an die dreißig teils schwer verletzt worden waren, ließen keinen Raum mehr für Spielchen zu.

Mit hocherhobenem Kopf löste er sich von Kim und Ophelia und blieb vor Goldblum stehen. »Es reicht«, sagte er. »Ich hatte Sie gewarnt.«

Mit verwunderter Miene hob sie eine rote Augenbraue. »Müsste ich wissen, wovon Sie da sprechen, Private McClusky?«

»Sie wissen ziemlich gut, wovon ich spreche.« Breitbeinig musterte er sie. »Beim nächsten Mal weiß es das ganze Schiff.«

»Ach so?« Sie lächelte kokett und blickte zum leeren Glas.

John warf eine Münze auf die Theke. »Einen Wodka-Martini für die Dame.« Ohne ein weiteres Wort drehte er sich um und verließ die Bar.

1. Intermezzo

»Wie konnte das nur passieren?« Hartfield hatte Mühe, ruhig zu bleiben.

Trotzdem verzog Chadim keine Miene. »Ich hatte alles unter Kontrolle, Sir.«

»Kontrolle?« Hartfields Stimme wurde lauter, als er beabsichtigt hatte. »Das nennen Sie Kontrolle? McClusky wäre fast draufgegangen. Ganz zu schweigen davon, dass das Flugdeck einem Trümmerfeld gleicht.«

»Als ich bemerkte, dass Treibstoff ausfloss, habe ich mich sofort darum bemüht, das Leck zu sichern, Sir. Hätte es sich wirklich um einen Rückstau in der Leitung gehandelt, wäre ich mit meinen Maßnahmen auch erfolgreich gewesen. Aber das Druckventil war beschädigt und ließ sich nicht mehr schließen. Der Überdruck hat es aus der Wand gerissen, Sir.«

»Wollen Sie damit sagen, dass das eine gezielte Aktion war?«

»Das Druckventil war angefeilt, Sir.«

»Können Sie das beweisen?«

»Nein, Sir. Nachdem der herausschießende Treibstoff mich durch die Halle geschleudert hatte, war mein vordringliches Ziel, McClusky zu finden und zu schützen. Als ich sah, dass er die Situation im Griff hatte, zog ich mich zurück, damit er mich nicht entdeckte.«

»Und gleich so weit, dass dieser Idiot noch einmal in die brennende Halle rennen konnte, um einen Mann zu retten?«

»Ich habe versucht, ihn aufzuhalten. Aber er riss sich los und ist mir entkommen, Sir.« Chadims Augenlid zuckte.

Mit Erstaunen begriff Hartfield, dass Chadim eben zugegeben hatte, dass McClusky schneller war als er. Hartfield erinnerte sich an die Beschreibung der Geschehnisse von dem Mann, den McClusky gerettet hatte. Wenn Donaghue davon erfuhr, würde der Arzt Himmel und Hölle in Bewegung setzen, um McClusky mit weiteren künstlichen Ersatzteilen zu »verbessern«.

Er musste etwas tun. Ehe Goldblums nächster Anschlag mehr Erfolg hatte als die bisherigen. Und ehe Donaghue den Jungen auf andere Weise kaputtmachen konnte.

»Es tut mir leid, dass ich versagt habe, Sir. Es wird nicht wieder vorkommen.« Chadim straffte sich sichtlich.

»Es ist nicht Ihre Schuld.« Seufzend winkte Hartfield ab. Er selbst trug wesentlich mehr Schuld an dem Desaster. Er hatte zu lange gewartet. Es war Zeit, zu handeln und Goldblum aus der Reserve zu locken.

»Mit Verlaub, Sir. Aber ich muss Ihnen widersprechen. Ich hätte nicht zulassen dürfen, dass McClusky sich erneut in Gefahr begibt.«

»Sie können gehen.« Hartfields Blick studierte die Schreibtischplatte, während Chadim salutierte und sein Büro verließ.

Vielleicht ging er das Ganze ja auch von der falschen Seite an. Möglicherweise lag der Hebel ja auf der anderen Seite. Bei McClusky – den zu manipulieren er bisher gescheut hatte. Weil es ihn an Dinge erinnerte, die er vergessen wollte und denen er sich wohl endlich stellen musste, wenn er nicht auch noch ihn verlieren wollte.

3. Kapitel

»Das ist die Situation«, sagte Hartfield.

Der kleine Bereitschaftsraum für die Piloten war gerammelt voll. John entdeckte – wie überall auf dem Schiff in den letzten Wochen – auch hier viele neue Gesichter. Auf der Erde hatten sie nämlich nicht nur die neuen Gleiter bekommen, sondern auch die leeren Reihen der Kompanie gefüllt. Ein Farbiger namens Captain Hampton führte nun die Kompanie, die außerdem ein vollständiges drittes Rifle Platoon unter Lieutenant Takashi erhalten hatte. Hartfield war damit beauftragt worden, die Piloten von Goldblums Platoon für den anstehenden Einsatz zu instruieren.

Der Gunnery Sergeant zeigte auf einen handtellergroßen Kreis auf dem Screen, der die eine Wand des Raums einnahm. »Hier ist der Mond mit der Bergarbeiterkolonie. Wir haben noch vor wenigen Stunden in Kontakt mit ihr gestanden und vermuten, dass es Überlebende geben könnte. Bei dem Planeten handelt es sich um einen Gasriesen. Er ist also nicht von Interesse. Wir werden uns der Alien-Flotte so weit nähern, dass sie nur einen kleinen Anflugvektor haben werden. Sie ...« – Hartfield deutete auf die Gruppe um John – »... werden die wenigen Landefähren, die wir nach dem Unglück auf dem Flugdeck noch haben, mit unseren Jungs sicher rüberbringen. Sie ...« – dieses Mal schaute Hartfield die andere, wesentlich größere Gruppe an – »... werden die intakten verbliebenen Gleiter steuern. Ihre Aufgabe wird es sein, die Alien-Kampfjäger von den Landefähren abzuziehen. Ich will unter keinen

Umständen, dass wir Verluste während des Anflugs erleiden. Also verkneifen Sie sich unnötige Risiken und heben Sie sich Ihre Heldentaten für einen späteren Zeitpunkt auf. Die Aktion startet in zwei Stunden. Hat irgendjemand noch Fragen?«

Obwohl sich Gemurmel breitmachte, meldete sich niemand. Die Situation schien den Wenigsten zu gefallen. Wie Hartfield ihnen erläutert hatte, befanden sich die Alien-Kampfjäger weit in der Überzahl, und aufgrund des Feuers auf dem Flugdeck war über die Hälfte der neuen Gleiter zerstört oder zumindest nicht mehr einsatzbereit. Daher waren sie für den Truppentransport und die Evakuierung der Bergarbeiterstation wieder auf die behäbigen Landefähren angewiesen, die leichte Beute für feindlichen Kampfjäger sein würden.

»McClusky!« Hartfield winkte ihn zu sich.

Verwundert drängte John sich an den anderen Piloten vorbei und salutierte. »Sir!«

Hartfield führte ihn in den Nachbarraum und schloss hinter ihnen die Tür. »Da ich weiß, dass Sie im Eifer des Gefechts gerne Befehle überhören und Funkgeräte in Ihrer Nähe oft verrückt spielen, hier noch einmal meine Anweisung – ganz privat und nur für Sie, sodass Sie sie weder überhören noch ignorieren können.«

John fühlte Hitze in seine Wangen steigen. »Sir ...«

Ein winziges Schmunzeln lag um Hartfields Mundwinkel, als er abwinkte. »Verschonen Sie mich mit Ihren Entschuldigungen! Ich will, dass Sie mir jetzt zuhören. Sie werden keine unnötigen Risiken eingehen. Keine Sperenzchen. Ihr einziges Ziel wird es sein, die vierzig Mann an Bord Ihrer Fähre heil rüberzubringen. Haben wir uns klar und deutlich verstanden?«

»Aye, Sir.«

»Ich werde persönlich neben Ihnen auf dem Flugbegleiterplatz sitzen. Und glauben Sie nicht, ich würde nicht jeden Ihrer Handgriffe beobachten.«

John schwitzte plötzlich. »Aye, Sir. Ich habe verstanden.«

»Wie geht es eigentlich Ihren Händen?« Ohne Vorwarnung griff Hartfield nach seinem linken Handgelenk.

»Gut.« Unwillkürlich schloss und öffnete John die Finger, sodass die glatte, an einigen Stellen noch leicht gerötete neue Haut der Handfläche zu sehen war.

»Ich habe mit Donaghue geredet.« Hartfields Griff um sein Handgelenk wurde eine Spur fester. »Um die Implantation der weiteren Reizleitungsverstärker werden Sie nicht herumkommen. Nicht, nachdem sie gezeigt haben, zu was Sie damit fähig sind, und den armen Kerl unter diesem Gerüst hervorgezogen haben. Um das Auge feilsche ich noch.«

»Danke, Sir.« Johns Stimme war belegt.

Hartfield lächelte schief. »Keine Ursache.« Seltsamerweise drückte er Johns Finger, ehe er ihn mit einem Nicken entließ.

John fand seinen Gleiter in der hinteren Reihe. K-MT42 sah völlig intakt aus. Es hätte Patty auch nicht ähnlich gesehen, dass sie ihn in dieser Sache anlog. Weshalb hatte Hartfield ihm dann eine Landefähre zugeteilt?

Nachdenklich schlenderte er über das Flugdeck zu der Fähre, die er steuern sollte. Obwohl das Unglück bereits eine Woche zurücklag, waren die Zeichen der Verwüstung immer noch zu sehen. Das würde nach Pattys Ansicht auch sicherlich noch eine Weile so bleiben.

Die Fähre war leer. Er war viel zu früh dran. Trotzdem setzte er sich hinein und schaltete die Systeme ein, um mit dem Check zu beginnen. Als er damit durch war, ließ er das Radarbild der *Washington* auf seinem Screen erscheinen, sodass er die Alien-Flotte beobachten konnte.

Je länger er darauf starrte, umso mehr schienen sich Muster aus den Flugmanövern der Alien-Kampfjäger herauszukristallisieren. Der mittlere Jäger gab ganz klar den Takt an. Die hinteren beiden Flügelmänner schienen Probleme zu haben, in der Formation zu bleiben. Immer wieder konnte John beobachten, dass sie sich von ihrer Gruppe lösten und im Alleingang unterwegs waren.

Nein, das stimmte nicht ganz. Sie umkreisten ihre Gruppe stets in einem bestimmten Radius und kehrten dann zurück. Langsam begriff John das Schema. Die beiden sicherten die Gruppe, scherten aus, kehrten zurück. Die Aliens flogen immer in Fünferformationen.

Gut, das zu wissen.

Weitere Einzelheiten fielen ihm auf. Die Jäger wirkten zwar wendiger und schneller als die neuen Gleiter, aber sie kündeten jede enge Kurve durch einen Schwenk an. Die Gleiter brauchten das nicht. Daraus musste sich doch ein Vorteil ziehen lassen!

Stimmen waren zu hören. Wurden lauter.

John sah nicht auf. Wenn jemand etwas von ihm wollte, würde er sich schon zu ihm ins Cockpit begeben. Gebannt aktivierte er die Vergrößerung auf dem Radar. Der kleine Schwenk vor jeder Kurve wurde nun noch deutlicher sichtbar. Jetzt konnte John auch die Geschütze ausmachen. Sie waren oben montiert. Das bedeutete, dass man mit ihnen nicht direkt nach unten feuern konnte.

Nachdenklich verkleinerte er die Darstellung, bis er den Tanz der Punkte wieder studieren konnte, um die Bewegungsmuster der Jäger genauer zu beobachten. Nach einer Weile glaubte er, ihre Flugbahnen vorausahnen zu können.

Erneut fragte er sich, wieso Hartfield ihm eine Landefähre

zugeteilt hatte? Die Antwort war ebenso einfach wie unglaubhaft. Weil der Sergeant Angst um ihn hatte. Aber wieso war er so wichtig für Hartfield? Oder bildete er sich das nur ein? Dass Hartfield ihn schützen wollte, weil er ein wichtiges Versuchsobjekt für ihn war, konnte er nicht glauben. Aber wenn das nicht der Grund war, was war dann der Grund?

Oder wollte er am Ende nur glauben, dass er etwas Besonderes für Hartfield war, weil er in ihm eine Vaterfigur sah? Lächerlich! Als ob er so was brauchen würde.

»Wo ist McClusky?« Die Zornesader auf Stannis' Stirn schwoll an.

Mirek fing den Corporal ab, ehe der das Cockpit betreten konnte. »Sir, kann ich Ihnen helfen?«

Stannis musterte ihn. »Rühren! Wo ist McClusky?«

»Private McClusky befindet sich im Cockpit, Sir.« Umsichtig postierte Mirek sich so, dass er Stannis den Weg verstellte. Mit einem kleinen Wink holte er Harlan an seine Seite, der breit lächelnd neben ihm salutierte.

»Melde gehorsamst, Team Bravo ist vollständig angetreten, Sir«, sagte Harlan ungebeten.

»Rühren!« Mirek konnte sehen, wie Stannis mit den Zähnen knirschte. »Wegtreten!«

Aber Mirek dachte nicht daran. »Sir, mit Verlaub! Aber Private McClusky ist mit dem Systemcheck beschäftigt und darf nicht gestört werden.«

»Seit einer Stunde? Wollen Sie mich verscheißern, Mann?«

Mirek war dankbar, dass Harlan ihn trotz Stannis' Brüllen nicht im Stich ließ. »Befehl des Sergeants, Sir. McClusky soll nicht gestört werden, bis der Sergeant den Befehl aufhebt.«

Das war eine dreiste Lüge, aber Mirek glaubte nicht, dass Stannis sich das von Hartfield bestätigen ließ.

Die Zornesader auf Stannis' Stirn schwoll noch weiter an. »Bemannen Sie die Fähre! Wir starten in zehn Minuten.« Nach diesen Worten machte er auf dem Absatz kehrt.

Lächelnd wandte Mirek sich Harlan zu. »Du hast gehört, was der Corporal gesagt hat. Kümmere dich darum!«

»Schon klar, Mann! Aber kannst du mir mal sagen, was das Theater sollte? Wieso stehst du vor dem Cockpit Schmiere?«

Mirek warf einen Blick über die Schulter auf Johns gebeugten Rücken. »Weil ich mir sicher bin, dass es wichtig ist, was er da tut.«

»Bereit?«, fragte Hartfield, nachdem er sich neben John auf den Platz des Flugbegleiters gesetzt hatte.

John nickte, ohne aufzusehen. Sein Blick war auf die tanzenden Punkte des Radars gerichtet. »Aye, Sir.«

»Systemcheck?«

»Abgeschlossen.«

»Peilung?«

»Steht.«

»Geschütztürme?«

»Bemannt.«

Mit einem Klicken aktivierte Hartfield den Funk. »Landefähre sieben. Erbitte Starterlaubnis!«

Eine samtige Altstimme antwortete. Das war auf keinen Fall Goldblum, wenn John sich auch ziemlich sicher war, dass die wieder einmal auf der *Washington* bleiben würde. »Landefähre sieben. Starterlaubnis erteilt. Viel Glück!«

Im selben Augenblick wurde die Landefähre vom Schacht des Aufzugs geschluckt, der sie nach draußen ins All warf.

John startete im richtigen Moment die Triebwerke. Brav ordnete er sich in den Verband ein. Sein Blick hing nach wie vor am Radar. Die ersten Fünfergruppen lösten sich aus dem Gewimmel der Alien-Kampfjäger.

»Kann ich sprechen, Sir?«, fragte er.

»Nur zu!«

»Die jagen in Fünferformation.«

»Wissen wir bereits. Manchmal aber auch nur zu dritt.«

»Negativ. Die zwei hinteren Flügelmänner setzen sich regelmäßig ab. Sie bleiben stets zu fünft. Und achten Sie auf den leichten Schwenk, ehe sie die Richtung ändern. Das macht sie verwundbar.«

Die ersten beiden Staffeln der Gleiter hatten bereits Feindkontakt. John konnte die sich jagenden Punkte beobachten. Da! Er ahnte den ersten Treffer, ehe er den Schrei des Piloten über Funk hörte.

»Sie haben recht.« Hartfields Stimme klang verblüfft.

Ein weiterer Treffer, und die Formation der Gleiter brach an einer Stelle auf. John ahnte, was gleich folgen würde. »Bitte darum, mich absetzen zu dürfen!«

»Negativ. Bleiben Sie in Formation!« Hartfield aktivierte den Funk. »Achtung, an alle Piloten! Die Aliens fliegen stets in Fünferformation. Ich wiederhole! Die Aliens fliegen stets in Fünferformation. Achten Sie besonders auf die Bewegungen der hinteren beiden Flügelmänner!«

Zwei Flügelmänner einer Alien-Formation durchbrachen die Begleitstaffel. John hatte es bereits vorhergesehen. Automatisch reduzierte er den Schub, ließ die Fähre eine Winzigkeit zurückfallen und die Jäger vor ihm vorbeirasen. Ein Schuss traf die Fähre vor ihm. Die Geschützmänner seiner eigenen Fähre schickten einen der beiden Jäger ins Nirvana.

Dann sah John den nächsten Fehler im Muster. Eine ganze Gruppe von feindlichen Jägern brach in die Formation ein und brachte sich dadurch in Schussposition. Die vorderste Fähre explodierte in einem Ball aus Feuer. Ein weiterer Treffer streifte die zweite. Wenn er den Kurs beibehielt, waren sie die nächsten.

John hatte genug. Automatisch reduzierte er den Schub, wendete so plötzlich, dass sein Magen hochhüpfte, und gab Vollspeed, während er einen engen Kreis flog.

Wie erwartet, sauste die Alien-Jägerstaffel weit ab an ihm vorbei. Ein Haken brachte ihn außerhalb der Formation. Er trudelte, fing sich und drehte im letzten Augenblick bei. Freie Bahn. Hinter ihm kollidierten zwei Alien-Kampfjäger miteinander, die ihn hatten abschießen wollen.

John grinste unwillkürlich. Ein wenig wunderte er sich, dass Hartfield so still blieb. Aber vielleicht war er auch zu beschäftigt damit, sein Essen bei sich zu behalten.

Die Bergarbeiterstation kam in Sicht. Aus den Augenwinkeln entdeckte er an einer der Andockstellen ein fremdes Schiff. Zu groß für einen Jäger, aber auch zu klein für ein Kampfschiff der Aliens. Den Konturen nach zu urteilen, schien es ebenfalls kein Fahrzeug der Menschen zu sein.

Da tauchte schon das gähnende Maul des Hangars vor ihm auf. Viel zu schnell jagte er hinein und kam nur mit vollem Gegenschub und einer kleinen Kehre zum Stehen.

Einen winzigen Augenblick herrschte Schweigen, ehe Hartfield deutlich hörbar die Luft ausstieß. Mit einem Klicken öffnete er die Sitzgurte und stand auf. Ein fester Schlag traf Johns rechte Schulter. »Mein Kompliment! Gut gemacht!«

John hatte mit allem gerechnet – einer Standpauke, eisigem Schweigen –, aber garantiert nicht mit einem Lob.

Zwei der zehn Landefähren waren nicht angekommen. Drei hatten schwere Schäden erlitten, es gab auch Verluste unter der Mannschaft. Drei weitere Fähren hatten Streifschüsse erhalten. Damit waren nur zwei Fähren ohne Kratzer davongekommen, darunter seine. Und der Pilot der anderen unbeschädigten Fähre war ein alter Hase. John fühlte einen Anflug von Stolz.

»Sammeln!« Hartfields Stimme übertönte wie immer mühelos das Chaos. Der kleine Raum neben dem Hangar wurde durch das dämmrige Licht der Notbeleuchtung nur unzureichend erhellt.

»Sir …« John hatte das Gefühl, dass er seine Beobachtung loswerden musste, ehe Hartfield einen Befehl gab.

»Ich hoffe, dass es wichtig ist, McClusky.«

»Sir, da war ein Schiff. An einer der Andockstellen.«

»Aliens?«

John zögerte. »Negativ. Ich würde auf eine unbekannte Partei tippen.«

Nun war es Hartfield, der zögerte. »Sind Sie sicher?«

John versuchte, sich die Konturen des fremden Schiffes in Erinnerung zu rufen. »Was ich gesehen habe, passt zu keinem der Alien-Schiffe und auch nicht zu einem der unseren.«

»Sie wissen, was das bedeutet?«

»Eine dritte Partei, Sir, die wir noch nicht kennen.«

»Wo?«

John deutete nach links. »Hab's beim Anflug gesehen. Es müsste am linken Ausleger der Station hier gewesen sein.«

Hartfield betätigte seinen Helmfunk. »Einsatzleitung für drittes Squad. Wir übernehmen den linken Quadranten. *Copy.*«

Verzerrt konnte John Goldblums Stimme antworten hören. *»Check. Over and out.«*

»Ihr habt's gehört!«, rief Hartfield. »Alpha bildet die Vorhut, Gamma und Tango bleiben hinten. Bravo und Delta zu mir.« Hartfield drehte sich um und winkte Stannis heran. »Sie bleiben mit ihrem Team immer in meiner Nähe. Ihre vordringliche Aufgabe ist es, unseren Piloten zu schützen.«

Ohne dass Hartfield noch viel sagen musste, gruppierten sich die Trupps und rückten vor. Das erste Squad, das beim Anflug Verluste hatte hinnehmen müssen, war von Goldblum dazu verdonnert worden, hierzubleiben, um notfalls die Landefähren zu verteidigen.

»Zu mir«, grunzte Stannis.

Wortlos gehorchte John.

»Sie bleiben stets einen Schritt hinter mir, McClusky. Garcia, Han-Sung, Flankendeckung. Reno, Westcott, voraus. Chadim, Mirek, Rückendeckung.« Es wirkte nicht so, als würde Stannis sich über Hartfields Anordnung freuen.

John schmeckte sie genauso wenig. Damit befand er sich an der sichersten Position innerhalb von Hartfields Squad. Langsam begann er, sich wirklich Gedanken zu machen über Hartfields Absichten.

4. Kapitel

Die Station war eine Aneinanderreihung von schlecht erleuchteten Korridoren, die zahlreiche Spuren von Beschuss aufwiesen und in denen sie sporadisch auf menschliche Leichen stießen. Dank Kim hatten sie immerhin einen Lageplan, den er an einem Computerterminal auf sein Notepad geladen hatte, damit sie sich nicht verirrten.

»Feindkontakt!«, schrie eine Stimme über Helmfunk. Sie schien dem Corporal von Team Alpha zu gehören, einem dunkelhäutigen Hünen mit tiefer Bassstimme.

Vom Ende des Korridors waren Schüsse zu hören. Energiewaffen detonierten und warfen ihren Glutschein bis zur nächsten Ecke vor ihnen.

Reflexartig entsicherte John seine Waffe.

»Kein Durchkommen, Sergeant.« Die Bassstimme im Helmfunk blieb trotz des Schusswechsels ruhig.

»Halten Sie die Stellung«, befahl Hartfield. Dann wandte er sich Kim zu. »Han-Sung, ich brauche eine Ausweichroute.«

Kim eilte herbei und studierte mit angestrengter Miene sein Pad. »Hier«, sagte er schließlich. »Den Korridor könnten wir nehmen.« Dabei deutete er auf den Seitengang neben ihm.

»Team Alpha für Hartfield. Wir nehmen einen anderen Weg. Halten Sie die Korridorkreuzung, bis Sie anderes von mir hören. Hartfield Ende.«

»*Copy. Over and out*«, bestätigte die tiefe Stimme.

»Delta und Bravo, vorrücken!« Hartfield nickte in Richtung des Seitengangs. »McClusky zu mir.«

Verdammt! Schon wieder wurde er zurückgepfiffen. Mit knirschenden Zähnen gesellte John sich zu Hartfield.

»Hinter mir bleiben!«, befahl ihm Hartfield. »Chadim, Manndeckung.«

Auch das noch, dachte John. Wenigstens folgte Hartfield Team Delta, Stannis und dem Rest seiner Einheit, ohne einem dritten Team den Vorzug zu geben.

Am Ende des schmalen Korridors wartete bereits Stannis. »Gefechtsfeuer«, raunte er.

Tatsächlich war rechts von ihnen aus dem breiteren Gang Gewehrfeuer zu hören und der Glutschein von Energiewaffen zu sehen. Hartfield lugte vorsichtig um die Ecke. »Vorrücken!«, befahl er Team Delta leise. »Wir fallen ihnen in den Rücken.«

Delta stieß nach rechts in den Gang vor, während Stannis mit seinem Team das Korridorende hielt. Das Gewehrfeuer nahm zu. Der Schein einer Explosion erleuchtete den Gang. Dann waren Schreie über Helmfunk zu hören. Ein Mann taumelte zur Gangkreuzung zurück. Ehe er die Deckung erreichte, wurde er mehrfach getroffen und zerplatzte in einem Regen aus Blut.

»Feuer massieren!«, schrie Hartfield.

Obwohl er wusste, dass das Kommando nicht für ihn galt, robbte John zum Korridorende vor. Die spinnenartigen Silhouetten zweier Aliens hoben sich wie Scherenschnitte vor dem hellen Grau der Korridorwände ab. Schmutzig rote Blutlachen markierten die Stellen, wo Soldaten gestorben waren. Eines der Aliens hob das Rohr an seinem Arm.

John schoss, ohne nachzudenken. Er leerte ein halbes Magazin und zerfetzte den halben Leib des Aliens. Trotzdem wurde der Schein im Rohr heller und heller, bis ein Glutball sich daraus löste.

Eine Hand riss John zurück in Deckung. Gerade rechtzeitig, ehe eine heiße Explosion die Stelle der Korridorecke zerriss, wo er eben noch gekauert hatte. Als er sich umdrehte, kniete Chadim hinter ihm.

»Lass mich los, verdammt!« Genervt wollte er Chadims Hand abschütteln.

Doch der zerrte ihn von der Ecke fort.

»Was wird das? Ich kann auf mich selbst aufpassen.«

Chadim ignorierte ihn und setzte eine Salve auf einen Gegner, den John noch nicht entdeckt hatte.

Eine neuerliche Explosion riss Metallstücke aus der Wand und warf John fast um. Dieser Glutball war offenbar von der anderen Seite gekommen.

»*Shit!* Die haben uns in die Zange genommen.« Noch während er redete, warf er sich neben Chadim zu Boden. Verzweifelt feuerte er auf das Glimmen im linken Gang.

Das Glühen wurde heller. Näherte sich.

Johns Gewehr gab nur noch ein Klicken von sich. Das Magazin war leer. Er riss es heraus und rammte ein volles hinein.

Das Glimmen war zu einem rötlichen Leuchten geworden und nur noch fünf Schritte entfernt.

Schreiend jagte John die Munition aus seinem Gewehr heraus. Wie durch Watte hörte er direkt neben sich das Tackern von Chadims Waffe. Dann vernahm er wieder ein Klicken. Leer.

Die dürren Beine der albtraumartigen Silhouette vor ihm knickten weg wie Papier, und das Wesen sackte in sich zusammen. Das leuchtende Ende des Rohrs, das auf ihn gezeigt hatte, erlosch. Grüner Schleim tropfte aus dem zerfetzten Leib. Es zischte laut, als die Substanz auf den Boden fiel und Löcher in das Metall fraß.

Keuchend starrte John auf das fremde Geschöpf. Seine Haut

wirkte schuppig – ein dunkles Grünschwarz. Je länger er es anstarrte, umso mehr wurde er sich bewusst, dass es größer und massiger war als alle Aliens, die er bisher gesehen hatte. Noch eine neue Form?

Aber wenn das stimmte, konnte das nur eines bedeuten!

Weit hinten im Dunkel des linken Korridors näherte sich ein weiteres Glimmen. Nein – zwei, drei.

»Da sind noch mehr!«, schrie John. Seine Finger tasteten nach dem leeren Magazin. »Ich brauch Munition.«

»Chadim!« Das war Hartfields Stimme.

»Geradeaus ist frei«, antwortete Chadim ruhig.

»Team Alpha!«, rief Hartfield.

»Geradeaus weitere Gegner«, ertönte aus dem Helmfunk die Bassstimme.

»Team Alpha, vorrücken zu unserer Position. Delta, Bravo, geradeaus! Alpha folgt uns. Gamma, Tango, Position sichern! Los!«

John rannte Stannis hinterher in den Korridor gegenüber. Im Halbdunkel entdeckte er Kim, Ophelia und Reno. Der andere Mann in der Nähe mochte Harlan sein.

Ein Schlag traf John in den Rücken, trieb ihn vorwärts, Stannis und den anderen hinterher. Hinter ihnen erhitzten Glutbälle die Luft und rissen Gangwände in Stücke. Das Gewehrfeuer, das antwortete, wurde immer spärlicher. Schließlich endete es ganz.

Sie passierten drei Gangkreuzungen, ehe Hartfield das Zeichen zum Halt gab. Jetzt erst erkannte John, dass es Chadim war, der ihn vorangetrieben hatte. Wortlos warf dieser ihm ein volles Magazin zu.

»Han-Sung!«, bellte Hartfield. »Standort!«

Kim zwängte sich an John vorbei zu Hartfield. Der fahle Schein des Notepads erhellte sein Gesicht hinter dem Helmvisier. »Hier entlang, würde ich vorschlagen, Sir. Und dann dort.« Kims Zeigefinger glitt über das Display. »Aber der Rückweg könnte ein Problem werden.«

»Über den Rückweg machen wir uns Gedanken, wenn es so weit ist. Alpha, Bravo, Delta – Status!«

»Team Alpha: drei Tote, ein Verletzter.«

John war erstaunt, die tiefe Stimme wieder zu hören. Er hatte geglaubt, dass keiner von Alpha noch am Leben war.

»Kampffähig?«, fragte der Sergeant.

»Positiv.«

Als Nächster meldete sich Stannis. »Team Bravo: vollzählig.«

»Team Delta: ein Toter, zwei Verletzte. Einer schwer.« Die Stimme war weiblich. »Aber er wird durchhalten, Sir.«

»Kowalski, Ihr Part!«

»Aye, Sir«, antwortete Mirek sofort.

»Delta Vorhut, Alpha Rückendeckung. Bravo übernimmt den Schwerverwundeten und die Deckung unseres Piloten. Wir werden vorrücken bis zu dem fremden Raumschiff, um es uns anzusehen. Sollten wir unterwegs nicht auf Überlebende stoßen, kehren wir sofort zu den Landefähren zurück. Noch Fragen?«

»Sir«, warf John ein. »Mit Verlaub, aber die Aliens hier sind anders. Sie –«

»Kein Wort, McClusky!« Hartfield fuhr blitzschnell zu ihm herum und packte ihn am Kragen. »Sie sind unser Rückflugticket, falls Sie das immer noch nicht begriffen haben. Sie bleiben immer einen Schritt hinter mir. Ist das klar?« Noch nie hatte John Hartfield so wütend erlebt.

»Die haben uns in die Zange genom–«

»Einen Schritt hinter mir, hab ich gesagt. Chadim, Sie haften mir dafür. Gnade Ihnen Gott, wenn Sie meinen Befehl noch einmal missachten, McClusky!« Hartfield verpasste ihm einen Stoß gegen die Brust und ließ ihn los. »Vorwärts!«

»Reno mit mir voraus! Han-Sung, Garcia, an den Flanken. Westcott, Rückendeckung. Kowalski, Chadim, McClusky, Mitte.« Stannis befahl nahezu die gleiche Aufstellung wie zuvor.

Als erst Delta und dann Stannis mit Reno davonhasteten, umklammerte John instinktiv sein Gewehr. Er musste sich dazu zwingen, den Vorausstürmenden nicht sofort hinterherzueilen. Noch nie hatte er sich so betrogen gefühlt.

Als ahnte er seinen inneren Kampf, legte Chadim ihm die Hand zwischen die Schulterblätter. Erst als Hartfield sich in Bewegung setzte, klopfte Chadim ihm zum Zeichen, dass er gehen solle, auf den Rücken.

Voller Zorn stapfte John Hartfield hinterher.

Eine Art Halle öffnete sich vor ihnen. Als John die weißen, mannsgroßen Säcke sah, die von der Decke herabhingen, blieb er unwillkürlich stehen.

»Weiter!« Chadim klopfte ihm auf den Rücken. »Der Sergeant will dich sprechen.«

Johns Hände wurden schweißnass. Trotzdem fror er auf einmal. Langsam, das Gewehr fest umklammert, setzte er sich in Bewegung. Sein Atem flog. In seinem Kopf herrschte Leere.

»McClusky!«

Jemand schüttelte ihn.

»McClusky, verdammt!«

Blinzelnd sah John in Hartfields Gesicht.

»Ich rede mit Ihnen. Was ist los?«

»Nichts«, würgte John hervor.

»Die Dinger hier.« Hartfield zeigte auf die Säcke. »Ich nehme an, dass das eine Brutstätte der Aliens ist.«

John nickte.

»Müssen wir leise sein? Hören die uns?«

Wieder nickte er. Der schrille Schrei eines der Wesen hatte ihn damals verraten. Wie ein Echo hallte er durch seinen Kopf. »Die ...« Er musste sich räuspern, um weiterreden zu können, so heiser war er. »Die sehen nach ihnen.«

»Sie meinen, wir sollten damit rechnen, dass welche in der Nähe sind?«

Wieder nickte er. Gott verdammt! Was war los mit ihm? Wollte er hier etwa gleich vor Hartfields Augen heulend wie ein kleines Mädchen zusammenbrechen?

»Wir rücken leise vor in Richtung Schleuse. Keiner berührt die Dinger. Alpha, Zugang sichern. Delta voraus!« Hartfield wandte sich ihm wieder zu. »McClusky!« Ein sachtes Schütteln. »Reißen Sie sich zusammen!«

»Aye, Sir«, krächzte John. Er war froh darüber, dass Hartfield sich zwischen ihn und die Kokons positionierte, während Chadim direkt hinter ihm blieb.

Leise schlichen sie an den Säcken vorbei. John konnte Ausbeulungen an den weißen Hüllen sehen. Als versuchten die Wesen in den Kokons nach ihnen zu greifen. Eine Hand legte sich zwischen seine Schulterblätter. Er zuckte zusammen, wirbelte herum – und blickte in das Gesicht von Chadim.

»Weiter«, sagte der mit einem Nicken.

Hartfield drehte sich um und winkte John zu sich.

Die paar Schritte bis zu Hartfield wirkten wie hundert Meter. Chadim legte die Hand in seinen Nacken. John war ihm dafür fast dankbar.

»Schleuse erreicht«, meldete die weibliche Stimme von Team Delta. »Öffnen jetzt Schleuse und gehen hinein.«

»Copy«, antwortete Hartfield leise und ging zehn Schritte weiter.

Links von ihnen wich die Wand zurück. Auch in der Nische hingen weiße Säcke. Johns linkes Bein fühlte sich an wie aus Pudding. Er wollte weitergehen, aber er war wie gelähmt.

Ein Zischen ertönte von der Schleuse. Wie gebannt starrte John auf die Kokons zur Linken. Die Beulen wurden größer, als versuchten die Biester darin, ihre Hüllen zu durchbrechen. Merkte das denn niemand?

Aus Richtung der Schleuse war ein dumpfer Knall zu hören. John wusste, was kommen würde. Ein hoher, schriller Schrei zerfetzte die Stille. Ein zweiter folgte.

Wie in Trance machte er einen Schritt rückwärts, stieß gegen einen Körper.

»Feindkontakt!«, gellte eine Frauenstimme im Helmfunk. Im gleichen Augenblick hallten Schüsse.

Instinktiv wich John dem Körper hinter ihm aus. Fort! Weg von hier. Es war, als sei sein schlimmster Albtraum wahr geworden. Überall waren die weißen Kokons. Er war umgeben von ihnen. Gliedmaßen reckten sich durch die weißen Hüllen, um nach ihm zu greifen. Er rannte und rannte, ohne Ziel. Jemand schrie voller Panik und Entsetzen. Dem Schrei folgte ein hoher Ton, der ihn in die Knie zwang.

Er ließ das Gewehr fallen und presste die Hände gegen die Ohren. Feuchtigkeit ließ das Helmvisier von innen beschlagen. Er schien zu schrumpfen, wurde zu einer Kugel am Boden, die Augen fest geschlossen. Sein angestrengtes Atmen klang wie ein Schluchzen.

Er sah das Alien wieder – fühlte die harten Klauen auf seinem Bein, sah die Zunge, die sich hineinbohrte wie eine heiße

Nadel. Wurde hochgehoben und an die Decke gehängt, um eingesponnen zu werden. Aber da war das Messer in seinem Stiefelschaft. Wenn er sterben musste, würde er das Drecksalien mitnehmen.

Dann sah er das Messer aus dem Schlund des Aliens herausragen. Er fiel, tötete mit einem gezielten Stich das verzerrte Abbild des Soldaten in dem zerstörten Kokon und stolperte gegen den Tisch mit der Schneidemaschine. Er hatte es getan: Das eigene Bein abgetrennt, um zu überleben. War vier Treppen hochgekrochen, bis aufs Dach, um Meldung zu erstatten.

Zitternd holte er Luft. Sein Atem beruhigte sich. Er hatte überlebt. Er hatte das Unmögliche geschafft. Und er war immer noch dabei, diesen Drecksaliens einen Denkzettel zu verpassen.

Ganz langsam löste er die Hände von den Ohren und richtete sich auf. Seine Finger tasteten nach dem Gewehr. Dann fiel sein Blick auf die dunkle Masse vor ihm.

Gelbe Augen mit schlitzförmigen Pupillen starrten ihn an. Der Kokon, in den das Wesen gehüllt gewesen war, lag halb zerstört auf dem Boden. Die dunkelgrüne, schuppige Haut der Kreatur war größtenteils mit einer schwarzen, lederartigen Kleidung bedeckt. Dann entdeckte John die dunkle Klinge in der Klauenhand. Ehe er reagieren konnte, rammte das Wesen sie sich in die eigene Kehle.

»John!« Im nächsten Moment wurde Kim bewusst, dass er den Freund über Helmfunk mit seinem richtigen Namen gerufen hatte. Verdammt! »Zacharias! Zach, warte!«

Das »Tackatack« von Gewehrsalven war aus Richtung Schleuse zu hören. Es näherte sich. Ein Glutball zerplatzte dort und tauchte die Szenerie kurz in rötliches Licht. Ein Körper explodierte. Zwei weitere stürzten zu Boden. Im Helmfunk waren Schmerzensschreie zu hören.

»Rückzug!«, brüllte Hartfield.

Hinter ihm schoss Chadim auf ein Alien, das zwischen den Kokons näher kam.

Gehetzt sah Kim sich um. John war direkt neben Hartfield gewesen. Nur drei Schritte hinter ihm. Er hatte aus den Augenwinkeln gesehen, wie sein Freund bei den ersten Schüssen in die Nische zur Linken gelaufen war.

Phil kam auf ihn zu. »Zurück!« Ein Glutball explodierte ein Stück weit hinter ihm und warf ihn auf die Knie.

Kim schaute in die Nische. Er erinnerte sich noch gut an Johns Blick, als sie ihn damals vom Dach abgeholt hatten. Starr vor Angst und Entsetzen. Er wagte sich nicht auszumalen, wie sich John angesichts der Erinnerungen an jene Erlebnisse in diesem Szenario fühlen mochte.

Das Gewehr im Anschlag lief er in die Nische hinein. »Zach! Zach, verdammt! Wo steckst du? Ich bin's, Kim!«

»Han-Sung, zurück!«, donnerte Stannis. Oder war es Hartfield?

Kim verschloss seine Ohren und rannte weiter. »Zach! Zacharias!« Suchend blieb er stehen und sah sich um. »Zach!« Mochten die Ahnen ihm beistehen! Was nutzte es, den falschen Namen zu rufen, wenn John starr vor Angst war? »John! John, hörst du mich? Ich bin's, Kim! Johnnie!«

»Hier!« Die Stimme war nur ein leises Krächzen. »In der Ecke.«

»Han-Sung«, tönte Hartfield über Helmfunk.

»Hier«, antwortete Kim, während er weiterrannte, »in der Nische. Ich habe Jo-... McClusky gefunden.«

Tatsächlich! Da war er. Kim wäre fast in ihn hineingelaufen.

Sein Freund kniete am Boden, mit hängenden Armen, das Gewehr in den Händen. Erleichtert legte Kim den Arm um Johns Kopf. Dann sah er den fremdartigen, reglosen Körper, der Johns Blick gefangen hielt.

»Ach, du Scheiße!« Seine linke Hand fand den Helmfunk. »Hartfield für Han-Sung! Hier ist eine neue Alien-Form. Nein, ich korrigiere: ein neues fremdartiges Wesen. Infiziert, offenkundig tot. Kein Alien. Ich wiederhole: kein Alien.«

2. Intermezzo

»Chadim, zu mir!«

Hartfield verfluchte den Tag, an dem er sich dafür eingesetzt hatte, McClusky wieder in den Kampf gegen Aliens zu schicken. Nicht genug, dass Donaghue ihn wie eine Laborratte auseinandernehmen wollte. Er hätte wissen müssen, dass der Junge den Kopf verlieren würde, wenn er erneut mit einer Brutstätte konfrontiert wurde.

»Han-Sung!«, schrie er erneut in den Helmfunk. Hinter sich hörte er Chadims Schritte.

»In der Nische, hinten links.« Die Stimme des kleinen Asiaten klang ganz ruhig.

Da entdeckte er Han-Sung; McClusky kniete neben ihm. Vor ihnen, halb verborgen in der Dunkelheit, lag eine dunkle Gestalt, wie Hartfield sie noch nie gesehen hatte.

Langsam trat er heran, um das fremde Wesen zu studieren. Schuppige, dunkelgrüne Haut. Eine Nickhaut bedeckte zur Hälfte die starren, schlitzförmigen Pupillen der gelben Augen. McClusky hatte recht gehabt. Die Aliens hier auf der Station waren anders.

Dann sah er die dunkle Flüssigkeit am Boden und das Messer. Das Wesen war offensichtlich tot. »Was ist passiert?«

McClusky war aufgestanden. Chadim ragte hinter ihm auf wie ein Bollwerk. »Er hat sich die Kehle durchgeschnitten.« McCluskys Stimme war immer noch rau und zittrig.

»Han-Sung, machen Sie Fotos! Schnell!« Beim letzten Wort schaltete Hartfield den Helmfunk an. »Stannis, Status!«

»Sind auf dem Rückzug«, kam die prompte Antwort. »Schwere Verluste.«

Hartfield blickte kurz zurück. Sie mussten sich beeilen, wenn sie nicht wollten, dass ihnen der Rückweg abgeschnitten wurde. »Han-Sung!«

»Sir!« Der Asiate hielt ihm ein handtellergroßes Gerät entgegen. Ein kleines Licht blinkte an einer Ecke. »Das habe ich bei dem ... äh, fremdartigen Wesen gefunden. Ich glaube, das ist ein Sender.«

Hartfield hatte genug Notrufsender gesehen, um einen zu erkennen. Wortlos riss er Han-Sung das Gerät aus der Hand, warf es auf den Boden und zerbrach es mit einem gezielten Stiefeltritt.

»Sir, das ... das war das erste Gerät einer fremdartigen Spezies, die –«

»Einsammeln«, unterbrach Hartfield ihn. »Zusammen mit dem Messer.« Sein Blick fand McClusky, dessen Gesicht unter dem Helmvisier bleich und reglos wirkte.

Ein kleiner Stoß gegen die Brust ließ ihn taumeln. Er blinzelte, als erwache er aus tiefem Schlaf, und sah ihn an.

»Das wird ein Nachspiel haben, McClusky.«

»Aye, Sir.«

Hartfield sah, wie er das Gewehr in die richtige Position brachte. Endlich! Er reagierte wieder.

»Han-Sung?«

»Fertig, Sir.«

»Vorwärts!«, rief Hartfield nur. Dieses Mal würde er selbst auf McClusky aufpassen.

5. Kapitel

»Vorwärts, vorwärts, vorwärts!« John wusste nicht, wie oft Hartfield das inzwischen geschrien hatte.

Der Sergeant war seit der Brutstätte immer direkt hinter ihm, als habe Hartfield Angst, ihn aus den Augen zu verlieren. Zu seiner Rechten ging Chadim. Kim und Ophelia waren zu seiner Linken. Selbst wenn er gewollt hätte, wäre es ihm schwergefallen, erneut abzuhauen.

Voraus war Gewehrfeuer zu hören. »Rechts!«, schrie Hartfield. Seine Hand berührte Johns Rücken und lenkte ihn in die genannte Richtung.

Die Situation war demütigend. Als hielte Hartfield ihn für einen kleinen Jungen, auf den man aufpassen musste. Aber wenn er ehrlich zu sich war, dann hatte Hartfield recht. Er hatte in der Brutstätte völlig den Kopf verloren.

John biss die Zähne aufeinander. Eher würde er krepieren, als dass ihm so etwas noch einmal passierte.

»Rückzug«, tönte die tiefe Stimme des Teamleaders von Alpha aus dem Helmfunk. »Sergeant, kein Durchkommen hier.«

»Team Tango und Delta?«

»Negativ, Sir. Hier ist niemand.«

Hartfield fluchte. »Rückzug, Alpha!« Dann: »Han-Sung!«

Dieser eilte sofort an Hartfields linke Seite. John musste nur ein wenig den Kopf drehen, um auf Kims Notepad schauen zu können.

Ein Wirrwarr von Gängen war dort zu sehen. Kim zeigte auf einen mit einem roten Punkt. »Wir sind hier. Alpha ist dort.« Ein Gang zur Rechten. »Tango und Delta sollten dort warten.« Das war eine Korridorkreuzung auf halbem Weg zwischen dem Hangar und ihrer aktuellen Position, knapp links von Alphas Standort. »Hier, hier und hier ist alles voller Aliens.« Kim zeigte auf so gut wie jeden Gang, der zwischen ihrer Position und der Hangarhalle lag. »Wir könnten den hier noch probieren. Mehr Optionen haben wir nicht, Sir.« Der genannte Gang lag weitab zur Linken. Den zu benutzen würde sie weit mehr als die halbe Stunde kosten, die Goldblum ihnen zur Evakuierung der Station gegeben hatte.

Stannis trat hinzu. »Sir, mit Verlaub. Aber die ersten Landefähren befinden sich bereits auf dem Rückflug. Wir sollten durchzubrechen versuchen.«

Hartfield rieb über das untere Ende seines Helms.

»Können die Aliens im Vakuum überleben?«, fragte John.

Ruckartig hob Hartfield den Kopf. »Auf was wollen Sie hinaus?«

»Wenn eine der Landefähren mit einem platzierten Schuss einen Teil des oberirdischen Bereichs der Station zerstört, befänden wir uns zwar im Vakuum, aber wir haben Helme.« Als er seinen Gedanken aussprach, erschien er John nicht mehr so gut.

»Sind Sie irre!«, blaffte Stannis.

Hartfield starrte auf Kims Notepad. Schließlich schüttelte er den Kopf und aktivierte den Helmfunk. »Einsatzleitung für drittes Squad. Erbitte Verstärkung. Sind von einer Übermacht Aliens angegriffen worden und sitzen fest.«

Es rauschte in der Leitung. Dann war Goldblums Stimme zu hören. »Negativ. Keine Verstärkung entbehrlich. Müssen den Rückzug decken.«

»Wir gehen nach links«, sagte Hartfield.

»Hartfield für Einheit Tango!« Die Stimme im Helmfunk war kaum zu verstehen. »Hartfield!«

Mit einem Handzeichen befahl der Sergeant den anderen, stehen zu bleiben. »Hartfield hört.«

»Lance Corporal Lau spricht. Sitzen hier fest. Nur noch fünf Mann am Leben…« Ein Husten unterbrach die Meldung. »Corporal Cassel ist tot.«

Corporal Cassel war der Teamleader von Gamma. Also meinte Lau wohl, dass von beiden Teams nur noch fünf Mann am Leben waren.

»Ihre Position?«, fragte Hartfield.

»Zwei Korridorkreuzungen links der befohlenen Position. Wir mussten uns zurückziehen. Der Feind hat uns umgangen und…« Eine Hustenattacke beendete abrupt die Meldung.

Ehe Hartfield nach Kim rufen konnte, trat dieser zu ihm und aktivierte sein Notepad. »Das muss hier sein.« Kim zeigte auf eine Korridorkreuzung, die auf ihrem Weg lag.

Ungebeten studierte John den Lageplan und schüttelte schließlich resigniert den Kopf. »Sir, wo sich der Feind aufhält, ist kein Durchkommen. Wir können vielleicht mit etwas Glück die fünf Mann da rausholen. Aber dann gehen uns langsam die Optionen aus. Und zum Durchbrechen sind die Korridore zu schmal. Wir können unsere Feuerkraft nicht –«

»Halten Sie den Mund, McClusky!«, fuhr Hartfield ihn an. »Alpha und Delta, vorstoßen zur Position von Tango und Gamma! Bravo rückt langsam hinterher.«

»Sir, mit Verlaub! Aber Sie müssen nicht mein –«

»Kein Wort mehr, McClusky!«

»Wenn wir alle tot sind, brauchen Sie mich nicht mehr, Sir!«, schrie John zurück.

Hartfield packte ihn am Kragen. »Trotz Ihres vorlauten

Mauls, McClusky! Sie bleiben bei mir! Noch habe ich nicht aufgegeben.«

Schon weit vor der von Lau genannten Position konnte John Gewehrfeuer hören. Am Ende des Korridors vor ihm erhellte ein Glutball die Szenerie. Ein Pulk von Menschen rannte auf ihn und die anderen von Team Bravo zu.

Ophelia und Phil waren mit entsicherten Gewehren vorgeeilt und warteten, um die Fliehenden passieren zu lassen.

»Zurück!«, schrie eine weibliche Stimme. Sie hörte sich an wie Lance Corporal McDonald von Team Delta.

Ein fliehender Hüne blieb stehen und deckte die albtraumartigen Wesen, die ihnen folgten, mit Schüssen ein.

Eines von ihnen hob den Arm mit dem glühenden Rohr.

»Zurück!«, schrie McDonald erneut. »Zurück!« Eine der Gestalten, vielleicht war es sie, wandte sich um. »Elba!«

Der Hüne drehte sich wieder in Johns Richtung, packte sie am Arm und riss sie mit sich.

»Oph! Phil!« John hörte sich schreien. Eine Hand wollte ihn festhalten. Aber er riss sich voller Zorn los, um Phil und Ophelia beizustehen.

Die beiden begannen zu feuern, kaum dass Elba – der Teamleader von Alpha – und McDonald sie erreicht hatten. Doch zu spät, um den Schuss des Aliens noch zu verhindern.

Die Explosion blendete John. Instinktiv warf er sich zu Boden. Trümmerstücke schwirrten über ihn hinweg. Metall kreischte. Dazwischen mischten sich die Schreie von Menschen. Dann wurde alles übertönt von einem ohrenbetäubenden Bersten.

Als John den Kopf hob, war der Gang voller Staub. Er rappelte sich auf die Füße. »Phil! Oph! Phil! Ophelia!« Er schrie die beiden Namen, während er benommen auf die Stelle zutaumelte, wo er sie zuletzt gesehen hatte.

Trümmerstücke versperrten ihm den Weg. Der Gang war eingestürzt. Wer auch immer sich dort befunden hatte, war wohl tot. »Phil! Oph!« Seine Stimme drohte zu versagen.

»Hier!« Ein Husten war zu hören.

Er stürzte auf die Stelle zu, fand einen Arm und zog daran. Hustend kam Phil zum Vorschein.

»Fass mit an!«, keuchte dieser.

Blind griff John zu und half ihm dabei, einen Körper aus dem Schutt herauszuziehen. Es war Corporal Elba. Nicht Ophelia.

Er registrierte, wie Phil nach Mirek schrie und sich über den reglosen Hünen beugte. Seine Brust schmerzte. »Oph!«, schrie er, »Ophie!« Wie in Trance stolperte er über herumliegende Trümmer, hinein in das Chaos aus Metallteilen und Schutt, der vom Gestein über dem Gang stammen musste. »Oph!« Seine Finger fanden einen Körper im Schutt. Er zog daran wie ein Wahnsinniger, löste eine kleine Gerölllawine aus, fiel und rutschte rücklings mit dem leblosen Menschen in den Armen über die Steine.

Hilfreiche Hände zogen den Körper von ihm herunter. Eine Frau, zweifellos. Wie durch einen Nebel sah er, dass Mirek sich über sie beugte, um sie zu untersuchen.

»Tot«, sagte Mirek mit einem bedauernden Kopfschütteln.

John fühlte sich, als habe ihn jemand erdolcht. »Oph!«, schrie er noch einmal, als könne er sie damit zurückrufen.

»Hör auf zu brüllen!«, rief jemand. Ophelias Stimme.

Dann sah John zu seiner Rechten die Gestalt, die über Trümmer auf ihn zuwankte. Wortlos eilte er ihr entgegen und schloss sie in seine Arme.

»Hör auf«, keuchte Ophelia, »hör auf! Du erdrückst mich ja!« Trotz ihrer Worte schlang sie die Arme fest um ihn.

»Vier Mann konnten wir retten. Lance Corporal McDonald ist tot, Corporal Elba ist verletzt. Zwei weitere Männer von Team Alpha und einer von Delta werden vermisst. Der Korridor ist unpassierbar.« Stannis hatte mit bebender Stimme gesprochen.

Hartfields Miene war düster. »Han-Sung!«

Wieder blickte John ungefragt auf Kims Notepad. Seine Rechte lag immer noch auf Ophelias Schulter. Sie wehrte sich nicht einmal dagegen.

Mit einem Blick sah John, dass alle Wege versperrt waren, und das Zeitfenster, das Goldblum ihnen gegeben hatte, war lange überschritten. Sein Blick fand eine Linie, die quer über die Station verlief. »Da«, sagte er, »rechts von dieser Linie liegt die Station oberirdisch. Wenn uns hier eine große Kanone den Weg freischießt, haben wir eine Chance.«

Hartfield starrte ihn an. »Sie wissen, dass einer der Schüsse uns treffen kann.«

John zuckte mit den Achseln. »Besser verdampfen, als zum Alien gemacht zu werden. Finden Sie nicht?«

Statt ihm zu antworten, aktivierte Hartfield den Helmfunk. »Einsatzleitung für Hartfield. Hören Sie mich?«

»Das ist nicht Ihr Ernst«, keuchte Stannis.

Der Sergeant ignorierte ihn.

Die Einsatzleitung meldete sich. »Hier Gallagher. Wo bleiben Sie? Wir haben Mühe, den Hangar zu halten.«

»Können Sie eine der startenden Landefähren anweisen, den linken oberirdischen Flügel der Station unter Beschuss zu nehmen?«

»Ich kann einen der Gleiter dazu anweisen, wenn Sie uns die Koordinaten angeben. Was zur Hölle bezwecken Sie damit?«

»Wir brauchen eine freie Passage zu den Fähren. Die können Sie uns auf diese Weise liefern, Sir.«

Eine kleine Pause entstand. »Habe verstanden. Sie kriegen Ihre Passage.«

Der Boden unter John bebte, als die Geschosse einschlugen. Er kauerte neben Ophelia am Boden, den Arm schützend um ihre Schultern gelegt. Schließlich endete das Bombardement.

»Stannis, Westcott, Chadim, Vorhut!«, rief Hartfield.

»Hoch mit dir«, sagte John und half Ophelia vorsichtig auf die Beine.

Sie lächelte und legte freiwillig den Arm um seine Schulter, damit er sie stützen konnte. Kim half derweil Mirek, Phil auf die Füße zu ziehen. Mirek hievte daraufhin Elba hoch. Phil hielt sich an Kim fest und wirkte einigermaßen stabil.

Aber Mirek war mit Elbas Gewicht sichtlich überfordert. »Geh«, keuchte er, als er Johns Blick bemerkte. »Ich schaff das schon!«

Je weiter sie vorankamen, desto schwieriger wurde es. Trümmerstücke und glühende Metallteile behinderten sie. Dazwischen waren immer wieder zerfetzte Alien-Körper zu sehen. Über ihnen gähnte das All, wo ein Feuerwerk die Schlacht zwischen den Alien-Kampfjägern und den Gleitern markierte.

»Sir, hier ist ein Zugang in die Station!«, rief Harlan schließlich aufgeregt.

John hatte schon geglaubt, sie würden nie mehr einen Weg ins Innere finden.

»Vorhut, Zugang sichern!«, rief Hartfield sofort über Helmfunk. »Schneller, schneller!« Er winkte ungeduldig.

Natürlich! Der Sergeant rechnete mit Feindkontakt, sobald sie sich dem Hangar näherten.

»Geht's noch?«, fragte John Ophelia.

Sie lächelte ihn hinter dem Helmvisier an. »Hey, ich habe den besten Begleiter, den ich mir wünschen kann.«

Er grinste. »Heb dir deine Anmache für später auf, Baby!«

»Zugang gesichert. Alles ruhig«, meldete Stannis.

»Weitergehen!« Hartfield tauchte neben John auf, als wolle er sich vergewissern, dass sein eigensinniger Private dem Befehl auch Folge leistete.

Verbissen kämpfte John sich mit Ophelia vorwärts. Der Zugang kam schon bald als dunkles Maul zwischen den Trümmern in Sicht. Davor war Harlans Gestalt zu erkennen. Als John näher kam, konnte er die wirr hervorragenden Metallstreben sehen, die den Abstieg erschweren würden.

»Nimm Harlans Hand«, sagte John zu Ophelia. Er wartete, bis sie es tat, und rutschte vorsichtig ein Stück weit nach unten. Als er einen sicheren Stand hatte, half er ihr zu sich hinab und ließ sie dann zu Chadim herunter, der bereits unten war. Stannis kniete links von ihm hinter einem Trümmerstück mit der Waffe im Anschlag.

Da Kim mit Phil auftauchte, blieb John, wo er war.

»Bist du dir sicher?«, fragte Phil zweifelnd.

»Nun komm schon«, knurrte John. Um keinen Preis hätte er sich davor gedrückt, seinem Kumpel hinabzuhelfen, auch wenn Phil verflucht schwer war. John war froh, als er ihn heil unten wusste. Aber jetzt kam Elba – ein echtes Problem.

»Westcott, Kowalski, Sie helfen Elba!«, befahl Hartfield. »Alle anderen nach unten.«

Behände sprang John herab und bezog neben Chadim Position, während der Rest der Truppe nach und nach unten eintraf. Harlan und Mirek schafften es sogar, Elba hinabzuhieven.

Kim zeigte nach links. Hinter der nächsten Biegung musste der Hangar liegen. Sie waren fast am Ziel.

John umfasste mit dem linken Arm Ophelia; das Gewehr hielt er in der rechten Armbeuge im Anschlag. Er sah Stannis geduckt vorausgehen. Chadim sicherte nach rechts, Harlan nach links. Sie hatten die enge Biegung fast passiert.

»Feindkontakt!«, rief Stannis. Gleichzeitig war das »Tackatack« seines Gewehrs zu hören.

Einen Moment später fiel Harlans Waffe ein. Chadim sprang zu ihnen, warf sich auf die Knie und feuerte.

»Vorwärts!«, schrie Hartfield und schlug John auf den Rücken. »Los, los, los! Muss ich euch Beine machen?«

Mit zusammengebissenen Zähnen packte John Ophelia fester und rannte los. An Chadim vorbei, dann an Harlan und Stannis, um die Biegung, hinein in den Hangar.

Zwei Landefähren warteten dort auf sie. John wollte vor Glück jubeln – da traf ihn ein harter Schlag gegen die rechte Brust.

Er fiel wie in Zeitlupe. Fühlte kaum, als er auf den Boden prallte. Ein heißer Stich jagte durch seine Brust. Presste die Luft aus seinen Lungen. Er keuchte, rang nach Atem und hustete Blut. Bemerkte auf einmal die riesige Lache aus warmer Flüssigkeit, in der er lag.

Jemand schrie.

Luft! Er japste, hustete noch mehr Blut. Versuchte, den Helm herunterzureißen. Aber jemand hielt seine Hände fest. Er krümmte und wehrte sich. Schwarze Schatten tanzten vor seinen Augen. Dazwischen sah er Ophelias Gesicht und das von Mirek.

Der Boden unter seinem Rücken schwand. Die Welt um ihn herum schwankte. Er begriff, dass er getragen wurde, an Armen und Beinen, mit schlaff herabhängendem Kopf. Plötzlich war er in einem metallenen Raum: im Innern einer Landefähre.

Mirek beugte sich über ihn, berührte ihn und verursachte weiteren Schmerz, der ihn in die Dunkelheit schickte.

Er erwachte, als jemand seine Wange tätschelte. »John! John, hörst du mich?« Die Stimme gehörte Mirek.

Blinzelnd öffnete er die Augen. Jemand hatte ihm den Helm abgenommen. Also war die Tür der Landefähre geschlossen. Die rechte Brust schmerzte, als wäre sie von einer faustdicken Lanze durchbohrt worden. Sein Blick fand dort einen blutigen Verband. »Was ...«, flüsterte er.

»Es tut mir leid!«, rief eine fremde Stimme im Hintergrund. »Es tut mir leid. Ich wusste nicht ...«

Mirek legte die Hand auf seine Stirn. »Eine Kugel hat dich getroffen. Lungendurchschuss. Deshalb kriegst du so schwer Luft. Da draußen ist ein Haufen Aliens. Wir müssen schnell von hier weg. Kannst du fliegen?«

Das war eine Menge Informationen, die Mirek ihm da auflud. Versuchsweise öffnete und schloss John die Hände. »Ja.«

Er fühlte sich wie auf Wolken. Das Schmerzmittel, das Mirek ihm gegeben hatte, musste verdammt stark sein. Trotzdem war er froh, als er endlich im Pilotensessel saß und Chadim ihn losließ.

Hartfield beugte sich über ihn und schloss eigenhändig die

Gurte. Mit beiden Händen umfasste er sein Gesicht und musterte ihn eingehend. »Zeigen Sie's ihnen«, raunte er und verschwand.

Johns Sicht verschwamm. Mit einer bebenden Hand wischte er sich über das Gesicht. Die Bewegung schmerzte höllisch. Stöhnend ließ er die Hand sinken und schloss für einen Moment die Augen. Die Konsole tauchte vor seinem geistigen Auge auf. Als er die Lider wieder öffnete, holte er vorsichtig Atem. Seine Finger suchten die Kontrollinstrumente. »Okay.« Er erschrak über seine eigene Stimme – so schwach klang sie.

»*Washington*, hier Landefähre sieben. Bitte melden«, sagte Hartfield über Funk.

»*Washington* hört«, antwortete eine samtige Altstimme.

»Wir starten. Erbitte Geleitschutz. Ich wiederhole. Erbitte Geleitschutz. Unser Pilot ist schwer verletzt.«

»Schicken Sie alle Gleiter, die noch draußen sind!«, rief eine Stimme dazwischen, die John bisher nur selten gehört hatte. Wenn er sich nicht irrte, gehörte sie Forsman.

Vorsichtig aktivierte John die Triebwerke. Bemüht darum, keine hastigen Bewegungen zu machen, zog er die Landefähre herum. Langsam flog er sie aus dem Hangar. Intuitiv blickte er zum Radar, fand den Tanz der Punkte, ordnete sie Freund und Feind zu. Dann hielt er geradeaus auf die *Washington* zu.

Jägerformation, registrierte sein Hirn. Das Ausweichen ging ganz automatisch. Doch die Bewegungen der Armmuskeln jagten heiße Wellen des Schmerzes durch seine rechte Seite. Er stöhnte wider Willen und biss sich auf die Lippen. In seinem Sichtfeld tauchten schwarze Schatten auf. Lange würde er nicht mehr durchhalten. Entweder hielten die Gleiter die feindlichen Jäger von ihm fern, oder es war vorbei.

Noch einmal ausweichen. Eine lange Kurve, die fast in ein Trudeln überging, ehe er die Fähre mit einem Keuchen wieder auf Kurs brachte. Das Hangartor der *Washington* kam näher. Öffnete sich wie ein riesiges Maul, um ihn einzulassen. Ein Teil seines Bewusstseins schrie ihm zu, dass er bremsen musste.

Seine schweißnassen Finger zuckten, um den Schubhebel zu erreichen. Er sah noch einen dunklen Tunnel, ohne zu wissen, ob seine Finger taten, was er von ihnen wollte. Dann fiel er in die Finsternis.

6. Kapitel

»Bleiben Sie bei ihm«, sagte Hartfield zu Ophelia.

Sie hätte es getan, selbst wenn er ihr das Gegenteil befohlen hätte.

John war mit der Fähre wie ein Geschoss in den Landetunnel eingeschlagen. Wie durch ein Wunder waren alle mit kleineren Blessuren davongekommen. Dumm war nur, dass man sie jetzt aus der Fähre herausschweißen musste – und John lief die Zeit davon. Ophelia hatte den Tod zu oft gesehen, um sich etwas vormachen zu können.

Zärtlich strich sie über die kurzen rotblonden Haare. Er war weggetreten, und Mirek, der mit besorgter Miene im Flugbegleitersitz saß, würde sie bestimmt nicht verraten.

»Du solltest das nicht tun«, sagte Mirek schließlich.

»Was?« Darum bemüht, ihren Zorn zu verbergen, sah sie auf. Ihre rechte Hand lag auf Johns Kopf, die andere hielt seine Linke.

Mirek räusperte sich. »Ihn so zu mögen.«

»Glaubst du, das kann man einfach abstellen?«

Betroffen senkte Mirek den Kopf. »Nein, sicherlich nicht.«

»Dann hör auf, so einen Blödsinn zu quatschen! Wir sind hier allein. Und er weiß es nicht. Also lass mich in Ruhe!« Ihr Blick fand wieder Johns bleiches Gesicht.

Mirek hatte eine Sauerstoffmaske vor seinem Mund und seiner Nase befestigt. Wie beiläufig hielt er Johns rechtes Handgelenk. Ophelia begriff, dass er anscheinend die ganze Zeit nach Johns Puls fühlte.

»Wie lange dauert das noch?«, fragte sie aufgebracht. Der Zorn half ihr dabei, die aufsteigenden Tränen zu unterdrücken.

Mirek sah tatsächlich auf die Uhr der Konsole. »Mindestens noch eine halbe Stunde. Eher eine ganze.«

»Schafft er das?«

»Ich habe um Blutkonserven gebeten. Die müssten bald da sein. Dann sieht es besser aus.«

»Besser.« Das hieß eigentlich, dass es nicht gut aussah. Sie drückte ihre Wange gegen Johns. Ihre fühlte sich heiß an. Oder war er so kalt? »Oh, *Shit!*« Nun liefen die Tränen doch.

Ängstlich beobachtete Ophelia Johns Pulsschlag. Die zweite Blutkonserve lief gerade durch, als die Schweißer endlich ein Loch geschaffen hatten, das groß genug für einen Menschen war.

Harlan und Mirek betteten John vorsichtig auf eine Nottrage. Mirek kletterte zuerst durch das Loch und hievte John mit Harlans Hilfe aus der Fähre. Ophelia zwängte sich direkt hinter Harlan durch die Öffnung. Um keinen Preis wollte sie John aus den Augen lassen.

Dort beugte sich sofort Donaghue über Johns reglose Gestalt. »Zur Krankenstation, schnell«, sagte er nur und richtete sich ächzend auf. Zu einem der Pfleger setzte er hinzu: »Sie bleiben hier und kümmern sich um die Verletzten. Schwester Lombard, Sie kommen mit mir!«

Einer der wartenden Pfleger wollte sich um Ophelia kümmern. Aber sie wehrte ihn ab und eilte Donaghue hinterher. Der Arzt folgte Harlan und Mirek mit der Nottrage, auf der John lag. Die Schwester joggte nebenher mit der Blutkonserve.

Ophelia folgte wie in Trance. Als liefe sie durch einen Tunnel, in dem schattenhafte Gestalten bereitwillig Platz machten und an dessen Ende die Tür der Krankenstation wartete. Wie betäubt sah sie dabei zu, wie John dort auf ein Bett mit Rollen gehievt und von Donaghue durch eine Tür gefahren wurde.

Es war die Schwester, die Ophelia aufhielt, als sie ihnen folgen wollte. »Kein Zutritt!«, sagte sie nur und schloss die doppelflügelige Tür vor ihrer Nase.

Eine Hand legte sich auf Ophelias Schulter. »Setz dich«, sagte Mirek. »Es wird eine Weile dauern.«

Sie gehorchte und ließ benommen zu, dass Mirek ihre Schürf- und Platzwunden behandelte, während sie warteten. Harlan lief in dem kleinen Raum wie ein Tiger auf und ab. Nach einer Weile gesellte sich Kim zu ihnen. Er brachte Phil mit, der einen Arm in der Schlinge trug. Kurz darauf kamen tatsächlich noch Chadim, Hartfield und Stannis.

»Wird langsam eng hier«, knurrte Phil gereizt.

Hartfield wies zur Tür. »Ich werde alle informieren, sobald ich etwas weiß. Gehen Sie in Ihr Quartier! Alle!«

Widerwillig folgten die Troopers dem Befehl. Nur Ophelia schüttelte den Kopf. Hartfield setzte sich schweigend neben sie.

Die Zeit verrann träge wie Sirup. Und mit jeder Sekunde wuchs Ophelias Angst. Irgendwann hielt sie es kaum noch aus. Sie glaubte zerspringen zu müssen, wenn nicht bald etwas geschah.

Endlich öffnete sich die doppelflügelige Tür.

Donaghue kam heraus. Er wirkte müde. »Er ist im Aufwachraum.«

Die Zeit hatte Risse. John glaubte Ophelia und Hartfield an seinem Bett zu sehen. Dann waren sie wieder fort. Oder doch nicht. Waren da nicht ihre Stimmen zu hören?

Er dämmerte wieder fort. Schreckte schließlich hoch, weil sich irgendetwas änderte. Mausgesicht lächelte ihn an und sagte etwas, das er nicht verstand.

Dann verschwand sie, und Ophelia beugte sich über ihn. Träumte er, oder strich sie tatsächlich über seine Stirn? So oder so, es fühlte sich gut an. Seufzend schloss er wieder die Augen und ließ sich treiben. Alles andere war ohnehin zu anstrengend.

»Hey, Dornröschen!« Jemand zupfte an seinem Ohr. »Du hast lange genug geschlafen.«

Blinzelnd öffnete er die Augen. Ein heller Fleck mit dunklem Rahmen schwebte über ihm. »Hmm.«

Ein Lachen ertönte. Die vorwitzigen Finger zupften an seiner Nase. »Aufwachen!«

Seufzend versuchte er die Schleier vor seinen Augen zu vertreiben. Als sein Blick sich endlich klärte, erkannte er Ophelia.

»Hat ja lange genug gedauert«, sagte sie. »Ich hab Neuigkeiten.«

»Kann das warten?« Seine Stimme war nur ein Krächzen.

»Hallo! Ich warte jetzt schon drei Tage. Meinst du nicht, dass das lange genug ist?« Sie tippte an sein Kinn.

Er wollte ihre lästigen Finger einfangen. Aber die Bewegung jagte einen heißen Stich durch seine rechte Brust. Wider Willen entfuhr ihm ein Stöhnen. »Miststück!«

»Ich wusste, dass du mich magst. Also! Hörst du mir jetzt zu?«

»Hab ich eine Wahl?«, knurrte er. Im Grunde gab es Schlimmeres, als Ophelia neben dem Bett sitzen zu haben.

»Wir haben ein wenig recherchiert.« Sie beugte sich vor und

senkte ihre Stimme. »Goldblum hat anscheinend wieder versucht, uns zu erledigen. Sie hat alle Squads abberufen, bis auf unseres und das erste. Und das erste glaubte, dass wir verschollen sind. Es wartete auf eine Fähre, die sie abholen sollte, weil ihr Pilot beim Anflug getötet wurde.«

Erst jetzt wurde John sich bewusst, dass er sich nicht in einem Einzelzimmer befand, sondern in dem großen Raum, wo nur Vorhänge die Betten voneinander trennten. »Du meinst, das war Absicht?«

Ophelias Atem streifte seine Wange. »Dass der Blödmann dich getroffen hat? Sicher nicht. Aber dass das erste Squad noch da war und nichts von uns wusste – das schon. Wenn Hartfield nicht so schnell reagiert hätte, wären wir jetzt wahrscheinlich alle tot. Oder Alien-Futter.«

»Und?« Ophelias Halsbeuge war verlockend nah. Ihr dunkler Pferdeschwanz kitzelte seine Nase.

»Hörst du mir nicht zu?« Mit gespielter Empörung gab sie ihm einen kleinen Klaps. »Du musst mit Hartfield sprechen! Sonst springt dir nicht nur Phil an die Kehle.«

»Wer noch?«, fragte er lächelnd.

Ophelia zupfte an seinem Ohr. »Das weißt du ziemlich gut, mein Süßer!«

»Das glaube ich erst, wenn ich es erlebe«, antwortete Philippe. Es reichte ihm. Eigentlich geschah es John ganz recht, dass er jetzt mit einem Lungendurchschuss auf der Krankenstation lag. Hätte er mit Hartfield geredet, wäre das alles nicht passiert.

»Jetzt krieg dich ein«, erwiderte Ophelia. »Wir müssen uns überlegen, wie wir Hartfield zu ihm ans Krankenbett kriegen, ohne dass es auffällt und ohne dass Chadim uns dabei stört.«

»Ich mache das. Wehe, einer von euch mischt sich ein!« Phil ging direkt zur Tür, ehe er kalte Füße kriegen konnte.

Im Laufschritt eilte er durch die Korridore zu Hartfields Büro. Als er davorstand, straffte er sich. Sein Vater war Kongressabgeordneter und hatte es bis zum Major geschafft, ehe er die Troopers verließ. Und Louis war ein Kriegsheld. Von einem Sergeant ließ er sich so schnell nicht abwimmeln.

Philippe öffnete die Tür, ehe Hartfield ihn nach seinem Namen fragen konnte.

Als er eingetreten war, hob Hartfield eine Augenbraue und lehnte sich in seinem Stuhl zurück. »Halten Sie nichts davon, sich bei einem Vorgesetzten anzukündigen?«

»Sir. Verzeihung, Sir.« Phil salutierte. »Es ist wichtig.«

»Wichtig genug, um meinen Unmut zu wecken?« Eine Pause entstand. »Na gut, dann reden Sie!«

»John …« Phil biss sich auf die Lippe.

»John. Aha. Ich kenne keinen John.«

»Sie wissen, dass schon mehrere Mordanschläge auf McClusky verübt wurden. Ich weiß, weshalb. Und John … Ich meine Zach, weiß es auch. Es wird Zeit, dass er Ihnen erzählt, was er weiß. Am besten sofort, ehe noch mehr passiert.« Er hatte nicht gerade die besten Worte gefunden. Sein Vater hätte das sicherlich besser gekonnt.

Hartfields Blick wurde nachdenklich. »Weiß McClusky, dass Sie hier sind?«

»Ja, Sir. Selbstverständlich, Sir.«

»Dann hat er Sie darum gebeten, mich zu ihm zu bitten?«

»Nein, Sir. Aber er ist bereit zu reden. Und ich bitte Sie darum, es sich anzuhören. Jetzt. Sofort.« Ehe John es sich anders überlegte.

»John.«

Als John seinen Namen aus Hartfields Mund hörte, wurde ihm heiß.

»Sie werden mir nicht Ihren Nachnamen verraten, nehme ich an.«

John schwieg.

Hartfields Blick irrte zu Phil, der auf der anderen Seite seines Bettes stand. »Private Reno verriet mir, dass Sie mir etwas zu sagen hätten.«

Gut gemacht, Phil! Wie sollte er von dem Datenmaterial erzählen, ohne zu verraten, wie er es gefunden hatte? »Ich habe was gefunden, das wichtig genug zu sein scheint, um mich töten zu wollen.«

»Sie müssen schon präziser werden.«

John sah Phil an. »Kann uns jemand zuhören?«

Phil schüttelte den Kopf. »Für wie blöd hältst du mich?«

Nach einem tiefen Atemzug richtete John den Blick auf Hartfield. »Ich habe Datenmaterial, das beweist, dass der Kongress wusste, dass der Kassiopeia-Sektor ... na ja ... sagen wir, Besuch erhalten hat, bevor er kolonisiert wurde. Und zwar von Besuchern, die man nicht gerne als Nachbarn hat.«

Hartfield setzte sich. »Was für Unterlagen? Und von wem?«

Jetzt wurde es kompliziert. »Ich habe den Bericht des ... äh, wie heißt es doch gleich?«

»Explorationsteam«, seufzte Phil. »Und außerdem den Nachrichtenverkehr des Teams während der Explorationsphase.«

»Jemand hat sie zurückgepfiffen und ihnen einen Maulkorb verpasst«, setzte John hinzu.

Hartfield beugte sich auf seinem Stuhl vor. »Und das können Sie beweisen?« Sein Blick glitt zu den Vorhängen.

»Keine Angst«, sagte Phil. »Die anderen passen auf, dass niemand zuhört.«

»Das heißt, alle aus Ihrer Einheit wissen davon?«

»Außer Chadim«, antwortete John. »Und ich weiß noch mehr.«

Hartfield musterte ihn. »Ich höre.«

»Ich weiß, dass Clarice Sheldon ermordet wurde, weil sie einen Reporter in die Sache einweihen wollte.«

»Verdammt!« Hartfield sprang auf, als sei ihm der Stuhl zu heiß geworden. Wie ein gereizter Tiger lief er neben dem Bett auf und ab und packte ganz plötzlich Johns Hand. »Sie schwören mir, dass Sie nichts mit dem Mord zu tun hatten?«

»Hey, bei meinem Leben!«

»Sie haben auch sonst noch nie einen Menschen getötet?« Hartfields Griff war hart wie Stahl.

»Außer in Notwehr? Nein. Natürlich nicht. Ich bin kein Killer.«

»Wieso ... Herrgott! Verflucht!« So plötzlich, wie Hartfield nach seiner Hand gegriffen hatte, gab er sie wieder frei und ließ sich auf den Stuhl fallen. »Gehe ich richtig in der Annahme, dass Sie nicht der echte Zacharias McClusky sind?«

»Darauf möchte ich lieber nicht antworten.«

Hartfield schnaubte leicht belustigt. »Sie müssen es nicht zugeben. Eigentlich weiß ich es schon ziemlich lange. Ich bin nur neugierig, wer Sie wirklich sind.«

Nachlässig zuckte John mit den Schultern. Eine Geste, die er sofort bereute. »*Shit*, tut das weh ... Ist egal, wer ich bin. Das ist nicht wichtig. Aber das, was ich gefunden habe, ist es. Phil sagt, dass man damit den Kongress stürzen könnte. Oder 'nen Militärputsch machen. So komisch das vielleicht klingt, aber das ist mir nicht egal. Und ich dachte, dass Sie vielleicht helfen können. Mir. Oder uns. Um das zu verhindern.«

Hartfield runzelte die Stirn. »Wo sind die Sachen?«

Wieder blickte John zu Phil, der sofort das Wort ergriff.

»Das Papier ist bei einem Anwalt. Den Namen werde ich Ihnen natürlich nicht nennen. Aber wir können den Inhalt jederzeit verbreiten, und ich habe dafür gesorgt, dass man im Kongress darüber Bescheid weiß. Der andere Teil, der Nachrichtenverkehr, ist hier auf dem Schiff. Unser Herzass hier hat in seiner unnachahmlichen Art seinen Charme eingesetzt, um unseren Hauptverdächtigen hier auf dem Schiff darüber zu informieren. Leider vergeblich.«

»Sie hat wieder versucht, mich umzulegen. Jedenfalls sieht es so aus«, erklärte John.

»Und ihr glaubt, ich kann euch dabei helfen, dass die Anschläge aufhören?« Hartfields Blick ging von John zu Phil.

John seufzte. »Das hoffe ich. Sehr sogar. Die Aliens als Gegner reichen mir eigentlich.«

»Sie sagten ›sie‹. Sie glauben, dass es eine Frau ist?«

»Goldblum.« Nun war es ohnehin egal.

Sinnend nickte Hartfield. »Den Gedanken hatte ich auch schon. Sie haben mit ihr geredet?«

»Zweimal. Aber es scheint sie nicht zu interessieren. Oder wir verdächtigen doch die Falsche.«

Hartfield lehnte sich in seinem Stuhl zurück. »Haben Sie eigentlich in Erwägung gezogen, dass Ihr Gegner nicht die Veröffentlichung des Datenmaterials verhindern, sondern die Daten für seine eigenen Zwecke benutzen will?«

»In dem Fall …« Phil beendete den Satz nicht, sondern fluchte.

»Genau«, sagte Hartfield, »in dem Fall müsste unser Herzass so oder so sterben. Und alle Mitwisser mit ihm.«

»Aber wofür?«, wollte John wissen.

»Oh!« Hartfield lachte leise. »Mir fielen da auf Anhieb eine Menge Gründe ein. Einen haben Sie bereits genannt. Den Putsch. Wollen Sie, dass ich noch mehr aufzähle?«

Automatisch schüttelte John den Kopf. »Nein, danke. Ich wäre mehr an Ideen interessiert, wie ich meinen Kopf aus der Schlinge kriege.«

Hartfield spitzte die Lippen. »Ich hätte da eine. Aber dafür brauchen wir jemanden, der sich mit Computern auskennt. Und ich will, dass Sie einen neuen Bettnachbarn erhalten. Jemanden, dem ich vertraue und der nicht in die Sache verstrickt ist. Außerdem will ich Ihr Wort, dass jeder von denen, die eingeweiht sind, genau das tut, was ich sage.«

Mit geschlossenen Augen lehnte John sich in die Kissen. Wieso jetzt? Wieso musste er mit einer durchschossenen Brust solche idiotischen Entscheidungen treffen? »Phil?«

»Es ist deine Sache. Ich bin zu allem bereit, Herzchen.«

»Danke«, knurrte John. »Und die anderen?«

»Ich wüsste nicht, wieso irgendjemand was dagegen haben sollte. Hartfield ist ohnehin unser Sergeant. Und geholfen haben dir alle.«

Das klang logisch. War es so schwer zu glauben, dass niemand einen Rückzieher machen würde? »Okay«, sagte John endlich. »Und wer soll in das Nachbarbett ziehen?«

»Chadim.« Hartfield stand auf.

»Sie verarschen mich. Der Mu... Der Kerl hat mir doch diesen Zettel zugespielt. Seinetwegen hätte mich diese Bombe fast in Fetzen gerissen.«

»Sie irren sich«, widersprach Hartfield. »Der *Mullah* hat versucht, Ihnen eine wichtige Information unterzuschieben. Sie haben mir nur zu wenig vertraut, um das Attentat letztendlich doch noch zu verhindern. Zudem hat Chadim Ihnen mehr als einmal den Hintern gerettet. Haben Sie sich dafür eigentlich mal bei ihm bedankt?«

Unwillkürlich ballte John die Faust. »Sie haben keine Ahnung.«

»Worüber? Klären Sie mich auf!«

»Er gehört zum Dschihad, verdammt! Er hat ... Oh, *Shit!*« Er konnte José nicht verraten. Schon wegen Ophelia.

»Was hat er?«, fragte Hartfield. »Wenn Sie es mir nicht sagen, kann ich nichts tun.«

»Sie wissen es doch!«, schrie John. »Er hat Bomben gelegt. Er hat es mir gesagt. Er sollte deswegen hingerichtet werden. Reicht das nicht?«

»Und?« Hartfield tippte auf seine Brust. »Er wurde einer Gehirnwäsche unterzogen. Sonst wäre er nicht hier. Und während Sie Ihre Eier aufgebläht haben und deshalb fast die Pilotenausbildung geschmissen hätten, wurde die Programmierung an Chadim erneuert. Ihretwegen, Sie Ignorant! Wegen dieses verfluchten Zettels. Damit Sie in Sicherheit sind. Also, gibt es jetzt noch irgendetwas, das ich wissen müsste? Oder wollen Sie Ihren Mist weiterhin alleine durchziehen und damit alle Ihre Kameraden in Gefahr bringen? Wie sieht's aus, Zacharias McClusky? Oder soll ich besser John sagen? Haben Sie genug Eier in der Hose, um mir die Wahrheit zu sagen?«

»Oh, *Shit!*« John hatte Lust, etwas zu zerschlagen. Aber da war nicht einmal ein Glas, das er hätte an die Wand werfen können. Voller Zorn trat er ans Gitter des Bettes und schlug mit beiden Fäusten auf das Bett. Jede Bewegung quittierte sein Körper mit höllischen Schmerzen.

»Hey, hey«, sagte Phil und legte ihm die Hände auf die Brust. »Krieg dich ein! Sei vernünftig!«

Als er endlich still lag, pochte die Wunde in der Brust deutlich stärker als zuvor. Schweißnass gab er endlich nach: »Ich hab dafür gesorgt, dass Chadim in den Knast wandert. Nicht absichtlich. Aber lieben wird er mich deswegen nicht. Reicht das?«

»Ja«, sagte Hartfield schlicht. »Und ich nehme alles zurück – John. Sie haben genug Eier in der Hose. Ich versuche, Ihnen zu helfen.« Mit seinem berühmten schiefen Lächeln gab Hartfield ihm einen Klaps. »Und Chadim lassen Sie meine Sorge sein.«

3. Intermezzo

Er war wie Nick. Ein paar Andeutungen, dass er zu feige sein könnte, und schon rückte er mit der Wahrheit raus. Wieso mussten die beiden sich so verdammt ähnlich sein?

Zornig stand Hartfield auf und ging in seinem Büro auf und ab. Wenn er sich nicht völlig täuschte, arbeitete jemand auf einen großen Putsch hin. Kandidaten dafür gab es genug. Vielleicht war eine militärische Führung in der aktuellen Situation sogar sinnvoll. Aber es gab gute Gründe für eine demokratische Führung. Daran wollte er einfach glauben. Eine Diktatur konnte er nicht gutheißen.

Das Summen der Gegensprechanlage ließ ihn herumfahren. »Ja«, sagte er gereizt.

»Private Chadim.« Die Stimme klang wie immer ungerührt.

»Kommen Sie herein!« Hartfield setzte sich, ehe die Tür aufging.

Wie üblich salutierte Chadim formvollendet, nachdem er die Tür hinter sich geschlossen hatte. »Melde mich zur Stelle, Sir.«

Hartfield konnte ein Seufzen nicht unterdrücken. »Stehen Sie bequem! Ich muss mit Ihnen reden.«

Sofort kam Chadim seiner Aufforderung nach. Das komplette Gegenteil von McClusky – oder John, wie er wohl tatsächlich hieß.

»Ich brauche einen Aufpasser für McClusky auf der Krankenstation. Deshalb will ich Sie für einen Routinecheck eintragen lassen. Ist das ein Problem?«

»Nein, Sir.« Kein Muskel regte sich in Chadims Gesicht.

Sekundenlang musterte Hartfield ihn, ehe er fortfuhr: »McClusky hat mir erzählt, er sei dafür verantwortlich gewesen, dass Sie gefasst wurden. Weshalb haben Sie mich nicht darüber informiert?«

»Es erschien mir nicht wesentlich.«

»Es erscheint Ihnen nicht wesentlich, wenn ein Mann unter falschem Namen in derselben Einheit dient wie Sie? In meinem Squad? Sie haben ihn gedeckt und mich nicht informiert!«

»Es war irrelevant, Sir. Sie wussten bereits, dass er nicht derjenige war, der er vorgab zu sein.«

»Und das enthebt Sie Ihrer Verantwortung?«

»Er gehört zu meiner Vergangenheit, Sir. Und meine Vergangenheit ist nicht mehr von Belang.«

»Wie lautet sein richtiger Name?«

»John Flanagan.«

Ein wenig hatte Hartfield gehofft, Chadim werde sich weigern, ihn zu nennen. Nun war er gezwungen, nachzuforschen. »Weshalb haben Sie ihm den Zettel zugesteckt?«

»Damit er sich nicht aufgibt, Sir.«

Die Antwort verblüffte Hartfield. Weder hatte er damit gerechnet, dass Chadim es zugab, noch damit, dass er es für McClusky getan hatte. Anscheinend wusste Chadim seinen Teamkameraden noch besser einzuschätzen als er. »Gibt es irgendwelche Gründe, die Sie daran hindern, sich vollends seinem Schutz zu widmen? Und sagen Sie mir nicht, die Vergangenheit sei nicht von Belang. Denn das ist sie immer.«

Chadims Augenlid zuckte. »Ich wurde darauf konditioniert, meine Vergangenheit hinter mir zu lassen, Sir. Also gibt es keine Gründe, die mich an dieser Aufgabe hindern.«

7. Kapitel

John schielte zum Nachbarbett, in das Chadim eingezogen war. Der Vorhang stand halb offen. Chadim hatte ihn aufgezogen, kaum dass er eingetroffen war. Bisher hatten sie kein Wort gewechselt.

Seufzend richtete John den Blick wieder zur Decke. Die Brust tat weh, wenn er den Kopf zu stark bewegte. Am liebsten wäre es ihm gewesen, wenn der Vorhang sie beide voneinander trennte. Aber das war sicherlich nicht diskussionsfähig – wie Hartfield es nennen würde.

»Ich habe Gunnery Sergeant Hartfield deinen richtigen Namen mitgeteilt.« Chadim stand so plötzlich neben seinem Bett, dass John zusammenzuckte.

Er glaubte, sich verhört zu haben. »Du hast – was?«

»Ich habe Gunnery Sergeant Hartfield deinen richtigen Namen mitgeteilt.«

Mit einem Ruck setzte John sich auf. Der Stich in seiner Brust presste ihm ein Keuchen über die Lippen. »Du hast ihm gesagt, dass ich …« – gerade noch rechtzeitig senkte er die Stimme – »… John Flanagan bin?«

»Korrekt.«

»Shit!« Er war am Arsch. John ließ den Kopf hängen. Er brauchte ein paar tiefe Atemzüge, bis er den Schreck verdaut hatte.

»Ich hatte keine Wahl.«

»Verpiss dich!«, fauchte John. »Hau ab, du Drecksmullah!« Blind schlug er mit dem linken Arm nach Chadims regloser

Gestalt, der in Boxershorts und Unterhemd neben ihm stand. Es war, als träfe er auf Fels. Der Schlag, den er ausgeführt hatte, erschütterte seine verwundete Seite. Stöhnend krümmte er sich zusammen.

Eines der Kontrollgeräte begann durchdringend zu fiepen. Das würde sicherlich gleich eine der Schwestern auf den Plan rufen. Dafür hasste John Chadim nur umso mehr.

Der stand immer noch neben ihm. »Ich bin nicht dein Feind, John Flanagan«, sagte er, »und noch weniger bin ich ein Feind von Zacharias McClusky.«

»Vielversprechendes Profil«, sagte Hartfield.

Kim versuchte, sich seine Freude über das Lob nicht zu sehr anmerken zu lassen. »Danke, Sir.«

»Nehmen Sie sich einen Stuhl und setzen Sie sich. Sie wissen, weshalb Sie hier sind?«

Kim nickte, während er den Stuhl an den Schreibtisch zog und sich setzte. »Aye, Sir. Phil hat es mir gesagt.«

»Was Computer angeht, bin ich ein Dinosaurier. Daher brauche ich Ihre Hilfe bei meinem Plan. Aber Ihnen muss klar sein, dass ich Ihre Aktivitäten nicht decken kann. Sehen Sie also zu, keine Spuren zu hinterlassen. Wenn Sie erwischt werden, kann ich nichts für Sie tun.«

»Das ist mir klar, Sir.« So ganz war ihm das nicht klar gewesen. Aber Kim wollte jetzt keinen Rückzieher machen.

»Können Sie mir als Erstes noch ein wenig mehr darüber verraten, was Sie bisher herausgefunden beziehungsweise unternommen haben?«

»Ich habe die verschlüsselten Informationen auf dem Chip ausgelesen und in eine Subroutine transkribiert. Mit einem einfachen Befehl kann die jeder von uns im Intranet online stellen. Was die Daten angeht – ich habe sie ein wenig sortiert und ein paar Standardsuchläufe gemacht. Einige Mails sind mir aufgefallen, weil ich ihre IP nicht zurückverfolgen konnte. Das waren die, von denen John erzählt hat. Wenn ich Zugang zu mehr Rechenkapazität hätte, könnte ich vielleicht mehr herausfinden. Aber –«

»Stopp!« Hartfield hob beide Hände. »Langsam! Und in allgemein verständlichen Worten, bitte!«

Kim zog die Nase kraus. Eigentlich hatte er geglaubt, das habe er getan. »Ich habe die Daten des Chips sozusagen ... äh ... verkleidet – als eine ganz normale, unauffällige Funktion des Zentralcomputers. Wenn einer von uns einen bestimmten Befehl eingibt, wird die Verkleidung zerstört, und die Daten laden sich automatisch im Intranet hoch, wo sie jeder lesen kann. Auf diese Weise haben wir nun eine Kopie von den Unterlagen.«

»Und was war das mit der IP?«

»Jede Nachricht hat sozusagen eine Nummer als Absender. Ich habe versucht, die Nummern einer Adresse zuzuordnen. Aber das ging nicht. Da war nur eine neue Nummer. Ich weiß nicht, wie ich es besser erklären kann – ist wie beim Staffellauf, Sir. Der Stab ist die Nachricht, und die Läufer sind die IP-Adressen. Je mehr Läufer es sind, umso schwieriger wird es, den Absender rauszukriegen.«

»Ich verstehe. Also hat sich jemand Mühe gegeben, seine wahre Identität zu verbergen.«

»Stimmt genau.«

Hartfield massierte sein Kinn. »Gut, legen Sie auf alle Fälle eine weitere Kopie der Daten an, die sich nicht auf Ihren Befehl vervielfältigt. Zur Sicherheit.«

»Kein Problem.« Kim wusste schon, wo er die Daten ablegen würde.

»Und jetzt zu meinem Plan. Ich will unseren Maulwurf aus der Reserve locken, damit er sich verrät. Dazu müssen wir ihm einen Köder anbieten. Den werden Sie legen, im Computer. Mit einem Teil der Daten. Verstehen Sie, was ich will?«

Zögerlich nickte Kim. »Ich kann einen Teil der Daten rausfischen. Aber damit ich sicher bin, dass ich nur irrelevantes Material nehme, bräuchte ich ein paar Tage.«

Hartfield schüttelte den Kopf. »Die haben wir nicht. Wir müssen schnell operieren. Ich kann Chadim nicht länger als ein paar Tage auf der Krankenstation belassen. Zudem wurden wir nach Libra 2.2 abberufen, wegen eines weiteren Angriffs. Die Sache muss abgeschlossen sein, ehe wir in anderthalb Wochen dort eintreffen. Das bedeutet, dass wir wenigstens eine Woche Luft brauchen vor unserer Ankunft, damit sich die interne Struktur von der Sache erholen kann. Immerhin müssen wir damit rechnen, dass es zu einer Umstrukturierung des Kommandos kommt – falls Sie recht haben mit Ihren bisherigen Vermutungen.«

Kim kratzte sich am Kopf. Das waren Dinge, an die er bisher keinen einzigen Gedanken verschwendet hatte. »Verstehe, Sir. Ich kann auf alle Fälle die Nachrichten mit den seltsamen IPs herausfiltern.« Er räusperte sich. »Libra 2.2 wurde angegriffen? Ist es ... äh, schlimm?«

»Colonel Forsman wird die Mannschaft heute noch informieren. Ich will, dass Sie dem Computer vorgaukeln, jemand habe an ihm herumgepfuscht. Dann legen Sie eine Spur zu den Daten, die als Köder dienen. Und sorgen dafür, dass derjenige, der sie sich holen will, blutige Finger kriegt. Können Sie das?«

Hartfields Worte hatten bereits Ideen in Kims Kopf geweckt. »Wie viel Zeit habe ich?«

»Bis heute Abend.«

John sah auf, als er Schritte hörte.

»Hi«, sagte Ophelia. Verstohlen sah sie zu Chadim, der ihnen hinter dem halb geöffneten Vorhang den Rücken zukehrte und zu schlafen schien, ehe sie John etwas in die Hände legte.

Neugierig nutzte er eine Falte der Decke als Sichtschutz, um nachzusehen, was es war. »Ist das ein Helmmikro?«, fragte er leise.

»Was sonst?«

»Hast du das ausgebaut?«

»Siehst du irgendwo einen Helm?«, fragte Ophelia seufzend.

Das war ganz sicher nicht erlaubt. »Weiß Hartfield davon?«

»Niemand weiß davon. Also halt jetzt endlich die Klappe und hör auf, damit herumzufummeln! Das sieht aus, als würdest du dir einen runterholen.«

»Elendes Miststück!« Mit einem leisen Lachen versuchte er, nach ihr zu schlagen. Aber die Bewegung war nur halbherzig. Eigentlich hätte er lieber ihre Hand gehalten.

»Jetzt steck's endlich weg, ehe diese lästige Schwester wieder auftaucht.«

»Wohin denn? In meine Unterhose?«

»Von mir aus.«

»Hey, zu deiner Information. Ich habe gar keine an. Willst du sehen?«

Mit entrüsteter Miene gab sie ihm einen Klaps auf den Hinterkopf. »Kannst du nur an das eine denken?«

»Das hast *du* jetzt gesagt. *Ich* denke nur an Verstecke.«

»Dann nimm 'ne Ritze!«

Ungewollt musste John lachen. »Okay! *Die* Ritze hast du nicht gemeint.«

»Du bist widerlich! Hat dir das schon jemand gesagt?« Ein etwas härterer Klaps traf ihn. Ophelia biss sich sichtlich auf die Lippen.

John hob die Hände zum Schutz gegen ihre weiteren Schläge. Das Mikro lag vergessen auf seiner Decke. »Autsch! Nein, bitte nicht!«

»Wüstling! Chauvi!«

Bei jedem Klaps musste er lachen, und das weckte jedes Mal den Schmerz in seiner Brust. »Au, das tut weh! Ich kann nicht lachen. Hör auf!«

»Geschieht dir recht!« Feixend packte sie seine Handgelenke, beugte sich über ihn und drückte seine Arme nach unten aufs Bett.

Plötzlich war sie direkt über ihm. Ihr Atem streifte seine Wange. Er versuchte, ganz flach zu atmen, zum einen wegen der schmerzenden Brust, zum anderen … »Ophie«, flüsterte er.

Abrupt ließ sie ihn los. »Heute Abend. Die Frequenz ist eingestellt.« In plötzlicher Eile stopfte sie das Helmmikro unter sein Kopfkissen und stob davon.

»Hey, Oph! Was ist los? Ophie!«

Doch sie war schon aus dem Raum.

Da! Das musste der »Startschuss« sein, von dem Phil gesprochen hatte.

John stemmte sich unwillkürlich eine Winzigkeit in seinem Kissen hoch, um besser hören zu können.

Es rauschte im Lautsprecher des Schiffsrundrufs. Dann war Forsmans Stimme zu hören. »Hier spricht Colonel Forsman! Leider muss ich Ihnen mitteilen, dass die Kolonie Libra 2.2

angegriffen wurde. Wir und die *Roosevelt* wurden mit sofortiger Wirkung zur Evakuierung der Zivilbevölkerung abgestellt – falls von ihr noch etwas übrig sein sollte. Voraussichtlich werden wir in zehn Tagen dort eintreffen. Gott sei mit uns!«

Die *Roosevelt*. Ausgerechnet! Was würde Ophelia dazu sagen, dass ihr kleiner Bruder nun ebenfalls gegen die Aliens kämpfen musste? Aber als Soldat hatte José damit rechnen müssen. Trotzdem war er froh darüber, dass er Ophelia nicht die Nachricht überbringen musste.

Im nächsten Augenblick ertönte der schiffsinterne Rote Alarm. Ein durchdringendes Tröten war zu hören. Die Beleuchtung wurde rot.

Johns Hände krampften sich in die Decke. Ein Angriff? Hier? Jetzt? Alles in ihm drängte danach, aufzuspringen, um sich zu rüsten für den Kampf, obwohl er wusste, wie unsinnig das in seinem Zustand war.

Wieder kündigte ein leises Rauschen einen Rundruf an. »Hier spricht Colonel Forsman. Unser Computersystem wurde Opfer eines Hackerangriffs. Zu unserem Schutz wurden die schiffsinternen Sicherheitsprotokolle aktiviert, damit der Angreifer ermittelt und eliminiert werden kann. Jeglicher Zugriff auf den Schiffscomputer ist bis auf Weiteres untersagt! Ich wiederhole! Jeglicher Zugriff auf den Schiffscomputer ist bis auf Weiteres untersagt! Bis der Alarm aufgehoben ist, bleiben alle Türen geschlossen! Forsman Ende.«

John holte tief Luft. Es hatte begonnen.

Bleierne Müdigkeit senkte sich auf John. Die Augen fielen ihm zu. Es wurde immer schwerer, sie offen zu halten.

In einem der anderen Betten röchelte jemand, als sei er am abkratzen.

Scheiße! Er wollte das nicht hören. Er wollte überhaupt nichts hören von dem Gejammer der anderen Verletzten.

John versuchte, das Kissen gegen seine Ohren zu drücken.

Statt des Röchelns war bald das vertraute, langgezogene Fiepen zu vernehmen, das einsetzte, wenn ein Herz zu schlagen aufhörte. Der Ton verstärkte den bohrenden Schmerz in seinem Kopf. John schloss die Augen und drückte das Kissen fester gegen seine Ohren. Er schwitzte.

Doch das Fiepen wollte nicht enden.

Wo blieb eigentlich die verdammte Schwester? Die war doch sonst so lästig?

Mühsam wälzte er sich auf die andere Seite. »Chadim.« Er bekam kaum die Zähne auseinander, so erschöpft fühlte er sich.

Wie in Zeitlupe stand der Araber auf und trat zu ihm.

»Chadm, schaumanach!« Wieso nuschelte er so?

Doch anstatt zu gehen, fühlte Chadim nach seinem Puls.

»Hey!« Er wollte ihn wegstoßen, konnte aber kaum die Hand heben.

Chadim musterte ihn aus solcher Nähe, dass John in das Schwarz seiner Pupille sehen konnte.

»Hau ab!« Zu seinem Erschrecken konnte er nur flüstern.

Wenigstens ließ Chadim ihn los und verschwand hinter dem Vorhang. Hoffentlich brachte er das nervige Fiepen endlich zum verstummen.

Ein Rumpeln war zu hören. Dann ein Klopfen und schließlich Chadims Stimme. »Schwester Lombard, melden Sie sich! Schwester Lombard! Doktor Donaghue!«

Zu dem einen Fiepen gesellte sich ein zweites.

John schlug die Decke zur Seite. Irgendwas stimmte nicht.

»Chadim«, krächzte er. Die Welt um ihn herum kippte. Irgendetwas krachte zu Boden. Dann sah er das Bett auf einmal von unten. Der Schmerz in der Brust presste ein Husten aus seiner Kehle. Tränen sammelten sich in seinen Augen.

Plötzlich zog ihn jemand hoch. Er fühlte die Wärme eines anderen Körpers in seinem Rücken. Jemand schlug ihm mehrmals ins Gesicht. »John! John!« Der letzte Schlag war hart und schmerzhaft, als habe der Unbekannte es ernst gemeint.

John schmeckte Blut. »Chadim ...«

»Hier! Komm zu dir! Sieh mich an!« Die dunklen Pupillen bohrten sich in seinen Blick.

Mit einem Mal begriff John, dass er in Chadims Armen lag. Er wollte sich losreißen. Aber Chadims Griff war zu fest.

»Zwei sind schon tot. Die Tür ist verriegelt. Ich kann niemanden erreichen. Wo ist das Funkgerät, das Garcia dir gegeben hat?« Noch ein Schlag ins Gesicht. »Hörst du mich?«

John hustete und spuckte Blut. Kraftlos deutete er mit dem Zeigefinger auf das Bett. »Kopfkissen.«

Ohne ihn loszulassen, zog Chadim das Mikro unter dem Kissen hervor und setzte es sich auf. »Garcia? Hören Sie mich?«

Müde schloss John die Augen. Ein leises Zwitschern war zu hören. Es klang nach Ophelias Stimme.

»Negativ«, antwortete Chadim. Seine Stimme war wie ein sonores Brummen neben Johns Ohr. »Wir sind eingeschlossen. Ich vermute, dass jemand die Sauerstoffzufuhr in der Krankenstation abgestellt hat oder gar Kohlenstoffdioxid zuführt. Wir haben hier schon zwei ... korrigiere, drei Tote.«

Wieder antwortete das Zwitschern. Ophelia war ein Vogel. Der Gedanke war lustig.

»Nein. Die Beatmungsgeräte sind alle tot. Die scheinen auch manipuliert zu sein. Wir müssen hier raus. Irgendwie. Sonst sind wir tot. Ich bin mir ziemlich sicher, dass der Attentäter hier bald auftaucht, um nachzuschauen, ob seine Zielperson eliminiert wurde.«

Er musste ruhig bleiben! Kim presste die Hand gegen seine Stirn. Wenn er sich aufregte, konnte er nicht denken. Dass sie hier alle in ihrem Quartier eingepfercht waren und er auf der kleinen Tastatur seines Notepads hackte, machte es nicht besser. »Goldblum«, sagte er plötzlich. »Wenn wir ihr ein wenig Angst einjagen, dann hört sie vielleicht auf.«

»Du spinnst.« Ophelia schüttelte den Kopf. »Such einen Ausweg!«

»Aber das ist ein Ausweg.«

»Kim hat recht«, stimmte Phil ihm zu. Das Bett gab unter ihm nach, als er sich neben Kim setzte. »Was hast du vor?«

»Ihr eine Nachricht schicken«, antwortete Kim.

»Kann man die nicht zurückverfolgen?«, fragte Harlan.

»Meine Nachrichten kann niemand zurückverfolgen.« Wie im Wahn hämmerte Kim den Text ein.

»Was schreibst du da?«, fragte Ophelia.

»Dass ich ihr die Luft abdrehe, wenn sie ihren Anschlag auf die Krankenstation fortsetzt.« Mit einer entschlossenen Berührung des Pads schickte Kim die Nachricht ab.

»Bist du verrückt?« Ophelias Stimme klang dünn. »Das willst du doch nicht wirklich tun?«

»Ich hab ihr eine Minute gegeben.« Kim ballte die Fäuste.

»Das ist nicht dein Ernst. Das ist Mord, Kim –«

»Nein, Ophelia!«, schrie Kim. »Die will John abmurksen. Wie oft hat sie es schon versucht? Er hat wegen ihr sein Bein verloren und eine durchlöcherte Lunge. Sie hat ihn fast ertränkt. Der Kerl, der in der Beschleunigungskapsel krepiert ist? Das hätte John sein können!« Kim musste Luft holen. »Und uns wollte sie auch kalt lächelnd in den Tod schicken. Ich habe genug von ihr und ihren Anschlägen. Sie hat es verdient. Sie hat es mehr als verdient.«

Ophelia schwieg.

»Meinen Segen hast du«, sagte Phil.

»Das ist verdammt hart, Mann«, gab Harlan zu bedenken.

»Kannst du damit leben, einen Menschen getötet zu haben?«, fragte Mirek leise.

Nässe sammelte sich in Kims Augen. »Wenn John dadurch am Leben bleibt ...« Zornig wischte er sich die Tränen aus den Augen.

Ophelia hob auf einmal die Hand. »Still!« Sie lauschte und nickte schließlich. »Ja, Chadim. Ich habe verstanden. Wir kümmern uns darum.«

Die Uhr auf Kims Notepad zeigte an, dass die Frist um war. Als er den Returnbutton betätigen wollte, um Goldblums Quartier die Atemluft zu entziehen, ergriff Ophelia seinen Finger. »Chadim und John brauchen unsere Hilfe. Sofort.«

»Tu's nicht, Mann«, sagte Harlan leise.

Keuchend starrte Kim auf sein Pad. »Wenn ...«

»Denk nicht einmal dran«, unterbrach ihn Harlan. »Wir schaffen das, ohne jemanden umzubringen. Wir sind nicht wie die.«

8. Kapitel

Chadim legte ihn zurück ins Bett, als wäre John so leicht wie ein Kind. Allein das empfand John als demütigend.

Danach brachte Chadim das Kopfende des Bettes in aufrechte Position und lehnte ihn dagegen. »Sitzen bleiben«, mahnte er, »ich muss etwas überprüfen.«

»Hey! Verdammt!« Im Reflex wollte John den Araber festhalten. Aber seine Bewegungen waren so langsam, als habe er ein Schlafmittel getrunken. Fast wäre er wieder vom Bett gefallen. Was zum Teufel war nur los mit ihm?

Chadim dagegen schien geradezu vor Kraft zu strotzen. Mit gerunzelten Brauen huschte er an den Betten entlang.

»Was machst du da?«, keuchte John. Sollte der Mullah nicht besser versuchen, die Tür aufzubrechen?

»Nach einer Lösung für unser Problem suchen.« Chadims Stimme kam aus der hinteren Ecke.

»Mach die Tür auf! Das kann doch nicht so schwer sein!«

»Ich habe bereits versucht, die Steuerung der Tür zu überbrücken. Aber da war jemand sehr gründlich.« Chadim schien schon wieder woanders zu sein.

Verdammt! Was trieb der Kerl da hinter den Vorhängen? »Was?«

Chadim tauchte plötzlich wie ein Geist wieder vor ihm auf. »Ich habe versucht, sie kurzzuschließen. Aber ich kann den Code nicht knacken. Wir müssen auf anderem Wege hier raus.« Während er sprach, stieg Chadim auf das Nachbarbett und hielt seine Hand gegen das Gitter der Luftzufuhr.

John hustete. »Spinnst du?« Doch nicht etwa durch den Schacht. Der war winzig! Außerdem – hatte Chadim nicht gesagt, dass man sie über die Luftzufuhr vergiftete?

Chadim zeigte auf die Wand neben John. »Die Frischluftzufuhr ist da unten. Wenn jemand Kohlendioxid einleitet, wird das den Raum von unten füllen. Die verbrauchte Luft wird da oben abgeleitet. Dort wird das Kohlendioxid als Letztes ankommen. Und wenn wir uns nicht beeilen, bist du bald so tot wie die anderen hier. Du zeigst bereits deutliche Anzeichen einer Kohlendioxidvergiftung.«

»*Shit!*« Hieß das, dass die anderen Patienten bereits alle tot waren? John zitterte.

Doch Chadim kümmerte sich nicht um seine Meinung. Entschlossen riss er das Gitter aus der Wand.

»Aber die anderen«, keuchte John, als Chadim ihn unter den Achseln packte.

»Ich kann nur einen retten.«

John stöhnte. Jeder Ruck, mit dem Chadim ihn durch den engen Schacht der Luftableitung zog, schickte einen Stich durch seine Brust. »Hör auf«, keuchte er.

»Wenn es wehtut, bleibst du wach.« Wieder zerrte Chadim ihn ein Stück weiter.

Vor Johns Augen tanzten schwarze Schatten. Oder war es hier einfach nur dunkel? Er konnte sich nicht daran erinnern.

Auf einmal wichen die Wände zurück. Eine Kreuzung. Chadim ließ ihn los.

John war dankbar für die Ruhepause und lag einfach nur ganz still. Ophelias Gesicht tauchte aus dem Dunkel auf. Er lächelte unwillkürlich.

»Ich brauche eine Richtung«, sagte Chadim unvermittelt.

Leises Gemurmel antwortete.

»Verstanden.«

Wieder griffen die Hände nach John. Er stöhnte nur. Das Dunkel drohte, ihn zu verschlucken.

Ein harter Schlag warf seinen Kopf zur Seite. »Wach auf!« Noch ein Schlag.

John versuchte, die Hände zu heben.

Ein dünner Strahl aus Licht traf seine Augen. Er zwinkerte, um nicht geblendet zu werden.

Ein weiterer Schlag. »Sieh mich an!«

Keuchend riss John die Augen auf. Er sah direkt in Chadims Gesicht.

Dessen dunkle Augen schienen zu brennen vor Eifer oder Zorn. »Kämpfe«, befahl Chadim mit knirschenden Zähnen, »kämpfe endlich, du kleine Ratte! Sonst stirbst du. Kapierst du das nicht?«

John hustete. Die Brust schmerzte inzwischen mehr als sein Kopf. Er wollte nur noch, dass es aufhörte. Da erinnerte er sich an Ophelia. Was würde sie sagen, wenn er jetzt einfach aufgab?

»Hörst du mich?« Der nächste Schlag tat richtig weh.

»Ja«, keuchte John. »Ja. Hör auf! Bitte!«

»Dann kämpfe!«

»Ich kämpfe.«

»Sag es noch mal!«, herrschte Chadim ihn an, während er ihn in den Schacht zur Linken zog.

»Ich kämpfe.« Mit Ophelias Bild vor Augen konnte er die Worte wiederholen.

»Weiter!« Wieder ein Ruck.

»Ich kämpfe.« John fühlte kalten Schweiß auf der Stirn. »Ich kämpfe.« Er sagte es wieder und wieder, während Chadim ihn durch den Schacht quälte.

Unvermittelt wurde John etwas Merkwürdiges bewusst. Trotz des Kohlendioxids rackerte Chadim immer noch weiter, während er selbst fast das Bewusstsein verloren hatte. Wie war das möglich?

Ophelia riss das Helmmikro herunter. »Kim, verdammt! Hast du es?« Sie glaubte, keine Luft mehr zu bekommen.

»Ich mach ja schon!«, schrie Kim. »Siehst du das nicht?« Seine Finger tanzten über die winzige Tastatur seines Pads, das er an das Computerterminal in ihrem Quartier angeschlossen hatte.

»Ruhig«, mahnte Mirek. »Panik nützt niemandem. Kim hat bestimmt in wenigen Momenten den Plan vom Belüftungssystem. Wir müssen dann nur einen Ausgang finden für John und Chadim.«

»Ich habe gleich gesagt, dass dem Mullah nicht zu trauen ist.« Phil sah aus, als wolle er jemanden erschlagen.

»Alter«, entgegnete Harlan, »dieser *Mullah* rettet gerade Johns Hintern.«

»Hier! Hier!« Kims Stimme klang zittrig vor Erleichterung.

Ophelia drängte sich sofort neben ihn. Ihr war übel, so schnell raste ihr Herz. Da fand ihr Blick den Zugang zu einem Korridor neben der Krankenstation auf dem Plan. »Ich hab's!«, rief sie. Mit bebenden Fingern aktivierte sie das Helmmikro und presste es sich ans Ohr. »Chadim, hörst du mich? Ihr müsst weiter geradeaus, dann noch einmal links. Da ist eine Luftklappe. Wir kommen und öffnen sie von außen.« Ohne aufzusehen zerrte sie einen Helm unter dem Bett hervor und legte ihn neben Kim aufs Bett. »Notfallplan! Frequenz ist eingestellt.« Sie eilte zur Tür. »Auf, Jungs! Worauf wartet ihr?«

»Keine Bange«, sagte Kim. »Ich komme alleine klar.«

»Und wie kommen wir hier raus?« Zweifelnd sah Harlan sie an. »Die Türen sind alle verriegelt.«

»Ich habe auch noch ein paar Tricks auf Lager.« Ophelia zeigte auf ihre Notfalltasche, die sie bei sich trug. Darin befanden sich alle Werkzeuge, die sie brauchte, um eine Tür zu öffnen, die durch ein elektronisches Schloss gesichert war.

Es war lächerlich einfach. Binnen Sekunden öffnete sich mit leisem Klicken die Tür. »Kommt ihr jetzt endlich?«, fragte Ophelia.

Chadim schien zu zögern. Er hustete.

War das Rauch? Johns Kehle kratzte auch. Aber zum Husten hatte er keine Kraft mehr. Ihm war kalt.

»Was ...«, flüsterte er.

Anstatt ihm Antwort zu geben, aktivierte Chadim das Helmmikro. »Garcia, wir stecken fest. Hier kommt uns Rauch entgegen. Wir brauchen einen anderen Ausgang.«

Es dauerte eine Weile, ehe ein leises Murmeln antwortete. Dieses Mal klang es nicht nach Ophelia, sondern nach Kim.

Johns Atem war so flach, dass er kaum noch Luft bekam. Das Zittern, das fast all seine Muskeln lähmte, erschreckte ihn.

»Negativ, Han-Sung. Das schafft er nicht. Wir brauchen einen näheren Ausgang. Aber zur anderen Seite, weg von der Rauchquelle.«

Plötzlich war wieder Ophelias Stimme zu vernehmen.

John schloss die Augen. Ophelia zu hören tat gut, auch wenn er nicht verstand, was sie sagte. Die Zeit bekam einen kleinen Riss.

»Alleine wäre das kein Problem. Aber er ist am Ende.« Ein

Hustenanfall unterbrach Chadims Worte. »Wir brauchen einen Ausgang auf der anderen Seite. Schnell.«

John tastete im Dunkeln nach Chadims Körper. Er fand einen Arm, der schweißnass war, dann den Nacken. Unter seinen zittrigen Fingern konnte er an Chadims Halsschlagader dessen rasenden Puls spüren. Plötzlich ahnte er, dass Chadim genauso am Ende war wie er. »Hau ab«, keuchte er.

»Das ist keine Option.«

»Chadim ...«

Ein paar schwielige Finger legten sich auf seinen Mund. »Zu weit«, krächzte Chadim. Die Worte schienen Ophelia zu gelten. »Dann nehmen wir eben diesen Weg.«

»Chadim ...« Ein kurzer Blackout unterbrach John. Er blinzelte. »Chadim?«

»Still!« Ein keuchender Atem blies über sein Gesicht. Die schwieligen Hände umfassten seine Achseln und zogen ihn ein Stück weiter.

John verbiss sich ein Stöhnen. »Chadim.« Er keuchte. »Nimm den anderen ... den sicheren Weg.«

Chadim hustete, bevor er antwortete: »Schon deinen Atem! Wir nehmen diesen.«

»Chadim, sei vernünftig!«

»Ich bin vernünftig.« Wieder ein Husten, das nicht enden wollte, ehe Chadim ihn erneut durch den Schacht zerrte. »Ich nehme den Weg, auf dem ich uns beide retten kann.«

»Halt!« Ophelia schlüpfte hinter die Korridorecke zurück.

»Was ist?«, raunte Phil.

»Da stehen drei Troopers und sichern den Korridor neben der Treppe.«

»Verdammt!« Der leise Fluch schien aus Phils tiefster Seele zu kommen.

»Sollen wir sie etwa niederschlagen?«, fragte Harlan.

»Wir brauchen eine Ablenkung. Mehr nicht«, erwiderte Ophelia. Wieso fiel ihr nichts ein? Die Titten zeigen und auf die Jungs zugehen? Ganz sicherlich nicht. Es musste etwas Unauffälliges sein. Etwas …

»Kim«, sagte Ophelia über ihr Mikro. »Kim, hörst du mich?«

»Klar und deutlich. Wo steckt ihr? Chadim klang ziemlich fertig. Ich konnte das Feuer nicht lokalisieren. Womöglich hat sich ein Notfallschott geschlossen. Ich –«

»Kim, Kim, hör mir zu! Wir stehen vor der Treppe und kommen nicht weiter. Du musst uns helfen.«

»Und wie?«

Harlan schüttelte den Kopf und hob den Finger an die Lippen. Neben ihm schielte Phil um die Korridorecke.

»Hallo? Ophelia, hörst du mich?« Kims Stimme klang plötzlich viel zu laut. Schützend legte sie die Hand um den kleinen Ohrhörer.

Die Sekunden schienen sich zu Stunden auszudehnen. Endlich drehte Phil sich um. »Mach schnell«, zischte er.

Sofort aktivierte Ophelia wieder den Funk. »Kim, kannst du das Licht ausschalten?«

»Denke schon. Wo denn?«

Ophelia schloss die Augen, um sich den Lageplan ins Gedächtnis zu rufen. »Wenn du vor dem Treppenabgang stehst – links, ganz am Ende des Korridors. Mach es nach und nach. Hast du verstanden?«

»Bin schon dabei.«

Um Ruhe bemüht, lehnte Ophelia sich an die Wand.

»Und du glaubst, das klappt?«, fragte Harlan.

»Hast du eine bessere Idee?«

Ohne um die Ecke sehen zu müssen, konnten sie kurz darauf bemerken, wie sich das rote Dämmerlicht im angrenzenden Korridor weiter verdunkelte.

Mit angehaltenem Atem schielte Ophelia um die Ecke.

Die drei Wachen sahen sich irritiert um. Als am Ende des Ganges das nächste Deckenlicht erlosch, marschierte einer der drei darauf zu. »Keine Ahnung, woran das liegt!«, rief er.

Noch ein Licht erlosch.

»Ich mache Meldung.« Die Worte stammten von einem der beiden, die vor der Treppe standen. Tatsächlich aktivierte er seinen Helmfunk.

Ophelia schluckte einen Fluch hinunter.

Im gleichen Augenblick ging noch ein Licht aus.

»Hey, verdammt!« Der Mann am anderen Ende des Korridors stand auf einmal im Dunkeln.

»Kim, mach es ganz aus. Sofort«, raunte Ophelia.

»Verstanden.«

Im nächsten Moment wurde es dunkel.

Ophelia wartete zwei schmerzhafte Augenblicke. »Kim, das richtige Licht. Mach es an! Die Lampe ganz am Ende des Korridors.«

Als sie erneut um die Ecke lugte, sah sie im blendend hellen Licht die Silhouetten der drei Wachen, die wie Motten ins Licht starrten. Mit einem Schlag auf Harlans Arm huschte sie über die Korridorkreuzung, blind darauf vertrauend, dass die anderen ihr folgten.

Der Schacht schien endlos zu sein. John verlor Zeit und Raum. Alles, was er vernahm, war Chadims keuchender Atem, der immer wieder von Hustenattacken unterbrochen wurde.

Die Luft war beißend, jeder Atemzug schwerer als der vorhergehende. Er wusste nicht, was mehr schmerzte, Kopf oder Brust. Seine Augen tränten und brannten.

Die Dunkelheit lockte, versprach Vergessen und Stille. Wer wollte schon ewig in dieser Scheiße leben?

John schmeckte den Rauch. Schweiß tropfte von Chadim auf sein Gesicht. Der Araber war zäher, als er geglaubt hatte. Und loyaler. John war sich nicht sicher, ob er Chadim unter Aufbietung seiner letzten Kräfte durch diesen elenden Schacht gezerrt hätte, statt sein eigenes bisschen Leben zu retten.

Doch. Er belog sich. Machte sich wieder mal schlechter, als er war. Es war nicht seine Art, jemanden im Stich zu lassen, der Hilfe brauchte. Sonst hätte er José damals nicht die Latte über den Schädel gehauen. Ein Akt purer Verzweiflung, damit der Idiot nicht mehr den Botenjungen für Aziz spielte. Hätte er es nicht getan, wäre Chadim jetzt nicht hier.

Wer würde ihn dann retten?

Vielleicht wurde es Zeit, dass er dem Mullah Abbitte leistete. Eigentlich hatte er es verdient.

Ein Schlag traf ihn ins Gesicht. »Du hast mir etwas versprochen«, keuchte Chadim.

Röchelnd rang John nach Atem. Die Kehle tat weh. Er hatte keinen blassen Schimmer, wovon der Mann sprach.

Wieder ein Schlag.

»Nicht.« Das Wort war nur noch ein Wispern.

»Kämpfen. Du wolltest kämpfen. Sag es!« Der nächste Ruck ging John durch Mark und Bein. »Sag es!«

»Ich kämpfe«, flüsterte John.

Chadim hustete.

Der Qualm war erstickend.

»Sag es«, keuchte Chadim.

Wo war Ophelias Gesicht?

»Sag es!« Die schwieligen Finger tätschelten sein Gesicht.

John wollte antworten, aber seine Kraft reichte nicht mehr dazu. Mit einem leisen Stöhnen ergab er sich der Dunkelheit.

4. Intermezzo

Erschrocken tastete Chadim nach dem Puls. Ein Hustenanfall zwang ihn zu einer Unterbrechung. Mit tränenden Augen wartete er, bis er verging. Sein Atem ging nur noch röchelnd.

Dann suchte er weiter. Die Haut, die er schließlich unter seinen Fingern fühlte, war kalt und feucht. Aber da war er: ein schwacher Puls, kaum wahrnehmbar. Der Blondschopf war zäh. Merkwürdig, dass er ihm angeboten hatte, ihn zurückzulassen.

Chadim packte ihn unter den Achseln. Jetzt musste er keine Rücksicht mehr nehmen, sondern so schnell wie möglich vorankommen. Keuchend robbte Chadim rückwärts durch den engen Schacht. Seine Ellbogen und Knie waren bereits blutig gescheuert, aber er nahm es kaum wahr.

Nach einer Weile war der Schacht so dicht gefüllt mit Qualm, dass der schwache rötliche Lichtschimmer, der von hinten zu ihm drang, kaum noch wahrnehmbar war. Da trafen Chadims nackte Füße auf ein Gitter.

Mit einem gezielten Tritt stieß er es aus der Verankerung. Er hörte es klappernd am Boden auftreffen. Vorsichtig rutschte er mit den Beinen über die Kante, zog den reglosen Körper zu sich heran und ließ sich an den Armen herab, bis er den Boden berührte. Dichter Qualm staute sich hier im Korridor. Aber wie sehr er sich auch anstrengte, er konnte keinen Brandherd erkennen.

Der rotblonde Schopf ragte knapp über die Kante der Luftschachtöffnung. Nach einer neuerlichen Hustenattacke zog

Chadim den Körper heraus. Seine Finger suchten nach dem Puls. Mit einem Anflug von Erleichterung fand er ihn, wenn auch schwächer als zuvor.

Es fühlte sich merkwürdig an, den halbnackten Männerkörper an sich zu drücken. Trotzdem barg er das bleiche Gesicht unter den verschwitzten Haaren an seiner Brust, um es vor dem Rauch zu schützen. Hustend und nahezu blind durch den Qualm eilte er an der Korridorwand entlang. Irgendwo musste doch der Rauch nachlassen. Er musste nur weit genug laufen.

Beinahe wäre er gegen das Notfallschott gerannt, das ihm unvermittelt den Weg versperrte. Keuchend blieb er stehen. Der verqualmte Korridor war vom Notfallsystem zugeriegelt worden.

Langsam ließ er sich an der Wand herunterrutschen, bis er saß. Sein Blick irrte zu dem bleichen, reglosen Gesicht des Mannes, den er in den Armen hielt. Automatisch legte er die Hand an seinen Hals. Der Puls war kaum noch zu fühlen.

Chadim hustete. Danach fanden seine Finger endlich das Helmmikro. »Garcia?« Er brachte die Worte kaum heraus, so wund war seine Kehle. »Hier ist ein geschlossenes Notfallschott. Wir sitzen fest.«

Endstation. Er hatte versagt.

9. Kapitel

»Nein!«, schrie Ophelia. »Das akzeptiere ich nicht.«

Es tat Harlan weh, zu sehen, wie sie verzweifelt gegen das geschlossene Notfallschott hämmerte. »Hör auf!« Er legte die Hand auf ihre Schulter. »Lass uns nachdenken!«

»Nachdenken?« Sie funkelte ihn aus zornigen, dunklen Augen an. »Kim sagt, dass er wenigstens 'ne Stunde braucht, um sich durch die Notfallroutine zu hacken.«

»Es gibt nicht nur Kim. Du hast unsere Tür geöffnet.«

»Oh, Mann! Du hast keine Ahnung. Ich müsste erst mal an die Energieversorgung herankommen, um das Schott aufzukriegen.«

»Na, dann schau dich um! Wo könnte die sein?« Bei den Worten ließ er sie los und sah sich selbst um. Er trat ein paar Schritte zurück, um das Schott zu studieren.

Phil, der an der Korridorkreuzung mit Mirek Schmiere stand, drehte sich zu ihnen um. »Wird das noch was?«

Abwehrend hob Harlan die Hand. »Gleich, Mann!« Sein Blick fand eine glatte Fläche rechts neben dem Schott. »Schau mal!« Er ging darauf zu, um sich seinen Fund genauer anzusehen.

Ophelia drängte sich neben ihn. Ihre Finger zitterten, als sie über den Spalt der Wandvertäfelung fuhr. »Du hast recht. Du hast recht!« Die Worte klangen triumphierend. Mit fliegenden Fingern zerrte sie das kleine Etui aus ihrer Tasche. »Hilf mir!« Sie drückte ihm einen Schraubenschlüssel in die Hand und fuhr ihrerseits mit einem anderen Werkzeug den Spalt entlang, auf der Suche nach einem Hebel.

Währenddessen begann Harlan die Suche von oben. An der linken oberen Ecke konnte er den Schraubenschlüssel tatsächlich unter die Abdeckung schieben. »Hier!« Er keuchte, während er mit aller Muskelkraft die metallene Abdeckung verbog. »Phil!«, rief er.

Schwitzend und fluchend schafften sie es zu zweit, das Blech aus seiner Verankerung zu reißen. Harlans Finger bluteten. Er nahm es kaum wahr.

Ungefragt drängelte sich Ophelia vor ihn. »Da!« Ihre Finger fuhren ein dickes Kabel entlang. »Wenn wir das dort anschließen, müsste das Schott aufgehen.«

Harlan wischte sich den Schweiß von der Stirn. »Worauf warten wir noch?«

»Das ist eine Hauptenergieleitung. Hast du 'ne Ahnung, wie gefährlich das ist?«, fragte sie.

»Ich mach's«, sagte Phil knapp.

»Quatsch nicht blöd, Mann!« Ganz ruhig schob Harlan ihn beiseite. »Du wirst später das Ganze hier erklären müssen. Ich mach's. Okay, Oph, sag mir, was ich tun muss!«

»Habt ihr beide einen an der Waffel?«, rief Ophelia. »Wisst ihr, was passiert, wenn euch ein Überspannungsbogen trifft?«

Harlan grinste sie an. »Deswegen mach ich es ja auch – und nicht du halbe Portion. Also hör auf zu quatschen! Oder willst du, dass die beiden auf der anderen Seite ersticken?«

»Bist du dir sicher?« Ophelia musterte ihn.

»Hab ich das nicht gesagt?«

Der Schlag warf ihn glatt um. Harlan spürte, dass sein Herz aussetzte. Wie aus weiter Entfernung hörte er, dass das Schott aufglitt.

Mirek beugte sich über ihn und schlug auf seine Brust.

Und plötzlich war der Boden unter ihm wieder fest und fühlte sich nicht mehr wie eine Wolke an. Seine rechte Hand und die Brust schmerzten allerdings höllisch.

»Alles okay?«, schrie Mirek.

Harlan nickte mühsam und sah, wie aus dem offenen Notfallschott dunkler Rauch quoll. Eine Gestalt taumelte daraus hervor. Sie trug eine zweite Person auf den Armen.

Mirek eilte auf sie zu. »Weg von dem Rauch! Los!«

Phil nahm dem taumelnden Chadim die Last ab und rannte bereits los. Hilfsbereit legte Mirek den Arm um Chadim, um ihn zu stützen.

Derweil eilte Ophelia zu Harlan und half ihm auf die Füße.

Immer noch schwankend, lehnte er sich gegen die Wand. Nach ein paar tiefen Atemzügen rannte er den anderen hinterher.

Hinter der nächsten Korridorbiegung hielt Mirek Phil an. »Leg ihn auf den Boden! Schnell!«

Phil gehorchte sofort. Johns Gesicht war kreideweiß.

»Shit«, keuchte Phil.

Mit konzentrierter Miene legte Mirek seine Hände auf Johns linke Brust und drückte dreimal kräftig. Danach zog er vorsichtig Johns Kopf zurück. Nach einem tiefen Atemzug blies er dem Reglosen Luft in den Mund.

Mit der Präzision eines Uhrwerks wiederholte Mirek seine Versuche, John zu reanimieren. Nach einigen Minuten tropfte der Schweiß von seinem Gesicht.

»Lass mich«, sagte Phil und schob Mirek einfach beiseite.

Harlan konnte kaum eine Unterbrechung im Rhythmus entdecken. Phils Stöße waren jedoch deutlich stärker. Der rote Fleck auf Johns Krankenhaushemd wurde größer, aber die Brust hob und senkte sich dafür deutlich mehr.

Harlans Blick suchte Mirek. Der hatte den Arm um Ophelia gelegt, als wolle er sie trösten.

Tränen rannen ihre Wangen hinab. »Ist er …« Sie beendete den Satz nicht, wischte sich stattdessen über die feuchten Augen.

In diesem Augenblick waren Schritte zu hören.

»Harlan!«, sagte Phil nur. Dann eilte er in die Richtung den Korridor entlang, aus der sich die Schritte näherten.

Ohne zu zögern setzte Harlan die Beatmung fort.

Schmerz und rötliches Licht sickerten in Johns Bewusstsein. Er spürte ein Kratzen in der Kehle und wollte husten. Aber da war ein Mund auf dem seinen, der ihn daran hinderte.

Er wollte sich wehren, aber seine Arme zuckten nur.

Der Mund ließ von ihm ab. Hände tätschelten sein Gesicht.

Nicht schon wieder Schläge! Im Reflex wandte er den Kopf zur Seite. »Nicht«, keuchte er.

»Hey, Mann!« Die Stimme des Mannes, der seinen Oberkörper hochzog und in sein Ohr brüllte, war vertraut.

»Harl!« Ein Hauch nur – stärker war seine Stimme nicht.

Der lehnte ihn gegen seine Brust und hielt ihn fest, während ein Hustenanfall ihn schüttelte.

»Atmen!« Das war Mireks Stimme.

Verdammt! Das tat er doch! Mit geschlossenen Augen rang er nach Luft. Ihm war schwindelig, kalt und kotzübel. Jeden Atemzug quittierte seine Brust mit höllischen Schmerzen. Hätte er genügend Luft dazu gehabt, hätte er geschrien, nur um ein wenig das Gefühl der Ohnmacht loszuwerden, das ihn quälte.

»Shit«, sagte Harlan an seinem Ohr. *»Shit!«* Er lachte dabei.

»Hör auf, mich zu knutschen!« Er hatte an diesem Tag wirklich lange genug in Männerarmen gelegen. So langsam reichte es ihm.

Harlan lachte, als habe er gerade etwas furchtbar Komisches gesagt. »Du hast ja keine Ahnung, Mann!«

Nach und nach gewannen die Konturen an Klarheit. Da saß Mirek neben ihm und lächelte zufrieden. Daneben kniete Ophelia, die heulte wie ein Highschoolmädchen, das von ihrem Freund beim Abschlussball sitzen gelassen wurde. Und Harlan, der ihn immer noch kuschelte, lachte, als sei er auf Drogen.

»Was ist denn mit euch los?«, knurrte John zwischen Husten und Stöhnen.

»Oh, John!« Ophelia schüttelte den Kopf.

»Was?«

»Nichts.« Sie grinste hinterhältig trotz der Tränen, die sie sich aus den Augen wischte. »Ich habe mir gerade überlegt, wie du darauf reagierst, wenn Harlan dir erzählt, dass er Mund-zu-Mund-Beatmung bei dir gemacht hat.«

Nun musste sogar Mirek lachen.

»Du mich auch.« Zu allem Überfluss wurde auch noch Johns Hintern ungemütlich kalt. Als er an sich heruntersah, wusste er auch, warum. Das Krankenhaushemdchen war nicht nur völlig blutig, sondern bis zu seinem Bauchnabel hochgerutscht.

Ophelia zog es mit spitzen Fingern auf seine Oberschenkel. »Du hast ja wirklich keine Unterhose an.«

»Mitkommen«, sagte eine fremde Stimme.

Als John aufsah, blickte er in eine Gewehrmündung. Acht

Troopers umringten sie in gebührendem Abstand. Der Soldat mit den Abzeichen eines Corporals hatte gesprochen. Phil und Chadim standen mit erhobenen Händen zwei Schritte vor ihm. »Tut mir leid«, sagte Phil.

Mirek sprang auf. »Dieser Mann ist schwer verletzt. Er muss sofort auf die Krankenstation.«

»Mitkommen«, wiederholte der Corporal. »Befehl des Colonels.« Es hatte nicht den Anschein, als würde er Spaß verstehen.

Harlan packte John unter den Achseln und half ihm vorsichtig auf die Füße. Zum ersten Mal war John froh um sein Stahlbein, denn das versprach wenigstens etwas Halt.

Phil sprang hinzu und stützte ihn von der anderen Seite. »Geht's?«, fragte er unnötigerweise.

»Sie da!« Der Corporal zeigte auf Ophelia. »Runter mit dem Funkgerät.«

Mit schmalen Lippen riss Ophelia das Helmmikro von ihrem Ohr. Kaum wahrnehmbar schüttelte sie den Kopf. Dann hatte Kim seine Mission wohl ebenfalls vergeigt.

Einer der Soldaten nahm ihr das Mikro ab. »Scheint ebenfalls aus einem Helm zu stammen, Sir«, sagte er.

Jetzt fiel John auf, dass Chadim sein Helmmikro bereits abgegeben hatte. Der Araber starrte ihn aus dunklen Augen an. Seine Knie und Ellbogen waren blutig, Gesicht und Unterhemd dreck- und rußverschmiert.

Er hatte etwas vergessen. Ohne auf die wartenden Troopers zu achten, bot John ihm seine Rechte.

Langsam ließ Chadim die Hände sinken und schlug ein. Seine Linke legte sich obenauf.

»Danke«, sagte John. Mehr gab es nicht zu sagen.

Es war unwürdig, sich in dem hinten offenen Krankenhaushemd von Phil und Harlan durch die Gänge schleppen zu lassen. Zumal Ophelia und Mirek direkt hinter ihm gingen. Chadim schritt hocherhobenen Hauptes voraus, als sei er ihr Anführer und zugleich der Hauptverantwortliche. Bei ihm wirkte die spärliche Bekleidung nahezu heroisch.

Seltsamerweise fehlte Kim. Hieß das nun, dass Kim nicht in Gewahrsam genommen worden war? Ophelias Kopfschütteln sprach dagegen. John hatte das dumpfe Gefühl, dass das dicke Ende erst noch kommen würde.

Den Korridor, wo die acht Troopers ihn und seine Kameraden hinführten, hatte er noch nie gesehen. Sie schienen sich auf der Ebene der Hauptbrücke zu befinden. John las noch »Ready Room«, ehe die Tür aufging, und straffte sich, so gut er es in seinem Zustand vermochte.

Doch auf das, was ihn erwartete, war er nicht vorbereitet. In dem Raum waren nicht nur Goldblum und Gallagher, sondern auch Captain Fajid, Captain Hampton und Colonel Forsman, die John bisher nur ein- oder zweimal aus der Nähe gesehen hatte. Vor ihnen stand bereits Kim wie ein armer Sünder. Bei dem Anblick tat er John richtig leid.

Kim fuhr herum, kaum dass sich die Tür öffnete. Bei Johns Anblick erhellte sich seine Miene, und ohne auf die illustre Gesellschaft zu achten, fiel er dem Freund um den Hals.

»Hey, schon gut«, flüsterte John. »Ich lebe ja.«

Im Hintergrund räusperte sich Forsman. »Genug der Wiedersehensfreude! Ich erwarte eine Erklärung. Sofort! Wer möchte beginnen?«

Die acht Troopers hatten hinter John und seinen Kameraden Stellung bezogen.

John beschlich das ungute Gefühl, ein Gefangener zu sein. »Das ist ein Missverständnis, Sir ...« Ein Hustenanfall hinderte ihn daran, weiterzureden. John biss sich auf die Lippen, um ein Stöhnen zu unterdrücken. Als er sich mit zittrigen Fingern über den Mund wischte, sah er Blut auf seiner Hand.

»Geben Sie dem Mann einen Stuhl!« Forsman nickte in seine Richtung.

John schüttelte den Kopf. »Nein, danke. Sir.« Er wollte sich nicht hinsetzen, wenn seine Freunde stehen mussten.

»Wie Sie wollen«, erwiderte Forsman. »Ich warte immer noch auf Ihre Erklärung.«

Johns Blick fiel auf Goldblum, die ihn herablassend musterte, als sei er ein Insekt.

Mit einem triumphierenden Gesichtsausdruck wandte sie sich an den Colonel. »Sir, Sie wissen doch, was sie getan haben. Ich wüsste nicht, was es bringt, sie noch zu verhören. Die Daten, die ich Ihnen präsentiert habe, beweisen eindeutig –«

»Ruhe!« Forsmans Stimme war schneidend scharf.

Goldblum zuckte zusammen und trat einen Schritt zurück.

»Schön«, sagte Forsman kalt, »wenn niemand freiwillig beginnen möchte, dann eben der Reihe nach.«

»Sir …«, begann John. Sofort musste er wieder husten. Keuchend hielt er sich an Phil und Harlan fest. Seine Brust schmerzte so sehr, dass er zitterte. »Es gab … es gab ein Attentat auf die Krankenstation. Chadim …« Er schaffte es, den Hustenreiz hinunterzuwürgen. »Mein Team … sie haben nur versucht, mich und Chadim zu retten.«

Sein Blick suchte unauffällig nach Kim. Aber der sah stur geradeaus. Kim hatte behauptet, niemand könne seine Spuren im Computer verfolgen. Hoffentlich stimmte das auch! Ansonsten waren sie verloren.

Forsman runzelte die Stirn. »Überprüfen Sie das!« Das Nicken galt einem der Trooper.

Aus den Augenwinkeln sah John, wie der Mann salutierte und aus dem Raum eilte.

»Und das gibt Ihnen das Recht, diverse Türen und ein Notfallschott auf meinem Schiff zu sabotieren«, giftete Fajid. Die kleine Frau mit den weißen, kinnlangen Haaren wirkte wie ein gereizter Skorpion. »Niemand«, schrie sie, »legt ungestraft Hand an mein Schiff! Egal, aus welchem Grund!«

In der ungemütlichen Stille räusperte sich einer der Soldaten. »Wir haben das hier bei ihnen gefunden, Sir.« Er legte die beiden ausgebauten Helmmikros vor Forsman auf den Tisch und trat wieder zurück an seinen Platz.

Forsmans Blick richtete sich auf die Helmmikros. »Und wie erklären Sie mir das?«

John sah Ophelia an.

»Eine dumme Spielerei, Sir«, sagte sie schnell. »Ich entschuldige mich dafür, Militäreigentum zu privaten Zwecken missbraucht zu haben.«

»Privat?«

Ophelia errötete bis zu den Ohrspitzen. »Ich wollte …« Sie räusperte sich. »Private McClusky und ich wollten … na ja, miteinander reden.«

»Zum Glück«, warf John schnell ein, »sonst wären Chadim und ich nicht mehr am Leben.«

»Und für diese Rettungsaktion mussten Sie ein Notfallschott zerstören und sich in den Hauptcomputer einhacken? Wozu?« Forsmans Frage galt Kim, der sichtlich zusammenzuckte.

»Wir brauchten den Plan der Luftzuleitungen und, äh … ein paar Ablenkungsmanöver.« Kim schluckte.

Die Antwort beruhigte John ein wenig. Offenbar war sich Kim sicher, dass seine anderen Spuren nicht zurückverfolgt werden konnten.

»Das gibt Ihnen nicht das Recht ...«, begann Fajid.

Aber Forsman schnitt ihr mit einer einzigen Handbewegung das Wort ab. »Keiner von Ihnen ist also auf die Idee gekommen, einen internen Notfallruf zur Rettung Ihrer Kameraden loszuschicken?« Sein Blick traf Chadim und John. »Ich nehme doch an, dass Sie beide wenigstens versucht haben, Doktor Donaghue zu informieren?«

Chadim war schneller als John. »Mit Verlaub, Sir. Ich habe wiederholt versucht, über die Gegensprechanlage Hilfe zu rufen, aber es meldete sich niemand, und die Tür war verschlossen. Daher habe ich über das Helmmikro, das Garcia McClusky gegeben hatte, Kontakt mit dem Rest meines Teams aufgenommen. Die Flucht durch das Luftschachtsystem schien mir die einzige Möglichkeit zu sein, mein Leben und das meines Kameraden McClusky zu retten.«

Na, das hatte Chadim wirklich schön gesagt!

»Und Sie?«, fragte Forsman die anderen. »Wen haben Sie versucht zu kontaktieren?«

Phil räusperte sich und trat einen Schritt vor. »Mit Verlaub, Sir. Nach Paragraf 14 Absatz 5c der geltenden Militärstatuten ist jeder Soldat, der von seinem befehlshabenden Offizier oder Unteroffizier abgeschnitten ist, dazu verpflichtet, alles Menschenmögliche zu tun, um sein Leben und das seiner Kameraden zu retten, bis die Kommandokette wiederhergestellt ist. Da das interne Notrufsystem außer Kraft gesetzt war, sah ich mich dazu gezwungen, gemäß den Statuten vorzugehen, Sir.« Bei dem letzten Wort trat er wieder neben John zurück und fasste ihn unter der Achsel.

John war sprachlos.

Forsman stützte sich mit gesenktem Kopf auf den Tisch.

»Sir«, mischte Goldblum sich ein, »Sie glauben doch nicht wirklich, dass der Hackerangriff auf den Zentralcomputer und das dreiste Vorgehen dieses Fireteams zwei zufällige Ereignisse waren, die nichts miteinander zu tun haben?«

Forsman blickte sie mit finsterer Miene an, ohne ihr eine Antwort zu geben. »Holen Sie den verantwortlichen Sergeant und den Corporal des Teams! Außerdem will ich einen Bericht über den Zustand der Krankenstation.« Die grauen Augen richteten sich auf John. »Und Sie setzen sich endlich, Mann! Das ist ein Befehl!«

10. Kapitel

Donaghues düsterer Blick erhellte sich augenblicklich, als er John und Chadim erblickte. »Sir«, sagte er mit Verspätung zu Forsman, stand aber nicht stramm, sondern eilte zu John, um nach seinem Handgelenk zu fassen. Mit einem Knall ließ er die Notfalltasche neben ihm zu Boden fallen.

Unwillig schüttelte John die Hand ab.

»Bericht, Doktor Donaghue!«, befahl Forsman.

Donaghue fuhr herum, als bemerke er den Colonel erst jetzt richtig. »Oh! Natürlich!«

Hinter ihm nahm der Soldat, der den Arzt geholt hatte, seine Position wieder ein.

»Ich warte«, setzte Forsman hinzu. Er klang schon nicht mehr ganz so geduldig wie zuvor.

Der Doktor fuhr sich durch die spärlichen grauen Haare. »Wir haben einundzwanzig Tote auf der Krankenstation zu beklagen. Kohlendioxidvergiftung. Jemand muss das Gas über die Zentrallüftung eingeleitet haben. Mein Pflegepersonal und ich waren aufgrund des Notfallprozederes leider eingeschlossen, Sir.« Sein Blick richtete sich auf John. »Wie kommt es, dass Sie und Private Chadim überlebt haben? Zum Glück, natürlich, aber –« Als ob er sich eines Besseren besann, wandte Donaghue sich wieder an Forsman. »Der Mann muss ärztlich versorgt werden, Sir. Er hat einen Lungendurchschuss und sehr wahrscheinlich eine Kohlendioxidvergiftung. Ich muss darauf bestehen, dass –«

»Jetzt nicht, Doktor Donaghue. Der Mann hat die Anstrengung einer Flucht durch das Luftschachtsystem überlebt, also wird er nicht innerhalb der nächsten zehn Minuten zusammenbrechen. Geben Sie ihm von mir aus eine Spritze! Aber er bleibt vorerst hier, bis die Sache geklärt ist.«

Donaghue sah nicht glücklich aus über Forsmans Worte. »Auf Ihre Verantwortung, Sir.«

Forsman seufzte. »Wo stecken Hartfield und Stannis?«

»Sie kommen gleich«, meldete der Soldat, der Donaghue geholt hatte.

Forsmans Hinweis mit der Spritze schien Donaghue als Befehl aufzufassen. Er begann sofort in der Tasche zu kramen, zog irgendein Mittel auf und jagte es in Johns Arm, ehe er auch nur ansatzweise protestieren konnte.

In einem Anfall von Fatalismus ließ John zu, dass Donaghue Puls und Reflexe prüfte, während alle zusahen, und ihm dann noch in die Augen leuchtete. Wunderbarerweise fiel ihm das Atmen wieder leichter. Der Druck in seiner Brust schwand ein wenig. Müde schloss John die Augen.

»Helfen Sie mir!«, hörte er Donaghue sagen. »Öffnen Sie das Hemd! Ich will den Verband erneuern.«

»Hey!« Alarmiert öffnete John die Augen und schlug reflexartig gegen die Hände, die an seinem Nacken herumfummelten. Harlan. »Lass das!«

Harlan grinste. »Befehl des Docs!«

»Leck mich!« Doch John war zu müde zum Kämpfen. Seufzend lehnte er den Kopf gegen Harlan und ließ zu, dass sein Hemd geöffnet und der Verband gewechselt wurde. Als Donaghue endlich von ihm abließ, war er schweißnass.

Grinsend zog Harlan das Hemd wieder an seinen Platz und griff nach den Enden in Johns Nacken.

»Du weißt, dass du das büßen wirst«, keuchte John leise, während Harlan ihm das Hemd hinten schloss.

Harlan streichelte ihm den Hinterkopf. »Schon gut, Mann! Du musst mir nicht danken. Hab ich gern getan!«

»Sir!« Stannis salutierte.

Einen Moment später kam Hartfield herein, dessen Gruß eine Spur legerer ausfiel. Wortlos trat er neben John.

»Team Bravo hat sich diverser Verfehlungen schuldig gemacht. Klären Sie die Sachlage und bestrafen Sie die Schuldigen angemessen«, sagte Forsman. »Mir scheint allerdings, dass gewisse mildernde Umstände vorliegen.«

»Zu Befehl, Sir«, antwortete Stannis sofort.

»Darf ich wissen, was man ihnen vorwirft?«, fragte Hartfield.

»Sie haben diverse Regeln umgangen, um zwei ihrer Kameraden aus einer lebensgefährlichen Notlage zu befreien«, antwortete Forsman. »Ich muss eingestehen, dass ich selten eine Einheit erlebt habe, deren Mitglieder so füreinander eingetreten sind. Mein Kompliment, Corporal Stannis! Sie haben da trotz allem ein bemerkenswertes Team geschaffen.«

»Aye, Sir. Danke, Sir.« Stannis salutierte.

John konnte sich ein Grinsen nicht verkneifen. Leider konnte er nur Stannis' Rücken studieren. Zu gerne hätte er dessen Gesicht gesehen, als Forsman das Lob aussprach.

»Sir, mit Verlaub«, mischte sich Goldblum ein. »Aber darf ich noch einmal darauf hinweisen, dass ich einem Hacker auf die Spur gekommen bin, der wichtige Daten im System verstecken wollte und der das Notfallprozedere initiiert hat, um seine Spuren zu verwischen? Der Kerl hat überdies gedroht, mich umzubringen. Und hier steht ein Mann vor Ihnen, der zugegeben hat, sich illegalerweise in den Zentralcomputer gehackt zu haben – angeblich, um seine beiden Kameraden zu retten, was absolut lächerlich ist. Und Sie gedenken, ihn und seine Komplizen einfach so gehen zu lassen?«

»Lieutenant Goldblum, ich habe Ihre Anmerkungen nicht vergessen!«, herrschte Forsman sie an. Den Blick, den er ihr mit gesenktem Kopf zuwarf, wollte John nicht auf sich fühlen. »Können Sie irgendeinen Grund nennen, weshalb Sie ausgerechnet diese sieben Soldaten verdächtigen? Private McClusky hat vor Kurzem ein Attentat des Dschihad vereitelt. Er und Private Chadim befanden sich durch das Notfallprozedere in Lebensgefahr. Wieso sollte Private Han-Sung so dumm sein, das Notfallprozedere auszulösen und seine beiden Kameraden derart in Gefahr zu bringen?«

»Ich vermute ein Missgeschick, Sir«, antwortete Goldblum kühl.

»Konnten Sie die Spuren des Hackers zurückverfolgen?«

»Nein, Sir.«

»Konnte irgendjemand an Bord dieses Schiffes die Spuren des Hackers zurückverfolgen?«

»Nein, Sir.« Goldblums Lippen waren nur noch ein schmaler Strich.

»Und da glauben Sie allen Ernstes, ein derart guter Hacker macht einen derart fatalen Fehler?«

»Sir, ich …«

»Schweigen Sie, Lieutenant Goldblum! Wir haben es ganz offensichtlich mit einem weiteren Attentat des Dschihad zu tun, dem diese beiden Männer fast zum Opfer gefallen wären. Also sichten Sie die von Ihnen gefundenen Daten und melden Sie sich bei mir, wenn Sie neue Erkenntnisse haben.«

»Ja, Sir.« Goldblum salutierte.

»Ich muss wohl nicht erwähnen, dass alle in diesem Raum über das neuerliche Attentat Stillschweigen wahren müssen, bis eine offizielle Stellungnahme zu den Vorfällen von meiner Seite erfolgt ist.« Forsman richtete sich auf. »Sie können wegtreten. Alle!«

John war zu erschöpft, um alleine aufzustehen.

»Komm, Alter«, sagte Harlan, während er unter seine Achsel fasste.

»Oh, *Shit!*« Allein die Vorstellung, den ganzen Weg zurücklaufen zu müssen, löste in John den Wunsch aus, auf der Stelle ohnmächtig zu werden. Dann würde er nicht nur nichts mehr von seinem unwürdigen Zustand mitbekommen, sondern könnte sich auch noch tragen lassen. Stattdessen musste er sich von Phil und Harlan auf die Füße ziehen lassen.

»Einen Moment, bitte«, sagte Hartfield. »Colonel Forsman, Captain Hampton, darf ich Ihnen angesichts der aktuellen Situation einen Vorschlag unterbreiten?«

Forsman sah auf und nickte knapp, Hampton ebenso.

Wenn er sich ein wenig angeschlagener gab, als er war, konnte er vielleicht lange genug im Raum bleiben, um noch zu hören, was Hartfield zu sagen hatte. Mit einem leisen Seufzen gab John einfach der Schwerkraft nach und ließ sich von Phil und Harlan auffangen.

»Wie Sie sicherlich wissen, hat Lieutenant Gallaghers Rifle Platoon zwei Squads verloren. Um die Zahlenverhältnisse auszugleichen, schlage ich vor, dass ein Squad von Lieutenant Goldblum zu Lieutenant Gallagher wechselt. Selbstverständlich melde ich mich mit meinem Squad freiwillig für diesen Wechsel, Sir.« Hartfield schaffte es, völlig neutral zu klingen.

Goldblum musste kochen vor Zorn. Leider konnte John sie nicht sehen, da Harlan und Phil ihm im Weg standen.

Hampton nickte nur.

»Akzeptiert!«, antwortete Forsman. »Informieren Sie Ihr Platoon!«

»Aye, Sir. Danke, Sir.« Aus den Augenwinkeln sah John Hartfield salutieren.

Der alte Fuchs hatte es geschafft, dass sich aus der Katastrophe zumindest eine positive Konsequenz für sie ergab.

In diesem Augenblick hob Harlan ihn auf seine Arme. »Alter, wenn du getragen werden willst, dann kannst du das haben.«

Kein Chadim mehr, der auf seinen Rücken starrte. Kein leises Stöhnen mehr, das aus den Nachbarbetten zu ihm drang. Donaghue hatte ihn wieder in ein Einzelzimmer gesteckt. Allerdings gab es außer ihm auch keine Patienten mehr auf der Station.

Hatte er es wirklich verdient, als Einziger zu überleben? Okay, mit Chadim. Aber so zu krepieren – das hatten die anderen armen Teufel garantiert nicht verdient gehabt. Wäre es nicht seine Pflicht gewesen, ihnen zu helfen? Aber wie? Indem er selber starb? *Shit!*

Je länger er darüber grübelte, umso weniger fand er einen Ausweg. Er starrte lange an die Decke, ehe er endlich einschlafen konnte.

Viel zu früh wurde er wach. Eine Hand schüttelte ihn energisch. Er grunzte unwillig und wollte sie beiseiteschlagen.

»Auf, Soldat!«

Hartfields Stimme direkt neben seinem Ohr ließ ihn augenblicklich hochfahren. »Sir«, stammelte er schlaftrunken.

Zu allem Überfluss waren auch alle anderen um ihn herum versammelt – nur Chadim nicht, wie er bemerkte. Wer hatte diesen Mist verzapft? Hartfield. Natürlich.

»Es ist an der Zeit für ein Resümee«, sagte der.

Was war das jetzt wieder? John gähnte und rieb sich die Augen.

Ophelia gab ihm einen Stoß. »Es reicht jetzt.«

Immer noch nicht ganz wach, richtete er sich in seinem Bett auf.

»Nachdem *Private McClusky* nun auch bei uns weilt, wäre ich interessiert an einem Bericht. Han-Sung, können Sie uns erhellen?«

Kim sah genauso übernächtigt aus, wie John sich fühlte. »Lieutenant Goldblum hat sich zwar der Daten habhaft gemacht, aber sie hat nicht das Notfallprozedere ausgelöst. Na ja, das ist etwas falsch ausgedrückt. Sie kann es nicht gewesen sein, weil ihr Autorisationscode nicht der Sequenz entspricht, die dafür benutzt wurde.«

»Moment!« Mit einem Mal war John hellwach. »Sie hat nicht das Notfallprozedere ausgelöst? Aber wer dann?«

»Ich weiß es nicht.« Kim zuckte mit den Schultern. »Ich konnte den Autorisationscode niemandem an Bord zuordnen. Ich habe sorgfältig nachgeforscht, auf Befehl des Sergeants.«

»Ich wollte, dass das alle wissen«, erklärte Hartfield. »Private Han-Sung hat mir die Sequenz gezeigt. Ich kann Ihnen so viel verraten, dass sie in der Hierarchie weit über Lieutenant Goldlbum angesiedelt ist.«

»Äh, und was bedeutet das?« Fragend sah John sich um.

»Dass entweder noch jemand an Bord falsch spielt oder dass Goldblum mit Autorisationen von höherer Stelle ausgestattet ist«, antwortete Phil. »Habe ich das richtig interpretiert, Sir?«

Hartfield nickte. »Ich wollte Ihnen außerdem mitteilen, dass alle Beteiligten nur einen Eintrag in ihrer Akte erhalten. Der von Ihnen zitierte Paragraf 14 Absatz 5c trifft zwar nicht ganz auf die Situation zu, aber ich konnte Colonel Forsman davon überzeugen, ihn geltend zu machen. An dieser Stelle will ich mich bei Ihnen für das Versagen meines Planes und die damit für Sie verbundenen Konsequenzen entschuldigen.«

»Wir wussten alle Bescheid, was uns blüht, wenn wir erwischt werden, Sir. Wenigstens sind wir jetzt Goldblum los. Äh, Lieutenant Goldblum natürlich. Verzeihung, Sir!« Niemand widersprach Phil. »Eine Frage noch, Sergeant! Weshalb ist Chadim nicht hier?«

»Er war nicht eingeweiht«, antwortete Hartfield. »Zu keiner Zeit.«

John nagte an seiner Unterlippe. »Dann wäre es Zeit, das zu ändern, Sir. Mit Ihrer Erlaubnis natürlich.«

Mirek fand Kim genau an der Stelle, die John ihm beschrieben hatte. Die Aussicht aus dem Bullauge auf die Sterne war wirklich atemberaubend. Mit einem Räuspern setzte er sich neben ihn.

Der Asiate schreckte zusammen, als erwarte er einen Angriff. »Mirek?«

»Entschuldige, dass ich dich störe.«

»Nein, kein Problem.« Nach einer winzigen Pause fügte Kim hinzu. »Woher wusstest du, dass ich hier bin?«

»John hat es mir gesagt.« Mirek hob den Kopf. »Er hat mich auch darum gebeten, nach dir zu sehen. Er macht sich Sorgen um dich.«

Kim zeigte ein kleines, unechtes Lachen. »John macht sich Sorgen? Um mich?«

»Nicht nur er. Ich auch.«

»Oh, natürlich! Etwa, weil ich der kleine Sensible bin, auf den man aufpassen muss? Weißt du eigentlich, dass John jünger ist als ich?«

»Nein.« Überrascht musterte Mirek den Asiaten. »Woher weißt du das?«

»John hat es mir gesagt.« Kim starrte ins All.

»John ist voller Überraschungen.« Nun sah auch Mirek wieder auf die Sterne. Er musste daran denken, dass John ihm damals auf den Friedhof gefolgt war, als er Elizabeths Grab besucht hatte. Niemand außer ihm wusste, dass sie tot war. Und John hatte es nicht verraten.

»Ich wäre nicht mehr hier ohne ihn.«

Seltsam, dass Kim das sagte. »Ich auch nicht.«

»Wieso?«

»Weil er mir gezeigt hat, wo ich hingehöre.«

»Mir auch.«

Hatte John deshalb ausgerechnet ihn hergeschickt, um nach Kim zu sehen? War er wirklich so klug? »Ich verstehe, dass du Goldblum töten wolltest, um ihn zu retten. Auch wenn es falsch war.«

Als Mirek auf Kims Profil blickte, sah er Tränen über dessen Wange rinnen. »Weiß John davon?«, fragte Kim, während er sie wegwischte.

»Ja. Deshalb hat er mich zu dir geschickt. Ich soll dir sagen, dass du dir verzeihen sollst. Er tut es auch. Denn das warst nicht du. Das war nur die Not, die aus dir sprach.«

Johns Worte waren ein wenig anders gewesen. Prosaischer. »Der Kleine ist kein Killer«, hatte er gesagt. »Wenn du ihm das nicht klarmachst, wird er das nie los. *Shit!* Ich will das nicht! Ich will nicht, dass er so von sich denkt. Er ist besser als ich. Das muss er wissen.«

Schluchzend barg Kim den Kopf zwischen den angewinkelten Knien. Mirek legte wortlos die Hand auf seine Schulter.

Jemand räusperte sich neben seinem Bett.

Gähnend drehte John sich um. Ließ man ihn denn nie in Ruhe?

»Ein kurzes Wort unter vier Augen.«

Beim Klang von Hartfields Stimme war John sofort hellwach. Nur die schmerzende Brust verhinderte, dass er schnell eine aufrechte Sitzposition einnahm. Mit einem gequälten Lächeln kämpfte John sich hoch, bis er endlich Hartfield schnaufend anblickte.

Ein Schmunzeln ließ dessen Mundwinkel zucken. »Sie müssen vorsichtiger sein, John!«

Hatte der Mistkerl ihn eben John genannt?

»Aye, Sir. Ich bemühe mich.«

»Nicht genug, wie es scheint. Aber kommen wir zum eigentlichen Anliegen meines Besuchs. Eine Untersuchung hat ergeben, dass wir in der Bergarbeiterstation tatsächlich auf eine neue, bisher unbekannte Spezies getroffen sind. Sicherlich war Ihnen das schon bewusst. Ich bin deshalb hier, weil ich Sie daran erinnern soll, dass diese neue Erkenntnis vorerst geheim bleiben soll. Private Han-Sung und Chadim habe ich bereits darüber unterrichtet. Sie waren ein wenig früher wach als Sie.« Hartfield zeigte wieder einmal sein kleines, schiefes Lächeln.

»Hab's mir schon gedacht, Sir. Ach, und danke! Für die milde Strafe und die Hilfe. Auch wenn's nicht geklappt hat. Wobei ...« Er kratzte sich am Kopf. »Irgendwie hat es ja doch geklappt. Wir wissen jedenfalls mehr als vorher. Und jetzt, wo Goldblum einen Teil hat von dem, was sie und Mister Unbekannt haben wollen, lassen sie mich ja vielleicht in Ruhe.«

»Etwas Ähnliches habe ich mir auch schon gedacht.« Nach einer kleinen Pause fügte Hartfield hinzu: »Ruhen Sie sich aus! In einer Woche sind wir im Orbit von Libra 2.2. Vielleicht brauche ich Sie als Piloten.«

»Wär mir eine Ehre.« Oh Mann, woher hatte er den Satz? Hatte Kim ihm den eingeflüstert?

Hartfield klopfte ihm auf den Arm und stand auf. »Es bleibt übrigens bei den Reizleitungsverstärkern. Aber nicht jetzt. Erst nach dem nächsten Einsatz. Wenn es Ihnen besser geht.« Das schiefe Lächeln missglückte dieses Mal.

»Danke, Sir.«

Epilog

Hartfield saß vor seinem Schreibtisch. Die Hände waren so fest zu Fäusten geballt, dass es schmerzte. Er hasste sich für das, was er getan hatte – mehr noch für das, was er gesagt hatte.

Es war falsch. Daran konnten weder all die guten Worte noch Verträge etwas ändern, am wenigsten die, die in gutem Glauben unterschrieben worden waren. Er hatte helfen wollen und am Ende nur Verderben gebracht.

Er würde sich rüsten müssen, um besser auf ihn achtgeben zu können. Umso mehr, da die Schlange, die unerkannt unter ihnen lebte, aufgescheucht worden war. Umso mehr, da John ihm vertraute. Zu sehr vielleicht. Er hatte Hoffnungen geweckt, die er möglicherweise nicht halten konnte. Und das passte ihm ganz und gar nicht.

Ganz langsam öffnete er die Fäuste und starrte auf die Abdrücke, die seine Fingernägel in seinen Handflächen hinterlassen hatten.

Welche Ironie, dass er ausgerechnet von demjenigen, den er als Schüler angesehen hatte, eine Lektion in Toleranz erhalten musste. Ahnte der Bengel überhaupt, was er ihm abverlangte? Und doch hatte er Chadim entgegen jeglicher Vernunft ins Vertrauen gezogen. Hartfield konnte nur hoffen, dass die Zukunft dem Jungen recht geben würde und am Ende nicht doch das Misstrauen des Lehrers rechtfertigte.

Noch waren seine Hände leer.

Er würde umdenken müssen. Wenn er Forsman nicht auf

seine Seite zwingen konnte, dann musste er eben stichhaltige Beweise sammeln. Ehe es vielleicht zu spät war.

Mit steifen Fingern griff er nach dem Papier, das vor ihm auf dem Tisch lag, und zog es zu sich heran.

Der Funkspruch, den er aufgespürt hatte, war nur ein Hinweis. Eine erste Spur in die richtige Richtung. Der Autorisationscode war der gleiche gewesen. Zwar kannte er weder Absender noch Adressat – doch er würde sie finden. Er musste sie finden. Denn es stand mehr auf dem Spiel als das Leben eines Lehrers und seines Schülers.

Hartfield starrte an die Wand gegenüber, wo das Wappen der Vereinten Nationen hing.

Am Ende konnte die Wahrheit, die er gefunden hatte, alles verändern. Zum Guten oder zum Schlechten. Und er war vielleicht das Zünglein an der Waage.

SPACE TROOPERS

Folge 6

DIE LETZTE KOLONIE

Prolog

Der Park war so friedlich wie bei ihrem letzten Treffen. Der Mann mit den grauen Haaren war etwas früher gekommen, damit er die Szenerie noch ein wenig genießen konnte.

So viel Grün gab es im weiten Umkreis nirgends mehr zu sehen. Bei ihm zu Hause ließen nur ein paar Zimmerpflanzen, die seine Frau in der ansonsten sterilen Wohnung pflegte, ein wenig erahnen, wie die Erde früher einmal ausgesehen hatte.

Ob die Natur in den Kolonien über kurz oder lang auch dieses Schicksal erleiden würde? Normalerweise gönnte er sich den Luxus von Schuldgefühlen nicht. Vielleicht war die friedliche Umgebung daran schuld. Und so war er schließlich froh, als Schritte erklangen. Kurz darauf setzte sich der Mann im schwarzen Anzug neben ihm auf die Bank.

Ein gelb-schwarzes Insekt summte an seinem Kopf vorbei. Über ihnen sangen Vögel im Geäst der Bäume.

»Unser Mann hat versagt.«

Die Idylle verlor durch die Worte ein wenig von ihrer Ausstrahlung. Stumm wartete der Mann mit den grauen Haaren auf weitere Informationen.

»Ein Teil der Daten wurde von einer anderen Partei gefunden, die uns leider zuvorkam.«

»Und der Rest?«

»Scheint sich unseren Informationen zufolge hier auf der Erde zu befinden.«

»Dann finden Sie sie!«

»Wir bemühen uns.«

Er hasste diese Floskel. Sie zeugte von Inkompetenz und Heuchelei. »Ich vermute, dass Sie mir noch nichts über die Identität der anderen Partei verraten können.«

»Doch, Sir. Wir vermuten, dass First Lieutenant Goldblum ihr Kontakt auf der *Washington* ist.«

Also wusste sein Gesprächspartner nichts. Möglicherweise musste er die Stelle mit jemandem besetzen, der kompetenter war.

»Ihre weiteren Befehle, Sir?« Der Mann im schwarzen Anzug korrigierte den Sitz seiner Krawatte.

»Vorerst keine.«

Mit einem Räuspern stand der schwarz gekleidete Mann auf. »Sir!« Die Schritte, mit denen er sich entfernte, wirkten unsicher.

Der Mann mit den grauen Haaren betrachtete ihn ein letztes Mal. Es war nicht gut, sich an Mitarbeiter zu sehr zu gewöhnen. Persönliche Gefühle trübten nur das Urteilsvermögen. Ein Wechsel musste vorgenommen werden.

Er bedauerte nur, dass er es nicht bereits früher getan hatte.

1. Kapitel

John sah aus, als würde er sich langweilen, so wie er sich in Boxershorts und Unterhemd auf dem Krankenbett herumlümmelte.

Irgendwie konnte Harlan ihm das nicht verdenken, auch wenn sein eigenes Leben derzeit alles andere als langweilig war. Harlan hatte gerade einen langen, riskanten Einsatz überstanden, und trotz der Dusche fühlte er sich völlig ausgepowert. »Was ist los, Mann?« Froh darum, endlich sitzen zu können, warf er sich auf den Stuhl neben Johns Bett.

»Was wohl«, knurrte John. »Ich hoffe, die lassen mich bald hier raus.«

Das klang, als wäre er nicht auf der Krankenstation, sondern in einer Zelle.

Harlan lachte. »Ich dachte, in ein paar Tagen wär es so weit.«

»Wahrscheinlich erst, wenn wir wieder abziehen.«

»Alter, also da kann ich dich beruhigen! Die Evakuierung von Libra 2.2 dauert bestimmt noch mindestens zwei Wochen. Die Aliens haben sich festgesetzt wie ein eitriges Geschwür. Ich bete vor jedem Einsatz drei Ave-Maria.«

»Das meinst du doch nicht ernst?«

»Wofür hältst du mich?« Tatsächlich war Harlan in einigen gefährlichen Situationen ein Stoßgebet entschlüpft. »Auf jeden Fall habe ich mich mit dir am Steuer der Landefähre wesentlich sicherer gefühlt.«

John zog eine Grimasse. »Wühl nur tiefer in der Wunde,

alter Schweinepriester! Glaubst du etwa, ich kann hier ruhig liegen, geschweige denn schlafen, wenn ich weiß, dass euch irgend so ein lahmer Penner runterschaukelt?«

»Na ja, so schlecht ist Corporal Lindström nun auch wieder nicht.« Im Gegenteil, die blonde Schwedin wirkte meist so kühl wie ein Eisblock. Egal, wie brenzlig die Situation auch war.

»Lindström? Ist das nicht 'ne Frau?«

»Und ob.« In der Tat war die Oberweite von Lindström beachtlich. Selbst Harlan war das aufgefallen, obwohl ihn das nicht sonderlich interessierte.

»Ihr tut mir echt leid. Wahrscheinlich kann sie rechts von links nicht unterscheiden. Wie oft hat sie denn schon den Einflugschacht demoliert?«

»Na, soweit ich mich entsinnen kann, hältst du da den einsamen Rekord einer Totalvernichtung.« Harlan lachte gutmütig.

»Mistkerl!«

Harlan streckte ihm lächelnd die Faust hin, und John boxte seine dagegen. Sein Blick fiel unwillkürlich auf Johns Prothese. »Sag mal, Alter! Was hat sich eigentlich wegen der Implantate ergeben? Wollen die dir immer noch ein Kunstauge verpassen?«

Johns Miene wurde schlagartig düster. Er zuckte mit den Schultern. »Hartfield sagt nein.«

»Traust du ihm nicht?«

»Doch. Nein ...« John kratzte sich im Nacken. »Ich habe nur das Gefühl, dass er da kein großes Mitspracherecht hat. Wenn du weißt, was ich meine.«

Und ob Harlan das wusste!

Liegestütze oder Situps waren wirklich keine gute Idee, um sich die Zeit zu vertreiben. Zum einen geriet er binnen Kurzem in Atemnot, zum anderen begann die Brust sofort wieder zu schmerzen. Dennoch fuhr John fort, Situps zu machen.

»Sag mal, spinnst du?«

John hielt mitten in der Bewegung inne, so sehr erschrak er. Keuchend drehte er sich um. Als er sah, dass es nur Ophelia war, atmete er erleichtert auf. »Du bist's!« Immer noch nach Atem ringend, stand er auf. »Donaghue vierteilt mich, wenn er mich bei so was erwischt.«

»Kann ich ihm nicht verdenken«, antwortete Ophelia spitz. »Ich dachte eigentlich, du willst hier schnell verduften.«

»Na, deswegen trainier ich doch!« Grinsend machte er einen Schritt auf sie zu. Wieso musste sie eigentlich so verflucht sexy aussehen, wenn sie wütend war?

»Du bist ein Idiot! Wusstest du das schon?« Ophelias Miene wurde noch übellauniger, während er näher kam.

»Kann schon sein!«

Ophelias dunkle Augen blitzten, als er die Hand nach ihr ausstreckte. Mit welchem Ziel, wusste er selbst nicht. Vielleicht, um eine der dunklen Haarsträhnen aus ihrem Gesicht zu streichen. Oder um den Schlag auf seine Finger zu spüren, mit dem sie seine Hand abwehrte.

Obwohl sie ihn geschlagen hatte, setzte sie sich auf den Stuhl neben seinem Bett. »Ich kann auch wieder gehen.«

Das zu sagen, nachdem sie sich gesetzt hatte, war reichlich unlogisch. Aber ihr jetzt mit Logik zu kommen, brachte ohnehin nichts. Also wischte sich John den Schweiß von der Stirn und setzte sich ihr gegenüber aufs Bett. »Wo brennt's?« Dass etwas nicht stimmte, konnte er ihr deutlich ansehen.

Schweigend starrte sie die Wand an, ehe sie endlich antwortete: »Josés Einheit wird vermisst.«

Unwillkürlich biss sich John auf die Lippen. »Weißt du was Genaueres?«

»Das Übliche. Sie sollten eine Gruppe Zivilisten evakuieren. Der Funkkontakt riss ab. Seitdem hat man nichts mehr von ihnen gehört.« Ophelias dunkle Augen wirkten feucht.

»Wieso riss der Funkkontakt ab?«

Ophelia seufzte. »Libra 2.2 ist seismisch ziemlich aktiv. Und …«

»Seis…?«

»Erdbeben. Vulkanausbrüche.« Ophelias Stimme klang ungeduldig.

»Ah, okay! Danke für die Erleuchtung.«

»Jedenfalls behindert das den Funk.«

»Und? Die müssen sie doch suchen!«

Ophelias Hände zitterten, als sie eine nicht vorhandene Haarsträhne aus ihrem Gesicht strich. Vielleicht versuchte sie auch nur, unbemerkt ein, zwei Tränen aus ihren Augen zu wischen. »Lieutenant Romero vom technischen Personal lässt Lindström nicht ohne Anweisung fliegen. Und Gallagher will so was nicht befehlen. Ohne einen Freiwilligen sehe ich da keine Chance.«

»Verstehe.« Er griff nach nach ihrer Hand.

Seltsamerweise ließ sie die Berührung dieses Mal zu. »Hilfst du mir?«, fragte sie.

»Was machen Sie denn hier?«

Hartfield glotzte ihn sichtlich verblüfft an, als John in kompletter Montur auf dem Flugdeck erschien.

»Melde mich freiwillig für eine Suchmission.« John salutierte vorschriftsmäßig. Dass er Donaghue sieben Eide geschworen hatte, vorerst jedem Kampfeinsatz fernzubleiben, musste er Hartfield ja nicht auf die Nase binden.

»Welche Suchmission?«

»Na, die vermisste Einheit der *Roosevelt*.«

»Ach, die!« Hartfield runzelte die Stirn und musterte ihn. »Woher wissen Sie davon?«

»Neuigkeiten sprechen sich eben schnell herum, Sir.«

»Aha! Die Neuigkeit hatte nicht zufällig zwei Beine und einen schwarzen Pferdeschwanz?«

»Hab keine Ahnung, wovon Sie da reden, Sir.« John stand immer noch ganz artig in Habachtstellung.

»Was sagt Doktor Donaghue dazu?«

»Ich stehe hier, Sir. Er hat mich entlassen.« Immerhin war das keine Lüge.

»Voll einsatzfähig?« Hartfield wirkte immer noch nicht überzeugt.

»Mit Verlaub, Sir. Aber ich melde mich freiwillig als Pilot der Landefähre. Ich habe nicht vor, kilometerweite Wanderungen zu unternehmen.«

Hartfield seufzte. »Akzeptiert! Rufen Sie Ihre Einheit zusammen! Sie können das nächste Startfenster nehmen.«

»Ich kann nicht sagen, dass ich erfreut bin, Sie zu sehen.« Tatsächlich wirkte Stannis, als habe er Magenkrämpfe.

»Das macht nichts, Sir«, erwiderte John fröhlich und salutierte.

»Dann hören Sie auf, so dämlich zu grinsen, und machen Sie den Systemcheck, ehe meine Laune noch weiter sinkt.« Stannis deutete Richtung Landefähre. »Der Rest – Marschgepäck überprüfen und einsteigen!«

John schaffte es, Ophelia hinter Stannis' Rücken zuzuzwinkern, während er in die Fähre stieg. Sie starrte ihn an, als wollte sie ihn mit ihren Blicken erdolchen.

»Stimmt was nicht, Garcia?«, blaffte Stannis.

»Nein, Sir.« Eilig wandte Ophelia sich ihrem Marschgepäck zu.

Mehr konnte John nicht mehr sehen, da er bereits auf dem Weg ins Cockpit war. Der Pilotenstuhl fühlte sich ungewohnt an. Trotzdem beschlich ihn Vorfreude, als er die Systeme nacheinander hochfuhr und überprüfte.

»Ready?«, fragte Stannis, als er sich nach einer Weile neben ihm in den Flugbegleitersessel quetschte.

»*Check!* Wir können.« John sah nicht einmal auf.

»Hier sind die Koordinaten unseres Landepunktes. Lieutenant Gallagher koordiniert unseren Einsatz mit dem der *Roosevelt*.«

»Kriegen wir Gleiterunterstützung?«

»Negativ. Aber wir werden Unterstützung von einer Landefähre der *Roosevelt* erhalten.«

»Freut mich zu hören, Sir.«

»Freuen Sie sich nicht zu früh«, knurrte Stannis. »Der Anflug wird nicht einfach werden.«

Der Anflug war der reinste Spießroutenlauf. John spürte bald, wie die Reflexe die Oberhand gewannen. Kein Denken, kein Fühlen. Er reagierte nur noch. Wich aus, schlug Haken, drehte ab, ließ die Fähre knapp vor einem Schuss trudeln und gab wieder Schub.

In einer langgezogenen Schleife setzte er sich schließlich von seinen Verfolgern ab und tauchte in die Atmosphäre ein.

Im Konturenflug jagte er über eine zerklüftete Gebirgskette. Fragte sich nur, wie lange er damit die feindlichen Jäger von der Verfolgung abhalten konnte. Von der versprochenen Unterstützung der *Roosevelt* war weit und breit nichts zu sehen, auch auf dem Radar nicht.

»Hier spricht Landefähre vier von der *Roosevelt*«, tönte eine Stimme aus dem Funkgerät. »Landefähre sieben von der *Washington*, hören Sie mich?«

»Positiv«, antwortete Stannis. »Wo stecken Sie?«

»Wir müssen abdrehen. Haben einen Treffer erhalten. Viel Glück noch!«

»Copy. Over and out.« Ein Klicken war zu hören, dann rief Stannis: »Einsatzleitung für Landefähre sieben.«

Gallaghers Stimme antwortete: »Einsatzleitung hört.«

»Unsere Unterstützung von der *Roosevelt* ist ausgefallen. Erbitte Bestätigung, dass unser Einsatz fortgesetzt wird!«

Eine winzige Pause entstand. »Einsatz wird fortgesetzt. Wiederhole! Einsatz wird fortgesetzt.«

»Copy. Over and out.« Zu John setzte Stannis hinzu: »Sie haben's gehört. Landeanflug fortsetzen!«

»Ich hatte gehofft, dass Sie das sagen, Sir!«

Je tiefer er ging, umso mehr machte ihm die Thermik zu schaffen. Die Landezone schien inmitten von Vulkanen zu liegen. Aber als er versuchte, eine sichere Höhe zu erreichen, wurde er sofort wieder von Alien-Kampfjägern bedrängt. Die wussten schon, weshalb sie der Planetenoberfläche fernblieben.

John flog eine Schleife und versuchte es von der anderen Seite. Zu seinem Verdruss bemerkte er, dass seine Hände zu zittern begannen. Sehr viel länger konnte er den Spaß nicht fortsetzen.

Jetzt oder nie. Er peilte eine Schlucht an. Ein winziges Zittern würde genügen, um sie an den steilen Felswänden zerschellen zu lassen. Eine Alarmleuchte ging an. Noch im Anflug drehte John ab.

Er musste es auf eine andere Weise versuchen. Während er abdrehte, kam ihm eine Idee. Aus der sanften Kurve heraus steuerte er steil nach oben und jagte mitten in die Alien-Staffeln hinein. Als zwei Fünferformationen sich ihm zuwandten, vollführte er eine scharfe Kehre und ließ die Fähre der Planetenoberfläche entgegenfallen.

»Sind Sie wahnsinnig«, keuchte Stannis.

»Nein, Sir. Ich versuche nur, den Landepunkt zu erreichen.« Die Berge kamen näher. Die erste Fünferformation drehte ab. Kurz darauf die zweite. Das Tal zwischen den hohen Vulkankegeln wirkte winzig.

»Abbrechen!«, schrie Stannis. »Abbrechen! Sofort!«

»Sir, ich –«

»Abbrechen!«

John biss sich auf die Unterlippe, um einen Fluch zu unterdrücken, und gehorchte. »Ich empfehle, die Einsatzleitung um eine andere Landezone zu bitten, Sir.«

»Wagen Sie das nie wieder!«, schrie Stannis. »Wir kehren um!«

»Sir, bei allem Respekt! Aber wir können auf einem der Höhenrücken landen und uns dann zu Fuß zur Landezone durchschlagen. Das sind maximal zehn Kilometer.«

»Ich sagte, wir kehren um. Ich wiederhole mich ungern, McClusky.« Bei den Worten aktivierte Stannis den Funk. »Landefähre sieben an Einsatzleitung. Landung nicht möglich. Kehren um.«

»Copy. Over and out.«

Stannis stemmte sich aus dem Flugbegleitersitz. »Ich informiere das Team. Rückkehr zur *Washington!*«

Shit! Dreimal verfluchte Hühnerkacke!

John presste die Lippen aufeinander. Der Idiot konnte ihn mal! Der Höhenrücken war ein perfekter Landeplatz. Der Hosenschisser hatte nur keine Lust dazu, zehn Kilometer durch dieses zugegeben wenig einladende Gelände zu stiefeln.

Entschlossen schaltete John den Funk an. »Einsatzleitung für Landefähre sieben. Wir haben eine Landemöglichkeit etwa zehn Kilometer abseits der vorgegebenen Landekoordinaten entdeckt. Erbitte Anweisung!«

Es rauschte. »Einsatzleitung hört. Zehn Kilometer?«

»Positiv. Übermittle Koordinaten.«

Die Pause danach war fast unerträglich. Hoffentlich meldete Gallagher sich, bevor Stannis zurückkehrte.

»Landefähre sieben für Einsatzleitung. Landen Sie an den neuen Koordinaten und versuchen Sie, sich zu Fuß zu den alten Landekoordinaten durchzuschlagen.«

Zeitgleich mit dem Funkspruch steckte Stannis den Kopf ins Cockpit. Mit einem Schlag auf die Armatur schaltete er den Funk auf sich um. »Stannis hier. Negativ, Sir. Wir kehren um.«

»Negativ. Landen Sie an den übermittelten Koordinaten und versuchen Sie, sich zu Fuß zu den alten Landekoordinaten durchzuschlagen. Bestätigen Sie!«

»Copy. Over and out.« Stannis stierte John an, als wolle er ihn erwürgen. »Ich schwöre Ihnen, das wird ein Nachspiel haben, McClusky!«

2. Kapitel

»Landefähre gesichert«, meldete John.

Die Sicht war trübe, als habe jemand einen grauen Schleier über die umliegenden Berge gezogen. John wäre jede Wette eingegangen, dass es nicht ratsam war, die Luft hier zu atmen. Wegen der vielen aktiven Vulkane hatte er erwartet, es sei heiß. Aber das Gegenteil war der Fall. Ein eiskalter Wind pfiff über den flachen Rücken, auf dem John die Fähre geparkt hatte, und biss kalt durch den Combatsuit.

»Reno, Chadim, Vorhut! Garcia, Han-Sung, Flankendeckung! Westcott, Nachhut! Kowalski, McClusky, zu mir!« Ohne Vorwarnung warf Stannis John ein schweres Paket zu. »Sie tragen unsere Notfallunterkunft, McClusky! Vorwärts!«

Stannis marschierte los, ohne abzuwarten, bis John das Paket verstaut hatte.

»Verdammt!« Sollte er das Paket etwa auf den Armen tragen?

»Worauf warten Sie, McClusky? Vorwärts!«

Wortlos trat Mirek zu John und half ihm dabei, das Paket am Rucksack zu befestigen.

»Braucht unsere Primaballerina eine Extraeinladung? McClusky, bewegen Sie endlich Ihren Hintern! Oder muss ich Ihnen Beine machen?« Selbst durch das Helmvisier war zu sehen, dass Stannis wütend war.

Zu erwähnen, dass Donaghue ihm Gewaltmärsche untersagt hatte, war in diesem Augenblick wahrscheinlich fehl am Platze. Knurrend schluckte John eine Erwiderung hinunter und setzte sich in Bewegung. Den besorgten Blick von Mirek ignorierte er geflissentlich. Das fehlte ihm gerade noch!

Das Gelände war unwegsam und unübersichtlich. Die Hänge waren übersät mit losem Geröll und hervorragend dazu geeignet, sich die Haxen zu brechen.

Unter normalen Umständen wäre das zusätzliche Gewicht kein Problem für John gewesen, aber die Verletzung schwächte ihn mehr, als ihm lieb war. Bereits am nächsten Hang stolperte er, fiel und schlitterte hilflos über das lose Geröll nach unten. Als er seine unfreiwillige Rutschpartie endlich stoppen konnte, blieb er einen Moment einfach nur keuchend liegen. Die Brust schmerzte schon wieder. Und das alles nur wegen eines Augenaufschlags von Ophelia!

Seltsamerweise half ihm diese Erinnerung, sich zusammenzureißen. Auf allen vieren versuchte er, den Hang wieder hinaufzukriechen. Schon nach wenigen Metern begriff er, welch elende Sisyphusarbeit ihm bevorstand. Denn mit jedem Schritt nach oben rutschte er wieder ein Stück nach unten. Er hätte am liebsten gekotzt vor Zorn.

»Hey, Zach!« Irgendetwas sauste den Hang hinab. Als John hochblickte, sah er Harlans Gestalt und einen Meter vor sich das Ende des Seils, das sein Freund ihm zugeworfen hatte. »Festhalten!«, rief Harlan.

»Was treiben Sie da unten, McClusky!«, giftete Stannis.

Aber John ignorierte ihn, packte das Seil mit beiden Händen und ließ sich von Harlan nach oben ziehen.

Er war schon fast wieder bei den anderen, als eine Detonation die Felsen hinter Harlan erschütterte. Die Druckwelle riss Harlan von den Füßen. Steinsplitter und Geröll prasselten auf John herab. Instinktiv ließ er das Seil los und drückte sich flach an den Hang. Er konnte förmlich fühlen, wie das Geröll unter ihm ins Rutschen geriet.

»Deckung!« Das war Stannis. »Feuer erwidern!«

Von oben erklang das »Tackatack« von Gewehrfeuer. Eine zweite Explosion brachte den Hang vollends in Bewegung. Dann erschütterte eine Lenkrakete den Bergrücken gegenüber. Das Tackern der Gewehre setzte sich fort.

»John!«, schrie Ophelia. »Verdammt, nimm meine Hand!«

Blind streckte er den Arm hoch. Finger umklammerten sein Handgelenk.

»Rückzug! Hinter den Höhenrücken!«, befahl Stannis.

»John, du bist zu schwer! Schmeiß den verfluchten Rucksack weg!« Ophelias Stimme klang panisch.

Er löste die Gurte, während die Hand ihn nach oben zog. Kaum dass er festen Grund unter den Füßen fühlte, sprang er nach oben. Der Schwung beförderte ihn in Ophelias Arme. Sein Helmvisier donnerte gegen ihres, und er fiel mit ihr zu Boden.

In diesem Augenblick fegte eine Druckwelle über ihn hinweg. In seinen Ohren klingelte es. Irgendjemand klopfte ihm auf den Rücken und packte ihn schließlich am Kragen, als er nicht schnell genug reagierte.

Er kam auf die Füße, riss Ophelia mit sich hoch und stolperte mit ihr hinter ihrem Retter her – hinüber auf die andere Seite des Höhenrückens, wo sie sich zu Boden warfen.

Die verfluchten Aliens hatten sie eiskalt erwischt.

»Shit«, keuchte er, während er sein Gewehr entsicherte. Dieses Mal war es Ophelia, die auf ihm lag. »Wo ist Harlan?«

»Hier. Es geht mir gut.« Die Stimme kam von links.

»Schön«, sagte John trocken.

Als Ophelia von ihm herunterrutschte, erkannte er, wer sie beide gerettet hatte. Chadim.

Das Gewehrfeuer schwieg ebenso wie die Energiewaffen der Aliens. Nichts geschah.

Eingekeilt zwischen Chadim und Ophelia, wartete John mit entsicherter Waffe. Als er es nicht mehr aushielt, schielte er über den Rand der Felsen. Aber nichts rührte sich auf der anderen Seite der Schlucht. Nachdem er wieder abgetaucht war, schüttelte er nur stumm den Kopf.

»Wir sollten weiter«, raunte Harlan.

»Und wohin?«, wollte Ophelia wissen.

John wusste ziemlich gut, wo Ophelia hinwollte. Aber ihm war klar, dass sie keine große Wahl hatten. Auf der anderen Seite des Höhenrückens waren sie dem Beschuss der Aliens, die auf der anderen Seite des Tales lauerten, schutzlos ausgeliefert. Und auf dieser Seite des Höhenrückens konnten sie nicht zur Fähre zurücklaufen, da dort zahlreiche kleinere Eruptionen zu sehen waren. Flüssige Lava machte ein Durchkommen unmöglich. Sie konnten nur weitergehen in Richtung der Stelle, wo sie ursprünglich landen sollten.

Ein Wink von Stannis zeigte, dass dieser offenbar zu der gleichen Erkenntnis gelangt war. In der Geste lag so viel Zorn, dass John stumm Ophelia und Harlan einen Klaps gab. Chadim war bereits aufgesprungen und folgte Stannis.

Aus einigen Spalten des Hanges, den Stannis sie entlangführte, stieg gelber und weißer Rauch. John bemühte sich, den Schwaden nicht zu nahe zu kommen. Schwefeldämpfe bekamen sicherlich auch einem Combatsuit nicht sonderlich gut.

Die Farben der Steine wechselten. Waren sie zuerst schwarz gewesen, leuchteten sie nun in unterschiedlichen Rottönen. In der Nähe der Spalten waren sie gelblich verfärbt vom Schwefel. Weder Pflanzen noch Tiere waren zu sehen.

Nach einigen Kilometern durch das unwegsame Gelände

ließ Stannis halten. Die Sonne ging hinter ihnen in einem Rausch von Farben unter.

»Das haben Sie gut gemacht, McClusky«, fuhr Stannis ihn an. »Nicht nur, dass wir dank Ihnen hier zu Fuß unterwegs sind. Sie haben auch noch unsere Notfallunterkunft verloren.«

Darauf zu antworten war nicht der Mühe wert.

Voller Zorn boxte Stannis ihm gegen die Brust. »Haben Sie nichts dazu zu sagen?«

»Nein, Sir«, erwiderte John mühsam beherrscht.

»Sir, mit Verlaub.« Phil baute sich breitbeinig vor dem Corporal auf. »Wie sieht unser weiteres Vorgehen aus?«

»Machen Sie aus Ihren Wärmevliesen einen Unterschlupf. Wir verschanzen uns hier für die Nacht und suchen morgen einen Rückweg.«

»Sir, es wird kalt werden«, sagte Phil. »Es hieß, dass in der Nacht Werte unter dem Gefrierpunkt zu erwarten sind.«

»Bedanken Sie sich bei Ihrem Teamkollegen McClusky!« Ein weiterer Schlag von Stannis traf Johns Oberarm.

John merkte erst, dass er seine Fäuste ballte, als Ophelia und Kim zu ihm traten und nach seinen Armen griffen.

»Ruhig«, zischte Ophelia.

»Worauf warten Sie?«, schrie Stannis.

Langsam schob sich Harlan vor John.

»Kommt! Wärmevliese auspacken!« Als sei nichts geschehen, legte Mirek seinen Rucksack ab. »Nun helft mir schon!«

Aufmunternd zupfte Ophelia an Johns rechtem Arm. Nach einem tiefen Atemzug nickte er ihr zu und trat endlich zu Mirek.

Stannis' düsterer Blick verfolgte ihn. Es war noch lange nicht vorbei.

Die Kälte schien sich direkt über den Metallstift in Johns Oberschenkel zu bohren und erzeugte tief im Knochen ein dumpfes Pochen. Natürlich hatte Stannis ihn für die mittlere Nachtwache eingeteilt. Aber letztendlich war das egal. Er würde ohnehin nicht schlafen können. Die Nacht versprach wirklich heiter zu werden.

»Stannis ist ein Mistkerl«, flüsterte Ophelia ihm zu, während sie neben ihn an den schmalen Spalt der aufgespannten Wärmevliese trat, durch den er in die Nacht hinausspähte.

»Er hat ein Recht, sauer zu sein. Ich hab ihn indirekt dazu gezwungen, zu landen und die Suche zu Fuß fortzusetzen.«

Ophelia warf einen Blick über die Schulter. Aber hinter ihnen war alles ruhig. Die anderen hatten sich tatsächlich in die verbliebenen Vliese eingewickelt und versuchten zu schlafen. »Wieso hast du das getan?«

»Na, um José zu suchen. Stannis wollte umkehren.«

Ophelia legte die Hand auf seinen Arm. »Wieso?«

Sollte er jetzt etwa »deinetwegen«, sagen? »Glaubst du wirklich, ich kehr einfach um, ohne es wenigstens versucht zu haben?«

»Du bist ein Idiot!«, sagte sie.

Ein leises Lachen entschlüpfte John. »Ich glaube, das hattest du schon einmal erwähnt.«

Kim fror trotz des Vlieses, in das er sich gewickelt hatte. Sein Blick hing an den beiden Gestalten, die im schwachen Schein der Sterne auszumachen waren.

Wie lange glaubten die beiden eigentlich noch, dass sie irgendjemandem etwas vormachen konnten? Dass sie ineinander verknallt waren, sah doch ein Blinder!

Unwillkürlich dachte Kim an Nell. Er erinnerte sich an die kleinen, festen Brüste, deren Brustwarzen unter seinen Fingern zu spitzen Nippeln wurden. An ihre weiche, glatt rasierte Scham, die der eines Mädchens glich. Und an ihr leises, wollüstiges Stöhnen, als er in sie eindrang.

Es war perfekt gewesen. Ein perfektes erstes Mal. Allein der Gedanke daran genügte, dass sein Schwanz wieder schwoll. Nur dass sie Johns kleine Schwester war, störte ihn etwas. Kim wollte lieber nicht wissen, was John mit ihm anstellte, falls er sie zum Weinen bringen würde. Trotzdem träumte er jede Nacht von Nells weicher Haut und ihren blonden Haaren.

Er hatte ihr sogar einen Brief geschrieben; aber statt ihn abzuschicken, hatte er ihn in seinem Spind versteckt. Mädchen bevorzugten im Allgemeinen Kerle wie John. Wahrscheinlich hatte Nell ihn bereits vergessen. Es war besser, sich keine falschen Hoffnungen zu machen. Das war, als suche man einen Radiosender …

Wieso war eigentlich noch keiner auf die Idee gekommen? Kim setzte sich auf und begann, nervös die Frequenz an seinem Helmfunk zu verstellen. Unter einer anderen Frequenz konnte er die Vermissten vielleicht doch erreichen.

»Hört mich jemand?«, fragte er. »Hallo! Team Red von der *Roosevelt*, bitte kommen! Hier spricht Team Bravo. Viertes Squad, zweites Rifle Platoon der *Washington*. Hört mich jemand?«

Nichts. Nur Rauschen. Gut, dass Stannis schlief. Sonst hätte er jetzt wahrscheinlich wieder einen Rüffel erhalten.

Kim drehte die Frequenz eine Winzigkeit weiter und versuchte es erneut. »Team Red von der *Roosevelt*, hören Sie mich?«

Waren das Stimmen im Rauschen, oder bildete er sich das nur ein? Aufgeregt zerrte Kim seinen Minicomputer aus dem Rucksack und schloss ihn mit bebenden Fingern am Helmfunk an. Wie in Trance rief er Befehle auf, aktivierte Entzerrungsprogramme und Rauschunterdrücker.

Er merkte kaum, dass John auf einmal neben ihm hockte. »Was treibst du da?«

Wortlos hob Kim den Zeigefinger an die Lippen. Da! Da war tatsächlich eine Stimme. »Team Red von der *Roosevelt!* Hier spricht Team Bravo von der *Washington*. Hören Sie mich?«

»Hier ... Team Red ... *Roosevelt*... Corporal Lumiére ... fest ... siebenundzwanzig ... wiederhole ... Zivilisten ...«

Kim musste sich zwingen, nicht laut »Hurrah!« zu rufen. »Wiederholen Sie! Sagten Sie siebenundzwanzig Zivilisten?«

»Die Koordinaten«, raunte John, »frag ihn nach den Koordinaten!«

»...vilisten ... wiederho... siebenund...vilisten.«

»Die Koordinaten! Können Sie mir Ihre Koordinaten übermitteln, Team Red?«

Das Rauschen nahm zu. Kim glaubte schon, er habe die Stimme verloren, als sie sich wieder aus dem Knistern schälte. »... omega, zulu ... sieben, drei, vier ... hole ... zulu, bravo, sieben, ... vier, null, acht.«

»Team Red, ich wiederhole! Sagten Sie omega, zulu, bravo, sieben, drei, vier, null, acht?«

Aber im Helmfunk war nur noch statisches Knistern zu hören.

»Negativ«, wiederholte Stannis.

John konnte bereits am Klang der Stimme erkennen, dass der Corporal kurz davor stand, einen Tobsuchtsanfall zu bekommen.

»Wir halten unsere Position und kehren morgen um.«

Ophelia blieb beharrlich. »Sollten wir nicht wenigstens die Einsatzleitung infor–«

»Was an meinen Worten haben Sie nicht verstanden, Private Garcia? Wir werden nicht – ich wiederhole, wir werden nicht – auf eine mangelhafte Funkverbindung hin einen nächtlichen Marsch ins Nirgendwo unternehmen.«

»Morgen –«

»Auch morgen nicht, Private Garcia. Die Aussicht, Team Red auf Basis Ihres Wissens zu finden, ist gleich null. Unsere Mission ist gescheitert. Finden Sie sich damit ab. Wir kehren morgen um.«

»Wir haben es ja nicht einmal versucht, Sir!«

»Was wollen Sie mir damit unterstellen, Private Garcia?«

John ertrug es nicht länger und fasste Ophelia am Arm. »Lass gut sein, Ophelia! Er hat recht.«

Wie von einer Schlange gebissen, fuhr sie zu ihm herum. »Du gibst ihm auch noch recht?«

»Ophelia! Hör mir doch zu! Hör mir zu!« Er war erstaunt, als sie tatsächlich schwieg und ihn abwartend ansah.

Vorsichtig zog er sie ein paar Schritte von Stannis fort. »Lass gut sein«, sagte er leise, sodass nur sie es hören konnte. »Ich bitte dich!«

»Ich warte immer noch auf irgendeinen vernünftigen Grund, weshalb ich Kims Informationen ignorieren sollte. Mein Bruder ist da draußen, falls du es vergessen hast. Würdest du deinen Bruder einfach den Aliens überlassen, ohne wenigstens zu versuchen, ihn zu retten?«

»Meinen Bruder? Mit Vergnügen. Der Wichser kann gerne von den Aliens gehäutet werden. Aber ich weiß, was du meinst. Wenn es um Nell oder Ma ginge, würde ich es auch nicht so einfach akzeptieren können.«

»Wieso hältst du mich dann fest?«

John atmete tief durch. »Weil ich nicht will, dass du da draußen ebenfalls verloren gehst.«

Schweigen antwortete ihm. Die Spannung aus Ophelias Arm wich ein wenig.

»Okay?«, fragte er.

Sie nickte langsam. »Okay.«

Er hatte geahnt, dass er sie nicht aus den Augen lassen durfte. Leise legte er sein Vlies beiseite und schlich zu der Gestalt, die sich an den Rand des Unterschlupfs duckte. Niemand sonst schien sie zu bemerken.

Ein Steinchen knirschte unter seinem rechten Fuß.

Schnell wie eine Kobra fuhr Ophelia herum. »John.«

»Tu es nicht«, sagte er nur.

»Ich habe keine Ahnung, wovon du sprichst.«

»Du willst abhauen, um José zu suchen.«

»Wie kommst du darauf?«

»Willst du mich wirklich anlügen?«

Sie starrte zu Boden. »Du weißt, dass ich es einfach versuchen muss«, flüsterte sie. »Ich könnte es mir sonst nie verzeihen.«

»Das geht mir genauso.« Vorsichtig machte er einen Schritt auf sie zu.

Sie hob den Kopf, um ihn anzusehen. »Wie meinst du das?«

Es tat weh, ihr Vertrauen so zu missbrauchen. Trotzdem legte er seine Hände auf ihre Schultern. »Ich könnte mir nie verzeihen, dich nicht aufgehalten zu haben.«

Er sah die Verwunderung in ihren dunklen Augen, ehe er den Schlauch mit der Atemluftzufuhr aus ihrem Helm zog.

Ihre Augen wurden weit. Bevor sie reagieren konnte, trat er ihr die Beine weg, packte ihre Handgelenke und hielt sie am Boden fest.

Sie wand sich unter ihm, riss den Mund weit auf und japste. Ihre Glieder zuckten. Es dauerte schier eine Ewigkeit, bis sie endlich still lag.

Johns Augen brannten, während er schnell den Schlauch wieder in die dafür vorgesehene Öffnung stopfte und den Sauerstoffgehalt ihrer Atemluft erhöhte. Seine Finger suchten ihren Puls, fanden ihn endlich.

Als er sich aufrichtete, stand Kim vor ihm. »Was machst du da?«

»Sag ihr, dass es mir leidtut! Ich musste es einfach tun.« Dann schlüpfte er aus dem Unterschlupf hinaus in die Nacht.

1. Intermezzo

Kims Vater las den Brief seines Sohnes ein zweites Mal. Sein Blick blieb hängen am Schrein der Ahnen, der seinem Schreibtisch gegenüberstand. Er verstand durchaus, was Kim mit seiner Bitte bezweckte. Auch den Grund verstand er. Einen Freund schützen zu wollen war ein ehrenwerter Grund. Erst recht, wenn Kim diesem Freund sein Leben schuldete.

Er erinnerte sich sogar an den jungen Mann. An seine rotblonden Haare und die hellen, wachen Augen in dem hübschen Gesicht. Und vor allem an sein Auftreten – so, als gehöre ihm die Welt. Merkwürdig, dass Kim ihn mochte. Merkwürdiger noch, dass dieser junge Mann Kim ins Herz geschlossen hatte. Das hatte ihn am meisten erstaunt, als er ihn kennenlernte.

Es wunderte ihn nicht, dass dieser Mann laut Kim Dinge wusste, die er besser nicht wissen sollte. Er wirkte neugierig genug, um seine Nase in die Angelegenheiten anderer Leute zu stecken. Doch Regierungsangelegenheiten? Das schien irgendwie nicht zu passen. Dennoch behauptete Kim das Gegenteil.

»Wang?« Die Stimme seiner Frau drang durch die Tür.

Er hätte Kims Brief in der Bank öffnen sollen. Nun würde er am Ende Lien belügen müssen. »Ich bin hier«, antwortete er.

Die schwere Tür öffnete sich. Die dicken Teppiche schluckten jedes Geräusch von Liens Schritten. »Was schreibt Kim? Geht es ihm gut?«

»Ja, es geht ihm gut. Er macht sich nur Sorgen.«

»Sorgen?« Lien blieb vor dem Schreibtisch stehen und sah ihn verwundert an. »Weshalb? Fehlt ihm etwas?«

»Die Ahnen«, erwiderte Wang. »Ich frage mich, was die Ahnen dazu sagen würden.«

»Wovon redest du?«

Langsam holte Wang ein Feuerzeug aus der oberen Schreibtischschublade. Dann zündete er es an und hielt die Flamme an Kims Brief.

»Was tust du da?« Liens Stimme klang entsetzt.

Ohne aufzublicken, beobachtete Wang, wie der Brief in seinen Händen Feuer fing. Er wartete, bis die Flammen fast seine Finger erreicht hatten, ehe er die Asche in die Metallschale fallen ließ, in der er sonst Räucherwerk verbrannte. »Kim erbittet ein Opfer von mir.«

»Aber ...« Lien starrte ihn an.

»Er will, dass ich den Präsidenten der Vereinten Nationen anrufe, um ihm zu sagen, dass die Zentralbank ihre Kredite zurückzieht, wenn er nicht seine Schuld hinsichtlich der missglückten Kolonisierung des Kassiopeia-Sektors zugibt.«

»Ich verstehe nicht«, sagte Lien. »Wieso hat der Präsident Schuld daran, dass die Kolonisierung des Kassiopeia-Sektors missglückt ist?«

»Weil er schon vor der Kolonisierung von der Existenz der Aliens gewusst hat.«

Lien schlug die Hand vor den Mund.

Die Stille im Raum war drückend.

»Aber was geht uns das an, Wang?«, fragte sie schließlich.

»Es geht Kim an«, sagte Wang. »Er kämpft gegen die Aliens, während der Kongress Lügen verbreitet und ihn und seine Kameraden in den Tod schickt.«

Nach einer Weile nickte Lien. »Es ehrt mich, dass du mich ins Vertrauen gezogen hast. Die Ahnen wären stolz auf dich und unseren Sohn.«

3. Kapitel

John hatte die Karte des Gebiets detailgetreu in seinem Kopf abgespeichert. Manchmal wunderte er sich darüber, wie gut er sich bildliche Informationen merken konnte. Im Moment war er froh darüber.

Er konnte sich ganz genau die Ziel- und Landekoordinaten auf der Karte in seinem Kopf vorstellen. Ausgehend von den bekannten Koordinaten, musste der Punkt, den Kim genannt hatte, mitten im – wie hatte Ophelia das formuliert? – seismisch aktiven Gebiet liegen. In dem Bereich der Karte, der rot unterlegt war.

Wenn er sich die Dämpfe und flüssige Lava in Erinnerung rief, schien es ein recht selbstmörderisches Unterfangen von Team Red zu sein, sich ausgerechnet dorthin zurückzuziehen. Doch vielleicht waren die Aliens ja nicht verrückt genug, um den Flüchtlingen dahin zu folgen. Dann könnte er den Entschluss nur zu gut verstehen.

Er hatte jedenfalls nicht vor, die Aliens auf sich aufmerksam zu machen. Die Rauchschwaden auf dieser Seite des Höhenrückens versprachen Deckung, also war es wohl klüger hier zu gehen, auch wenn das einen leichten Umweg bedeutete.

In der Dunkelheit konnte er immer wieder rot leuchtende Lavaeruptionen beobachten. Je länger er hinschaute, umso mehr faszinierte ihn das Spektakel – auch wenn er ihm lieber nicht zu nahe kommen wollte.

Der Hang vor ihm wurde zusehends zerklüfteter. Immer mehr Rauchfahnen versperrten ihm den Weg. Spalten zwangen ihn dazu, nahezu senkrechte, wenn auch nicht hohe Felsformationen zu erklettern. Wenn das so weiterging, würde er über kurz oder lang die Orientierung verlieren.

Nach einiger Zeit hatte er genug von der anstrengenden Kletterei. Geduckt schlich er nach oben auf den Höhenrücken, wo er ohne Hindernisse weitermarschieren konnte. Eine Weile kam er gut voran, trotz der Dunkelheit. Bis er ein Stück weit voraus eine Bewegung wahrnahm.

Augenblicklich erstarrte John. Nach endlosen Sekunden ließ er sich ganz langsam zu Boden sinken und ging hinter einem Felsblock in Deckung. Als er vorsichtig um den Fels herumschielte, konnte er im Licht der Sterne eine unförmige Silhouette erkennen.

Das Alien ließ das glimmende Rohr gemächlich von links nach rechts pendeln, während es auf seinen Standort zuging. Offensichtlich hatte es ihn entdeckt.

Automatisch entsicherte John sein Gewehr. Nach einem tiefen Atemzug ließ er sich zur Seite rollen und schoss. Das Tackern des Gewehrs dröhnte in seinen Ohren. Er sah das Rohr herumschwenken, hechtete hinter einen Felsen und schoss wieder.

Die spinnenartigen Beine knickten endlich ein. Da sah John hinter der Kreatur eine zweite Silhouette auftauchen. Er schoss einfach weiter, sprang auf und rannte schießend auf eine neue Deckung zu – eine Felsformation, die sich rechter Hand in der Nacht erhob.

Ein leises Klicken zeigte ihm an, dass das Magazin leer war. Das Rohr des zweiten Aliens glühte bereits. Der Glutball würde ihn gleich zerfetzen. Er ließ das Gewehr fallen, riss das Messer aus seinem Stiefel und erklomm mit einem Sprung die Felsformation. Das Rohr schwenkte in seine Richtung.

Mit einem wilden Schrei auf den Lippen sprang er auf das

Alien herab. Er landete auf dessen Brust, in Reichweite der röhrenförmigen Zunge. Mit voller Wucht rammte er das Messer in den zischenden Schlund. Als das Alien zusammen mit ihm zu Boden fiel, konnte er sich gerade noch rechtzeitig beiseiterollen, bevor der zuckende Körper ihn unter sich begrub.

Er blickte auf – und sah das nächste Alien auf sich zustürzen. Keuchend rappelte John sich hoch. Ohne Waffe konnte er nur fliehen. Plötzlich ein quälender Schmerz in seinen Ohren – das Tackern einer Gewehrsalve. John taumelte noch ein paar Schritte weiter, dann fiel er zu Boden. Als er sich umdrehte, sah er gerade noch, wie das Alien in sich zusammensackte.

»Wir müssen uns beeilen, ehe weitere kommen«, sagte Chadim mit ruhiger Stimme, während er ein frisches Magazin in sein Gewehr rammte.

Schwankend stand John auf. Mechanisch säuberte er sein Messer an der Alienhaut und steckte es wieder ein.

Chadim warf ihm sein Gewehr zu.

Er fing es und wechselte das Magazin. »Was machst du hier?«

»Ich dachte, du könntest Hilfe gebrauchen.«

»Stannis wird dich vor ein Kriegsgericht zerren.«

»Dich nicht?«

Darauf gab es wenig zu sagen.

Zugegeben, mit Chadim an seiner Seite war es leichter, sich voranzukämpfen. Eine Rückendeckung war nie zu verachten. Trotzdem wandte John sich wieder nach rechts. Zwischen den schwefligen Rauchfahnen schien es ihm nun doch sicherer zu sein als auf dem Höhenrücken.

»Weißt du, wo wir hinmüssen?«, erkundigte sich Chadim nach einiger Zeit.

»Das fragst du ziemlich früh.« John sah sich um. »Dort drüben, der andere Rücken. Da müsste sich die Position befinden, die Team Red an Kim weitergegeben hat. Na ja, falls die Angaben stimmen.«

»Woher weißt du das ohne Karte?«

»Meine Birne ist nicht so leer, wie sie aussieht«, erwiderte John, tippte sich dabei an seinen Kopf und ging wieder voraus.

Die Rauchfahnen häuften sich. An einigen von ihnen musste er sie so nah vorbeiführen, dass John die Hitze der Dämpfe durch den Combatsuit spüren konnte.

Kurze Zeit später glaubte er, durch den weißen Rauch hindurch eine Bewegung wahrzunehmen. Im Reflex sprang er hinter einen Fels und rammte das Gewehr schussbereit gegen seine Schulter.

Ein leiser Schrei erklang. Dann hörte John ein Flüstern. Das waren eindeutig menschliche Stimmen.

»Team Red von der *Roosevelt* – sind Sie das?« Vorsichtig kroch er mit gesenktem Gewehr aus seiner Deckung.

»Wer ist da? Geben Sie sich zu erkennen!« Mehrere Gewehrmündungen richteten sich auf ihn.

John lachte erleichtert. »Team Bravo, *Washington*. Wir sind geschickt worden, um Sie zu suchen.«

»Wie es scheint, haben Sie uns gefunden.« Der Mann in der Mitte ließ das Gewehr sinken und kam auf ihn zu. Er war nur wenig größer als John, jedoch von breiter, kompakter Statur. Die Hand, die er ihm bot, glich einer Bärenpranke. »Corporal Lumiére. Mit wem habe ich die Ehre?«

Johns Hand verschwand fast in der von Lumiére. »Private McClusky und Private Chadim.« John zeigte nach hinten auf seinen Gefährten, der gerade seine Deckung aufgab.

Lumiére ließ ihn los. »Nur Sie beide? Wo ist der Rest Ihrer Einheit?«

»Erkundungstrupp. Der Rest hat sich in den Bergen verschanzt.«

»Ich dachte nicht, dass Sie kommen würden – die Verständigung über Funk war so schlecht. Wie haben Sie es geschafft, uns zu finden?«

»Keine Ahnung. Mein Kumpel Kim hat ein wenig mit seinem Notepad gezaubert, dann konnten wir Sie halbwegs verstehen. Aber mit Verlaub, wir sollten die Nacht nutzen, um voranzukommen.«

»Zu einem Abholpunkt?«

»Nope. Ich habe unsere Landefähre da hinten geparkt – etwa zehn Kilometer von hier. Die Hälfte der Strecke könnten wir noch schaffen, ehe es hell wird.«

Lumiére nickte nur und ging zu seinen Männern. Jetzt konnte John auch die Silhouetten einiger Zivilisten erkennen, die aus ihrer Deckung kamen.

»Feindkontakt!«, schrie eine Stimme.

Ein Glutball detonierte am Hang. Ein zweiter folgte direkt danach.

John wurde auf die Erde geschleudert. Steine prasselten auf ihn herab. Doch im nächsten Moment war er schon wieder auf den Beinen und warf sich hinter einem Fels in Deckung. Kaum hatte er das erste Alien entdeckt, begann er zu schießen.

Waren die Mistkerle ihnen etwa gefolgt? Nein, unwahrscheinlich. Sie kamen aus einer ganz anderen Richtung als Chadim und er. Anscheinend waren Lumiére und seine Leute von ihren Verfolgern eingeholt worden.

Das Alien, das er unter Beschuss genommen hatte, sackte zusammen. John sah sich um. Verdammt, das waren zu viele! Zudem wurden sie von zwei Seiten angegriffen und saßen hier an dem Hang wie Mäuse in der Falle.

»Weg!«, schrie John. »Weg! Zwischen die Dampfschwaden!«

Er wartete nicht ab, ob jemand seinen Worten Folge leistete. Nachdem er den Rest seines Magazins verschossen hatte, rannte er los und lud im Laufen nach.

Zwei Alien-Silhouetten tauchten vor ihm auf. In zehn Meter Entfernung hielt er inne und donnerte sein Magazin auf sie. Ein Ball aus Energie löste sich aus dem Rohr des einen. Er hatte damit gerechnet und hechtete rechtzeitig hinter einen Felsbrocken. In der Deckung erlaubte er sich einen tiefen Atemzug, ehe er sich feuernd zur Seite fallen ließ. In einer Rolle kam er auf die Füße, lief weiter und warf sich hinter einen großen Stein. Dabei fiel er fast auf einen menschlichen Körper.

»Shit!« Er fuhr herum und verschoss ein paar Kugeln auf eines der Aliens. »Los! Weg hier!«, herrschte er den unbekannten Soldaten an. Als dieser nicht reagierte, packte er ihn mit der Linken am Oberarm und stieß ihn aus der Deckung.

Ein Tritt trieb den Mann vorwärts. Noch in der Bewegung drehte John sich um und feuerte. Eines der Aliens brach zusammen. Doch das Rohr eines anderen glomm auf.

»Weiter, weiter, weiter!«, schrie John.

Die Rauchschwaden linker Hand kamen John gerade recht. Er hielt darauf zu und trieb den Mann vor sich her. Ein Ball aus Energie explodierte irgendwo weitab von ihnen.

Die heißen Dämpfe trieben John den Schweiß aus allen Poren. Der Mann vor ihm stolperte. Grob packte John seinen Arm und zerrte ihn weiter, tiefer hinein in den Dunst.

Mit einem Ruck riss der Mann sich los, drehte sich um – und schrie entsetzt auf.

Blind ließ John sich fallen, riss den anderen mit sich und kugelte mit ihm in einem wilden Durcheinander aus Armen und Beinen einen Hang hinab. Ein Glutball fegte über sie hinweg.

Als ihr Sturz endete, drehte John sich um und begann zu feuern. Doch es war nicht mehr nötig. Die beiden Aliens, die ihnen gefolgt waren, brachen zuckend zwischen den Dampfschwaden zusammen.

»Bist du irre?«, keuchte der Mann.

Im Licht der Sterne konnte John endlich den Namen auf seiner Brust erkennen. Er glaubte, seinen Augen nicht zu trauen. Da stand tatsächlich »Garcia«.

»José Garcia?«

»Ja, verdammt!« José keuchte, als bekäme er keine Luft mehr. Plötzlich setzte er hinzu: »John? John Flanagan? Nein, das –«

Ehe Ophelias Bruder fliehen konnte, packte John ihn am Arm. »Ophelia steckt da drüben. Du kannst dich bei ihr dafür bedanken, dass wir hier sind. Also halt die Klappe! Mein Name ist jetzt McClusky!«

»McClusky?«

Rechts von ihnen rissen Energiebälle Inseln aus Licht in den von Rauchschwaden durchzogenen Nachthimmel. Das Knattern von Gewehrfeuer antwortete. Menschen schrien in Panik.

»Komm jetzt, verdammt! Verzieh dich zwischen die Rauchschwaden! Ich sichere den Rückzug.« Kurzerhand zog John

José auf die Füße und wies ihm mit einem Stoß die Richtung.

»Ich bin doch nicht verrückt. Da sind Fumarole!«

Was für Dinger? John schaffte es gerade noch, ein »Hä?« zu verschlucken. Die plötzlich auftauchenden Aliens sah er im letzten Augenblick, warf sich auf José und riss ihn zu Boden.

»Lass mich los!«, giftete José.

Eines der Aliens wandte den Kopf in ihre Richtung. John begann sofort zu feuern. José schloss sich ihm mit Verzögerung an. Drei der Aliens ließen von den fliehenden Zivilisten ab und wandten sich nun ihnen zu. Ein Ball aus Energie verließ eines der Rohre. John konnte sich gerade noch rechtzeitig zur Seite werfen, ehe die Detonation neben ihm heiße Gesteinsbrocken durch die Luft schleuderte.

Schon rappelte John sich auf und rannte schießend auf die Aliens zu. Zwei Soldaten eilten ihm zu Hilfe. Ein Alien brach zusammen. Die anderen Mistviecher zogen sich tatsächlich zurück. John konnte es kaum fassen.

Ein paar letzte Zivilisten rannten an ihm vorbei und verschwanden zwischen den aufsteigenden Dämpfen, wo die anderen sich anscheinend bereits in Sicherheit gebracht hatten.

»Rückzug!« Eine breite Silhouette winkte in Richtung der Rauchschwaden. Das musste Lumiére sein.

Ein Mann rannte auf John zu. Chadim.

Gehetzt drehte John sich um. Wo zum Teufel war José?

»José! Garcia!« John lief dorthin zurück, wo er José zuletzt gesehen hatte. »Garcia! Verdammt! Melde dich! José!«

Da war ein Explosionskrater. Gott im Himmel! Ophelia würde ihn vierteilen, wenn sie erfuhr, dass er ihren kleinen Bruder direkt neben sich hatte krepieren lassen.

»José!« Johns Stimme überschlug sich.

Ein leises Stöhnen antwortete.

»Hier!«, rief Chadim links von ihm.

John eilte zu ihm. Ein Körper lag halb verdeckt zwischen Rauchschwaden. Chadim beugte sich über ihn.

Keuchend warf sich John neben ihm auf die Knie. »José!« Er spürte eine klebrig-feuchte Flüssigkeit, als er den Körper vorsichtig umdrehte. Der linke Arm hing schlaff herab. Der linke Fuß wirkte seltsam verdreht. »José?«

Alles, was er als Antwort erhielt, war ein Stöhnen.

Chadim lud den Verletzten schon auf seine Schultern. »Vorwärts! Ehe wir die anderen verlieren!« Ohne ein weiteres Wort marschierte er los.

John folgte ihm dichtauf.

»Was heißt hier, sie sind weg?«, schrie Stannis.

Ophelias Kehle war immer noch wund. John, dieser Mistkerl, hatte ihr tatsächlich die Atemluft gekappt, sodass sie ohnmächtig geworden war. Verzeihen solle sie ihm, hatte Kim ihr ausgerichtet. Verrecken sollte der Dreckskerl!

»Wer hatte Wache?« Wie ein gereizter Tiger schritt Stannis vor ihnen auf und ab. »Wer hatte Wache?«, brüllte er noch einmal. Vor Ophelia blieb er stehen. »Sie, Private Garcia! Hatten Sie Wache, als McClusky und Chadim verschwanden?«

»Er hat mich überwältigt, Sir.«

»Überwältigt?« Stannis' Augen schienen aus ihren Höhlen treten zu wollen. Der Anblick war selbst durch das Helmvisier bedrohlich.

»Er hat mich geweckt«, setzte Kim schnell hinzu. »Um sicherzugehen, dass es Private Garcia gutgeht.«

Mit einem Ruck wandte Stannis sich dem neuen Opfer zu. »Heißt das, Sie haben ihn gehen lassen?«

»Ich ... äh ... ich musste doch nach Private Garcia sehen und ...«, stotterte Kim.

»Sie haben es gewusst und jetzt erst gemeldet?«

Phil trat vor. »Mit Verlaub, Sir. McClusky und Chadim haben nur das offensichtlich Notwendige getan. Nachdem uns von Ihnen die Suche verwehrt worden war, musste sie jemand fortsetzen.«

»Sie wagen es, meine Entscheidungen zu kritisieren?«, fuhr Stannis ihn an.

»So, wie McClusky es bereits beim Landeanflug getan hat, Sir.«

»Phil!«, mahnte Mirek leise.

Doch Phil ignorierte ihn. »Ich verweise auf Paragraf 7 Absatz 1 der Statuten. Es liegt ein Fall von Feigheit vor dem Feind vor, wenn Befehle, die einen Feindkontakt zur Folge haben, nicht oder nur mangelhaft durchgeführt werden.«

Stannis stierte Philippe an, als sähe er ihn zum ersten Mal.

Ophelia wurde kalt.

»Es reicht, Mann!« Harlans Stimme war heiser. »Er hat's begriffen.«

Ein abfälliges Lächeln umspielte Phils Mundwinkel.

Mit einem Ruck drehte Stannis sich um. »Wir kehren um. Sofort!«

»Sir!« Ophelia versuchte, ihm den Weg zu vertreten. »Das können Sie nicht tun. Chadim und ...«

Ohne auf sie zu achten, aktivierte Stannis den Helmfunk. »Einsatzleitung für Team Bravo. Bitte um Abholung zum nächstmöglichen Zeitpunkt.«

Gallaghers Stimme antwortete. Aber Ophelia konnte nicht verstehen, was er sagte.

»Sir«, flehte sie. »Das können Sie nicht machen!« Stannis wollte die beiden wirklich und wahrhaftig zurücklassen.

»Negativ«, sagte Stannis in den Helmfunk. »Unser Pilot ist verschollen. Erbitte Übermittlung des nächsten Abholpunktes. Stannis, Ende.«

4. Kapitel

Der Tag zeigte ihm bald sein trübes Gesicht. John sah sich um.

Die Sonne war hinter den weiß-gelben Rauchfahnen kaum auszumachen. Etliche der Zivilisten hatten keine Atemmaske und erlitten wegen der Schwefeldämpfe immer wieder Hustenattacken.

»Halt!«, befahl Lumiére schließlich.

Der traurige Zug stoppte sofort, als hätten alle nur darauf gewartet. Behutsam ließ Chadim den schlaffen Körper von José zu Boden gleiten.

John kniete sich neben ihm nieder. Der Puls flog. »Haben wir einen Sanitäter?«, fragte er Lumiére.

»Katsopolus!«

Ein Mann drängte sich schon zu John hindurch. An der anderen Seite von José ging er in die Hocke und begann, ihn zu untersuchen.

»Status?«, fragte Lumiére.

Einer der Soldaten antwortete. »Wir haben drei Zivilisten verloren. Sieben Verletzte, davon – mit Garcia – zwei Troopers. Garcia schwer, so wie es aussieht.«

»Können Sie ihm helfen?«, fragte John heiser.

Katsopolus schüttelte den Kopf. »Ich kann den Fuß schienen und den Arm. Aber er hat innere Blutungen. Eine Rippe hat wahrscheinlich die Lunge durchbohrt. Wenn er in den nächsten sechs Stunden nicht auf einem OP-Tisch landet, ist es aus.«

»Das schaffen wir.« John stand auf. »Sir, wie ich schon sagte: Die Landefähre steht maximal zehn Kilometer entfernt. Ich bin der Pilot.«

Lumiére musterte ihn. »Und Ihr Corporal hat ausgerechnet den Piloten zur Aufklärung vorausgeschickt?«

John zuckte mit den Schultern. »Hab mich freiwillig gemeldet.« Irgendwie stimmte das ja auch.

»Kennen Sie die Richtung?«

Nachdem John sich kurz anhand der Sonne orientiert hatte, deutete er durch die Rauchschwaden. »Diese Richtung. Wir befinden uns inmitten eines ... äh, seismisch aktiven Bereichs. Rechts von uns ist ein Höhenrücken. An dessen Ende steht die Fähre. Nachdem zwei der Aliens heute Nacht zwischen den Rauchschwaden krepiert sind, würde ich vorschlagen, dass wir hier weitergehen.«

»Und jetzt, Mister Neunmalklug?« Lumiére drehte sich herausfordernd zu ihm um.

Die Hitze war inzwischen das größte Problem. Dass es hier nachts Minusgrade hatte, war nicht mehr zu spüren.

John warf einen Blick auf José, den Chadim trug, ehe er zu Lumiére aufschloss. Dieser stand am Rande einer Abbruchkante, die einen Krater umgab. Tief unten war hinter Rauchschwaden ein rotes Glühen zu sehen. Rechter Hand spuckte ein Schlot am Abhang gerade wieder eine kleine Fontäne flüssigen Gesteins in den aschgrauen Himmel.

»Ihnen ist schon klar, dass wir hier inmitten einer Caldera am Hauptschlot eines Vulkans stehen?«, fragte Lumiére. Seine Hand beschrieb bei den Worten einen Kreis und verwies so auf die ringförmige Erhebung um sie herum.

Mit Caldera war also anscheinend der Krater gemeint. John verglich die Karte in seinem Kopf mit der Umgebung. Die Caldera war demnach der rote Bereich gewesen, wo er nicht landen konnte. Das erklärte wahrscheinlich, weshalb die Aliens sich hier nicht blicken ließen.

»Wären Sie lieber mit den Verletzten und Zivilisten in einen Hinterhalt der Aliens gelaufen?«

Lumiéres Miene wurde düster. »Diese Frage steht hier nicht zur Debatte. Mich beschäftigt, wie wir hier herauskommen. Wenn Sie darauf keine Antwort wissen, wird Private Garcia den Tag wahrscheinlich nicht überleben.«

Langsam schritt John weiter nach rechts und kletterte auf einen großen Lavabrocken. Aufmerksam blickte er sich um.

Der kleine spuckende Schlot, der ihm vorhin aufgefallen war, musste der gleiche sein, den er am Tag zuvor passiert hatte. Wenn er sich während des Rückwegs dicht an der Oberkante des Kraters hielt, konnten die Eruptionen ihn eigentlich nicht erreichen.

Nachdenklich sah er sich danach an seinem Standort um. Abgesehen von ein paar größeren Gesteinsbrocken war der Boden recht eben. Nur die Rauchfahnen störten die Sicht. Aber da er nun wusste, dass er sich nur an dem Felsbrocken hier orientieren musste, traute er es sich zu, hier zu landen.

Mit zwei Sprüngen war er unten. »Bleiben Sie hier! Ich hole Sie mit der Fähre ab.«

Es zog ihn unweigerlich noch einmal zu José, ehe er ging. Ein leises Stöhnen war zu hören, als er sich neben ihn kniete.

»Hey«, sagte John.

José öffnete blinzelnd die Augen. »John …«

»McClusky«, korrigierte John ihn. »Du musst durchhalten, okay?«

Statt zu antworten, stöhnte José nur.

John klopfte ihm sacht gegen den Helm. »Hast du gehört? Durchhalten! Ich bin bald wieder da und hol euch ab. Dauert nur ein paar Stunden.«

»Wieso?«, fragte José.

»Was heißt hier wieso? Ich beeil mich eben.«

»Wieso bist du hier?« Die Worte schienen José eine Menge Kraft zu kosten.

»Wegen deiner Schwester. Sie macht sich Sorgen um dich.«

»Ophelia?« Die dunklen Augen sahen ihn verwundert an.

»Sagte ich doch. Sie hat mich gebeten, dich zu suchen.«

»Du hast mich niedergeschlagen ...« José keuchte.

»Du meinst wegen Aziz? Jetzt hör mal zu, du Schwachkopf!« John beugte sich tiefer über den Verletzten, bis ihre Helme sich berührten; jetzt war er sicher, dass niemand ihnen zuhören konnte. »Egal, was du glaubst. Ich habe dir damals eins übergebraten, damit Aziz dich nicht mehr als Botenjunge benutzt. Du hast keine Ahnung, mit wem du dich da eingelassen hast. ›Dschihad‹ sage ich nur, und das kannst du mir glauben oder nicht.«

»Aber Amr...« Josés Blick irrte zu Chadim.

»Yep, Chadim ist hier. Aber er gehört nicht mehr dazu. Hast du das kapiert? Er wird auf dich aufpassen, solange ich weg bin. Okay so weit?«

Josés dunkle Augen starrten ihn an. Seine Finger schlossen sich kraftlos um Johns Handgelenk. »Ophelia ...«

»Ich bring dich zu ihr. Du musst nur durchhalten.« Vorsichtig löste er Josés Finger.

»Wieso ...«

Der Dummkopf hatte es immer noch nicht begriffen. »Sie

ist deinetwegen zu den Troopers gegangen. Sie sucht dich schon die ganze Zeit. Hast du das nicht gewusst?«

Tränen hingen in den dunklen Wimpern. In diesem Augenblick sah er Ophelia verflucht ähnlich. »Aber du … Wieso …«

John seufzte und tätschelte Josés Helm. »Zerbrich dir darüber besser nicht den Kopf, Kleiner!« Letztendlich verstand er selbst nicht so ganz, weshalb er das für Ophelia tat.

»Ich habe es gehört«, sagte Chadim, als John aufstand. »Du willst alleine gehen.«

John schlug auf sein rechtes Bein. »Ich habe einen Vorteil, den du nicht hast.«

»Aber du hast nur *ein* Bein aus Titan.«

Donaghue hatte vor wenigen Wochen damit gedroht, das linke Bein ebenfalls durch eine metallene Prothese zu ersetzen. War das die Quittung, weil er es so vehement abgelehnt hatte?

»Ich habe nicht vor, ein zweites hinzuzubekommen, falls du das meinst.«

»Ich sollte dich begleiten.«

»Nein, solltest du nicht. Du musst hierbleiben, falls die Aliens angreifen. Der Rest von Lumiéres Einheit ist kaum noch einsatzfähig. Ohne dich haben die keine Chance.«

»Ich habe einen Befehl.«

John hielt inne. »Was für einen Befehl?«

Chadims dunkle Augen schienen zu brennen. »Dich mit meinem Leben zu schützen.«

»Von wem?«

John kannte die Antwort bereits, ehe Chadim sie aussprach. »Sergeant Hartfield.«

»Shit!« Unwillkürlich wollte John sich im Nacken kratzen. Doch Helm und Combatsuit machten das unmöglich. »Wieso?« Er fühlte sich in diesem Augenblick wie José. Genauso verwirrt und dumm musste der sich eben vorgekommen sein.

»Diese Frage kann ich dir nicht beantworten.«

»Shit!«, entfuhr es John erneut. Alles, was ihm als Antwort einfiel, war das Wort »Versuchskaninchen«, und das schmeckte ihm überhaupt nicht.

»Aber ich kann eine Vermutung äußern«, sagte Chadim.

»Behalt's für dich!« John griff nach dem Gewehr.

»Willst du sie nicht erfahren?«

»Nein, verdammt!« Ohne Chadim noch eines Blickes zu würdigen, marschierte John los.

Stannis redete immer noch vom Abholpunkt.

Philippe wunderte sich, wie der Mann es zum Corporal gebracht hatte. Feigheit wurde im Militär normalerweise nicht mit Beförderungen belohnt. Zudem trug Stannis ein paar Orden zur Schau, die man nur durch Tapferkeit erringen konnte.

Was war passiert, dass Stannis sich geändert hatte? John allein konnte dafür nicht verantwortlich sein. Auch wenn dessen Verhalten manchmal unerträglich war, hatte er doch meistens irgendwie recht. So auch dieses Mal.

Hartfield hätte niemals befohlen, bereits beim Anflug umzukehren. Noch weniger wäre er auf halbem Wege umgekehrt und hätte ein Taxi angefordert, wenn Männer fehlten.

Im Gegenteil. Hartfield hätte Himmel und Hölle in Bewegung gesetzt, um auch den letzten fehlenden Mann noch zu finden. Philippe konnte sich recht gut an Hartfields Zorn erinnern, mit dem er die Fähre requiriert hatte, um John aus der

Brutstätte zu retten ... Mit abgeschnittenem Bein hatten sie ihn gefunden. So erschüttert Phil damals gewesen war, so tief war sein Respekt seitdem vor John. Weder wollte er wissen, was er an Johns Stelle getan hätte, noch in dessen Haut stecken. Und nun hatte Stannis vor, John und Chadim einfach zurückzulassen.

»Los, los, los!«, schrie Stannis schon wieder. »Bewegt eure faulen Ärsche! Unser Taxi landet in zehn Minuten.«

Zähneknirschend beschleunigte Phil mit den anderen seine Schritte. Er würde sich dieses Trauerspiel nicht bis zum Ende anschauen. Fast wünschte er sich eine Horde Aliens herbei, damit die sie aufhielten. Doch die Fähre, die John auf dem Höhenrücken geparkt hatte, kam schneller in Sicht, als ihm lieb war.

Im Helmfunk knackte es. Gallaghers Stimme war zu hören. »Team Bravo für Einsatzleitung. Die Fähre ist im Anflug. Zwei weitere Trupps sind zum Abholpunkt unterwegs. Sichern Sie mit Ihrem Team das Gelände.«

»Copy. Over and out«, antwortete Stannis. Ohne anzuhalten, trabte er an der geparkten Fähre vorbei. »Los, ihr Lahmärsche! Unser Abholpunkt ist zweihundert Meter weiter. Gelände sichern! Wir müssen damit rechnen, dass unsere Gäste Feinde im Schlepptau haben.«

Philippe blieb stehen. Bei Gott! Damit hatte er ihn.

Erst nach ein paar Schritten schien Stannis es zu bemerken. Dann drehte er sich abrupt um. »Aufschließen!«

»Melde mich freiwillig, um das Gelände zu sichern, Sir.« Phil bemühte sich darum, sich den Triumph nicht anmerken zu lassen.

»Ich auch«, sagte Ophelia sofort.

Kim und Harlan schlossen sich ihr im nächsten Moment an. Nur Mirek schien nicht sofort zu begreifen, um was es ging.

»Team vollzählig angetreten zur Sicherung des Geländes, Sir«, sagte Phil. »Erbitte Erlaubnis, Positionen zu beziehen.«

Stannis starrte ihn nur an.

»Sir«, wiederholte Phil, »erbitte Erlaubnis, den Befehl des Lieutenants auszuführen.« Als er den Zorn in Stannis' Blick entdeckte, konnte er sich ein triumphierendes Grinsen nicht verkneifen.

John zog sich mit einer Hand zum nächsten Griff hoch. Ein Gutes hatten die erstarrten Lavaklumpen. Sie hatten jede Menge Vorsprünge, an denen man hochklettern konnte. Man musste nur aufpassen, dass man keinen erwischte, der unter seinem Gewicht zerbröselte.

So wie dieser. Die kleine Gesteinsnase bröckelte unter seinen Fingern. Keuchend fand er mit den Füßen einen festen Stand. Gerade rechtzeitig, um nicht abzurutschen.

Unwillkürlich warf er einen Blick über seine Schulter. Die Hitze der flüssigen Lava, die der kleine Schlot immer wieder ausspuckte, wärmte seinen Rücken. Er wollte lieber nicht erfahren, wie heiß es unten am Fuße des Hanges war, den er sich hinaufarbeitete.

Automatisch suchte er nach einem neuen Griff. Hier war der Fels glatt. Seine Finger verkrampften sich im Bemühen, sich festzukrallen. Er kam trotzdem ein Stück höher. Die obere Kante war nicht mehr weit. Ein Ruck noch. Keuchend zog er sich mit dem Oberkörper über den Rand. Einen Moment blieb er einfach nur so liegen, ehe er die Beine nachzog.

Auf allen vieren kroch er zwei Schritte weiter und stemmte sich auf die Füße.

»*Shit!* Verdammt!« Die ganze Arbeit für nichts.

Ein schmaler, stetiger Lavastrom rann an der hinteren Seite des Schlots Richtung Hauptkrater und floss von dort um den Schlot herum. Da, wo der Strom die Wand des Hauptkraters erreichte, wirkte diese, als sei sie abgesprengt worden. Dort klettern zu wollen war mehr als selbstmörderisch.

Letztendlich hatte er keine andere Wahl: Falls er nicht umkehren und den mühseligen Aufstieg an einer anderen Stelle erneut wagen wollte, musste er den Lavastrom überqueren.

Gott im Himmel! Der Lavastrom war nicht breit. Und hatte er nicht zu Chadim vor ein paar Stunden noch so selbstsicher gesagt, dass er ein Bein aus Titan hatte?

Schwitzend ging er auf dem abschüssigen Gelände weiter. Je näher er der flüssigen Lava kam, desto unerträglicher wurde die Hitze. Auf einem Felsblock nahe dem Strom hielt er inne.

Am Umkehrpunkt war er nur zwei Meter breit. Aber anschließend musste er ihn noch einmal überspringen. Und da waren wenigstens vier Meter Breite zu überbrücken.

Er dachte an den Moment auf dem Flugdeck, als er die Stahlstrebe mit der Kraft des Titanbeins hochgewuchtet hatte. Er musste sie nutzen. Das war seine einzige Chance.

Sein Blick suchte einen Weg hinunter, fand Lavablöcke, die als Tritt dienen konnten. Das war Irrsinn! Ein einziger Fehltritt …

Er machte keine Fehltritte. Ehe er daran zweifeln konnte, sprang er zum nächsten Felsblock. Die Oberfläche war unerwartet rutschig von Staub und Sand. Ein weiter Satz – und er war auf dem nächsten Stein. Nun konnte er nur noch beten. Er war bereits zu schnell, um ohne Gefahr abbremsen zu können. Ein letzter Satz, und er war über den Lavastrom hinweg.

In einer Rolle kam er auf und rutschte mit ein paar Steinen ein Stück den Hang hinab. Er hatte nicht mit der Hitze gerechnet. Die Steine waren so heiß, dass man Steaks darauf braten konnte.

Fluchend raffte er sich auf. Nicht verweilen! Auf allen vieren kämpfte er sich den Hang wieder hinauf. Die Hitze brannte sich durch die Handschuhe des Combatsuits. An das linke Knie wagte er nicht zu denken. Weiter!

Als er wieder fiel, stützte er sich auf den Fingerknöcheln ab. Das linke Knie brannte inzwischen wie Feuer. Er zog sich auf einen Lavablock, fühlte die Hitze an seinem Bauch, war endlich oben und sprang blind.

Er landete im heißen Dreck, stemmte sich hoch und taumelte weiter. Der rechte Fuß gehorchte ihm nicht mehr. Trotzdem lief er weiter. Bis die Hitze endlich nachließ und er den Schlot hinter sich gelassen hatte. Erschöpft blieb er liegen. Es dauerte endlose Sekunden, um sich wieder aufzurichten.

Als sein Blick an sich hinabglitt, sah er das geschmolzene Fußgelenk der Metallprothese und den blutigen Combatsuit, der in Fetzen von seinem linken Knie hing.

2. Intermezzo

Ein großer, dicker Umschlag wartete auf ihn, als Jerry Gebhard sich hinter seinen schmalen Schreibtisch im Großraumbüro des *Claredon* setzte. Verdutzt studierte er den Umschlag. Wer in drei Teufels Namen verschickte heutzutage noch so viel Papier? Nur das Militär und die Polizei waren so verschwenderisch.

Kein Absender. Noch einmal las er die Adresse. Da stand tatsächlich ganz klar und deutlich sein Name. Ein Irrtum war ausgeschlossen.

Es kam ihm fast wie ein Sakrileg vor, den papiernen Umschlag aufzureißen. Drinnen befand sich ein Pappordner – eine Polizeiakte, wie er rasch feststellte.

Jerrys Hände zitterten. Gehetzt sah er sich um. Aber keiner seiner Kollegen schien ihn zu beobachten.

Erst langsam, dann immer schneller blätterte er durch die Akte. Es ging um jene Morde, die sich vor etlichen Wochen in der Nähe eines Rekrutierungsbüros ereignet hatten.

Nachdenklich studierte er die Fotos der Ermordeten. Da war Walter Hessler, der Reporter des *Claredon*: Kopfschuss. Das Foto war unappetitlich. Clarice Sheldon: Kopfschuss. Ein unidentifizierter blonder, junger Mann, der McClusky ähnlich sah: ebenfalls Kopfschuss. Sowie zwei weitere unidentifizierte Männer, die eindeutig arabischer Herkunft waren. Nur sie waren durch Körpertreffer getötet worden. Zwei Männer hatte man verhaftet und aus Mangel an Beweisen wieder auf freien Fuß gesetzt. Einer davon hieß Said.

Je länger er die Fotos mit den Kopfschüssen anschaute, desto stärker fühlte er sich an Exekutionen erinnert. Die beiden Araber waren vielleicht Opfer einer Bandenschießerei geworden, auf keinen Fall aber die anderen drei.

An welchem Fall war Walter damals dran gewesen? Jerry suchte in der internen Datenbank des *Claredon*. Eine ganze Liste von angefordertem Material flatterte über seinen Bildschirm. Walter war wirklich fleißig gewesen. Eilig scrollte Jerry sich durch das Verzeichnis.

Der Bericht des Ehepaars Sheldon über die Exploration des Kassiopeia-Sektors. Der Unfallbericht zum Tod von Richard Sheldon, zwei Wochen vor dem Mord an seiner Frau. Artikel über die Verdienste des Ehepaares Sheldon bei der Erkundung der Wurmlöcher. Eine winzige Randnotiz über eine Protestnote, die das Ehepaar Sheldon nach seiner Rückkehr aus dem Kassiopeia-Sektor an den Kongress geschickt hatte.

Sehr seltsam! Anscheinend war das keinem seiner Kollegen mehr als diesen Fünfzeiler wert gewesen. Da war irgendetwas faul, oberfaul sogar. Jerry konnte es förmlich riechen. Und Walter Hessler, der Mann mit der sprichwörtlichen Spürnase, hatte sich den offiziellen Bericht der Sheldons zuschicken lassen.

Die Akte war dick. Jerry holte sich ein Sandwich aus der Kantine und einen Kaffee. Vier Kaffees später hatte er sie im Licht seiner einsamen Schreibtischlampe durchgelesen. Aber außer leerem Geschwätz hatte er nichts gefunden.

Außer ihm war inzwischen keiner mehr im Büro. Zeit, dass er nach Hause ging. Nur der Vollständigkeit halber gab Jerry noch den Namen McClusky in die Datenbank ein. Immerhin war Clarice Sheldons Cousin in der Nähe gewesen, als sie starb. Eine Menge Bilder füllten den Monitor – aus Interviews vom Heimaturlaub. Zudem gab es ein Bild von ihm als Harvardabgänger.

Jerry stutzte. Eilig kramte er das Foto des unidentifizierten Toten aus der Polizeiakte. Das war Zacharias McClusky! Aber der junge Mann auf dem Foto neben Westcott, den er interviewt hatte, sah deutlich anders aus. War er blind gewesen, dass er das nicht sofort bemerkt hatte?

Ganz langsam! Walter hatte sich in den Slums mit Clarice und McClusky getroffen. Dabei waren alle drei offensichtlich exekutiert worden. Zwei Wochen nachdem Richard Sheldon bei einem Unfall verstorben war. Und das Merkwürdigste daran war, dass die Polizei den toten McClusky als unidentifizierte Leiche führte. Also hatte niemand seine DNA überprüft, oder falls doch, war das Ergebnis nicht in der Akte vermerkt worden.

Das ließ nur einen Schluss zu. Jemand hatte die Sheldons ermordet und McClusky und Hessler gleich mit. Und danach hatte irgendjemand McCluskys Identität angenommen.

Das war eine verdammt große Story – aber auch eine tödliche. Doch wer konnte ein Interesse haben, die Sheldons zu ermorden? Ihm fiel nur eine Möglichkeit ein, und die gefiel ihm ganz und gar nicht. Er würde vorsichtig sein müssen.

Vielleicht fing er besser klein an, mit den Verwandten der Teammitglieder des angeblichen McClusky. Oder mit dem Bandenmitglied Said. Diese Spuren schienen weniger tödlich zu sein als diejenige, die zum Mörder der Sheldons führte – denn der konnte nur sehr weit oben in der Regierung der Vereinten Nationen zu finden sein.

5. Kapitel

»Mirek.«

Die Stimme kam aus einer Richtung, wo unmöglich jemand sein konnte. Gleichzeitig kündigte ein hohes Sirren die Landefähre an, die sie zur *Washington* zurückbringen sollte. Er musste sich verhört haben.

Mirek starrte hinunter, wo sich die beiden Einheiten mit einigen Zivilisten sammelten. Es waren weniger, als er gehofft hatte. Zu wenig, um zu rechtfertigen, dass Team Bravo zurückbleiben musste, um auf einen zweiten Flug zu warten. Denn John und Chadim waren immer noch verschwunden. Kim hatte mehrmals versucht, Funkkontakt mit ihnen aufzunehmen. Fehlanzeige. Es hatte nur Stannis' Laune weiter gesenkt.

»Mirek.«

Verwundert drehte er sich um. Dieses Mal hatte er die Stimme ganz deutlich gehört. Vorsichtig ging er auf den Krater zu und sah, dass dort Finger am Rand entlangtasteten.

»Mirek ...« Die Stimme klang erschöpft ...

... doch irgendwie vertraut. »John!« Mirek eilte zum Rand. »Phil!«, schrie er. »Harlan, schnell! Ich brauche Hilfe!« Schnell umklammerte er Johns Handgelenk und hielt ihn fest.

Phil und Harlan waren nahezu gleichzeitig zur Stelle. Sie zogen John mühelos über den Kraterrand.

Er sah furchtbar aus. Der linke Unterschenkel und das Knie waren voller Brandwunden. Der Combatsuit hing in Fetzen. Sogar die metallene Prothese war – offenbar durch Hitzeeinwirkung – an einigen Stellen verbogen.

»Zu unserer Fähre mit ihm! Sofort!«, kommandierte Mirek. »Dort habe ich mehr Möglichkeiten.«

Er eilte voraus. Immer wieder sah er sich nach Harlan und Phil um, die John zwischen sich stützten.

Als er die Fähre erreichte, stürzten ungerufen Kim und Ophelia herbei. »Was …«, stammelte sie.

»Es ist John«, sagte Mirek, während er die Tür der Fähre öffnete. »Haltet mir Stannis vom Leib, bis ich ihn versorgt habe!«

Ophelia starrte ihn an. »Wie …«

»Lasst euch etwas einfallen!« Ohne sich um die beiden zu kümmern, eilte Mirek in die Fähre und riss die Klappe mit der Notfallausrüstung auf. Als Phil und Harlan John in die Fähre brachten, hatte er schon alles bereitgelegt.

»Hierher«, kommandierte er.

»Hey, bleibt cool! Es geht mir gut.« Wie immer große Sprüche! Aber dass John log, war offensichtlich.

Natürlich drängte Ophelia sich in die Fähre, statt zu Stannis zu gehen, und setzte sich neben John. Als sie nach seiner Hand fassen wollte, entwich ihm ein leises Zischen.

Mirek legte das linke Bein frei. Das waren Verbrennungen dritten Grades. »Stillhalten«, sagte er. »Wie ist das passiert?«

»Lava …«, antwortete John und stöhnte auf.

Ophelia stützte ihn. Sie war bleich unter dem Helmvisier.

Vorsichtig legte Mirek einen Notverband um Johns Unterschenkel. Als er John ein Schmerzmittel injizieren wollte, wehrte dieser ab.

»Nein. Ich muss fliegen.«

»Das ist ziemlich idiotisch, und das weißt du, oder? Da unten steht eine zweite Fähre mit einem Piloten bereit.« Mirek ergriff Johns Hände und betrachtete die Brandblasen. Dass John sich nicht dagegen wehrte, sprach Bände.

»Ich muss Chadim, José und die anderen abholen. José ist schwer verletzt. Wenn wir uns nicht beeilen ...« Mit einem Keuchen brach John mitten im Satz ab, als Mirek begann, die Reste der Handschuhe mit einer Pinzette zu entfernen.

»José? Was ist mit José?«, fragte Ophelia aufgeregt.

»Er lebt. Aber er braucht Hilfe. Ich muss ...«

»Entschuldige«, sagte Mirek. »John, du kannst nicht ...«

»Sag mir nicht, was ich nicht kann!« Mit schmerzverzerrtem Gesicht beugte John sich vor. »Ich muss es tun. Oder soll ich José und Chadim etwa in der Scheiße sitzen lassen?«

Egal, was Mirek da gemacht hatte, das linke Bein fühlte sich deutlich besser an. Auch die Finger taten nicht mehr so weh. Er würde die Fähre steuern können. Das eigentliche Problem war Stannis.

John aktivierte den Funk. Wenn er die Kommunikationsanlage in der Fähre benutzte, konnte Stannis nicht mithören. »Hartfield für Landefähre sieben. McClusky hier.«

Er musste nicht lange warten. »Hartfield hört. Wo haben Sie gesteckt? Corporal Stannis hat Sie und Private Chadim als vermisst gemeldet. Ich habe bereits eine Suche initiiert.«

Draußen waren laute Stimmen zu hören. Verflucht! Wenn er sich nicht beeilte, dann landete sein gesamtes Team in der Brigg – nur weil es versuchte, ihn zu decken.

»Wir haben Team Red von der *Roosevelt* gefunden. Private José Garcia ist schwer verletzt. Sie sitzen in der Caldera fest. Wenn ich sie nicht in der nächsten halben Stunde heimbringe, wird Garcia sterben.«

»Warum ahne ich, dass es ein Problem gibt?«

Vor der Fähre waren Phils und Stannis' Stimme auszumachen. Leise war Mirek in die Tür des Cockpits getreten.

»Um es kurz zu machen, Sir: Ich habe auf eigene Faust die Suche nach Team Red fortgesetzt – ohne Corporal Stannis' Einverständnis. Chadim ist mir gefolgt. Ich bin gerne dazu bereit, mich den Konsequenzen zu stellen. Aber lassen Sie mich zuerst José retten! Um mehr geht es mir nicht.«

In der Leitung war plötzlich nur Rauschen zu hören.

In Stannis' Brüllen mischten sich nun noch Harlans und Ophelias Stimme.

»Du bringst sie alle in Teufels Küche«, sagte Mirek leise.

»Soll ich sie verrecken lassen?« Johns Antwort war lauter, als er es beabsichtigt hatte.

Mirek schwieg.

Im Funk knackte es. »McClusky für Hartfield. Ich rede mit Corporal Stannis. Solange unternehmen Sie nichts. Haben Sie mich verstanden?«

»Sir, Garcia läuft die Zeit davon.« Verdammt, er hatte sein Leben und seine Gesundheit aufs Spiel gesetzt, damit der kleine Mistkerl überlebte! Sollte das alles umsonst gewesen sein?

»Ich wiederhole! Sie warten, bis ich mit Corporal Stannis geredet habe.«

Stampfende Schritte näherten sich dem Cockpit.

»Sir«, sagte Mirek und wich zurück.

Ehe John Hartfield antworten konnte, schlug Stannis auf die Konsole und deaktivierte den Funk. »Es reicht, Private McClusky!« Seine Stimme war gefährlich ruhig. »Ich bringe Sie vor ein Kriegsgericht.«

»Raus!«, befahl Stannis.

»Sir, ich habe mit Chadim Team Red von der *Roosevelt* gefunden. Sie sitzen in der Caldera fest. Wir …«

Stannis packte ihn am Arm und zerrte ihn vom Pilotenstuhl herunter. »Geben Sie die Koordinaten an den Piloten von Landefähre vier! Sobald er uns und die zwei anderen Einheiten auf der *Washington* abgesetzt hat, kann er Team Red abholen.«

»Sir, mit Verlaub. Aber so viel Zeit haben die Verletzten dort nicht. Wir müssen schnell –«

Stannis gab ihm einen Stoß, sodass John gegen die Wand krachte. »Sie und Private Chadim haben unerlaubt die Truppe verlassen. Wissen Sie, welche Strafe auf Desertieren steht?«

Eine Ahnung sagte John, dass es durchaus die Todesstrafe sein könnte. Im Reflex wollte er die Fäuste ballen, aber der Schmerz in den Händen ließ ihn zusammenzucken. »Sir, ich …«

Shit! Sollte er jetzt etwa sagen, dass es ihm leidtat? Er bereute kein bisschen, was er getan hatte. Das Einzige, was er bereute, war, dass er diesem Schwein noch nicht die Fresse poliert hatte.

»Sir, jemand meldet sich per Funk«, sagte Mirek. Tatsächlich blinkte das Licht neben dem Funkrelais.

Stannis schnaubte wie ein wilder Stier, ehe er sich Mirek mit einem Ruck zuwandte. »Stellen Sie ihn an!«

Mit ruhigen Fingern tat Mirek, was ihm aufgetragen worden war, und positionierte sich danach vor John.

»Stannis für Hartfield. Hören Sie mich?« Hartfields tönte laut und klar aus dem Lautsprecher.

»Stannis hört.«

»Ich wünsche, dass jeder aus dem Team mich hören kann.«

»Verstanden, Sir«, sagte Mirek. »Ich kümmere mich darum.« Danach sah er zum Cockpit hinaus und winkte. »Ihr sollt herkommen. Alle.«

Sie eilten zur Cockpittür. Ophelia stand ganz vorn.

»Jeder kann Sie jetzt hören, Sergeant«, sagte Stannis.

Hartfields Stimme antwortete. »In Anbetracht der besonderen Umstände soll Private McClusky mit Landefähre sieben die Vermissten retten und zur *Washington* bringen. Die *Roosevelt* ist verloren. Wir müssen die Kolonie aufgeben. Ich wiederhole. Wir müssen die Kolonie aufgeben. Die *Washington* wird in dreißig Minuten das System verlassen. Ich erwarte, dass Sie Team Red und Team Bravo sowie die Zivilisten rechtzeitig zur *Washington* bringen. Die Fähre vier ist instruiert. Luftunterstützung kann nur bei rechtzeitigem Anflug auf die *Washington* gewährleistet werden. Haben Sie mich verstanden?«

Stannis' Gesicht wirkte, als sei es versteinert. *»Copy«*, sagte er erst nach ein paar Sekunden. *»Over and out.«*

John blickte mürrisch zur Seite.

Stannis saß neben ihm auf dem Flugbegleitersitz wie eine lebendig gewordene Drohung. »Ich hoffe, Ihre Sprüche sind nicht nur heiße Luft, McClusky!«

Wortlos aktivierte John die Systeme und checkte sie durch. Die Finger schmerzten bei jeder Bewegung. Er freute sich bereits auf die Begegnung mit dem Schubhebel. »Alle Systeme startbereit. Peilung steht – soweit mir das ohne genaue Kenntnis der Koordinaten möglich ist.«

»Starten Sie«, sagte Stannis.

Es kostete John einige Überwindung, nach dem Schubhebel zu greifen. Aber als der erste Schmerz in der Hand vorbei war, schien es erträglich zu sein. Vielleicht war es am besten, wenn er den Hebel während des Flugs nicht mehr losließ.

Langsam hob er ab und beschrieb einen Kreis um den spuckenden Schlot herum, ehe er langsam in die Caldera hineinsteuerte. Durch das Cockpitfenster hatte er einen wunderbaren Blick auf den Hauptschlot. Die rot glühende Suppe entbehrte nicht einer gewissen Faszination.

Sein Blick suchte den Lavabrocken am Rande des Schlots. Unten hatte er noch so mächtig gewirkt, dass er sich nicht hatte vorstellen können, ihn zu übersehen.

»Gibt es ein Problem?«, knurrte Stannis.

Da war er! »Nein, Sir. Setze zur Landung an.« Noch während John sprach, ging er in den Sinkflug. Die Thermik schüttelte die Fähre ordentlich durch, aber er setzte trotzdem sachte auf.

Die Tür ging auf.

Stannis stand auf und trat in die Fahrgastkabine, sodass John ihn nicht mehr sehen konnte. Nur seine drängelnde Stimme war zu hören. »Los! Wir haben es eilig!«

Danach waren eilige Schritte zu hören.

John hielt es nicht mehr aus und aktivierte den Helmfunk. »Team Red für McClusky. Wie geht es José Garcia?« Unwillkürlich hielt er den Atem an.

Es war Chadim, der sich meldete. »Chadim hier. Den Umständen entsprechend. Du warst schnell genug.«

Die Anspannung fiel ein wenig von John ab. Nun musste er sie nur noch alle heil zur *Washington* bringen. Aber das war das geringste Problem.

»Bringen Sie uns nach Hause«, sagte Stannis nur.

»Aye, Sir.« Ohne aufzusehen, gab John Schub und hob in einer kleinen Kehre ab. Sein Blick irrte augenblicklich zum Radar auf der Suche nach Alien-Kampfjägern.

Eine zweite Fähre gesellte sich zu ihm. Er vermutete, dass es sich um Landefähre vier handelte.

»Fähre vier an Fähre sieben. Das wurde aber auch Zeit!« Die Stimme war weiblich und arrogant.

John verkniff sich die Antwort, die ihm auf der Zunge lag. Der Corporal neben ihm wirkte wie eine gereizte Bulldogge.

»Ich wette, dass wir zuerst auf der *Washington* sind«, sagte die Pilotin.

John schielte zu Stannis. Er wunderte sich, dass der die kokette Stimme nicht zur Räson rief.

Fähre vier schien willens, ihn abzuhängen, so viel Schub, wie sie gab.

Gott im Himmel, er musste sich nichts beweisen! John wusste, was er draufhatte. Und zudem war es bald ohnehin egal, wenn er im Knast landete.

Als er mit der anderen Fähre die Atmosphäre verließ, entstand Bewegung im Tanz der Punkte auf dem Radar. Wenn Fähre vier nicht abdrehte, würde sie in Schwierigkeiten geraten. John juckte es in den schmerzenden Fingern, bei dem Spiel mitzumachen.

Die *Washington* sah aus wie ein Weihnachtsbaum, an dem unzählige Sternenglitzer brannten. Hinter ihr brach die *Roosevelt* wie in Zeitlupe auseinander.

»Shit«, entfuhr es John.

In seinem Kopf regte sich eine Erinnerung an eine Zeichnung, die Lieutenant Lockham an den Unterrichtsscreen geworfen hatte. Über Gravitationsschockwellen, die entstanden, wenn der Antrieb oder der Kernfusionsreaktor eines Schiffes explodierte. Je größer das Schiff, umso verheerender waren die Folgen. Und die *Roosevelt* war so groß wie die *Washington*.

Unwillkürlich gab er Schub. Er hatte den unbestimmten

Verdacht, dass es besser war, in der *Washington* zu sein, wenn die *Roosevelt* explodierte.

Eine feindliche Jägerstaffel hängte sich an ihn dran.

»Keine Zeit für Späßchen, ihr Mistkerle!« Hatte er das eben laut gesagt?

Er kippte zur Seite, Gegenschub, Kehre. Darauf fielen sie immer wieder herein. Einer der Jäger explodierte in einem Sternenregen. Einer der Gleiter, die als Schutz mitflogen, war dafür verantwortlich.

Dieser schien samt seiner Staffel einen Narren an John gefressen zu haben. Trotz der drohenden Gefahr und der wunden Hände machte es John zunehmend Spaß, mit dem unbekannten Piloten die Jäger auszuschalten.

Fähre vier hatte ebenfalls Begleiter gefunden. Aber dort schien das Zusammenspiel nicht ganz so gut zu klappen.

Die *Washington* kam näher. Wie es schien, war er entgegen der Ansage von Mistress Arrogant doch zuerst am Ziel.

»*Washington* für Landefähre sieben, erbitte Landeerlaubnis!« Stannis klang gereizt.

»Treffer erhalten!«, rief die weibliche Stimme von Fähre vier.

John fluchte. Er konnte sehen, wie die Fähre durch sein Bild trudelte. Ohne auf die Antwort der *Washington* zu warten, drehte John ab.

»Was machen Sie da?«, schrie Stannis.

»Lassen Sie Fähre vier den Vortritt! Wenn die warten müssen, bis wir drin sind, sind sie Löwenfutter, Sir.«

Zornig aktivierte Stannis den Funk. »*Washington* für Landefähre sieben. Brechen Anflug ab. Geben Sie Fähre vier den Vortritt. Haben Sie mich auch gehört, Fähre vier?«

»Fähre vier hier. Klar und deutlich. Danke, Fähre sieben!« Die Pilotin klang angestrengt.

Da meldete sich auch schon die samtige Altstimme von der *Washington.* »Landefähre vier, Landeerlaubnis erteilt. Beeilen Sie sich! Reaktorbruch der *Roosevelt* steht kurz bevor.«

Die trudelnde Fähre hielt auf die *Washington* zu. Ein Teil der Gleiter steuerte ebenfalls darauf zu.

Zwei feindliche Jägerformationen wollten John nun in die Zange nehmen. Aber trotz der schmerzenden Finger ließ er sie eiskalt ins Leere rasen und sorgte dafür, dass die Gleiter sie unter Beschuss nehmen konnten.

»Landefähre sieben *für Washington.* Kommen Sie rein!« Es war das erste Mal, dass die Altstimme nicht ruhig klang.

John gab vollen Schub. Aus den Augenwinkeln sah er die Gleiter ebenfalls abdrehen und auf ihre Einflugschächte zujagen. Dann war er allein mit den Aliens, der *Washington* und der sterbenden *Roosevelt.*

Während er auf den Schacht zuraste, sah er die *Roosevelt* vollständig auseinanderbrechen. Das Bild war schön und erschreckend zugleich. John wagte sich nicht vorzustellen, wie viele Menschen da gerade starben. Dann sah er das helle Licht des berstenden Reaktors, kurz bevor die Dunkelheit des Schachts die Fähre aufnahm.

6. Kapitel

Hartfields Schweigen war schlimmer zu ertragen als Stannis' Brüllen. Stumm ging der Sergeant im Raum auf und ab.

John saß auf dem Bettrand im Quarantänezimmer, dem einzigen Einzelzimmer der Krankenstation, das er inzwischen nur zu gut kannte. Donaghue war nur deshalb noch nicht bei ihm gewesen, um sich die Schäden an der Prothese anzusehen, weil er José operierte.

»Sagen Sie mir, was ich tun soll«, forderte Hartfield ihn schließlich auf. Er war mit dem Rücken zu John stehen geblieben und drehte sich langsam zu ihm um.

»Keine Ahnung.« John zuckte mit den Schultern. »Wieso fragen Sie mich?«

»Wissen Sie, was Corporal Stannis Ihnen vorwirft?«

»Sagen Sie's mir!«

»Unerlaubtes Entfernen von der Truppe, Befehlsverweigerung und Missachtung eines Vorgesetzten.« Hartfield schüttelte resigniert den Kopf. »Ich hatte Sie gewarnt, McClusky. Mehr als einmal. Sagen Sie mir wenigstens, wieso?«

»Er wollte umkehren, und zwar bereits beim Anflug, Sir. Dabei hatte ich eine alternative Landezone in zehn Kilometern Entfernung gefunden. Und später, als wir unterwegs waren, befahl er nach der Hälfte der Strecke, umzukehren. Nur weil ein paar Aliens uns entdeckt hatten. Hey, die laufen da überall herum. Das ist doch kein Grund umzukehren. Wir hatten es ja nicht einmal richtig versucht.«

Hartfield seufzte. »Corporal Stannis sagt, Sie hätten sich

hinter seinem Rücken die Erlaubnis von Lieutenant Gallagher eingeholt, landen zu dürfen. Danach erst hätten Sie auf die alternative Landezone verwiesen.«

»Das stimmt nicht, Sir. Das können die anderen auch bezeugen.«

»Ich glaube nicht, dass dies viel ändert. Die wirklich schwerwiegende Verfehlung ist außerdem, dass Sie sich nachts fortgeschlichen haben. Stannis behauptet auch noch, Sie hätten versucht, Private Garcia zu töten.«

»Das ist kompletter Unsinn, Sir. Ich habe Ophelia ausgeschaltet und Kim extra darum gebeten, sich um sie zu kümmern.«

»Womit Sie auch noch Private Han-Sung mit hineinziehen.«

»Verdammt! Dann nehme ich das zurück. Kim hat nichts damit zu tun.«

Hartfield musterte ihn. Er sah müde aus. »Wieso? Wieso haben Sie Garcia überwältigt und sich heimlich entfernt? Ich könnte ja verstehen, wenn Garcia das getan hätte. Aber welchen Grund hatten Sie, das zu tun?«

»Damit sie es nicht tut. Kim hatte Funkkontakt mit Team Red. Lumiére hatte sogar die Standortkoordinaten durchgegeben. Aber Stannis wollte trotzdem umkehren. Er hatte Schiss. Das ist der Punkt. Phil hat Paragraf – was weiß ich – zitiert. Feigheit vor dem Feind. Heißt es nicht so?«

»Das wäre ein Ansatzpunkt. Aber Ihnen ist auch klar, dass Sie damit einen guten Mann zerstören, wenn Sie das als Verteidigung vorbringen?«

»Ich bringe gar nichts vor, Sir. Ich sage Ihnen nur, was passiert ist. Mehr nicht. Wenn ich nicht gegangen wäre, hätte ich nie mehr ruhig schlafen können. Nicht nur wegen Ophelias Bruder. Sondern weil ein Trooper nicht einfach feige den Schwanz einzieht und Kameraden im Stich lässt, Sir.«

Erst als Donaghue kam, begriff John, weshalb er sich wieder im Einzelzimmer befand. Zwei Soldaten bewachten die Tür. Er sah sie, während der Arzt die Tür öffnete. Er bekam also keine Sonderbehandlung, sondern war bereits ein Gefangener.

»Da haben Sie ja eine schöne Bescherung angerichtet, McClusky.« Donaghue nahm die Brille ab, polierte sie und setzte sie wieder auf. Als erhoffe er sich, dass sich dadurch an dem, was er sah, etwas ändern würde. »Die Prothese ist Schrott. Die Teile des Fußgelenks, die nicht vollständig aus Titan bestehen, sind völlig verbacken. Wir werden eine neue anpassen müssen. Wissen Sie eigentlich, was das kostet?«

»Wie geht es José Garcia?«

»Dem kleinen Private von der *Roosevelt?*« Donaghue entfernte den Verband von Johns linkem Unterschenkel. Seine Miene wurde düster. »Er hat die OP gut überstanden. In drei Wochen dürfte er wieder einsatzfähig sein. Rechtzeitig für die Evakuierung von Virgo 3.4.«

Das war die letzte Kolonie. John schluckte. Wenn die ebenfalls fiel, würde danach wohl die Erde dran sein.

»Das sieht nicht gut aus.« Donaghues Miene wurde immer düsterer. »Darf ich erfahren, wie Sie das angestellt haben?«

»Lava. Der Boden war ziemlich heiß da unten.«

»Und warum gingen Sie nicht drum herum?« Donaghue begann, mit einer Pinzette irgendwelche Partikel von seinem Bein zu entfernen. Der Schmerz war gemein.

John zischte leise. »Weil ich's eilig hatte.«

Donaghue schüttelte den Kopf und richtete sich auf. »Da Sie einer Verbesserung Ihrer Gliedmaßen bereits zugestimmt haben, schlage ich einen künstlichen Ersatz vor. Das können wir gemeinsam mit den Reizleitungen erledigen. Das wird Sie ohnehin zwei Wochen außer Gefecht setzen.«

»Nein.« Der Schreck ließ ihn die Fäuste ballen. Dass das schmerzte, war ihm gerade recht.

Mit hochgezogenen Augenbrauen schob Donaghue die Brille zurück an ihren Platz. »Machen Sie sich nicht lächerlich! Selbst mit Hauttransplantationen, Muskelrekonstruktionen und den Reizleitungen werden Sie künftig immer Probleme mit dem Bein haben, wenn sie es behalten würden. Abgesehen von der langwierigen Heilung, die noch hinzukommt. Ein Ersatz dagegen wäre eine saubere Lösung. Nun ja, natürlich nur, falls man Sie aufgrund der Anklage nicht aus dem Programm wirft. Aber das möge Gott verhüten! Ich wage nicht zu hoffen, dass ich ein weiteres Testobjekt finde, das die Implantate ähnlich gut verträgt wie Sie.«

»Nein.« Johns Stimme war heiser. Keine zweite Beinprothese. Auch wenn es unvernünftig sein mochte. Auch wenn er immer Probleme haben würde.

»Denken Sie darüber nach!« Donaghue legte die Pinzette weg. »Ich werde Sie in ein paar Stunden unters Messer nehmen, um das nekrotische Gewebe zu entfernen. Weitere Schritte möchte ich erst einleiten, wenn ich von oben die Zusage bekomme, dass Sie mir als Testobjekt erhalten bleiben.«

»Doc!« John räusperte sich. »Würde es einen Unterschied machen, falls ich … falls ich weiteren Verbesserungen zustimme?« Gott im Himmel, meinte er das wirklich ernst? Seinen Körper verkaufen, damit die Anklage fallen gelassen wurde? Aber hatte er seinen Körper nicht bereits verkauft, damit er bei den Troopers bleiben konnte?

Ein Hauch von Irritation war ins Donaghues Blick zu lesen. »Wollen Sie mir damit sagen, dass Sie dem Augenersatz zustimmen würden, gesetzt den Fall, Sie würden Teil des Testprogramms bleiben?«

Ein Auge. War ein künstliches Auge weniger schlimm als ein zweites künstliches Bein? »Vielleicht.«

Philippe straffte sich ein letztes Mal, ehe er den Rufknopf an Hartfields Büro betätigte.

»Wer da?«

»Private Reno. Bitte um die Erlaubnis, eintreten zu dürfen, Sir.« Einen Nestbeschmutzer würde sein Vater ihn nennen. Aber waren diejenigen, die ihre Kameraden verrieten, nicht die eigentlichen Nestbeschmutzer?

»Kommen Sie herein!«

Phil gehorchte und schloss die Tür hinter sich. Als er vorschriftsmäßig salutierte, begriff er, dass es nun kein Zurück mehr gab.

»Stehen Sie bequem.« Dass Hartfield sich Sorgen machte, stand ihm auf die Stirn geschrieben.

»Sir, ich muss eine Anklage vorbringen.«

Wie erwartet hob Hartfield die Augenbrauen. »Gegen wen?«

»Corporal Stannis, Sir.«

Hartfields Schweigen nahm Phil ein wenig den Wind aus den Segeln. Er hatte mit Fragen gerechnet, insbesondere nach dem Grund. Ein wenig auch mit Vorwürfen. Aber nicht mit Schweigen.

Schweiß sammelte sich auf seiner Stirn. »Corporal Stannis hat sich nach Paragraf 7 Absatz 1 der Militärstatuten der Feigheit vor dem Feind schuldig gemacht. Sir.«

»Sind Sie sich dessen sicher, Private Reno?«

»Ja, Sir. Corporal Stannis hat sich ohne äußeren Zwang geweigert, die ihm gegebenen Befehle umzusetzen. Es schien mir so, als fürchte er den Feindkontakt.«

»Haben Sie Zeugen?«

»Ja, Sir. Ich stehe hier in der sicheren Annahme, für mein gesamtes Team zu sprechen. Sir.« Er hatte jedoch die anderen nicht gefragt, weil er befürchtet hatte, sie könnten es ihm ausreden. Mirek und Harlan waren ziemlich gut darin, Zweifel in ihm zu wecken. Darauf hatte er es lieber nicht ankommen lassen. Trotzdem war er sich sicher, dass jeder seine Aussage bestätigen würde. Weshalb auch nicht? Es war nur die Wahrheit.

Hartfield tippte mit den aneinandergelegten Zeigefingern gegen sein Kinn. »Ist Ihnen bewusst, was das für Konsequenzen haben wird, Private Reno?«

»Ja, Sir.«

»Ich meine damit nicht die Konsequenzen für Corporal Stannis, sondern die Konsequenzen, die das für Ihr Team, Ihre Kompanie und das gesamte Ansehen der Troopers haben wird.«

Nestbeschmutzer. Da war er: der Vorwurf, auf den Phil gewartet hatte.

»Sir, mit Verlaub. Erlauben Sie mir die Frage, wer dem Ansehen der Kompanie mehr schadet. Derjenige, der sich der Feigheit schuldig macht und dadurch seine Kameraden zu unbotmäßigem Verhalten zwingt – oder derjenige, der dazu schweigt und es duldet, nur damit die Feigheit des anderen nicht publik wird?« Das war starker Tobak, aber Phil hob kämpferisch den Kopf.

»Und was ist mit demjenigen, der diese Feigheit anprangert und dadurch das Ansehen eines Mannes zerstört, der jahrzehntelang tapfer gekämpft hat und nur dieses eine Mal aufgrund traumatischer Ereignisse den Kopf verloren hat?«

Phil schnaubte abfällig. »Dann würde ich Ihnen antworten,

dass man den Mann besser früher aus dem aktiven Dienst entfernt hätte, ehe er einen derartigen Vorfall verursachen konnte. Und dass derjenige, der ihn weitermachen ließ, ebenso schuldig ist, Sir.«

»So einfach ist das nicht, Private Reno. Eine kurzzeitige Suspendierung kann dazu führen, dass ein Soldat nie wieder befördert wird. Ein Vorgesetzter muss auch diese Dinge in Erwägung ziehen.«

Dass Hartfield mit drinstecken könnte, damit hatte Phil nicht gerechnet. Zornig antwortete er: »Mit Verlaub, Sir. Aber dann muss der betreffende Vorgesetzte ebenfalls die Konsequenzen tragen. Private McClusky und Private Chadim haben nach bestem Wissen und Gewissen gehandelt. Sie konnten Team Red nicht im Stich lassen, nachdem Private Han-Sung von Red die Standortkoordinaten erhalten hatte.«

»Sie haben keine Ahnung, was Sie da verlangen, Private Reno.« Stöhnend massierte Hartfield seine Stirn.

»Doch, Sergeant Hartfield. Ich weiß sehr gut, was ich verlange.« Phil machte eine wirkungsvolle Pause und wartete, bis Hartfield aufsah. »Ich verlange Gerechtigkeit, Sir.«

»Ich muss mit Ihnen reden.« Trotz dieser Worte blieb Hartfield direkt vor der offenen Tür stehen, als wolle er es sich vielleicht doch noch anders überlegen.

»Ja?« Das Schmerzmittel wirkte nicht mehr richtig. Möglicherweise war auch die Dosierung zu niedrig. Es war, als sickerte der Schmerz im linken Bein durch die Poren und infizierte immer weitere Körperteile. Donaghue hatte John sehr eindringlich geschildert, dass ihn diese Schmerzen noch eine gute Weile begleiten würden, falls …

Ein Schnitt. Ein einziger Schnitt würde alles beenden.

»Ich soll Ihnen einen Vorschlag unterbreiten.«

Etwa noch ein Versuch, ihn davon zu überzeugen, dass er weitere Gliedmaßen oder gar sein Auge opfern sollte, um bei der Truppe bleiben zu können? »Ich bin nicht interessiert.«

Mit einem Seufzer kam Hartfield herein und setzte sich auf den einzigen Stuhl. »Es wird erwogen, die Anklage gegen Sie und Private Chadim fallen zu lassen. Allerdings nur unter bestimmten Voraussetzungen.«

John hätte am liebsten gekotzt, weil Hartfield sich zu so etwas hergab. »Nein, verdammt.«

»Es kostet Sie nicht viel. Nur ein wenig Überwindung, um darüber hinwegzusehen, wie es dazu kommen konnte.«

»Nein!«, schrie John zornig. »Ich habe es satt, nach Belieben hin und her geschoben zu werden. Ich bin keine Schachfigur, verflucht!« Schon gar nicht war er Hartfields persönliche Schachfigur.

»Ich habe Sie für klüger gehalten. Was bringt es Ihnen, die ganze Sache aufzurollen und dabei alle in den Schmutz zu ziehen, die damit in Berührung kamen? Kommt es Ihnen nur darauf an, Köpfe rollen zu sehen?«

»Es ist mir egal, welche Köpfe rollen müssen.« Der Schmerz schien sein Hirn zu zerhacken. Wovon redete Hartfield da eigentlich?

»Sie enttäuschen mich, McClusky. Ich hatte auf Ihr Verständnis gehofft.«

John suchte nach irgendetwas auf dem Beistelltisch, das er werfen konnte. Aber Mausgesicht schien seine Vorlieben zu kennen und hatte nichts dagelassen, was sich dafür benutzen ließ. »Hauen Sie ab«, keuchte er. Schweiß stand auf seiner Stirn. »Hauen Sie einfach ab, und lassen Sie mich endlich in

Ruhe! Ich tue ja, was Sie wollen. Habe ich nicht immer getan, was Sie wollen, verdammt?«

»Bereit?«, fragte Donaghue.

»Nein.« Wieso erwartete eigentlich die ganze Welt, dass er log? Demonstrativ bedeckte John sein Gesicht mit den Armen.

»Es war Ihre Entscheidung, dass wir die langwierige Variante wählen. Wenn Sie bereits vor dem ersten Schritt einen Rückzieher machen, können Sie sich gleich einen Rollstuhl bestellen und Ihren Abschied einreichen.« Durch den Spalt zwischen seinen Armen konnte John sehen, dass Donaghue eine Spritze aufzog und ihn anschließend musterte.

John nahm die Arme vom Gesicht. »Was haben Sie eigentlich davon?«

»Verletzten zu helfen?«

Ein unechtes Lachen entschlüpfte John. »Supersoldaten zu erschaffen. So wie Chadim und mich.«

»Sie täuschen sich. Mit Private Chadims Veränderung habe ich nichts zu tun. Ich überwache nur seine weitere Entwicklung.« Donaghue hatte die Spritze immer noch in der Hand.

»Und was ist mit mir? Macht es Ihnen Spaß, meine Beine abzuschnibbeln und Augen und Ohren rauszureißen?«

»Sie übertreiben, McClusky. Ziel meines Projektes ist eine Kombination aus verbesserten künstlichen Sinnesorganen, künstlichen Gliedmaßen und Reizleitungsverstärkern, deren Vorzüge Sie ja bereits erproben durften. Eigentlich hatte ich gehofft, Sie von diesen Vorzügen überzeugen zu können.«

»Indem Sie mich erpressen?«

Donaghue ließ die Spritze sinken. »Es steht mir fern, Sie

zwingen zu wollen, Private McClusky. Sie haben mir einen Vorschlag unterbreitet, von dem ich sicher bin, dass er auf Akzeptanz stoßen wird.«

John glaubte an den Worten zu ersticken. Dann hatte Donaghue also wirklich mit Hartfield darüber geredet. Schlimmer noch. Anscheinend hatte Hartfield sich bereits das Einverständnis von ganz oben geholt. Möglicherweise von Colonel Forsman höchstpersönlich.

»Sie kotzen mich an.« Donaghue und Hartfield und Forsman. Und Stannis. Am meisten schmerzte es John, dass er sich so in Hartfield getäuscht hatte. Aber anscheinend war er doch nur ein Versuchskaninchen für ihn. Nur deshalb hatte der Sergeant ihn beim Einsatz in der Bergarbeiterstation stets an die sicherste Position gestellt. Von wegen Vaterersatz!

»Wissen Sie, McClusky. Mir kann es gleichgültig sein. Ich habe einen guten Satz an Daten sammeln können über Ihr Neuralinterface. Die Auswertung läuft noch. Aber ich ahne bereits, um wie viel schneller und stärker Sie die erste Phase meines Experiments bereits gemacht hat. Wenn Ihnen das gleichgültig ist ...« Donaghue zuckte mit den Schultern und steckte die Spritze in eine Tasche seines weißen Kittels. »Nur zu! Klopfen Sie alles in eine Tonne und werfen Sie weg, was Sie bisher erreicht haben. Ihren Rang, Ihre Kameraden, Ihr Ansehen, Ihre Gesundheit – die ganze Trooper-Scheiße! Gehen Sie einfach zurück in Ihr kleines, warmes Heim und verstecken Sie sich in einer Ecke, bis die Aliens Sie holen. Aber beschweren Sie sich nicht, wenn es so weit ist. Sie haben es selbst so gewollt.«

Es war, als würde Donaghue sein Herz in Stücke schlagen. Jedes Wort schlug eine weitere Kerbe, tiefer als die vorhergehende. Er wollte ihn schlagen, etwas zertrümmern, ihn anschreien oder einfach weinen. Aber er fühlte sich wie tot.

Als wäre all das, was Donaghue ihm an den Kopf geworfen hatte, bereits geschehen. Als wäre er wieder zurück in der Gosse – mit nichts außer ein paar Erinnerungen und einem verstümmelten Körper.

Er fühlte, wie seine Hände sich zu schmerzenden Fäusten ballten. Wie seine Muskeln unter der Anspannung, die ihn schier zerriss, zitterten und Schweiß auf seine Stirn trat.

»Soll ich gehen?«, fragte Donaghue.

»Nein.« John schöpfte Atem. »Ich bin bereit.«

Eine Augenbraue Donaghues hob sich, ehe er die Spritze wieder aus seinem Kittel zog. »Heißt das, wir können jetzt mit der OP beginnen?«

»Ja. Nein.«

»Was denn jetzt?«

Mit bebenden Händen wischte sich John den Schweiß vom Gesicht. »Ja. Und richten Sie Sergeant Hartfield aus, dass ich sein Angebot annehme.«

»Nur ein Beruhigungsmittel als Vorbereitung auf die OP«, kommentierte Donaghue, während er die Spritze in den Schlauch injizierte, der in Johns Armbeuge endete. Fragend sah er John danach an. »Und was bedeuten Ihre Worte?«

»Dass Sie gewonnen haben.«

3. Intermezzo

»Lass mich los!« Nell liefen schon wieder Tränen übers Gesicht. Dabei wollte sie nicht mehr weinen. Die Wimperntusche verlief dadurch. Bestimmt sah sie grauenhaft aus.

Aber Michael, ihr ältester Bruder, stieß sie auf die Rückbank eines bereitstehenden Gleiters. Sie fiel fast auf den Schoß eines dunkelhäutigen Kerls, den sie als Said kannte und der Johnnie so viel Probleme machte. »Lass mich raus, Michael!«

Aber der setzte sich neben sie. »Fahr los!«, sagte er zum Fahrer des Gleiters.

Auch dieser Mann war ein Mullah. Wieso gab Michael sich nur mit solchen Typen ab? Wusste er nicht, dass die Johnnie fast kaltgemacht hätten? »Michael!«

»Halt jetzt deine Fresse!«, fuhr der sie an.

Nell schluchzte. Um besser Luft holen zu können, nahm sie die Atemmaske ab.

Da schlug Michael ihr wieder ins Gesicht. Sie hatte gewusst, dass das passieren würde, und schon schützend die Arme vor ihr Gesicht gehoben. Mit blauen Flecken in der Fresse würde sie so bald keinen Freier mehr abkriegen. Obwohl sie wusste, dass ihr Weinen Michael, so wie ihren Vater, nur noch mehr dazu anstachelte, sie zu schlagen, schluchzte sie weiter. Sie konnte einfach nichts dagegen machen. »Mikey«, bettelte sie, »Mikey, bitte ...« Der Rotz lief ihr aus der Nase.

»Was willst du mit der Göre?«, fragte Said. »Ich steh nicht auf so dürre Gerippe. Die kannst du selber ficken.«

Nell kauerte sich zu einer Kugel zusammen und hielt die

Arme über den Kopf. Wie früher, wenn Vater sie schlug. Damals jedoch hatte sie nur ausharren müssen, bis Johnnie sich schützend über sie warf.

»Ich fick meine Schwester nicht. Sie ist der Köder.« Michaels Stimme hatte diesen unheilvollen Ton, der Nell stets Angst einjagte.

Eine Hand griff in ihre Haare und zwang sie dazu, den Kopf zu heben.

»Mikey«, wimmerte sie.

Said musterte sie kalt. »Unschuldig genug sieht sie aus. Und weshalb sollte sie nicht zu den Bullen laufen?«

Michael lächelte breit und strich ihr über die nasse Wange. »Weil meine süße, kleine Schwester weiß, was mit ihrer Ma passiert, wenn sie nicht gehorcht. Nicht wahr, Nell?«

»Ma? Lass Ma aus dem Spiel! Johnnie wird dich totschlagen, wenn er erfährt, dass du ihr wehgetan hast.«

»Tut mir leid, Nell. Aber dein Johnnie ist nicht da!« Michael lachte, als hätte er einen guten Witz gemacht.

Stocksteif wartete Nell auf das, was noch geschehen würde.

»Mach dein Gesicht sauber, Mädchen«, sagte Said. »Wir sind gleich da.« Der Mullah reichte ihr tatsächlich ein Taschentuch.

Wie in Trance holte Nell den Taschenspiegel aus ihrer Handtasche und begann, sich die verlaufene Wimperntusche aus dem Gesicht zu wischen. Sie trug neue auf, bedeckte die roten Flecken auf den Wangen mit Puder und zog sich die Lippen nach. Die Augen waren immer noch verquollen und glasig. Daran konnte sie nichts ändern. Ängstlich klappte sie ihre Tasche wieder zu.

»Hier«, sagte Said und legte ihr ein dickes Paket auf den Schoß. »Du gehst rein und sagst, dass du den Vorsitzenden, Mister Han-Sung, sprechen willst. Sag ihm, dass dein Bruder ein Freund seines Sohnes Kim ist! Das wird ihn überzeugen. Und dann gibst du ihm das Paket hier.«

»Mehr nicht?«, fragte Nell.

»Mehr nicht«, bestätigte Michael. »Und wenn du schön artig bist, werde ich unserem Dad auch nicht verraten, wo Ma steckt.«

»Okay.« Zitternd presste Nell das Paket an sich. Der Gleiter hielt an. Sie wartete, bis Michael ausgestiegen war, und beeilte sich dann, in das Gebäude zu gelangen, da sie die Atemmaske nicht aufgezogen hatte. Erst als sie es erreichte, erkannte sie, dass es die Zentralbank der Vereinten Nationen war.

Und Johnnie kannte tatsächlich den Sohn des Vorsitzenden? Staunend schritt sie durch die gläserne Tür. Die Absätze ihrer Highheels klapperten über den schwarzen Marmor.

Kim? Kim Han-Sung? Hieß so nicht der niedliche Asiate – Johnnies Freund –, mit dem sie gebumst hatte?

Vor dem Aufzug blieb sie stehen. Ein Mann in Livree wandte sich ihr zu. »Kann ich Ihnen helfen, Miss?«

»Ich … äh … ich will zu Mister Han-Sung. Ich … ich bin Nell … ich meine Eleanor Flanagan. Ich … ich hab mit seinem Sohn geb… Ich kenne seinen Sohn gut und …«

»Miss Eleanor Flanagan war Ihr Name?«

Nell nickte und drückte das Paket enger an sich.

Der Livrierte sprach durch eine Gegensprechanlage mit jemandem. Doch Nell sah sich nur mit offenem Mund um. Die Zentralbank schien scheißreich zu sein. Nahmen die das ganze Geld der Leute und verwendeten es, um Paläste wie diesen zu bauen?

»Folgen Sie mir, Miss Flanagan!«

Sie folgte dem Livrierten in den Aufzug, der mit einem dicken roten Teppich ausgelegt war. Leise Hintergrundmusik füllte den Raum, dessen Wände mit blank poliertem Holz und Messing bedeckt waren.

Was wollten Michael und dieser grässliche Said von einem Mann, der in einem solchen Palast arbeitete?

Die Aufzugtür sprang mit einem leisen Pling auf. Ein Korridor mit schwarzem Marmor breitete sich vor ihr aus.

Hatte Johnnie nicht einmal zu ihr gesagt, Said sei einer jener dreckigen Bombenleger, die Einkaufszentren und U-Bahnen in die Luft jagten?

Nell blieb stehen. Das Herz wollte ihr schier aus der Brust springen, so sehr raste es. Mit zitternden Händen streckte sie dem Livrierten das Paket entgegen. »Mister, Sie müssen mir helfen«, flüsterte sie. »Ich glaube, in dem Paket ist eine Bombe.«

7. Kapitel

»Besuch«, sagte Mausgesicht.

John brauchte eine Weile, bis er begriff, was das Wort bedeutete. Seine Benommenheit nach der OP war immer noch nicht vorbei. Man konnte sich an Schmerzmittel gewöhnen, sofern man nicht vorhatte, zu fliegen oder gegen Aliens zu kämpfen.

Auch das Bein war noch dran, entgegen seiner Befürchtungen, Donaghue könne sich nicht an die Abmachung halten. Nachdem der Arzt ihm erklärt hatte, dass die OP ohne Komplikationen verlaufen sei, hatte er ihn nicht mehr gesehen.

»Kein Bedarf«, brummte John und wandte ihr den Rücken zu.

Mausgesichts Erwiderung hörte er nicht. Nur die Tür ging auf und zu, und dann hörte er Schritte, die sich seinem Bett näherten.

Jemand zupfte an seinem Ohr. »Hey! Schlafmütze!«

Weshalb musste es ausgerechnet Ophelia sein!

»Alter, wenn wir ungelegen kommen, gehen wir wieder.«

Shit, Harlan war auch dabei! Dann fehlte der Rest der Truppe sicherlich auch nicht.

Seufzend drehte John sich um. »Habt ihr nichts Besseres zu tun, als an meinem Bett rumzulungern?«

Phil bot ihm grinsend die Faust an, damit er dagegenboxen konnte. »Hast du nichts Besseres zu tun, als im Bett rumzulungern, Bruder?«

»Armleuchter!«, erwiderte John.

Dann fasste Kim nach seiner Hand und drückte sie. Mirek stand nur lächelnd im Hintergrund, wie immer.

»Wie geht's dir?«, fragte Ophelia. Ganz selbstverständlich quetschte sie sich neben ihn aufs Bett, während Phil sich den Stuhl heranzog.

»Verschwommen«, antwortete John wahrheitsgetreu.

Ophelia lachte. »Hast das teure Titanbein geschrottet, hab ich gehört.«

Ihre Worte erinnerten ihn an die Leere unter der Decke, wo das Bein sein sollte. »Ich krieg ein neues.«

Neckend zupfte sie ihn am Ohr. »Du solltest das nicht zu oft machen. Sonst kriegst du irgendwann nur 'ne miese Betaversion. So ein Uraltding, das quietscht, wenn du läufst.«

»Vielen Dank für deine Fürsorge. Und was wollt ihr sonst noch, außer mich zu nerven?«

Phil räusperte sich. »Dir sagen, dass die Anklage gegen dich und Chadim fallen gelassen wurde.«

John befeuchtete seine Lippen. »Du verkohlst mich, oder?«

»Negativ, Bruder. Ich habe mit Sergeant Hartfield gesprochen und ihn daran erinnert, dass derjenige, der einen nicht dienstfähigen Soldaten Dienst tun lässt, ebenfalls verantwortlich für dessen Fehlentscheidungen ist. Ich glaube, er hat verstanden, was ich ihm sagen wollte.« Sichtlich zufrieden verschränkte Phil die Arme vor der Brust.

»Was?«, fragte John.

»Vergiss es, Bruder! Hartfield hat mit Forsman geredet. Stannis kriegt einen Anschiss. Du kriegst einen Anschiss. Chadim kriegt einen Anschiss und jemand anders auch noch. Anklage gibt's keine, und alle sind glücklich.«

Harlan klopfte Phil auf die Schulter. »Alter, das hast du wirklich fein gemacht.«

Phil grinste. »Find ich auch.«

»Was ist? Freust du dich nicht?«, fragte Kim. Er saß ganz verschämt auf dem Fußende von Johns Bett.

»Doch. Natürlich.« Auf einmal war es John zu eng hier. Unwillkürlich streckte er die Arme über den Kopf, ließ die Halswirbel knacken und verschränkte die Arme im Nacken. »Wie geht's José?«

»Gut.« Ophelia zupfte an seinen Haaren. »Dank dir!«

»John?«

Wieso musste sie bleiben, nachdem die anderen gegangen waren? »Was?«, brummte er.

»Was ist los?« Ophelia zauste sein Haar. »Du wirkst ...« – sie runzelte die Stirn – »... seltsam.«

Als Antwort spannte John die Arme hinter seinem Kopf an, sodass die Brustmuskeln unter dem idiotischen, geblümten Krankenhaushemd sichtbar wurden. »Kommt es dir so unwahrscheinlich vor, dass ich einfach nur müde bin?«

Sie lächelte schelmisch. »John und müde? Das passt zusammen wie ...«

»Phil und klein«, schlug er vor.

»Nein. Ich dachte eher an ›Schmetterling und schwer‹. Aber dein Vergleich passt auch ganz gut. Im Ernst. Du siehst aus, als würdest du dir Sorgen machen.«

»Muss ich das nicht?«

»Aber es ist vorbei. Du kommst nicht vors Kriegsgericht. Und Chadim auch nicht.«

»Aber wir behalten Stannis als Corporal! Und du machst dir keine Sorgen?«

Ophelia seufzte. »Nun wart's doch mal ab! Hartfield ist nicht blöd. Er weiß doch, was los ist. Und Gallagher –«

»Hartfield kann mich mal!« Johns Fäuste ballten sich automatisch.

»Kannst du mir verraten, was los ist mit dir? Hartfield hat dir bisher immer beigestanden. Wieso …«

John biss sich auf die Lippe. »Oh, er hat sicherlich seine Gründe. So ganz uneigennützig ist der auch nicht. Wirklich, Ophelia! Verschon mich einfach mit dem Scheiß! Ich kann's nicht mehr hören. Ich hab meine Lektion bezahlt.« Nein, er würde noch bezahlen.

»Es heißt, seine Lektion gelernt haben.«

»Besserwisser!«

»Griesgram!«

»Miss Oberschlau!«

Lachend zupfte Ophelia an seinem Ohr. »So gefällst du mir schon besser!«

»Oh, ich habe noch mehr Schimpfwörter auf Lager! Wenn dir das gefällt!«

Ophelias Finger legten sich auf seinen Mund. »Halt einfach die Klappe, du Idiot! Merkst du denn nicht, dass ich mich einfach nur bei dir bedanken will.«

Zu nah. Viel zu nah.

John keuchte leise, als Ophelia die Finger von seinen Lippen zog. Sacht strich sie über seine Wange. »Danke! Danke, dass du meinen kleinen Bruder gerettet hast. Ich hab nur noch ihn, weißt du?«

»Gern geschehen.« Instinktiv wollte er nach ihrer Hand fassen.

Doch Ophelia sprang auf, als habe sie es plötzlich eilig. Ehe er noch etwas sagen konnte, war sie zur Tür hinaus.

»Hast du mal Zeit, Oph?« Harlan passte Ophelia im Korridor ab. Nachdem er einen Tag über der Sache gebrütet hatte, führte kein Weg mehr daran vorbei.

»Um was geht's?« Sie wollte ins Quartier gehen.

Aber Harlan vertrat ihr schnell den Weg. »Lass uns ein wenig spazieren gehen!«

Sie zögerte einen Moment, ehe sie schulterzuckend nachgab. »Von mir aus.« Schon nach der ersten Korridorecke fügte sie hinzu: »Jetzt rück schon raus damit!«

Harlan hätte lieber noch den Korridor hinter den Mannschaftsquartieren abgewartet, wo weniger Betrieb herrschte. Insbesondere, da nun etliche Zivilisten die *Washington* bevölkerten, für die eigentlich kein Platz war. Aber dafür schien es nun zu spät. »Es geht um John.«

Misstraurisch sah Ophelia ihn an. »Sag bloß, du weißt etwas über ihn, das ich nicht weiß!«

»Scheint so«, seufzte Harlan.

»Und?«

Die nächste Korridorecke kam näher. Dahinter war es erfahrungsgemäß ruhiger.

»Jetzt red schon«, drängte Ophelia.

Der Korridor war leer. Harlan blieb stehen. »Es geht um den Vertrag, den er unterschrieben hat.«

»Welchen Vertrag?«

»Die Einverständniserklärung, in der er zustimmt, dass sein Körper den Troopers gehört: zum Zwecke der Rekonstruktion und Verbesserung seiner Gliedmaßen und Sinnesorgane durch künstlichen Ersatz und die Implantation von Reizleitungen.« Als Harlan es ausgesprochen hatte, merkte er erst, wie ungeheuerlich das klang.

Ophelia starrte ihn sekundenlang nur an. »Was?«, fragte sie schließlich leise.

»Er musste den Vertrag unterzeichnen, ehe er die Prothese bekam. Aber du kennst ja John. Natürlich hat er sich nicht alles durchgelesen und das Kleingedruckte übersehen. Jedenfalls hat er damit zugestimmt, dass Donaghue weitere ... äh ... Veränderungen an ihm vornehmen darf. Er hat's mir erzählt, kurz nach der Rückkehr von der Erde.«

»Und? Ich meine, er hat doch nicht etwa weiteren OPs zugestimmt, oder?«

»Die brauchen keine weitere Zustimmung, Ophie. Donaghue kann mit ihm machen, was er will. Sofern ihm nicht sein Gewissen in die Quere kommt.«

»Also darum war John neben der Spur! Aber wieso hat er uns denn nicht um Hilfe gebeten?«

»Er hat Hartfield um Hilfe gebeten und mir nach dem Einsatz in der Bergarbeiterstation gesagt, es sei alles in Ordnung. Aber irgendwie glaube ich das nicht mehr. Nicht jetzt, nach diesem ganzen Mist!« Harlan schlug frustriert gegen die Wand. »Da läuft irgendetwas. Irgendetwas ganz Mieses. Und ich komm nicht dahinter! Fuck!«

»Ich red mit ihm.«

Aus.

Johns Mund schien gefüllt mit Pappe. Er lag auf einer Wolke, die ihn davontrieb, einem unbekannten Ziel entgegen. Mühsam tastete er nach dem linken Bein.

Es war noch da, er fühlte einen Verband um den Oberschenkel, ebenso wie an den Oberarmen und um die Handgelenke. Jede noch so kleine Bewegung der Finger glich einem Stromschlag. Aber das Bein war noch da. Es schmerzte, und auch die Zehen taten weh, als er sie sacht bewegte. Ein gutes Zeichen.

Langsam hob er die Hand zum Gesicht, fand endlich die dicke Lage aus Mullbinden, die sein rechtes Auge bedeckte. Der bohrende Schmerz war kein Traum gewesen. Er setzte sich fort bis in seinen Kopf, als wolle er seine Schädeldecke sprengen.

Eine Hand umfasste vorsichtig seine Finger und hielt sie fest. »Nicht. Du tust dir weh.« Es war Ophelias Stimme.

Er ließ zu, dass sie seine Hand auf die Decke legte und dann in die ihre bettete. »Lass mich allein!«, flüsterte er.

»Nein.« Sie streichelte seine nutzlosen Finger, die nur zucken konnten. »Das habe ich die ganze Zeit getan. Ich war da und habe dir nicht richtig zugehört, weil ich zu sehr mit meinen Problemen beschäftigt war. Es tut mir leid, John. Es tut mir so leid. Kannst du mir verzeihen?«

»Ja.« Natürlich vergab er ihr, um was auch immer es ging. Selbst wenn die Worte, die sie sprach, keinen Sinn ergeben wollten.

»Wieso?« Sie beugte sich über ihn. Ganz zart strich sie über seine linke Wange, die Augenbraue, die Nase. »Wieso hast du das getan?«

»Der Preis.« Zahlte den nicht jeder?

»Welcher Preis?« Ihre Finger lagen auf seinen Lippen. »Wofür?«

Die Antwort lag auf der Hand. Wieso wusste sie sie nicht? »Das Team.«

Ihre dunklen Augen glänzten. »Du bist ein Idiot, Johnnie!« Dann küsste sie seine Stirn.

Als John blinzelnd aus seinem Dämmerschlaf an die Oberfläche trieb, fand er Chadim neben seinem Bett. Er blinzelte noch einmal.

Verdammt, wie lange saß der schon da? Hatte Hartfield ihm den wieder auf den Hals gehetzt? Der konnte ihn mal, und zwar kreuzweise. Sollte er doch da hocken bleiben, bis er schwarz wurde. Keuchend schloss John wieder die Augen.

»Wenn du willst, gehe ich wieder.«

Chadim konnte entweder Gedanken lesen, oder er war feinfühliger, als er angenommen hatte. »Kotz dich aus!« Oh, *Shit!* Konnte es ihm nicht egal sein, ob er Chadims Gefühle verletzte?

»Ich dachte, es würde dich vielleicht interessieren, dass wir bald das Wurmloch zum Antares-Sektor erreichen.«

»Ja, und? Danach geht es nach Virgo 3.4.« Nun sah John doch Chadim an.

»Das ist noch nicht entschieden. Im Moment liegt noch kein Befehl des Verteidigungsministers vor.«

Daher wehte also der Wind! »Hat Hartfield dir das erzählt? Bist du deswegen hier? Damit er sich durch dich bei mir entschuldigen kann, weil er mich reingelegt hat? Ist es das?«

Chadim zuckte mit keiner Wimper bei Johns Ausbruch.

Der Zorn verlieh John ungeahnte Kräfte. Er schaffte es tatsächlich, sich einen Millimeter aus den Kissen zu stemmen, ehe er schweißnass wieder in sich zusammensackte. Alle Nerven in seinem Körper schienen danach aufzuschreien. Nach Atem ringend schloss John die Augen.

»Entgegen deiner Annahme bin ich nicht hier, weil irgendjemand mich darum gebeten hat.«

John öffnete blinzelnd wieder die Lider. Sollte doch der Teufel Hartfield und Chadim holen! »Sondern?«

»Weil ich froh darum gewesen wäre, wenn jemand mit mir geredet hätte, nachdem sie mich meiner ersten Behandlung unterzogen hatten.«

»Vielleicht will ich ja nicht reden!« An Chadim war wirklich ein Psychodoc verloren gegangen!

»Ich war wütend. Stinkwütend. So wie du. Auf den Scheißkerl, der schuld daran war, dass ich verhaftet wurde. Ich habe mir geschworen, dass ich ihm die Haut abziehe und danach die Eingeweide rausreiße, um sie vor seinen Augen zu essen. Nach dem zweiten Mal war ich nur noch wütend auf mich, weil ich so dumm gewesen war, in die Falle zu laufen. Und irgendwann war ich wütend auf alle, weil sie mir das antaten. Aber das führt zu nichts. Es hat mir nicht geholfen.«

Okay! Hatte Chadim eben wirklich zugegeben, dass er geschworen hatte, ihn umzubringen? John suchte unwillkürlich nach dem Knopf, der Mausgesicht herbeirufen würde. »Zahltag? Willst du mir das damit sagen?«

Chadim schüttelte den Kopf. »Vergiss deinen kleinlichen Zorn! Je mehr sie dir wehtun, umso stärker macht es dich. Du musst dich davon befreien, damit du leben kannst. Das allein wird dir helfen.«

Was für ein Scheiß! »Bist du Buddha, Mann?«

»Ich bin wie du. Ich wurde auseinandergenommen und wieder zusammengesetzt. Meine Zellen wurden zerpflückt, eine nach der anderen, und mit einer fremden Saat gefüllt. Ich bin nicht mehr ich – und doch mehr ich als zuvor.«

»Okay, es reicht.« Mehr von dem Geschwafel ertrug er nicht.

Chadim beugte sich vor. »Es reicht noch lange nicht. Du musst zuhören, John. Denn du bist wie ich. Denn auch mein Geist wurde seziert. Die Tumore wurden entfernt. Mein Geist wurde zurechtgeschnitten, bis er wieder zum neuen Körper passte. Bis alles, was störte, eliminiert war.«

Johns Finger fanden endlich den Rufknopf.

Aber ehe er ihn drücken konnte, wand Chadim ihn aus seinen wunden Fingern.

»Bringst du mich jetzt um?«

Chadims Blick änderte sich. Der Griff um Johns Hand war fest, fast hart. »Ich bin nicht mehr wütend. Schon gar nicht auf dich. Ich bin stolz. Denn ich bin anders. Ich bin eine Hoffnung. Eine Verpflichtung. Eine Chance für all das, was mir einmal teuer war. Und deshalb werde ich kämpfen. Gegen jeden Feind. Gegen alle Feinde. Bis zu meinem letzten Atemzug, meinem letzten Tropfen Blut. Bis ich alles gegeben habe, was mich ausmacht. Denn das ist meine Aufgabe. Dafür wurde ich gemacht. Als Krieger Gottes.«

John schluckte. »Das meinst du nicht ernst. Oder?«

»Verstehst du es immer noch nicht?« Lächelnd gab Chadim seine Hand frei und legte den Knopf hinein. »Du und ich. Wir sind Brüder. Akzeptiere deine Bestimmung! Dann bist du frei.«

8. Kapitel

Ein Flüstern.

Er lauschte. Aber nun war da nur Stille und Dunkelheit. Mehr nicht.

Da! Da war es wieder.

John. Er glaubte seinen Namen zu hören.

»Hallo?« Seine Stimme wirkte fremd in seinen eigenen Ohren. Flach und konturlos, als habe jemand ihr den Resonanzkörper gestohlen.

Nein, er musste sich irren. Da war nichts.

Seufzend streckte er sich. Nein, er wollte sich strecken. Aber irgendetwas hinderte ihn daran. Eine Plane. Nein, weicher. Eine Hülle aus Seide, ganz zart und doch fest wie Leder. Ein Kokon.

Der Schreck machte seine Glieder taub. Der Schrei, der in seiner Kehle lauerte, erstickte in der Dunkelheit.

»John!«

Dieses Mal hörte er die Stimme ganz deutlich. Etwas strich über die Hülle, in der er steckte.

Er wollte sich wehren, um sich schlagen, treten und schreien. Aber da war nichts, womit er sich hätte wehren können. Er fühlte weder Arme noch Beine. Die Zunge lag wie ein totes Stück Fleisch in seinem Mund und schmeckte auch so.

Er sah nur das Messer, das sich in die Kokonhülle bohrte und sie zerschnitt. Dann fiel er und hörte, wie das, was von ihm übrig war, auf den Boden traf. Als er die Augen öffnete, sah er, dass er nur noch ein Klumpen Fleisch mit einem Kopf war. Hände und Füße, Arme und Beine lagen über und um den Rumpf herum verstreut.

Voller Entsetzen wollte er schreien. Da sah er die Zunge, die obenauf thronte. Begriff endlich, dass eines seiner Augen danebenlag.

Es sah auf, blickte in das Monster, das sich über ihn beugte und aussah wie ein Teufel mit Chadims Gesicht. »Wir sind Brüder«, sagte er. Dann lachte er – lachte, bis der Boden sich unter ihm auftat und ihn verschluckte.

John schreckte hoch. Er fror und schwitzte zugleich. Scheißtraum! Daran war Chadim schuld mit seinem elenden Geschwätz.

Verspätet bemerkte er die Hand auf seiner Stirn und die andere, die sein Handgelenk hielt. »Hören Sie mich, Private McClusky?« Mausgesicht blickte ihn an.

»Ja, verdammt!« Schlaff wehrte er ihre fürsorglichen Hände ab. »Finger weg!«

Seltsamerweise schien er damit keinen Erfolg zu haben. Denn Mausgesicht hielt immer noch sein Handgelenk. »Ich hole Doktor Donaghue.« Dann war sie fort.

Merkwürdige Frau! Überhaupt waren alle Frauen merkwürdig, insbesondere die Krankenschwestern. Musste an dem verfluchten Fürsorgetrieb liegen, den sie hatten.

Als er die Augen schloss, sah er wieder das Bild seines zerstückelten Körpers. Keuchend riss er sie wieder auf und stierte in das Bild eines Dämons aus seinem Traum.

Im ersten Reflex wollte er ihn wegstoßen. Bis er begriff, dass es nur Donaghue war. Als sei er nur eine Puppe, fühlte der

Arzt Johns Stirn, tastete nach dem Puls und schlug schließlich die Decke beiseite.

»Finger weg«, flüsterte John noch einmal. Es klang selbst für ihn wenig überzeugend.

Donaghue scherte sich kein bisschen darum, sondern begann, den Verband an seinem linken Bein zu entfernen.

John stöhnte, kalter Schweiß stand auf seiner Stirn.

»McClusky!« Jemand schüttelte seine Schulter. »Hören Sie mich, McClusky?«

»Ja, verdammt!« Warum schrie der Doc so? Er war doch nur zwanzig Zentimeter von ihm entfernt.

»Sie haben eine Infektion. Wir müssen Sie erneut operieren.«

»Nein. Nein, verdammt!« Der Kerl wollte ihm nur das Bein abschneiden. Das Auge hatte er schon. Das zweite Bein würde er nicht auch noch bekommen.

»McClusky!« Hände hielten ihn fest.

»Nein!«

»McClusky!«

»Nein!« John schrie das Wort, bis die Dunkelheit ihn wegschwemmte.

Er erwachte zitternd und frierend und so erschöpft, als habe er einen Marathonlauf hinter sich gebracht.

»Nein«, keuchte er. »Nein!«

Sein einäugiger Blick fand Schläuche und Infusionsbeutel. Er stemmte sich hoch, trotz der Schwäche und der schmerzenden Glieder, und suchte. Nach dem, was unter der Decke verborgen war. Nach dem Bein, das der Dämon in seinem Traum ihm genommen hatte.

Aber ein länglicher Umriss sagte ihm, dass es immer noch da war. Er streckte die Hand danach aus, fand den Widerstand und fühlte den leichten Druck seiner Hand auf dem Oberschenkel.

Erschöpft ließ er sich wieder in das Kissen zurücksinken. Da entdeckte er Hartfield auf dem Stuhl neben seinem Bett.

»Doktor Donaghue musste nur nekrotisches Gewebe entfernen. Er hat die Infektion im Griff.«

John starrte ihn an. Seine Kehle schmerzte. »Sie wagen sich hierher?«

»Es liegt ein Missverständnis vor«, sagte Hartfield. Er wirkte furchtbar alt und müde, als habe er tagelang nicht geschlafen.

»Missverständnis? Was für ein Missverständnis? Weil mein Bein noch da ist?«

Hartfield wischte sich über das Gesicht und seufzte. »Es ist zu spät. Es lässt sich nicht mehr rückgängig machen.«

»Was, verdammt?« Ihm war auf einmal übel.

»Machen Sie sich keine Gedanken mehr darüber. Es ist passiert. Es wird sein Gutes haben.« Sein Lächeln wirkte gequält, als litte er.

Plötzlich begriff John. »Nein ...«

»Ich hatte mit Forsman gesprochen. Er wollte die Anklage gegen Sie und Chadim ruhen lassen – wenn Reno von seiner Anklage gegen Stannis absieht. Ich wusste nicht, dass Sie mit Donaghue geredet hatten und Forsman deshalb so zugänglich war.« Nach einer Pause fügte Hartfield hinzu: »Es tut mir leid.«

John lachte, obwohl ihm eigentlich eher nach heulen zumute war. Aus dem Lachen wurde ein Keuchen. Die Stelle, wo sein rechtes Auge gesessen hatte, schmerzte. »Scheiße!«

Hartfield legte die Hand auf seine Schulter. »Hören Sie

auf, mir zu misstrauen! Ich bin der Letzte, der Sie verraten würde.«

Das hatte er jetzt begriffen. Wie es schien, ein wenig zu spät. »Aye, Sir.«

»Werden Sie gesund! Ich zähle auf Sie!«

»Ich bemühe mich.« Nur um irgendetwas zu sagen, setzte er hinzu: »Sind wir eigentlich schon im Virgo-Sektor?«

Hartfield schüttelte den Kopf. »Seit Ihrer Infektion, also seit zwei Tagen, sitzen wir im Antares-Sektor und warten auf eine Entscheidung des Verteidigungsministers. Die Stimmung an Bord ist fast auf dem Nullpunkt angelangt. Wenn sich nicht bald etwas tut, befürchte ich eine Meuterei.« Hartfields Mundwinkel zuckten. »Sie sehen, dass Sie nicht mein einziges Problem sind.«

John versuchte erst gar nicht zu lächeln. »Dann hoffe ich, dass ich das kleinere Problem bin, Sir.«

Hartfield klopfte ihm auf die Schulter. »Ja und nein, McClusky. Ja und nein.« Dann lächelte er schief.

»Wieso hängen wir eigentlich immer noch hier rum?« Phil sprach aus, was Kim sich schon geraume Zeit fragte.

Und Kim war sich sicher, dass sie nicht die Einzigen waren. Nur auszusprechen wagte es niemand. Außer hier im Quartier, wo sie unter sich waren.

»Kommunikationsprobleme?«, fragte Harlan.

»Was für Kommunikationsprobleme?« Ophelia ließ sich in Johns leeres Bett fallen.

»Na, die Art von Problemen, die Männer immer mit Frauen haben«, feixte Phil.

»Sprichst wohl von dir, Klugscheißer!«

Nun lachte Harlan. »Wenn man euch zuhört, könnte man glauben, ihr seid verheiratet.«

»Sind wir hier doch alle irgendwie auch, oder nicht?« Dass Mirek das sagte, war ungewöhnlich. Aber in gewisser Weise hatte er recht.

»Hört mal!«, sagte Kim. »Also wenn ihr wollt, könnte ich versuchen, mich ein wenig, äh ... umzuhören. Falls ihr versteht, was ich meine.«

»Hey, Mann! Hatten wir nicht schon genug Ärger?« Harlan schüttelte den Kopf. »Glaubst du etwa, Hartfield haut uns da noch mal raus?«

Chadim erhob sich von seinem Bett. »Ich bin dafür, dass Private Han-Sung einen Versuch unternimmt. Es ist wichtig, zu erfahren, was vor sich geht.«

»Dass du das sagst!« In einer Mischung aus Anerkennung und Verwunderung schlug Phil auf Chadims Schulter.

»Heißt das ja?«, fragte Kim.

»Natürlich heißt das ja«, antwortete Ophelia.

Ehe vielleicht doch noch jemand etwas dagegen sagen konnte, kramte Kim sein Notepad hervor. Mit zwei schnellen Handgriffen öffnete er das Bedienpanel neben der Tür und klemmte das Pad an eine der Leitungen. Voller Vorfreude ließ er seine Fingergelenke knacken. »Kann losgehen!«

Ophelia hockte sich sofort neben ihn. Auf seiner anderen Seite ließ sich Harlan nieder, während Philippe sich von hinten über Kims Schulter beugte. Mirek stellte sich an den Eingang und schielte durch den Türspalt nach draußen. Zu ihm gesellte sich Chadim.

Die Subroutine hatte Kim schon gefühlte hundertmal geknackt. Das war leicht. Der schwierige Teil war, sich im Zentralcomputer zurechtzufinden. Kim skippte durch verschiedene Bereiche, ohne fündig zu werden. Plötzlich kam ihm ein

Gedanke … »Wie wäre es mit Kommunikationsdaten zur Erde?«

»Lass sehen!«, sagte Ophelia sofort.

Kim scrollte durch den Datenwust. Aufzeichnungen, jede Menge Aufzeichnungen.

»Nimm einfach das Neueste, Mann«, schlug Harlan vor.

»Moment!« Da wurde gerade eine Aufzeichnung gemacht. Wenn das nicht das Neueste vom Tag war! Kim schaltete den Lautsprecher an seinem Pad an.

Forsmans Stimme war zu hören. »… bitte um Unterstützung, Sir. Wir können Virgo 3.4 nicht einfach kampflos aufgeben. Ich kann das nicht akzeptieren. Ich bitte um Ihr Verständnis.«

»Sir«, raunte Ophelia, »wen spricht Forsman denn mit ›Sir‹ an?«

»Scht«, machte Phil.

»… tut mir leid, Colonel Forsman. Ich bedaure, Ihnen mitteilen zu müssen, dass die Regierung zurzeit handlungsunfähig ist. Es ist in den nächsten achtundvierzig Stunden nicht damit zu rechnen, dass Entscheidungen getroffen werden.«

Kim vergaß fast zu atmen.

»Was redet der da, Mann?«, rief Phil.

Wortlos schlug Harlan ihm auf den Rücken, damit er still war.

»Sir, ich kann meine Crew nicht zwei weitere Tage hinhalten. Wir warten hier schon fast eine Woche auf Befehle. Die Stimmung an Bord kocht hoch. Die Männer wissen, dass Virgo 3.4 angegriffen wird. Ich kann nicht von ihnen erwarten, dass sie weiterhin hier tatenlos warten –«

»Bedaure, Colonel Forsman. Es liegt in Ihrer Hand. Ich kann nichts für Sie tun. Halten Sie sich bereit, bis Sie wieder von uns hören.«

»Und was ist mit der *Kennedy?* Ohne unsere Unterstützung hat sie keine Chance, Sir.«

»Die *Kennedy* hat ihre Befehle erhalten, ehe es zu dieser bedauerlichen Situation gekommen ist. Das ändert nichts an denen, die die *Washington* erhalten hat. Verteidigungsminister Etherton, Ende.«

»Der Verteidigungsminister?«, echote Ophelia.

Phil schlug Kim auf den Kopf. »Los, nun mach schon! Ich will wissen, wie das weitergeht!«

»Die Funkverbindung wurde gekappt. Was soll ich denn machen?« Kim duckte sich.

»Keine Ahnung. Gibt's keine Kameras auf der Brücke?«

»Die Gegensprechanlage«, sagte Ophelia. »Nimm die Gegensprechanlage!«

Mit verschwitzten Fingern hackte Kim sich eine Ebene zurück. Die Gegensprechanlagen waren im Bereich »interne Kommunikation« zu finden. Aber welche sollte er nehmen? »Wo?«, fragte er.

»Brücke!«, sagte Harlan im Brustton der Überzeugung.

Da war sie. Wieder drangen Stimmen aus dem Notepad. Dieses Mal waren sie ziemlich verrauscht.

»... Anweisungen!«, rief eine aufgebrachte weibliche Stimme.

»Etherton sagte, es läge in unserer Hand. Ich bin nicht gewillt, hier weiter zu warten. Auch meine Männer verlangen eine Entscheidung!« Die Stimme war leicht wiederzuerkennen, wenn man sie einmal gehört hatte. Das war Captain Fajid.

»Ich stimme Ihnen zu.« Die tiefe, ruhige Stimme gehörte eindeutig Forsman.

»Ich ebenso. Zudem benötigt die *Kennedy* unsere Unterstützung.« Der Bass musste Captain Hampton gehören.

»Sir, ich beschwöre Sie. Der Verteidigungsminister hat eindeutig befohlen, auf weitere Befehle zu warten. Wir können das nicht ignorieren.« Wieder die aufgebrachte Frau. War das nicht …

»Er hat nicht gesagt, dass wir hier warten müssen, Lieutenant Goldblum.«

»Das sehe ich genauso.« Fajid klang sehr energisch.

»Sir, ich interveniere. Ich kann nicht zulassen, dass –«

»Achtung!« Mireks Stimme klang scharf. Schnell schloss er die Tür.

Mit fliegenden Fingern zupfte Kim die beiden Klemmen ab und drückte das Bedienpanel wieder zu.

Die Tür öffnete sich einen Spalt. Ehe derjenige, der vor der Tür stand, hereinkommen konnte, trat Chadim hinaus auf den Flur. »Sir«, hörte Kim ihn sagen, »kann ich mit Ihnen sprechen?«

»Um was geht es?« Das war Stannis.

Das Bedienpanel sprang wieder auf.

»Mist, Mist, Mist!«, entfuhr es Kim. Ophelia trat zu ihm.

Die Tür schloss sich. Die Schritte entfernten sich.

Schweißnass packte Kim das Notepad und alle anderen Utensilien fort, während Ophelia es schaffte, das leicht verbogene Abdeckblech des Bedienpanels wieder zu schließen.

»Verpfeift der uns jetzt?«, fragte Harlan.

Mirek schüttelte den Kopf. »Nein, das glaube ich nicht.«

»Ihr Schwachköpfe, habt ihr eigentlich begriffen, was wir da gerade erfahren haben?«, rief Phil.

»Colonel Forsman und Captain Fajid wollen einen Befehl des Verteidigungsministers umgehen – meinst du das?«, fragte Kim.

»Nein, verdammt!« Phil wirkte völlig aufgelöst.

»Nun sag schon«, sagte Ophelia.

»Die Regierung ist handlungsunfähig. Das heißt, entweder

wurde ein Misstrauensvotum im Kongress gestellt, oder der Präsident ist zurückgetreten.«

Leise setzte Mirek hinzu: »Oder Schlimmeres.«

Kim wurde kalt, als er an den Brief dachte, den er seinem Vater geschrieben hatte. Das hatte er nicht gewollt.

Die neue Prothese war endlich fertig. In Unterhemd und Boxershorts saß John auf dem Rand des Bettes und starrte unschlüssig auf seine Beine, das metallene und das aus Fleisch und Blut. Donaghue hatte gesagt, dass Letzteres ihm einige Probleme bereiten würde. Aber Donaghue hatte ihn oft genug belogen.

Mausgesicht bot ihm überflüssigerweise Krücken an. »Vielleicht wäre es doch besser, wenn ...«

Unwillig winkte John ab. »Ich schaff das schon!«

Ohne ein weiteres Wort trat sie beiseite. Anscheinend hatte sie es aufgegeben, ihn überzeugen zu wollen.

Vorsichtig stand John auf. Das linke Bein fühlte sich wie Pudding an. Trotzdem wagte er einen Schritt. Ging doch! Er wagte einen zweiten und ein paar weitere bis zur Tür. Na also!

»Sie sollten nicht ...« Mausgesicht biss sich auf die Lippe und seufzte.

Trotz ihres verzweifelten Gesichtsausdrucks öffnete er die Tür. Dahinter lag der Gang, der nach draußen führte. Am Ende waren die Toiletten. Na, das war schon einmal der erste Weg gewesen, den er genommen hatte, als er vom Krankenlager aufgestanden war! Damals, als er sein Bein verloren hatte.

Eine Hand gegen die Wand gestützt, ging er weiter den Korridor entlang. Aus den Augenwinkeln sah er, dass Mausgesicht ihm mit den Krücken folgte. Braves Mädchen!

Auf halbem Weg brach ihm der Schweiß aus. Er war nicht wirklich fit. Aber ohne an seine Grenzen zu gehen, würde sein Zustand sich nicht verbessern.

Vor der Korridortür waren jubelnde Stimmen zu hören.

»Was ist da los?«, fragte John.

»Ich weiß es nicht.« Mausgesicht überholte ihn und öffnete die Tür.

Drei Soldaten liefen johlend den Gang vor der Krankenstation entlang.

Keuchend mühte John sich zur Tür. Er war froh, als er sich am Türrahmen festhalten konnte, und rang nach Atem. »Hey«, rief er, »hey! Ihr da!«

Aber die drei schienen ihn nicht zu hören.

In diesem Augenblick war das typische Knistern zu hören, mit dem sich die Aktivierung des internen Rundrufs ankündigte.

»Hier spricht Colonel Forsman! Hiermit teile ich Ihnen mit, dass wir uns im Anflug auf das Wurmloch mit Ziel Virgo 3.4 befinden, um die *Kennedy* dort bei der Evakuierung zu unterstützen. Halten Sie sich bereit! Colonel Forsman, Ende.«

4. Intermezzo

Es regnete. Das Wetter passte zu Jerome Renos Laune. Er hasste den Regen und den Geruch nach faulen Eiern, den er mit sich brachte und der durch jede Ritze zu dringen schien. Als ob es nicht genügt hätte, dass dieser aufdringliche Reporter – wie war doch gleich sein Name gewesen? Jerry Gebhard, richtig – ihn über Philippe und seine Teamkollegen ausgefragt hatte.

Der Kerl wusste etwas, und Jerome hätte zu gerne erfahren, aus welcher Quelle. Leider war Gebhard zu gewieft gewesen, um auf die Köder, die er im Gespräch ausgelegt hatte, hereinzufallen. Wie es schien, würde er den Privatdetektiv, den er auf die Sheldon-Akte angesetzt hatte – bisher leider mit wenig Erfolg –, auch noch auf Gebhard ansetzen müssen, bevor dieser noch etwas herausfand, das ihm schaden konnte.

Trotzdem konnte Jerome sich nachträglich nur zu seiner Entscheidung gratulieren, Symore zu unterstützen. Über kurz oder lang wäre die Sheldon-Akte zu einem Problem geworden. Nachdem er ein paar Worte im Kongress hatte fallen lassen, hatte dieser einem aufgescheuchten Ameisenhaufen geglichen. Er hatte gerade noch rechtzeitig die Seiten gewechselt, um nicht mit der Regierungspartei unterzugehen.

Symore unter dem Siegel der Verschwiegenheit mitzuteilen, dass es Kopien vom Originalbericht der Sheldons gab, hatte genügt, damit dieser genügend Getreue um sich sammeln konnte, um ein Misstrauensvotum zu stellen. Vor einer Woche war die Bombe geplatzt; und dank seiner Weitsicht war er nun auf der

Seite der neuen Regierung, die ihm eine exzellente Position in Aussicht gestellt hatte.

So war er Philippe tatsächlich doch noch zu Dank verpflichtet. Eine Tatsache, die er bisher nicht für möglich gehalten hätte. Wobei Philippe ihm die Information aus völlig anderen Gründen gegeben hatte. Nämlich, um diesen Tunichtgut McClusky zu schützen, den anscheinend irgendjemand tot sehen wollte. Das schien auch Gebhard anzunehmen. Aber das war nicht sein Problem.

Das Kongressgebäude kam schon in Sicht. Überall war Militär zu sehen. Seit die Zentralbank in die Luft gejagt worden war, hatte man die Sicherheitsvorkehrungen erheblich verstärkt. Warum nur war der Zentralbank-Vorsitzende Han-Sung auf die wahnwitzige Idee gekommen, dem Kongress mit dem Rückzug aller Kredite zu drohen?

Auf dem Weg zur Tiefgarage passierte der Gleiter eine Reihe von Militärangehörigen. Jerome Reno spähte zum Fenster hinaus. War das nicht ein wenig übertrieben? Oder hatte es etwa eine Terrorwarnung gegeben? Vielleicht hätte er zu Hause bleiben sollen.

Der Gleiter hielt. Sein Fahrer öffnete die Tür. Ohne ihn eines Blickes zu würdigen, eilte Jerome Richtung Aufzug. Er war spät dran. Wenn er Symore noch vor der Debatte abfangen wollte, um ihm von den neuesten Entwicklungen zu berichten, musste er sich beeilen.

Noch mehr Soldaten. Selbst der Flur vor dem Kongresssaal war voll von ihnen. Dafür konnte es eigentlich nur eine Erklärung geben: eine Terrorwarnung. Einen Moment zögerte er, ehe er die schwere Eichentür aufdrückte und zu seinem Platz eilte. Da war Symore. Er hatte noch fünf Minuten.

Doch bevor er ihn erreicht hatte, schritt ein weißhaariger Mann in einer lächerlichen weißen Admiralsuniform mit goldenen Knöpfen zum Podium. Fünf Soldaten mit Gewehren begleiteten ihn.

Er pochte an das Mikro, um zu testen, ob es funktionsfähig war. »Meine Damen und Herren Kongressabgeordneten, darf ich um Ihre geschätzte Aufmerksamkeit bitten!«

Also ging es tatsächlich um eine Terrorwarnung! Unwillkürlich sah Jerome Reno zur Tür, durch die er gekommen war. Dort standen inzwischen – ebenso wie an den anderen Türen, die in den Raum führten – zwei Soldaten mit Gewehren.

Zu spät erkannte Jerome die Strategie. Unwillkürlich straffte er sich und trat zu Symore.

»Mein Name ist Admiral Held«, sagte der weißhaarige Mann am Podium. »Ich bin hier, um Ihnen mitzuteilen, dass die Geschäfte der Vereinten Nationen ab sofort von mir wahrgenommen werden. Der Präsident befindet sich in meinem Gewahrsam.«

Stimmen wurden laut.

Jerome Reno blieb ruhig. Als Symore aufbegehren wollte, legte er diesem die Hand auf den Arm und schüttelte den Kopf.

»Es wäre für alle Beteiligten von Vorteil, wenn Sie Ruhe bewahren würden. Ich würde ungern Gewalt anwenden müssen.« Held lächelte und zeigte eine Reihe ebenmäßiger, weißer Zähne. »Sie können jetzt gehen. Ich danke für Ihre Aufmerksamkeit.«

»Das können Sie nicht machen!«, schrie jemand.

»Das widerspricht der Verfassung!«

»Das ist –«, begann Symore.

Aber Jerome packte dessen Arm. »Still!«

»Ich denke nicht daran! Ich –«

»Ein weiteres Wort, und Held lässt Sie verhaften. Wir müssen anders vorgehen.«

Symores Blick fiel auf zwei Soldaten, die sich näherten, und klappte den Mund zu.

An manchen Stellen im Saal wurden Rufe und schließlich Schreie laut, als Soldaten die Protestierenden festnahmen. An einer Stelle kam es gar zu Handgreiflichkeiten.

»Die Argumentation leuchtet mir ein.« Symores feistes Gesicht zeigte keine Regung. »Haben Sie einen Plan?«

Als die beiden Soldaten sich zurückzogen, legte Jerome die Hände auf den Rücken. »Ich kenne da einen Reporter.«

9. Kapitel

Mireks Schritte verursachten kein Geräusch. Es war so still in diesem Bereich der *Washington*, dass es ihm wie ein Sakrileg vorgekommen wäre, hätten seine Stiefel beim Gehen auch nur ein wenig gequietscht.

Das Bullauge zeichnete sich in der Dunkelheit ab. Die Beleuchtung funktionierte hier nicht. Als wäre dieses Korridorstück vergessen worden. Er war oft hier, seit John ihm den Weg beschrieben hatte, um nach Kim zu sehen.

Es war wie eine Insel der Ruhe, ein Versteck vor dem Lärm der Flüchtlinge in den überfüllten Notunterkünften. Eine Zuflucht vor dem Gestank, der dort herrschte, und dem Streit, der bei jeder Essensausgabe ausbrach, weil nicht genug da war für alle.

Wieso retteten sie diese Leute, wenn sie sie danach so behandelten? War ein Menschenleben wichtiger als die Menschenwürde?

Leise setzte er sich, um Kim nicht zu stören, der wieder einmal durch das Bullauge in den Weltraum starrte.

Eine große blaue Kugel bewegte sich in der schwarzen Unendlichkeit, die übersät war mit Millionen von glitzernden Punkten. Ein Heer von gelben Funken umgab die Silhouetten der beiden mit Dornen bestückten Alien-Raumschiffe, zwischen denen die *Kennedy* einen einsamen Tod starb. Dahinter zerplatzten immer wieder Feuergarben auf den grünen Flicken im Blau des großen Balles.

»Wieso warten wir immer noch?«, fragte Kim.

»Ich weiß es nicht.« Mirek starrte auf eine neuerliche Feuerblume, die ein Stückchen Grün vernichtete. Als sie vor zwei Tagen im System eingetroffen waren, hatte er noch geglaubt, sie kämen gerade rechtzeitig, um der *Kennedy* zu helfen. Dann aber war das zweite Alien-Raumschiff aufgetaucht.

Aus welchem Grund hatte Forsman sie eigentlich hergeführt, wenn er nicht eingriff? Damit sie dabei zusehen konnten, wie die Aliens nach der *Kennedey* auch noch die letzte Kolonie zerstörten? Als Lektion, damit ihnen klar wurde, was der Erde bevorstand?

»Wieso tun wir nichts?«

»Ich weiß es nicht.«

»Forsman hat sich doch schon dem Befehl des Verteidigungsministers widersetzt, als er das Wurmloch passiert hat. Wieso zögert er dann jetzt noch?« Kim wandte ihm den Kopf zu.

»Ich habe keine Ahnung. »Andererseits ... »Er hat sich dem Befehl nicht direkt widersetzt. Etherton sagte, es läge in Forsmans Händen.«

»Ermessensspielraum. Nennt man das so?«

Mirek nickte. Schweigend starrte er wieder ins All, wo bei jeder Explosion Hunderte von Menschen starben.

»Und warum nutzt er diesen Ermessensspielraum jetzt nicht noch einmal?«, fragte Kim.

»Vielleicht will er ihn nicht zu sehr strapazieren. Etherton sagte auch, er solle auf weitere Befehle warten.«

»Hierher zu fliegen war also nur ein kleines Risiko, meinst du. Aber eingreifen wäre zu gefährlich, weil es ihn seine Karriere kosten könnte.« Kims Stimme klang bitter.

»So ähnlich.« Nicht jeder war dazu bereit, für eine Sache alles zu riskieren – so wie John. Was wäre er bereit zu geben? Mirek wusste die Antwort nicht.

»Das ist Scheiße«, sagte Kim.

Mirek seufzte nur.

»Das ist Scheiße!«

John konnte Phils Stimme bereits auf dem Korridor vor ihrem Quartier hören.

»Scheiße! Eine riesengroße, ausgemachte Scheiße!« Ein dumpfes Klopfen begleitete die Worte.

Als John die Tür öffnete, schlug Phil voller Zorn gegen die Wand und trat schließlich gegen das Stockbett, in dem er schlief.

»Danke für die tolle Begrüßung.« John schloss die Tür hinter sich. »Das wäre wirklich nicht nötig gewesen.«

»Halt die Klappe!«, fuhr Phil ihn an.

»Sag mal, willst du Ärger?« Das war jetzt nicht wahr! Da kam er nach drei Wochen von der Krankenstation zurück in sein Quartier, nur um hier von Phil angemacht zu werden?

»Ach, verpiss dich!« Phil trat gegen einen Stuhl.

»Willst du dich mit mir prügeln? Ernsthaft?« Das war jetzt ein blöder Witz!

Hinter Phils Rücken sah Kim ihn flehentlich an.

Harlan legte die Hand auf Phils Schulter. »Lass gut sein, Mann! Das führt doch zu nichts.«

Wie ein gereizter Tiger fuhr Phil zu Harlan herum und stieß ihn von sich. »Ich hab's satt!«, schrie er. »Das ist doch Mist, was wir hier machen.«

»Wow, wow, wow! Nun mal langsam, Großer!« Abwehrend hob Harlan die Hände.

»Aufhören«, mischte Ophelia sich ein. »Es reicht jetzt,

Jungs!« Sie wollte sich dazwischendrängen, aber Phil versetzte ihr einen Stoß, sodass sie krachend gegen eines der Stockbetten fiel. Ein leiser Schmerzenslaut entfuhr ihr, während sie sich den Kopf rieb.

Und ob es reichte! John machte zwei Schritte auf Phil zu, wich der Hand aus, die ihn wegschieben wollte, und stieß den Hünen mit beiden Händen gegen die Wand.

Phil keuchte auf. Ihm stand ganz plötzlich der Schweiß auf der Stirn.

John hatte das unbestimmte Gefühl, dass er ihn verletzt hatte. »Lass es«, sagte er leise, »lass es einfach gut sein! Okay?« Er starrte auf seine Hände, die Phil gegen die Wand pressten, und dessen bleiches Gesicht. Ganz langsam begriff er, mit welcher Kraft er zugeschlagen hatte.

Endlich nickte Phil.

Erleichtert ließ John ihn los. *»Shit«*, sagte er, machte einen Schritt rückwärts und sah in die Runde. »Kann mir irgendjemand erklären, was hier eigentlich los ist?«

Ophelia richtete sich stöhnend auf und befühlte erneut ihren Kopf. An den Fingern, die sie anschließend betrachtete, klebte Blut. »Du hast mir 'ne Beule verpasst, du Arsch!«

»Lass sehen«, sagte Mirek sofort. Er drängte sich zu ihr und untersuchte Ophelias dunklen Schopf.

Johns Blick richtete sich auf Phil. »Krieg ich heute noch 'ne Antwort?«

Doch Phil ließ sich nur schnaufend auf sein Bett sinken und stützte den Kopf in die Hände.

»Phil ist sauer, weil wir hier immer noch rumhängen, ohne einzugreifen«, antwortete Kim an seiner Stelle.

»Sind wir das nicht alle, Mann?« Bei den Worten sah Harlan sich provokativ um.

»Scheiße«, sagte Phil leise. »Die sterben da unten, und wir sitzen hier einfach nur rum, während die hohen Herren Däumchen drehen. Dafür bin ich nicht hier, kapiert?«

»Dafür ist keiner hier, Mann!«

»Sir, kann ich Sie sprechen?«

Dass ausgerechnet Stannis neben Hartfield stand, war John ziemlich egal. Er war froh, dass er den Sergeant endlich gefunden hatte, nachdem er das ganze Schiff nach ihm abgesucht hatte – auch wenn es ausgerechnet das Flugdeck war.

»Einen Augenblick, McClusky!« Hartfield sah kurz zu ihm hinüber und nickte, bevor er sich wieder Stannis zuwandte.

»War das alles, Sir?«, fragte Stannis.

Hartfield nickte knapp. »Sie können wegtreten, Corporal.«

»Aye, Sir.« Nach einem zackigen, formvollendeten Gruß sowie einem zornigen Blick auf John marschierte Stannis davon.

»Machen Sie's kurz«, sagte Hartfield, »ich muss mit Lieutenant Gallagher reden. Es gab schon wieder eine Prügelei in einer der Mannschaftsunterkünfte. Und in den Notunterkünften der Zivilisten verkauft jetzt irgendjemand neben Prostituierten auch noch Drogen.«

Die Idee, die er hatte, kam John mit einem Mal doch nicht mehr so gut vor. Seufzend kratzte er sich am Hinterkopf.

»Jetzt spucken Sie's aus, McClusky! Egal, was es ist, ich reiß Ihnen deswegen nicht den Kopf ab.« Während er John ansah, änderte sich Hartfields Blick, als habe er etwas entdeckt.

Als John sich umdrehte, näherte sich ihnen Gallagher. »Da sind Sie ja!«, rief der. »Ich habe Sie schon gesucht.«

Hartfield hob die Hand. »Sir, einen Moment! – Also, McClusky, lassen Sie hören! Weshalb wollten Sie mich sprechen?«

John räusperte sich. Im nächsten Augenblick begriff er, dass er vergessen hatte, Gallagher zu grüßen und holte es pflichtschuldig nach. »Sir!«

»Sergeant?« Gallagher sah Hartfield auffordernd an.

Jetzt oder nie! »Sir, ich wollte Ihnen einen Vorschlag machen«, sagte John schnell. »Ich dachte mir, dass es vielleicht klug wäre, die Männer zu beschäftigen. Mit einer Gefechtsübung zum Beispiel. Zwei Fluggeschwader gegeneinander. Äh, na ja, wenn wir dabei von den Aliens beschossen werden, ist es ja wohl selbstverständlich, dass wir uns verteidigen. Aber natürlich nur, wenn ... Wir wollen sie ja nicht angreifen.«

Gallagher starrte ihn an wie einen Geist. Hartfields Miene dagegen blieb reglos. Plötzlich begann Gallagher zu lachen. Mit einem Leuchten in den Augen – wie bei einem kleinen Jungen, der seine Weihnachtsgeschenke auspackt – schlug er John auf den Rücken. »Das ist großartig! Eine Gefechtsübung! Warum bin ich nicht selber auf diese Idee gekommen?«

Ein wenig verunsichert nahm John Haltung an. Machte Gallagher sich über ihn lustig? »Danke, Sir.«

»Ich danke Ihnen!« Gallaghers Blick fand Johns Namensschild. »Private McClusky!«

»Sir?«, fragte Hartfield.

»Sie haben gehört, was Private McClusky vorgeschlagen hat.« Grinsend schlug Gallagher noch einmal auf Johns Rücken. »Wir machen eine große Gefechtsübung. Und zwar heute noch!«

John studierte die Zusammensetzung der Staffeln, die seit einer halben Stunde am Schwarzen Brett im Bereitschaftsraum der Piloten hingen.

Die anderen Piloten unterhielten sich aufgeregt.

»Gefechtsübung?«

»Ernsthaft jetzt?«

»Beschäftigungstherapie, sag ich!«

»Ach, glaubst du, die Aliens schauen dabei einfach nur zu?«

»Na und? Sollen Sie doch kommen! Ich hab was für sie!«

Lachen antwortete. »Hör auf! Dein Schwanz reicht allemal, um ein Glas umzuschubsen.«

»Aber nur, wenn es leer ist.«

Jetzt lachten noch mehr.

Endlich fand John seinen Namen neben dem von Hanrahan und M'Barek. Hanrahan? So hieß doch ...

Jemand schlug ihm auf die Schulter. »Dass du dich auch mal hier blicken lässt, McClusky!«

Neben ihm stand tatsächlich Hanrahan, der Idiot aus der Spezialausbildung, dem er fast die Fresse poliert hätte, weil er Harlan beleidigt hatte. »Zu sagen, dass ich mich freue, dich zu sehen, wäre gelogen. Was machst du hier?«

»Dito. Bin seit der Spezialausbildung hier. Schau!« Hanrahans Finger zeigte auf eine Strichliste. »Hab bisher die meisten Abschüsse!« Siegessicher riss er die Arme hoch. »Yeah, ich bin der King! Ich fick die Aliens alle!«

John lächelte nur müde. »Hast wohl noch keine ernstzunehmende Konkurrenz bekommen?«

Grinsend griff Hanrahan in seinen Schritt. »Ich fick dich!«

John zwinkerte ihm zu. »Das haben schon einige versucht. Brich dir nicht den Schwanz dabei!«

Brüllendes Gelächter antwortete, das jäh unterbrochen wurde. »Offizier im Raum!«, rief jemand.

Sofort herrschte Schweigen. Über die Köpfe der anderen Piloten hinweg konnte John Gallagher erkennen, dessen Augen immer noch vor Freude glänzten.

»Jungs! Ich hoffe, ihr kapiert, um was es geht. Das ist eine Gefechtsübung mit scharfer Munition. Ihr werdet Manöver fliegen – viele Manöver. Auch und ganz besonders in Planetennähe. Ihr kennt die Gefechtspläne. Niemand kann etwas dafür, wenn ihr dabei angegriffen werdet. Und niemand wird etwas dagegen haben, wenn ihr euch in einem solchen Fall zur Wehr setzt. Und ich hoffe, ihr verteidigt euch dann, und zwar mit allem, was ihr habt.« Nach einer kleinen Pause schrie er: »Zeigt es Ihnen!«

Ohrenbetäubender Jubel brach im Raum aus. Selten hatte John so viel Begeisterung gesehen bei dem Befehl, sein Leben derart selbstmörderisch zu riskieren. Gallagher verstand etwas davon, seine Leute für den Kampfeinsatz zu motivieren.

Die Ersten strömten schon nach draußen Richtung Flugdeck. Als John ihnen folgen wollte, drängte sich ihm eine Blondine mit unglaublichen Kurven in den Weg. »McClusky?«, fragte sie.

»Und wer will das wissen?« Da er die letzten Wochen auf der Krankenstation zugebracht hatte, war John sich ziemlich sicher, sie nicht aufgerissen zu haben.

»Lindström!« Sie bot ihm die Hand. »Ich wollte mich dafür bedanken, dass Sie mir den Vortritt gelassen haben.«

»Vortritt?«

»Als die *Roosevelt* explodiert ist. War ziemlich knapp für Sie.«

Endlich verstand John und schlug ein. »Keine Ursache. Mach ich gerne wieder. Ich lass Frauen immer den Vortritt.«

Lindström verdrehte seufzend die Augen. »Männer!«

»Wir kommen!«, schrie Hanrahan via Helmfunk. »Haltet eure Ärsche fest, ihr dämlichen Aliens!«

John fixierte das Koordinatenkreuz, das ihr Zielpunkt war. »Halt die Klappe, Hanrahan! M'Barek, aufschließen!«

»Aye«, lautete die wortkarge Antwort von M'Barek.

»Hey, wer hat dich gefragt, McClusky?«

»Halt die Klappe, Hanrahan! Muss ich dich daran erinnern, wer Staffelführer ist?«

»Fick dich!«

»Das können wir gerne auf der *Washington* ausdiskutieren, wenn du dich traust. Funkstille!«

Entgegen Johns Befürchtungen herrschte danach wirklich Stille. Auf dem Radar des Gleiters konnte er die vielen Dreierformationen sehen, die die *Washington* ausspuckte und die auf den Planeten zuhielten. Mitten hinein in die Wolken aus Alien-Kampfjägern.

John atmete tief ein. Sie hatten keine Chance gegen den Feind. Nicht die geringste. Selbst zusammen mit Goldblums und Takashis Männern wären sie zahlenmäßig weit unterlegen gewesen. Aber allein war es aussichtslos.

Was bezweckte Gallagher damit? Wollte er Forsman damit etwa zum Handeln zwingen? Und wenn es nicht funktionierte? John bereute seinen idiotischen Vorschlag.

»Feindkontakt steht unmittelbar bevor.« Den Angriff jetzt noch als Gefechtsübung zu tarnen, war mehr als überflüssig.

John blinzelte. Donaghues Worte fielen ihm ein. Er sollte das Auge über das Interface aktivieren. Seine Hände wurden feucht. *Shit*, hatte er Angst davor? Sie würden ohnehin gleich sterben. Wieso sollte er dann Angst vor der Aktivierung des Auges haben? Es war doch egal, wie er krepierte.

Endlich griff John in seinen Nacken. Die Stelle lag knapp unterhalb der, wo er sich zu kratzen pflegte. Er fühlte die leichte Erhebung unter seinen Fingern und spürte, wie irgendetwas einrastete.

Sein Blick verschwamm kurzzeitig. Dann sah er das All um sich. Ein leises »Oh!«, entfuhr ihm. Die Stummelflügel des Gleiters kippten kurz. Es war, als wären seine Sinne, sein ganzer Körper mit dem Gleiter verschmolzen. Als wären sie eins. Wie würde es sein, so zu sterben?

»Angriff«, hörte er sich sagen.

John tauchte unter der gegnerischen Formation einfach weg. Es war wie ducken. Zur Seite rollen, umdrehen, hinterherjagen. Die Torpedos fanden von selbst ihr Ziel.

Ein Jäger hing M'Barek im Nacken. Ein kurzes Ausbremsen, eine Kehre, dann war er hinter dem Scheißkerl und feuerte. Sekunden später flog er durch die explodierenden Trümmer.

»M'Barek, Hanrahan, Formation!«

»Aye!« M'Barek gehorchte. Auch Hanrahan widersprach nicht.

Aus den Augenwinkeln entdeckte John eine neue feindliche Jägerformation, die sie ins Visier nahm. Die zwei hinteren Flügelmänner setzten sich ab.

»M'Barek, Hanrahan, geradeaus! Die zwei übernehm ich!«

Es war so leicht wie die Bewältigung eines Hindernisparcours, den man schon hundertmal durchlaufen hatte. Die Aliens waren die Hürden. Mit dem Unterschied, dass alle Hürden fielen, wenn er sie passierte. Er ließ keinen aus, der sich ihm entgegenstellte.

Er flog direkt auf den einen der beiden Aliens zu, schickte die Torpedos los und drehte weg. In einer engen Kurve kam er zurück. Dann barst auch der zweite Jäger. Mit Vollspeed setzte er seiner Staffel hinterher. Den letzten Jäger aus der Formation erledigte er im Vorbeiflug.

»Danke!«, sagte Hanrahan.

»Darf ich dich zitieren?« Konnte ein Gleiter grinsen?

»Wichser!«

Doch John registrierte auch die Verluste auf ihrer Seite. Sie hatten sicherlich schon ein Drittel der Gleiter verloren. Es war nach wie vor aussichtslos für sie. Wie lange wollte Gallagher das noch durchziehen?

Ein Teil der Aliens schwenkte auf einmal ab.

»Dranbleiben!«, rief John. Sofort stieß er mit M'Barek und Hanrahan ins Zentrum der Alien-Kampfjäger vor. Neben ihm explodierte ein Gleiter. Gleich darauf ein zweiter.

Verbissen nahm John den nächsten Jäger ins Visier.

»Wir sollten umkehren«, keuchte M'Barek.

»Negativ.« In einer Rolle setzte John sich über ihn und Hanrahan und putzte einen weiteren Jäger vom Himmel.

»Hey, das glaubt ihr nicht!«, schrie Hanrahan. »Wir kriegen Gesellschaft.«

Als John wendete, entdeckte er die Schwärme von Raumfahrzeugen, die die *Washington* ausspuckte, sogar Landefähren waren darunter. Langsam und behäbig wie ein Wal kam sie danach auf sie zu.

Gallagher hatte seine Trümpfe ausgespielt.

10. Kapitel

Niemals hätte Ophelia vermutet, dass es nach so vielen Wochen hier tatsächlich noch Überlebende geben könnte. Aber ein wilder Pulk aus Menschen rannte aus dem Urwald auf die Landefähre zu, kaum dass sie gelandet waren. Sie sah eine Frau mit einem Baby auf dem Arm. Ein alter Mann stützte seine Frau. Ein Kind weinte, während ein Mann mit Bart sich vordrängte und immer wieder »Nehmt mich mit! Nehmt mich mit!« schrie. Die Kleider der Menschen waren dreckig und zerrissen, die Gesichter bleich und hohlwangig vom Hunger.

»Kinder und Frauen zuerst!«, brüllte sie. Die Menge drohte, sie zu überrollen. Ein geordnetes Einsteigen schien unmöglich.

Harlan stieß neben ihr einen der Männer zurück. »Frauen und Kinder zuerst«, wiederholte er ihre Ansage.

Im Hintergrund schwärmten Phil, Chadim und Kim mit einigen anderen Soldaten von Hartfields Squad aus, um die Gegend zu sichern. José war unter ihnen.

»Pass auf dich auf, José!«, rief sie.

Er sah sich nur kurz um und winkte, ehe er nach rechts hinter einem Gebüsch verschwand.

Verdammt! Hatte er Hartfields Befehl vergessen, immer in Sichtweite zu bleiben? »José!«, schrie sie noch einmal.

»Nehmen Sie mein Kind mit!« Eine Frau hielt ihr ein weinendes kleines Mädchen entgegen.

Sie ließ sie sofort passieren, winkte dann noch die Frau mit dem Baby weiter. Der Bärtige wollte die Gelegenheit nutzen und zwischen ihr und Mirek hindurchschlüpfen.

Aber Mirek hielt ihn fest und drängte ihn zurück. »Nicht Sie, Mister!«

»Ich habe ein Recht dazu«, ereiferte sich der Mann. »Ich bin ein Bürger der –«

Der Rest ging unter in einer Explosion, die einen Teil des Waldrandes zerstörte. Ein Aufschrei ging durch die Menge. Aus der Staubwolke, die sich langsam niedersenkte, war das Tackern eines Gewehrs zu hören.

»Feindkontakt«, keuchte Josés Stimme im Helmfunk.

Das kleine Mädchen begann schrill zu schreien. Der Bärtige schlug Mirek nieder. Die beiden alten Leute kauerten sich nieder und hielten sich an den Händen fest.

Ophelia fand sich auf einmal am Boden wieder. »José! José, melde dich!« Keuchend robbte sie unter der Landefähre hindurch, um nicht von der außer Kontrolle geratenen Menge eingekeilt zu werden. »José!«

Ein zweiter Glutball warf Wiesenboden und Gras in die Luft und zerriss einen Mann, der gerade aus dem Wald rannte.

Im Helmfunk war ein Keuchen zu hören.

»José!«

»Rückzug!«, mischte Phils Stimme sich ein. »Beschuss konzentrieren! Hörst du mich, du Idiot!«

Sie rannte los, ohne zu wissen, wohin. Eine weitere Detonation warf ihr Dreck und Erde entgegen. Sie spürte einen dumpfen Schmerz, fiel und rappelte sich wieder auf. Blind taumelte sie durch eine Staubwolke.

Ihre Füße stolperten über einen Körper. Sie fiel auf die Knie, tastete sich über die Brust hoch zum Kopf, fand einen Helm und dann das Namensschild auf dem zerfetzten Combatsuit.

»José!« Ihr Denken setzte aus. Sie hörte sich schreien, drückte den schlaffen Körper ihres Bruders an ihre Brust und zog ihn dann hinter sich her, der Fähre entgegen.

»Ophie«, wimmerte er, »Ophie … hilf mir!«

»Alles wird gut. Alles wird gut, José! Ich versprech's dir!« Tränen rannen über ihre Wangen. Als sie ihn energisch weiterzerrte, wurde aus dem Wimmern ein Schrei, der ihr durch Mark und Bein ging.

»Ophelia!«, drang eine Stimme wie durch Watte an ihre Ohren.

Die Silhouette eines Hünen war im Dunst auszumachen, der von links auf sie zuhielt. Dann sah sie das Alien, das ihr entgegenkam.

Der Moment wirkte wie festgefroren. Sie zerrte an Josés Körper, während Tränen und Schweiß ihr Helmvisier beschlugen. Ein Zischen kündigte die Lenkrakete an, die Phil losgeschickt hatte – kurz bevor ein Glutball vor ihren Augen detonierte und sie wie eine Puppe durch die Luft schleuderte.

Danach herrschte Stille, trotz des ohrenbetäubenden, schrillen Klingelns in ihren Ohren. Sie fühlte nichts außer einer schrecklichen Leere in ihren Armen. »José«, flüsterte sie.

Jemand wischte von außen ihr Helmvisier ab. Das Gesicht dahinter gehörte Phil. »Ophie!« Mehr hörte sie nicht mehr.

Das Leuchtgewitter im Schwarz des Alls hatte an Stärke zugenommen. John manövrierte hindurch, ohne zu denken. Es war, als schaue er zu. Als wäre er nur ein Beobachter bei diesem irrwitzigen Flug durch feindliche Jäger, vorbei an Abwehrwaffen der Alien-Raumer und dem Feuer der *Washington*.

Er selbst war weit fort, eingesperrt in einem Winkel seines Kopfs, und sah staunend dabei zu, wie die Menschmaschine mit seinem Namen einen Jäger nach dem anderen in Feuerblumen verwandelte. Da war kein Reagieren mehr, kein Fühlen, kein Bewusstsein. Nur pure Aktion. Ein Bündel aus Nerven, Muskeln und Sinnesorganen, das flog und tötete ohne einen Funken von Mitleid oder Bedauern.

Ein Rufen riss ihn aus der Beobachterrolle. Beharrlich und drängend. »Erbitte Luftunterstützung! Erbitte Luftunterstützung! Hört mich jemand?«

»Ich höre«, sagte er, während er durch die Trümmer eines Alien-Kampfjägers raste.

»Landefähre vier erbittet Luftunterstützung. Wir haben jede Menge Zivilisten und eine Schwerverletzte an Bord.«

Er kannte die Stimme. »Lindström?«

»Positiv. Sind Sie das, McClusky? Ich kann Hilfe gebrauchen. Das Garcia-Mädchen hat's schwer erwischt.«

Vor dem Hintergrund des blaugrünen Balls tanzten Alien-Kampfjäger und Gleiter einen tödlichen Tanz. Ein Trupp Landefähren stach daraus hervor. Kurzzeitig legte sich verschwommen das Bild des Cockpits darüber.

John blinzelte. »Ich seh Sie. Bin unterwegs.«

Wieso war da immer wieder das Cockpit zu sehen? Fast überraschte ihn deswegen der Angriff eines Jägers. Er fühlte Schweiß an den Handflächen, während er ihn im letzten Augenblick eliminierte.

Ophelia war verletzt. Aber Mirek war bei ihr. Mirek würde nicht zulassen, dass sie starb.

Im Cockpit leuchtete ein rotes Warnlämpchen auf. Erschrocken ließ er den Gleiter nach rechts fallen. Knapp neben ihm erhellte eine Detonation die Schwärze des Alls. Ein heißer Klumpen wuchs in seiner Brust, der diese schier zu sprengen drohte.

Dann sah er die Fähren. Eine Jägerformation klebte an ihren Fersen wie Hundescheiße an einem Absatz.

Er flog geradewegs zwischen den Fähren hindurch und

nutzte das Überraschungsmoment, um einen der Jäger zu zerstören.

»McClusky, sind Sie wahnsinnig?«, schrie Lindström im Helmfunk.

Gegenschub, Kehre, Schuss – ein weiterer Jäger zerbarst. Aus den glühenden Trümmern wurde das Bild einer blutüberströmten Ophelia. Seine Finger zitterten.

Vergessen. Er musste das vergessen. Das war der einzige Weg. Sich zurückziehen in den Winkel seines Kopfes, um zuschauen zu können, wie die Menschmaschine den Rest tat.

Zwei Jäger störten seinen Weg und wurden vernichtet. So war es gut. Nur der Klumpen in seiner Brust wuchs – irgendwo weit entfernt – und wurde immer heißer und brennender.

»Danke, McClusky!« Lindströms Stimme war ein fernes Wispern. »Garcia geht's schlecht. Aber der Doc ist da.«

Die Landefähren waren im Bauch der *Washington* verschwunden. Er machte kehrt, stürzte zurück in das Getümmel, wo er hingehörte, während das Feuer in seinem Innern aufloderte.

Es war gut, nichts fühlen und nichts denken zu müssen. Beobachten zu können, wie die Menschmaschine tötete und dem wütenden Klumpen in seiner Brust neue Nahrung gab. Es war wie ein Wahn: ein Drogenrausch, pure Euphorie, nur dunkler, kälter und schwärzer. Es verzehrte ihn, machte ihn süchtig nach mehr. Nach mehr Feuerblumen, die seinen Weg säumten. Mehr Hitze in seiner Brust. Es war, als könne ihn nichts und niemand aufhalten.

Da sah er es. Ein neuer Umriss. Ein fremdes Schiff, das aus

dem Nichts zu kommen schien. Er kannte die Form. Irgendwo hatte er sie schon einmal gesehen. Die Bergarbeiterstation …

Die Menschmaschine setzte ihr Zerstörungswerk fort, während er staunend beobachtete, wie einer der Alien-Raumer abdrehte und auf den Neuankömmling zuhielt. Ein Feuerwerk umgab die beiden Schiffssilhouetten.

John sah die Schneise, die der Abzug des Alien-Raumers hinterließ. Ein Weg, mitten ins Herz des Feindes.

Die Menschmaschine reagierte schon. Wie ein rasend gewordener Stier bahnte sie sich ihren Weg.

»Mir nach!« Er hörte sich schreien. Das Feuer in seiner Brust brannte heiß und hell. Da war sie – die einzigartige Gelegenheit.

Es war ihm gleichgültig, ob er überleben oder sterben würde. Sein Streben war Zerstörung. Sie wurde genährt von der Flamme in seinem Innern und trieb die Menschmaschine zum Angriff.

Er selbst sah nur zu. Sah den Alien-Raumer näher kommen, während Jägertrümmer an ihm vorbeitrudelten. Ein Gleiter zerschellte. Noch einer. Aber das war nicht wichtig. Wichtig war einzig und allein das Ziel.

Die Menschmaschine ließ die Brücke des Alien-Raumers explodieren, jagte an der Hülle entlang und fand den Antrieb. Ungestraft versenkte sie in ihm den Rest der Torpedos.

Der Alien-Raumer trieb ab. Die Hülle brach an einer Stelle auf. Zerbarst dort. Immer mehr Hüllenstücke brachen und gewährten einen Blick auf die Glut, die sich durch das Innere des Alien-Raumers fraß. Dann zerbrach er.

Plötzliche Helligkeit blendete John. Instinktiv wollte er die Augen schließen, doch er hatte keine Lider.

Jubel drang durch den Helmfunk an seine Ohren. Eine

Stimme befahl: »Rückzug! An alle Staffeln! Sofortiger Rückzug zur *Washington!*«

Der andere Alien-Raumer und das fremde Schiff waren verschwunden. Von den großen Raumschiffen war nur noch die *Washington* verblieben.

John gehorchte, ohne die Bedeutung zu erfassen.

Ein dunkler Schacht.

Seine Hände zitterten. Der Kopf schmerzte, als habe er die Nacht durchgezecht.

Endlich! Da war Licht. Ein großer Raum, eine Halle.

Geblendet schlug er die Hände vor die Augen, fand den Helm und zerrte ihn von seinem Kopf. Schweißüberströmt ließ er den Kopf in den Nacken sinken und genoss die frische Luft auf seinem schweißnassen Gesicht.

Irgendwo hinter ihm war das Zischen zu hören, mit dem sich ein Schott öffnete.

Da war etwas. Eine Erinnerung drängte ans Licht. Ophelia war verletzt.

Er keuchte, wischte sich den Schweiß aus dem Gesicht, rieb die Augen und wartete darauf, dass sich seine Sicht endlich klärte. Das Interface. Er musste das Auge über das Interface abstellen.

Die bebenden Finger fanden endlich den Punkt im Nacken. Der Schwindel verging. Die Erschöpfung wurde dadurch nur umso spürbarer. Er musste seine Hände dazu zwingen, die Gurte zu öffnen. Der Helm landete polternd auf dem Boden.

»McClusky!«, rief eine Stimme. »McClusky ...« Hände klopften auf seine Schulter.

Er stand auf, taumelte gegen die Cockpittür, vorbei an der Person, die zurückwich, als sei er ein Geist. Prothese und Fleisch gerieten durcheinander und ließen ihn aufs Flugdeck stolpern.

Helfende Hände fingen ihn auf, klopften ihm auf die Schulter. »McClusky! McClusky!« Immer mehr Stimmen vereinten sich in dem jubelnden Chor.

Er torkelte weiter Richtung Hangartür, bis sein menschliches Bein unter ihm nachgab.

Jemand fing ihn auf. Aus dem Nebel, der ihn umgab, schälten sich Gallaghers Umrisse.

Dieser fasste nach seinen Schultern, schüttelte ihn, wieder und wieder, als sei er sein kleiner, sehnlichst vermisster Bruder. »Sie haben es geschafft! Sie haben es tatsächlich geschafft, Sie verdammter Bastard!« Gallagher lachte und strahlte wie ein kleiner Junge. »Sie haben die miese Alien-Brut ins Nirvana geschickt!«

Alles tat weh. Jeder Knochen, jeder Muskel, jeder Nerv. Er fühlte sich wie nach dem miesesten Drogentrip des Jahrhunderts. Reflexartig wehrte er die Hände ab, die schon wieder nach seinem Puls fühlen wollten.

Er versuchte zu schreien, aber seine Stimme versagte. Der nächsten Person, die sich näherte, versetzte er einen Stoß. Das war leicht für ihn – so, als sei der Körper nur aus Papier. Mit einem Ruck riss er den Sensor von der Brust und den Schlauch aus seinem Arm und stand von dem Bett auf, auf das sie ihn niedergezwungen hatten.

Als wären sie dünne Zweige, schob er die Menschen beiseite, die ihn bedrängten. Er verließ das Einzelzimmer der Krankenstation und trat hinaus auf den Korridor.

»Wo ist sie?« Seine Stimme klang rau und heiser, als sei sie eingerostet.

Mausgesicht sah ihn ängstlich an.

»Wo ist Ophelia?«

Mausgesichts zitternde Hand zeigte in Richtung Krankensaal. Als er an ihr vorbeiging, wich sie zurück.

Er stieß die Tür auf und riss Vorhang um Vorhang auf, bis er sie endlich fand. Dass der Anblick ihn so erschüttern würde, hatte er nicht erwartet. Ihm stockte zunächst der Atem, als er die Schläuche in ihrem Körper und ihr bleiches Gesicht sah.

Zitternd blieb er neben ihr stehen. Seine Finger strichen über ihren Handrücken. »Hi!« Er konnte nur flüstern.

Ihre Augenlider öffneten sich flatternd. »Johnnie?«

Er setzte sich auf den Bettrand und nahm ihre schlaffe Hand in seine. »Wie geht es dir?«, fragte er.

Tränen stiegen ihr in die dunklen Augen. »José…« Sie begann zu schluchzen. »José ist tot.« Das Schluchzen übermannte sie.

Da hielt er es nicht mehr aus. Es war ihm egal, was Donaghue von ihm denken würde, der plötzlich bei ihnen auftauchte, oder Hartfield hinter ihm oder sonst wer. Er zog Ophelia in seine Arme und drückte sie an sich, streichelte ihren Rücken und wiegte sie, während er darauf wartete, dass der Schmerz, der ihn würgte, endlich nachließ.

»Ich bin jetzt Lance Corporal. Etwas mehr Respekt bitte!«

Ophelia begann so stark zu lachen, dass sie den Saft auf

ihr Krankenbett verschüttete. »Das ist der Witz des Jahrhunderts.«

»Hey, das ist kein Witz. Gallagher hat mir höchstpersönlich den Streifen überreicht.« Ehe sie noch mehr Saft verschütten konnte, nahm John ihr das Glas aus der Hand.

Immer noch leise lachend, fragte Ophelia: »Und was hast du dieses Mal geschrottet?«

John stellte das Glas auf den Beistelltisch. »Einen Alien-Raumer. Reicht das nicht?«

»Na schön, das will ich gelten lassen.« Sie schaffte es irgendwie, an sein Ohr zu gelangen, und zupfte daran. »Lance Corporal McClusky. Wirst du jetzt etwa auch noch unser Teamleader?«

»Yep.« Er genoss es, ihre Verblüffung zu sehen.

Ein Schlag traf seinen Arm. »Jetzt verkohlst du mich!«

»Kein bisschen. Stannis übernimmt Team Delta.« Selbstbewusst verschränkte er die Arme. »Was sagst du jetzt?«

»Arme Kompanie.«

»Miststück.«

»Angeber.«

Der Vorhang wurde aufgezogen.

John fuhr herum. Aber es war nur Mausgesicht, die ihn tadelnd anblickte. »Es reicht jetzt, Lance Corporal McClusky. Private Garcia braucht noch ihre Ruhe.«

»Fünf Minuten. Bitte!« John lächelte sie so freundlich wie möglich an.

Mausgesicht seufzte. »Fünf Minuten.« Der Vorhang schloss sich wieder.

»Hey, du kannst ja richtig charmant sein.« Ophelia zog ihn am Ohr zu sich heran.

»Das konnte ich schon immer.« Um nicht auf sie zu fallen, stützte er sich mit beiden Händen auf dem Bett ab.

Sie sah zu ihm auf, musterte ihn sekundenlang, bis sie plötzlich über sein rechtes Auge strich. »Man sieht es kaum. Tut es weh?«

»Nein.« Nach einer kleinen Pause setzte er hinzu: »Es ist nützlich. Reicht das?« Er wollte sich aufsetzen, aber sie hielt ihn am Kragen fest und musterte ihn.

»Ist es ...« – sie räusperte sich – »... schlimm?«

»Nein.« Die Antwort kam wie aus der Pistole geschossen. Langsamer setzte er hinzu: »Nein, ist es nicht. Nicht mehr.«

Ophelia spielte mit seinem Ohrläppchen. »Sicher?«

»Weißt du, damals, als ich mein Bein verlor, da hätte ich alles gegeben, um beim Team bleiben zu können. Auch mein Auge. Macht es da einen Unterschied, dass ich es erst kürzlich ...« – er stieß die angehaltene Luft aus – »... verloren habe?«

Ein winziges Lächeln umspielte ihre Mundwinkel. »Das ist gut.« Ganz sacht zupfte sie an seinem Ohr, zog ihn näher zu sich heran. Ihr Atem streifte seinen Mund.

Mit einem Ruck setzte er sich auf. »Ich sollte gehen. Sonst lässt Mausgesicht mich nicht mehr zu dir. Halt die Ohren steif!« Nur weil er wusste, dass sie es hasste, zerzauste er ihre dunklen Haare.

Prompt schlug sie ihm auf die Finger. »Lass das!«

Er nutzte den Moment, um aufzustehen.

»Hey, warte!«, rief Ophelia.

Gehorsam blieb er stehen.

»Wohin fliegen wir eigentlich?«, fragte Ophelia.

»Antares-Sektor.«

»Und weiter?«

John zuckte mit den Schultern. »Wer weiß das schon?«

Epilog

Zurück zum Anfang – hatte das nicht bereits Buddha gelehrt?

Sorgfältig legte der Mann mit den grauen Haaren die Papiere beiseite, die er durchgelesen hatte. Trübes Licht drang durch die blinden Scheiben des kleinen Büros, in dem er saß. Seine Finger strichen über den Bericht, der so vielen Menschen das Leben gekostet hatte.

Gebhard hatte herausgefunden, dass es Kopien davon gab, die darauf warteten, von Halbwüchsigen ans Licht der Öffentlichkeit gezerrt zu werden. Es war gut, dass diese jungen Leute weit fort waren. Noch besser wäre es, wenn sie dort noch eine Weile blieben, ehe sie hier weitere Verwirrung stiften konnten. Und am besten wäre es, wenn er die Verbindung kappte.

Er bedauerte es, Gebhard eliminieren zu müssen. Der junge Reporter hatte sich als intelligente Spielfigur erwiesen. Besser, er wartete damit. Der Journalist konnte noch nützlich sein.

Was ihn mehr besorgte, waren die überraschenden Kontakte, die der Kongressabgeordnete Reno zum Oppositionsführer Symore geknüpft hatte. Er könnte Gebhard darauf ansetzen. Vielleicht brachte das ja Licht ins Dunkel, ehe irgendjemand das empfindliche Machtgleichgewicht erneut stören konnte.

Blieben noch die zwei anderen Unbekannten im Spiel. Der Vorsitzende der Zentralbank und die Zelle des Dschihad, die das Attentat auf das Bürogebäude in der City verübt hatte. Falls der alte Asiate und das Mädchen überlebten, waren sie ihm einige Antworten schuldig.

Zeit, die Fühler in diese Richtungen auszustrecken. Die Frau des Asiaten befand sich mittlerweile in einer Nervenheilanstalt. Aber Pfleger ließen sich leicht bestechen. Blieb herauszufinden, welche Verbindung das Mädchen zum Dschihad hatte. Die Mutter und den Vater hatte er bereits gefunden. Die beiden Brüder waren verschwunden. Beides vorbestrafte Kriminelle, die sich leicht aufspüren lassen würden.

Das Puzzle setzte sich zusammen, Stück für Stück. Eines führte zum anderen. Je mehr Puzzlestücke er fand, desto leichter stieß er auf weitere. Bis das Bild komplett sein würde.

Aber da war noch das andere Puzzle – dasjenige, dessen Einzelteile draußen im All verstreut waren. Nachdenklich sah er auf das Titelblatt des Berichts über die Exploration des Kassiopeia-Sektors. Die Sheldons schrieben darin, sie hätten auf Kassiopeia 1.3 Artefakte einer fremden Spezies gefunden.

Sie hatten ihr Leben aufs Spiel gesetzt, um den Präsidenten davon zu überzeugen, den Planeten nicht zu kolonisieren. Offenkundig hatten sie mit ihrer Warnung recht behalten. Doch es war zu spät, um über verschüttete Milch zu klagen.

Zurück zum Anfang. Das erste Puzzlestück des zweiten Puzzles lag unter den Trümmern der Kolonie Kassiopeia 1.3. Er musste nur die Richtigen dorthin schicken, um es für ihn zu finden. Und wer war dafür besser geeignet als diese Horde Halbwüchsiger, die hier auf der Erde ohnehin nur störte?

Einst war sie wehrlos ... jetzt ist ihre Zeit gekommen!

Patricia Briggs
RIALLA - DIE SKLAVIN
Roman
Aus dem amerikanischen
Englisch von
Christina Neuhaus
368 Seiten
ISBN 978-3-404-20770-1

Rialla war jahrelang eine wertvolle Sklavin, die durch ihren Tanz betörte. Als ihr die Flucht von ihrem Besitzer gelang, reiste sie in die Söldnernation Sianim und ließ sich zur Spionin ausbilden. Dort bietet ihr nun ein Auftrag die Gelegenheit, sich an allen Sklavenhaltern zu rächen: Sie soll einen Lord beschützen, der die Sklaverei abschaffen will und dadurch zur Zielscheibe geworden ist. Rialla will diese Chance nutzen - doch dafür muss sie erneut in die Rolle der Sklavin schlüpfen und sich direkt in die Höhle des Löwen begeben ...

»Briggs enttäuscht niemals!« — ROMANTIC TIMES

Bastei Lübbe

10 Millionen Prinzen.
1 Thron.

Garth Nix
DAS IMPERIUM
DER PRINZEN
Roman
Aus dem amerikanischen
Englisch von
Barbara Imgrund
384 Seiten
ISBN 978-3-404-20745-9

Prinz des galaktischen Imperiums zu sein, sollte eigentlich ein Traumjob sein. Schließlich haben die Auserwählten die Chance, Imperator zu werden. Dummerweise gibt es ganze zehn Millionen Prinzen, die alle darauf aus sind, ihre Konkurrenten auszuschalten. Frei nach dem Motto: Nur ein toter Prinz ist ein guter Prinz. Khemri hat von all dem keine Ahnung, bis er selbst zum Prinzen ernannt wird – und ihm prompt Laserstrahlen um die Ohren zischen. Damit beginnen seine Probleme jedoch erst, denn kurz darauf wird er für den Imperialen Geheimdienst rekrutiert ...

»Raumschlachten! Verschwörungen! Genmanipulierte Krieger! Techno-Zaubereien! Attentäter! Piraten! Rebellen! Duelle! Geheimnisse, Lügen, Sex und wahre Liebe! Was will man mehr?«

Bastei Lübbe

Einst war sie wehrlos ... jetzt ist ihre Zeit gekommen!

Patricia Briggs
RIALLA - DIE SKLAVIN
Roman
Aus dem amerikanischen
Englisch von
Christina Neuhaus
368 Seiten
ISBN 978-3-404-20770-1

Rialla war jahrelang eine wertvolle Sklavin, die durch ihren Tanz betörte. Als ihr die Flucht von ihrem Besitzer gelang, reiste sie in die Söldnernation Sianim und ließ sich zur Spionin ausbilden. Dort bietet ihr nun ein Auftrag die Gelegenheit, sich an allen Sklavenhaltern zu rächen: Sie soll einen Lord beschützen, der die Sklaverei abschaffen will und dadurch zur Zielscheibe geworden ist. Rialla will diese Chance nutzen - doch dafür muss sie erneut in die Rolle der Sklavin schlüpfen und sich direkt in die Höhle des Löwen begeben ...

»Briggs enttäuscht niemals!« — ROMANTIC TIMES

Bastei Lübbe

Werde Teil der Bastei Lübbe Welt
You Tube
www.lesejury.de
Lesen, rezensieren, Bücher gewinnen
Lerne Autoren, Verlagsmitarbeiter und andere Leser kennen